复旦中文学科建设丛书

佛教文学卷

镜花水月

陈引驰 编选

商务印书馆
创于1897 The Commercial Press

图书在版编目(CIP)数据

镜花水月/陈引驰编选.—北京:商务印书馆,
2017
(复旦中文学科建设丛书·佛教文学卷)
ISBN 978-7-100-15487-1

Ⅰ.①镜… Ⅱ.①陈… Ⅲ.①佛教文学-文学研究-
中国-文集 Ⅳ.①I207.99-53

中国版本图书馆CIP数据核字(2017)第273957号

镜花水月
复旦中文学科建设丛书·佛教文学卷
陈引驰 编选

商 务 印 书 馆 出 版
(北京王府井大街36号 邮政编码100710)
商 务 印 书 馆 发 行
苏州市越洋印刷有限公司印刷
ISBN 978-7-100-15487-1

2017年11月第1版 开本710×1000 1/16
2017年11月第1次印刷 印张23.25
定价:65.00元

前　　言

复旦大学中文学科的开始，追溯起来，应当至1917年国文科的建立，迄今一百年；而中国语言文学系作为系科，则成立于1925年。1950年代之后，汇聚学界各路精英，复旦中文成为中国语言文学教学和研究的重镇，始终处于海内外中文学科的最前列。1980年代以来，复旦中文陆续形成了中国语言文学研究所(1981年)、古籍整理研究所(1983年)、出土文献与古文字研究中心(2005年)、中华古籍保护研究院(2014年)等新的教学研究建制，学科体制更形多元、完整，教研力量更为充实、提升。

百年以来，复旦中文潜心教学，名师辈出，桃李芬芳；追求真知，研究精粹，引领学术。复旦中文的前辈大师们在诸多学科领域及方向上，做出过开创性的贡献，他们在学问博通的基础上，勇于开辟及突进，推展了知识的领域，转移一时之风气，而又以海纳百川的气度，相互之间尊重包容，"横看成岭侧成峰"，造成复旦中文阔大的学术格局和崇高的学术境界。一代代复旦中文的后学们，承续前贤的精神，持续努力，成绩斐然，始终追求站位学术前沿，希望承而能创，以光大学术为究竟目标。

值此复旦中文百年之际，我们编纂本丛书，意在疏理并展现复旦中文传统之中具有领先性及特色，而又承传有序的学科领域及学术方向。其中的文字，有些已进入学术史，堪称经典；有些则印记了积极努力的探索，或许还有后续生长的空间。

回顾既往，更多是为了将来。我们愿以此为基石，勉力前行。

陈引驰

2017年10月12日

出 版 说 明

本书系为庆祝“复旦大学中文学科百年”所策划的丛书《复旦中文学科建设丛书》之一种。该丛书是一套反映复旦中文百年学术传统、源流，旨在突出复旦中文学科特色、学术贡献的学术论文编选集。由于所收文章时间跨度大，所涉学科门类众多，作者语言表述、行文习惯亦各不相同，因此本馆在编辑过程中，除进行基本的文字和体例校订外，原则上不作改动，以保持文稿原貌。部分文章则经作者本人修订后收入。特此说明。

编辑部

2017 年 11 月

目　录

中古七言诗体的发展与佛偈翻译

陈允吉

关于中国七言诗体的渊源由来，近现代有不少学者曾作过考溯研究。例如梁启超、陈钟凡、容肇祖、逯钦立以及日本的青木正儿等，均断定七言诗系从楚辞中脱胎演变而来。这一说法与古代刘勰、胡应麟、顾炎武诸家所作的论述观点一致，基本上是属于一种对传统成说的发挥。另一种主张则认为七言诗主要出自秦汉的民歌和谣谚，此说以罗根泽《七言诗之起源及其成熟》、余冠英《七言诗起源新论》二文为代表，而以余冠英先生的论点尤为鲜明突出。由于他们的述作在发掘了较多新材料的基础上立论，故在晚近数十年内颇受学术界的重视。此后有的学者探讨这个问题，倾向于将以上两说合并起来，以为七言诗应起源于“歌谣的楚辞”，或“体小而俗的楚辞”，由此折衷调合而成为新的一说。这种说法虽然比较圆通，不足之处是缺乏多方面有力的论据来加以证明，至少在目前还不能当做定论来看待。但是不管怎么说，七言这一我国文学史上极有生命力的诗体形式，最早毫无疑问是在中华本地民间俗歌的土壤上萌生和兴起的。

而七言这一为我国绝大多数人普遍喜爱的诗歌形式，从它的诞生之日起，又开始展现出了其旷日持久的成长演变历史，它成熟期的到来比四言、五言诗要晚得多，所走过的这条道路似乎也有更多的崎岖曲折。在这个过程中它受到了来自诸多方面因素的干预和影响，不同时代新因素的介入与感触相通，都造成了七言诗内部矛盾运动的加剧，使这一诗体形式不断丰富而益极其变化，并从中繁衍、派生出多种格律体裁的诗歌新形式。我们从源流上来审视这一诗体的演进过程，必须注意到一个迄今尚鲜为人认知的重要事实，这就是早期汉译佛典中数量众多的七言偈在中土流布，对于我国中古时代七言诗形式结构上的臻于成熟，作为一种旁助力量也确曾起过一定的促进作用。

一

这里所说的早期汉译佛典，大略是指自东汉一直到两晋、刘宋间翻译的佛教经典，从我国的佛经翻译史上看，此时期正处在佛经之由其最初传译而逐渐抵达它们发生较显著影响的过程中。七言偈是我国翻译之佛典中出现甚早的一种偈颂译文形式，洎于东汉支娄迦谶所译的《佛说般舟三昧经》里，就已经有数量不少的七言偈存在，而且其中有些句段在篇幅上亦具备一定的规模，它们把若干个四句偈串合在一起，构成了七言佛偈比较完整的译文体制。这一情况寖至吴国支谦、西晋竺法护译出的经本中，得以进一步地延展并有更清晰的体现，偈颂译文之“弘达欣畅”亦愈胜于前者。爰及东晋、刘宋时代，中国的佛经翻译进入了高潮阶段，一些卷帙浩繁的大部经典如《增一阿含经》、六十卷本《华严经》的译出，以七言句来转译印度佛偈的风气益趋于盛，其应用之广泛即有超过四言、六言之势，以后又一跃而成为数量仅次于五言偈的另一种汉译佛偈的主要形式。

我们现在从大藏经里，可寻找到诸多在中国译经史上出译较早的佛典，里面都包含着一些篇幅长短不等的七言句偈段落。例如：

（一）东汉支娄迦谶译《佛说般舟三昧经》卷上《譬喻品》；

（二）东汉支娄迦谶译《佛说般舟三昧经》卷中《无著品》；

（三）曹魏沙门白延译《佛说须赖经》；

（四）吴支谦译《佛说维摩诘经》卷上《佛国品》；

（五）《大宝积经》卷十五西晋竺法护译《净居天子会》；

（六）西晋竺法护译《贤劫经》卷一《法供养品》；

（七）西晋竺法护译《佛说弘道广显三昧经》卷二《得普智心品》；

（八）西晋竺法护译《修行道地经》卷二《分别相品》；

（九）西晋竺法护译《大哀经》卷六《十八不共法品》；

（十）西晋竺法护译《离垢施女经》及《佛五百弟子自说本起经》；

（十一）东晋法显译《大般泥洹经》卷一《长者纯陀品》；

（十二）东晋僧伽提婆译《增一阿含经》卷一《序品》；

（十三）东晋佛驮跋陀罗译《大方广佛华严经》卷一、二《世间净眼品》及卷六、七《贤首菩萨品》；

（十四）北凉昙无谶译《大方等大集经》卷一《璎珞品》及卷八《海会菩萨品》；

（十五）刘宋昙摩密多译《佛说象腋经》；

（十六）刘宋求那跋陀罗译《央掘魔罗经》。

以上早译佛典七言偈颂呈现的形态特征，大体上皆是以四句为一单元；如果分辨得更细致些，则不妨说是采用了两句再加上两句的方式来进行衔接贯连的。这种形式结构保存了印度梵偈每四句合成一个诗节的原貌，与中国当时的四言、五言诗多以四句为一递进单元亦颇有类似之处，所不同的是佛偈一般在篇幅上要比中国诗歌长得多。譬如支娄迦谶译的《佛说般舟三昧经・无著品》中，就有一处由八十八句七言偈连缀而成的诗颂段落；而东晋僧伽提婆译出的《增一阿含经》卷一《序品》，其卷首之一大段七言偈颂又长达二百三十六句。更甚者是佛驮跋陀罗翻译的六十卷本《华严经》之《贤首品》内，竟有两处七言偈分别为五百七十八句和七百十六句。这些外来的佛教诗歌，在经书里盈篇累牍，讽咏起来铺张浩瀚，一首四句偈接着一首四句偈回环反复，显得气势恢宏而富于表现力度。它们因佛教的弘传而进入本土人的文化生活圈子，“给我们诗坛以清新的一种哲理诗的空气”（郑振铎《插图本中国文学史》第十五章《佛教文学的输入》），真可谓是一宗异军突起的现象。

佛偈的翻译文体在中国社会流播，诚然与本土人的诗歌审美意识存在很大的反差，这就像梁启超在《翻译文学与佛典》一文中指出的，它们“外来语调之色彩甚浓厚”，“若与吾辈本来之‘文学眼’不相习”。汉译偈颂通常是不讲究押韵的，七言偈颂之译文亦然如此，这一处理方式也可算是保持了天竺梵偈原无押韵的本色。然而印度梵偈藉助于梵语固有的音声之美，原来具有很强的音乐性和节奏感，译成汉语以后难免会在这方面遭到许多损失，要使此方人士诵读起来一点不感到蹩扭殊不可能。不过佛偈的翻译者在转译的过程中，还是作了极大努力把它们尽量译得口吻调利一些，俾以迎合本土人的诵读习惯。他们所采用的办法主要包括：(一)多用同格的语句铺排叙列，以力求其译文一气贯注；(二)碰到长篇的七言偈颂，则在各个四句偈的末尾套用同一个名相事数；(三)以几组韵部不同的汉字在偈颂偶句末尾参差交替使用，彼此映衬间隔，使之体现出一定的韵律感；(四)在极个别的七言偈颂零星短章里，还出现过一些隔句押韵的例子，这犹如当时的四言、五言诗一样，碰到偶句时在其句末押上韵脚。这最后一类情况之所以能在佛偈译文中出现，自中国诗歌与佛偈译文本身所具备的形式特征方面去作些思索，并不会让人感到过分的奇怪。因为汉译佛偈每四句为一单元、两句两句衔接贯连的这一结构，本来就是与中国四言、五言诗采用的那种隔句押韵方法暗相应合着的，此二者虽非同一件事，但距离只是差了一小步。要是译经师们对于中土诗歌的叶韵规格要求尚为熟稔，又不惮在偈颂翻译润色的过程中注入较多心力，他们就完全有可能跨越过这一小段距离，顺沿着佛偈的篇句形式结构，由两句两句的诗意递进层次牵引出上述隔句押韵的理想结果来。

自东汉至两晋、刘宋，众多的译人常用七言句来转译佛偈，这个事实起码能够说明，七言诗在当时中国的民间社会已甚为活跃。我们从很普通的道理上去理解，凡佛典翻译史上译人们所掌握、运用之某种与梵偈进行对译的汉语韵文形式，总应该是在本地的韵文创作中早就出现，并且亦一定是为大多数人所习见的东西。倘若七言诗此期间在中国的土地上尚未诞生，或者虽已生成但在社会上根本没有什么影响，那末在这时的汉译佛典里竟然有这么多的七言偈句涌现，就会变得太不可思议而无法解释了。又何况所谓的“七言”以及“四言”“五言”“六言”之类的说法，这些无非都是中国古代诗歌里的概念。如按印度梵偈的情况而论，则几乎别无例外地都是每一句很整齐的八个音节，因梵语不像汉语那样具有单音节的特点，故佛偈并无此方人士作诗观念中那种每句字数多少、句子型式长短之别。佛经的翻译者仅仅是根据了梵偈原句的摄意多寡，或者干脆只是考虑到翻译上的方便，才把原来音节上完全等同一律的梵语偈颂文句，用汉语分别转译成四言、五言、六言、七言等多种不同句式，极少数地方还采用了三言和八言的译文句式。他们用中国原有的诗句形式“来装饰新输入的辞藻”，将一种外来的事物改头换面，主要目的当然是为了使这些偈颂译文与本地诗歌形式尽量趋向一致，从而比较容易为中国广大的民众与士人所接受。

但是，佛偈翻译文体毕竟不同于华夏本地的诗歌，这些似诗非诗的宗教韵文，除了被蒙上一层释迦说法的圣光外，怎么说亦殊难与中国的诗歌融会合流，在当时士人的眼里谁也没有把它们同“缘情绮靡”的美化文诗歌混在一起。如果我们以汉末至刘宋这段历史时期为背景，将这一长段时间汉译佛典里的七言偈与当时的七言诗作些平行的比较，就不但能发现这两者之间形式上的歧异还是很显著的，而且双方所表现出来的发展势态也大不相同。盖汉译之七言偈颂经由支娄迦谶、支谦等最早一批译人的创设应用，又经过竺法护等译经沙门的沿袭认同，这一译文体制便很快地被固定了下来，在嗣后之中国译经史上越千年而无有多大变化。这大概是因为传到此土的梵经偈颂，本身就是一种固定的书面记载，所以其译文形式也较易在不太长的时间里达成定型化。而返观这个时期七言诗呈现出来的形体面貌，则尚处于一种进步缓慢而又迁演不居的变动状态之中，虽然微小的增损变化经常在发生，但远未到达它形式上的成熟定型阶段。在这长达几百年的时间里，中国本地人创作的美化文七言诗，无论是民歌还是文士之作，它们的形式结构特点，尚较多地残留着由秦汉其雏形时代的作品更始嬗变而来的胎记。这不单表现于它们的篇幅狭小局促，不如佛经七言偈那样宏肆铺张,更重要的还在于其篇章句子结构的驳杂和不统一。与汉译佛典里七言偈颂基本以四句为一单元、两句两句转递衔接的固定结构模式相比较,当时七言诗的内部结构显得相当纷乱,还没有形成一套为大家遵循恪守的划一整齐的楷式。而篇句结构乃是诗歌整体形式的枢轴和关键所在,它的不统一,也势必会影响到作品在调谐韵律上进行规范化的日程。

佛典七言偈与本土七言诗结构模式上的这一大差别,尽管在极长时间内给人的感觉至为醒目,但这样的情形却并非是一成不变的。到了刘宋以后,随着我国七言诗体的不断演进,它的篇句结构样式逐渐地由多元趋向于单一,以两句两句来进行衔接贯连就扩展为它最主要的结构形式。它与佛偈之间原来存在的这种差异,至此遂变得不是那么的泾渭分明了。进入齐梁时代,七言诗的这一演变势头继续发展,终于促成了双方在篇章句子结构上达到完全的一致,而隔句押韵也跟着一下子成为七言诗体叶韵的普遍规则。释太虚在他所撰的《佛教对于中国文化之影响》这篇论文中说:“佛教之经典翻译到我国,或是五七言之新诗体,或是长行。长行之中,亦有说理、述事、问答,乃至譬喻等,与中国之文学方面,亦有极大之裨助。”像上面所说的这种顺随着时间的推移,因而造成了我国七言诗与汉译七言佛偈两者之间在篇句结构模式上乖合异同关系的变化,其间所潜藏包含着的动因究竟是什么?能不能因此而认为,这种微妙的现象已在一定程度上显示出了佛偈与七言诗双方曾发生过某些感应沟通呢?这就值得引起我们的高度注意。

二

关于七言诗的起源问题,本文不拟做专门的探涉,但就笔者个人的观点而言,则比较倾向于罗根泽、余冠英两先生主张的说法。楚辞对后代的七言诗有显著影响,这一点毋庸置疑,但七言诗体的主源应该是秦汉的民歌和谣谚。罗、余两先生在他们所写的论文里,从正史、类书、纬书、乐府及镜铭集录等多种旧籍广搜博讨，辑出了为数甚多的秦汉七言诗句实例，极有助于我们较全面地了解这一诗体最初阶段的形态。

七言诗在秦汉时代，它的活动范围主要是在民间社会，与人们日常生活的关系殊为密切，并多数出现于即兴口占、指物赋形、臧否人物，乃至嘲弄戏谑或其他实际应用的场合，有的则是一些阐明事理的格言铭文。这类作品谈不上有多少文学性，在当时人看起来只是些脱口而出的通俗韵语，既无完整的篇制结构，亦非主要用来言志述情，绝不像四言、五言诗那样，曾先后被人们奉为正宗诗歌的圭臬。非常有趣的是，在西晋竺法护译的《普曜经》卷五《召魔品》里，其一般性的叙述场合均用五言偈颂，但碰到诸多魔军恐吓世尊的话，就各用一首七言四句偈来表述，这一选择多少能反映出些七言诗在当时人们心目中的地位。作为我国两汉时代一种特殊的韵文类别，它在此际形式上最鲜明的特征，首先是它句子与句子间的结构十分松散，相互之间缺乏有机的衔接贯通，前一个句子与后一个句子在文义上未必保持着明显的连续性，有时甚至可以单独一句成章，而在叶韵这方面，也照例都是采用了每一句末尾统统押上韵脚的办法。余冠英先生在解释上述现象时说，这大概是与秦汉间人讽咏七言句的音调特别缓长有关。其次，是这一阶段所见之七言诗，有相当多的一部分存在于杂言诗之中，要末就是少数几个七言句的简单联结。而那种纯粹由清一色的七言句连贯串合起来，篇幅章法上亦有一定要求的“通体七言”之成立，则是发生在东汉式微以后的事情。

在现今我们所能见到的通体七言诗中，汉季王逸的《琴思楚歌》也许是时间最早的一首，无如此诗尚带有一些儆戒性箴铭的意味，理过乎情而且语言亦较俚质粗朴，故不为后世之文士所重视。倒是三国时代魏文帝曹丕的《燕歌行》，却经常被一些文学史家誉为我国第一首由文人所作的通体七言而能入乐的作品。诗云：

> 秋风萧瑟天气凉，草木摇落露为霜，群燕辞归雁南翔。念君客游多思肠，慊慊思归恋故乡，君何淹留寄他方。贱妾茕茕守空房，忧来思君不敢

忘，不觉泪下沾衣裳。援琴鸣弦发清商，短歌微吟不能长，明月皎皎照我床。星汉西流夜未央，牵牛织女遥相望，尔独何辜限河梁。

这首《燕歌行》主要的形式特征有二：（一）它已是一首很整齐的通体七言，但叶韵还原封不动地保留着汉代七言诗逐句押韵的方法，在每句之末都押上了韵脚；（二）该诗全篇的章句结构，以每三句为一递进层次，由之依次辗转递送诗意，并体现出整首作品气脉的延续连接。这种句子与句子间的衔接配搭方式，在乐府诗中通常被称为“三句一解”。显而易见，如果我们将这首《燕歌行》与秦汉时代的七言歌谣相比，此诗无疑已经摆脱了它前身那种结构松散的状态。它不但首尾连贯、层次分明，同时也能作为一篇独立完整的文学作品出现于当时的诗坛。而整首诗歌抒情性的明显增强，亦让读者受到较深刻的艺术感染。这一进步的取得是非常不容易的，无怪萧涤非先生在他《汉魏六朝乐府文学史》里，对曹丕这一首空前杰构推崇备至，认为它“不仅为乐府诗产生一种新体制，实亦为吾国诗学界开创一新纪元”。

曹丕《燕歌行》具备的这种三句一解的结构，其实在王逸的《琴思楚歌》里早已有所表现，仅仅是王逸那首诗各部分之间的沟通不像《燕歌行》那样畅达而已。今考《太平御览》卷九一六引录汉代崔骃七言诗三句，看来亦基本上具备了三句一解的轮廓胚胎。可见这一种诗句结构模式生成的时间不会迟于汉末，问题是到曹丕所处的时代，它才得到了一位帝王和有举足轻重影响诗人创作实践的认可，所发生的作用自然非同凡响。而在曹丕此诗问世后一百年左右的时间里，诗坛的名家如西晋的陆机，东晋、刘宋之交的谢灵运、谢惠连兄弟，他们都曾写过以《燕歌行》为题的七言乐府诗，按其章句结构形式，皆不出曹丕前诗采用过的三句一解的套路。此外如《晋书·五行志》所载的京洛童谣，甚至是魏鼓吹曲中的《旧邦》一阕，亦均取此种结构将诗句分成若干层次来进行贯穿钩结。这些事实说明在魏晋、刘宋这一个阶段，三句一解这一结构形式，在当时的七言乐府诗里被运用得相当频繁。

然而，三句一解并非是这时期七言诗的唯一构成形式，我们读魏晋、刘宋的诗，发现还有一部分七言诗的内部结构，亦采取了两句两句逐次递进的方式来进行连缀贯穿。这类篇句结构的渊源，同样可以追踪到汉代，如后汉李尤的《九曲歌》一首，总共只有两句诗，诸如此类不成篇幅的零星短歌，大抵就是汉末以还通体七言之中两句两句传递方式的滥觞。我们取逯钦立编辑的《先秦汉魏晋南北朝诗》作些寻检，可举出产生于魏晋间的《陇上歌》一首，晋《舞曲歌辞》中《白纻舞歌》三首，均为整首诗歌体现这一结构特征的七言乐府歌辞。如晋代《白纻舞歌》之第三首云：

阳春白日风花香，趋步明玉舞瑶珰。声发金石媚笙簧，罗袿徐转红袖扬。清歌流响绕凤梁，如矜若思凝且翔。转盼遗精艳辉光，将流将引双雁行。欢来何晚意且长，明君御世永歌昌。

此诗与曹丕《燕歌行》对比，它们之间诗句结构形式上的不同就一目了然。而在三句一解和两句两句衔接转递两种结构之外，在这段时间里尚有若干通体七言诗，它们往往在同一篇中交互使用以上两种诗句的钩结贯穿形式。例如王嘉《拾遗记》中所载之《白帝子答歌》一诗，托名为上古神仙之作，实则是出于时人的手笔，其云：

四维八埏眇难极，驱光逐影穷水域，璇宫夜静当轩织。桐峰文梓千寻直，伐梓作器成琴瑟。清歌流畅乐难极，沧湄海浦来栖息。

全篇共有七句诗，分为三、二、二几个递进层次，另有一些作品的句数与递进层次的排列顺序或与此稍有不同，但它们整首诗的句子大体上总是成奇数，而且篇幅都比较短。这种状况不在少数，同样应列为当时七言诗衔接贯连句子的结构形式之一。

承上所述，可知我国自汉末到晋、宋之交这个阶段里的七言诗，虽在确立完形篇制的通体七言方面比汉代大进了一步，但诗歌内部的句子结构却尚未经过统一的整合规范。这时期七言诗的章句结构举凡有三：(1)三句一解；(2)两句两句衔接转递；(3)三句一解与两句两句衔接转递交替使用。这三种结构形式在七言诗中纷然互陈，其形势之消长及演进趋向此时尚不甚明了。而与这种诗句结构之不统一相关联着的，就是此际所有七言乐府诗在叶韵方面反映出来的情况，不管是属于一韵到底，还是采用转韵方法，都一概没有跳出汉代每句押韵的窠臼。

刘宋中期的鲍照，是我国文学史上最早一个大量写作七言乐府的诗人。七言诗发展到了他手里，如晋代《白纻舞歌》中已出现过的那种以两句两句来进行递转衔接的章句结构，由于经过了诗人成功的创作实践而在大多数作品中树立起来，一下子成为七言诗体占主导地位的结构形式。至于在叶韵上，鲍照亦打破原来的格局而改用隔句押韵的新方法，并注意增强诗歌音律的错落变化。鲍氏文集中《拟行路难》十八首，最能显示出诗人改革七言诗体形式的卓荦成就。诗人的努力使我国七言诗甩开了长期迟回不前的局面，为它朝着比较成熟的境界趋进发展划定了明确的方向。但平心而论，鲍明远的这些新作，只能说是初步奠定了七言诗以两句两句为转递单元的基本格局，而并未能给这一诗体提供一种达成规范化的形式结构。展示在鲍氏所写的七言乐府诗中，犹不免时常夹带一些杂言的成分，真正的通体七言则为数不甚多，而且其中个别的作品，还照样保留着每句押韵的陈规旧习。所有这些新旧因素交杂并陈的现象，适足以表明七言诗在鲍照的时代正处于一个过渡性阶段。

七言诗的进化如此迟缓，故迄于梁代前期，我们想在现存史料中找到一首形式上较成熟的七言诗尚显得非常困难。但到了梁代之末，这样的作品就不是绝无仅有的了，如果要在这批作品里挑出一二篇典型的新体制七言诗，首当其选者则非梁元帝的《燕歌行》和王筠的《行路难》莫属。另外萧子显也有一首《燕歌行》，为应和梁元帝同名乐府之作，在体制上很具规模，只是其中夹了两处五言句，这样作为一首通体七言就显得不够完整。梁元帝萧绎所作的《燕歌行》这首诗，是历代研究古乐府学者经常提到的名篇，其云：

> 燕赵佳人本自多，辽东少妇学春歌。黄龙戍北花如锦，玄菟城前月似蛾。如何此时别夫婿，金羁翠眊往交河。还闻入汉去燕营，怨妾愁心百恨生。漫漫悠悠天未晓，遥遥夜夜听寒更。自从异县同心别，偏恨同时成异

节。横波满脸万行啼，翠眉暂敛千重结。并海连天合不开，那堪春日上春台。乍见远舟如落叶，复看遥舸似行杯。沙汀夜鹤啸羁雌，妾心无趣坐伤离。翻嗟汉使音尘断，空伤贱妾燕南垂。

王筠的《行路难》则云：

千门皆闭夜何央，百忧俱集断人肠。探揣箱中取刀尺，拂拭机上断流黄。情人逐情虽可恨，复畏边远乏衣裳。已缫一茧催衣缕，复捣百和裛衣香。犹忆去时腰大小，不知今日身短长。裲裆双心共一袜，袙复两边作八襊。襻带虽安不忍缝，开孔裁穿犹未达。胸前却月两相连，本照君心不照天。愿君分明得此意，勿复流荡不如先。含悲含怨判不死，封情忍思待明年。

这两首乐府诗均为篇制完整的通体七言，而两句两句衔接转递的结构又始终如一地贯穿在全诗之中，上述两个形式特点成功的结合，即我国七言诗发展到梁代而臻于成熟的核心标志。爰论及叶韵方法之改变，这是基于以上两句两句转递衔接的章法结构获得普遍确认以后所附带引起的变化，因为此种结构形式一旦在七言诗中得到推广，那末韵律的协调就非采用隔句押韵不可。以上三个方面的同时具备和有机结合，就给七言诗铸成了一个规范化的形式，由之使其走完了这段多种结构并陈的曲折道路而登上一个新起点。当然，梁代以后的七言诗还在继续演进，一直到初、盛唐时才真正抵达它庶几完美的境地，用后来人的眼光回过头来看这两首梁代人所作的诗，总难免会感到它们尚未“大畅厥体”。而从这一诗体中分张派生出来的七绝、七律、七言排律等多种新体裁，又都是这以后诗歌演变中出现的新东西。然而，我们如把问题限制在七言古诗这个范围里来讨论，则不妨认为这些作品已敲开了通向七言诗成熟殿堂的大门。清人吴乔《围炉诗话》卷二云：“七言创于汉代，魏文帝有《燕歌行》，古诗有‘东飞伯劳’，至梁末而大盛。”冯班《钝吟杂录·古今乐府论》云：“七言创于汉代，魏文帝有《燕歌行》，古诗有‘东飞伯劳’，至梁末而七言盛于时。”钱木庵《唐音审体》亦云：“七言始于汉歌行，盛于梁。梁元帝为《燕歌行》，群下和之，自是作者迭出，唐初诸家皆效之。”他们的这些论述，大体符合中古七言诗体发展的实际进程。

根据上面所做的这一简要叙述，我们可以从中了解到，中古时期七言诗由多种结构形式过渡到统一的两句两句衔接转递、隔句押韵，时间断限应在宋、齐、梁几个朝代。这种诗体形式的规范化至梁末在较大程度上得到了定型，而此前的刘宋、南齐则是至关重要的一段时期。宋、齐两代围绕着七言诗迁演的踪迹，有众多因素聚集在一起并积极施加各自的影响，尽管它们发生作用力的走向未必很一致，但通过相互的牵引制约终究能形成一股合力，在推动着七言诗的体制朝着一个特定的方向发展。刘宋鲍照的新作在体式结构上的诸多不统一，正好反映出他这些诗歌承受了多方面因素的交叉感染。而南齐一代，从表面上看似乎没有什么可观的七言诗流传下来，不过关涉到这一诗体本身潜在的矛盾运动，却比鲍照时代有一个更具体直接的目标，事实上已为梁元帝《燕歌行》、王筠《行路难》这类作品登上诗坛做好了铺垫。探测活动在上述过程中的诸多原因，必须考虑到我国古代音乐的变迁，当时民歌的促进，南北朝赋体文学的感染，以及四言、五言诗体的触类旁通等等方面。而作为这种事物与事物之间相互关联的一条链带，我们同样不能忽视，佛偈翻译文体在个中所起的作用也非常重要。

三

佛偈是源出于印度的外来事物，经过翻译这道程序又具备了某些与中国诗歌相近似的特点。它们的内容主要是演绎抽象的宗教哲理，普遍地显露出理致掩盖情文的偏畸，但其译文既然有了与中土美化文诗歌相仿佛的躯壳形式，对文化水平较高的本地人士接受起来并不困难，内容的幽奥有时倒反而会引起他们求索体味的兴趣。东晋时代佛教开始大举进入震旦文化，崇佛的信仰主义思潮一时笼盖着华夏大地，佛偈之传播亦以此日见广泛深远。它们由佛法东传之初的纯粹书面记载，到这时候已转变成一项为无数僧侣士众经常念诵默会的事物，其流布所及真有移易风俗人心的力量。处于这一中印异质文化热烈交会的时期，汉译佛典里那种固定而篇制完整的通体七言，以及每四句为一单元、两句两句转递衔接的结构形式，在表达较为复杂的文意内容方面确实具有一定长处，与当时已定型了的四言、五言诗在章句结构上亦能取得较多的一致。魏晋时期七言诗经历了一个缓慢的自发变演过程，这种翻译文体可与之在长时期内平行不悖地相处，两者之间并没有多少相通往来。然而当七言诗的演变由自发而逐渐进入自觉阶段时，它们这些特点就容易引起人们的注意，极有可能被诗体改革者当做改进七言诗较理想的型范之一。而标志着我国七言古诗开始进入成熟期的梁代某些乐府诗章，正是因为比较完整地接纳了佛偈“通体七言”与“两句两句衔接转递”二者相互结合的既定程序，并使之成为其自身模式结构当中的核心部分加以固定下来，才促成了这一诗体经历数百年的曲折迁演而走上规范化的大道。

研究这一层形式体制上的影响传承关系，固然不能排斥本土一些作家有直接模仿佛偈体来写七言诗的可能性，但更需注意的是某些中介媒体在这里面所起的传递作用，为此我们在这里要着重谈一下梵呗与唱导歌赞。所谓的“梵呗”，为当时佛教界人士所制作的一种合乐歌赞，它的乐调为参照梵音而重加裁制的新声，歌赞则是依傍佛偈译文的再创作。梵呗与单用一定声调读咏佛经经文之“转读”最大的不同，在于它可以离开佛经原文，直接利用汉语来写作新的诗颂。这些中国化的诗颂体作品，可以随即被之管弦，所以较能体现出汉语的声韵特点，并富于切合本土人欣赏习惯的音乐性。大约在三国时代中土已有梵呗转读流行，而后这类弘宣佛经的手段日益风靡，又有力地促成了东晋时代转经唱导的产生。唱导是对佛经内容加以通俗化的宣传形式，即“宣唱法理，化导众心”，是到目前为止我们可从史料中加以考知的我国讲唱文学最原始的形态。它肇始于东晋佛学大师庐山慧远，至宋、齐间在建康一带的僧俗群众中已极盛行。论唱导的体制形式特点，今考诸旧籍，可知它同后来的变文一样是韵散间隔、有说有唱，这一体裁实际上即从转读、梵呗发展而来，说到底皆本诸于佛经之“长行”和“偈颂”的互相配合：

佛经文体 { 长行（散文体）—转读→ 叙说（散文体）; 偈颂（韵文体）—梵呗→ 歌赞（韵文体） } 唱导体制

梵呗与唱导歌赞，俱为佛法传入中国以后产生的宗教诗歌，它们的句式略同于佛偈，有四言、五言、六言、七言，并以五、七言为最多。我们无法肯定，在宋、齐时代所作的这类佛教诗颂中，是否已经普遍地应用了七言句的形式。但据慧皎《高僧传》卷十三《经师篇》的记载，可断定南齐时代的善声沙门，确曾撰作过一些七言体的梵呗新偈。而到了南北朝后期，有些唱导师在斋会上从事礼导，竟能连续唱咏出一长串五言或七言的歌赞。这些和尚真是天才的口头文学创作者，他们宣唱的歌词体制铺陈恢张，声音贯若连珠，往往达到了足令听者忘倦的程度。

像这样一些宗教入乐歌辞，与佛偈译文有一脉相承的关系是不用怀疑的。但它们孕育、分娩于中国社会，并且直接利用汉语来进行创作，与本地的诗歌一样注意押韵。这多方面条件的配合，就必然反映出鲜明的中国气派和应世入俗的特征，而文字上的明白晓畅又是它们共同的特色，与佛偈译文相比，自然要在许多地方更加靠近此方的美化文诗歌。我们依据现有资料提供的线索来推测，当时七言体的歌赞新偈，最早的一批作者大概是以僧人为主，后来便有较多能诗的士大夫加入。此辈生于南朝佛法隆盛之际，大抵对佛教抱着虔诚的信奉态度，生活当中有一大部分时间用来谈空说有，也间而摹袭僧人的制作，自己写一些阐扬佛旨、发心归依的七言篇什。因为他们善解音律，能纯熟掌握修辞技巧，对诗歌形式问题亦多有体验，故极能起到为之张本的作用。这些灌注着佛教内容的七言诗颂，于彼时之缁流士庶中必有较广之流传，而其所处的地位又在佛偈译文与中国美化文七言诗的两端之间，遂最有资格充当一种中介媒体，起到沟通双方的作用。它们承袭佛偈译文的诸多特点而加以适应中土国情的改造，而后又进一步把它们自己的形式面貌去影响本地的诗歌。而事实上，从早期汉译佛典七言偈所施发出来的潜移默化力量，传送到我国七言诗的这一方，也确实是主要通过这条渠道来进行中转递达的。

于此我们作如是说，当然只是一种推断，要证明它还需要有确凿的事实材料，特别是必须联系产生于当时的具体作品，来实事求是了解一下梁代以前释子士人所作的这类七言诗颂的形态面目。鉴于宋、齐间释教传播方兴未艾，僧徒热心从事呗赞唱导，士大夫中间亦佞佛成风，可想而知这样的作品当时数量一定甚夥，惜乎至今绝大多数已湮没无闻。但要是我们下功夫去认真寻找，则未尝不能从有关典籍里发现一些蛛丝马迹。譬如在唐代欧阳询《艺文类聚》和明代臧懋循《诗所》中，即载录了若干片断的材料可供我们参考。而保存得较为完整的，还有清代严可均《全齐文》卷十三辑录了南齐王融所作之《净住子颂》七言诗十一首。这是一组看起来很完整的七言诗颂，内容充溢着佛教的伦理观念和教化意味，诗体形式上却呈现一种崭新的面貌，通过它们，颇可见出该时代文士仿照歌赞新偈所撰佛理诗歌的概况。兹录其第二、第四、第五、第六、第八、第十共六首，俾便利我们在诗体形式上作些勘察和研究：

春山之下玉抵禽，汉水之阳璧千金。清业盛居德非重，洁己愚侣道已深。爱憎喜怒生而习，荣华芳旨世所钦。鸿才巨力万夫敌，谁肯制此方寸心。逸骥狂兕犷不御，繁羁密柙倘能禁。遣情遗事复何想，寂然无待恣幽寻。(《大忍对恶篇颂第二》)

豫北二山尚有移，河中一洲亦可为。精诚必至霜尘下，意气所感金石离。有子合掌修名立，时王据发美誉垂。昔来勤心少骞堕，何不努力出忧危。胜幡法鼓萦且击，智师道众纷以驰。有生无我伻则立，无明有我孰能宽。(《一志努力篇颂第四》)

越人铸金诚有思，魏后妆木亦云悲。中贤小节犹可恋，去圣弥远情弥滋。祇树萧条多宿楚，王宫寂寞鲜遗基。设像居室若有望，间仪驻景暧如之。连卿共日独先后，道悠命舛将无时。倾怀结想恻以慕，乖灵写照拂尘疑。(《礼舍利宝塔篇颂第五》)

出不自户将何由，行不以法欲焉修。之燕入楚待骏足，凌河越海寄轻舟。仁言为利壮已博，圣道弘济邈难求。通明洞烛焕曾景，深凝广润湛川流。翼善开贤敷教义，照蒙启惑涤烦忧。功成弗有名弗居，淡然无执与化游。（《敬重正法篇颂第六》）

俟河之清逢圣朝，灵智俯接一其遥。白日驰光不流照，葵藿微志徒倾翘。遍盈空有尽三界，绵塞宇宙罄八辽。德光业远升至觉，寂寞常住独能超。煎灼欲火思云露，沉汩使水望舟桥。弘慈广度昔有誓，法轮道御且徐镳。（《劝请增进篇颂第八》）

悠悠九土各异形，扰扰四俗非一情。驱车秣马徇世业，市文鬻义炫虚名。三墨纷纭殊不会，七儒委郁曾未并。吉凶拘忌乃数术，取与离合实纵横。朝日夕月竟何取，投岩赴火空捐生。咄嗟失道尔回驾，沔彼流水趣东瀛。（《回向佛道篇颂第十》）

按欧阳询《艺文类聚》卷七十六，亦辑录王融的《净住子颂》五首，其中有四言颂二首、五言颂二首、七言颂一首。严可均《全齐文》除迻入七言颂十一首外，其他尚有四言、五言颂各十首，完好地收录了王融所撰这组佛理诗颂的全部篇章。王氏这十一首七言颂，自一至十首作品的具体形式结构完全相同，唯独最后第十一首的诗句中衬入了三个“兮”字，大约此篇旨在对前面三十首诗颂作一总结，故作者有意识地让它的某些句子略呈小异。胡应麟《诗薮》卷三尝云：“齐一代，遂无七言。”又云：“齐人一代，绝少七言歌行。”关于南齐时代无七言诗的说法，长时期来获得了众多文学史研究者的认同，而王融一人即于《净住子颂》中同时写了十一首七言之作，这个数量在当时显得甚为可观，其史料价值之高自不待烦言。

“净住子”其人，即南齐著名的贵族竟陵王萧子良。他号称“敦义爱古”，敬信佛教甚笃，又倾心结交文学才隽之士。《梁书》卷一《武帝纪》云：“竟陵王子良开西邸，招文学，高祖（指梁武帝萧衍）与沈约、谢朓、王融、萧琛、范云、任昉、陆倕等并游焉，号曰八友。”《南齐书》卷四十《竟陵王子良传》，谓其热衷于浮屠仪式法事，“数于邸园营斋戒，大集朝臣众僧，至于赋食行水，或躬亲其事”，而转经唱导等佛教化俗宣传，按当时习惯就是穿插在这种斋会过程中进行。《高僧传》卷十三《僧辩传》及《慧忍传》载，南齐永明七年二月，竟陵王子良召京师善声沙门于西邸，共同斟酌梵呗旧声，诠品新异，对佛教诗歌音乐作了一次系统的整理，并多有新声诗偈问世。时僧辩为作《古维摩》一契，《瑞应》七言偈一契，最是命家之作。而慧忍所得，最为长妙。他以帝胄名王之尊，同佛教、文学两方面都保持着极密切的关系，乃是促成佛教与中国诗歌互相沟通的有力人物之一。

据释道宣《广弘明集》中《统略净住子序》所记，竟陵王子良尝自名“净住子”，著有《净住子净行法门》二十卷，由琅琊王融为之作颂。严可均氏《全齐文》卷七萧子良《净住子序》篇末案云：“《净住了》有专行本，张溥刻《竟陵王集》全载之，凡三十一章，今不具录，每章有王融颂，今编入王融集中。”像这样在散文体的论著中每一章都有诗颂，似多少还能见出一些佛经与唱导体制韵、散间隔影响的痕记。王融为南齐的诗坛名流，且与萧子良“特相友好，情分殊常”，兼以“文辞辩捷，尤善仓卒属缀，有所造作，援笔可待”（《南齐书》卷四十七《王融传》）。他曾代竟陵王作书与当时著名佛学家刘虬探讨释理，有的史料上还说他是名僧法献的俗家弟子，是一位既精通诗歌，又深受南朝佛教艺术文化气息浸益的文士。他作为竟陵王西邸文学集团中重要的一员，对萧了良组织的那些意在沟通佛教与诗歌关系的活动不会无所参预，而且凭着他诗人的敏感和才力，对这里面的奥妙也必然有相当的悟解。所以，他这一组为萧子良佛法论著属缀的诗颂，包括十一首七言诗颂在内，无论从哪个角度去推论，都与就在他身边流行的梵呗新声及唱导歌赞有着割不断的关系。这些作品从其渊源上来说，亦应列为是本地诗人承受了佛偈译文某些影响之后而产生的新事物。

了然于这些七言颂的创撰缘起及其与佛偈翻译之关连，我们再把它们放到中古七言体诗发展的流程中来加以考察，根据前面所录的六首作品呈现的形式特征，做些前前后后的对勘比较，即能见出，此类佛理诗颂作为佛偈译文与中国美化文七言诗之间的传媒，对于促成梁末七言古诗之趋向成熟所起的作用实至关重要：

第一，按《净住子颂》里这些七言诗颂，体制结构已达到较高程度的统一，它们不但使魏晋以来七言诗多种篇句结构模式纷然并呈的现象一扫而空，同时也比刘宋鲍照的诗作更接近于梁末成熟型的七言体作品。如前文所说，鲍照所作的七言乐府，尚带有较多杂言成分，并时常要冒出一些三句一解及每句押韵之类的情况，说明它们尚未经过统一的整合规范；而王融的这些七言诗颂，就无一例外都是标准的通体七言，其间诗意递进之两句两句转送及采用隔句押韵方法，也已经成为它们完全划一的结构韵律特点，论其具体的形式面目，则已与梁末《燕歌行》《行路难》等一类篇章略无二致。所不同的仅仅是梁元帝、王筠这两首著名乐府采用了换韵的方法，与《净住子颂》的七言诗一韵到底总是有些差别。但是一首诗的换韵或不换韵，主要还是依据作品篇幅的长短来考虑确定，这本身可由作者自己掌握而绝非是一个不能变通的格律要求。问题的实质恰恰在于，从我们现在所能见到的史料来看，我国中古时代的七言体诗发展至此，才能算在真正意义上达成了“通体七言”“隔句押韵”和“两句两句衔接转递”这三个要素完整的配合，这样就由这些佛理诗颂为梁末成熟七言诗的出现提供了一个规范化的模型。而且它们产生的时间，又适在与梁代相接的南齐，宜于为梁元帝、王筠等一些作家所参仿和借鉴。

第二，从大量运用对偶句这一征兆上看，上述佛家韵语似对梁末的七言乐府诗亦有显著的感染影响。喜欢在诗中以骈对的句格来修辞行文，自西晋开始就已成为我国五言诗创作的一种时髦风尚，但七言诗所呈的形势却远非如此。我们顺着次序读逯钦立的《先秦汉魏晋南北朝诗》，可知迟至刘宋时代这一体裁的诗歌还是不怎么讲究骈对的，当时的诗人们确实未尝在七言诗中去经意追求行文的骈俪化。不过至于萧梁之末，情况就有了很大改观，这时期七言诗创作崇尚骈字属对的风气云蒸霞蔚，如梁元帝、王筠、萧子显等人所撰的七言乐府诗，均倾意排列缀用俪字偶句以求一展其作品的新姿。这类现象反映为一个时代文人创作心态和审美观念的变化，质其原委则在较大程度上亦得力于《净住子颂》等佛理诗颂的启发和感触相通。王融这些七言颂的一大醒目标记，是其中奇偶相对的句子比比皆是，我们在产生这些作品的南齐以前，从来没有看到过这样注重骈对的七言诗歌。虽然这里面大部分骈句的对仗并不那么工整，却演示出了七言诗形式技巧进化的一种新趋向，而梁末以后七言乐府大量运用骈偶句这一潮流的漫涌，可肯定离不开这些佛教歌赞、诗颂在其上游为之推波助澜的作用。

第三，爰论及诗歌之语言特色，如上佛家韵语固然因寓托佛理而有个别地方显得较为费解，但整体的语言风格相当通俗畅达。而贯注于这些篇什中间的气调脉络，亦能达到首尾通连而又有一定抑扬变化，故读起来朗朗上口，给人以一种节奏分明、贯若连珠的悦耳感受。诸如此类的语言艺术成就，在佛偈译文里是断断不可能达成的，却明白无误地被蒙受其影响的中国佛理诗颂所做到了。因为这些诗颂本身利用汉语创作，兼取中土美化文七言诗与佛偈译文两者之长，充分吸收当时梵呗、唱导审音调声的新成果，转而对本土的七言诗体作出重要的改进，由兹在中国韵文史上开创了一种特定的诗歌语言风格。这种语言风格不同于魏晋七言诗的委婉舒徐，与秦汉七言歌谣之俚质粗朴更异其趣，而以浅切明畅、圆熟流转为其主要的特征，说得透彻些是总带有几分佛教化俗唱词的那股味儿。这是一种为人们喜闻乐诵的东西，所以在南北朝后期到初唐时代，竟风靡、笼罩了七言诗坛两百年之久，使众多名篇辞风语调上都深受其染著影响。就以梁元帝《燕歌行》、王筠《行路难》这两首作品来说，它们在这一方面对于前者承继的痕迹也是非常明晰的。

总之，像王融《净住子颂》这类用七言体写成的佛家韵语，它们作为佛偈译文与中国美化文七言诗之间的中介传媒，确曾在一个关键性时刻介入了鲍照以还本土七言诗的变革过程，并在显著程度上牵掣着此后七言诗歌形式上演进的流向。这一事实影响所及，直接关系到梁末一些成熟型七言乐府诗的出现。它们一方面承受了来自佛偈译文的熏习、影响，另一方面又把自己的形式特征传送给后代的七言诗。我们把本文所作的论述综合起来，就可以对中古七言诗体的发展与佛偈翻译之间的关系有一个大致的了解，而佛经通过传译进入中国后对本土文学影响之深远，由兹亦能略见其中之一斑。为了方便读者掌握佛偈翻译与中国七言诗之间的来龙去脉，谨于此画一图表对本文所述的内容作一小结：

汉译佛典	梵呗七言诗颂	文人所作的	梁末成熟期
七言偈	唱导七言歌赞	七言诗颂	的七言乐府诗

1992年11月

附注：兹文写作过程中，在某些观点和材料运用上曾受王运熙先生《七言诗形式的发展和完成》一文的启发，特加注出，以明源流。

原载《中华文史论丛》第五十二辑，此据陈允吉《佛教与中国文学论稿》，上海古籍出版社2010年版。

20 世纪中古文学研究与佛教的因缘

——以《孔雀东南飞》和“永明声律论”的争议为中心

戴 燕

一

1920 年，梁启超作《翻译文学与佛典》，于《翻译文学之影响于一般文学》一节①，称自鸠摩罗什诸经论出，“然后我国之翻译文学完全成立，盖有外来‘语趣’输入，则文学内容为之扩大，而其素质乃起一大变化”；众多佛教经典“不特为我思想界辟一新天地，即文学界之影响亦至巨焉”。其影响及于文学的方面：第一，国语实质之扩大，产生了像因缘、果报、涅槃、刹那、众生等新的语汇，“佛学既昌，新语杂陈”；第二，语法及文体之变化，骈文古文而外，出现了一种“组织的解剖的文体”，而宋儒效仿禅宗语录，“实为中国文学界大革命”；第三，文学情趣之发展，近代纯文学如小说、歌曲皆与佛典翻译文学有密切的关系，马鸣所著《佛本行赞》，“实一首三万余言之长歌，今译本虽不用韵，然吾辈读之，犹觉其与《孔雀东南飞》等古乐府相仿佛”，“此等富于文学性的经典，复经译家宗匠以极优美之国语为之移写，社会上人人嗜读……故想象力不期而增进，诠写法不期

① 在这一节里，梁启超也谈到他的一个基本观念，就是“凡一民族之文化，其容纳性愈富者，其增展力愈强”。见《翻译文学与佛典》六，载梁氏著《佛学研究十八篇》，中华书局 1988 年影印版。

而革新，其影响乃直接表现于一般文艺。我国自《搜神记》以下一派之小说，不能谓与《大庄严经论》一类之书无因缘，而近代一二巨制《水浒》《红楼》之流，其结体运笔，受《华严》《涅槃》之影响者实甚多。即宋元明以降，杂剧、传奇、弹词等长篇歌曲，亦间接汲《佛本行赞》等书之流焉”；①第四，歌舞剧之传入，南北朝时的拨头即从南天竺附近的拔豆国传来，后来著名的兰陵王、踏摇娘又都从拨头变化出来；第五，字母之创造，梵文进来后，才有唐代守温制作见溪群疑等三十六字母。

在佛教翻译文学给予中国文学各方面的影响当中，他首次谈到《佛本行赞》和《孔雀东南飞》的关系。②

1924年为欢迎泰戈尔的到来③，梁启超在北京师范大学作《印度与中国文化之亲属的关系》演讲时，又提到印度大诗人马鸣。他介绍《佛所行赞》被译成华文后，“风靡一时，六朝名士几于人人共读”。这一回，他干脆说：“只怕《孔雀东南飞》一路的长篇叙事抒情诗，也间接受着影响罢。”④

在乐府诗中，《孔雀东南飞》恰是这一时期被提及最多的一篇作品。它最早出现在《玉台新咏》卷一，题“古诗为焦仲卿妻作”，署“无名人”，但列在繁钦、曹丕之间，可知编者视其为建安也就是焦仲卿时代的作品。郭茂倩《乐府诗集》收

---

① 列出以上各书，梁启超其实预计会遭致“附会太甚”的质疑，所以他还有“其中并不含佛教教理，其著者或且于佛典并未寓目”这样一个解释。但是，他也更相信有所谓“公共遗产”，后人承袭这份遗产，或表面无关系，或亦不自知，“然以史家慧眼烛之，其渊源历历可溯也”。

② 马鸣是印度贵霜王朝迦腻色迦王时代的作家，他的《佛所行赞》是最早的古典梵语诗，讲述佛陀从诞生至涅槃的生平传说，刘宋时即为宝云翻译成《佛本行传赞》，而北凉昙无谶（?—433）的汉译本《佛所行赞》却最有名，昙无谶把它翻译成了九千三百行、四万六千多字的五言长诗。见黄宝生著《印度古典诗学》，北京大学出版社1999年版，第200页。

③ 1920年，梁启超发起讲学社，每年邀请一位西方学者来华讲学。美国的杜威、英国的罗素、德国的杜里舒都是由讲学社安排来华的，泰戈尔是第四位。梁启超仰慕泰戈尔，除了他是有名的诗人，还因为他对西方文化的猛烈批判。泰戈尔的系列演讲“中国与世界文明”“文明与进步”“真理”等，后来印成《在华演讲集》，有梁启超的序。1924年5月8日为泰戈尔64岁生日，讲学社设宴祝贺，梁启超即席赠他“竺震旦”之名。见张朋园著《梁启超与民国政治》，台湾汉生出版社1992年版，第160页。

④ 梁启超《印度与中国文化之亲属的关系》，原载《晨报副刊》1924年5月3日，转引自《饮冰室合集·文集41》，中华书局1989年影印本，第42页。

在"杂曲歌辞"类，称之为"古辞"，也以为是汉人所作。因此，一般人都当它产生于建安时期，只有宋代的刘克庄在《后村诗话》里说它是"六朝人所作"，又说《木兰诗》是唐人所作，"《乐府》惟此二篇作叙事体，有始有卒"。[①]梁启超在1922年发表《中国韵文里头所表现的情感》时，曾把它作为"写实诗"之例，列在汉乐府《孤儿行》与魏晋时的左思《娇女诗》之间，在稍后发表的《中国之美文及其历史》中，也还把它当成建安时"写实"的作品；可是事隔不久，他就怀疑它的时代，同时也怀疑到它的印度佛教渊源。

尽管梁启超再三强调自己别无其他证据，可疑问一旦发出，立刻引起连锁的反应。正在北京大学主讲汉诗的黄节看到后[②]，马上写信询问，有何证据说《孔雀东南飞》为六朝后作。梁启超没有答复，却由陆侃如代帅作答。陆侃如写了《孔雀东南飞考证》一文，以诗中述及华山、青庐、龙子幡三事，根据(一)《乐府诗集》卷六四引《古今乐录》说《华山畿》为歌颂宋少帝时一女感于士子为自己而死，遂投棺，家人乃合葬称"神女冢"；(二)《酉阳杂俎·礼异》记"北朝婚礼，青布幔为屋，在门内外，谓之青庐"；(三)《宋书·臧质传》谓"世祖至新亭即位……六平乘并施龙子幡"，证明"青庐是北朝的制度，龙子幡是南朝的制度，但不如华山神女冢之可断定为宋少帝事"，《孔雀东南飞》因此是齐梁时人作。[③]

但陆侃如的举证，很快为黄节批驳。黄节根据版本不齐、句多古拙以及曹植、王粲等人的《出妇赋》与之关联等理由，指出《孔雀东南飞》应当还是汉人的作品，只不过曾经六朝人的增改和润饰。陆侃如、黄节而外，这以后，刘大白、张为骐、古直等人都卷入了或从信旧说、或主张六朝的讨论，张为骐还以"交广市鲑珍""下官奉使命""足下蹑丝履……纤纤作细步""初七及下九""六合正相应""处分适兄意""诺诺复尔尔""承籍有宦官""堂上启阿母""小子无所畏"等诗句

① 刘克庄《后村诗话》卷一，王秀梅点校，中华书局1983年版，第6页。

② 1923年，黄节在北京大学主讲汉魏乐府，1924年北京大学出版了他的《汉魏乐府风笺》。

③ 陆侃如《孔雀东南飞考证》，《陆侃如古典文学论文集》，上海古籍出版社1987年版，第544—551页。

为例，说诗里头有许多都是建安以后的词句。①

针对梁启超的猜想及张为骐等人的呼应，胡适后来也写了一篇题为《〈孔雀东南飞〉的年代》的文章，论述该诗之作，应当在佛教盛行中国之前、建安以后不远。胡适认为：第一，全诗没有一点佛教思想影响的痕迹，像这样一件生死离别的大悲剧，如果在佛教盛行以后，至少有来生、轮回、往生一类的希望，这在焦氏夫妇离别、焦氏别母的几句诗里却都看不到；第二，《佛本行赞》《普曜经》等长篇故事译出后，并未造成多大影响，梁启超说它“译成华文以后也是风靡一时，六朝名士几于人人共读”，其实“是毫无根据的话”，因为六朝名士欣赏的是，道安、支遁、僧肇一流的玄理，而非此几万言的俗文长篇记事。胡适显然是采信黄节之说，他肯定《孔雀东南飞》先在民间流传，而正式作于建安以后不远的3世纪中叶。他还引曹丕《临高台》末段的“鹄欲南游，雌不能随……五里一顾，六里徘徊”以为参照，推测当时大概有一种“孔雀东南飞”的古乐曲调子，“孔雀东南飞，五里一徘徊”便是这民歌的起头。他以为连曹丕的诗也是根据民歌删改的，其本辞，则应为收入《玉台新咏》和《乐府诗集》“瑟调曲”的“飞来双白鹄，乃从西北来……”词句不同，可是同属于男子不能庇护他心爱妇人的“母题”(Motif)。因焦氏夫妇的故事与之相合，所以民间诗人也用这支歌来做引子。②

黄节、胡适的论证，确乎比梁启超突如其来的联想合乎情理。后来朱自清也否认《佛所行赞》对中国诗有什么影响，说它的“译文用五言，但依原文不用韵。这种长篇无韵诗体，在我们的语言里确是新创的东西，虽然并没有在中国诗上发生什么影响。可是这种翻译也只是为了宗教，不是为诗”③；而余冠英编《乐府诗选》，也是接受了黄节、胡适的判断。④

---

① 参见《陆侃如古典文学论文集》所收《黄晦闻致陆侃如书》《陆侃如答黄晦闻书》《胡适跋张为骐〈论孔雀东南飞〉》《论〈孔雀东南飞〉，答胡适之先生》诸文，上海古籍出版社1987年版。

② 胡适《〈孔雀东南飞〉的年代》，《现代评论》1928年第6期，第149页。

③ 朱自清《译诗》，《新诗杂话》，生活·读书·新知三联书店1984年版，第69页。

④ 余冠英在《乐府诗选·序》(1950年10月)中说：《孔雀东南飞》产生在汉末，见于记录却是陈朝，其间的传播主要是靠民间歌人的口头传唱。见余氏《乐府诗选》，人民文学出版社1953年版。

二

像梁启超这样的猜测，并不算最早将佛教与两汉魏晋南北朝文学牵扯到一起的，刘师培在1905年《国粹学报》上发表的读书随笔《贾生鹏赋多佛家言》中，就曾援引佛典与贾谊的《鹏鸟赋》作比较，说“西汉之时，佛教未入中国，而贾生鹏赋则多佛典之言”。《鹏鸟赋》中近于释典者，他说有“万物变化兮，固无休息，斡流而迁兮，或推而还，形气续转兮，变化而嬗”等六例，“此即佛家不生不灭之说，所谓其来无始，其去无终也”。①

说《鹏鸟赋》“多佛家言”，当然是想象居多。不过至少在1908年为苏曼殊所编八卷本《梵文典》写《序》时②，刘师培就注意到中国与印度在原始语言上的联系，他因此阐述梵文的价值说：在汉民东迁以前，支那、天竺“相依若唇齿”，“故汉土语言，多导源梵语”；但“汉字主形，梵字主音。主音之字，立音为纲，以音统义。故释教既昌以后，亦兼崇发音”，“一切妙法，均由闻入”。③

如果说“汉土语言，多导源梵语”也还有待论证的话，那么梁启超讲《孔雀东南飞》与《佛本行赞》有关，就已经不是突发奇想。东汉之后佛教在中土炙手可热的事实，使人不得不联想到它对文学的渗透。同在1920年撰写的《佛教教理在中国之发展》一文中，梁启超谈及“东晋宋齐梁约二百余年，北地多高僧，而南地多名居士”的现象，所列举出南方“有功大教”的居士，就包括著有《喻道论》的会稽孙绰、著有《持达性论》的琅琊颜延之、再治南本《涅槃》的阳夏谢灵运、难张融《门论》的汝南周颙以及写作了《灭惑论》的刘勰，这些“在家白衣”，“除弘教

① 刘师培《贾生鹏赋多佛家言》；邓实、黄节《国粹学报(4)》，广陵书社影印2006年版，第1165—1166页。

② 苏曼殊编《梵文典》八卷，未出版，现存仅有其《自序》、章太炎《梵文典序》、刘师培《梵文典序》并何震《梵文典偈》。

③ 刘师培《左盦外集》卷十七，《梵文典序》，《刘申叔遗书(下)》，江苏古籍出版社1993年版，第1772页。

外，其文学及他种事业，皆足以传于后”。[1]

1923年，鲁迅在新出版的《中国小说史略》第五篇《六朝之鬼神志怪书》里，也许是受了梁启超“自《搜神记》以下一派之小说，不能谓与《大庄严论》一类之书无因缘”之判断的启发，就把这一时期志怪小说的发达，归结为“中国本信巫，秦汉以来，神仙说盛行，汉末又大畅巫风，而鬼道愈炽；会小乘佛教亦入中土，渐见流传。凡此，皆张皇鬼神，称道灵异，故自晋讫隋，特多鬼神志怪之书”。书中举梁吴均《续齐谐记》所载“阳羡鹅笼”的故事，引段成式《酉阳杂俎·续集》谓出吴时康僧会所译《旧杂譬喻经》的话，说明“魏晋以来，渐译释典，天竺故事亦流传世间，文人喜其颖异，于有意无意中用之，遂蜕化为国有”的过程；又若宋刘义庆《宣验记》、齐王琰《冥祥记》、隋颜之推《集灵记》、侯白《旌异记》四种，则被当成“释氏辅教”之书。[2]而在鲁迅参考过的1919年日本出版的盐谷温《支那文学概论讲话》里，也有关于东汉以后文学与佛教相联系的记述：汉代以后，方言混杂，“而且加以魏晋以来戎狄入内地杂居的多，中原底音韵就大形混乱了。恰当是时佛典底翻译偕天竺底声明学传来，整顿汉族底音韵之必要即应时发生，学者底研究渐渐开始了”。[3]

1927年，郑振铎发表《研究中国文学的新途径》，三个途径中，他指出第一就是“要研究中国文学究竟在历代以来受到外来的影响有多少”，即所谓中国文学的“外化考”。根据他的描述，唐代以前，“最初是音韵的研究，随了印度的佛教之输入而输入，而印度及西域诸国的音乐，在中国乐歌上更占了一大部分的势力。其后，佛教的势力一天天的膨胀了，文艺思想上受到无穷大的影响”。[4]

---

① 梁启超《佛教教理在中国之发展》，《佛学十八篇》，江苏文艺出版社2008年版。

② 鲁迅《中国小说史略》由北京大学新潮社于1923年12月出版上卷本（第一篇至第十五篇）、1924年6月出版下卷本（第十六篇至第二十八篇），1925年北新书局合为一册出版，有所修订，1930年又一次修订出版。此处所引据《鲁迅全集》第8卷《中国小说史略》，人民文学出版社，1957年，第31、38、40页。在1924年7月所作讲演《中国小说的历史的变迁》中，鲁迅也直陈：“还有一种助六朝人志怪思想发达的，便是印度思想之输入。”（《鲁迅全集》第8卷，第320页）

③ 盐谷温《中国文学概论讲话》（原名《支那文学概论讲话》），孙俍工译，开明书店1929年版，第12页。

④ 郑振铎《研究中国文学的新途径》，《小说月报》（第十七卷号外：中国文学研究），商务印书馆1927年版。

三

20世纪30年代，陈寅恪一系列有关魏晋南北朝史的论文，把魏晋南北朝佛教与文学之间关系的话题引向深入。他在1930年发表的论文《三国志曹冲华佗传与佛教故事》里指出，《三国志》的曹冲、华佗传中，都有佛教故事辗转因袭杂糅附会其间：一是《魏志》所记载“曹冲称象”，乃附会北魏《杂宝藏经》里的佛经故事，因为像在当日并非中原的动物，《杂宝藏经》的汉译虽在此后，但这故事却早已传入中土；二是“华佗”为五天外国之音，古音即天竺语agada，是所谓“药”的意思，《华佗传》所述种种神奇医术，都是民间比附印度的神话故事而来。在这篇论文里，陈寅恪还提到竹林七贤的所谓“竹林”，也是假托佛教名词“Velu”或“Veluvana”的译语，是指释迦牟尼说法的地方。

陈寅恪在欧美游学期间学过梵文、蒙文、藏文等多种语言，也了解比较语言学在欧美兴起及发达的情况。[①]正是由于有这样一个学术背景，在1927年发表的《大乘稻芊经随听疏跋》里，他曾利用蒙、藏、梵语考出《大乘稻芊经随听疏》的译者、唐代吐蕃沙门“法成”，在蒙文里写作“答哩麻悉谛”，依梵文则作“Dharma-Siddhi”，即藏文“Chos-grub”，而“法成”是他的中文意译名。法成和玄奘一样，“同为沟通东西学术，一代文化所托命之人”。[②]在同年发表的《童受喻鬘论梵文残本跋》中，他又以马鸣菩萨《大庄严论》的鸠摩罗什译本与路得施整理的原梵文残本相比照，赞扬鸠摩罗什在翻译史上的成就，“仅玄奘可以与之抗席”。[③]他

① 金克木曾在《梵语语法〈波你尼经〉概述》(1945年稿，1978年修订)一文中介绍说：“自从十八世纪末期梵语和它的语法体系传到欧洲以后，近代比较语言学便由此兴起。”“梵语语法体系照明了希腊语、拉丁语和许多欧洲语言的研究，因而出现了存在着一个印度—欧罗巴语系的结论，使我们了解了许多语言的亲属关系及其发展途径”，“这种着重从语言的词的形态(音)分析并比较语言的语法构造和词的关系的研究，在十九世纪的语言学中占了主要地位”。见金氏《印度文化论集》，北京大学出版社1983年版，第233页。

② 陈寅恪《金明馆丛稿二编》，生活·读书·新知三联书店2001年版，第288页。

③ 同上，第236页。

还写过《忏悔灭罪金光明经冥报传跋》《敦煌本十诵比丘尼波罗提木叉跋》等涉及小说史、文字学的文章。[①]在《三国志曹冲华佗传与佛教故事》这篇论文中，从《曹冲传》《华佗传》中找到印度佛教和梵语的“灵感”，并不偶然。

值得一提的还有钢和泰（A. von Stael Holstein）的影响。钢和泰是一位精通梵文的爱沙尼亚贵族，1917 年来到北京，应胡适之邀在北大讲梵、藏文和古印度宗教史等课程。在 1923 年出版的北京大学《国学季刊》第 1 卷第 1 期上，他发表由胡适翻译《音译梵书与中国古音》的论文指出，研究各时代汉字的读法，除了利用传统韵书如《唐韵》之类、由反切获知字的读法而由韵表获知韵母的分类之外，还可以利用另外两种重要的材料：第一是“中国各种方言里与日本安南朝鲜文里汉字读音的比较研究”，第二是“中国字在外国文里的译音，与外国字在中国文里的译音”；而在外国字的汉文译音中，他又指出“最应该特别注意的是梵文的密咒（Mantras）一类”，因为圣咒不能正确念诵，则念咒人不但不能得福，反而被祸，因此“可以相信当日译音选字必定是很慎重的”，于是，“只要我们能寻出梵文原文来和音译的咒语对照，便可以知道那些汉字在当时的音读了”，所以，“梵咒的音读因为有宗教的性质，故在中国古音学上的价值比一切非宗教的译音（如地名人名等）格外重要”。他自己就用宋代法天所译梵咒，与根据藏文义译本推导出来的梵文原本加以对照，考订一些汉字的古音，并且希望有人能在三国时吴国以至后汉的译本上下工夫，以期得到更重要的结果。[②]

钢和泰的分析方法，加之他对中国学者所寄予的通过“注重这一类古音材料”，“不但中国音韵沿革史可以得许多旁证，欧洲研究印度史和中亚史的学者，也可以得益不少”的期待，给中国音韵学界带来莫大刺激。魏建功就说，他的确使人注意到“印度的经典译成中文，而他的梵字因为宗教关系保持他的特性在各种咒偈中，因而给译经典的学者——当时的和尚——有创造字母的启示和参考……他们给了我们研究六朝以降音的‘声’的工具——字母”，而研究魏晋南

① 上述两篇文章相继发表于 1928、1929 年，均收入《金明馆丛稿二编》。

② 钢和泰《音译梵书与中国古音》，胡适译，《国立北京大学国学季刊》1923 年版第 1 期，第 47—56 页。

北朝以来的古音，一定“要注意到梵音”。①钢和泰又曾将大宝积经迦叶品的梵本、藏译本、四种汉译本放在一起逐段比照，编成《大宝积经迦叶品梵藏汉文六种合刊》于 1926 年出版，梁启超在 1924 年 3 月 9 日为之撰写的序言中，也盛赞“我们学界拜钢先生之赐实在多多了”。②从 20 世纪 30 年代初起，他还与陈寅恪、雷兴等学者连续数年在一起研读、比较《妙法莲华经》的梵、藏、汉各版本及注释。③

当钢和泰以《音译梵书与中国古音》的论文，揭示了利用梵文对音对拟构中国古音的用处之后，又有汪荣宝以《歌戈鱼虞模古读考》的论文，进一步运用梵文译经上的对音材料，指出歌戈韵在唐朝时的读音，到范文澜在 1931 年发表《与顾颉刚论五行说的起源》一文时，为说明“各种事物，差不多都有它的来源”而举出文学史上的证据，其中就有“陈思王受梵呗的影响，作《太子颂》《睒颂》，到齐梁时四声八病发达起来”的例子。④

正是在这种学术风气下，1934 年末，陈寅恪又写下一篇《四声三问》⑤，再次牵入佛教及印度元素，考得齐梁时的“四声说”乃出于印度古时声明论的三声。

四

写这篇论文，陈寅恪说是受了王国维《五声说》的启发。⑥

1916 年，王国维从京都回到上海，开始研究古字母音韵学，1917 年，就隋唐

---

① 魏建功《古音学上的大辩论——〈歌戈鱼虞模古读考〉引起的问题》，《魏建功全集》(3)，江苏教育出版社 2001 年版，第 103 页。

② 梁启超《佛教教理在中国之发展》，《佛学十八篇》，第 414 页。

③ 王启龙《钢和泰学术年谱简编》，中华书局 2008 年版。

④ 范文澜《与顾颉刚论五行说的起源》，《范文澜全集(文集)》，河北教育出版社 2002 年版，第 3 页。

⑤ 有关这篇论文的写作背景，参见平田昌司《读陈寅恪〈四声三问〉》，载《学人》第十辑，江苏文艺出版社，1996 年 9 月。

⑥ 据袁英光、刘寅生编《王国维年谱长编》(天津人民出版社 1996 年版)，1924 年 4 月 11 日，王国维有信致唐兰说：“前拙撰《五声论》疑《声类》韵集之五声，即阳声一阴声四，亦不过拟议之词，尊意在反证此事，亦未得确据(因陆韵次序不必同于吕韵，犹王仁煦韵次序不同于陆韵也)，且存而不论可也。”(第 415 页)平田昌司说陈寅恪写《四声三问》，是由于整理王国维遗著时受了启发，但从此信看，可能仅是原因之一，更重要的是，王国维自己颇为看重的《五声论》在当时学界有一定的影响。

韵书撰成《五声说》《声类韵集分部说》《书巴黎国民图书馆所藏唐写本切韵后》等12篇文章。在《五声说》中,他讨论魏晋以上“五声说”与宋齐以后“四声说”的区别,得到一个简单的结论:魏晋时以五声(按:五声指阳类一与阴类平上去入四,平声有二,上去入各一,合为五声)命字代表的仍是古音传统,“宋齐以后,四声说行而五声说微”,但周颙、沈约等人撰《四声谱》,仅是为“属文而作,本非韵书”,因“其时阳类已显分三声,与阴类三声及入声而七,用之诗文,则阴阳可以互易,而平仄不能相贸,故合阴阳两类而为四声”。①

王国维的这一结论,继承了明清以来古韵学的成果,主要是段玉裁的“古四声不同今韵”说,但也可以说,这个结论仍然是在传统声韵学的范围内得出的,即他在文章中所说“余之五声说及阳声无上去入说,不过错综戴(震)、孔(广森)、段(玉裁)、王(念孙)、江(有诰)五家之说而得其会通,无丝毫独见参与其间,而证之事实则如彼,求之诸家之说又如此,阳声之无上去入,虽视为定论可也”。在这一时期的研究当中,他对清代音韵学评价极高,在写给罗振玉的信中,他既表彰“本朝古韵学之学自顾(炎武)、江(永)、戴(震)、段(玉裁)、孔(广森)、王(念孙)、江(有诰)诸家以后,盖已尽美尽善”,前无古人、后无来者,又不无自豪地宣称《五声说》是“为七级浮屠安一相轮,与上七家同一血脉,而又得古韵今韵所以转变之故”。②

事实上,在陈寅恪的《四声三问》发表之前,对于齐梁“四声说”的解释,都不出传统的声韵说系统。就连写过《梵文典序》的刘师培,在1919年出版的《中国中古文学史》里也还是说:永明声律的发明,主要由于“江左人士喜言双声,衣冠之族,多解音律,故永明之际,文章皆用宫商,又以此秘为古人所未睹也”。而他在总论宋齐梁陈文学的时候,论及当时“士崇讲论,而语悉成章”之一特色,也只说到晋宋士大夫均擅清言、齐梁国学诸生唯以辩论儒玄为务,因而锻炼出“辨析

① 王国维《五声说》,《观堂集林》卷八,中华书局1994年版。

② 王国维1917年8月10日写给罗振玉的信,引自袁英光、刘寅生编《王国维年谱长编》,第228页。

名理,既极精微,而属词有序,质而又文,为魏晋以来所未有”。[①]但是,陈寅恪的三问三答,却以其特别关注中古文化史中中外交流的背景,牵入佛教及印度元素,而使历来有关“四声说”的解释根本扭转了方向。

陈寅恪认为,中国文士创造的平上去入“四声说”,实际上是对当时转读佛经之三声的模仿,即分别为平、上、去三声,外加入声而为四声。所谓转读佛经之三声,又出自印度古时声明论(按即梵语语法)之三声,天竺围陀的声明论依声之高低,分别为三,当佛教徒转读经典时,这三声之别也随之输入,文士依此编撰声谱,把转读佛经的声调应用于中国美文。至于“四声说”为什么恰恰产生于南齐永明周颙、沈约之手,他的解释是,由于武帝永明七年二月二十日,竟陵王子良大集善声沙门于京邸,造经呗新声,这是当时考文审音的一个大事件。陈寅恪还根据《高僧传》的记载,分析自宋之中叶至齐之初年,建康居住有许多能讴经呗的“善声沙门”,与审音文士常相交流、互为影响,鸡笼西邸便既为审音文士抄撰的学府,也为善声沙门结集的道场,此外,从陈思鱼山(东阿境内)制契的传说一出刘敬叔《异苑》、一出刘义庆《宣验记》而二刘都生在晋末宋初来看,也可见这一传说东晋末年即已流行,其中便暗示着善声沙门与审音文士的合作。因此,“四声说”应当是外来的,“五声说”与“四声说”分别代表了中西、古今的不同理论。

五

对“四声说”产生的原因重加考量,平田昌司以为也是出于“对国语语法和欧化诗格律的观感”[②],因为陈寅恪并不欣赏套用西洋文法、西洋句读。的确,陈寅恪是更强调中国语文之特殊性的,声调与对偶,在他看来,恰是“与华夏民族

① 刘师培《中国中古文学史讲义》,人民文学出版社1957年版,第94、92页。
② 平田昌司《读陈寅恪〈四声三问〉》,载《学人》第十辑。

语言文学有密切关系者”,是中国语言文学最值得研究的特征。但他推重声调与对偶,和“六朝派”也有所不同,他倒不是要拔高六朝文的地位,而是要呼应现代学术的潮流。利用古印度及佛教的相关文献知识,特别是借助中古时期中国接受域外文化的有关思考,即当六朝时“神州政治,虽为纷争之局,而思想自由,才智之士亦众,佛教输入,各方面皆备,不同后来之恪守一宗一家之说者”的这样一种判断①,也的确使他把原来只是靠韵书、韵文等传统文献来解决的一个音韵学问题,拓宽到了中外文化交流的另一个宏大领域,从而引起巨大反响,“是说既出,学者多从之”。②

刘大杰的《中国文学发展史》就曾直接引用陈寅恪的文章段落,称它“使我们对于四声说的成立,由于佛经转读的影响实无可怀疑”。③饶宗颐也说:“是说既出,学者多从之,罗悟庵著《汉语音韵学》,几于家喻而户晓矣。”④平田昌司在最近的研究中则指出,“根据近几十年整理出来的中亚出土文献资料判断,梵赞对四声论的影响大致可以相信”。⑤

而逯钦立作《四声考》,考论“四声说”创自刘宋周颙,其所发明,关键在于“纽”的发现,周颙以体语“壬衽任人”之为“纽”,与印度体文“波颇婆摩”之为“纽”的方法相同,文章又引《高僧传·慧叡传》“灵运著《十四音训叙》条例梵汉,昭然可了”的说法,称谢灵运《十四音训叙》“实有以启之”,因周颙分判四声、沈约撰《四声谱》,创为文学新的韵律,主要就是针对旧五言诗体进行的改革,而所谓旧体诗的代表,便为作诗“阐缓”“冗长”的谢灵运。⑥

由齐梁时代“四声说”产生原因的讨论,上溯而至晋宋之间谢灵运所作《十四音训叙》。事实上,黄节在《谢康乐诗注序》里已指出:“康乐之诗,合诗易聃周

---

① 陈寅恪《〈大乘义章〉书后》,《历史语言所集刊》1930年第1期,第2页。

②④ 饶宗颐《印度波你尼仙之围陀三声论略——四声外来说平议》,《梵学集》,上海古籍出版社1993年版,第81页。

③ 刘大杰《中国文学发展史》,上海书店1990年版,第213页。

⑤ 平田昌司《读陈寅恪〈四声三问〉》,载《学人》第十辑。

⑥ 逯钦立《四声考》,《汉魏六朝文学论集》,吴云整理,陕西人民出版社1984年版。

骚辩仙释以成之。”[①]1932 年，汤用彤发表《竺道生与涅槃学》的文章，就说“近日黄晦闻先生论康乐之诗，谓其能融合儒佛老，可见其濡然之深”，他考辨谢灵运与佛教相关的事迹[②]，大概便是受了黄节等人的启发。在 1938 年出版的《汉魏两晋南北朝佛教史》一书中，汤用彤于第十三章“佛教之南统”特设“谢灵运”一节，虽评价谢灵运“于佛教亦只得其皮毛，以之为谈名理之资料”，却仍谈到谢灵运在元嘉七年作《十四音训叙》等事迹，称他“文才及家世为时所重”，“故《涅槃》之学、顿悟之说虽非因其提倡，乃能风行后世。但在当时，谢氏为佛旨揄扬，必有颇大之影响”。[③]后来，汤用彤再写一篇《谢灵运〈辨宗论〉书后》，仍然强调之所以表彰谢灵运，不是由于他有什么“孤明先发”的哲理，而是“其所著《辨宗论》(收入《广弘明集》中)，虽本文不及二百字，而其中提出孔释之不同，折中以新论道士(道生)之说，则在中国中古思想史上显示一极重要之事实”。[④]

兴膳宏稍后在讨论沈约《宋书·谢灵运传论》的一篇文章中，对谢灵运所作《十四音训叙》有更详尽的阐述，指出参与翻译南本《涅槃经》的谢灵运就曾向僧慧叡学习梵语，并写出梵语入门的《十四音训叙》，用反切法来表示 50 个梵音字母的读音，虽然谢灵运那时还没有关于“四声”的意识，但他可能已经感觉到了汉语内在的音律。[⑤]周　良后来在《魏晋南北朝史札记》“谢灵运传”条中，也引兴膳宏的说法，不过他指出，“细绎僧传文义，及《悉昙藏》所引《玄义记》称‘宋国谢灵运云’之言，则此书实不出灵运手，乃慧睿之作。然灵运颇通梵语音声，慧睿

① 黄节《谢康乐诗注》，《汉魏六朝诗注六种》，人民文学出版社 2008 年版，第 568 页。

② 汤用彤《竺道生与涅槃学》，原载《国学季刊》三卷一号(1932)，转引自汤氏《理学·佛学·玄学》，北京大学出版社 1991 年版，第 114 页。在这篇论文中，汤用彤论及晋末宋初研究涅槃者，已将谢灵运列入其中，并说明谢灵运的《辨宗论》就是在永初三年至景平元年其为永嘉太守时，为演述竺道生顿悟说而作。

③ 汤用彤《汉魏两晋南北朝佛教史》，《汤用彤全集》第一卷，河北人民出版社 2000 年版，第 330—333 页。

④ 汤用彤《谢灵运〈辨宗论〉书后》，《魏晋玄学论稿》，上海世纪出版集团 2005 年版，第 94—100 页。

⑤ 兴膳宏《〈宋书·谢灵运传论〉综说》，《六朝文学论稿》，彭恩华译，岳麓书社 1986 年版。

之书当亦受其启发，故每引谢语”。他还说，唐慧均所著《大乘四论玄义记》引谢灵运“说梵字五十字音声，有‘反语成字’之言，足以窥见南朝音声之学及四声理论与悉昙研究之密切关系”。①

从谢灵运再往回溯，则是汉末的反切，也可能与梵文有关。周祖谟就把等韵字母之学的创始过程，描述为“最初在汉末因为受梵文‘悉昙章’的影响，逐渐体悟到汉字的读音也可以按照梵文分别声（体言）音（摩多）的方法辨别出声母和韵母来。晋宋以后在声母方面已有喉舌牙齿唇的分类，齐梁时期又有双声叠韵的名称。到了唐代开始创制了三十字母，宋代又增为三十六”。②

六

但是，仍然看重文学在历史的发展过程中会按照和谐柔美的要求自然调整其声律的学者，还是不赞成陈寅恪这种“横切”的方法，比如郭绍虞在《永明声病说》的文章里就强调，早在“四声说”发明之前，古人已经审音甚密，而当文学走上骈俪的道路，必然会由形的对偶进一步到音的配合。他说，陈寅恪的意见固然有理，“但只能说是受转读佛经的启发才完成这个文字音韵学上的新发明”，转读佛经才是“四声成立之最近的原因”“一部分的原因”，“永明以前已有声调的分别”，而“四声”也本是语音中所固有。③后来，他在《中国文学批评史》谈到“永明体与声律问题”的时候，又补充道：字音的研究，魏晋以来逐渐注意，“宋齐以来，加上佛经转读的风气，于是为了要把单奇的汉语，适合重复的梵音，也就利用二字反切之学使声音的辨析，更趋于精密”，可是，永明体声律说的发明，固然借助于文字审音的成果，但过去人未必就不能分别发音审调，只不过以

① 周一良《魏晋南北朝史札记》，中华书局 1985 年版，第 194 页。

② 周祖谟《音韵学的内容及其功用》，《周祖谟语言学论文集》，商务印书馆 2001 年版，第 103 页。

③ 郭绍虞《永明声病说》，《照隅室古典文学论集（上编）》，上海古籍出版社 1983 年版，第 220—223 页。

前的诗与音乐关系密切，对韵的要求不严，因此四声之分，也是诗要吟诵的缘故。①

音韵学学者中也有持相同看法的，如李新魁在《汉语音韵学》中说，声调在古代就存在，不是某人创造的，四声的名称到梁时由沈约等人提出，但误认为沈约等人的发明，是不对的。②董同龢的《汉语音韵学》则以为“中国人说话分声调，来源应比汉族的形成还要早”，“沈约等实在是利用四声的知识，制定文辞格式，引起一般人的景仰，因而造成一时文学风尚的人”，“文辞讲求声律既成一时的风尚，字音的厘订也就不可或缓；恰在此时，反切大行，工具已备。于是，别四声，分韵类，逐字注音的韵书，也就在中国应运而生了”。③

周一良在1944年发表的《中国的梵文研究》一文里，曾指出“最早的佛经一定是用方言写下来，而不是用梵文。释迦牟尼曾告诫他的弟子，应该用当地人的方言说法，不应该用梵语。这话和佛教平民化以及反对婆罗门教的精神正相符合，再看现存较早期的梵文佛经，例如妙法莲华经，也足以证明”，“汉魏以来中国所译的经典，原本一定是白话文或文白混合体的多，纯粹梵文的少”。④这个分析，实际上已是间接否定了陈寅恪在《四声三问》里面的一部分结论，亦即其所谓当佛教徒转读经典时、三声之别随之传入的第一答。后来，俞敏在《后汉三国梵汉对音谱》的文章中，更指出陈寅恪所说“佛教输入中国，其教徒转读经典时，此三声之分别亦当随之输入”的错误，他说由于有戒律，佛家弟子不可能学习吠陀声明论，而梵呗也跟“svara”不是一回事，“说汉人研究语音受声明影响没毛病，说汉人分四声是摹拟和依据声明可太胡闹了。汉人语言里本有四声，受了声明影响，从理性上认识了这个现象，并且给它起了名字，这才是事实”。⑤

---

① 郭绍虞《中国文学批评史》，上海古籍出版社1979年版，第84页。

② 李新魁《汉语音韵学》，北京出版社1986年版。

③ 董同龢《汉语音韵学》，文史哲出版社1996年版，第77页。

④ 周一良《中国的梵文研究》；朱庆之《佛教汉语研究》，商务印书馆2009年版，第468页。

⑤ 俞敏《后汉三国梵汉对音谱》，《俞敏语言学论文集》，商务印书馆1999年版，第43、46页。

饶宗颐作《印度波你尼仙之围陀三声略论——四声外来说平议》，可以说是专门针对陈寅恪《四声三问》的，以为“印度语无四声之分，以《围陀》诵法之三声，比附中国之四声，颇多枘凿之处”。饶宗颐提出三点疑问：一是《围陀》分抑扬混合三声的诵法，当波你尼在世的公元前4世纪时，当然存在，可是到公元前2世纪《大疏》出来时，在印度本部已经失传，则六朝时的中国僧徒何以能转读之？二是四声兴起，据《文镜秘府论》引刘善经《四声论》云“宋末以来，始有四声之目”，当在刘宋之际，而非永明年间，段玉裁《六书音韵表·古四声说》已有说明；永明时集沙门所造梵呗，只是诵佛经之声曲折，实与永明声病说无关。三是佛氏诵经，禁用四吠陀阐陀鞞陀等外书声音，平上去三声为《吠陀》诵经之法，沙门自不得讽诵。此外，他也提示竟陵王新制转读佛曲时，并无资料显示文士参与其事。[①]

在《文心雕龙声律篇与鸠摩罗什通韵》的文章里，饶宗颐虽也承认：“永明新变之体，以四声入韵，傍纽旁纽之音理，启发于悉昙，反音和韵之方法，取资于《通韵》，此梵音有助于诗律者也。”可是，他却更加指出了《四声三问》与史实不合的几点：一是根据《高僧传·僧辩传》和《南齐书·竟陵王传》的记载，永明七年子良集诸僧于鸡笼山邸第造经呗新声，并无文士参与；二是当时所制经呗新声为经师唱导，事属僧乐之声曲折，与永明体之诗律不应混为一谈；三是周颙所长为义解而非转读。他还揣测永明七年参制新呗的僧辩、惠忍都是建康人，料其不懂《梨俱吠陀》。[②]

七

陈寅恪考论“四声说”的文章虽然可以商榷，但他所指示佛教与文学关系的方向，却对魏晋南北朝文学史、文化史的研究有至关重要的作用。

---

① 饶宗颐《印度波你尼仙之围陀三声论略——四声外来说平议》，《梵学集》，上海古籍出版社1993年版，第79—92页。

② 同上，第93—120页。

周一良 1947 年写有《论佛典翻译文学》的文章，针对“近几十年来学风丕变”，“谈佛教哲学和佛教史的人固然得看大藏经，就是研究历史或中西交通的学者，也莫不由佛家著述获得不少有用的材料。唯独治文学或文学史的人，对于翻译佛典还未能充分利用”的现象，已从三个方面指出了研究佛典翻译文学的重要性：第一，汉译佛典中的许多篇章都有很强的文学性，撰写文学史，应当给佛典翻译文学以重要地位；第二，翻译佛典可以当寓言、故事等通俗文学来看，六朝志怪小说就有一部分是佛典影响下的产品，要研究中国通俗文学的源流演变，佛典也是不可缺少的一个连锁；第三，以佛典翻译文学与汉文文学相比较，可以解释一些特殊的用语和文法，佛典翻译文学在语文学历史上相当重要。①

周一良在后来的《魏晋南北朝史札记》中又指出，南朝时，外国表文中常可见梵文影响，如称宋帝“大宋扬都圣王无伦”“扬州城无忧天主”“扬州阎浮提震旦天子”，以首都“扬州”与天子连称，冠以“大吉”“无忧”等词，都是天竺的习惯，而对中国，或称震旦或称真丹，也是梵文“秦”的异译，这些，“皆足说明五六世纪时东南亚各国文化受天竺文化及梵文文体之影响极深，颇疑各国表文即以梵文书写者也”。②

近年来，梅维恒、梅祖麟在他们颇具影响的《近体诗律的梵文来源》③一文中，更重提《四声三问》，认为它“极富创见”，问题只在于陈寅恪“没有把注意力转到最重要的方面”。什么是最重要的方面？文章指出：第一，是四声两元化成平仄；第二，是声律规则兼顾句中的平仄；第三是每联中的两句或四行中的两联应该对仗。这是从王国维、陈寅恪所关心的声韵问题，进入到了近体诗声律模式之形成的问题，但是，说近体诗律乃是对梵文诗律的模仿，在大方向上并非与

① 周一良《论佛典翻译文学》，《魏晋南北朝史论集》，中华书局 1963 年版，第 314—322 页。

② 周一良《魏晋南北朝史札记》，第 214—215 页。

③ 梅维恒、梅祖麟《近体诗律的梵文来源》，《国际汉学》第 16 辑，王继红译，大象出版社 2007 年版。

陈寅恪不同。因此他们说接下来要考虑的，也是“中国的声律发明者了解梵语诗律与诗学方面的哪些知识，这些知识又是以何种方式促成了汉语声律的产生”。

这篇长文，比陈寅恪更进一步论证了六朝以至唐代的近体诗律，如何受到印度的影响，它也更多地使用了印度诗论和《文镜秘府论》等文献，同时更仔细地分析了一些佛教的汉文文献，以说明：一、汉语声调本来就有的差异，是怎样受到印度诗律的启发，而被应用到近体诗中，汉语诗于是由音节诗体变成了音量诗体；二、印度诗论讲究诗病的传统，又是怎样影响到近体诗所讲的“八病”。而这一研究结果，为中古文学与佛教之关系的领域，又开辟了一个新的天地。

原载《杭州师范大学学报（社会科学版）》2011 年第 4 期。

《文心雕龙》“论”之儒宗释影

陈引驰

《文心雕龙》成立于中古时代复杂的文化场景之下，关于其思想取向，历来多有歧见。本文谨以《论说》一篇中有关“论”之界说为对象，试由探索而揭示刘勰撰文成篇时观念之多元交织、显隐曲折。

关于“论”，中古时期诸如《典论·论文》《文赋》《翰林论》等，多有析说，然对之作出系统诠说者，当推《文心雕龙·论说》，篇中对“论”之源流、特质给出了自己的拟构、诠释。刘勰以“述经”为“论”之一大要点，前此诸家未曾注目，前贤尝以为乃彼时佛教经籍流行之影响有以致之，实则经学传统中“论”以释“经”已非鲜见。

然谓《文心雕龙》之“论”全然无涉梵学，亦非的说，其以《白虎通》为“论家之正体”，正透露“宗经”之“显”中“隐”含着佛典体式之消息。

一

刘勰错综文献，折衷群言，《文心雕龙》所组构之文学世界，广大宏阔固不待言，其间之曲折幽微，亦颇有待究查。本篇仅以“论”之一体，试略作探议。

《文心雕龙·论说》，开篇即谓：

> 圣哲彝训曰经，述经叙理曰论。论者，伦也；伦理无爽，则圣意不坠。①

① 本文所引《文心雕龙·论说》篇文字悉依范文澜《文心雕龙注》，人民文学出版社1958年版。

所谓“论者，伦也”，刘熙《释名》有曰：“论，伦也，有伦理也。”“伦理无爽，则圣意不坠”，“圣意”盖指“圣人之意”，故下文云：“昔仲尼微言，门人追记，故抑其经目，称为《论语》。盖群论立名，始于兹矣。”①“论”能使“圣意不坠”，缘在“述经”。由此，《论说》篇于“论”之界定，重点所在，甚为明晰。

刘勰以“述经叙理曰论”，“述经”“叙理”并举，比勘中古文论，知“叙理”乃彼时常言：

> 曹丕《典论·论文》：“书论宜理。”②
>
> 陆机《文赋》：“论精微而畅朗。”③
>
> 李充《翰林论》：“研核名理而论难生焉。贵于允理，不求支离，若嵇康之论，成文美矣。”④
>
> 萧统《文选序》：“论则析理精微。”⑤

显然，中古文论系统内部，对“论”的主流看法，是为议论说理。刘勰之特异处，正在其抬举“论”之“述经”，以与“叙理”并立。

然而，“论”以“叙经”之来路，究竟如何？范文澜《文心雕龙注》以为：

> 凡说解谈议训诂之文，皆得谓之为论；然古惟称经传，不曰经论；经论并称，似受释藏之影响。⑥

---

① 刘勰推溯“论”体至《论语》，其附会自不待言，林纾《春觉斋论文》：“《论语》一书，出言为经，宋儒语录，即权舆于此（或谓语录出之南宗诸僧，实则非是），非复后人所作之论体。”（人民文学出版社 1959 年版）

② 萧统编，李善注《文选》，上海古籍出版社 1986 年版，第 2271 页。“书论”，杨明《〈典论·论文〉“书论宜理”解》认为“应是指论说性文字，包括单篇论文，亦包括成一家言的子书。但并非说‘书’指子书，‘论’指单篇论文。‘书’‘论’二字合为一个短语，不宜分开理解。”（《汉唐文学辨思录》，上海古籍出版社 2005 年版）

③ 萧统编，李善注《文选》，第 766 页。

④ 《太平御览》（影宋本）卷五百九十五，中华书局 2006 年版。严可均《全上古三代秦汉三国六朝文·全晋文》卷五十三该条作：“研玉名理，而论难王马。论贵于允理，不求支离。若嵇康之论，文矣。”显多讹误。

⑤ 萧统编，李善注《文选》，第 2 页。

⑥ 范文澜《文心雕龙注》，第 330 页。

此说自有其理在。佛典经、律、论三藏，“论”部释“经”，是为常识。中古时代曾撰集佛典经录的一代高僧道安，其《鞞婆沙序》述三藏之形成曰：

> 阿难所出十二部经，于九十日中佛意三昧之所传也。其后别其径，至小乘法为《四阿含》，阿难之功于斯而已。迦旃延子撮其要行，引经训释，为《阿毗昙》四十四品，要约婉显，外国重之。优波离裁之所由为毗尼，与《阿毗昙》《四阿含》并为三藏。①

“阿毗昙”（“论”）“引经训释”，正显示佛教传统中“论”以释“经”的“经论”关系；而载录此序的《出三藏记集》，僧祐撰集，刘勰参与，其中甚或有出诸其手的文字②，道安既有明文，不容其不知。

然而，径以刘勰“论”乃“述经”之说源自佛典经论，亦未必尽然。范文澜且有“似受”之疑词。《论说》条举与“论”相关之文类：

> 详观论体，条流多品：陈政，则与议、说合契；释经，则与传、注参体；辨史，则与赞、评齐行；铨文，则与叙、引共纪。

其中“释经”一类，与“传、注参体”。“传”“注”因与“经”关系密切而得刘勰青睐，后文更加诠说：

> 若夫注释为词，解散论体，杂文虽异，总会是同。若秦延君之注《尧典》，十余万字；朱普之解《尚书》，三十万言，所以通人恶烦，羞学章句。若毛公之训《诗》，安国之传《书》，郑君之释《礼》，王弼之解《易》，要约明畅，可为式矣。

“杂文”之“杂”，杨明照以为当作“离”：

> “杂”当作“离”，字之误也。《礼记·学记》：“一年，视离经辨志。”郑注：“离经，断句绝也。”《正义》：“离经，谓离析经理，使章句断绝也。”此“离”字当与彼同。“离文”，谓离析原句章句，分别作注，即下文所说“若毛公之训

---

① 僧祐《出三藏记集》卷十，苏晋仁等点校，中华书局1995年版，第381页。

② 兴膳宏《〈文心雕龙〉与〈出三藏记集〉》，载《兴膳宏〈文心雕龙〉论文集》，彭恩华译，齐鲁书社1984年版。

《诗》，安国之传《书》，郑君之释《礼》，王弼之解《易》”之类是。应劭《风俗通义·序》：“汉兴，儒者竞复比谊会意，为之章句，家有五六，皆析文便辞。”“离文”，即“析文”也。①

如此，刘勰观念中，“注释”是“解散”之“论”，“传、注”与“论”之关系，不过分散与合一而已。②既两相类似如此，则刘勰所举列各家传、注之诠释《诗》《书》《礼》《易》诸部儒学经典，便值得特别注意。

“传”“注”释“经”，对象既为儒典，那么刘勰心目中之“论”所“叙”之“经”如何？

《论说》“选文以定篇”③时有曰：

庄周《齐物》，以论为名；不韦《春秋》，六论昭列。至石渠论艺，白虎讲聚，述圣通经④，论家之正体也。

标举《白虎通义》为“论家之正体”，多少令人略感意外。对此，几乎无人注目。周振甫批评此说存在“问题”，认为该书“是说明而不是议论”，刘勰之所以这么立论，“受到宗经的影响”。⑤存在的这个“问题”如何理解，容后再议；而周氏指出以《白虎通义》为“论家之正体”根源于刘勰之宗经观念，信然。检视刘勰以为“论家之正体也”的《白虎通义》，正是对考辨“五经”异义的“述圣通经”的“白虎观会议”的纪录，《后汉书·章帝纪》：

于是下太常，将、大夫、博士、议郎、郎官及诸生、诸儒会白虎观，讲议“五经”同异，使五官中郎将魏应承制问，侍中淳于恭奏，帝亲称制临决，如

① 杨明照《增订文心雕龙校注》，中华书局2000年版，第260页。

② 中古时代，对经典的注释，甚至较之对其展开独立的论述更具有优先性，《世说新语·文学》篇提供了这样的一个例子：“何平叔注《老子》始成，诣王辅嗣，见王《注》精奇，乃神伏，曰：‘若斯人，可与论天人之际矣！’因以所注为《道》《德》二论。”又：“何晏注《老子》未毕，见王弼自说注《老子》旨。何意多所短，不复得作声，但应诺诺。遂不复注，因作《道》《德》论。”何晏注《老子》之“意”，以及王弼《老子注》，都不仅是文句训诂，且有意义阐释；何晏最初拟通过注来全面发挥《老子》之旨意，而与王弼之注相形见绌，因而才退而以其意旨著《道》《德》二论，或者这些内容是王弼未及或所涉未深因而尚存剩义之处吧。

③ 《文心雕龙·序志》。

④ 原作“白虎通讲聚述圣言通经”，据杨明照校订，参《增订文心雕龙校注》，第255页。

⑤ 周振甫《文心雕龙注释》，人民文学出版社1981年版，第213页。

孝宣甘露石渠故事，作《白虎议奏》。[1]

又《后汉书·班固传》：

天子会诸儒讲论“五经”，作《白虎通德论》[2]，令固撰集其事。[3]

显然，刘勰心中典范性的“论”所“叙”之“经”，即是儒家之经；这与可并“论”而立的“传”“注”所诠释者为《诗》《书》《礼》《易》群经，是一致的。关于“论”所“叙”之“经”为传统儒经，《文心雕龙》之《宗经》篇另有一佐证：“论说辞序，则《易》统其首。”黄侃《文心雕龙札记》释曰：“谓《系辞》《说卦》《序卦》诸篇为此数体之原也，寻其实质，则此类皆论理之文。”[4]刘勰之意，盖以为《系辞》等《易经》之《传》，正“论说辞序”之本源所自；如此，“传”以释“经”，如《白虎通》作为以《易传》为“原”的“论”，“叙经”便也是理所当然的。《论说》的“选文定篇”中，还有一刘勰以“论”为“叙经”的确证：

……辅嗣之两《例》[5]，平叔之二《论》，并师心独见，锋颖精密，盖论之英也。

无论此处王弼两《例》究竟何指，其中包含论《易》的部分是无疑的；也就是说，王弼阐释《周易》的篇什为刘勰视作“论”之代表，位属“论之英”的行列。

王弼以天纵之资，阐发《易》《老》，造就一时玄学思潮，检索魏晋论《易》者，时见其人，刘永济《文心雕龙校释》尝列魏晋有关《易》学之“论”如次：

魏

钟会《易无互体论》

阮籍《通易论》

---

① 范晔《后汉书》，中华书局1973年版，第138页。

② 此一题名，孙诒让《白虎通义考》以为“六朝人之题”（詹锳《文心雕龙义证·论说》引，上海古籍出版社1989年版，第678页），刘师培《白虎通义源流考》则以为应作“白虎通、功德论”（新编诸子集成《白虎通疏证》附录七，中华书局1994年版）。

③ 范晔《后汉书》，第1373页。

④ 黄侃《文心雕龙札记》，中华书局2006年版，第20页。

⑤ “两《例》”，姚振宗《隋书经籍志考证》以为指“易、老略例”，杨明照《增订文心雕龙校注》则认为“当指《易略例》上下二篇”。

晋

荀顗《难钟会易无互体论》

宋岱《通易论》

孙盛《易象妙于见形论》

殷浩《易象论》

刘惔《易象论》

纪瞻《易太极论》

顾荣《易太极论》

庾阐《蓍龟论》①

刘氏所列，未必周全，如钟会，《隋书·经籍志》即另有《周易尽神论》一卷，两《唐书》之《经籍》《艺文》二《志》著录钟会《周易论》四卷，王葆玹以为后者或即《周易尽神论》一卷与《易无互体论》三卷之合编。②

以此观之，《易》既属儒经，亦玄学要典，中古时代所谓“三玄”之一③，以致经学、玄学中之经论，以《易》论为大宗，恰与其时谈玄之风密切关联。《易》论颇成于正始之后，时人对《易》之理会，转向义理性阐发，而“论”体“叙理”，正长于此。凡此，不妨正是刘勰之“论”以“叙经”说的事实背景。

然而，以述《易》为个案观察，也当承认，“述经”之“论”汉末以来渐趋繁盛，之前如《论说》所及之“庄周《齐物》，以论为名；不韦《春秋》，六论昭列”，乃至贾谊“《过秦》”“班彪《王命》、严尤《三将》”等，都与所谓“述经”无涉。④刘勰本其“宗经”之意，发挥其“论”以“释经”之特别见解时，固然有经学、玄学传统中的“论”文作为支持，但无可否认，中古时代本土“经”典与“论”文之间的关系，远不及佛

① 刘永济《文心雕龙校释》，中华书局 1962 年版，第 65—66 页。

② 王葆玹《正始玄学》，齐鲁书社 1987 年版，第 151 页。

③ 《颜氏家训·勉学篇》：“何晏、王弼，祖述玄宗，递相夸尚，景附草靡……洎于梁世，兹风复阐，《庄》《老》《周易》，总谓三玄。”王利器《颜氏家训集解》，上海古籍出版社 1980 年版，第 178—179 页。

④ 检查严可均《全汉文》以下至《全齐文》，“述经”之“论”虽渐或可睹，然亦绝非显著之大宗，是可断言。

教传统中"经""论"间之关联紧密。刘勰在《论说》篇中将原本并不凸显的诠"经"之"论"这一脉抬举、提升，以与"叙理"并立，至于同等高度，以刘勰熟于佛教之背景加以考虑，其中应有"经""论"相关的"释藏之影响"在，范文澜先生的疑似之说，亦确有其识见。

二

悟得刘勰"述经"之"论"说交织着儒家"宗经"观念与佛典"经""论"相关体制的影响，或可进而理解《论说》指"是说明而不是议论"的《白虎通义》为"论家之正体"的"问题"（周振甫语）：一如其标举"述经""曰论"的新异之见，固暗含佛典体制之痕迹，然亦本其"宗经"理念，并参酌彼时经学与玄学传统中"论"以释"经"（如围绕《易》之诸论）的事实，刘勰在为"论"标举最佳范文时提出《白虎通义》，亦是在"宗经"的儒学取向背后，透露着异域影响的消息。

欲讨论刘勰何以标举《白虎通义》为"论家之正体"，先有一问题需略作辩说。《白虎通义》，史籍如《后汉书·章帝纪》作"《白虎议奏》"，则《白虎议奏》与《白虎通义》两书之关系究竟，多有不同意见。刘师培尝有考证，肯定两者各是一书，成书及体制皆不同。①然刘氏虽以《白虎议奏》与《白虎通义》为两书，但认为《论说》所谓"白虎通讲"则确是指《白虎通义》，而《论说》篇将《白虎通义》"目为论家"，盖因如西汉宣帝石渠聚议经典之例，"议奏"亦可名"论"，乃是刘勰混

---

① 刘师培《白虎通义源流考》考论曰：白虎观会议时，因"汉儒说经，各尚师法，持执既异，辨难斯起。是则所奏之文，必条列众说，兼及辨词，临决之后，则有诏制，从违之词，按条分缀，《通典》所引《石渠礼论》，其成法也"，"《石渠礼论》，均载立说者姓名"，是为"奏议"；"若夫《通义》之书，盖就帝制所韪之说，纂为一编。何则？所奏匪一，以帝制为折衷，大抵评骘诸说，昭韪而从，或所宗虽一，而别说亦复并存，裁准既定，宜就要删。故《儒林传序》又言'顾命史臣著为《通议》'也"，"今所传《通义》四十余篇，体乃迥异，所宗均仅一说，间有'一曰'、'或曰'之文，十弗逾一，盖就帝制所可者笔之于书，并存之说，援类附著，以礼名为纲，不以经义为区，此则《通义》异于《议奏》者矣"（陈立撰、吴则虞点校《白虎通疏证》附录七，中华书局1994年版）。

淆《议奏》《通义》，进而误以与“议奏”相通之“论”，移于《通义》的结果。①姑无论刘师培视《白虎议奏》与《白虎通义》为两书之说是否切当，其肯定刘勰所指为今之《白虎通义》，则无妨就《白虎通义》来讨论刘勰标举该书的因果缘由。至于刘师培推定《论说》篇以《白虎通义》为“论”出于误会，则或许可以解说刘勰何以视《白虎通义》为“论”，至于刘勰何以将该书标举为“论家之正体”则仍有诠释之必要。

《白虎通义》为“讲论‘五经’异同”的结果，关乎儒家经学自是当然，合于“宗经”之旨无疑，“问题”在于它似乎不符“议论”之体而近“说明”之式。试观其开篇卷一“爵”之首章：

> 天子者，爵称也。爵所以称天子者何？王者父天母地，为天之子也。故《援神契》曰：“天覆地载，谓之天子，上法斗极。”《钩命决》曰：“天子，爵称也。”
>
> 帝王之德有优劣，所以俱称天子者何？以其俱命于天，而王治五千里内也。《尚书》曰：“天子作民父母，以为天下王。”
>
> 何以知帝亦称天子也？以法天下也。《中候》曰：“天子臣放勋。”《书·逸篇》曰：“厥兆天子爵。”
>
> 何以言皇亦称天子也？以其言天覆地载，俱王天下也。故《易》曰：“伏羲氏之王天下也。”②

其基本格式为首先预设问题，而后给予解说，终以引据典籍；虽偶有脱略经典引据③，

---

① 刘师培《白虎通义源流考》：“彦和《雕龙》，标以‘通讲’，目为论家，不知‘论’乃‘奏议’旧题，盖述经叙理，难与说并，厥体为论，以其进荐君前，因曰《议奏》。观于石渠之书，列于班《志》，标题则曰《议奏》，自注则曰《论》，《论》即《议奏》（案：《汉书·艺文志》“六艺略”之“书”下有“《议奏》四十二篇”，班固注曰：“宣帝时石渠论。”），斯其碻征，今《通义》各篇，既芟歧谊，毋取‘论’名，彦和所指，亦属《通义》，顾乃取未经删集之名，以被既经删集之书，则是大辂既裂，弗易锥轮之号，坚冰已凝，犹以积水相目。”（同上注）

② 陈立《白虎通疏证》（吴则虞点校），中华书局 1994 年版，第 1—5 页。

③ 如：“诸侯薨，世子赴告于天子，天子遣大夫会其葬而谥之何？幼不诔长，贱不诔贵，诸侯相诔，非礼也。臣当受谥于君也。”见陈立《白虎通疏证》（吴则虞点校），第 72—73 页。

或诠说与引据交错者[1]，就全书言，大体不违此成例，兹依三部格式，分段再录一章示例如下：

王者所以巡狩者何？

巡者，循也。狩者，牧也。为天下巡行守牧民也。道德太平，恐远近不同化，幽隐不得所者，故必亲自行之，谨敬重民之至也。考礼义，正法度，同律历，计时月，皆为民也。

《尚书》曰："遂觐东后，叶时月正日，同律度量衡，修五礼。"《尚书大传》曰："见诸侯，问百年，太师陈诗，以观民风俗；命市纳贾，以观民好恶；山川神祇有不举者为不敬，不敬者削以地。宗庙有不顺者为不孝，不孝者黜以爵。变礼易乐者为不从，不从者君流。改制度衣服为畔，畔者君讨。有功者赏之。"《尚书》曰："明试以功，车服以庸。"[2]

如此设问而答之式，如何是"论家之正体"？

就文章实际而言，刘勰心目中"论"体文究竟如何，不妨略作分辨。

首先看中古时代所一般认定之"论"文。至南朝齐梁，"论"已甚多，其间差异颇大。以刘勰《论说》篇"选文以定篇"所及，与萧统《文选》所录相较，即甚为不同，稍加罗列，表示如下：

	《文心雕龙》	《文选》
先秦	《齐物论》 《吕氏春秋》之《开春》等六论	
汉	贾谊《过秦》	贾谊《过秦论》 东方朔《非有先生论》 王褒《四子讲德论》

① 如："男子六十闭房何？所以辅衰也，故重性命也。又曰：父子不同椸。为乱长幼之序也。《礼·内则》曰：'妾虽老，未满五十，必与五日之御。'满五十不御，俱为助衰也。至七十大衰，食非肉不饱，寝非人不暖，故七十复开房也。"见陈立《白虎通疏证》（吴则虞点校），第492—493页。

② 陈立《白虎通疏证》（吴则虞点校），第289页。

续表

	《文心雕龙》	《文选》
汉	班彪《王命论》 严尤《三将论》 张衡《讥世论》 孔融《孝廉论》	班彪《王命论》
魏	傅嘏《才性论》 王粲《去伐论》 何晏《道德》二论 夏侯玄《本无论》 嵇康《声无哀乐论》 王弼《易略例》上下 曹植《辨道论》 李康《运命论》	曹丕《典论·论文》 曹冏《六代论》 嵇康《养生论》 李康《运命论》
吴		韦弘嗣《博弈论》
晋	宋岱《周易论》 陆机《辨亡论》 裴頠《崇有论》	 陆机《辨亡论》 陆机《五等诸侯论》
梁		刘峻《辩命论》 刘峻《广绝交论》

两书各及十数种，而相同之作家仅五位，嵇康且有《声无哀乐论》《养生论》之别，相同篇什仅贾谊《过秦论》、班彪《王命论》、李康《运命论》、陆机《辨亡论》四篇而已。[①]以刘书、萧选如此不同之抉择，能为两书皆予认同者，当属其时文学观念中通行之“论”文。《论说》曰：“李康《运命》，同《论衡》而过之；陆机《辨亡》，效《过秦》而不及，然亦其美矣。”《过秦论》一篇，以“论”而入选《文选》，后人多有指摘，章学诚谓《过秦论》《典论·论文》均属子部作品，与《文选序》称不收子书

① “论”之为体，虽则早有肇端，而自觉界定、建构源流、形成传统意识，乃在南朝，其最卓越之代表乃刘勰《文心雕龙·论说》及《文选》“论”之选集，而两者之间殊有异趋，“文”“理”各有侧重，显示彼时文学传统建构的不同观念和立场。

自相矛盾①，之后，章太炎也持相同的意见②，而其弟子黄侃针对《文心雕龙·论说》中言及《过秦》，更以为虽然《过秦》称“论”已久，而刘勰亦未必视《过秦》为“论”；③班彪《王命论》则“敷衍昭情，善入史体”；至于陆机《辨亡论》，《论说》既以为“效《过秦》而不及”，故此处且摘录李康的《运命论》以示其体式：

夫以仲尼之才也，而器不周于鲁、卫；以仲尼之辩也，而言不行于定、哀；以仲尼之谦也，而见忌于子西；以仲尼之仁也，而取仇于桓魋；以仲尼之智也，而屈厄于陈、蔡；以仲尼之行也，而招毁于叔孙。夫道足以济天下，而不得贵于人；言足以经万世，而不见信于时；行足以应神明，而不能弥纶于俗；应聘七十国，而不一获其主；驱骤于蛮夏之域，屈辱于公卿之门，其不遇也如此。及其孙子思，希圣备体，而未之至，封已养高，势动人主。其所游历诸侯，莫不结驷而造门；虽造门犹有不得宾者焉。其徒子夏，升堂而未入于室者也。退老于家，魏文侯师之，西河之人肃然归德，比之于夫子而莫敢间其言。故曰：治乱，运也；穷达，命也；贵贱，时也。而后之君子，区区于一主，叹息于一朝。屈原以之沉湘，贾谊以之发愤，不亦过乎！④

《运命论》开篇即揭出“治乱，运也；穷达，命也；贵贱，时也”之旨，而后陈述与议论交错展开，层层推进，阐说一理，绝无连续设问，然后加以阐说，从而构成篇章。试观其余三“论”，体式亦大抵从同，其相似者足以代表中古一般观念中论

① 《文史通义·诗教》：“贾谊《过秦》，盖《贾子》之篇目也，因陆机《辨亡》之论，规仿《过秦》，遂援左思‘著论准《过秦》’之说，而标体为‘论’；魏子《典论》，盖犹桓谭《新论》、王充《论衡》之以‘论’名书耳，《论文》其篇目也。今与《六代》、《辨亡》诸篇次于‘论’，然则昭明自序所谓‘老庄之作，管孟之流，立意为宗，不以能文为本’，其例不收诸子篇次者，岂以有取斯文，即可裁篇题论而改子为集乎？”（叶瑛《文史通义校注》，中华书局 1985 年版）

② “单篇论文，在西汉很少，就是《过秦论》，也是《贾子新书》的。东汉渐有短论，延笃《仁孝先后论》可算是首创。《文选》选文，不录经、史、子，但论体首选《过秦》，对此，后人每每批评萧统自淆其例。”（章太炎《国学概论》，巴蜀书社 1987 年版）

③ 《文选平点》：“《过秦论》‘论’字为后人所题。《吴志·阚泽传》，泽称此篇为《过秦论》，则称‘论’久矣。《文心·诸子》篇有贾谊《新书》，而《论说》篇但云‘陆机《辨亡》，效《过秦》而不及’。盖无专论《过秦》之词，则彦和亦不题之为论也。”（中华书局 2006 年版）又，骆鸿凯《文选学》亦持此议，守其师说也。

④ 萧统编，李善注《文选》卷五十三，第 2299—2301 页。

体文之普遍体式。返持《白虎通义》与此四篇相较，全然不同，固非其时流行之“论”体，则何来“论家之正体”一说？

其次，进而略窥《论说》“选文以定篇”所呈现的刘勰心目中“论”之真况。值得注意，《论说》与《文选》选“论”重合的四篇中，贾谊《过秦论》、李康《运命论》、陆机《辨亡论》三论，皆属所谓“美”者，与“论之英”者相区别。①《论说》界说“论”曰：“论者，伦也，伦理无爽，则圣意不坠。……论也者，弥纶群言，而研精一理者也。”在“述经”同时，“叙理”亦不可或缺，需“研精一理”。②《白虎通义》不同于《论说》篇举涉之“不韦《春秋》六论”③，以及“李康《运命》”所“同”之《论衡》诸篇，④作为整部著作，何得厕身“论”列？再则，《论说》“选文定篇”所突显之“论”，重在“论”“理”方面：

> 论之为体，所以辨正然否；穷于有数，追于无形，钻⑤坚求通，钩深取极；乃百虑之筌蹄，万事之权衡也。故其义贵圆通，辞忌枝碎；必使心与理合，弥缝莫见其隙；辞共心密，敌人不知所乘：斯其要也。是以论如析薪，贵能破理。

显然，刘勰重视者乃是“论”之“辨正然否”的功能，深刻至极而条理清晰，义理圆

---

① 王运熙先生曾指出《文选》所选“论”文是基于文学性的标准，并分别对《文选》中《过秦论》《非有先生论》《四子讲德论》《王命论》《六代论》《运命论》《辩亡论》《五等诸侯论》《辨命论》《广绝交论》等诸篇进行了音韵、对偶、辞藻、用典等方面的分析，总结了它们特出的语言美。在提及《文心雕龙》与《文选》选篇的巨大差异时，王先生提及《文心雕龙》述魏晋论文，着重思想内容的新颖精密，但词句质朴，文学性不强，而《文选》选文重在文采：“这类论文，实际真正说理的文句不多，倒是叙述铺陈的文辞很多。作者在说明某种事理时，往往采用大量对偶排比的词句，丰富的比喻，通过夸张的笔调、和谐的音韵来进行表述和铺叙，因而富有文采，体制和辞赋辩士的说辞相似，而和那些质朴的论文异趣。”（王运熙《〈文选〉所选论文的文学性》，载《汉魏六朝唐代文学论丛》增订本，复旦大学出版社 2002 年版）

② 子书亦言“理”，此与“论”有交涉，《论说》篇中也曾举及《庄子》《吕氏春秋》《论衡》等。然则，子书言理与“论”之言理，区划何在？《文心雕龙·诸子》云：“若夫陆贾《新语》，贾谊《新书》，扬雄《法言》，刘向《说苑》，王符《潜夫》，崔寔《政论》，仲长《昌言》，杜夷《幽求》，咸叙经典，或明政术，虽标‘论’名，归乎诸子。何者？博明万事为‘子’，适辨一理为‘论’。彼皆蔓延杂说，故入诸子之流。”据此，刘勰以为“论”者专究一理，究明“一理”的“论”，方是《论说》瞩目之中心。

③ “六论”指《开春》《慎行》《贵直》《不苟》《似顺》《士容》。

④ 盖指《论衡》中《寿气》《无形》《逢偶》《累害》《命义》等篇（骆鸿凯：《文选学》）。

⑤ 原作“迹”，《太平御览》作“钻”，义长，据改。参杨明照《增订文心雕龙校注》，第 259 页。

通而精悍缜密，深入地探讨，透彻地分析，典范即为"锐思于几神之区""交辨于有无之域"①的玄学诸论，是为"论之英"者，所长在于"师心独见，锋颖精密"②。

以刘勰"选文定篇"所呈示的"叙理"之"论"的标准，反观《白虎通义》，亦可谓抵牾不契：《白虎通义》既未剖析辨理，仅做诠说性传达陈述，又其所做的诠释和经典援引虽或有展开，但内部关系并无推进，谈不上条理清晰地深入分析，遑论"钻坚求通，钩深取极"？

三

与《白虎通义》体式类同，而以"论"为名行世之书，还应于佛教经典的传统中寻觅。

慧远有《大智论抄序》，是其撮录龙树《大智度论》而成《大智论抄》③之序言，述龙树之撰《大智度论》曰：

> 以《般若经》为灵府妙门宗一之道，三乘十二部由之而出，故尤重焉。然斯经幽奥，厥趣难明，自非达学，鲜得其归，故叙夫体统，辨其深致。若意在文外，而理蕴于辞，辄寄之宾主，假自疑以起对，名曰问论。④

所谓"寄之宾主，假自疑以起对"之"问论"，揭示当时流行之大乘般若学之论部要籍《大智度论》基本体式，乃是"宾主"之间有"疑"有"对"。此不仅《大智度论》而已，中古时代对佛教论典体式的基本认识例皆如斯，《魏书·释老志》曰："释迦所说教法，既涅槃后……数百年，有罗汉、菩萨相继著论，赞明经义，以破外

---

① 《文心雕龙·论说》："宋岱、郭象，锐思于几神之区；夷甫、裴頠，交辨于有无之域。"

② 《文心雕龙·论说》："兰石之《才性》，仲宣之《去伐》，叔夜之《辨声》，太初之《本无》，辅嗣之两《例》，平叔之二《论》，并师心独见，锋颖精密，盖论之英也。"

③ 费长房《历代三宝记》卷七有慧远撰《大智论要略》二十卷，当即此书。《大智论抄序》末，慧远自述"简繁理秽，以详其中，令质文有体，义无所越。辄依经立本，系以问论，正其位分，使类各有属。谨与同止诸僧，共别撰以为集要，凡二十卷。虽不足以增晖僧典，庶无大谬"（《出三藏记集》卷十，第391页）。《大智论抄》卷数既同费录记载，则与彼之《大智论要略》应为一书。

④ 僧祐《出三藏记集》卷十，第389页。

道,《摩诃衍》、大小《阿毗昙》、《中论》、《十二门论》、《百法论》、《成实论》等是也。皆傍诸藏部大义,假立外问,而以内法释之。"[①]"假立外问"而后有"释",作为佛典论部极为常见的体式,恰与《白虎通义》的设问而答甚为相似。此录僧伽提婆共慧远译法胜《阿毗昙心论》卷一,以其彼时流行,慧远之序《出三藏记集》卷十录载,其书刘勰不容不知也[②]:

问:佛知何法?

答:有常我乐净,离诸有漏行。

诸有漏行,转相生故离常,不自在故离我,坏败故离乐,慧所恶故离净。

问:若有常我乐净,离诸有漏法者,云何众生于中受有常我乐净?

答:计常而为首,妄见有漏中。

众生于有漏法,不知相已,便受有常我乐净。如人夜行,有见起贼相彼亦如是。

问:云何是有漏法?

答:若生诸烦恼,是圣说有漏。

若于法生身见等诸烦恼,如使品说是法说有漏。[③]

比读北齐那连提耶舍译《阿毗昙心论经》卷一(其中包含优波扇多"释"):

问曰:何法是佛所说而欲说耶?

答曰:所谓有漏无漏,有烦恼无烦恼,受荫有诤无诤,色无色等,我今当说。

一切有漏行,离我乐常净。

此受于我等,不见有漏故。

① 魏收《魏书》卷一一四《释老志》,中华书局1974年版,第3028页。

② 范文澜注《文心雕龙·序志》曾言:"彦和精湛佛理,《文心》之作,科条分明,往古所无,自《书记》篇以上,即所谓界品也;《神思》篇以下,即所谓问论也。盖采取释书方式而为之,故能鰓理明晰若此。"饶宗颐因更有《〈文心〉与〈阿毗昙心〉》一文,载《文辙》,学生书局1991年版。

③ 《大正藏》第二十八册,毗昙部三,第809页,上、中。

“一切有漏行，离我乐常净”者，诸有漏行，离我、离乐、离常、离净。彼中世间，不能观察，无明复障暗智，于此四门，颠倒而见，故名颠倒。

问曰：何因故知诸有漏行离于我耶？

答曰：我事无故，属因缘故，行名为他。非我自性，计我者说。我不属他，除此更无，是故我性不可得。无我因故诸行离我。

问曰：何因故知诸行离乐？

答曰：作逼迫故。诸有漏行，是苦自性，亦是苦缘，是故逼迫。逼迫名苦，是故离乐。

问曰：何因故知诸行离常？

答曰：以生灭故。现见诸行，生而即灭，无见常者，是故离常。

问曰：何因故知诸有漏行离于净耶？

答曰：污染事故。诸有漏事，烦恼境界。不净污染，是故离净。

问曰：如是诸行，离于我等，世间何故取我等耶？

答曰：此受于我等，不见有漏故。诸有漏行，不如实见，世间不能观察，作我等解。……①

如此设问与释答交错展开、绾合全篇之形式，佛经之论部典籍中极常见，如上引所见，释答时往往偈语之后更予以解说，也是佛经韵散结合体式的常态。此一佛教论说传统极强大，不仅翻译佛经之论藏体式如此，中土之论亦往往如是，如中国佛教史早期文献《牟子理惑论》②为佛道辩护，答疑释难之际，“笔墨之

① 《大正藏》第二十八册，毗昙部三，第834页，上。

② 《牟子理惑论》真伪多有歧见，然无论其是否汉代之作，至南朝刘勰之时，已然是中土佛教文献之先驱，僧祐撰集《弘明集》即列之为首篇。

间，略引圣贤之言证解之”①，与《白虎通义》在体式上尤相类，试引证如下：

> 问曰：孔子以“五经”为道教，可拱而诵，履而行。今子说道虚无恍惚，不见其意，不指其事，何与圣人言异乎？
>
> 牟子曰：不可以所习为重，所希为轻。或于外类，失于中情。立事不失道德，犹调弦不失宫商。天道法四时，人道法五常。老子曰：“有物混成，先天地生，可以为天下母，吾不知其名，强字之曰道。”道之为物，居家可以事亲，宰国可以治民，独立可以治身，履而行之，充乎天地，废而不用，消而不离。子不解之，何异之有乎！
>
> 问曰：佛道至尊至大，尧舜周孔，曷不修之乎？七经之中，不见其辞。子既耽《诗》《书》，悦礼乐，奚为复好佛道喜异术，岂能逾经传美圣业哉？窃为吾子不取也。
>
> 牟子曰：书不必孔丘之言，药不必扁鹊之方，合义者从，愈病者良。君子博取众善，以辅其身。子贡云：“夫子何常师之有乎？”尧事尹寿，舜事务成，旦学吕望，丘学老聃，亦俱不见于七经也。四师虽圣，比之于佛，犹白鹿之与麒麟，燕鸟之与凤凰也。尧舜周孔且犹学之，况佛身相好变化，神力无方，焉能舍而不学乎？五经事义，或有所阙，佛不见记，何足怪疑哉！②

《牟子理惑论》以下之本土佛教“论”文中，此类体式，屡见不鲜，《弘明集》前九卷录佛教论文数十篇，亦多问答体式③，足见其传统之深厚。

比照本土，有一点须更作说明。推溯《白虎通义》之设问而答之体式，就经学传统中言之，与释“经”之“传”当有关联。④兹引《春秋公羊传》为例：

---

① 《弘明集》卷一《牟子理惑论》“序”。

② 《大正藏》第五十二册，史传部四，第2页，上、中、下。

③ 虽然这些“论”，释说之外，驳难亦夥，未可一律视之，且其与玄学论难传统之关系若何，凡此皆当另文讨论。

④ 吕思勉以“《白虎通义》为东京十四博士之说，今文学之结晶也”。《经子解题》，上海文艺出版社1999年版，第7页。

夏五月,郑伯克段于鄢。

克之者何?杀之也。杀之,则曷为谓之克?大郑伯之恶也。曷为大郑伯之恶?母欲立之,已杀之,如勿与而已矣。段者何?郑伯之弟也。何以不称弟?当国也。其地何?当国也。齐人杀无知,何以不地?在内也。在内,虽当国,不地也,不当国,虽在外,亦不地也。①

问答体式,与《白虎通义》类似。《春秋公羊传》作为"经"之"传",与刘勰所认为的"论家之正体"《白虎通义》相似,近乎《论说》篇所言"注释为辞,解散为论"。然而,《春秋公羊传》毕竟为经传之体,刘勰不可能视其为"论",且此一体式在经学传统中,与设问而答之体式之于佛典论藏相较,不可谓有若何压倒性之优势,更勿论单篇之"论"中,佛教之问答体式亦甚普遍之事实。

至此,可知《白虎通义》之称"论家之正体",是甚为特异的意见:若就《论说》标举的"论"之标准观察,《白虎通义》固然可谓"宗经",而所谓"叙理"及"师心独见,锋颖精密"地"辨正然否",则甚不符;其与《论说》篇"选文定篇"所肯定之诸种玄学论文,亦无共通之处。也即是说,《白虎通义》既不与刘勰关于"论"之文体观合拍,从文学史上之创作实际看,也绝不具有代表性。

毋庸讳言,这些是显见的裂隙。然面对这些裂隙,若放开视野,着眼《文心雕龙》表面并未涉及之佛教论部典籍及中土佛教"论"文,便能遇到与《白虎通义》甚多颇为相近的"论"之体式。或许可以说,刘勰标举《白虎通义》,实现的是一次暧昧的重合:《白虎通义》在体式上与《论说》推崇的"论"绝不相类,反与当时流行之佛教论藏如毗昙学著作及本土佛教"论"文更相近,但这一切都隐藏在"述经"的旗帜之下,《白虎通义》既关乎"五经","述经"不过"宗经"之表证,体现出来的正是儒家经学的立场。

但由以上的缕述,同样可以推断,刘勰以儒家之立场,界定、梳理"论"之始末名义,并选文定篇,其思路旅途中,应曾漫游佛典之疆域。他似乎总能找到佛学和

① 《十三经注疏·春秋公羊传注疏》卷一,中华书局2009年版,第4770页。

经学重迭、暗合之处，在这个重迭的领域里，他小心翼翼地隐藏曾经绕过的佛教风景，径直以直线位移的路线做出展示、表述。《论说》篇“经”“论”关系，完全以本土经学、玄学《易》论的面貌呈现，佛典中论部释经的基本原则便隐匿在《易》论背后，其合法性得到了本土的支持。但佛教“论”以释“经”而决定的论部典籍内部设问而答的体式，则透露其间的消息，致使无法彻底消除曾经漫游他乡的痕迹。虽然《论说》篇尽力不及佛教①，而由这点痕迹和破绽剖解进去，在《文心雕龙》经学表述的背后，当能窥探刘勰容受思想之多元性以及他曾受到的那些丰富的文体资源的吸引和启发，揭示出刘勰并非始终不移地站在排他的本土立场上。

最后，简而括之，刘勰关于“论”的核心概念，于中古“叙理”常谈之外，标举“述经”，关涉到两个方面：

首先，此乃“宗经”观念之表征，试图将各类文体皆归本于经，是以有《白虎通义》为“论家之正体”之论断，而在中古时期既有的“论”文脉络中，可以支援“述经”“曰论”者是阐《易》诸“论”。

其次，刘勰所标举的作为“叙经”文类的“论”，与《论说》篇“选文以定篇”部分显示的刘勰对于玄学“论”文的高度推重不合，其在体式上，应受到当时毗昙学及佛教之“论”的影响，《论说》推为“论家之正体”的《白虎通义》，其设问而释答的体式，在佛教论典及本土佛教诸论中，较之经学等本土传统，更属基本格式且甚是普遍，而此一事实，正是刘勰熟知而深悉的。

原载《古代文学理论研究》第三十一辑，此据陈引驰《文学传统与中古道家佛教》，复旦大学出版社 2015 年版。

---

① 虽然很微渺，《论说》其实是《文心雕龙》全书中含有确凿无疑佛教印迹的篇章，论及玄学有无之辩时，刘勰曰：“滞有者，全系于形用；贵无者，专守于寂寥。徒锐偏解，莫诣正理；动极神源，其般若之绝境乎？”“般若”为佛教语词无疑。此外“义贵圆通，辞忌枝碎”之“圆通”，当亦出自佛教：案察文中内证，有“徒锐偏解，莫诣正理”句，其中“偏解”与“圆通”可谓相对，《出三藏记集》卷一《胡汉译经文字音义同异记》有：“虽有偏解，终隔圆通。”（第 14 页）“圆通”与“偏解”之相对成语，当为刘勰所谙知。

《续高僧传》之传叙

朱东润

慧皎《高僧传》以后，有唐道宣之《续高僧传》，又称《唐高僧传》；宋赞宁之《三续高僧传》，又称《宋高僧传》；此后尚有四续、五续的著作，但是和慧皎原著，有相等价值的，止有道宣之《续高僧传》，其他皆可不论。

《宋高僧传》卷十四《释道宣传》，称道宣殁于唐高宗乾封二年十月，春秋七十二，逆推当生于隋文帝开皇十六年，所以道宣的一生，恰当隋唐佛教全盛的时期。大业年中，道宣从智首律师受具，隋末居终南丰德寺。贞观十九年玄奘至长安弘福寺从事翻译，其时有缀文大德九人参与其事，道宣即是其中的一人。高宗显庆元年敕建西明寺初就，道宣即为上座；显庆三年玄奘徙居西明寺翻译，道宣再与其事。乾封二年，道宣殁后，高宗下诏令崇饰。传称"宣之持律，声振竺乾，宣之编修，美流天下"。又言代宗大历"十一年十月，敕：每年内中出香一合，送西明寺故道宣律师堂，为国焚之祷祝"。懿宗咸通十年，敕谥澄照律师。从这些记载里，我们看到道宣在唐代的声名。《续高僧传》也确是一部有名的著作。

《续高僧传》成于何时，不得而知。从内容看，大致是一部累积的著作。《慧休传》卷十五。称"贞观九年，频敕征召，令入京师，并固辞以疾，无预荣问，至今十九年中，春秋九十有八"。《道亮传》卷二十三。称道亮"至今贞观十九年，春秋七十有七矣"；《慧乘传》卷二十五。称"今上时为秦王"。《智实传》卷二十五。称"主上时为秦王”。《智命传》卷二十九。称“今上任总天策”。这是太宗时所作的明证。但是《玄奘传》卷四。称玄奘殁于麟德元年;《昙光传》卷二十三。称“今麟德二年”。《法冲传》卷二十七。称“至今麟德,年七十九矣”。这是高宗时所作的明证。所以《续高僧传》的叙述,至迟必起自贞观十九年,至早亦必终于麟德二年,中间至少历时二十一年,这不能不算是一部用力至勤的著作。

道宣《续高僧传》自序,攻击慧皎《高僧传》“缉裒吴越,叙略魏燕”,所以《续传》的目标,除了叙述梁、陈、周、齐以来的高僧以外,还有补叙元魏高僧的宏愿。在《续传》里留名的有下列诸人:

《译经篇》:魏昙曜。

《义解篇》:魏昙鸾、道辩、道登、法贞。

《习禅篇》:魏天竺僧佛陀。

《护法篇》:东魏昙无最、西魏道臻。

《感通篇》:魏天竺僧勒那漫提、超达、慧达、明琛、道泰,魏末法力,魏僧朗、僧意、僧照。

《读诵篇》:魏志湛、法建。

道宣《续高僧传》序自称:“今余所撰,恐坠接前绪,故不获已而陈,或博咨先达,或取讯行人,或即目舒之,或讨雠集传,南北国史,附见徽音,郊郭碑碣,旌其懿德,皆撮其志行,举其器略。”这是列举史料的来源。现在不计国史所载,以及关于碑志的部分,单计传状的部分,也可以看出梁陈以来,下及唐初,这一段时间内传叙文学的情态。

行状方面,有《拘那罗陀行状》,僧宗撰,卷一。《慧远行状》,僧猛撰,卷八。《靖嵩行状》,道基撰,卷十。《志念行状》,道基撰,卷十一。《昙迁行状》,明则撰,卷十八。此外如《智顗传》卷十七。言沙门灌顶侍奉多年,历其景行,可二十余纸,大约亦是行状之类。

自传方面,见于书中者,卷十八《法纯传》引其自叙云:“余初出家,依于山侣,昼则给供清众,暮则聚薪自照,因而诵经得二十五卷。”

别传方面,有《那连提梨耶舍本传》,彦琮作,卷二。《靖嵩传》,卷十。《僧昙别传》,

卷十。《灵璨别传》，卷十。《信行本传》，卷十六。《智𫖮别传》，卷二十一。《智𫖮行传》，法琳撰，卷十七。《昙迁别传》，卷十八。《觉朗别传》，卷二十二。《慧达别传》，卷三十。《神尼智仙传》，王劭撰，卷二十六。《明驭别传》。卷二十八。自此以外，《宝相传》卷二十九。称“别有纪传，故不曲尽”；《法云传》卷五。称“及得善梦，如别记述”；《道辩传》卷六。称“有别记云，‘着衲擎锡，入于母胎，因而生焉’”，这都是别传一类的著作。

《慧棱传》卷十四。称慧棱“取一生私记焚之曰：‘此私记与他读之，不得其致矣。’”《岑阇梨传》卷二十七。称“又遥记云：‘却后六十年，当有愚人于寺南立重阁者，然寺基业不亏，斗讼不可住耳。’”皆与自传相近。《法论传》卷十。称法论“续叙名僧，将成卷帙”；《净辩传》卷二十八。称净辩为《感应传》一部十卷；《阇提斯那传》卷二十八。称阇提斯那对于大华及云母之鉴别，以及隋文后崩，空发乐音，并感异香，隋文来问，阇提斯那答称“西方净土，名阿弥陀，皇后往生，故致诸天迎彼生也”，即言见《感应传》；这是总传的一类。

但是一部分的材料，还是道宣自己的经历。这个本是史家的成规，所以司马迁著《史记》，历述平生交游，不过后来史家，狠少采用这样的方法。道宣《续高僧传》却留下不少的例证。《慧頵传》：卷十四。“余学年奉侍，岁盈二纪，慈诰温洽，喜怒不形。”《僧达传》：卷十六。“余以贞观九年亲往礼谒，骸骨犹存，寺宇遗迹，宛然如在。”《僧稠传》：卷十六。“余以贞观初年，陟兹胜地，山林乃旧，情事惟新。”《法喜传》：卷十九。“传者尝同游处，故略而述之。”《昙荣传》：卷二十。“余因访道艺，行达潞城，奉谒清仪，具知明略。”《志超传》：卷二十。“传者昔预末筵，蒙诸慧诰，既亲承其绩，故即而叙焉。”《智首传》：卷二十三。“余尝处末尘，向经十载，具观盛化。”《慧进传》记明瓒：“末龄风疾顿增，相乖仪节，虽衣服颓阤，而药食无暇，余闻往焉，欣然若旧，叙悟犹正，年八十余矣。”《法通传》：卷二十五。“余以贞观初年，承其素迹，遂往寻之，息名僧纲，住隰州寺，亲说往行，高闻可观，欣其余论，试后披叙。”《慧达传》：卷二十六。“余以贞观之初，历游关表，故谒达之本庙，图像俨肃，日有隆敬。”《明琛传》卷二十六。记常山蛇图：“余曾见图，极是可畏。”《僧朗传》：卷三十四。“襄阳法琳素与交游，奉其远度，因事而述，故即而叙之。”《智则传》：

卷二十六。“自贞观来，恒独房宿，竟夜端坐，咳嗽达曙，余亲自见，故略述其相云。”《普济传》：卷二十九。“余曾同聚，目悦斯人。”《道休传》：卷二十九。“贞观三年夏内，依期不出，就庵看之，端拱而卒。……四年冬首，余往观焉。”《法诚传》：卷二十九。“又于寺南横岭，造华严堂，陻山闃谷，列栋开甍，前对重峦，右临斜谷，吐纳云雾，下瞰雷霆，余曾游焉，实奇观也。”这样的例子，书里也许还有，不及备述。从交游方面求史料，常常得到事实的真相，在叙述的时候，也增加亲切的意味。不过偏重了这一面，其结果在史料固然难于完备，在叙述时，也嫌主观的意态太重。《史记》记载鸿门之会的樊哙，神情活跃，而于同时平定三秦，在《功臣表》的功位与樊哙、郦商相次的鲁侯，一字不提，甚至连姓名都失载，直待《汉书·功臣表》才补进了奚涓的姓名，事业仍旧无从稽考。这便是司马迁偏重交游的结果。《史记·樊郦绛灌列传》记樊哙之孙他广云：“余与他广通，为言高祖功臣之兴时若此云。”证实司马迁记载高祖功臣事迹，不尽翔实的由来。道宣的著作，也有同样的倾向，不免偏重交游，全凭主观。但是传叙的著作，要绝对地专凭客观，是一件不可能的事，总传主题太多，尤其无从下手，这是我们应当知道的事。

《续高僧传》还有不少生传底例证，这是章学诚《文史通义》传记篇所没有引到的。《慧休传》：卷十五。“至今十九年中，春秋九十有八，见住慈润，爽健如前，四众怀仰，蒲柳之暮，犹执卷咨谋。”《道亮传》：卷二十三。“至今贞观十九年，春秋七十有七矣。”《昙光传》：卷二十三。“今麟德二年，东都讲说，师资导达，弥所钦羡焉。”《明导传》：卷二十三。“今年六十余，东夏英髦，一期咸集，导于清众，有高称焉。”《通达传》：卷二十六。“今盛业京辇，朝野具瞻，叙事而舒，故不曲尽。”《法冲传》：卷二十七。“显庆年言旋东夏，至今麟德，年七十九矣。”此外再如《慧进传》附载的明瓒，也是生传的例证。为生存的人作传，因为其人一生尚未结束，没有定论的原故，是一件相当危险的事。《史记》没有生传底例证，不能不推为司马迁的特见。道宣这样大量地作生传，是一件可以为戒的事。

《续高僧传》三十一卷，共分十篇：《译经》第一，《义解》第二，《习禅》第三，《明律》第四，《护法》第五，《感通》第六，《遗身》第七，《读诵》第八，《兴福》第九，

《杂科声德》第十。每篇以后，各有一首总论。这是道宣著书的章法。

在道宣的著作里，我们可以特殊看到的，(一)对于禅宗的不满。(二)对于玄奘译经的诤论。(三)对于周、齐、隋、唐佛道二教递盛的记载。尤其是第三点，倘使我们加以注意，不难看到这段时期底宗教史。现在就此三项略记于次。

禅宗自达磨开宗以后，中间衰落，直至唐代弘忍、神秀、慧能以后，于是光焰大盛，分为五宗，占据佛教底中心。但是在初起的时候，因为不立语言文字，便引起他派底轻蔑。道宣为南山律宗初祖，对于禅宗，自然难免歧视。《续高僧传》卷十六《菩提达磨传》：

> 有道育、慧可，此二沙门，年虽在后，而锐志高远。初逢法将，知道有归，寻亲事之，经四五载，给供谘接，感其精诚，诲以真法。如是安心，谓壁观也，如是发行，谓四法也，如是顺物，教护讥嫌，如是方便，教令不著。然则入道多途，要唯二种，谓理行也。藉教悟宗，深信含生同一真性，客尘障故，令舍伪归真，凝住壁观，无自无他，凡圣等一，坚住不移，不随他教，与道冥符，寂然无为，名理入也。行入四行，万行同摄。初报怨行者，修道苦至，当念往劫，舍本逐末，多起爱憎，今虽无犯，是我宿作，甘心受之，都无怨诉。经云："逢苦不忧，识达故也。此心生时，与道无违，体怨进道故也。"二随缘行者，众生无我，苦乐随缘，纵得荣誉等事，宿因所构，今方得之，缘尽还无，何喜之有？得失随缘，心无增减，违顺风静，冥顺于法也。三名无所求行，世人长迷，处处贪着，名之为求。道士悟真，理与俗反，安心无为，形随运转，三界皆苦，谁而得安？经曰："有求皆苦，无求乃乐也。"四名称法行，即性净之理也。

达摩为禅宗东来初祖，道宣与五祖弘忍同时，但是《续高僧传》于《达磨传》外，仅为慧可立传，其余姓名皆不附见。《慧可传》卷十六。言"后以天平之初，北就新邺，盛开秘苑，滞文之徒，是非纷举"。又言"道竟幽而且玄，故末绪卒无荣嗣"，这已经对于慧可法嗣加以打击。末后又说有林法师与慧可同处，每慧可说法既竟，便说："此经四世之后，便成名相，一何可悲。"这是一句与悬记相类的预言，从达磨到弘忍，恰恰四世，从慧可到神秀、慧能，也是四世。道宣留下这一句，便是对于弘忍师徒的一着。《法冲传》卷二十七。更说："惠可即慧可禅师创得纲纽，魏境文学多不齿之，领宗得意者时能启悟，今以人代转远，纰缪后学，可公别传略以详之，今叙师承以为承嗣，所学历然有据。"以下列举慧可以后诸人，而三祖僧璨，四祖道信，皆不著名字，弘忍以下，更不待论。这正是道宣对于诸人的无视，而"四世之后，便成名相"一句，乃是对于诸人的恶评。又《慧可传》称"遭贼斫臂，以法御心，不觉痛苦，火烧斫处，血断帛裹，乞食如故，曾不告人"，与《传灯录》所载慧可断臂求法之说亦不合。

译经的方面，从道宣底议论里，看出他对于当时的不满。玄奘法师自贞观十九年回国至麟德元年没世，这一大段的时期里，在译坛上占据了整个的局面。道宣虽曾两度奉诏与玄奘同译，其实他是否实际参与其事，还是问题。关于译经的方法，两人的见地截然不同。玄奘是主张直译、广译的，道宣便称为"布在唐文，颇居繁复"。卷四《玄奘传》。玄奘的主张，后来受到当时的非难，所以高宗显庆元年下诏："玄奘所翻经论既新，翻译文义须精。"详见后。从这许多地方，我们看到当时关于译经的两派主张，而道宣恰恰代表了与玄奘相反的一派。

道宣在《续高僧传》卷四《译经篇》论中揭明他的主张。他说：

> 至如梵文天语，元开大夏之乡，鸟迹方韵，出自神州之俗，具如别传，曲尽规猷。遂有侥幸时誉，叨临传述，逐噃铺词，返音列喻，繁略科断，比事拟伦，语迹虽同，校理诚异。自非明喻前圣，德迈往贤，方能隐括殊方，用通弘致。

这是他对于广译的批评。又说：

> 原夫大觉希言，绝世特立，八音四辩，演畅无垠，安得凡怀，虚参圣虑，用为标拟，诚非立言。虽复乐说不穷，随类各解，理开情外，词逸寰中，固当斧藻标奇，文高金玉，方可声通天乐，韵过恒致。近者晋宋颜谢之文，世尚企而无比，况乖于此，安可言乎！必踵斯踪，时俗变矣，其中芜乱，安足涉言。

这是他对于直译的批评。对于已往的译者,他推崇"西凉法谶,世号通人,后秦童寿,时称僧杰,善披文意,妙显经心,会达言方,风骨流便"。对于玄奘,他说:"世有奘公,独高联类,往还震动,备尽观方。百有余国,君臣谒敬,言议接对,不待译人。披析幽旨,华戎胥悦,唐朝后译,不屑古人。执本陈勘,频开前失,既阙今乖,未遑厘正。"这是一段赞美的言词,但是在文辞的后面,隐藏着一段讽刺。

卷二《隋翻经馆沙门释彦琮传》载彦琮《辩正论》,首称五失本,三不易,这是关于译经的正面文字:

> 弥天释道安每称译胡为秦,有五失本,三不易也。一者胡言尽倒而使从秦,一失本也。二者胡经尚质,秦人好文,传可众心,非文不合,二失本也。三者胡经委悉,至于叹咏,丁宁反复,或三或四,不嫌其繁,而今裁斥,三失本也。四者胡有义说,正似乱词,寻检向语,文无以异,或一千,或五百,今并刈而不存,四失本也。五者事以合成,将更旁及,反腾前词,已乃后说而悉除此,五失本也。然智经三达之心,覆面所演,圣必因时,时俗有易,而删雅古以适今时,一不易也。愚智天隔,圣人叵阶,乃欲以千载之上微言,传使合百王之下末俗,二不易也。阿难出经,去佛未久,尊大迦叶,令五百六通,迭察迭书,今离千年,而以近意量裁,彼阿罗汉乃兢兢若此,此生死人而平平若是,岂将不以知法者猛乎?斯三不易也。

以上是消极的规诫,在积极的,彦琮提出八备之说:

> 经不容易,理藉名贤,常思品藻,终惭水镜,兼而取之,所备者八。诚心爱法,志愿益人,不惮久时,其备一也。将践觉场,先牢戒足,不染讥恶,其备二也。筌晓三藏,义贯两乘,不苦暗滞,其备三也。旁涉坟史,工缀典词,不过鲁拙,其备四也。襟抱平恕,器量虚融,不好专执,其备五也。耽于道术,澹于名利,不欲高炫,其备六也。要识梵言,乃闲正译,不坠彼学,其备七也。薄阅《苍》、《雅》,粗谙篆隶,不昧此文,其备八也。

从这几方面,狠容易看出道宣和玄奘主张不同之点,其后玄奘弟子彦悰此唐彦悰与隋彦琮不同。作《玄奘法师传》后五卷,重申师说,正是必然的结果。

从梁陈到隋唐，是佛道两教争长的时期；约略言之，萧梁重佛，元魏重道，北齐重佛，后周重道，隋代重佛，唐初重道。正因为两教的互为雄长，遂引起一般的勾心斗角。道宣是佛教的重镇，常以法将自居，所以在他底著作里，反映了当前的时代；一部高僧底总传，成为宗教底史乘。或许，这不是传叙作法的正宗，但是我们不能不认识这一点。

梁武崇尚佛法，这是史实。《智藏传》卷五。称："时梁武崇信释门，宫阙恣其游践，主者以负扆南面，域中一人，议以御座之法，唯天子所升，沙门一不沾预。藏闻之勃然厉色，即入金门，上正殿，踞法座，抗声曰：'贫道昔为吴中顾郎，尚不惭御榻，况复乃祖定光，金轮释子也，檀越若杀贫道，即杀，不虑无受生之处，若付在上方狱中，不妨行道。'即拂衣而起，帝遂罢敕，任从前法。"《慧荣传》卷八。亦称："大弘法席，广延缁素，时梁储在座，素不识之，令问讲者何名，乃抗声曰：'禹穴慧荣，江东独步，太子不识，何谓储君！'一座掩耳，以为悖悖之太甚也。荣从容如旧，傍若无人。"梁代高僧的气概，于此毕见。

北魏太武皇帝时代，因为崔浩、寇谦之底怂恿，因此废除佛教，这是佛教徒所称三武之祸底第一次。但是后来又来了一次波澜，《昙无最传》卷二十四。留下了魏明帝元光元年，诏佛道两宗上殿论议，昙无最廷折清通观道士姜斌的故事。传中又言："佛法中兴，惟其开务。"但是这已经是北齐时代的前驱了。

北齐时代，也有过佛道两教争执的故事，但是不久道教全归失败。当时主持佛教全局的，便是法上。齐文宣帝下诏："法门不二，真宗在一，求之正路，寂泊为本。祭酒道者，世中假妄，俗人未悟，乃有祇崇。麴蘖是味，清虚焉在，朐脯斯甘，慈悲永隔。上异仁祠，下乖祭典，宜皆禁绝，不复遵事，颁敕远近，咸使知闻。其道士归伏者，并付昭玄大统上法师度听出家。"见卷二十四《昙显传》。这是一件大事。《法上传》卷八。更说："上戒山峻峙，慧海澄深，德可轨人，威能肃物，故魏、齐二代历为统师，昭玄一曹纯掌僧录，令史员置五十许人，所部僧尼二百余万，而上纲领将四十年，道俗欢愉，朝庭胥悦，所以四万余寺，咸禀其风，崇护之基，罕有继彩。既道光遐烛，乃下诏为戒师，文宣帝布发于地，令上践焉。"这里看到北齐佛教昌隆的一斑。

北周时代又和北齐不同，周武帝是一个英主，最初受卫元嵩、张宾底蛊惑，见卷二十七《卫元嵩传》。决意废佛，其后因为佛道两家底诤辩，佛道两家同时并废，但仍置通道观，简佛道两宗有名者，普着衣冠为学士，见卷二十四《道安传》。这便是废佛而实不废道的事实。《续高僧传》慧远，卷八。静蔼，道安，僧猛，僧勔，智炫，皆卷二十四。卫元嵩等传皆留下不少的记载。道安、智炫两传写得极好，但是《慧远传》的成就尤在其上。这里看到理论精确的辩论，以及周武词屈理穷、决心灭法的意气，和慧远鼎镬刀锯无所畏惧的神态。假如我们认定“传叙的述作，多半是作者个性的流露”这句话，我们更可就此认识道宣律师了。节录《慧远传》于次：

及承光二年春，周氏克齐，便行废教，敕前修大德，并赴殿集。武帝自升高座，叙废立义，命章云：“朕受天命，养育兆民，然世弘三教，其风弥远，考定至理，多皆愆化，并今废之。然其六经儒教，文弘治术，礼义忠孝，于世有宜，故须存立。且自真佛无像，则在太虚，遥敬表心，佛经广叹，而有图塔崇丽，造之致福，此实无情，何能恩惠？愚民向信，倾竭珍财，广兴寺塔，既虚引费，不足以留，凡是经像，尽皆废灭。父母恩重，沙门不敬，勃逆之甚，国法岂容，并退还家，用崇孝始。朕意如此，诸大德谓理何如？”于时沙门大统法上等五百余人，咸以帝为土力，决谏难从，佥各默然。下教频催答诏，而相看失色，都无答者。远顾以佛法之寄，四众是依，岂以杜言，情谓理伏，乃出众答曰：“陛下统临大域，得一居尊，随俗致词，宪章三教，诏云‘真佛无像’，信如诚旨，但耳目生灵，赖经闻佛，藉像表真，若使废之，无以兴敬。”帝曰：“虚空真佛，咸自知之，未假经像。”远曰：“汉明已前，经像未至，此土众生，何故不知虚空真佛？”帝时无答。远曰：“若不藉经教，自知有法，三皇已前，未有文字，人应自知五常等法，尔时诸人何为但识其母，不识其父，同于禽兽？”帝亦无答。远又曰：“若以形像无情，事之无福，故须废者，国家七庙之像，岂是有情，而妄相尊事？”武帝不答此难，诡通后言，乃云：“佛经外国之法，此国不用，七庙上代所立，朕亦不以为是，将同废之。”远曰：“若以外国之经，废而不用者，仲尼所说，出自鲁国，秦、晋之地，亦应废而不学。又若以七庙为非，将欲废者，则是不尊祖考，祖考不尊则昭穆失序，昭穆失序则五经无用。前存儒教，其义安在？若尔则三教同废，将何治国？”帝曰：“鲁邦之与秦、晋，虽封域乃殊，莫非王者一化，故不类佛经。”七庙之难，帝无以通。远曰：“若以秦、鲁同遵一化，经教通行者，震旦之与天竺，国界虽殊，莫不同在阎浮，四海之内，轮王一化，何不同遵佛经，而令独废？”帝又不答。远曰：“陛下向云‘退僧还家崇孝养者’，孔经亦云‘立身行道以显父母’，即是孝行，何必还家方名为孝？”帝曰：“父母恩重，交资色养，弃亲向疏，未成至孝。”远曰：“若如来言，陛下左右皆有二亲，何不放之，乃使长役五年，不见父母？”帝云：“朕亦依番上下，得归侍奉。”远曰：“佛亦听僧冬夏随缘修道，春秋归家侍养，故目连乞食饷母，如来担棺临葬，此理大通，未可独废。”帝又无答。远抗声曰，“陛下今恃王力自在，破灭三宝，是邪见人，阿鼻地狱不拣贵贱，陛下何得不怖！”帝勃然大怒，面有瞋相，直视于远曰：“但令百姓得乐，朕亦何辞地狱诸苦！”远曰：“陛下以邪法化人，现种苦业，当共陛下同趣阿鼻，何处有乐可得！”

这是一场激烈的辩论。周武帝认定真佛无像，主张毁像，在理论上本有相当的根据，但是佛教徒认定一切出于兴道灭佛的意念。《僧勔传》说：“周武季世，将丧释门，崇上老氏，受其符箓，凡有大醮，帝必具其巾褐，同其拜伏。”因此更引起了宗教的狂热。《慧远传》记着在辩论终结以后，武帝具敕“有司，录取论僧姓字。当斯时也，齐国初殄，周兵雷震，见远抗诏，莫不流汗，咸谓粉其身骨，煮以鼎镬，而远神气嵬然，辞色无挠。上统、衍法师等执远手泣而谢曰：‘天子之威如龙火也，难以犯触，汝能穷之！大经所云“护法菩萨”，应当如是，彼不悛革，非汝咎也。’远曰：‘正理须申，岂顾性命！’”《智炫传》言智炫对武帝言：“‘今欲废佛存道，犹如以庶代嫡。’帝动色而下，因入内。群臣众僧皆惊曰：‘语触天帝，何以自保？’原注：以周武非嫡故。炫曰：‘主辱臣死，就戮如归，有何可惧？乍可早亡，游神净土，岂与无道之君同生于世乎？’”他如静蔼之言：“释李邪正，人法混拜，即可事求，未烦圣虑，陛下必情无私隐，泾渭须分，请索油镬殿庭，取两宗人法俱煮之，不害者立可知矣。”以及宜州沙门道积“乃与同友七人，于弥勒像前，礼忏七日，既不食已，一时同逝”。皆见《静蔼传》。都见到当时佛教徒卫道的热忱。

到了隋代，佛教徒又遭逢了好运。隋文帝以外祖之尊，夺国于孤儿之手，本是历史罕见之事，同时又有尉迟迥、王谦、司马消难这一般周室旧臣的举兵，虽幸而获济，毕竟是一个不易戡定的天下，因此便想到利用宗教的狂热，作为开国的规模。《隋书》卷六十九《王劭传》说王劭“采民间歌谣，引图书谶纬，依约符命，捃摭佛经，撰为《皇隋灵感志》，合三十卷，奏之。上令宣示天下”。便是这一件事。书中《道密传》卷二十八。言隋文自称“我兴由佛法，而好食麻豆，前身以从道人里来”。亦可见其梗概。《灵藏传》卷二十七。又言：“开皇四年，关辅亢旱，帝引民众就给洛州，敕藏同行，共通圣化。既达，所在归投极多。帝闻之，告曰：‘弟子是俗人天子，律师是道人天子，有乐离俗者，任师度之。’遂依而度，前后数万。”假使我们再将仁寿元年五月国子学惟留学生七十人，太学四门及州县学并废的敕书见《隋书》卷二《高祖纪》下。和《灵藏传》比较，再证以同日颁舍利于诸州的故实，隋代重佛轻儒的政策，显然可见了。

颁送舍利的诸僧，在书中有传者甚众，最可注意者，当推僧粲。《僧粲传》称：卷九。“仁寿二年，文帝下敕置塔诸州，所司量遣人德，多非暮齿。粲欲开阐佛种，广布皇风，躬率同伦洪遵律师等参预使任。及将发京辇，面别帝庭，天子亲授灵骨，慰问优渥。粲曰：‘陛下属当佛寄，弘演圣踪，粲等仰会慈明，不胜欣幸。岂以朽老，用辞朝望？’帝大悦，曰：‘法师等岂不以欲还乡壤，亲事弘化？宜令所司备礼，各送本州。’粲因奉敕送舍利于汴州福广寺。初达公馆，异香满院，充塞如烟。及将下塔，还动香气，如前蓬勃，又放青光，映覆宝帐。寺有舍利，亦放青光，与今送者，光色相纠。又现赤光，当佛殿上，可高五尺，复现青赤杂光在寺门上，三色交映，良久乃没。”

隋代高僧，首推智𫖮，受业南岳慧思禅师。传卷十七。言：“行法华三昧，始经三夕，诵至《药王品》‘心缘苦行，至是真精进’句，解悟便发，见共思师处灵鹫山七宝净土，听佛说法。故思云：‘非尔弗感，非我莫识，此法华三昧前方便也。’”全传共五千五百余字，除《玄奘传》卷四、卷五。以外，在本书为甚大之篇幅，惟于天台宗判教宗旨，三观义谛，未能尽述，殊为憾事。

唐人自谓李耳之后，复兴道教，贬黜佛教，因此三教的顺序，由隋代底佛道儒，一变为道儒佛。这一大段完全是道宣身经的时代，所以全书对于这一段的争点，也费了狠大的气力。其实较之周武、慧远之廷辩，其局势远不及其严重，止因为作者身历其境，看法便有相当的差别。

《法琳传》卷二十五。言：“武德元年春，下诏京置三寺，惟立千僧，余寺给赐王公，僧等并放还桑梓。”这是罢黜佛教的第一步。武德四年，太史令傅奕上废佛事者十有一条，云：“释经诞妄，言妖事隐，损国破家，未闻益世。请胡佛邪教退还天竺，凡是沙门放归桑梓，则家国昌大。”因此引起法琳底《破邪论》：“原夫实相杳冥，逾道之要道；法身凝寂，出玄之又玄。惟我大师体斯妙觉，二边顿遣，万德斯融，不可以境智求，不可以形名取，故能量法界而兴悲，揆虚空而立誓。所以现生秽土，诞圣王宫，示金色之身，吐玉毫之相。布慈云于鹫岭，则火宅焰销；扇慧风于鸡峰，则幽途雾卷。行则金莲捧足，坐则宝座承躯，出则天主导前，入则梵王从后。声闻菩萨，俨若朝仪，八部万神，森然翊卫。宣涅槃则地现六动，说般若则天雨四花。百福庄严，状满月之临沧海；千光照曜，如聚日之映宝山。师子一吼，则外道摧锋；法鼓暂鸣，则天魔稽首，是故号佛为法王也。岂与衰周李耳比德争衡，末世孔丘辄相联类者矣。”但是直到武德八年，高祖敕书仍称“老教孔教，此土先宗，释教后兴，宜崇客礼。令老先，次孔，末后释宗”。见卷二十五《慧乘传》。

唐太宗对于佛教，纵使曾给予以相当的倡导，但是道先释后的原则，仍然存在。贞观十一年下诏：“今鼎祚克昌，既凭上德之庆，天下大定，亦赖无为之功。宜有解张，阐兹玄化。自今已后，斋供行立，至于称谓，道士、女道士可在僧尼之前。庶敦反本之俗，畅于九有，贻诸万叶。”见卷二十五《智实传》。因此智实发生诤论，其后被杖放归，次年病卒。他如《玄续传》卷十四。称玄续与祭江道士冯善英底争执，也是贞观间的事。

高宗显庆三年，复有义褒与道士李荣底辩论。《义褒传》卷十五。称："内设福场，敕召入宫，令与东明观道士论义。有道士李荣立本际义，褒问曰：'既义标本际，为道本于际，为际本于道耶？'答曰：'互得。'又问：'道本于际，际为道本，亦可际本于道，道为际原？'答：'亦通。'又问曰：'若使道将本际，互得相反，亦可自然与道，互得相法？'答曰：'道法自然，自然不法道。'又问：'若道法于自然，自然不法道，亦可道本于本际，本际不本道？'荣既被难，不能报，浪嘲云：'既唤我为先生，汝便成我弟子。'褒曰：'对圣言论，申明邪正，用简帝心。刍荛嘲谑，尘黩天听。虽然无言不酬，聊以相答。我为佛之弟子，由以事佛为师，汝既称为先生，则应先道而生，汝则斯为道祖！'于时忸怩无对，使下座。"从这一节辩论，看出当时释道的争论，完全成为诡辩，再加嘲诙，更见市井。这实在是一种堕落，或许佛道两教衰落的命运，都从这个时期开始了。

在《续高僧传》全书里，《玄奘传》是一篇最重要的文章，因为要和《慈恩传》比较立论，所以这里不讲，另见下篇。

此篇为作者遗稿，原载《中华文史论丛》第一一七期，此据朱东润著、陈尚君编《中国传叙文学之变迁八代传叙文学述论》，复旦大学出版社 2015 年版。

从“烈士池”到《杜子春》

陈引驰

中古时代有两部非常著名的中国僧侣西游的自述类著作，即《法显传》和《大唐西域记》。东晋法显和唐代玄奘原就颇有传奇性的旅游经历多记载于这两部书中，除了两书的宗教意义、历史与地理价值，它们同时也是有特殊成就的文学性著作。其中有一点值得提出，法显和玄奘所游历的印度各地流传着不少缤纷多彩、想象奇异的传说故事，而两人在回溯自己的见闻时往往将它们记录下来，且常常可以互相对勘比较，因而两书对于探索中古时代印度民间的尤其是宗教性文学的流传也是极有助益的。进而，他们的著作也可以说是印度宗教文化传入中国的一种媒介。以下便是目前可知的最为确凿的印度故事通过佛教媒介传入中土，并且产生了极为久长的流衍的一个例子。

一

《大唐西域记》卷七的“婆罗痆斯国”，玄奘记载了如下一个故事：

施鹿林东行二三里，至窣堵波，旁有涸池，周八十余步，一名救命，又谓烈士。闻诸先志[①]曰：数百年前有一隐士，于此池侧结庐屏迹，博习伎术，穷

① 和州橘寺古藏本、石山寺藏古抄本和日本松本初子所藏中尊寺金银泥经本“先志”作“土俗”（《大唐西域记校注》校勘记，中华书局 1985 年版，第 578 页），显示这极可能就是一个在当地流传的口传故事。

极神理，能使瓦砾为宝，人畜易形，但未能驭风云，陪仙驾。阅图考古，更求仙术，其方曰：“夫神仙者，长生之术也，将欲求学，先定其志。筑建坛场，周一丈余，命一烈士，信勇昭著，执长刀，立坛隅，屏息绝言，自昏达旦。求仙者中坛而坐，手按长刀，口诵神呪，收视反听，迟明登仙。所执铦刀变为宝剑，凌虚履空，王诸仙侣。执剑指麾，所欲皆从。无衰无老，不病不死。”

是人既得仙方，行访烈士，营求旷岁，未谐心愿。后于城中遇见一人，悲号逐路。隐士睹其相，心甚庆悦，既而慰问：“何至怨伤？”曰：“我以贫窭，傭力自济，其主见知，特深信用，期满五岁，当酬重赏。于是忍勤苦，忘艰辛。五年将周，一旦违失，既蒙笞辱，又无所得。以此为心，悲悼谁恤！”隐士命与同游，来至草庐，以术力故，化具肴馔。已而令入池浴，服以新衣。又以五百金钱遗之曰：“尽当来求，幸无外也。”自时厥后，数加重赂，潜行阴德，感激其心。烈士屡求效命，以报知己。隐士曰：“我求烈士，弥历岁时，幸而会遇，奇貌应图。非有他故，愿一夕不声耳！”烈士曰：“死尚不辞，岂徒屏息？”

于是设坛场，受仙法，依方行事，坐待日曛。曛暮之后，各司其务，隐士诵神呪，烈士按铦刀。殆将晓矣，忽发声叫。是时空中火下，烟焰云蒸，隐士疾引此人入池避难。

已而问曰：“诫子无声，何以惊叫？”烈士曰：“受命后，至夜分，惛然若梦，变异更起。见昔事主躬来慰谢；感荷厚恩，忍不报语。彼人震怒，遂见杀害，受中阴身，顾尸叹惜。犹愿历世不言，以报厚德。遂见托生南印度大婆罗门家，乃至受胎出胎，备经苦厄。荷恩荷德，尝不出声。洎乎受业、冠婚、丧亲、生子，每念前恩，忍而不语。宗亲戚属咸见怪异。年过六十有五，我妻谓曰：‘汝可言矣。若不语者，当杀汝子。’我时惟念，已隔生世，自顾衰老，唯此稚子，因止其妻，令无杀害，遂发此声耳。”隐士曰：“我之过也。此魔娆耳！”

烈士感恩，悲事不成，愤恚而死。

免火灾难，故曰救命；感恩而死，又谓烈士池。[1]

这是一个曲折的求仙故事，故事的中心情节是说一个隐士为求仙的成就须要另外一人的配合；而在施予了一系列的恩德之后要求那位被选定者在修炼的过程中始终不发一声，结果却失败了，因为那人最后过不了爱子之情这一关。

或许，在读了这一故事之后，对这个隐士修炼的情节会有一丝疑惑：这似乎不太像一个印度的故事而反倒很像是一个道教的故事。首先，应该相信玄奘叙述的真实可靠；其次，在印度的文献中确实可以找到类似的例子。蒋忠新先生的《〈大唐西域记〉"烈士故事"的来源和演变》一文[2]，对这个故事的印度渊源背景作了考察，得出结论：这"的确是一个印度民间故事"。蒋先生在梵文的民间故事集《僵尸鬼故事二十五则》中勾沉出这个连串成套的故事的骨干部分，大致是这样的：

有一位叫作三勇军的国王，住在哥达瓦利河边的波罗底斯他那。每天他上朝的时候都有一位忍戒和尚来向他献一个果子。整整十年，国王都将果子交给身边的人放到库房里去。这一天，正好有一只猴子闯入，于是国王就将果子给了猴子。猴子吃果时，突然果子裂开了，里面掉出一粒上等的宝石。国王大惊，让人再查，结果十年来所受的果子中的宝石积成了满满一大堆。当第二天，忍戒和尚再来时，国王就问起送宝石的缘故。和尚说是因为须要一位英雄帮助自己完成一种法术。国王因为感谢十年来的宝石，于是答应和尚在夜半的火葬场边的无花果树下与他相会。国王头缠青布、手执尖刀来到正在无花果树下造祭坛的忍戒身边，后者要他去远处的一棵无忧树下将树上吊着的一具尸体搬来。然而那具尸体显然是僵尸鬼附身了，只要国王一出声说话，尸体即刻就回到树上依旧挂在那儿了。国王只好不再说话，背着尸体就走。但是，僵尸鬼却开始讲故事，并且在讲

① 季羡林等《大唐西域记校注》，中华书局 1985 年版，第 576—578 页。

② 载《民间文艺季刊》1986 年 2 期，上海文艺出版社。

完后问国王问题，这下国王落入了困境，因为如果他回答，尸体就仍旧会挂到树上去；而如果他不回答，僵尸鬼已经下了咒：明知而不答，他的脑袋就会粉碎。国王只得回答僵尸鬼一个又一个的问题，于是尸体一次又一次地回到树上。一连二十四次的劳而无功，最后僵尸鬼才告诉国王，忍戒和尚是一恶人，于是国王回到祭坛那儿出其不意地杀了忍戒。

虽然在故事的具体情节上，这个故事和《大唐西域记》卷七的“烈士池”有差距，但是在修炼法术须要别人帮助、以钱财打动人心以求协助、关键在于保持沉默而不出声、最后失败等构成故事的基本骨架的这几点上却完全一致，也就是说在民间故事学的基本类型上它们是属于一类的。因而可以说蒋忠新先生的意见是令人信服的。

然而，当读到下面这个唐代传奇就会发现：它也有类似的故事构架。

唐代李复言《续玄怪录》(《太平广记》卷十六引)[①]中有一篇《杜子春》：

杜子春者，盖周、隋间人，少落魄，不事家产。然以心气闲纵，嗜酒邪游，资产荡尽；投于亲故，皆以不事事之故见弃。方冬，衣破腹空，徒行长安中。日晚未食，彷徨不知所在，于东市西门，饥寒之色可掬，仰天长叹。

有一老人，策杖于前，问曰：“君子何叹？”子春言其心，且愤其亲戚疏薄也；感激之气，发于颜色。老人曰：“几缗则丰用？”子春曰：“三、五万，则可以活矣。”老人曰：未也，更言之。“十万。”曰：“未也。”乃言：“百万。”曰：“未也。”曰：“三百万。”乃曰：“可矣。”于是袖出一缗，曰：“给子今夕。明日午时俟子于西市波斯邸，慎无后期。”及时，子春往，老人果与钱三百万，不告姓名而去。子春既富，荡心复炽，自以为终身不复羁旅也，乘肥衣轻，会酒徒，征丝竹歌舞于倡楼，不复以治生为意。一、二年间，稍稍而尽，衣服车马，易贵从贱，去马而驴，去驴而徒；倏忽如初。

---

① 程毅中先生以为当属牛僧孺《玄怪录》中的一篇，见其点校《玄怪录 续玄怪录》，中华书局 1982 年版。

既而复无计，自叹于市门。发声而老人到，握其手曰："君复如此，奇哉！吾将复济子，几缗方可？"子春惭，不应。老人固逼之，子春愧谢而已。老人曰："明日午时，来前期处。"子春忍愧而往，得钱一千万。未受之初，发愤以为从此谋生，石季伦、猗顿小竖耳。钱既入手，心又翻然，纵适之情，又却如故。不三、四年间，贫过旧日。

复遇老人于故处，子春不胜其愧，掩面而走。老人牵裾止之，又曰："嗟乎！拙谋也！"因与三千万，曰："此而不痊，则子贫在膏肓矣。"子春曰："吾落魄邪游，生涯罄尽，亲戚豪族，无相顾者。独此叟三给我，我何以当之？"因谓老人曰："吾得此，人间之事可以立，孤孀可以衣食，于名教复圆矣。感叟深惠，立事之后，唯叟所使。"老人曰："吾心也。子治生毕，来岁中元，见我于老君双桧下。"子春以孤孀多寓淮南，遂转资扬州，买良田百顷；郭中起甲第，要路置邸百余间，悉召孤孀分居第中；婚嫁甥侄，迁祔旅榇，恩者煦之，仇者复之。

既毕事，及期而往。老人方啸于二桧之阴。遂与登华山云台峰。入四十里余，见一居处，室屋严洁，非常人居。彩云遥覆，鸾鹤飞翔。其上有正堂，中有药炉，高九尺余，紫焰光发，灼焕窗户。玉女九人，环炉而立，青龙白虎，分据前后。其时日将暮，老人不复俗衣，乃黄冠缝帔士也。持白石三丸、酒一卮遗子春，令速食之。讫，取一虎皮，铺于内西壁，东向而坐，戒曰："慎勿语。虽尊神、恶鬼、夜叉、猛兽、地狱及君之亲属为所困缚，万苦皆非真实。但当不动不语耳，安心莫惧，终无所苦。当一心念吾言。"言讫而去。

子春视庭，唯一巨瓮，满中贮水而已。道士适去，而旌旗戈甲，千乘万骑，遍满崖谷来，呵叱之声动天。有一人称大将军，身长丈余，人马皆着金甲，光芒射人。亲卫数百人，拔剑张弓，直入堂前，呵曰："汝是何人？敢不避大将军？"左右竦剑而前，逼问姓名，又问作何物，皆不对。问者大怒，摧斩，争射之，声如雷；竟不应。将军者拗怒而去。俄而，猛虎、毒龙、狻猊、狮子、蝮蝎万计；哮吼拿攫而争前，欲搏噬，或跳过其上。子春神色不动，有顷而散。既而，大雨滂澍，雷电晦暝，火轮走其左右，电光掣其前后，目不得开。须臾，庭际水深丈余，流电吼雷，势若山川开破，不可制止。瞬息之间，波及坐下。子春端坐不顾。未顷而散。

将军者复来，引牛头狱卒，奇貌鬼神，将大镬汤而置子春前。长枪刃叉，四面匼匝。传命曰：“肯言姓名，即放；不肯言，即当心叉取置之镬中。”又不应。因执其妻来，捽于阶下，指曰：“言姓名免之。”又不应。乃鞭捶流血，或射或斫，或煮或烧，苦不可忍。其妻号哭曰：“诚为陋拙，有辱君子，然幸得执巾栉，奉事十余年矣。今为尊鬼所执，不胜其苦。不敢望君匍匐拜乞，望君一言，即全性命矣。人谁无情，君乃忍惜一言！”雨泪庭中，且咒且骂，子春终不顾。将军且曰：“吾不能毒汝妻耶？”令取剉碓，从脚寸寸剉之。妻叫哭愈急，竟不顾之。将军曰：“此贼妖术已成，不可使久在世间。”敕左右斩之。

斩讫，魂魄被领见阎罗王，王曰：“此乃云台峰妖民乎？”促付狱中。于是镕铜、铁杖、碓捣、硙磨、火坑、镬汤、刀山、剑林之苦，无不备尝。然心念道士之言，亦似可忍，竟不呻吟。狱卒告受罪毕，王曰：“此人阴贼，不合得作男，宜令作女人。”配生宋州单父县丞王勤家。

生而多病，针灸药医之苦，略无停日。亦尝坠火堕床，痛苦不济，终不失声。俄而，长大，容色绝代，而口无声，其家目为哑女。亲戚相狎，侮之万端，终不能对。同乡有进士卢珪者，闻其容而慕之，因媒氏求焉。其家以哑辞之，卢曰：“苟为妻而贤，何用言矣。亦足以戒长舌之妇。”乃许之。卢生备礼亲迎为妻。数年，恩情甚笃，生一男，仅二岁，聪慧无敌。卢抱儿与之言，不应；多方引之，终无辞。卢大怒曰：“昔贾大夫之妻鄙其夫，才不笑尔。然观其射雉，尚释其憾。今吾陋不及贾，而文艺非徒射雉也，而竟不言。大丈夫为妻所鄙，安用其子！”乃持两足，以头扑于石上，应手而碎，血溅数步。子春爱生于心，忽忘其约，不觉失声云：“噫！”

噫声未息，身坐故处，道士者亦在其前，初五更矣。其紫焰穿屋上天，

> 火起四合，屋室俱焚。道士叹曰："措大误余乃如是！"因提其髻，投水瓮中。未顷，火息。道士前曰："出，吾子之心，喜怒哀惧恶欲，皆已忘也。所未臻者，爱而已。向使子无噫声，吾之药成，子亦上仙矣。嗟乎，仙才之难得也！吾药可重炼，而子之身犹为世界所容矣。勉之哉！"遥指路使归。
>
> 子春强登基观焉，其炉已坏。中有铁柱大如臂，长数尺。道士脱衣，以刀子削之。子春既归，愧其忘誓，复自劾以谢其过。行至云台峰，绝无人迹，叹恨而归。①

仅仅读以上的篇章，看来完全是道教修炼的故事，或许不会想到它竟来自于对一个印度传说的增饰。然而对比前面举出的《烈士池》故事的基本构架，它与之真是何其相似乃尔！可以说，《杜子春》与《烈士池》故事的类似超过了后者与《僵尸鬼》故事的类似：首先，两个故事都是求道者希求长生，造坛修炼，而且在最后失败的时候都有大火的突然降临，都有水中避火的细节；再则，虽然有转生为男与转生为女的不同，但是最后的失声都是因为转生后不忍爱子之死的悲叹。

说到不同，《杜子春》大大丰富了《大唐西域记》中《烈士池》故事的情节：充分扩展了原来故事中"烈士"一方面的内容，一变而为迹近纨绔子弟的杜子春，并且着意铺陈了老翁三次赠金而杜子春两次挥霍殆尽、最后幡然悔悟一节，杜子春于是宛然成为故事的主角。并且，《杜子春》在各处都有细致丰富的铺写，如在梦中出现的种种幻象上大作文章，写得有声有色、奇诡骇人，全篇较之《大唐西域记》中的较为简单的叙述远为婉转曲折。

二

一个印度故事，在经过了玄奘的记叙传布入中国之后，发生演变，成为一个

① 程毅中点校《玄怪录　续玄怪录》，中华书局1982年版，第1—4页。标点有调整。

几乎无法辨别其印度渊源的传奇。而且，这个经过了中国化的故事情节还不仅仅出现一次而已，它甚至构成了一个系列，成为引人瞩目的现象。

这个源自《大唐西域记》中《烈士池》传说的故事系列，经过学者们的努力，基本轮廓已经被勾勒出来了。其中以由“三言”本事研究上推“杜子春”故事源流的研究者的论列较为全面。如赵景深先生考证《醒世恒言》三十七卷《杜子春三入长安》本事时说：

> 来源是唐李复言的《续玄怪录》。与之相类似的是玄奘《大唐西域记》中的《烈士池》、段成式《酉阳杂俎》续集卷四《贬误》以及《古今说海》里的《韦自东传》。①

谭正璧先生《三言二拍资料》在《醒世恒言》三十七卷《杜子春三入长安》下列出了唐段成式《酉阳杂俎》续集卷四《贬误》之一条，《太平广记》卷三五六引裴铏《传奇》之《韦自东》一篇以及《续玄怪录·杜子春》一篇。②汪辟疆先生《唐人小说》下卷在《续玄怪录·杜子春》后录出此前似无人提及的《太平广记》卷四十四引薛渔思③《河东记》之《萧洞玄》一篇。④钱锺书先生《管锥编》中论《太平广记》部分之“杜子春事数见”条，就更为周详些：“《杜子春》（出《续玄怪录》）。按卷四四《萧洞玄》（出《河东记》）、卷三五六《韦自东》（出《传奇》）两则相类，皆前承《大唐西域记》卷七婆罗痆斯国救命池节，后启《绿野仙踪》第七十三回《守仙炉六友烧丹药》。《酉阳杂俎》续集卷四载顾玄绩事亦同。”⑤

综合这些意见，大致可以勾出从“烈士池”传说到“杜子春”故事系列⑥的主

---

① 赵景深《〈醒世恒言〉的来源和影响》，载《中国小说丛考》，齐鲁书社1980年版。

② 谭正璧《三言二拍资料》，上海古籍出版社1980年版。

③ 程毅中《古小说简目》：“洪迈《夷坚支志》癸集序称‘薛渙思之《河东记》’，似作‘渔思’为是。”中华书局1981年版。

④ 汪辟疆《唐人小说》，上海古籍出版社1978年版，第233—235页。

⑤ 钱锺书《管锥编》第2册，中华书局1979年版，第655页。

⑥ 之所以如此称呼，是因为“杜子春”是其中最为人所知的《续玄怪录》和《醒世恒言》中两篇的主人公。又，之所以选择这个姓名，葛兆光先生曾提出杜氏与道教之密切关系有以致之，参《历经试炼：小说、历史和现实中的道教信仰考验》之“附说”，见《屈服史及其他：六朝隋唐道教的思想史研究》，生活·读书·新知三联书店2003年版，第234—235页。

要演变脉络：

渊源：玄奘《大唐西域记》卷七“婆罗痆斯国”之“烈士池”故事。

流衍：（一）唐段成式《酉阳杂俎》续集卷四《贬误》中“顾玄绩”条。

（二）唐李复言《续玄怪录》之“杜子春”条。

（三）唐薛渔思《河东记》之“萧洞玄”条。

（四）唐裴铏《传奇》之“韦自东”条。

（五）明冯梦龙《醒世恒言》卷三十七《杜子春三入长安》。

此外，“杜子春”这个题材也为戏曲所采用，有两本戏《广陵仙》《扬州梦》（参《曲海总目提要》卷二十五及卷四十），便也是敷演它的。

在对于“杜子春”故事系列有了大致轮廓的了解之后，不妨来进一步考察分析其流变的情况。

事实上，“烈士池”这一域外渊源最早是由段成式揭出的：

相传天宝中，中岳道士顾玄绩，尝怀金游市中。历数年，忽遇一人，强登旗亭，扛壶尽醉。日与之熟，一年中输数百金。其人疑有为，拜请所欲。玄绩笑曰：“予烧金丹八转矣，要一人相守，忍一夕不言，则济吾事。予察君神静有胆气，将烦君一夕之劳。或药成，相与期于太清也。”其人曰：“死不足酬德，何至是也。”遂随入中岳。

上峰险绝，岩中有丹灶盆，乳泉滴沥，乱松闭景。玄绩取干饭食之，即日上章封罚。及暮，授其一板云：“可击此知更，五更当有人来此，慎勿与言也。”其人曰：“如约。”至五更，忽有数骑马呵之曰：“避！”其人不动。有顷，若王者，仪卫甚盛，曰：“汝何不避？”令左右斩之。其人如梦，遂生于大贾家。及长成，思玄绩不言之戒。父母为娶，有三子。忽一日，妻泣曰：“君竟不言，我何用男女为！”遂次第杀之。其人失声，豁然梦觉，鼎破如震，丹已飞矣。

在记录了这个口传故事之后，段成式引述了玄奘《大唐西域记》的“烈士池”传说，并下了一个结论，认为前者“盖传此之误，遂为中岳道士”（《酉阳杂俎》续集卷四《贬误》)。显然,这是非常正确的,而且较之前面提及的《续玄怪录》中杜子春转生为女不同,“顾玄绩”中的转生为男与“烈士池”故事一样,两者之间的类似似乎还更近些。

由段成式指出这一层源流关系,并非偶然。段成式在当时相当出名,《旧唐书·李商隐传》说李与“太原温庭筠、南郡段成式齐名,时号三十六。”段成式的学问广博同样出名,史称其博学强记,宋人邓复论《酉阳杂俎》说“考其论撰,盖有书生终身之所不能及者,信乎其博矣”。书中有许多足资征引的宝贵材料,《四库总目提要》评“其书多诡怪不经之谈,荒谬无稽之物,而遗文秘笈,亦往往错出其中;故论者虽病其浮夸,而不能不相称引”。与唐代许多著名文人一样,段成式处在佛教文化繁盛的时代,深谙佛学义理以及掌故。《酉阳杂俎》续集卷六记:“诸上人以予该悉内典。”可证他的佛典修养之深湛使得僧人也颇推重他。他曾撰《安国寺寂照和尚碑》(见《全唐文》卷七八七),一向是著名的艰深的文字,《金石文补》称“碑文险怪,用内典极夥,樊宗师之亚流也”。以段成式的博学和深广的佛学涉猎,玄奘《大唐西域记》在当时又非常之出名,自然会对它有所了解。段成式对于佛教典籍乃至以之为中介的文化交流中的史实是非常注意的,《续齐谐记》的“阳羡鹅笼”故事,也是他最早指出出自“释氏《譬喻经》”,是因为“吴均尝览此事,讶其说,以为至怪”而与下的(《酉阳杂俎》续集卷四);所以段成式敏锐地指出世上流传的传说的佛典源头并不奇怪。

段成式记录“顾玄绩”故事,开首即是“相传”二字。作为笔录口头传说,段成式记录的“顾玄绩”故事与玄奘听到的“烈士池”传说相比,并没有很大的增饰。也可能这个传说在流传时相当丰富多姿,只因段成式的目的在于“贬误”,所以文字上并没有曲尽其妙,只记其大概而已。

这里有必要对于唐代传奇素材之来源、流传做一说明,即不少篇章记载、敷演了口传的故事。从一些唐人小说的文字也可以看出这一痕迹。略举例如次,孟棨《本事诗·情感第一》记“韩翃柳氏”条:

> 开成中,余罢梧州。有大梁夙将赵唯为岭外刺史,年将九十矣,耳目不

衰。过梧州，言梁往事，述之可听。云："此皆目击之。"故因录于此也。

陈玄祐《离魂记》：

玄祐少常闻此说，而多异同，或谓其虚。大历末，遇莱芜县令张仲规，因备述其本末。镒即仲规堂叔，而说极备悉，故记之。

沈既济《任氏传》：

建中二年，既济自左拾遗与金吾将军裴冀、京兆少尹孙成、户部郎中崔需、右拾遗陆淳皆适居东南，自秦徂吴，水陆同道。时前拾遗朱放因旅游而随焉。浮颍涉淮，方舟沿流，昼宴夜话，各征其异说。众君子闻任氏之事，共深叹骇，因请既济传之，以志异云。

李公佐《庐江冯媪传》：

元和六年夏五月，江淮从事李公佐使至京，回次汉南，与渤海高钺、天水赵儹、河南宇文鼎会于传舍。宵话征异，各尽所见。钺具道其事，公佐因为之传。

这样的材料甚多，足见当时传奇小说创作题材之获取情况：朋友间宴谈闲话的口资，不少以其奇异，被文人征鸠传录写成篇章。这里有一个现象有必要提出。皇甫枚《三水小牍》中"王知古"一条说："余时在洛敦化里第，于宴集中，博士渤海徐公谠为余言之。岂曰语怪，亦以摭实，故传之焉。"由此知道这也是得自友朋的传告，但该节文字在《太平广记》卷四五五引文中却没有，而存明抄《说郛》中。这意味着《太平广记》引录的大量唐人传奇小说末尾的这一类文字可能为编者删裁；至少可以说，唐人传奇中得自口承材料写下的篇章肯定较现在所知的为多。

结合这一事实，来看段成式记"中岳道士顾玄绩"传说，开首就有"相传"二字。"相传"表明这个故事应该也是得自亲朋师友间的口承言传，如他在《酉阳杂俎》中许多得自谈说间的异闻一样，标志着一个受到印度故事影响而成立的故事在当时人们间流传的实况。季羡林先生曾在《印度文学在中国》一文中提出："印度故事中国化可能有很多方式，但是大体上说起来，不外两大类：一是口头流传，一是文字抄袭。”[①]就“烈士池”传说转变为中国传奇的情形来看，则似乎是季先生所说的两种方式的互相渗透和结合。从中印度流传的一个故事到《大唐西域记》卷七的记载，这自然是口传到文字的过程；至于由《大唐西域记》到“顾玄绩”，则是从文字到口传了。

《河东记·萧洞玄》（《太平广记》卷四十四引）的时代大约和《续玄怪录·杜子春》相近[②]，它们都比较丰赡，可算是真正的文学性的了：

王屋灵都观道士萧洞玄，志心学炼神丹。积数年，卒无所就。无何，遇神人授以《大还秘诀》曰：“法尽此耳。然更须得一同心者，相为表里，然后可成。盍求诸乎！”洞玄遂周游天下，历五岳四渎，名山异境，都城聚落，人迹所辏，罔不毕至。经十余年，不得其人。

至贞元中，洞玄自浙东抵扬州，至亭埭，维舟于逆旅主人。于时，舳舻万艘，隘于河次，堰开争路，上下众船相轧者移时，舟人尽力挤之。见一人船顿蹙其右臂，且折，观者为之寒栗。其人颜色不改，亦无呻吟之声，徐归船中，饮食自若。洞玄深嗟异之。私喜曰：“此岂非天佑我乎？”问其姓名，则曰：“终无为。”因与交结，话道欣然。遂不相舍，即俱之王屋。洞玄出《还丹秘诀》示之，无为相与揣摩。

更终二、三年，修行备至。洞玄谓无为曰：“将行道之夕，我当作法护持，君当谨守丹灶，但至五更无言，则携手上升矣。”无为曰：“我虽无他术，至于忍断不言，君所知也。”遂十日设坛场，焚金炉，饰丹灶，洞玄绕坛行道步虚，无为于药灶前端拱而坐，心誓死不言。

一更后，忽见两道士，自天而降，谓无为曰：“上帝使问尔要成道否？”无为不应。须臾又见群仙，自称王乔、安期等，谓曰：“适来上帝使左右问尔所

---

① 《民间文学与比较文学》，北京大学出版社 1991 年版。

② 据李宗为《唐人传奇》附录《今存主要作品创作年代简表》，两书都大致成于大和末开成初，中华书局 1985 年版。

谓,何得不对?”无为亦不言。有倾见一女人,年可二八,容华端丽,音韵幽闲,绮罗缤纷,薰灼动地,盘旋良久,调戏无为,无为亦不顾。俄而,有虎狼猛兽十余种类,哮叫腾掷,张口向无为,无为亦不动。有顷,见其祖考父母、先亡眷属等,并在其前,谓曰:“汝见我何得无言?”无为涕泪交下而终不言。俄见一夜叉,身长三丈,目如电赩,口赤如血,朱发植竿,锯牙勾齿,直冲无为,无为不动。既而有黄衫者领二力手至,谓无为曰:“大王追不愿行,但言其故即免。”无为不言。黄衫人即叱二手力可拽去。无为不得已而随去。须臾至一府署,云是平等王,南面凭几,威仪甚严。厉声谓无为曰:“尔未合至此,若能一言自辩,即放尔回。”无为不对。平等王又引向狱中,看诸受罪者,惨毒痛楚,万状千名,既回,仍谓之曰:“尔若不言,便入此中矣。”无为心虽恐惧,终亦不言。

平等王曰:“即令别受生,不得放归本处。”无为自此心迷,寂无所知。俄而复觉其身,托生于长安贵人王家。初在母胎,犹记宿誓不言。既生,相貌具足,唯不解啼。三日、满月,其家大会亲宾,广张声乐,乳母抱出,众中递相怜抚,父母相谓曰:“我儿他日必是贵人。”因名曰“贵郎”。聪慧日甚,只不解啼。才及三岁,便行,弱不好弄。至五、六岁,虽不能言,所为雅有高致。十岁操笔即为成文章。动静嬉游,必盈笔墨。既及弱冠,仪形甚都,举止雍雍,可为人表。然自以喑哑,不肯入仕。其家富比王室,金玉满堂,婢妾歌钟,极于奢侈。年二十六,父母为之取妻,妻亦豪家,又绝代姿容,工巧伎乐,无不妙绝。贵郎官名慎微,一生自矜快乐,娶妻一年,生一男,端敏惠黠,略无伦比。慎微爱念,复过常情。一旦,妻及慎微,俱在春庭游戏,庭中有磐石,可为十人之坐。妻抱其子在上,忽谓慎微曰:“观君于我,恩爱甚深,今日若不为我发言,便当扑杀君儿。”慎微争其子不胜,妻举手向石扑之,脑髓迸出。慎微痛惜抚膺,不觉失声惊骇。

恍然而寤,则在丹灶之前,而向之磐石,乃丹灶也。时洞玄坛上法事方毕。天欲晓矣。俄闻无为叹息之声,忽失丹灶所在。二人相与恸哭。即更炼心修行，后亦不知所终。

可以看出，《萧洞玄》的核心结构与《烈士池》《杜子春》是一致的，但与《顾玄绩》《杜子春》一样，相对于《烈士池》而言已经相当中国化了。类同于《顾玄绩》，它以萧洞玄这位道士为主角，而不再是印度“隐士”；而情节的发展则近于《杜子春》，只是萧洞玄是在南方的河道上遇到他所看中的帮助守丹灶的人的，而不是在“城中”（《烈士池》）或者城里的市场（《顾玄绩》以及《杜子春》）。尤其关键的一处变动是没有了道士赠金以求回报的举动，而只是在前半部分中单纯凸现终无为的勇敢。

《传奇·韦自东》一篇与“烈士池”传说的差异则更为明显：

贞元中，有韦自东者，义烈之士也。尝游太白山，栖止段将军庄，段亦素知其壮勇者。一日，与自东眺望山谷，见一径甚微，若旧有行迹。自东问主人曰：“次此何诣也？”段将军曰：“昔有二僧，居此山顶，殿宇宏壮，林泉甚佳，盖开元中万回师弟子之所建也。似驱役鬼工，非人力所能及。或闻樵者说，其僧为怪物所食，今绝踪二、三年矣。又闻人说，有二夜叉于此，山亦无人敢窥焉。”自东怒曰：“余操心在平侵暴，夜叉何类而敢噬人？今夕必挈夜叉首至于门下。”将军止曰：“暴虎凭河，死而无悔。”自东不顾，仗剑奋衣而往，势不可遏。将军悄然曰：“韦生当其咎耳。”

自东扪萝蹑石至精舍，悄寂无人。观二僧房，大敞其户，履锡俱全，衾枕俨然，而尘埃凝积其上。又见佛堂内，细草茸茸，似有巨物偃寝之处。四壁多挂野彘玄熊之类，或庖炙之余，亦有锅镬薪。自东乃知是樵者之言不谬耳。度其夜叉未至，遂拔柏树，径大如碗，去枝叶为大杖；扃其户，以石佛拒之。是夜，月白如昼。夜未分，夜叉挈鹿而至。怒其扃镉，大叫，以首触户，折其石佛而踣于地。自东以柏树挝其脑，再举而死之。拽之入室，又阖其扉。顷之，复有夜叉继至，似怒前归者不接已，亦哮吼，触其扉，复踣于户阈。又挝之，亦死。自东知雌雄已死，应无侪类，遂掩扉，烹鹿而食。及明，断二夜叉首，挈余鹿而示段。段大骇曰：“真周处之俦矣。”乃烹鹿饮酒尽欢。

远近观者如堵。有道士出于稠人中，揖自东曰："某有衷恳，欲披告于长者，可乎?"自东曰："某一生济人之急，何为不可?"道士曰"某栖心道门，恳志灵药，非一朝一夕耳。三、二年前，神仙为吾配合龙虎丹一炉，据其洞而修之有日矣。今灵药将成，而数有妖魔入洞，就炉击触，药几废散，思得刚烈之士，杖剑卫之。灵药倘成，当有分惠，未知能一行否?"自东踊跃曰："乃平生所愿也。"遂杖剑从道士而去。济险蹑峻，当太白之高峰，将半，有一石洞，可百余步，即道士烧丹之室，唯弟子一人。道士约曰："明晨五更初，请君杖剑当洞门而立，见有怪物，但以剑击之。"自东曰："谨奉教。"

久立烛于洞门之外以伺之。俄顷，果有巨虺长数丈，金目雪牙，毒气氤郁，将欲入洞。自东以剑击之，似中其首；俄顷，若轻雾而化去。食顷，有一女子，颜色绝丽，执芰荷之花，缓步而至。自东又以剑拂之，若云气而灭。食顷，将欲曙，有道士乘云驾鹤，导从甚严，劳自东曰："妖魔已尽，吾弟子丹将成矣！吾当来为证也。"盘旋候明而入。语自东曰："喜汝道士丹成，今有诗一首，汝可继和。"诗曰："三秋稽颡叩真灵，龙虎交时金液成。绛雪既凝身可度，蓬壶顶上有云生。"自东详之，意曰："此道士之师。"遂释剑而礼之。俄而突入，药鼎爆裂，更无遗在。道士恸哭，自东悔恨自咎而已。二人因以泉涤其鼎器而饮之。

自东后更有少容，而适南岳，莫知所止。今段将军庄，尚有夜叉骷髅见在。道士亦莫知所之。

故事的前半是说"义烈之士"韦自东游终南山时不畏险怪，独宿深山古刹，夜间杀死两夜叉。后半部分则是道士因见韦自东勇敢，请求他守护丹炉，韦自东"仗剑卫之"，先后逐走巨虺、美女等，最后被妖魔化身道士所骗，致使"药鼎爆裂，更无遗在"。值得注意的是，故事不是以修道者(《烈士池》之"隐士"或《顾玄绩》、《萧洞玄》之如名道士)而是以韦自东为主人公，犹如"杜子春"一样，显示故事在传承演变过程中重心的转移。而《韦自东》走得更远，为道士守护丹炉只是整个故事的一部分而已，前半重点写韦自东之杀夜叉以表现其勇敢，而后与守丹炉一节缀合一处。在某种意义上，这个故事是将《大唐西域记》“烈士池”故事吸取为素材之一，而后与一侠士故事连缀起来构成的。

就《续玄怪录》《河东记》和《传奇》这几种传奇集来看，《传奇》的年代略迟①，而其《韦自东》一篇离开故事原型也最远，原型故事只是作为素材之一体现在文中。而它和《河东记·萧洞玄》一样都摆脱了“隐士”赠金这一原型故事中的重要情节，而代之以先表现终无为或韦自东的勇毅：终无为折臂后仍镇定自若，韦自东则夜杀夜叉。并且他们两人之所以守护丹灶都出于道士的邀请而不是出于道士的恩情有待报答。由此可以看出故事原型在流传过程中渐渐演变的情形。②

《醒世恒言》卷三十七《杜子春三入长安》是“杜子春”故事在后代的一个重要演进，有了极大的丰富和发展。显然它已有异于唐代那几个相互承传关系较为模糊的例子，而明显地承《续玄怪录》“杜子春”而来。由于这篇话本小说文字繁富，无法具引，为更好地比较，认清故事的主体结构，这里试着通过简化寻出支撑整个故事的骨架，列出情节结构如下：

	《续玄怪录·杜子春》	《醒世恒言·杜子春三入长安》
1	杜子春豪放散尽家财，为亲故所弃，行长安市中。	杜子春是“撒漫财主”，韦氏也会花钱，散尽财产；杜至长安，为亲故所弃。
2	老人约波斯邸赠金。	老人约波斯邸赠金，子春得金炫耀于亲故。

① 李宗为《唐人传奇》以为时在咸通五年至十一年之间。

② 唐人小说中如“杜子春”系列这样连串成套的故事系列不少见。许多著名的篇章，不仅能列出主题相似的许多篇什，并且题材相互承借，或祖述同一渊源的相当多。如《枕中记》之祖述“杨林”故事，与“樱桃青衣”相似；《续玄怪录·张逢》与《原化记·南阳士人》《宣室志·李征》都是近似的化虎故事；《河东记·独孤叔数》与《纂异记·张生》及白行简《三梦记》之第一个《刘幽求梦》同一题材；《三梦记》中第二个梦“慈恩梦游”与孟棨《本事诗·征异第五》中一条类似；《柳毅》等龙女故事也是一个族类庞大的故事系列；李公佐《谢小娥传》与《续玄怪录·尼妙寂》一篇、许尧佐《柳氏传》与孟棨《本事诗·情感第一》中一条近似，如此等等，不一而足。

续表

	《续玄怪录·杜子春》	《醒世恒言·杜子春三入长安》
3	钱财散尽，老人二次赠金。	钱财尽，子春二入长安；老人二次赠金，子春再炫耀于亲故。
4	钱财再尽，老人三次赠金。	钱财再尽，子春三入长安，老人三次赠金。
5	子春求报恩，老人约三年后见于华山。	子春求报恩，老人约三年后见于华山。
6	子春行善，三年后往华山。	子春与亲朋宴别，广行善事，三年后往华山。
7	子春坐庭中，守一巨瓮。要求：一夜不语。	子春坐堂中，守一大瓮。要求：一夜不语。
8	金甲将军、虎狮等猛兽、雷电大雨、凌迟妻子的考验；终而被杀，至阎罗殿，受各种地狱苦，转生王家为女。	金甲将军、虎蛇等兽、大雨电火、凌迟妻子的考验，终而被杀；至阎罗殿，受各种地狱苦，转生王家为女。
9	夫卢珪为其不语，杀子，出声。	夫卢珪为其不语，杀子，出声。
10	求仙失败。	求仙失败。
11	回华山，“绝无人迹，叹恨而归”。	在家修行三年后回华山，再三年成仙。韦氏亦得道，告别亲故，一同升天。

由此可以看出，两者最大的不同，即《杜子春三入长安》的主人公最终成仙，而《续玄怪录》中的结局是杜子春重回云台峰，“无人迹，叹恨而归”。两篇的结构上，除去结尾部分存在较大的差别之外，基本是相同的，只是后者较前者大大丰富了。《杜子春三入长安》就整个故事而言，有一个现象很值得注意，就是在杜子春三次得赠金的前后经历上补叙增饰最多，而后来去华山经历磨难的情节则相对而言发展不大。例如，《续玄怪录》中的写杜子春第一次接受老翁馈赠，只有“及时，子春往，老人果与钱三百万，不告姓名而别”十九字。而《杜子春三入长安》则极写子春当晚的心理活动，辗转反侧，“整整一夜不曾得睡”等等，前后六七百字。再如，增加亲朋故旧一线索，始终延续，写尽人间世态炎凉、趋炎附势的丑态。原来，三次赠金的故事只是作为后来守丹炉的主要情节进展的前奏，而现在则蔚为大观，具备了相当的独立性。其实，这些充分显示市民社会众

生相的题材，对于世俗人群恰是极有吸引力的。作为一部话本小说，那些人人梦想的天外横财以及由此而来的发迹变泰的心理变化，既是听书人熟悉的，也是置身其间讨生活的说书人熟悉的。因而在话本小说中对此的表现也就是非常之自然的了。

三

在“烈士池”故事中国化的过程之中，最明显也最令人感兴趣的变化是原来的印度隐士成了中国的道士，由此其异域色彩大为淡化，而呈现出相当“国粹”的面貌。可以说，如“杜子春”以下的文本都已经是非常中国化的求仙故事了。如《顾玄绩》《杜子春》《萧洞玄》《韦自东》等都一致将《大唐西域记》求道的“隐士”化为中国道士。这可以说是最为鲜明而突出的中国化的标志。那么，“烈士池”故事何以变化为一个道士故事呢？试作一探究，对于认识宗教故事传布乃至文化交融的特点不为无益。

《大唐西域记》卷七的“烈士池”故事的宗教背景本来是不那么清楚的。它是玄奘在中印度的婆罗痆斯国听来的故事，所谓“闻诸先志”或“闻诸土俗”的。当地位临恒河，为水陆交通中心，工商各业发达，人口繁多；佛陀初传法轮的鹿野苑，就在该地。据玄奘记载，当地有寺院“三十余所，僧徒三千余人，并学小乘正量部法”，但佛教徒在当时当地是少数派；“天祠百余所，外道万余人，并多宗事大自在天”，六师外道之一耆那教的圣人大雄在当地也颇有故事逸闻，玄奘所说的“露形无服”就是描述大雄死后教徒分裂出的“露形外道”一派人的形象，这些修行外道的人们“精勤苦行，求出生死”。再看“烈士池”故事中那个隐士所求的正是“驭风云，陪仙驾”，“凌虚履空，王诸仙侣”，“无老无衰，不病不死”，这仿佛正近于“乘云气而御飞龙，游乎四海之外”（《庄子・逍遥游》），“先天地生而不为久，长于上古而不老”（《庄子・大宗师》）。人们很容易以两者比类，化印度的外道隐士为中国的道士的。《楞严经》卷八有云：

> 不依正觉，修三摩地，别修妄念，存想固形，游于山林人不及处，有十种仙。……坚固服食而不休息，食道圆成，名地行仙；坚固草本而不休息，药道圆成，名飞行仙；坚固金石而不休息，化道圆成，名游行仙；坚固动止而不休息，精气圆成，名空行仙；坚固津液而不休息，润德圆成，名天行仙；坚固精色而不休息，吸粹圆成，名通行仙；坚固禁咒而不休息，求法圆成，名道行仙；坚固思念而不休息，思忆圆成，名照行仙；坚固交媾而不休息，感应圆成，名精行仙；坚固变化而不休息，觉悟圆成，名绝行仙。……是等皆于人中炼心，不修正觉，别得生理，寿千万岁，休止深山，或大海岛，绝于人境。斯亦轮回，妄想流转，不修三昧，极尽还来，散入诸趣。

虽然这在佛教看来是旁门左道，但这一条条的修炼方式与企望的结果，与中国神仙修道何其相似。《大唐西域记》卷七“烈士池”故事中隐士寻得烈士后，“命与同游，来至草庐，以术力故，化具肴馔”，这正是隐士变化的手段。《续玄怪录》中杜子春来到华山，找到老道士。老道士“持白石三丸、酒一卮，遗子春令速食之”。三丸白石显然是锻炼成的金石之药，这一细节上，印度隐士与中国道士的作为合缝无隙。中国文士在从《大唐西域记》中转化“烈士池”故事时因其原来的情节类似道教而将它归之于求仙故事不是很自然的么？

而如若将这个印度传说明确为佛教故事却有违常理，反与“外道”隐士的色彩不相调和。依然以细节为例。佛教中没有什么烧炼之事，道教中却属于平常。《酉阳杂俎》续集卷三中有一个故事，其细节颇有典型意义。衡山道中绝险，一头陀名悟空，夜入山林，遇一道士，“告以饥困，道士欻起，指石地曰：‘此有米。’乃持钁劚石，深数寸，令僧探之，得陈米升余，即着于釜，承瀑敲火，煮饭劝僧食。一口未尽，辞以未熟，道士笑曰：‘君飧止此，可谓薄分，我当毕之。’遂吃硬饭”。可见当时人观念中对佛、道的这点差别分辨得相当清楚，让佛教徒吃硬饭乃至“白石三丸”未免于体统不合。

文化交融过程中，两相契合必以存在相类似而可能契合的条件为前提。“烈士池”故事中的隐士进入中国文学后之所以一变而为道士的缘由正在于此。

但有意思的是，问题往往非常复杂。中国作品中既给“隐士”定了“道士”的中国身份，但在铺写增饰这个“道士”故事时却渗入了许多非道教所有乃至得自佛教的成分。就说借助于梦对“烈士”或“道士顾玄绩”或“杜子春”的考验吧。由于佛教本身的来源形成相当复杂，与外渗处原就不少，所以佛教中尽可举出以梦来考验修行者的例子，而道教对于梦却有根本不同的认识，故而以梦来考验修行者是难以想像的事。段成式曾言及：“道门言梦者魄妖，或谓之三尸所为。释门言有四：一、善恶种子；二、四大偏增；三、贤圣加持；四、善恶征祥。成式尝见僧首素言之，言出《藏经》，亦未暇寻讨。”（《酉阳杂俎》前集卷八《梦》）此言不诬。佛教中以梦试验修行者的故事可于《杂宝藏经》卷二《娑罗那比丘为恶生王所苦恼缘》见之。该缘说优填王子娑罗那“心乐佛法，出家学道”，在山林中坐禅时为恶生王众彩女说法，结果被恶生王打了一顿：

> 受打已竟，举体疼痛，转转增剧，不堪其苦。因作是念：“我若在俗，是国王子，当绍王位，兵众势力，不减彼王。今日以我出家单独，便见欺打。”深生懊悔，便欲罢道，还归于家。即向和上迦旃延所，辞欲还俗。和尚答言：“汝今身体，新打疼痛，且待明日，小住休息，然后乃去。”
>
> 时娑罗那，受教即宿。于其夜半，尊者迦旃延，便为现梦，使娑罗那自见己身，罢道归家。父王已崩，即绍王位，大集四兵，伐恶生王。既至彼国，列阵共战，为彼所败，兵众破丧，身被囚执。时恶生王，得娑罗那已，遣人执刀，将欲杀去。时娑罗那极大畏怖，即生心念：“愿见和尚，虽为他杀，不以为忤。”其时和尚，应念知心，执锡托钵，欲行乞食。于其前现而语之：“君子，我常种种为汝说法，斗争求胜，终不可得。不用我教，知可如何？”答和尚言：“今若救济弟子之命，更不敢尔。”时迦旃延，为娑罗那语王人言：“愿小停住，听我启王，救其生命。”作是语已，便向王所。其后王人，不肯待住，遂将杀去。临欲下刀，心中惊怖，失声而觉。

这种通过梦境的经历使梦者醒悟、梦成为试验梦者使其坚定其信念的手段的情形，在中国的志怪传奇小说中也有许多的例子，比如唐代非常有名的《枕中记》

《南柯太守传》等便是。而佛教传统中赋予梦的这种功能，对道教而言，却是难以接受的。“道门言梦者魄妖，或谓之三尸所为。”所谓“三尸”，即是“三虫”，名青姑、白姑、血尸，专伐人三命，食人魂魄，促其速死。这么看来，转化“烈士池”故事的中国文士也没有将它完全改头换面过来，匆匆给它套上一件道袍，但却同时也留下了破绽。

破绽在《杜子春》《萧洞玄》等篇渲染守丹灶时所经历的种种幻景时更为显然。那些考验总让人想起释迦牟尼所曾遭受的诱惑和攻击。例如杜子春所遭遇的那场雷电交加的大雨以及众多鬼怪的攻击，佛陀安坐在菩提树下思虑十二因缘时同样遇到过，这一情节显然是来源于佛教神话领域，《佛本行集经》卷二九《魔怖菩萨品》、《佛所行赞》卷三《破魔品》、《佛本行经》卷三《降魔品》等都有表现，《方广大庄严经》卷九《降魔品》非常渲染地描述了魔王波旬率领诸异形怪状的天鬼“或布黑云雷电霹雳，或雨沙土瓦石，或擎大山，或放猛火，或吐毒蛇，或有努爪，或有挥剑，或有弯弓，或有舞槊，或有挥钺，或有摇动唇颔，或有张口欲噬，或哭或笑，或飞或走，或隐或显，哮吼叫呼，恶声震裂。如是兵众，无量无边，百千万亿，侧塞填咽。菩提树边，烟焰郁蒸，狂风冲怒，震动山岳，荡覆河海。天地掩色，日月无光”。而在南传巴利文本律藏《大品》中也可以看到。①《萧洞玄》一篇，虽然用了“洞玄”“无为”等道气十足的名字，举些《大还秘诀》之类道书名目，且出现的也不是“金甲大将军”而是王子乔、安期生诸神仙，但依然洗不去原来印度、佛教文化的胎迹。篇中出现的“身长三尺、目如电艳、口赤如血、朱发植竿、锯牙钩爪”的“夜叉”，完全就是异邦之鬼，它原来的梵文作 yaksa，汉译又有“夜乞叉”“药叉”“阅叉”等等。还有那个“年可二八，容华端丽，音韵幽闲，绮罗缤纷，薰灼动地”的女子，上前对萧洞玄“盘旋良久，调戏无为”，令人想起波旬魔女媚惑佛陀的故事，只是佛经中的描写更为细致，在《普曜经》《佛本行经》等等经典中都有，比如有“涂香芬烈”“媚眼斜眄”“露髀膝”“现胸臆”，以至于“恩爱

① 参查尔斯·埃利奥特《印度教与佛教史纲》第一卷，商务印书馆 1982 年版，第 247 页。

戏笑”、示意“眠寝之事”等等三十二相(《方广大庄严经》卷九《降魔品》)。而道教却不是像佛教那样排斥色欲的，比如《太平经》卷一一七说及所谓“四毁之行”,“二为捐妻子，不好生，无后世”;而道教对于男女之事甚至给予了特殊的地位，葛洪的《抱朴子》内篇《释滞》对于房中术就非常重视:“房中之法十余家……其大要在于还精补脑之一事耳。……虽服名药而复不知此要，亦不得长生也。”

在这些似乎属于道教的故事中，其语言及其观念，也更近乎佛门而不是道教。如道士对杜子春的告诫:“慎勿语，虽尊神、恶鬼、夜叉、猛兽、地狱，及君之亲属为所困缚，万苦皆非真实;但当不动不语耳，安心莫惧，终无所苦。”又如，子春转世为女子，“生而多病，针灸药医之苦，略无停日，坠火堕床，痛苦不济”,这些都合乎佛教所谓生苦的观念。最后，道士针对子春不能忘情于亲子说道:“吾子之心，喜怒哀惧恶欲皆忘矣。所未臻者，爱而已。”这便近乎佛教所谓的“爱别离苦”。而那整个阴司地狱，种种恐怖景象很大程度上是印度及佛教色彩的，阎罗王就是从印度来的。还有转生，也是随着佛教传入的印度文化观念。说到底，当时文士在铺陈渲染一个故事时有意无意地渗入这么多佛教的因素，正说明了他们对佛教文化的熟悉，或者说印证了当时佛教文化影响之大之深。

回头来看这个故事的转变，先是一个宗教背景不明的印度传说，通过一位中国僧人的传述进入中国文化的视野;而后在改易这个传说为中国故事的过程中，中国文士给它穿上了一件道袍，因为原来的传说与道教的法术有明显的近似之处;而在加上道教标签的同时，却留下一些道教无法容纳的情节线索，且在增饰中含纳了不少来源于佛教的细节和观念。这真是一个复杂而奇妙的转化呵!

原载《民间文艺季刊》1987 年第 4 期，此据陈引驰《文学传统与中古道家佛教》,复旦大学出版社 2015 年版。

王维辋川《华子冈》诗与佛家"飞鸟喻"

陈允吉

赵殿成《王右丞集注》卷末附录引《朱子语录》云："摩诘《辋川诗》余深爱之，每以语人，辄无解余意者。"这种深趣独得、惜无知音的慨叹，出自一位谈论文学篇章的哲学家之口，其注意力显然是集中在王维诗歌的思想义理上面。而《辋川集》这组反映王维在蓝田辋川别业隐居习禅生活的代表作，也确有当时一般赏析者不易参透之意蕴在，就像后来一些论诗家指出的，它们往往在经意刻画的山水自然美形象中间，寓托着佛家幽奥的哲学理旨。譬如《华子冈》这首诗，即是一个颇能说明问题的实例。

《华子冈》在《辋川集》二十首诗里列居第二，按次序紧随于首篇《孟城坳》之后。该诗承上启下，运用与《孟城坳》一样清新宛转的笔调，描述了作者共友人裴迪秋日薄暮登上华子冈所得的感受，诗云：

飞鸟去不穷，连山复秋色。上下华子冈，惆怅情何极！

若此五言四句，一共只有二十个字，论形制至为短小，所叙之情事亦非常单纯。但就是这么一首小品，却曾引起元人方回的青睐，他在《瀛奎律髓》一书中评论王右丞《终南别业》等五言近体诸篇，即将此诗与《孟城坳》《茱萸沜》《辛夷坞》等一并指为"穷幽入玄"之作，并声称学者只有虚心静气地去参详，方能领略这几首诗语言文字背后的幽趣。可见《华子冈》诗内隐括着某些形而上的哲学理念，前代的论诗家早已有所察觉。

如王维、裴迪那样对辋川二十处游止逐个加以赋咏，从我国山水田园诗的发展过程来考察，应算得上是开了一种结构形式的先例。美国汉学家斯蒂芬·欧文《盛唐诗》谈到《辋川集》时说：“两位诗人依次处理了一组拟定诗题，这些诗题以别业的各个景点为描写对象，合起来则构成对全景的有计划游览。”此类联缀众多写景短章，彼此之间的内容又互相呼应的作品组合模式，其成立之前提是王维辋川别业本身具有的规模。与此同时，还部分植根于唐代五言绝句形式技巧之成熟，以及王、裴两人“弹琴赋诗，啸咏终日”的闲情逸致。《辋川集》全帙贯穿着一条既定思路，包括其间作品或前或后的编排，也都很有讲究。要是我们耐着性子做点解读寻绎，自不难从中找出一些时间、空间和情理上的因果联系。试举集中第一首《孟城坳》言之，该篇状述歌咏之背景，实即诗人之居宅所在，为王维于辋川一带栖止游赏耽待得最多的地方，他和裴迪要对别业各处景点“有计划”的游览，其始发点便舍是而莫属。第论《华子冈》在《辋》集中的排列位次，亦足表明本诗写到的这个景点，与王维的日常游憩活动关系一定非常密切。

考诸辋川山谷方位地貌，华子冈正好是王维别业东北边缘轮廓线上一处醒目标志。蓝田县文物管理处樊维岳先生所撰《王维辋川别墅今昔》一文，曾参据该处藏品北宋郭忠恕临摹的《辋川真迹》跋拓石刻，并对照辋川实际地形和若干历史遗迹，勘定别业二十游址之一北垞，实为耸立原欹湖北端一高大土丘，其地乃在今辋川乡界内之阎家村；而该村后面一片与东边大山相连的起伏冈峦，即华子冈之故址是也。按《辋》集裴迪同咏诗中有“落日松风起”“山翠拂人衣”等句，证明华子冈在当时是一片“林木葱郁”的“秀山翠岭”。由于它地势超拔，遂成为辋川北区的制高点，登其上可俯瞰这一大片范围里诸多景观，当地群众还把昔年王维“上下华子冈”的山路叫作“华坡”。自阎家村出发，经过与之毗连的何家村循谷道东南行不远，就抵达今辋川乡人民政府所在地官上村，右丞所云之孟城坳“新家”即卜居于兹。征核樊先生这些勘察结果，是知华子冈与孟城坳的确近在即目，两处游止之间来往原甚方便。王维想在住宅周围挑个纵览辋川景色的地点，最佳之选择亦莫如上华子冈，宜其经常被诗人当做一个登高览胜的去处。《王右丞集》卷十八《山中与裴秀才迪书》一篇，属摩诘闲居辋川生活情景最直接的记录，其中作者自叙游赏行止，就忍不住倾吐出了他的一段雅兴：

夜登华子冈，辋水沦涟，与月上下，寒山远火，明灭林外。深巷寒犬，吠声如豹；村墟夜舂，复与疏钟相间。

别业主人寄语裴某来春同游辋川，所渲染者主要是他自己冬夜登陟华子冈的经遇。大凡《辋川集》中列举的众多游止名称，到了作者其他的诗文篇章里，也唯独只有"华子冈"于兹一见，如若不是它留给王维的印象特深，恐怕未必会出现上述这种情形。

关于"华子冈"一名之来历，明人顾起经《类笺唐王右丞诗集》就指出它沿用了谢灵运诗的典故。按谢康乐出任临川内史时遨游名山，曾作《入华子冈是麻源第三谷》诗一首，据游国恩先生的论文《谢灵运诗华子冈麻源辩证》推考，原华子冈的地理位置，当在今江西省南城县麻姑山中，传云因仙人华子期尝翔集于此山而得名。《太平御览》卷九五七《木部六》引谢灵运《名山志》曰："华子冈上杉千仞，被在崖侧。"如许林木繁茂、满山青葱的景象，与辋川的这一处山冈宛然相仿，王维或即持此作为他依傍附会的由头。右丞出身太原华贯望族，早岁即有从岐王范游宴的经历，开元九年擢进士第，"昆仲宦游两都"（《旧唐书》本传），"豪英贵人虚左以迎，宁、薛诸王待若师友"（《新唐书》本传），平生笃信释氏又性好山水，其蒙受前代文士之熏习影响实以谢灵运为最著。虽他有时颇以陶渊明的高逸标榜自己，唯执著于其门第及社会地位的体认，加上物质生活条件的优裕，王维终究不可能从五柳先生那里找到太多共同语言。他的思想倾向和习性爱好，还是同谢灵运这位"慧业文人"更亲近些。故王维之摭拾谢诗典实来给自己别业的游止命名，纵与当年此地的自然景观有些关系，而究其潜在之深意，则未尝不可理解成是对一种特定生活意识和审美趣味的认同。

辨析《王右丞集》写景篇什的继承渊源，可谓于陶、谢二位前驱者咸有借鉴吸收，其中田园题材创作受陶诗的影响较为明晰，传写山水则努力蹑踪谢诗的声文形象之美。而总论其镂刻物象之工巧，精神上陶冶之深入肌骨，似主要来自谢灵运这一方面。王维正是借助盛唐各类艺术蓬勃发展的时代优势，针对谢客之山水篇章芟汰繁冗，撷其精华，从而在自己作品里重铸了一个诗情、画笔与理味完美交融的新型范。其与前者相比，不仅“意新理惬”、音律调谐，境界玲珑天成而无雕凿痕，使用的语言也益趋纯熟凝炼。诗人这种改制创辟之功，在《辋川集》中展露得异常充分，历来学人谈到这二十首杰作，盖莫不以唐五言绝的神品目之。胡应麟《诗薮·内编》卷六就说：“右丞《辋川》诸作，却是自成机轴。”方东树《昭昧詹言》卷十六又谓：“《辋川》于诗，亦称一祖。”纪晓岚氏之《批苏诗》还指出：“五绝分章模山范水，如画家有尺幅小景，其格创自《辋川》。”爰论及《华子冈》单独一篇，亦堪称艺术水平相当出色的佳构，谓其“穷幽入玄”或“高度情景交融”均当之无愧。尽管《辋》集各章在历史上流播的情况不一，《华子冈》并没有达到像《鹿柴》《竹里馆》《木兰柴》《辛夷坞》那样广传人口。但粗略统计一下采入该诗的古今著名选本，亦尚有高棅《唐诗品汇》、王士禛《唐贤三昧集》、管世铭《读雪山房唐诗抄》、高步瀛《唐宋诗举要》、陈贻焮《王维诗选》和高文主编的《全唐诗简编》等。一首小品能招致这么多诗学方家的垂顾，反映出它的感人魅力非同寻常。

与《华子冈》相关的一些基本情况，即如上文所述。现在我们需要进一步探明的，是此诗所蕴含的“穷幽入玄”之理究竟何在？这个问题倘单从诗歌的表层文义上去寻探，殊不免令人感到难以捉摸。因为《华》诗之寓佛家谛义于山水题材，本非诉诸直接说理，故毋宜从言筌一路强事索求。像这样外表看来只在写景，借此而将作者的说理意图掩盖起来的做法，又刚好是《辋川集》内许多作品普遍具有的征候。本文在开头时提到，朱熹的同时代人对其“深爱《辋川诗》”辄无所解会，这多半要归因于当世文士还不太清楚个中的奥妙。“以禅喻诗”的说法本起自南宋，唯彼时论者对诗与禅关系的理解尚属肤浅，远未取得诗坛大部分人的认可。浸至明清之际，士大夫以禅说诗积习弥固，而注意对上述创作现象研究的批评家亦不在少数。侪辈评论诗歌悉主“妙悟”，标举所谓“三昧兴象”和“镜花水月”，甚至认为“王、裴《辋川》绝句，字字入禅”，力图透过诗歌的直观形象去抽绎玩味某种隐藏着的真意。与本文之论题相关亟需一提的是，清人张谦宜《絸斋诗谈》卷五评述《华》诗，乃用“根在上截”一语道破了它所包藏的玄机，明确指出该篇引起诗人兴发感动的根本旨趣，就埋伏在它上半首“飞鸟去不穷，连山复秋色”两句里面。

按《华子冈》一诗的篇句结构，略可分为上、下两截，上半首以绘写山水景物入手，下半首则重在宣泄情感，而作品之抒情实委原于其写景笔墨中包含的理致，因此全诗的根柢仍在张谦宜所认定的上截。如果我们不过分拘泥作品的文字含义，多从意识形态方面对本诗前面两句的内涵作些开掘，即可晓知其间着力刻画的“飞鸟”“连山”“秋色”等形象，都无一不经过作者的精心设置和尽意染化，除了表露出鲜明的主观审美取向外，依稀还有某种冥搜象外的微妙意趣在。它们决然不是客观自然事物的单纯印模，而作为一定理念思想观照下绘写出来的东西，确与佛教的某些义学旨趣有着内在联系。首先说“飞鸟去不穷”这一句，它图形飞鸟既拓展出寥廓无边的空间视野，又因表现飞鸟之逐个飞逝而体现了时间上的连续性，其本身就是王维引申佛家譬喻意义的产物。

所谓“譬喻”(avadāna)，系佛门权巧方便的说法手段之一，由其运用普遍而很早就列入初期结集佛经的“九分教”中，其特点在利用浅近和具体可感的事物，“托此比彼，寄浅训深”，俾以帮助信众喻解抽象难懂的法理。古印度高僧众贤《顺正理论》第四十四云：“言譬喻者，为令晓悟所说宗义，广引多门，比例开示。”这套方法之滥觞，可追溯到印度《奥义书》时代和佛教初创阶段，释迦本人就是一位善用譬喻开悟众生的语言大师，他讲述一个道理每因多方比喻而能深入大众心坎；又见诸汉译藏经无数妙譬纷泊的记载，亦如繁星闪烁而显得慧光照眼。王维素以精熟内典著称，对《法华》《维摩》《般若》《涅槃》《华严》等一批譬喻极多的大乘经造诣尤深，故其从事绘画和诗文创作，愈喜吸收、熔炼佛经譬喻题材，旨在塑造富于神悟意味的艺术形象。例如他的著名写意画“雪中芭蕉”(原名《袁安卧雪图》)，殆即依据《维摩》《涅槃》诸经所载的“芭蕉喻”措思经营，通过他的生动笔法将佛说四大和合之色身虚空不实的观念寓托于画景之中。

返顾《华子冈》此诗摹述之“飞鸟去不穷”云云，在采取“状物态以明理”的喻指手法上正与前例相同；至于讲到这中间到底包含着什么样的思想理念，则需对佛典里涉及飞鸟的众多譬喻记载做点调查研究后再作结论。

举凡提到佛经演绎的“飞鸟喻”，辄易使人联想起旧录记及的那本《飞鸟喻经》。今按僧祐《出三藏记集》卷四、费长房《历代三宝记》卷三、智升《开元释教录》卷二，均曾著录失译人名之《飞鸟喻经》一卷，而《历代三宝记》又指出它的内容出自《增一阿含》。苦于此经佚失时久，现已无从考知其原来面貌，幸今所存汉译《增一阿含经》内，犹有一处与此经题名相关的记载可供检讨。《增一阿含经》卷十五《高幢品》叙述佛陀以正法教化事火外道优留毗迦叶兄弟后，坐尼拘律树下给众弟子现身说法，因设多重譬喻示彼神足境界，其中一喻为：“或结跏趺坐，满虚空中，如鸟飞空，无有挂碍。”此条材料引譬连类，取飞鸟能在空中自由翱翔一端，转而揭示出世尊可借三昧定力通达神足、完全摆脱世间之染著缚结的法道。洎于它载入《增一阿含》，故起源一定很早，而与之内容大同小异的点滴记载，亦时见于继《阿含》后陆续产生的佛典之内。诸如《法句经》卷上《罗汉品》云：“如空中鸟，远逝无碍。”又八十卷本《大方广佛华严经》卷七十七《入法界品》云：“所行无所乱，所行无染著，如鸟行虚空，当成此妙用。”以上一类型假飞鸟而说法的譬喻文字，宗旨都在强调佛教徒依法修习三昧妙用无边，能于诸法处无有挂碍而得大自在。

《增一阿含》这个譬喻虽很明白，无如拿来笺解右丞《华》诗首句，却是断然不适合的。《华子冈》诗作为一首托物起兴、意境完整的佳作，其上、下两截自能保持浑然一体，我们从头至尾细心揣摩该诗的含意，无论怎么说也不可能同“三昧”“神足”等一类内容挂起钩来。何况像王维这么一位维摩诘式的大乘居士，他的佛学爱好又总是偏重于慧解方面，其与常以“慧业”自伐的谢灵运确实很能达成思想上的沟通。尽管《旧唐书》本传尝谓其“退朝之后，焚香独坐，以禅诵为事”，但这些行为体现在王摩诘身上，无非是他仕宦和游赏的余业，与精修定学的要求相去甚远，更说不上什么“三昧神足”和“无有挂碍”了。细心的读者或许早就注意到,《增》喻及《华》诗各自形容的飞鸟,所表现的形态原本就不一样,前者系展示其自由翱翔之无复拘碍,后者乃描述它们高飞远逝终至靡有踪影。这样一点差别似乎是个细枝末节问题,其实于此已显露出了双方晓喻的理旨必不能吻合之朕兆。在为数无量的佛典譬喻中,同一件客观事物无妨被不同的譬喻援引做喻体,而喻体在形态叙述上的差异,又决定要导致喻意的分道扬镳。看来对于王维构思《华子冈》诗起过显著影响的佛经"飞鸟喻",决非《增一阿含》《法句》等述及的这类作品,疑诗人之拟容取材抑别有他属者焉!

撇开《增一阿含》《法句》的材料不讲,汉译藏经里还真有另一类"飞鸟喻"。它们同样以飞鸟担任喻体,所不同者乃是取其高飞远逝无有踪迹这一征状,用来显示佛说世间诸法缘起生灭的原理。此类譬喻分布的面颇广,并较多备存于王维最熟悉的那几本大乘经典里,于兹转录其中数条记载略见其例:

> 如盲者见色,如入灭尽定出入息,如空中鸟迹,如石女儿,如化人烦恼,如梦所见已寤。如灭度者受身,如无烟之火,菩萨观众生为若此。(《维摩诘所说经》卷中《观众生品》)
>
> 诸佛觉悟法,性相皆寂灭。如鸟飞空中,足迹不可得。(六十卷本《大方广佛华严经》卷三十四《宝王如来性起品》)
>
> 了知诸法性寂灭,如鸟飞空无有迹。(八十卷本《大方广佛华严经》卷五十《如来出现品》)

按佛教依缘起论说"诸行无常,诸法无我",认为包括有情众生在内的世间森罗万象,皆悉处于连续不断的刹那生灭过程中间,没有常住不变的固定自性。凡有生者必然有灭,当生起的一瞬间就包含着对自身的否定,念顷地消失乃是存在与生俱来的性质,故一切诸法终归于"寂灭"。这些观念最初由释迦牟尼亲自提出,反映了他看待世界人生的基本思想,必须让教团的每个成员牢固地掌握。而说教者虑及其义旨之抽象精微,就把广引譬喻当做一条达到预期弘法效果的方便通径。洵如飞鸟远逝及"盲者见色""无烟之火"种种事相之汲引,不外乎都是服膺于其"寄浅训深"的宗教宣传需要,俾诱导大众从他们直觉感受中触发起联想，进而对佛陀关于“无常”“无我”“寂灭”的言教获得一种理性的悟解。上面转录的三处经文纵然简单，却喻体、喻意配置齐全，无疑都已具备了构成一个譬喻的必要条件。爰论其喻体飞鸟的形态特征，亦与王维《华》诗中所写的情况完全一致。

汉译佛典中这类开晓世间诸法实相的“飞鸟喻”，不啻因借助色声形相之表现而带有几分文学趣味，同时也为诗歌通过具体的景物描写来隐托佛理提供了有益启示。既然世界之真如可以利用感性事物的相状来加以彰显，那末参照这种方法在山水题材诗歌里摹状某些呈现特定形态的风景物色，就顺理成章地会被部分诗家视为一条抵达真如世界的捷径。王右丞作诗擅长捕捉稍纵即逝的纷藉群动，奉佛则尤善于发慧观想诸法毕竟空寂，是类假念顷消失之物象、明苦空寂灭之法理的短小譬喻，可谓适值投其所好。又王维尝仿效《维摩诘经》内的主人公为自己取字“摩诘”，并在大荐福寺华严宗高僧道光座下十年“俯伏受教”，精通《维摩》《华严》义学，前文征引这两部经典的三处譬喻，对他来说应该了如指掌。故当诗人向晚偕裴迪登上华子冈、目送众鸟相继高飞远去渐至影踪消匿之际，凭他平时研习佛典积累的体验，能借用这些譬喻于介尔一念间契入悟境，由鸟飞空中之次第杳逝而了知世上所有事物的空虚无常。就同树木百草春荣秋谢、含生群品死亡相逼一样，人纵为万灵之长亦安能历久住世。它们全都处在刹那相续的生灭变化之中，犹如飞鸟行空不稍停歇，前者方去后者又接踵消失，如是更迭递嬗了无穷尽，留不下任何一点永恒的东西，唯有寂灭才是一切有为法的真正归宿。《华子冈》发端“飞鸟去不穷”一句，即属王维在这个特殊场合下情智活动的产物，它一方面是作者寓目所见景象的真实写照，另一方面又是同佛经譬喻所设喻体的感触相通。这两方面因素的交叉作用，依靠创作主体直觉和经验的挪移，便隐蔽地将上述“飞鸟喻”的理性内涵引入其间。该句所塑造之山水自然美形象，乃遂而被赋予了宗教哲学思想的象征意义。

以上诗歌感性形象融摄佛教义理的过程，透露出王维竭尽其可能为自己世界观张本的殷切期盼。综观《辋川集》内刻画的自然界各种物色光景，虽具体之姿态状貌变化多端，实则倾注着诗人同一份恳挚不变的主观潜愿。这些著名的写景文句轻清秀雅，所描绘的事物照例都有很强的简择性，故殊易与作者之审美情趣和谐亲合。并且它们中间的大多数，是可以通过对其各别形象特征的引申和分析，然后同释迦教义的某些理念求得触类旁通的。就拿《华子冈》"飞鸟"以下"连山复秋色"这一句看，它描述的对象固已非同于前者，第究其承托之理蕴，却仍不出上文所说的那些意思。此句与前句属并列结构又前后应合，而图状之景物则从飞鸟转移到了周边丛山上的坠日余晖。其时方当清秋渐暮，天上众鸟悄然飞逝，远近一片宁静。诗人环顾四野，满目金灿灿的夕照缘有连亘不尽之山峦做映衬，显得无比苍茫和美丽。然以法眼视之，这样美好的景色无非是黄昏前的短暂现象，因缺乏固定自性而不能光彩常驻。它本身亦要随着时间流注分分秒秒地发生变异，过不了多久就完全灭没在漆黑的夜幕之中。面对如此幻化不实的景象"即色达于真际"，同样能够把握到世间诸法空相终归寂灭的谛义；而诗人将这些幽奥理致融入诗歌，又同前句一样做得非常贴切隐蔽，丝毫看不到有意造作的痕迹。

综合前文之论列可知，《华》诗上半首"飞鸟去不穷，连山复秋色"两句，俱不应被误解为泛泛的述景辞语，而有深邃的佛理含藏在其感性形象里面。诗人于兹所展示的高度结撰技巧，最突出的一点是，他极善抓住对自然现象的刹那感受妙思精撰，令难以形求之佛学义理从中得到象征性的显现。虽然此间前句有一个佛经譬喻充当传导，后一句得主要依靠作者的生活经验进行推演，但概而言之，两者的思维认识特点均脱不了唐人所谓"因物直观悟道"的轨辙。仿佛大千世界内的日月山川、竹木花鸟，一缕光、一片云、一泓水，悉数具有表示精微义理的德性，只要在一定理念支配下恰到好处地描绘出它们某种征状，就意味着诗人已经走进了冥神超悟的界域。惟因"飞鸟""连山"两句有佛教哲理之输入，其本身内容之得到充实饶益固不待论，且就它们对本诗全篇所能起的作用而言，也成了引发作者在其后二句中宣泄自己情感的缘由。以此返观张谦宜氏之称《华子冈》诗"根在上截"，诚不失是个识力过人的见解。

按取有形之物态来隐寓无形之佛教哲理，是唐人在拓宽山水诗形象功能上的一项卓著成就。始自东晋初年释氏深入中华文化，即于诗歌领域内激起一连串谲荡演变，就如本土佛理诗、玄言诗和佛徒化俗歌辞的出现，大率都受到佛教这种外来文化因素的沾溉，其波及影响的层面亦相当广泛。然而如何将佛理与山水诗的艺术形象贯通融合起来，却是长久困扰着文士们的一宗难题，凡致力于此，苦心摸索者，代不乏人，唯所得结果总不那么让大家满意。包括南朝的诗坛巨擘谢灵运，他曾撰作《辨宗论》支持竺道生的顿悟说，还写过《维摩经十譬赞》等佛理韵语，论其佛学修养之高堪称在当代士大夫中独秀一枝，但其山水诗表现佛玄结合的理旨，也不免要借作者之口直说，景物描写对说理部分只是起到些铺垫和营造氛围的作用。在中国文学史上，佛教哲学思想真正渗入山水诗的形象里，要到公元八世纪的盛唐时代。此际佛法于华夏之盛传犹如丽日中天，与此方民众生活习俗、思想风貌的关系也更趋调和，般若空观常被一些士人拿来察看风云月露的变幻，涅槃理论则扩展到遍及一切无情物悉有佛性。借此时流行的一句话来表述，即“青青翠竹，尽是法身；郁郁黄花，无非般若”（见敦煌出土本《神会语录》），大自然中形姿各具的感性事物，概莫能外都可以被认为是佛教真理的显相。这套时新意识降低了禅思过程中逻辑推理的地位，导致众多信士对止观法门掉以轻心而愈加倚重直观悟道，由兹乃为实现山水诗中佛理与景物形象之成功结合解决了认识论前提，使诗思与禅悟在一种特殊条件下合二而一，为山水题材诗歌内涵的深化提供了前所未有的机遇。

反过来讲山水诗的创作实践，倘要达成抽象理念与具体景物的融合无间，当然必须移用诗人的学识和生活经验以弥补两者存在的距离；而佛典譬喻这份现成的思想资料，便可以充分发挥其传媒牵合的辅助效益。就像《华子冈》那样融摄《维摩》《华严》等经“飞鸟喻”内涵的情形，于唐代其他作家的诗集里亦不乏相同类例。诸如岑参《因假归白阁西草堂》云：“惆怅飞鸟尽，南溪闻夜钟。”王缙《同王昌龄裴迪游青龙寺昙上人兄院集和兄维》云：“浮云几处灭，飞鸟何时还？”钱起《远山钟》云：“欲知声尽处，鸟灭寥天远。”皇甫冉《送志弥师往淮南》云：“眷属空相望，鸿飞已杳冥。”柳宗元《巽公院五咏·禅堂》云：“心境本同如，鸟飞无遗迹。”同人《江雪》云：“千山鸟飞绝，万径人踪灭。”释护国《临川道中》云：“举头何处望来踪，万仞千山鸟飞远。”这许多例句的具体景物描写固然多有差别，但论及其思想寄托，则在不同程度上皆与无常、无我和寂灭的微意有关。

处于庞大复杂的佛教学说体系中，无常、无我及寂灭均属佛陀说法之精髓。无常与无我是他依缘起论审度世间诸法而确立的基本观点，寂灭即为一切有为法之实相和究竟归趣。这三者总摄群品、互相证发，涵盖了释迦言教的核心要义，后世衍生出来的小乘、大乘诸部法理尽皆委源于此。而“寂灭”又是“涅槃”的同义语，意谓“无生无灭”“离一切相”，即灭生死之流转，得虚寂之无为，因此它也可阐释为福德圆满的人生解脱境界，又是佛教思维修证之胜妙大果。按《大般涅槃经》卷十四《圣行品》谓：“诸行无常，是生灭法；生灭灭已，寂灭为乐。”《无量寿经》卷上亦云：“超出世间，深乐寂灭。”一个证知了寂灭（涅槃）的人，已远离种种迷障，绝不执著于外物，对各种世俗的情缘心无系念，将生死问题完全置之度外，缘惑业、烦恼之火断灭而获得无可比拟的宁静安乐。结合佛教思想之演进源流来勘验《辋川集》的内容，其开头两首《孟城坳》和《华子冈》，就恰好被定位在释尊本人奠基的原始佛学范畴内。《孟》诗系叹咏作者辋川的居宅所在地，它以别业换主与衰柳犹存的对举起兴，顺此提挈出佛说“苦空无我”的真谛；《华》诗乃初叙诗人登高览景观感，通过“飞鸟”“连山”“秋色”等形象的专注摹写，进一步由体识世间万有之无常、无我而达于“寂灭”真际。比照这两首诗触涉的佛理，《华》诗显然要较前者更深入些。即如谢灵运《辨宗论》所说的“寂鉴微妙，不容阶级”，搜讨到这个冥符实相的地步，似乎离王维一心向往的精神解脱只有咫尺之遥了。问题是当在此时此刻，他是否真像佛经上讲的那样“深乐寂灭”，或者至少流露出一些证智悟道的喜悦呢？

事实却作了否定的回答。王维烛照寂灭至理的自我感觉，非但没有给他带来什么安稳快乐，反而因此发泄了一通浓重的感伤情绪。我们并不怀疑这位摩诘居士奉佛心意的虔诚，不过要摆脱对“人我”的计著又谈何容易，他尽可从飞鸟、夕色之变灭认识万物殊途同归的必然，但必定无法消解感触自身存在终将泯灭的厌患。在右丞心目中的人生，恍若往返上下于华子冈的坡路，而时光就在这上下往返里悄悄流逝，每走一遭即与生命的大限越来越接近，想起这个谁也难以逆转的前景，不禁使他忧从中来。《华》诗下半首“上下华子冈，惆怅情何极”两句，正是诗人的求生意志对睿智了别之消极反响，缀一“极”字即递达出了作者内心世界剧烈冲突的消息。王维说到底还是个眷恋现世生活的人，其栖心浮屠主要是为求得心灵的慰藉，而决非准备全面履行释氏提出的宗教主张。特别是在生命的最后归宿问题上，他固难欣然乐处“寂灭”之类非生非死的超验境界，也不甘心效学陶渊明之委心顺化，每当诗人理性推求涉及那个杳不可测的未来去向时，他就唯有感到生命迫蹙的惆怅了。类似于此的惆怅忧恼，在王维的前辈谢灵运及后来者白居易的作品中均有表现，这以佛法论之未免会被当做烦恼起见，但从文学的角度看乃是真情实感的流露。唯因如此，才有可能让王维在以佛家慧眼剖析种种自然现象虚空本质的同时，带着无限怀恋的深情去细致地刻画它们，即便这些纷纷藉藉转眼就成乌有，也不惜为之罄竭自己的心血。可见诗人的着眼点并不在其逝灭的将来，而恰恰在它们现时短促的存在。《辋川集》中所描绘的那些乍明乍灭、若即若离、将尽而未尽的自然美形象，之所以包含着特殊的美学意义极能扣人心弦，不正是他这份钟爱和珍惜换来的结果吗？

1997 年 11 月

原载《文学遗产》1998 年第 2 期，此据陈允吉《佛教与中国文学论稿》，上海古籍出版社 2010 年版。

论唐代寺庙壁画对韩愈诗歌的影响

陈允吉

唐代佛教盛行，促成了宗教文化艺术的高度繁荣，其中的寺庙壁画这一部分，尤其显示出它光华闪灼的成就。佛教的壁画，是佛教传播过程中伴随出现的产品，它的基本内容离不开宣传神学迷信。但作为塑造具体形象的艺术，唐代寺庙壁画把宗教的想象和绘画技法上的进步结合在一起，凝注着无数画师的智慧和创造精神，以此成为反映一个时代社会审美意识的重要标志，给当时整个文化艺术领域带来了一股新的气息。

根据朱景玄《唐朝名画录》、段成式《酉阳杂俎》续集《寺塔记》以及张彦远《历代名画记》的载述，唐代画壁之风趋于极盛，自两京至于外州的佛刹道观，几乎都有通壁大幅的图画供人瞻观。俞剑华《中国绘画史》也说："唐朝佛教道教既极兴盛，故佛寺道观，亦风起云涌，而壁画亦随而发达，所画寺壁之多，为历代之冠。"这时的一批画家，如尉迟乙僧、张孝师、吴道子、卢棱伽、尹琳、杨庭光、王韶应、皇甫轸等，他们都是援毫图壁的能手，驰名丹青的大师。其中仅吴道子一人，就在两京寺观"图画墙壁三百余间"。这些众多的壁画琳琅满目，如同规模宏大的画廊交相辉映，通过它多彩的画面吸引着广大的观众，也使得文人士子服膺心折而叹为观止。而韩愈，这位号称攘斥佛教不遗余力的人物，恰恰又是这些壁画的爱好者，他的一生中同佛画艺术发生过最为密切的关系。

韩愈是诗人和散文家，在绘画方面兼有很高的鉴赏水平，我们从他《画记》

一文及《桃源图》等诗，即可约知其中的消息。至于他对寺庙壁画的爱好，尤其是他生活中引人注目的现象。一部《韩昌黎诗集》中，就有不少记录他观赏寺庙壁画的作品在。例如《山石》云："僧言古壁佛画好，以火来照所见稀。"《谒衡岳庙》云："粉墙丹柱动光彩，鬼物图画填青红。"《陪杜侍御游湘西两寺》云："深林高玲珑，青山上琬琰。路穷台殿辟，佛事焕且俨。"《纳凉联句》云："大壁旷凝净，古画奇驳荦。"《游青龙寺赠崔大补阙》云："光华闪壁见神鬼，赫赫炎官张火伞。然云烧树大实骈，金乌下啄赪虬卵。魂翻眼倒忘处所，赤气冲融无间断。"这些同壁画有关的诗句，均出于韩愈一人之手，不论其数量之多或描摹壁画的精妙动人，都是在唐代的诗家中罕有其匹的。

然而，韩愈与唐代佛寺壁画的关系，不仅是表现为一般的欣赏和爱好，他以一个诗人对壁画观赏之富，从进一步的意义上说，乃是一种深入渗透到他诗歌创作中间的内在的联系，也是一种体现着画与诗两种不同艺术之间的相通相生的关系。这种画与诗的感通，是文化艺术史上很有意思的现象，也在形成韩诗艺术特点过程中起过重要的作用。我们从韩愈的诗中，就可以找出好多的事例，说明它们在艺术形象的塑造上，确实受到当时壁画很大的影响。如果把这些感性材料归纳起来作点研究，对于我们从绘画与诗歌的关系来认识韩诗的特点和来源，无疑会有一定的帮助。

为了叙述的方便，我们按照唐代壁画题材和形象特征上的差别，从"奇踪异状""地狱变相""曼荼罗画"三个方面来作些具体的探讨。

一、奇 踪 异 状

所谓"奇踪异状"，就是指各种奇形怪状的鬼神动物画。唐代的寺庙壁画，绝大多数是体制宏大的经变图画，其主体部分当然是画诸佛菩萨，但其余的大部分篇幅，则是用来描绘由佛经故事演变的"奇踪异状"。《唐朝名画录》称，尉迟乙僧于光宅寺画《降魔象》，"千怪万状，实奇踪也"。《后画录》说张孝师的图变,“鬼神之状,群彦推雄”。《益州名画录》谓张南本所作的壁画,“千怪万异,神鬼龙兽,魍魉魑魅,错杂其间”。《酉阳杂俎》续集《寺塔记》中,叙述西京净域寺的壁画,还有一段具体的记载:

> 禅院门内外,《游目记》云王韶应画。门西里面,和修吉龙王有灵。门内之西,火目药叉及北方天王甚奇猛。门东里面贤门也,野叉部落,鬼首上蟠蛇,汗烟可惧。东廊树石险怪,高僧亦怪。西廊万寿菩萨。院门里南壁,皇甫轸画鬼神及雕,形势若脱。

综上所述,可知唐代佛寺所画的奇踪,大要不离“神鬼龙兽,魍魉魑魅”,这些怪诞的事物大量地出现在伽蓝的佛殿神廊,成为中国绘画史上的一代奇迹。

这些神鬼与动物的图画,夹杂着远古人类的原始崇拜,被佛教用来当做显示法力的手段,其内容之荒怪是不言而喻的。但是唐代的画家表现这些题材,善用遒劲的笔法,鲜丽的色调,把这些怪异的形体画得活灵活现。《历代名画记》论及吴道子的画,称其“笔迹磊落,遂恣意于墙壁,其细画又甚稠密”。这一评述,恰到好处地指出了当时壁画的共同特点。因此唐代寺壁所画的“奇踪异状”,一般都有巨大的篇幅和严密的结构,在铺展恢张之中不放弃对每一细部的雕绘,体现着恣纵豪放与法度森严的统一。这样描绘出来的各种景象,往往使人在荧煌乱眼的直观感受中,愈加觉得画面的恐怖和荒幻,具有一股攫人心弦的魅力。

由于韩愈经常接触这一类图画,在趣味感情上与此忻合无间。这种长时期来形成的美感体验,竟能在一定程度上牵制着诗人的艺术创造。真是有趣得很,就在韩愈谈到诗歌创作的某些问题时,这些“奇踪异状”会同他忽然发生精神上的联系。其《调张籍》云:“我愿生两翅,捕逐出八荒。精诚忽交通,百怪入我肠。”这几句诗,是指韩愈自己作诗的构思,追踪李白、杜甫的诗境,时而产生各种超迈恍惚的想象,心驰于八荒之外,这时如壁画里的那些怪物,就联翩不断地出现在他浮想之中。显然,这种现象之所以产生,是与他受到壁画图像反复的灼染濡烙分不开的。唯其如此,在韩愈的写诗实践中,才会激起一种神鬼龙兽的创造冲动，使他努力去表现这一类“奇踪异状”。

在有唐一代的诗家中，把这类“奇踪异状”放在诗里大量地描写的，韩愈应是第一人。张戒《岁寒堂诗话》谓韩诗“姿态横生，变怪百出”，恐怕主要是指它这一特点而言的。这里我们仅举神龙为例。据不完全的统计，韩愈诗中直接或间接地写到龙的，多达二十余篇，而且有的诗作描摹的神龙形象，尤为精彩旁魄。如《龙移》云：“天昏地黑蛟龙移，雷惊电激雄雌随。”《赤藤杖歌》云：“共传滇神出水献，赤龙拔须血淋漓。”《月蚀诗效玉川子作》云：“赤龙黑乌烧口热，翎鬣倒侧相搪撑。”这一些诗，能够把神龙描绘得这样富有逼真感，从当时的文化艺术环境中颇有原因可找。我们知道，唐代寺庙壁画所描绘的事物，对神龙变相的刻画尤为精妙。《历代名画记》述及两京壁画，就多次赞叹吴道子画龙的神妙。《唐朝名画录》也说，当时的画家冯绍政画龙，“其状蜿蜒，如欲振涌”。《图画见闻志》载景焕尤好画龙，“有《野人闲话》五卷行于世，其间一篇，惟叙画龙之事”。这就可见，把神龙作为一种艺术形象来刻画，实由唐代佛教壁画首开其端。韩愈这样喜欢在诗中写龙，毫无疑问是受到了这一风气的影响。

韩愈的诗受影响于“奇踪异状”，不仅表现在塑造个别的事物形象方面，而且也影响到他诗歌的意境。他之论及作诗，尝称“规模背时利，文字觑天巧”。这两句诗，反映出诗人创作构思中的反俗倾向，他不愿意受“时利”的拘限而另有所追求。按韩愈心目中的所谓“天巧”之境，实则就是如壁画中的那种远离现实生活而虚荒诞幻的世界。因此韩愈写诗，尤好搜索各种怪异的事物，使他的作品在意境上蒙上一层宗教式的想象。譬如《答张彻》云：“鱼鬣欲脱背，虬光先照硎。”《远游联句》云：“魍魅暂出没，蛟螭互蟠蟉。”《喜侯喜至赠张籍张彻》云：“地遐物奇怪，水镜涵石剑。荒花穷漫乱，幽兽工腾闪。”《咏雪赠张籍》云：“岸类长蛇搅，陵犹巨象豗。水官夸杰黠，木气怯胚胎。”《刘生诗》云：“青鲸高磨波山浮，怪魅炫耀堆蛟虬。山狻欢噪猩猩游，毒气烁体黄膏流。”以上这一些诗所铺展的画面，显得情状离奇而又光华闪灼，透示出一种原始生命的蠢动。这种蛟龙异兽、魍魅精灵的泼辣表现，似乎使人返回到茫茫的远古世界。此中的情景，就像《益州名画录》所说的那样,"千怪万异,神鬼龙兽,魍魉魑魅,错杂其间",鲜明地带有宗教神魔性动物图画的特征。

值得注意的是,韩愈诗集里描写"奇踪异状"的作品,形式上多数是篇幅较长的古体诗。这是因为作者要在诗中进行铺陈,自然不能囿于篇幅狭仄的近体诗,而只有那一些古体大篇,才能像壁画那样不受限制地铺现出各种繁富的奇观。韩愈称孟郊的诗"横空盘硬语,妥帖力排奡",这未尝不是他的自誉之辞。事实上他所写的一些五、七言古体长篇,就最能体现他这一主张。所谓的"横空盘硬语",除了语言之奇硬以外,也是指他的诗在整体上如横空盘礴显得豪健恣肆。而"妥帖力排奡"这一句,则是指对每一局部细节都要注意严密的刻画和安排。这种恣纵豪放与法度森严相结合,寓繁富于整一的特点,多少也反映出壁画的布局结构对他发生的影响。为了说明这个问题,在此要着重谈谈《南山》这首诗。

《南山》是韩愈的名作,也是他五言古体中最长的一篇。这首诗以长安城南的终南山作为描绘对象,写得雄奇恣纵,穷极状态,为诗家独辟蚕丛。韩愈创作这一首诗,其措思深受绘画艺术的启发,诗中写到南山的景物有云:"横云时平凝,点点露数岫。天空浮修眉,浓绿画新就。"即是作者受图画的形象感通启发的证据。此诗的布局结构,首先总叙南山的大概,接着列写山中四时变幻的不同气象,承此指明它的方亘连隅之所,转而又形容登山跋涉之艰危,最后写到诗人到达绝顶,"乃举凭高纵目所得景象,倾囊倒箧而出之",一连用了五十一个"或"字来尽情铺排山势的险怪。如同铺展一幅宏大而层次严密的图画,使人一览无余地看到终南山万象森罗的奇观。

从这首诗塑造的形象来看,虽然它并没有专门去写"神鬼龙兽"这类东西,但它所揭示的各种自然美的景象,却无一不是带有壁画中的那种光怪陆离的气氛。这里需要特别指出,即是《南山》中连续使用五十一个"或"字的一长段诗,它用如此的方法来铺写南山奇峰异壑的变态,与一般的诗歌尤为迥异。考这种写法的直接渊源,应是来自佛经偈颂,与佛教艺术之罗列鬼神形象颇有关系。饶宗颐先生《韩愈〈南山诗〉与昙无谶译马鸣〈佛所行赞〉》一文(日本京都大学

《中国文学报》第十九册），曾指出昙译《佛所行赞·破魔品》中有一长段偈颂，用叠句的方式连续出现"或"字三十余次，以此证明韩愈《南山》这一段诗在写法上受到佛经偈颂的影响。《破魔品》的这段偈颂，内容是写释迦牟尼证成佛道时，魔王波旬率领众多的魔鬼前来扰乱，结果悉为佛陀用法力降伏。这三十余处"或"字，主要用来逐个罗列魔众的怪相。前文提到尉迟乙僧画的《降魔象》，就是取材于这个故事，而且通过更加直观的形式，把这些"奇踪异状"一一展现在人们的眼前。可见《南山》的这一段诗，与壁画描绘的"奇踪异状"仍有关系。盖韩愈在语言上效仿佛颂的同时，亦从形象的塑造上参用了壁画的技法。过去有人提到韩愈的《南山》诗，就认为应该把它当做一幅画观。如顾嗣立说："公以画家之笔，写得南山灵异缥缈，光怪陆离。"这一评述，实际上已经触及到了寺庙壁画对于韩诗的影响。

二、地狱变相

唐代佛寺还有一类壁画，专门描绘阴司中地狱的图变形相，号为"地狱变相"。所谓地狱，是古印度人根据"三世轮回"说虚构的一个恐怖世界。佛教主张"业力"说，认为人们所作的善业恶业都会得到报应，凡在阳世作恶的人，死后都要堕入地狱，在那里受到各种刑罚的折磨。因此唐代佛寺所画的地狱变，尽是描绘一些使人目不忍睹的"怖畏之相"。杜牧的散文《杭州新造南亭子记》，就有一条"地狱变相"的记载，其中说到画中描绘的刑罚非常可怕，"人未熟见者，莫不毛立神骇"。董逌《广川画跋》卷一《书杨杰摹地狱变相后为王道辅跋》，亦云地狱变画"阴刑阳囚，众苦具在，酸惨凄恻，使人畏栗"。这些图画，把现实生活中统治阶级摧残人民的各种惨状集合在一起，在黑暗的宗教世界底层来伸张奴役者的权力意志，显得非常阴森可怕。

唐代画师之图形地狱，要为一时风气所趋，其中尤以张孝师、吴道子、卢棱伽三家最为擅长。《唐朝名画录》云："张孝师画亦多变态，不失常途，惟鬼神地狱，尤为最妙。”吴道子曾得到张孝师的传授，所画的“地狱变相”益发传神，唐代两京的许多寺庙，都有吴画地狱变图。《宣和画谱》说，在吴道子的作品中，“世所共传者，惟地狱变相”。近人潘天寿先生《吴道子的生平概况》一文（见《美术研究》1957 年第 1 期）也说他“不但特长人物道释，尤工地狱变相。”卢棱伽是吴道子的弟子，亦以善画地狱变闻名于世。他们所作的这一类壁画，由于内容通俗，影响之大几乎达到妇孺皆知的程度。《唐朝名画录》云：“尝闻景云寺老僧，传云吴生画此寺地狱变相时，京都屠沽渔罟之辈，见之而惧罪改业者往往有之。”说明这类描绘“阴刑阳囚”的图画，作为一种宣传佛教道德观念的手段，很能起到震慑人心的作用。

关于“地狱变相”的内容，当然绝少可取之处。但是从中国绘画史上来看，却不能不承认它在艺术上有很大的创造性。尽管这些图画都是描绘一些丑恶和可怕的东西，然而经过画师们的惨淡经营，却能化腐朽为神奇，从中产生惊心动魄的艺术效果，以其巨大而惨酷的力量展示出一种雄桀怖厉之美。《广川画跋》卷一《书摹本地狱变相》云：“此胆力奕奕壮哉！非能撅拽含元殿、添修五凤楼手，亦不敢拟议于此也。”在唐代社会审美意识急剧变化的情势下，这些壁画早得风气于先，它们一反南北朝以来流行的艺术趣味，把一切清空圆熟的作品当做浅俗的东西撇在一边，以其傲视传统的姿态崛起于唐代的艺术之林。

韩愈生活在这样的环境中，时代的烙印和本人的遭遇形成了他乖戾和木强的性格，他的伦理道德观念本来就同这种新的审美要求很相契合。作为一个地主阶级在意识形态领域中的代表，他眼看唐王朝江河日下的趋势，寄希望于通过强化封建统治权力，来寻找一条摆脱日益深重的危机的出路。从韩愈身上反映出来的气质，是多少带有一点封建专制主义的特征的，似乎对权力和暴殄有一种特殊的爱好。这样使得他的艺术趣味，极易同这类歌颂野蛮、显示权力意志的作品融合在一起，也极易从这些惨栗的画面里激发起自己的诗情。在韩愈的诗集中，就有那么一些作品，直截了当地去写地狱的事物。如《嘲鼾睡》云：“有如阿鼻尸，长唤忍众罪。马牛惊不食，百鬼聚相待。”《送无本师归范阳》云：

“众鬼囚大幽，下觑袭玄窖。”《城南联句》云：“裂胁擒撑振，猛毙牛马乐。”诗人在此，把阿鼻地狱中的死囚，面目狰狞的牛头马面，一一搬演到了作品里面。假如他不熟悉“地狱变相”的图景，恐怕就未必能克臻于此。

从整体上看，韩愈的诗受这一类壁画的影响，首先是表现在作品所体现的美感特征方面。韩愈有一些诗，素有“狠重奇险”之称，作者尤喜搜罗各种丑恶和可怕的事物，把它们放在诗里作为艺术美而给予强有力的表现。刘熙载《艺概》尝云：“昌黎诗，往往以丑为美。”舒芜先生的近作《论韩愈诗》(《中国社会科学》1982 年第 5 期)一文亦认为在韩愈的作品中，那些可怕的、可憎的、野蛮的、混乱的东西，都被作者运用艺术的强力纳入了诗的世界，使之成为一种“反美”之美，“不美”之美。这一些精到的论述，有助于我们了解韩诗与当时社会审美意识变化趋向之间的内在联系。从一定意义上说，韩愈正是把“地狱变相”所显示的“不美”之美，即那种变丑为美的雄桀怖厉之美，成功地移植和体现在诗歌的领域。

从韩诗的构思和塑造形象的具体特征看，受“地狱变相”的影响也很深刻。联系到他的一些作品，有两个问题值得我们注意。

第一，关于火的描绘。

在“地狱变相”中，火的描绘占据显要的地位。杜牧《杭州新造南亭子记》谈到地狱画时说：“其尤怪者，狱广大千百万亿里，积火烧之，一日凡千万生死，穷亿万世，无有间断，名为无间。”可见唐代描绘的无间地狱图景，一般都离不开画火。

关于“地狱变相”画火，其具体情状可借佛经作些间接的推考，因为这些图画的绘制，是以佛经有关地狱的演述作为根据的，如果弄清了佛经的记载，也就了解到“地狱变相”的梗概。在有关佛典中，这方面的记载颇详。如《长阿含经》卷一九《世纪经·地狱品》云：

复次无间大地狱，有大铁城，其城四面有大火起。东焰至西，西焰至东，南焰至北，北焰至南，上焰至下，下焰至上。焰炽回煌，无间空处。罪人在中，东西驰走，烧炙其身，皮肉焦烂。

又《地藏本愿经》卷上《观众生业缘品》云："独有一狱，名曰无间。其狱周匝万八千里，狱墙高一千里，悉是铁为。上火彻下，下火彻上。"《目连救母》变文形容地狱景象亦云，"此狱东西数百里，罪人乱走肩相摋"，"烟火千重遮四门"，"骨肉寻时似烂焦"。参据这些材料，我们可以推知"地狱变相"的轮廓，大略在于描绘其周围有高大的狱墙，"四面有大火起"，"上火彻下，下火彻上"，"罪人在中，东西驰走"，"烧炙其身，皮肉焦烂"。这几方面组合起来，形成一幅诞幻惨烈的画面，这就是无间地狱图的一大特征。

我们考察韩愈的诗，就能发现一个有趣的现象，诗人在他某些作品中写火，竟会表现出与此绝为相似的意境，如《陆浑山火》的第一大段，即有这样一节惊心动魄的描写：

摆磨出火以自燔，有声夜中惊莫原。天跳地踔颠乾坤，赫赫上照穷崖垠。截然高周烧四垣，神焦鬼烂无逃门，三光弛隳不复暾。虎熊麋猪逮猴猿，水龙鼍龟鱼与鼋，鸦鸱雕鹰雉鹄鹍，燖炰煨爊孰飞奔。

诗人在这里极力夸示山中野火之煊赫，写出天地间一大奇观。从这一节诗所展现的画面来看，有三点应该注意。其一，诗中写的环境，是群山之中的一片"莫原"，四面都有高大的山崖把它包围在中间，诗人特别用了"四垣"两字，这很明显地把四周的山崖同"狱墙"联系在一起。其二，诗云"截然高周烧四垣"，"赫赫上照穷崖垠"，这与"地狱变相"之画火的具体势态，也是显得貌合神似的。其三，诗中写到"虎熊麋猪"等一大串动物在火中游窜奔走，终于被"燖炰煨爊"而"神焦鬼烂"，其构思实与地狱画中之"罪人在中，东西驰走，烧炙其身，皮肉焦烂"如出于一辙。这样我们可以肯定，韩愈在这首诗中所以能够写出如此一幅大火的图景，应该是有"地狱变相"为其构思加工的基础的。

第二，关于行刑的场面。

唐代的"地狱变相"除了画火以外，还大力铺衍用各种酷刑摧残人体的惨状，这对韩愈所起的影响也很显著。例如《元和圣德诗》中，就有一段极端恐怖的杀人描写：

取之江中，枷脰械手。妇女累累，啼哭拜叩，来献阙下，以告庙社。周示城市，咸使观睹。解脱孪索，夹以砧斧。婉婉弱子，赤立伛偻。牵头曳足，先断腰膂。次及其徒，体骸撑拄。末乃取辟，骇汗如泻。挥刀纷纭，争刌脍脯。

这一段诗，作者津津有味地备写刘辟举家就戮的情景，先写一个孩子被腰斩，次写刘辟的同伙一个个被杀而尸体纵横，最后把刘辟凌迟脔割，连刽子手挥刀的动作也描摹得十分具体。其形象之惨酸可怖，令人不堪卒读。无怪宋代苏辙读到这首诗，不禁感慨地说："此李斯颂秦所不忍言，而退之自谓无愧于雅颂，何其陋也。"细按这些描写，其于塑造形象实得法于"地狱变相"。因"地狱变相"所画的东西，就是这一类恐怖景象，它之刻画系縶罪人与磔裂肢体，尤为穷形极相。这些用来恐吓群众的壁画，作为一个先例很早就作俑于前，很自然地成为韩愈作诗翻新出奇的楷模。韩愈《元和圣德诗》中这一段行刑的描写，正是他借鉴了佛教壁画恐吓群众的旧模式，转而在诗歌领域中展现出"警动百姓"的新场面。

三、曼 荼 罗 画

关于韩诗与密宗"曼荼罗画"的关系，这是近代学者沈曾植先生最早提出的一个论题。沈先生在《海日楼札丛》中说："吾尝论诗人兴象与画家景物感触相通。密宗神秘于中唐，吴（道子），卢（棱伽）画皆依为蓝本，读昌黎、昌谷诗，皆当以此意会之。"在谈到韩愈《陆浑山火》诗时，《海日楼札丛》又云："作一帧西藏曼荼罗画观。"沈氏的这两处论述，从诗画与佛教的关系来立论，触及了韩诗某些要害问题，为后人的研究指出了一条新的路径。这一问题，近几年来日益得到学术界的注意，如钱仲联先生《佛学与中国古代文学的关系》（《江苏师院学报》1980 年第 1 期）、江辛眉先生《论韩愈诗的几个问题》（《中华文史论丛》1980 年第 1 辑）等文章，都肯定和申述过沈氏的这一主张。

唐代密宗的兴盛，始于玄宗开元年间，是时善无畏、金刚智、不空三名梵僧相继来华，受到统治者的礼遇，在长安、洛阳先后开译密教经典，很快在社会上得到风行。密宗的法门有胎藏界、金刚界两部，自称显教是释迦牟尼对一般凡夫所说的法，而密教则是大日如来对自己眷属所说的奥密大法。按照密宗的仪轨修行，都要设立坛场供奉诸尊，“曼荼罗”的意译即为“坛场”。在胎藏界的“曼荼罗”里，以大日如来为中心，供奉菩萨尊神四百十六位；而金刚界的“曼荼罗”，亦以大日如来为本尊，供奉菩萨尊神一千四百六十一位。所以，不论是密宗的说教和仪式，都充满着诡秘和怪力乱神的色彩。

密宗倡行直观主义的施教，它所设立的祭神道场，就是古代的图腾崇拜在新的条件下的复活。所谓“曼荼罗画”，即密宗用来描绘其坛场，以及供奉诸尊一一形貌的画像。密宗把绘制这种“曼荼罗画”，视为弘扬密教的重要手段之一，规定凡是传授密法的僧侣，都要掌握制作“曼荼罗画”的技巧，以密印诸尊的仪形色像及坛法、标志。释一行《大日经疏》卷三云，密宗僧侣“须解曼荼罗图像”，“此中一一方位相貌，调布众色，缋画庄严，皆应自善其事”。这种“曼荼罗画”，有的画在布上，有的直接图形寺壁，成为唐代佛教绘画重要的组成部分。释行琳《秘密藏陀罗尼集序》说，唐世密宗炽盛，“秘教大行于支那，坛像遍模于僧宇”，可见这类画在当时是十分风行的。

但密宗在汉地传播，仅盛中唐的一二百年，以后即渐告式微，所以“曼荼罗画”在我国大部分地方早已绝迹。而密宗影响比较深远的西藏，现在却还能看到。《美术研究》一九八一年第三期，刊载叶欣生同志《西藏壁画的历史沿革及其艺术特色》一文，其中提到西藏寺庙中有一幅壁画《坛城》，就是比较完整的“曼荼罗画”。叶欣生同志说：

> 《坛城》由变形的四色火焰、金刚杵墙、莲瓣，分别构成四层圆形图案。环形以内，则以直线将画面分割为类似“井字形”的几何体。满底布以卷草植物图案。而主尊，护法，佛塔，宝伞等众多的物象则分门别类，以对称的形式纳入各种形体之中。

虽然这一作品产生的时代颇晚，其具体画法与唐代汉地的坛象可能有些不同，但是它的基本构成和描绘的主要事物，仍可作为我们了解唐代“曼荼罗画”的参考。

我们根据《坛城》一画的特点，并参酌密教经典的有关记载，可以考知“曼荼罗画”的具体图像，约有以下几个特征。（一）密宗的“曼荼罗画”，把虚幻的密宗世界理想化和图案化。它迎合封建社会的等级制度，由画面中心逐次向外铺排主尊、菩萨、金刚护法的形象，其主从尊卑的方位都有严格的规定，实际上是一幅众多的神灵按其等级享受供养的聚集图。（二）“曼荼罗画”中绘的菩萨，一般都为露胸袒腹之相，多有宝珠、莲花以为庄严。《大悲心大陀罗尼曼荼罗仪轨》谓千臂千眼观音的画像云：“右慧大莲花，右智数宝珠。左定开敷莲，定慧合掌印。”而金刚护法，则多从武士装束，身上常带“雷电之相”。（三）对于莲花的描绘，在“曼荼罗画”中十分注重。《大日经》卷五《字轮品》称，“曼荼罗画”的图像为“其上妙莲花，花开含果实”。《大教王经》卷十九《大曼荼罗广大仪轨分》云：“或居地上或空中，众色莲华想画遍。随见随取悉如应，即得成就众色相。”《不空羂索神变真言经》卷十三《普遍心印真言出世间品》云，在绘制“曼荼罗画”时，需要“模画花印”在图案中“标郭界道”。（四）密宗盛行火祀之法，故“曼荼罗画”中也很注意画火。《大毗卢遮那佛眼修行仪轨》云，“曼荼罗画”四边画火，“周匝炽焰”。前面提到的《坛城》一画，就画了许多变形的火焰。综合以上四个方面的物象，再加众多的旗幡、宝伞、佛塔、乐队仪仗的点缀，合成一个热闹而怪险的场面，这就是“曼荼罗画”鲜明的标志。

弄清了这个问题，我们要回过头来再谈韩愈。韩愈生活的时代，距善无畏等来华相隔不到一个世纪，这时密宗还处于弘传的阶段。他在诗里所提到的长安青龙寺，即是中唐密教最重要的一个据点，当时著名的密僧惠果，就在这里设立大曼荼罗灌顶道场。惠果是不空的弟子，因其弘扬密法有功，历受中唐数朝君主的优遇，贞元中屡入禁中祈雨。惠果把密宗胎藏、金刚两部合并为一，广泛进行传授，中外道俗士流从其学者甚众。例如《文镜秘府论》的作者日僧空海，亦曾来中国向惠果学习，以后开日本真言一宗。可见惠果之在中唐，乃是一个很有影响的人物。韩愈本人在元和元年到过青龙寺，此时与惠果去世之年仅隔一载，他诗里提到这所佛寺里的壁画，极有可能就是“曼荼罗画”或表现密宗其他神变故事的图画。在当时所谓“坛像遍模于僧宇”的情况下，韩愈能够看到“曼荼罗画”，这是不成问题的。而且他本人的诗，也提供了确凿的证据，表明他受过这类密宗图画相当深刻的影响。下面我们根据沈曾植氏指出的线索，就《陆浑山火》诗作一些具体的分析。

《陆浑山火》诗，是韩集中七言古体最长的一篇，也是诗人倾其身心去描绘怪异之观的一首力作。前文我们说过，此诗的第一大段写火之盛，在构思上受到“地狱变相”的影响。而现在我们需要注意的，是从诗的第二大段的开始，诗人把笔锋一转，在一片大火的烘托下，又揭示出一幅无比怪诞的新图景。诗中写道：

> 祝融告休酌卑尊，错陈齐玫辟华园。芙蓉披猖塞鲜繁，千钟万鼓咽耳喧。攒杂啾嚄沸篪埙，彤幢绛旃紫纛幡。炎官热属朱冠裈，髹其肉皮通髀臀。颓胸垤腹车掀辕，缇颜靺股豹两鞬。霞车虹靷日毂辐，丹蕤縓盖绯緂帑。红帷赤幕罗脤膰，衁池波风肉陵屯。谽呀巨壑颇黎盆，豆登五山瀛四罇。熙熙釂酬笑语言，雷公擘山海水翻。齿牙嚼啮舌颚反，电光磁磹赪目暖。

以上一大段诗，实际上是写一次众神宴饮的聚会。在这一幅光怪陆离的形象画面里，四面都有大火“周匝炽焰”，中心是火神祝融在主持这次宴会，其他与宴的“炎官热属”之徒，分别按其位次的尊卑就坐，其中有的如菩萨那样“颓胸垤腹”，有的如金刚护法那样衣甲庄严。“红帷赤幕罗脤膰，衁池波风肉陵屯”两句诗，旨在表现这次宴会饮啖酒肉之丰盛。而这些神灵以五岳为豆，以四瀛为尊，以巨壑为颇黎盆，笑语熙熙，釂酬喧杂，齿牙嚼啮，大肆饕餮，从他们的眼里还发出闪闪的电光，实质上就是写了众多的神灵按其等级与宴聚集的场面。这就很明显，韩愈在这里所作的描绘，并不是什么“凭空结撰”，而是有密宗的“曼荼罗画”

作为原型供其依傍的。至于这段诗里另外的一些描写，我们也能从“曼荼罗画”里一一找到与之相对应的东西。如“错陈齐玫辟华园”，是指宴客的园中宝珠错落照眼。“芙蓉披猖塞鲜繁”，是说到处有鲜艳盛开的莲花。“彤幢绛旃紫纛幡”，是写色彩斑烂的旗幡宝伞。“霞车虹靷日毂辐，丹蕤縓盖绯繙帑”，是形容车盖仪仗之华丽。“千钟万鼓咽耳喧”及“攒杂啾嚄沸篪埙”，又是描述钟鼓音乐之填咽沸天。以上这一系列明显的模印刻似之迹，说明这些具体的细节描写，同样也是出自“曼荼罗画”这一蓝本，足见沈曾植氏把此诗比作“曼荼罗画”这个论断之不虚。而《陆浑山火》这首诗，一方面受到“曼荼罗画”的影响，另一方面又受到“地狱变相”的影响，它之作为最能体现韩愈险怪风格的一首代表作，非常典型地显示出诗人的兴象与佛教壁画的景物之间感触相通的关系。

韩愈的诗歌受到唐代寺庙壁画的影响，主要表现在上述三个方面，此外还有一些问题，非兹文所能一概论及。但仅从这里，我们已经清晰地看到，有唐一代高度发展的寺庙壁画，其焕然的艺术成就和诡怪的造型特点，曾广泛而纵深地影响着当时人们的精神生活，在唐代整个文艺领域引起一种新的变化，也通过审美意识的感染而在韩愈诗中打上深刻的烙印。诗人韩愈作为时代美学理想迁异的敏锐感受者，正是从这些寺庙壁画中间吸取丰富的养料，打破诗与画的界限，大胆地借鉴和运用它的创作经验，在开拓诗歌的艺术形象方面作了许多探索和尝试。他的这一努力，同其他诸方面的条件结合在一起，从而使他的作品呈现出一种崭新的气派，以其鲜明而不可替代的特点，在中国诗歌史上立下了一块路碑。

对于韩愈的诗，历来轩轾不一，然而不管怎么说，他总是我国古典诗歌领域中的一位大家。他努力寻求诗歌创作的新道路，立志于改革诗体，其中固然有若干不成功的教训，但对唐宋诗歌的演进发展，确实做出过重大的贡献。从中国古典诗歌漫长的变迁过程中看，韩愈是一个转折时期的关键性人物，也是一个承前启后的作家。李肇《国史补》谈到唐代中叶诗文变化的趋向时，说过一段很概括的话："大抵天宝之风尚党，大历之风尚浮，贞元之风尚荡，元和之风尚怪也。"这就很深刻地指出，在韩愈所处的时代，整个社会的艺术审美趣味在发生急剧的变化，诗文创作中出现了一股尚怪的潮流，例如卢仝和李贺的诗，就明显地表现出这种趋向，但最能代表这一潮流动向的作家，还得要数韩愈自己。韩愈的诗，尤以雄桀险怪而著称，而这种险怪特点的形成，又是同寺庙壁画给他的影响密切相关的。因此，我们要追寻中唐文学尚怪之风的由来，寺庙壁画乃是其中的一大渊薮。唐代寺庙壁画的出现，首先影响到杜甫，杜甫诗集中有少数作品，已经显露出尚怪的端倪，这种现象似与寺庙壁画不无关系。以后又影响到韩愈、卢仝和李贺，这在他们诗中就表现得愈加显著深刻。饶宗颐先生曾经指出，卢仝的《月蚀诗》，即参用地狱鬼神的形象来描写天上的魔鬼。而李贺诗中亦多写神仙鬼魅，它们的原型好多就是佛寺道观中的鬼神图像。李贺的诗歌，本身受到过韩愈的影响，转而又影响到李商隐和温庭筠，又影响着韦楚老、庄南杰及赵牧等人。而以韩诗影响之深远，不但波及到孟郊、张籍、皇甫湜的一部分诗歌，而且又开了宋诗一代风气之先。总之，这种由寺庙壁画在诗歌创作中所引起的连续性的反应，就像一水牵波而形成浪峰叠起，甚至在一定程度上牵制着当时诗歌发展的趋向。

在这里，也能反映出佛教的流传与唐宋文学艺术之间关系的一个侧面。

1983 年 1 月

原载《复旦学报(社会科学版)》1983 年第 1 期，此据陈允吉《佛教与中国文学论稿》，上海古籍出版社 2010 年版。

从《欢喜国王缘》变文看《长恨歌》故事的构成

——兼述《长恨歌》与佛经文学的关系

陈允吉

唐代的变文，是伴随着佛教传播而发展起来的一种通俗讲唱文学。它以佛寺广场为基地，普遍流行于都会通衢街坊，传诵于闾井妇孺细民之口，其魔力足以倾倒世俗，影响之大竟能耸动宫廷和整个上层社会，成为唐人精神文化生活的一个重要组成部分。我们现在从续宋《高僧传》《乐府杂录》《酉阳杂俎》《因话录》《北里志》《杜阳杂编》《南部新书》的记述，以及日僧慈觉大师圆仁《入唐求法巡礼行记》和韩愈《华山女》诗中，还可窥见当时京师长安演唱变文热烈盛况之一斑。

广义地讲，"变文"是流行在唐五代间佛教通俗宣传讲唱的一个总名称。但从严格的意义上说，所谓的"变文"，是必须以转变故事（主要是佛经中的缘起）为其圭臬的。它们一般都体现出较强的叙事文学特征，具有首尾完篇的故事情节，在刻画人物形象、描写心理活动方面，也与那些纯属弘宣佛理的讲经文不同。据梁慧皎《高僧传》卷十三《唱导篇》载，像这类利用说故事形式来达到一定化俗目标的宗教宣传，在东晋、刘宋间就早具雏形，当时被称为"转经唱导"，即通过转变佛事缘起"宣唱法理，开导众心"是也。根据晚近一些变文研究者的说法，及于佛教鼎沸的初、盛唐之交，最迟至七世纪末，由于各方面因素的促进，又在唱导的基础上发展成为具有完整俗讲仪轨、内容和语言都更加接近普通群众生活的变文讲唱，随着它文学创作自觉意识的增强而展示出一种新面貌。

变文这一文学形式的出现，为中国的俗文学开辟了一个纪元。郑振铎先生《中国俗文学史》谈到变文，就形象地把它们称之为联结古代和近世文学的“连锁”。敦煌学者王庆菽先生《试谈“变文”的产生和影响》（见《敦煌变文论文录》上册）一文，也认为变文是“唐代以前和唐代以后的新生文学的一种桥梁”。就是这些不登大雅之堂的作品，不仅直接关系到后世白话小说及众多民间说唱艺术的形成，同时又为唐代其他各种文学样式的演进灌注了新鲜滋养和活力，推动着它们朝着叙事化、通俗化的方向发展。如千百年来一直极负盛誉的唐诗名篇《长恨歌》，就是在当代的变文讲唱深刻影响之下所产生的一首代表作。

关于《长恨歌》受到变文的沾溉，晚唐孟棨《本事诗》及五代王定保《唐摭言》中，就有两条内容相仿的记载：在白居易生活的当世，诗人张祜同他开玩笑，曾把《长恨歌》这首诗拿来和《目连变》相比拟。对此，过去一般都只是看作文人之间的相互调侃，直至本世纪初敦煌石室里的变文卷子重见天日，才引起学术界人士的重视。约从三十年代始，一些中外学者即引证敦煌出土的变文资料，着手探讨《目连变》与《长恨歌》的关系，想从中找出一点它们在文学创作上的内在联系。

但是，从那时到现在，一晃就是五十多年过去，这项研究工作却并没有得到多大进展。《长恨歌》与变文之间的关系究竟如何？至今仍是悬案。造成这种情况的原因，恐怕与大家未能从一个较为广阔的背景上去观察问题有关。其实，对于《长恨歌》起影响最大的变文讲唱，恰恰不是《目连变》，而是另外一篇作品——《欢喜国王缘》。从《长恨歌》本身所叙述的故事来看，也主要是在摹袭和附会《欢喜国王缘》的基础上形成的。对于这样一个重要的问题，迄今为止竟没任何人作过片言只语的论述。本文就想在这方面归纳一些材料，着重探讨一下《欢喜国王缘》故事与《长恨歌》中间的来龙去脉，顺此亦涉及一些本诗与佛经文学的关系问题，粗陈管见以质正于海内方家。

一

按《欢喜国王缘》变文，亦称《有相夫人生天因缘变》，它在敦煌发现的许多变文卷子中，是一篇兼有讲唱、体制比较完备的作品。这个变文的原卷，出土时已裂为两段。前段为上虞罗振玉旧藏，曾收入罗氏《敦煌零拾》之《佛曲三种》，现保存在上海图书馆。后段则为伯希和所劫，藏于法国巴黎国家图书馆（P.3375背）。五十年代，我国学者向达、周一良、王重民等六人对敦煌变文作了一次系统的整理，经过启功先生校录，把这两个部分合并复原，一起编入《敦煌变文集》。此外，上海图书馆还有一个甲卷，因残缺而不能睹其全貌。

关于《欢喜国王缘》演绎的故事，是说西天有位欢喜王，夫人名曰有相。有相夫人长得容仪窈窕，且能歌善舞，深受国王之宠爱。自从有了这位夫人，国王心念“日夕不离椒房，旦暮欢于金殿”。一日，国王在殿中观看有相夫人起舞，正欢乐之次，忽见夫人面上、身边有一道气色，预知她在七日后必当身亡。待他向有相讲明此情由，夫妻两人相顾回惶，彼此十分悲切，但亦感到无可奈何。过了两天，夫人拜辞国王，回到家里与父母诀别。家中人闻讯此事，都很着急，设法替她延命消灾。这时有人告诉她，附近山中有个石室比丘尼在修行，甚通法道，劝她前去礼拜。有相夫人即往山中，恳请比丘尼授以延寿之法，比丘尼告诫她莫求浮世寿命，而应求生天上，并让她受如来清净八戒。夫人归来七日期满身亡，即生天受诸快乐。但国王因夫人夭折，内心亟为痛切，朝臣为之落泪，阖宫一片悲哀。半载之后，有相夫人在天上因入定观想前世因缘，也对欢喜王不胜思念，为了报答国王昔日的“天恩供养”，遂率领众天女一起下凡，于是一对分隔在天上人间的夫妇又复相见。夫人即劝国王勿恋阎浮世间，修行求生天上“与为同止”。国王从谏回向礼佛，亦设八关斋受戒，因缘福德自随，最后两人一起生天。

类似于这样的经变题材，在唐代佛教艺术中有极普遍的表现。如敦煌卷子中的《目连变文》《丑女缘起》《难陀出家缘起》,及当时两京伽蓝壁画所绘的《除灾患变》《业报差别变》等,其叙述摹写之故事均与这方面的内容有关,透露出很浓重的宗教出世思想。《欢喜国王缘》主要是通过演述一对贵族夫妇生死悲欢离合的曲折遭遇,来宣扬世间万事皆由因果,人生变异迁灭苦空无常,唯有一心皈依佛门修行持戒,才能超拔三界轮转沉溺之苦,上生天国获得永恒的安乐。变文演述到故事终了,有一段唱词说道:

勤发愿,速修行,浊世娑婆莫恋营。便须受戒皈正法,净土天中还相逢。无限难思意味长,速须觉悟礼空王。

这段唱词对全篇变文的内容做了一个佛教信仰主义的归结,颇能体现作者转变这一故事的真实意图。由此可以想见,当时一班俗讲法师在大庭广众之中宣唱这个缘起,其第一位的目标是要向群众灌输这种出世主义思想,以诱导他们厌弃和否定现实人生,像故事中的主人公那样,去向往"光明遍照"的佛国境界而成为宗教的徒众。

然而,《欢喜国王缘》并不是纯粹的宗教宣传材料,它毕竟还是一篇诉诸生活感性形式的文学作品。这个故事描述的一系列具体事件和人物的感情活动,无疑要比里面抽象的宗教理念更易于为群众所接受。对绝大部分的人来说,他们接触这个变文能留下最深切印象的地方,显然不是关于"业报轮回"的神秘暗示和说教,而是在它活生生的故事情节中自发地显现出来的感人艺术力量。试想一对养尊处优的夫妇,正沉浸在绸缪的宫廷热恋气氛中,却突然有一场大祸降临在他们身边,有相夫人生命即将结束,美即将毁灭,如此震撼心魄的构思怎能不吸引听众的注意。而变文所反复渲染了的有相夫人的求生意志,又在客观上肯定了人们世俗生活中的感情。作品叙述到女主人公死后,把国王哀痛讲得那么深切;有相夫人纵然身居天庭,精神上仍背着沉重的负荷,在她痛苦、寂寞的心坎里依然渗融着对欢喜国王的诚挚与一往情深,而且终究动了下凡报恩的心念。最后,这对痴心溺爱而生死不渝的情人,终于在经受许多磨难之后冲破天上人间的隔限而幸福地会合在一起。这里透露出来的一股生离死别的留恋和感伤，在极鲜明的程度上增强了故事悲剧性的抒情气氛，使之成为全篇作品的基调，对人们发生着强有力的感染。郑振铎先生在《中国俗文学史》中论及《欢喜国王缘》，就把它称为一首“抒情诗”，并认为其中抒写的主人公对于生命的留恋，很像希腊古典悲剧《Antigone》和《Ajax》。这就充分证明，《欢喜国王缘》这个变文故事所以能盛传于当世，同它本身包涵着浓厚的人情味和世俗生活气息有绝大的关系。

宗教是矛盾着的世界的颠倒反映，而它本身也充满着各种矛盾和颠倒。历史上出现过的无数宗教文学作品，为了在更大的范围内召感信众，通常都要给自己披上一件世俗化的外衣，好让一般人对它感到亲近一些，但结果却适足掩盖和冲淡它们原来的主题。向达先生《〈敦煌变文集〉引言》谈到变文的精神面貌，就指出这些作品中间“宗教的意义几乎全为人情味所遮盖了”。《欢喜国王缘》中反映出来的世俗生活情味与其宗教主题的矛盾，其实在它的佛经原型中就已经存在。陈寅恪先生的论文《〈有相夫人生天因缘曲〉跋》（见《敦煌变文论文录》下册）述及这个变文的故事来源时，曾列举四种经典，指出它们均记载过与《欢喜国王缘》内容大同小异的故事，其云：

> 案魏吉迦夜、昙曜共译之《杂宝藏经》卷十《优陀羡王缘》有相夫人生天事，适与此合。石室比丘尼之名亦相同。惟国王名称异，或别有所本，未可知也。又义净译《根本说一切有部毗奈耶》卷四十五《入宫门学处第八十二之二》仙道王及月光夫人事，亦与此同。梵文 Divyāvadāna 第三十七 Rudrāyana 品（见一九〇七年《通报》Prof.Sylvin Lévi 论文），西藏文《甘珠尔》律部第九卷，均载此事。

除陈先生所举的这四种外，我们从东晋平阳沙门法显译的《佛说杂藏经》中，亦见到有一条《优达那王妻学道生天缘起》，其故事内容与《杂宝藏经·优陀羡王缘》大略相似。这一条材料，曾被梁宝唱、僧旻编入《经律异相》卷三十。又唐代道世撰集的《法苑珠林》卷二十二、《诸经要集》卷四，还分别照《杂宝藏经》的原样迻录过这个缘起。像这样同一物语在不同佛教典籍中多次重复地出现，说明

《欢喜国王缘》转演的这一宣传“有情皆得果，无处不消灾”的因缘，在佛教的发祥地印度应是一个传播很广的故事。经过佛经翻译和某些中国佛教著作的弘扬，到唐代已在中土有了较长时间的流传。

那末，在前面罗列的这些佛典中，究竟哪一部经是《欢喜国王缘》变文故事的直接来源呢？关于这个问题，陈寅恪先生最后并没有做结论，故《敦煌变文集》也把这个问题作为疑点而未予注明。但只要我们认真考察一下唐代变文所处的具体环境，结合这些经书记载的内容与变文做些对勘比较，就不难发现：（一）陈先生文中提到的梵文 Divyāvadāna 第三十七 Rudrāyana 品，承饶宗颐先生指出应当译为《天譬》第三十七《黑天衍那品》。《天譬》系印度古书之一种，在一九〇七年《通报》上发表的法国著名学者烈维（Sylvin Lévi）的论文《Divyāvadāna 构成的因素》，即从根本说一切有部律书中发现了有关 Divyāvadāna 的二十六个故事。按此书原典，有 E. B. Cowail 氏的校订本，一八八六年于剑桥出版，而从来没有用汉文译入中国，故绝对不可能被唐代讲僧当做行业所控引的典据。（二）西藏佛教崇奉一切有部戒律主张，《甘珠尔》律部中译出的最早经典，主要有《根本说一切有部十七事》《毗奈耶》等，其译入西藏的时间都在墀松德赞弘法时期（相当于汉地的中唐）。且亦很难设想，当时汉地的佛僧会辗转依据藏文经典去演绎他们的演唱。（三）唐代义净所译的有部律，内容比较完备，是汉译律藏的重要组成部分。这里面记述的某些故事，确有可能成为变文讲唱的滥觞。我国台湾学者罗宗涛先生尝撰文考定，敦煌出土的《祇园因由记》（P.3784），即是由《贤愚经》和义净译的《根本说一切有部毗奈耶破僧事》中有关内容改编而成的（参见耿升《一九七九年巴黎国际敦煌学讨论会概况》，敦煌文物研究所《敦煌研究》第二期）。但是我们看到，《根本说一切有部毗奈耶》卷四十五《入王宫门学处》叙述的仙道王与月光夫人事，国王、夫人的名称皆与变文不同，“石室比丘尼”亦作“世罗苾刍尼”，即证明《欢喜国王缘》并非取材于此。（四）东晋法显译的《佛说杂藏经》，主要叙述目连与五百饿鬼之答问，经文颇为杂碎，篇幅亦止有一卷，至唐世已不为一般僧人所重视。它记述的那个《优达那王妻学道生天缘》中，还讲到月明夫人出家之后满六个月才命终生天，此与《欢喜国王缘》的内容显有抵触，其女主人公亦不称“有相夫人”。（五）剔去以上这几条线索，最后只剩下一部《杂宝藏经》。此经在北魏时期已由吉迦夜、昙曜全本译出，以后一直是众多释徒及文士爱读的典籍，流播的范围亦相当广。而愈为重要的是，我们从这部佛经本身的性质来看，它和唐代变文通常所演绎讲唱的东西，还存在着一层很特殊的亲缘关系。

按《杂宝藏经》十卷，总共搜集了一百二十一条佛事缘起，是记载缘起最多的一部经书。这些因缘叙事简洁隽永，大抵都有首尾连贯的情节，实际上是一部佛教文学故事的汇集。爰论此经故事内容之有趣丰富，真可谓琳琅满目，完全能与佛藏中的《生经》《六度集经》《贤愚经》《撰集百缘经》《杂譬喻经》等相媲美。透过它们表面涂抹的宗教意味，可以看出古印度人民非凡的智慧和奔放的艺术想象力。近人常任侠先生的《佛经文学故事选》，从《大藏经》本缘部选编七十八个故事，就有十七个出自《杂宝藏经》。这些生动活泼的故事传入中国，为本地的佛徒从事化俗宣传提供了大量素材，也对中国通俗叙事文学的发展起到一定的作用。《续高僧传》谈到唐初俗讲僧人宝岩，即谓：“岩之制用，随状立异。所有控引，多采《杂藏》《百譬》《异相》《联璧》。”所以《杂宝藏经》流传到唐代，即与俗讲僧人结下不解之缘，成为他们十分注意掌握的一部经典，他们登座讲唱的一部分经变故事，来源可能就在这里。例如此经卷二《波斯匿王丑女赖提缘》，卷七《佛在菩提树下魔王波旬欲来恼佛缘》，卷八《佛弟难陀为佛所逼出家得道缘》，在敦煌变文中就能找到与之相应的故事。如果我们把《欢喜国王缘》所演的整个故事，分别与《杂宝藏经》《佛说杂藏经》《根本说一切有部毗奈耶》逐一勘合比较，即能发现它和《杂宝藏经·优陀羡王缘》的记载最为近似，这两者中间的宛转影合之迹是极其明显的。而唯一留下来的障碍，是变文所说的“欢喜王”，似与佛经中的名称稍异。但我们不妨注意一下，《杂宝藏经》“优陀羡王”这一名字，与《大宝积经》二十九《优陀延王会》中的“优陀延王”梵音就很相似。这一位“优陀延王”，是佛陀时代憍赏弥国（亦译成拘睒弥国）的国王，他屡屡出现在佛经记载之中，其翻译名则常有不同。例如《优填王经》称“优填王”，《根本说一切有部毗奈耶》称“邬陀延王”，也有的经典称他为“邬陀那磋伐”或“邬陀衍那王”。这位国王后来被写进文学作品，成为长诗《故事海》、戏剧《惊梦记》中的主要人物，他一生风流浪荡的历史经过艺术家们的渲染，在南亚次大陆久久被传为佳话，与中国的唐明皇极有相似之处。至于他与优陀羡王是否同一人，现在还没有找到确凿的证据加以考实，但其梵音之一致却是事实。案玄奘《大唐西域记》卷五“憍赏弥国”条云：“邬陀衍那王，唐言出爱。旧云优填王，讹也。”而“出爱”所包含的意思与“欢喜”正同。这就可见变文“欢喜王”这一名字之由来，应是变文作者取“优陀羡王”梵音的近似意义给它换上的一个通俗称呼，同《丑女缘起》把《贤愚经》中丑女“波阇罗”的名字改为“金刚”属于同一种情况。了然于此，我们就可肯定，《欢喜国王缘》这一变文所叙述的故事内容，无疑是根据《杂宝藏经·优陀羡王缘》的记载来进行转变和敷演的，《优陀羡王缘》就是这个变文故事的原型。为了清楚起见，兹将变文与上述诸经的关系略作图示如下：

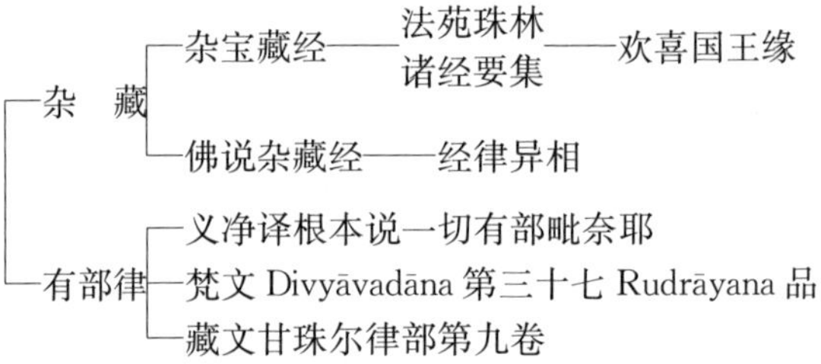

我们考核《杂宝藏经·优陀羡王缘》与变文的异同，证明在由佛经文学故事向变文通俗讲唱的转化过程中，有不少地方体现着讲唱者的剪裁、铺演和艺术加工。首先是，变文从佛经中所取的故事内容，仅止于《优陀羡王缘》的前面三分之一。这一部分在佛经里只有六百余字，但经过变文的作者之手，就从中铺展出一卷篇幅很可观的讲唱文学作品。同时，变文作者很善于运用韵散间隔的文体，说唱结合的方式，对佛经故事中的情节很细致地加以敷演，其讲论、拾缀都有自己的路数。其中还穿插了不少作者所做的烘托和发挥，也时而夹杂一些俗情世态的描绘，在叙述人物对话和刻画心理活动方面，则显得尤其到家，使整篇讲唱委婉动人而富有跌宕起伏的波澜。变文中述及有相夫人回家，到她往山中礼拜石室比丘尼的一段，差不多全是作者的自由撰造，饶有世俗生活趣味，较能适应唐代社会众多市民群众对生活的理解和他们在艺术欣赏方面的要求。

但这些情形，仅显示佛经故事向俗讲文学演变的大势，要是我们针对某些具体的变文写本深究一层，又能发现另一种情况：佛经故事原型在有些场合下，亦有胜过变文讲唱本的地方。例如敦煌变文《八相变》叙述的释迦成道故事，就与《佛本行集经》精彩旁魄的描写不能相比。而在《杂宝藏经·优陀羡王缘》中，也有两处紧要而颇能感染、警动人心的情节，是为我们所见的这个敦煌《欢喜国王缘》写本所阙如的：

其一，《杂宝藏经·优陀羡王缘》原文演及有相夫人在殿中起舞，对这一事件发生的起因和过程作了很明确的交代。经中有一段文字说：

> 时彼国法，诸为王者，不自弹琴。尔时夫人，恃己宠爱，而白王言："愿为弹琴，我为王舞。"王不免意，取琴而弹，夫人即举手而舞。王素善相，见夫人舞，睹其死相，寻即舍琴惨然长叹。

根据这段叙述可知，佛经故事对于这场惨剧发生的真正原因业已指明。正是由于女主人公"恃己宠爱"，受情欲的驱策而无所顾忌，硬要国王违反法度亲自为她弹琴，从而在一瞬间引来了惩罚她自身过失的灾殃。按照佛教的说法，世间一切有情众生所作的身、口、意三业，都会招集感致相应的果报。即所谓"因情致报，乘感生应"，"自作其业，还自受报"，人生命运中间的苦乐祸福，皆由其自身的行为、言说、思想产生的"业力"是依。既然有相夫人自己做下了罪业，那还得由她自己来承担这份恶报。像佛经故事这样一种情节搭配，就显得有因有果。变文写本莫名其妙地将这段表现女主人公恃宠的内容删去，不仅使故事情节前后衔接不紧，就从宣扬因果报应故事本身的性质来看，无疑也表现了一定程度的背离。

第二，《杂宝藏经·优陀羡王缘》中还讲到，当有相夫人得悉自己七日后必当身亡，她的灵魂为一种恐惧所震荡，即向国王要求出家修行，在出家前尝与国

王一起郑重立誓,发愿命终生天以后一定再回来见他。佛经这段内容演述较详,其原文云:

> 夫人闻已,甚怀忧惧,即白王言:"如王所说,命不云远。我闻石室比丘尼说,若能信心出家一日,必得生天。由是之故,我欲出家,愿王听许,得及道次。"时王情重,恩爱不息,语夫人言:"至六日头,乃当听尔出家入道,不相免意。"遂至六日,王语夫人:"尔有善心,求欲出家,若得生天,必来见我,我乃听尔得使出家。"作是誓已,夫人许可,便得出家受八戒斋。

经中这段文字,真是至情洋溢,表现了这一对贵族夫妇深挚的爱。他们不幸面临存亡歧路,却不甘彼此永久离绝,还要发弘誓愿,期待着有朝一日重新会面。后来有相夫人"乘是善缘,得生天上",因观想前世因缘"具知本缘并与王誓",遂"以先誓故来诣王所",使整个缘起到最后翻演了一出"人天会合"的大团圆结局。可见按照佛经故事原来的构思,此节夫人与国王之"共立誓约"与后来的"人天会合",本是一条因果业报链带上互相紧扣着的两个环节,二者不可缺一。但是到敦煌所发现的这个《欢喜国王缘》写本中,偏偏没有关于两位主人公"共立誓约"的叙述,这仿佛就在血脉相连的躯体上面从中间截去了一段,致使读者只能够在作品末了感受到它那种"人间天上喜相逢"的热烈气氛,却看不出导致他们命运发生根本转变的"本缘"究竟在哪里,这不免使它的讲唱内容露出某些破绽,亦不大符合一个佛教化俗布道故事的性质规范。但诸如此类问题,出现在变文讲唱当中并不足怪。因为变文就是一种俗文学,它有赖于许多讲僧进行口头创作,还必须依靠无以数计的群众口传来发挥它的影响。俗文学史上大量事实证明,那些传播极广的通俗故事,它们自身的内容即是经常在变化着的东西。顾颉刚先生在《孟姜女故事研究》(见《孟姜女故事研究集》)一文中说:"我们可以知道一件故事虽是微小,但一样地随顺了文化中心而迁流,承受了各时各地的时势和风俗而改变,凭借了民众的情感和想象而发展。"郑振铎先生《中国俗文学史》第一章《何谓"俗文学"》中,谈到俗文学的特点,就指出它们是"随时可以被修正,被改样"的。如唐代家喻户晓的"目连救母"这个传说,在敦煌藏经洞里就发现多种不同的变文卷子，其中有《大目乾连冥间救母变文》(S.2614)这样体制宏伟、叙事赡详的长篇，也有《目连缘起》(P.2193)这样内容简约的本子。从这两个讲唱本中分别敷演出来的故事，情节取舍暨叙事的结构均有不同，甚至连开头、结尾都不完全一样。要是把它们和另一个《目连变文》残本(成96)相比，则又能发现许多歧异。这证实在唐代的变文讲唱中，即使是演同一个故事，它的各个讲唱本转变出来的内容，也往往是“八仙过海，各显神通”的。我们不能拿其中任何一个本子，笼统地用来替代或概括其他一些本子的面貌。

论有相夫人故事在唐世传播之广，几可与目连救母差相比肩。陈寅恪先生的《〈有相夫人生天因缘曲〉跋》，尝述及德国柏林人类博物馆吐鲁番部壁画中，有《欢喜王观有相夫人跳舞图》一铺，因指出：“可知有相夫人生天因缘，为西北当日民间盛行之故事，歌曲画图，莫不于斯取材。”其实汉地的情况，亦未尝不是如此。上述故事的完整形态，早在东晋、北魏时期已译入中土，至唐世又迭经《法苑珠林》与《诸经要集》等书的宣扬，而《珠林》与《要集》又是当时“大行天下”的读物。可以相信这一缘起在唐代，当同样有多种不同的表现形态在社会上并行地流布，而作为俗讲僧所掌握、依据的变文讲唱本，其间之情节取舍与叙事结构，也经常会有一些出入。可惜这些本子俱已失传，使我们无法看到它们的本来面目。而现存的这个五代敦煌三界寺僧戒净抄出的写本，仅仅是历史上淘汰残留下来的唯一的幸运儿，绝非演绎有相夫人故事“定于一尊”的“样板”，我们不能因为这个本子删去了佛经原型中间的两处情节，就认为当时所有本子的面貌一概都是这样。总而言之，在变文最发达的中唐时期，像长安这样一个寺刹林立、讲唱大德望风云集的地方，就一定会出现某些述说《欢喜国王缘》故事的讲唱文学底本，它们大体保持着佛经故事情节配置上的优点，而把上面提到的“恃宠”和“立誓”两项内容完好地包括在自己的叙述里面。从这些讲唱本中演绎出来的故事，其结构之臻于完整固不待言，也较能代表有相夫人生天因缘这一物语在唐代多数人中间流传的样子。明乎此节，我们就可以将《欢喜国王缘》这个变文故事，同《长恨歌》一诗贯通联系起来，从思想内容及故事情节结构上，认真地探索一下两者之间存在的渊源继承关系。

二

《长恨歌》问世于中唐元和初年，这正是唐王朝经过了安史之乱后整个社会骚动不宁的时刻，鉴于这首诗触及时代最敏感的问题，立即引起无数读者思想上的共鸣和强烈的精神反响。

《长恨歌》不是一首旨在深刻地揭露和解剖社会政治弊病的“讽喻诗”，也没有像杜甫的作品那样用巨大的现实主义笔触去描绘出壮阔的历史风云画卷。此诗之所以能成为“当时之人所极欣赏，且流播最广之作品”，主要还是靠它抓住现实生活中某些真人真事作为凭借，大胆运用超现实的想象和虚构，演绎出一个富有传奇色彩的通俗故事来打动读者心灵的。在这个传奇故事中，不但弥漫着浓重的悲剧气氛，亦明显地带有一种世俗化了的宗教意味。而其中之畅述主人公“人天生死形魂离合之关系”（见陈寅恪《元白诗笺证稿》第一章《长恨歌》），则尤其能引起一般市民群众和文人士子的兴趣。

《长恨歌》描写的通俗故事，其实并不是白居易本人的首创独造，而在诗人创制此诗之前，早就有一个内容与此大率相同的民间传说，流传于安史乱军蹂躏践踏之余的京师长安一带，并逐步蔓延到其他地区。白氏之执笔写作《长恨歌》，恰恰就是在这个民间俚俗传闻的基础上进行提炼和加工的。

关于《长恨歌》的这一来历，长时期来曾有不少学者作过探讨。例如清人赵翼《瓯北诗话》卷四论及白诗，即指出《长恨歌》中极意抒写的某些情节，盖“本非实事”，“特一时俚俗传闻，易于耸听，香山竟为诗以实之，遂成千古耳”。赵氏的这个看法，表现了高度的识见，不妨说是最早对《长恨歌》的创作问题提出有价值的推断。王运熙先生的《略谈〈长恨歌〉内容的构成》（载《复旦学报》一九五七年第七期）一文，则据明刻《文苑英华》附录《丽情集》与《京本大曲》之别本《长恨传》，证实白居易就是在长安附近仙游谷的游历途中，从友人王质夫的口述中听到这个民间传说后，遂因感慨而有《长恨歌》是诗之作的。考《丽情集》本《长恨歌传》，较白集中附于《长恨歌》前之传文稍繁，似更接近于陈鸿当时所作之原文，它提供的证据应当可靠。又钱锺书先生《管锥编》第二册关于《太平广记》部分之二一〇则，另据董逌《广川画跋》卷一《书马嵬图》转述《青城山录》的记载，及《广记》卷二〇《杨通幽》条，进一步钩稽出当时民间流传的明皇、太真故事的某些片断。至于近年，如马茂元先生和张安祖同志等，也分别在他们所写的论文中查考分析过若干史料，证明《长恨歌》这首诗，确是对风行于当代的一个民间传说的加工和再创作。

《长恨歌》故事来源于民间，已为确凿的事实所证明，但这不等于已经弄清了这个故事渊源由来的全部事实。如果我们将上述结论作为起点，继续刨根究底地找一下这个民间传说本身的来源，即可以考明其中演绎的一系列情节（包括它的整体艺术构思在内），又主要是从当时广大群众熟悉的变文故事中脱胎而来的。这种由此及彼的嬗变之所以有可能，从一般意义上说，一方面是由于李、杨这个传说孕育、诞生在许多无名作者的交口传授中，很自然地会体现出绝大多数民间传说互相“辗转钞袭”的特点，在一个故事里时常容纳着多量民间故事的成分（参见郑振铎《中国俗文学史》第一章《何谓“俗文学”》）。另一方面，也因为这时长安的变文讲唱正处于热烈繁荣的时期，某些由俗讲法师世俗化了的佛经故事，几乎深入到社会每个角落，而在潜移默化地干预着人们日常的精神生活。这些宗教故事有惊人的想象力，变演的情节新奇有趣，极符合世俗口味而常为群众所喜闻乐道，久而久之就往往成为另一些新生的民间故事学习和参照的榜样。从特殊意义上说，《欢喜国王缘》这一感伤意味极浓的变文讲唱，在这时对《长恨》故事之创作、形成起到关键的作用，还可以从中唐这一时期特定的悲剧气氛，和当时人对李、杨两人的感情评价中得到合乎情理的解释。

众所周知，《长恨歌》描写的这个民间传说，它的全部内容，都离不开“安史之乱”这一导致唐王朝由盛而衰的历史转折。就在这场广大人民惨遭荼毒的大变故中，发生在马嵬坡的兵变和杨玉环的死，是最使人感到怵目惊心而富有戏剧性的一幕,也在许多普通群众和知识分子精神上留下了深刻的伤痕。历史的进程居然提供出这样一个强烈的对比:昨天的明皇和贵妃还在香雾氤氲的深宫之中寻欢作乐,一转眼之间又备尝到生离死别的巨大惨痛。这一对帝、妃夫妇命运的剧变,当然很容易在饱经世乱沧桑的人们心中唤起一种世态无常的感喟。尽管从道义上讲,李、杨对这场灾祸的发生应负有重大责任,他们的不幸说到底还是自取其咎。但这样一件事情,放到封建时代世俗生活的圈子里去评判,特别是在众多市民和文人的心目中,感情的天平却总是倾向于同情的一面。当时已渗入整个民间生活肌体的佛教"业报轮回"观念,甚至比严肃地探讨国家治乱兴亡的原因更有支配人的力量。而且毋庸否认,像贵妃这样一位代表盛唐女性美的人间绝色,也颇能在人们的潜在意识中赢得较多的怜悯和宽恕。就在这种整个社会为一股感伤主义思潮所笼罩的情况下,杨玉环的死被普遍地看作象征着一个值得怀恋的时代已经过去,从这里不断地激发起人们怀旧和伤逝的情绪。《唐诗纪事》卷五十六云:"马嵬太真缢所,题诗者多凄感。"短短两句话就寓意深长地显示出了这一代人情胜于理的倾向。即使像天宝年间作《丽人行》讽刺过杨氏姊妹的大诗人杜甫,当他在沦陷中的长安听到贵妃惨死的消息,也噙着眼泪写下了《哀江头》这一感人肺腑的诗章。所谓"明眸皓齿今何在,血污游魂归不得",诗人怀着极大的同情,把"明皇仓卒蒙尘,马嵬惨变"描写为一个"两不相顾,一死一生"的悲剧(参见陈讦《读杜随笔》卷上)。生活在这一痛定思痛、长歌当哭的时代,要是有一些人想把李、杨的题材扩展成为一个传奇式的故事,无疑可以从《欢喜国王缘》中找到与它息息相通的联系。

《欢喜国王缘》这个变文讲唱,也是一个"两不相顾,一死一生"的悲剧。不但它感伤悱恻的抒情味与当时的思潮非常合拍,而且由于其中主人公遭罹的生死离别与人天阻隔之种种悲痛,同李隆基、杨玉环一样是他们自身的过失所铸成的。他们都是悲剧的制造者,又都是悲剧后果的直接承担者。许多熟稔于变文讲唱内容的群众,完全可以凭自己的生活经验和艺术联想,很敏锐地从欢喜王和有相夫人身上看到现实生活中李、杨的影子。鉴于如此,这个故事无论从它的题材、人物、情节，在中唐时代极容易触发起人们感时伤乱的情思而获得创作的灵感，也会很自然地把变文中那些藉助于宗教想象而构思出来的情节移栽到李、杨的身上，正是这种现实感遇和文艺作品欣赏体验的交融，时代思潮烙印和世俗观念影响的结合，终于造成《欢喜国王缘》变文被世人当做敷演《长恨》故事的一个最主要的蓝本，通过群众集体口头创作的俚俗传闻做媒介，把它成熟的艺术经验递送给了《长恨歌》这首诗。

只要用敦煌出土的《欢喜国王缘》写本做主要依据，并参考《杂宝藏经·优陀羡王缘》的记载，使之构成一个有相夫人生天因缘比较完整的形态，拿来和《长恨歌》所描述的故事内容进行对照研究，就会发现，《长恨歌》加工、提炼的这个风靡一代的民间传闻，竟有绝大部分情节内容是在附会《欢喜国王缘》的基础上形成的。这种影似、摹袭的情况，不啻表现在这首诗想象丰富的后半部，就是从它的前面一半，即人们通常所说的“写实”部分来看，也异常清晰地反映出它对变文有意模仿的痕记。

先从两个故事的开头说起。《欢喜国王缘》开宗明义有如下一番叙述：

> 谨案藏经说，西天有国名欢喜，有王欢喜王。王之夫人，名有相者。夫人容仪窈窕，玉貌轻盈，如春日之夭桃，类秋池之荷叶。盈盈素质，灼灼娇姿，实可漫漫，偏称王心。

这一段开场白叙事的次序，是首先讲欢喜王，再由欢喜王述及有相夫人，接着便描摹夫人容色仪态之美，以后又讲她如何得到国王的爱幸。作为整篇变文的引子，采用了佛经缘起和变文通常使用的直陈其事的方法，一上来就把作品人物的身份和他们之间的关系作出交代。介于这段说白之后，变文还进一步运用唱词来做渲染：“若论舞胜当如品，纵使清歌每动频，出入排房嫔彩乱，安存宫监惠唯新。”说明这位女主人公受到的恩宠，在欢喜王宫中没有一个人能与她伦比。再看《长恨歌》，也同样是采取这种直接敷陈的写法。此诗自首句“汉皇重色思倾国”至“始是新承恩泽时”止，大抵是属于故事的开头部分。其叙事的前后层次，亦是先从“汉皇”说起，然后由明皇涉及贵妃，以下描摹贵妃之绝顶美丽，又写她入宫以后马上得到明皇的眷眄。如果细加比较，还可以发现它们所叙述的某些很具体的细节，有时也是互为相应对称的。例如《欢喜国王缘》称有相夫人“盈盈素质”，《长恨歌》云杨玉环“天生丽质”；变文用“安存宫监惠唯新”显示夫人之受宠，诗歌则以“始是新承恩泽时”来形容贵妃之得意。浸透在这些描写里的，是一种对外在感受逼近的追求，和对于世态人情的亲切玩味，这恰好是俗文学所共有的东西。由此足以表明，《长恨歌》写的这个故事从它一开始，就是仿照着《欢喜国王缘》情节结构的内在逻辑来展现其自身内容的。

《欢喜国王缘》变文接下去的一段故事，主旨仍然是在讲国王对夫人的溺爱。“王之顾念，日夕不离椒房，旦暮欢于金殿。如斯富贵，可笑殊严。”有相夫人亦倚恃自己的宠遇，竟然置国法于罔闻，非要国王亲自为她弹琴不可。变文所做的这一些叙述，显然是被作为招集恶果的原因而与后来的悲剧之展开取得呼应的。在《长恨》故事中，也有这么一段衍叙与此性质相仿。从“云鬓花颜金步摇，芙蓉帐暖度春宵”，到“遂令天下父母心，不重生男重生女”，是这首诗又一个叙事段落。其叙述的重点，亦在表现李、杨于升平之世游宴无度，恣情极欲地追求世俗的享受，唐玄宗沉湎于声色之娱竟不惜荒废国政，杨玉环也满足于愚妄的荣华而活现出一副娇奢恃宠的情态。然而这两个人谁也没有料到，就在这种炫人眼目的纵乐生活中，却已经潜伏着祸乱的胚胎，无边的放荡终将酿成不测之变。正像释慧远在《明报应论》中所说的：“无明为惑网之渊，贪爱为众累之府，二理俱游，冥为神用，吉凶悔吝，唯此之动。”这些事迹在《长恨歌》的整体构思中，也同样是被作者当做招致灾殃的原因来加以描写的。唯有看到了这一点，我们才能理解，为什么这一段诗中“姊妹弟兄皆列土，可怜光彩生门户”这两句话，会与变文所谓的“如斯富贵，可笑殊严”那种清醒的冷诮语调也显得何其相似乃尔！

《欢喜国王缘》全篇的转折，是欢喜王观看有相夫人跳舞这一节。就在有相夫人举手而舞的一刹那，便立即出现一道“死相”宣告她的生命只剩下七天期限。所有的富贵荣华，连同她和欢喜王朝夕互相缱绻的爱情在内，都如烟消云散那样将迅速地变灭。从这里显示的人物命运的剧烈冲突，正是他们自身行为引起的矛盾发展到饱和状态，不得不采取残酷的破裂形式来寻求一种解决。《长恨歌》叙述到悲剧的骤然发生，亦有一段诗写道：

骊宫高处入青云，仙乐风飘处处闻。缓歌慢舞凝丝竹，尽日君王看不足。渔阳鼙鼓动地来，惊破《霓裳羽衣曲》。

这里叙述的一场惊天动地的大祸，不迟不早地恰恰发生在女主人公纵情欢舞的时刻，而她的身边也有一位观看、迷恋其优美舞姿的“君王”在。几乎无需再做证明，像这样极端影似、雷同的情节描写，显然是《长恨歌》故事的结撰者对《欢喜国王缘》的移植和附会。

任半塘先生《唐声诗》上编云：“《霓裳羽衣》之歌舞声容，被古今论者用作玄宗溺声色、招祸乱之一大象征，唐人诗歌于此寓讽刺者，不可胜计！”这说得非常中肯。但是这种很有意思的现象，究其始恐怕还是由《长恨歌》首先开了风气。要之在《长恨歌》问世以前，却从未有人将《霓裳羽衣曲》同玄宗之“溺声色”“招祸乱”这样直接地串连在一起。惟有经过《长恨歌》这一番移花接木的结撰之后，才演成一种固定的格式而被后来的诗人赋予特殊的象征意义。包括杜牧诗中“霓裳一曲千峰上，舞破中原始下来”（《过华清宫》），李商隐诗中“当日不来高处舞，可能天下有胡尘”（《华清宫》），这些旨在警动人心的咏史名句，其实都是有意无意地效仿了《长恨歌》的笔法。倘求索其更早的渊源，则亦可说是受到了有相夫人生天因缘关于女主人公跳舞一段描述间接的传递影响。

《欢喜国王缘》和《长恨歌》均着力于渲染故事中人生死离别的场面。变文讲到有相夫人得悉自己将不久于人世，顿时由欢乐的顶峰掉进了不幸的深渊，尽管欢喜王贵为一国之主，亦无法拯救、护持夫人使之免受厄运的摧折；有相夫人也徒有其“盈盈玉貌”，最终还得由她自己吞咽下这颗业报带来的苦果。变文有一段唱词说：“有相夫人报大王，盈盈玉貌也无常，倾国倾城人闻说，尚与国王有分离。”语近意浅，却道出了这种惨别离异场面所包含的真正理谛。与变文相比，《长恨歌》写到明皇与贵妃的诀别，则其情势愈为遽惶。诗云：

六军不发无奈何，宛转蛾眉马前死。花钿委地无人收，翠翘金雀玉搔头。君王掩面救不得，回看血泪相和流。

这一段可惨可悲的描写，主旨也在表现主人公“自食恶果”，用佛教因果报应的缘起来衡量，是属于其“核当果”的部分。《大般涅槃经》卷四十《憍陈如品》云：“若一笑一啼，当知一切悉从因缘。”《杂宝藏经》卷二《二内官诤道理缘》亦云：“佛语为实，自作其业，还自受报，不可夺也。”一旦大祸临头，虽有杨玉环这样“倾国倾城”的绝世丰姿，终究要用自己的生命和血泪来补偿自己作下的罪孽；而身为大唐天子的李隆基，面对着这种怛心惨目的景象，竟也只能无可奈何地掩面不忍观看而已。李商隐《马嵬》诗云：“如何四纪为天子，不及卢家有莫愁。”就是一针见血地写出了唐明皇这种无能为力的情状。而杨玉环在这时的处境，也正像《大宝积经》二十九《优陀延王会》一段偈颂中所说的：

昔同欢爱者，今于何所在，我独受其殃，而不来相救？由于先世中，自作如是业。

难怪《丽情集》本《长恨歌传》叙述到这里，会情不自禁地说：“呜呼！蕙心纨质，天王之爱，不得已而死于尺组之下。”这一饱含同情的感叹，把李、杨在“无常逼夺”下的恩爱离别讲得多么悲惨，而其中所说的“天王”云云，则明明是佛经故事和通俗讲唱中对帝王常用的称谓。我们把这一段故事同《欢喜国王缘》比较，确实不难发现其中包含着的佛教因果无常思想。

《长恨歌》演绎至女主人公之死，并不是整个悲剧的告终，而藉此在读者面前转现出一片虚幻迷离的天国疆土。它不仅意味着贵妃经过了灵魂的净化到达现世的彼岸，也是她和明皇两人不幸遭遇的进一步深化。从此以后，他俩就得像《欢喜国王缘》里那对贵族情侣一样，被某种冥漠神秘的力量分隔在人、天两个世界，各自在感情上陷入了怅恨绵绵的巨浸而不能自拔。民间层面的佛教主张灵魂再生说，认为一切众生都是循环往复地在天、人、阿修罗、畜生、饿鬼、地狱这“六道”中生死流传，像《长恨歌》写的这种所谓“人天阻隔”，受过“业报轮回”思想的影响是不成问题的。而且其中两个主人公所承担的这种痛苦，在佛教阐述人生之苦谛时也被称为“爱别离苦”。《出曜经》卷八《念品》说：“恩爱合会生愁忧苦恼。”《佛所行赞》卷二《车匿还品》说：“长夜集恩爱，要当有离别。”《法句譬喻经》卷三《好喜品》亦称“爱乐恣情”为“苦恼之本”。这两个人现时的困境，与这首诗歌前半部分描述的那种花团锦簇的生活相比，恰恰又是对他们往日“爱乐恣情”、逞欲无度惩罚的继续。如《法苑珠林》卷四十七《惩过篇·述意部》引《无量寿经》云：“苦乐之地，自身当之，无有代者。幽幽冥冥，别离长久，道路不同，会见无期。甚难甚难，复得相值”。《大目乾连冥间救母变文》云：“生死路隔，后会难期。”《伍子胥变文》亦云：“幽明路隔不相知，生死由来各异道。”一落到这悲惨的田地，纵有良心的发现和理智的苏醒，也已经追悔莫及。这真是俗语所讲的“一失足成千古恨，再回头已百年身”，他们就惟有含悲饮恨地去备尝这一“别离长久”而又“会面无期”的苦恼了。

自杨贵妃死到“悠悠生死别经年，魂魄不曾来入梦”两句，是《长恨歌》后半篇叙事的一个层次。这一段诗中牵合事情很多。但目的都是为了衬托玄宗失去贵妃后的感怆和转侧不宁。从此节物语演绎之生者与死者两方面关系的这条主线看，大致上亦是仿袭了《欢喜国王缘》变文的构思。就譬如，《欢喜国王缘》讲完有相夫人的死，只是用“生在天上，受诸快乐”简单两句话交代她的去处，随即把话题转到形容欢喜王的悲哀上来：

国主乍闻心痛切，朝臣知了泪摧摧。六宫惨切情何极，九族临丧尽悲哀。拣日择时便殡葬，凶仪相送塞香街。

这段唱词蕴蓄着极浓的抒情味，但究其实质性的内容，无非包括三方面：(一)讲欢喜王哀悼与感念之痛切；(二)讲由国王的痛苦转而引起朝臣、宫女的悲哀；(三)讲欢喜王如法殡葬有相夫人。变文在一一述完这几项内容后，旋即提醒大家，有相夫人生在天上转瞬“又过半年”，由此带出下面的讲唱。细揣《长恨歌》述及杨贵妃死，虽然没有随即交代出她的去向，但联系作品之后文，读者自能明了她已“往生天界”。接下来一长串诗，其中主要也是讲三方面的内容：(一)这一整段诗描写的中心，是极意形容玄宗的痛苦和思念；(二)诗云：“君臣相顾尽沾衣，东望都门信马归。”则明叙由于玄宗的悲哀，又转而引起他周围臣僚亦为之

“摧摧”泪下。《丽情集》本《长恨传》则云：“天颜不怡，侍儿掩泣。”说明这个故事在民间流传中原来也可能叙述到宫女的“惨切”；(三)诗中还讲到玄宗自蜀返京途中，至马嵬坡改瘗贵妃遗体的事迹。而以上一段故事和下一段故事之间的转变，也同样是通过“悠悠生死别经年”这一句表明时迁事异的诗来进行过渡的。

《长恨歌》以下一段绘写，旨在畅述方士为明皇求觅贵妃亡灵的经过，其间交替使用佛、道两家宗教幻想，故事情节之演变尤显得跌宕腾挪，非常引人入胜。关于这一段诗前后的内容，曾有一些学者企图从史实方面去探索其中的“微意”，如俞平伯先生在一九二七年写的《〈长恨歌〉及〈长恨歌传〉的传疑》(见俞先生《论诗词曲杂著》)一文，即从诗中推断出马嵬之变中杨贵妃可能没有死，明皇密遣方士到处寻访，后来在女道士院找到她，而“唐之女道士院迹近倡家”，贵妃或“不免有风尘之劫”，所以诗中颇有“弦外之音”。俞先生的这一论断甚不足信，其症结在于他把《长恨歌》视为一篇“诗史之巨擘”，而未尝看到它描写的是一个在变文讲唱影响下形成的俚俗传奇故事。细考这一段故事情节的来历，实得益于李夫人故事和《目连变文》的启示。关于汉武帝和李夫人的传说，在唐代仍流传不衰，它虽然属于记琐掇异的“丛残小语”，但其中涉及两个主人公某些生死形魂离合的内容，和《长恨歌》写的东西本来就很接近。陈鸿《长恨歌传》尝谓贵妃“举止闲冶，如汉武帝李夫人”，据此，陈寅恪先生曾多次强调它对白《歌》、陈《传》的影响。如白《歌》中“临邛道士鸿都客，能以精诚致魂魄，为感君王辗转思，遂教方士殷勤觅”四句，就是从李少君为武帝求致李夫人亡魂这一传说中蜕变出来的。至于《目连变文》，其中述及佛的弟子目连为寻访死去的母亲，凭借法力上天入地到处求觅，结果于“六道生死都无踪迹”。这一段变文故事，乃是《长恨歌》“上穷碧落下黄泉，两处茫茫皆不见”的真正来源。《目连变文》的故事原型，主要是《佛说盂兰盆经》，但上述一段升天入地的描写，其前身可以追溯到《撰集百缘经》卷五《目连入城见五百饿鬼缘》。这种多方面的借鉴择取与构思上的巧妙穿插，使《长恨》故事成为一篇精妙的佳构而增色不少，也表明这一传说在民间酝酿及流传中，确实经过了许多人的祖构、增饰和加工。

但尽管如此,《长恨歌》所演的这对中国贵族夫妇"人天阻隔"的故事,至此依然没有摆脱《欢喜国王缘》这主要蓝本的左右。当故事敷演至方士历尽周折,终于在海上蓬莱宫访得贵妃的仙踪,从女主人公亲口对这位使者的诉述中,忽然引出一段她生前与明皇在长生殿七夕"密相誓心"的回忆。这段久为世人津津乐道的情节,正好为我们探索《长恨歌》与有相夫人生天因缘的关系,提供了又一个非常有说服力的证据。

《长恨歌》中描述方士在蓬莱仙宫谒见贵妃的一段,是全诗风调最为优美而极能扣人心弦的笔墨。衔命而来的使者出现在"太真玉妃院",无疑使贵妃烦杂的心绪受到更大的搅扰。在经过一番通问款答之后,诗歌即以女主人公自述的口吻,写下了这么一段足以使普天下有情人为之感叹歔欷的至文:

> 含情凝睇谢君王,一别音容两缈茫。昭阳殿里恩爱绝,蓬莱宫中日月长。回头下望人寰处,不见长安见尘雾。惟将旧物表深情,钿合金钗寄将去。钗留一股合一扇,钗擘黄金合分钿。但令心似金钿坚,天上人间会相见。临别殷勤重寄词,词中有誓两心知。七月七日长生殿,夜半无人私语时。在天愿作比翼鸟,在地愿为连理枝。

以上这一长段诗,除前面几句抒泄贵妃对明皇的思念外,基本上都是围绕女主人公生前与明皇所立的一个誓约来写的。诗歌的整个情节发展到这里,就好像在原来顺势而涨的潮水中,突然加上一股回向的力而溅激起汹涌的浪涛,一下子使后半篇诗的感情升华达到了最高点。但问题在所谓李、杨"密相誓心",本来是一件虚无缥缈的事,这在现实生活当中绝无根据可找,如史家之指摘其"失实"固然是一种拘墟之见,而某些论诗家把它解释为方士回来欺诳玄宗的托词亦未必合理。这里面的全部奥秘,实际上也离不开《长恨》故事对有相夫人生天因缘的附会。

前面说过,一个结构完整的《欢喜国王缘》变文故事,应该把它故事原型中有相夫人与国王立誓的一节包括在内。有相夫人临终前,曾应国王的要求和他一起立下深誓大愿,答应生天以后一定再回来见他。这个誓愿,表明这一对夫妻热烈向往冲破人天生死的隔阂，好让他们的爱情摆脱时间空间的束缚而得到无限的延伸。等到夫人七日期满身死，果真“生在天上，受诸快乐”。事隔半载之后，因观想前世因缘，“具知本缘并与王誓，以先誓故，来诣王所”，于是萌动了一念之心下凡来报答国王昔日的恩爱。其结果，当然是像变文唱词中所说的那样：“王与夫人两不同，人间天上喜相逢。”一对被分隔在人、天两处的钟情者又会合在一起，本来充塞着悲剧意味的《欢喜国王缘》到此时就在“皆大欢喜”的气氛中拉下了帷幕。变文的这一些情节设置，对于《长恨歌》所起的感染影响是毋容忽视的，这主要表现在：第一，《长恨歌》在明皇、太真“悠悠生死别经年”之后，特意插入一段女主人公在天上回溯其生前的经历。这处补叙，就很能显示出变文中叙述有相夫人在天上“观想前世因缘”所呈现的特征。第二，诗中着意描写的“在天愿作比翼鸟，在地愿为连理枝”这个誓词，说穿了不过是有相夫人故事的那一个誓约的翻版。第三，陈鸿《长恨歌传》谓太真说完这段夙世因缘，以下又说她因自泣言：“由此一念，又不得居此，复堕下界，且结后缘。”《丽情集》本《长恨传》则云方士才向女主人公传达明皇给他的使命，贵妃即“退立惨然”，“忆一念之心，复堕下界”。以上两处记载稍有不同，但均能补充《长恨歌》的语焉不详。而这些描写，又显然是从变文有相夫人忆及“本缘”而萌动下凡的一念心移借过来的。第四，《长恨歌》中“天上人间会相见”一句诗，则明明白白地是套用了变文“人间天上喜相逢”这句唱词。变文末尾的唱词中亦云“净土天中还相逢”，上海图书馆藏甲卷本作“净土天堂会相见”，均可作为旁证。综綮上述四点，我们就有足够的理由认为，《欢喜国王缘》中有关立誓及此后有相夫人在天界观想前世因缘的一段描摹，也曾确定无疑地被后者拿过来作为借鉴、取法的榜样。

然而，《长恨歌》整个故事演述到最后，并没有像《欢喜国王缘》那样出现一个“人天会合”的大团圆结局。“天长地久有时尽，此恨绵绵无绝期”，这两句点明《长恨歌》全篇题意的诗，便意味着这一对夫妇需要久久饱尝这种互相辗转想念、但又彼此无法见面的痛苦。一直到故事结束，他们还是悲惨地分隔在两个不同的世界。诗歌的这一艺术处理，诚然已经跳出了一般消灾除患的变文在末了总要宣扬一番"因缘福德"的窠臼，也清楚地显示出这个贯穿始终的悲剧故事同时代保持着的联系。

众所周知，李唐王朝经过"安史之乱"这场浩劫，从此就失落了它早先的声威而显得一蹶不振。在这以后数十年间混乱窒息的政治局面，又导致任何一点"中兴"的理想结果总是归于破灭。对生活在这个时期的大多数群众和知识分子来说，他们忆念中的"开天盛世"毕竟已经一去不复返了，在其哀悼理想社会失去的同时，严峻的现实生活又迫使他们无法对前景进行乐观的眺望。整个大唐帝国气运之日趋衰薄黯淡，确是一件沉重地压在人们心头但又无可挽回的恨事。《长恨歌》作为一首"感伤诗"所以能激起如此巨大的反响，根本原因就在它通过李、杨这个具有象征意义的悲剧故事的叙述，传递和宣泄出了中唐整整一代人叹恨时世变迁的感伤情绪。这种从现实生活触发起来的思想冲突，是不可能简单地用某些宗教慰安内容来取得调和的，《长恨》故事到最终保持一个悲剧的结局，无疑是它的作者忠于客观实际生活的表现。正因为如此，尽管这一故事在极大程度上受到过变文和佛经缘起的濡染熏陶，差不多它的整个艺术构思都是贯穿着因果缘起和苦空无常的人生观，的确从它的母胎里带来许多佛教意识形态的斑记，但是它终究还是反映了它所赖以产生的那个时代。人们从这个"时俗讹传"的故事中，可以清晰地感受到一个巨大的封建王朝由极盛转向顿衰的气象。

中唐元和年间的诗人，几乎都受到过"安史之乱"余波的震荡，而惟独酷爱民间文学的白居易，凭着他对现实生活的体验和他过人的敏感，很及时地从这个被雅士们斥为浅薄的世俗感伤故事中发现了它深邃的意义，经过他的精心提炼，写出了《长恨歌》这首不朽之作。诗人作为一个诚挚的歌手，运用他天才的艺术笔锋去拨动时代的琴弦，从而在千百万读者的心灵上荡起了时久不息的回声。这篇号称"独出冠时"的杰构，兼融诗歌与变文之长，体现着外来文化影响与本民族文化传统的结合。它通过描绘一个在中国文学史上很少表现的一对贵族夫妇由自身原因所造成的命运悲剧，把抒情和叙事浑然无间地交织在一起，又在超尘陟天的浪漫幻想中充溢着世俗社会的人情味。因此从它问世之日起，就以一种过去还未曾有过的姿态，在姹紫嫣红的中国诗苑里放出异样的光辉。虽然后代也有一些论诗家出于雅俗判别的成见，曾经对它作过严厉的贬斥和讥评，但《长恨歌》毕竟获得了最大多数读者的喜爱，并且伴随着中国封建社会后半期浪漫、感伤和世俗文学的洪流，把它深远的影响一直传到元代白朴的《梧桐雨》杂剧，清代洪升的《长生殿》传奇，吴伟业的《永和宫词》和《圆圆曲》。甚至于近代王闿运写的《圆明园曲》等作品，还继续不断地在发扬着它的余韵和声彩。

根据以上的论述，证明《长恨歌》这首脍炙人口的杰作出现在文学艺术高度发展的唐代，确有广泛纵深的思想文化背景，同当时方兴未艾的通俗讲唱文学发生过极密切的关系。特别是它叙述的这个美丽曲折、又掺杂着佛教因果报应和诸行无常思想的故事，则十分明显地受到了《欢喜国王缘》《目连变》等一些变文讲唱的影响，其文学渊源可以追溯到印度佛经中的有相夫人生天缘起和关于目连的若干传说。从这一演进嬗变的全过程中显示出来的复杂的多层次关系，反映了古代印度人民所创造的一些文学故事，是怎样通过佛教东传和佛经翻译而逐渐为中国读者接触和了解，以后又借助于变文的弘宣和群众的广为传扬，终于把它们特有的精神面貌刻烙在一首中国文学史上流播最广的诗作上面。这也说明《长恨歌》不仅是佛教深刻影响于唐代文学的一个典型例证，也是中印两大民族文化交流之树上结出的一大耀眼的硕果。

如果我们撇开《长恨歌》中隐含着的佛教因果业报思想，把视野更扩大一点，那末从这首诗所表现的一对贵族夫妇悲欢离合的题材来看，就可以在悠久的印度文学史上找到它更早的渊源。早在梵语文学黎明时代产生的两大史诗，即《摩诃婆罗多》和《罗摩衍那》，其主要部分就是描述演绎这样的物语。例如《摩诃婆罗多》中间《那罗传》所述的国王那罗和王后达摩衍蒂的故事，同书《莎维德丽传》中叙述的瞎眼国王王子和莎维德丽的故事，《罗摩衍那》中叙述的国王罗摩和王后悉达的故事，都是在展现人物巨大命运簸荡中去描写这些贵族男女之间各种曲折的遭遇，赋予主人公以坚守信义和誓死不渝的精神品质。印度早期史诗中呈现的这种叙述故事上的特点，对于产生在次大陆的佛经文学故事和迦梨陀娑《广延天女》《沙恭达罗》、苏般度《仙赐传》这样的作品，其影响之深固然是无需怀疑的，而且还随着印度和境外的文化交流与希腊、波斯的文学交互取予。西方的学者温德尼兹(M.Winternitz)在一九二三年写成的《印度文学和世界文学》(见金克木《印度文化论集》附录)一文，就指出印度《佛本生经》某些情节结构上的特点，也同样呈现在《Antigone》等一些希腊悲剧中间。从印度的西邻波斯历史上留传下来众多的文学故事看，亦有相当大的一部分是演述一对贵族男女的爱情和聚散离合。而《长恨歌》这首摄取过印度文学滋养的中国的诗歌，又曾经对日本文学发生过特别重大的影响。我们阅读日本两大古典小说《源氏物语》和《平家物语》，就可以发现其中也演绎了不少与李、杨遭遇相仿的古代日本贵族男女生死悲欢离合的故事，其中有"在天愿作比翼鸟，在地愿为连理枝"的盟誓，也有"芙蓉如面柳如眉，对此如何不泪垂"那种物是人非的感触。至于《源氏物语》的第一回《桐壶》，就更是有赖于《长恨歌》而成立的。日本学者丸山清子即指出，循着《源氏物语》贯穿全书主题的线索，通篇都能发现作者从《长恨歌》中汲取影响的痕迹。如果我们注意对这些现象做点综合的研究，则未尝不可从欧亚大陆一直到日本的各国文学发展道路中，寻找和揭示出它们之间的相互关连和一些带有共同性的东西。

1985 年 5 月

附记：兹文写作期间，曾就涉及的梵文问题向香港中文大学饶宗颐教授请教，承饶先生多次热情指点，俾笔者获益良多。文中关于 Divyāvadāna 的述介，则完全是根据饶先生的提示写成的，谨志谢意。

原载《复旦学报(社会科学版)》1985 年第 3 期，此据陈允吉《佛教与中国文学论稿》，上海古籍出版社 2010 年版。

柳宗元的佛教宗派意识与文人的佛教接触

陈引驰

中唐时代，中国本土兴起的佛教宗派大抵皆已建立。中唐文人对佛教宗派的姿态，一般而言，与身在佛教内部的信徒不一样，基本不太在意其间的种种异同。葛兆光教授曾经指出："中唐时代佛教的宗派门户极多，彼此间也党同伐异互不相让，但是文人士大夫一般很少介入这种纷争，他们不是虔诚的宗教徒，也不承担对某一宗派的责任，在宗教信仰上他们是自由的……大多数文人对于佛教是相容并蓄的。"①

以此为基点，观察柳宗元的佛教宗派意识，其既有合于当时文人的一般的一面，也有异于他人而显得特别的一面。

一、儒释关系之折衷

传统中国文人基本的人生自我定位是儒家，佛、道二教，在他们的心灵世界中，大抵处于附庸而非主流的地位。三者之间，在坚持儒家本位的基础上，适度地容受佛、道观念，是比较普遍的情形。

柳宗元正是如此一个在精神和思想世界中，显示出相当包容性的人物。

早在长安时期，柳宗元即已表示相容儒、释的意见。贞元后期《送文畅上人

① 参《中国禅思想史》，北京大学出版社 1995 年版，第 341—342 页。

登五台遂游河朔序》[①]，称与当时文士交往甚密的文畅上人，将能承担“统合儒释，宣涤疑滞”的使命。“统合儒释”，可谓是柳宗元对待儒释关系的基本立场。

永贞之后，柳宗元贬永州。他写有《送元十八山人南游序》，其中所表达的观点，与韩愈《原道》等篇对老、释等的排斥可谓针锋相对：他以明确的口吻赞赏元十八“为学恢博为贯统”，“取向之所以异者，通而同之，搜择融液，与道大适”，“要之与孔子同道，皆有以会其趣”（第 662—663 页）。柳宗元后著《送僧浩初序》（《柳集》第 673—674 页）一文，更是直接回应韩愈，为自己对待佛教的态度做辩护。

这样的姿态，直到再贬柳州时依然如此。元和十年（815）的《曹溪第六祖赐谥大鉴禅师碑》（149—151 页）中论曰：“孔子无大位，没以余言持世。更杨、墨、黄、老益杂，其术分裂。而吾浮图说后出，推离还源，合所谓生而静者。”他所给出的思想史图景，在韩愈看来该是多么惊人：孔子之后，儒学由于诸异学而分裂，但真正得“推离还源”的竟然是佛说！

既然在三教之间都无所谓排他性的态度，在佛教内部的各宗派之间，理应更谈不上这样的排他性立场了。然而实际情形如何呢？

二、天台净土之关涉

柳宗元关涉显著之佛教宗派，大抵有天台、净土和禅。

柳宗元服膺天台。他在永州的最初数年即自贬至永州之永贞元年十一月至元和五年，寄居佛寺。[②]龙兴寺重巽属天台法统，为九祖湛然再传

① 此文钱仲联《韩昌黎诗系年集释》卷五定“贞元十八年所作也”（上海古籍出版社 1984 年版，第 585 页）。这大约是依据该文“天官顾公”下注语“贞元十七年，顾少连为吏部尚书，吏部，乃大官也”一句而来的，而《柳宗元集》校勘记据《旧唐书》卷十三《德宗纪》改作“十七年”（中华书局 1979 年版，第 670 页。以下引文俱依此本，随文给出页数，不复出注）。

② 《永州龙兴寺西轩记》：“永贞年，余名在党人，不容于尚书省。出为邵州，道贬永州司马。至则无以为居，居龙兴寺西序之下。余知释氏之道且久，固所愿也。”（751 页）柳宗元移居愚溪（《与杨诲之书》有“方筑愚溪东南为室”之语，848 页），在元和五年十一月前（《与杨诲之第二书》谓杨“复去年十一月书”，849 页）。

弟子[①]，柳宗元与其关系极密，集中有《酬巽上人以竹间自采新茶见赠》《巽公院五咏》等(1136 页及 1234 页以下)。柳宗元与天台僧人交往，还可见《送琛上人南游序》[②]，文中以赞赏的口气言及琛上人“观经得‘般若’之义，读论悦‘三观’之理”，这里所谓的“三观”，应即是天台所谓假、空、中“一心三观”之义。尤其《岳州圣安寺无姓和尚碑》中有“佛道逾远，异端竞起，唯天台大师为得其说”之语，最可显示出柳宗元的宗派认同。宋代，柳宗元被列入了天台法嗣之中，《佛祖统纪》卷十将他列为“荆溪旁出世家”之“四世”。[③]

柳宗元的净土观念，据《永州龙兴寺修净土院记》(754—755 页)，与其佛教宗派的基本取向有关，“晋时庐山远法师作《念佛三昧咏》，大劝于时。其后天台颉大师著《释净土十疑论》，弘宣其教。周密微妙，迷者咸赖焉”，而永兴寺的重巽“修最上乘，解第一义。无体空折色之迹，而造乎真源；通假有借无之名，而入于实相。境与智合，事与理并。故虽往生之因，亦相用不舍”，“以《天台十疑论》书于墙宇，使观者起信焉”。显然，柳宗元对净土的关切，是在天台背景之下表达出来的。

柳宗元与净土宗僧人关系最为密切的例子，见诸《南岳弥陀和尚碑》(152—154 页)。文中述及的法照是净土名僧，曾在庐山修念佛三昧，大历初在衡山，从承远和尚，创五会念佛之法，大历四年(769)八月十三日出发赴五台山，次年四月五日抵达[④]，后被唐代宗迎至长安，尊为国师。因为他的缘故，其师弥陀和尚承远得到了天子的礼敬。柳宗元虽然没有机会见到法照[⑤]和承远，但他近在

---

① 《佛祖统纪》卷十“荆溪旁出世家”之“三世”列“龙兴重巽法师”，其“二世”有“云峰法证禅师”，为重巽所师，见柳宗元《南岳云峰寺和尚塔铭》云：“余既与大乘师重巽游，巽，其徒也。”(166 页)

② 该文亦作于永州，文中称琛上人“自京师而来，又南出乎桂林，未知其极也”(681 页)，故当作于永州而非柳州。

③ 这显然是因为重巽的关系，其脉络即湛然、法证、重巽、柳宗元。

④ 赞宁《宋高僧传》卷二十一《法照传》，中华书局 1987 年版，第 538—539 页。

⑤ 赞宁《宋高僧传》传法照至“大历十二年九月十三日”止，其后但云：“照后笃巩其心，修练无旷，不知其终。”陈垣《释氏疑年录》卷四因以为大历十二年后卒；其确定年份不可知。无论如何，柳宗元与他不会有直接关联。

衡岳，对他们的净土佛学应该是有相当了解的。①

柳宗元另外有一篇涉及净土法门的文字是类乎寓言的《东海若》(565—567页)。太虚《中国佛学》尝称此篇“久为净土宗奉为重要文献”②，文末“陈西方之事”“修念佛三昧”云云，无疑强调净土法门。然而，文章的主要指涉却似别有所在。该文前半部分是一个造设的寓言，东海若杂海水、粪壤于二瓠之中，一瓠恬然自以为所包容者即是大海，一瓠则急于请东海若荡涤污秽；后半部分对应刻画两位元修习佛法者，其一有心修行，达到“极乐之境，而得以去群恶，集万行，居圣者之地，同佛知见矣”。而另一位终处污浊，因其自以为“我佛也，毗卢遮那、五浊、三有、无明、十二类，皆空也。一也，无善无恶，无因无果，无修无证，无佛无众生，皆无焉，吾何求也”，此一观念显然与当时新的禅学观念有关，对此，柳宗元透露出强烈的批判意识。

三、中唐新禅风批判

柳宗元表达了自己特别见解的是禅。

(一) 禅宗的新风尚

禅宗到中唐时期，发生了重要变动。

《续高僧传》卷十九《菩提达摩传》记载达摩主张通过壁观坐禅使原初真性复归清净：“含生同一真性，客尘障故，令舍伪归真，凝住壁观。”道信更将以往对于佛性的追求明确归于对自心的修行，提出：“离心无别有佛，离佛无别有心。

---

① 《南岳弥陀和尚碑》记载承远“贞元十八年七月十九日终”，有注者以为：“公贞元十八年为蓝田尉，和尚死于七月十九日，此碑盖七月后作也。”(题下引韩醇注，第153页)但这是未必的。当时衡岳僧人何以远求柳宗元作碑的理由，似乎是不充分的。而参以南岳大明寺律和尚“贞元十三年十一月十一日卒”，而元和九年柳宗元撰碑(170页)；南岳云峰和尚法证“贞元十七年九月十七日终”，而柳宗元因其徒重巽“亟为余言，故而为铭”(165—166页)；南岳般若和尚日悟“贞元二十年正月十七日化”，而元和三年柳宗元撰碑并书(168页及167页题下注)等例，则《南岳弥陀和尚碑》作于永州时期的可能性是颇大的。

② 太虚《佛学入门》，浙江古籍出版社1990年版，第121—122页。

念佛即是念心，求心即是求佛”，“当知佛即是心，心外更无别佛也”（《楞伽师资记》）。他的法嗣弘忍继续的也是这一路向：“譬如世间云雾，八方俱起，天下阴暗。日岂烂也，何故无光？光元不坏，只为云雾所覆。一切众生，清净之心，亦复如是。只为攀缘妄念，烦恼诸见，黑云所覆。但能凝然守心，妄念不生，涅盘法性，自然显现。”（《最上乘论》）如何修行的法门，道信和弘忍大抵仍持坐禅形式而以守心为要，也就是说，佛性虽然是内在的，但染净的区别依然存在，因而在成佛的实践方面，关键依然在通过去染而后就净。

到了慧能，虽则也与以往的禅门大师一样，同意人心中有染净之别：“一切法，尽在自性。自性常清净。日月常明，只为云覆盖，上明下暗，不能了见日月星辰。忽遇惠风吹散，卷尽云雾，万象参罗，一时皆现。世人性净，犹如清天，惠如日，智如月，知惠常明。于外著境，妄念浮云盖覆，自性不能明。”（《坛经》）但在他看来，去染就净的看心功夫不是主要的，关键是要认识到自性的清净；而要认识到自性的清净，关键在于不起妄念妄心，以致遮蔽清净本性，用《坛经》的话说就是“无念”：“于一切境上不染。”在他看来，观心而求清净也是一种染著：“若言看心，心元是妄，妄如幻故，无所看也。若言看净，人性本净，为妄念故，盖覆真如，离妄念本性净。不见自性本净，起心看净，却生净妄。……净无形相，却立净相，言是功夫，作此见者，障自本性，却被净缚。……看心看净，却是障道因缘。”这也就是说不起妄念，“见性”（识得自性原是清净）即是修行了。所以他对坐禅做了如此解会：“于一切境上念不起为坐，见本性不乱为禅。”可以说，虽然慧能等持定慧等学的观念，但是其实是向慧一方面倾侧的。菏泽神会继续的是慧能的路向。他告知王维的所谓“众生本自心净。若更欲起心有修，即是妄心，不可得解脱”，就是上面引述的慧能的意见。在神会看来，“若人见本性，即坐如来地”。[①]这样的清净本性原来具足，不须修行去染而显净，而只须自知自识而不以妄念覆盖的观念，至少还是认可本性中净染并存的，承认存在清净为尘染

① 《南阳和尚问答杂征义》，见杨曾文编校《神会和尚禅话录》，中华书局1996年版，第81页。

遮蔽的问题。

随着禅宗更进一步的发展，到中唐洪州禅这里，乃至认为此心即是佛性，“平常心是道”，这个平常心是泯灭一切对待的：“何谓平常心？无造作，无是非，无取舍，无断常，无凡无圣。”（《马祖禅师道一语录》）更重要的，平常之心即是清净心，即是“佛性全体”（《中华传心地禅门师资承袭图》），它是无论净染善恶的：“不取善，不舍恶，净秽两边，俱不依怙。”（《祖堂集》卷十四）从而将净、染的区别完全打破，成为自达摩直至慧能以来禅学的一大变化。既然这一平常心就是清净心，因而一切作为都是佛性的显示，也就都是合道的：“只如今行住坐卧，应机接物，尽是道。”（《马祖禅师道一语录》）“起心动念，弹指动目，所作所为，皆是佛性全体之用，更无别用。全体贪嗔痴，造善造恶，受乐受苦，此皆是佛性。……不起心断恶，亦不起心修道。道即是心，不可将心还修于心；恶亦是心，不可将心还断于心。不断不造，任运自在，名为解脱人。”（《中华传心地禅门师资承袭图》第二）

这样，禅宗发展到这时，由通过禅坐等功夫在心性中去染就净，到顿悟自性清净而不必起念修心的“无念”“见性”，最后到了因为本心净染一如无差别而无不可为且无不合道的境地，禅僧可以不再念经、不再坐禅、可以作诗、可以无所事事，乃至“贪嗔痴”“造恶”，真是达到了全无拘束的彻底解放。

中唐时洪州禅一枝独秀，它所引领的随缘任运的生命哲学在当时的文士中引起了强烈的反响。与白居易之将洪州的精神与他素所信奉的老庄道家哲学融合为一，在自己的生命途程之中实践着这一新的禅风不同，柳宗元是持激烈的反对态度的一位。

（二）柳宗元的批判

柳宗元（773—819）早年就接触佛教，据《送巽上人赴中丞叔父召序》自述：“自幼好佛，求其道，积三十年。”（671 页）该文是重巽应湖南观察使柳公绰之召前往时所作，而柳公绰任此职在元和六年（811）之后①，那时柳宗元年近四十。

① 参《旧唐书》卷一六五《柳公绰传》。

这样，逆推上去，他接触并且修习佛教应该始于十岁左右。

柳宗元幼年在长安度过，其父柳镇游宦各地。德宗建中年间（780—783）的战乱中，柳宗元南下父亲所在的夏口；当时柳镇在鄂州刺史李兼幕府。贞元元年（785），李兼转任洪州刺史，少年柳宗元也就随同父亲来到洪州。李兼信奉佛教，非常礼重马祖道一；李兼幕下有许多杰出人物，皆与佛教尤其洪州禅有密切关联。如权德舆后作马祖道一《塔铭》，可谓马祖在家弟子。李兼女婿杨凭亦信佛，曾对如海禅师“尊师之道，执弟子礼”（柳宗元《龙安海禅师碑》）。所以，柳宗元少年时代就与洪州禅学有了切近的接触；后来他与洪州禅僧始终有交往。贞元末年在长安，柳宗元曾作《送文畅上人登五台遂游河朔序》，文畅上人喜为文章，与文士多有交往，据《宋高僧传》卷十一《普愿传》，文畅在普愿圆寂之后与“九百人，皆布衣墨巾，泣血于山门”，而普愿是马祖的弟子，那么文畅应该算是马祖的再传弟子了。永州时，柳宗元与禅僧文约“联栋而居者有年”。①

然而对当时禅宗的状况，尤其以洪州禅为代表的新禅风，柳宗元明确予以否定。

(1) 关于“南北相訾”

元和三年（808），柳宗元在永州作《龙安海禅师碑》（159—161 页）。如海在当时的湖南甚有声望，碑文引述如海禅师语，以为当时南、北宗之争有损佛道：“由迦叶至师子，二十三世而离，离而为达摩；由达摩至忍，五世而益离，离而为秀、为能。南北相訾，反戾斗狠，其道遂隐。”于是如海“北学于惠隐，南求于马素”②，在兼学南北的基础上，如海作《安禅通明论》试图加以沟通。柳宗元对于如海的见解深抱同情，文中对禅宗放逸风习更有尖锐批评：

> 佛之生也，远中国仅二万里；其没也，距今兹仅二千岁。故传道益微。

---

① 参刘禹锡《赠别约师引》，《刘禹锡集》，中华书局 1990 年版，第 399 页。

② 惠隐是北宗神秀弟子降魔藏之徒，马素即牛头宗大师鹤林玄素。《宋高僧传》卷九《玄素传》：“释玄素，字道清，俗缘马氏……后人多以俗氏召之曰马祖，或以姓名兼称曰马素是也。”（赞宁《宋高僧传》，中华书局 1987 年版，第 202—203 页）

而言禅最病。拘则泥于物,诞则离乎真,真离而诞益胜。故今之空愚失惑纵傲自我者,皆诬禅以乱其教。

显然,这是基于柳宗元自己观感的批评;而这一批评的重点在于禅风的“诞”,也就是习禅中诞妄无拘的风气。显然,这针对以洪州为代表的新禅风。

(2) 关于“今之言禅”

具体指斥新禅风的言论,见于永州时另一篇文字《送琛上人南游序》(680—681 页):

今之言禅者,有流荡舛误,迭相师用,妄取空语,而脱略方便,颠倒真实,以陷乎己,而又陷乎人。又有能言体而不及用者,不知二者之不可斯须离也。

其所批评的“妄取空语”“脱略方便”“能言体而不及用”,都是当时新禅风的表现:“妄取空语”是指禅僧不以身体力行的修行为要而徒以言辞诱导和悟解为高,这与禅宗传统上对文字语言的谨慎态度恰相违逆;“脱略方便”是说不复如禅学旧传统中的“方便通经”,完全抛弃了“藉教悟宗”的途径;[①]至于“能言体而不及用”所谓的“体”“用”,大约分别指清净的心性和拭去尘垢的作为[②],洪州禅以为既然此心就是佛心,那么就无须去染就净,一切作为皆是佛性作为,正是这种只讲是否悟道、识得本心,而不顾修行的禅风,招致了柳宗元的批评。

(3) 关于“小律去经”

柳宗元的佛学观念中,为洪州禅抛弃的持律、读经这两点非常重要。元和九年(814)作的《南岳大明寺律和尚碑》(170—171 页)曾明言:“凡浮图之道衰,其徒必小律而去经。”

关于持律,《南岳大明寺律和尚碑》论曰:“儒以礼立仁义,无之则坏;佛以律

① 禅门“方便通经”的疏理,参龚隽《中国禅宗历史上的“方便通经”——从 6 到 9 世纪》,见所著《禅史钩沉》,生活·读书·新知三联书店 2006 年版,第 182—261 页。

② 由宗密对洪州禅的形容:“起心、动念、弹指、磬咳、扬扇,因所作所为,皆是佛性全体之用。”(《圆觉经大疏钞》卷三之下)可见所谓“用”,是指种种作为。

持定慧，去之则丧。是故离礼于仁义者，不可与言儒；异律与定慧者，不可与言佛。”将佛教的律与儒家的礼相比拟，突显其重要性。柳宗元所撰僧人碑文，多涉及持律谨严、主持戒坛者，如：云峰寺法证“凡莅事五十年”（163 页）[①]，“度者凡五万人”（164 页）[②]，刘禹锡列数衡山律门大师时特别突出了法证的地位，“南方之人剽而轻，制轻莫若威仪，故言律藏者宗衡山”，“南岳律门以津公为上首，津之后云峰证公承之，证之后湘潭俨公承之”；[③]般舟和尚日悟“登坛莅事，度比丘众，凡岁千人者三十有七”（167 页）；大明寺律和尚惠开“大历十一年始登坛为大律师”，“化人无疆”，“凡主戒事二十二年”（170、171、172 页）；衡山中院希操“掌律度众者二十六会”（173 页）。又如《岳州圣安寺无姓和尚碑》之撰作，乃因其弟子“怀远师自长沙以传来，使余为碑”（《碑阴记》，158 页），而这位怀远“居长沙安国寺，为南岳戒法”（《碑》，156 页）。

关于读经，《送巽上人赴中丞叔父召序》[④]曰：“且佛之言，吾不可得而闻之矣。其存于世者，独遗其书。不于其书而求之，则无以得其言。言且不可得，况其意乎？”《送琛上人南游序》阐说得更为详尽：“佛之迹，去乎世久矣！其留而存者，佛之言也。言之著者，为经。翼而成之者，为论。其流而来者，百不能一焉。然而其道则备矣。法之至，莫上乎‘般若’；经之大，莫极乎《涅盘》。世之上士，将欲由是以入者，非取乎经论，则悖矣！”

在柳宗元看来，佛陀本人的教诲不可得而闻，因而只得由所传的经论来了

---

① 此所谓“莅事”当即指登坛为律师度众，参下文引般舟和尚“登坛莅事，度比丘众”可知。又《塔铭》记载其“为竺乾道五十有七年，年七十有八，贞元十七年九月十七日终”（165 页），则法证生于开元十二年（724），出家为僧在天宝四载（745），登坛度众始于天宝十一载（752）。

② 法证度众之多令人惊叹，而柳宗元碑文及塔铭中一再言及其为律师之德行：“有来受律者，吾师示之以尊严整齐，明列义类，而人知其所不为”（163 页），“由其内者，闻大师之言律义（“义”，《佛祖历代通载》作“仪”，参《柳宗元集》第 167 页之校语），莫不震动悼惧，如听誓命”（166 页）。

③ 《唐故衡岳律大师湘潭唐兴寺俨公碑》，《刘禹锡集》，第 53 页。柳宗元对衡山律门的记述则有所不同，《南岳般舟和尚第二碑》云：“佛法至于衡山，及津大师始修起律教。由其坛场而出者，为得正法。其大弟子曰日悟和尚，尽得师之道，次补其处，为浮图者宗。”（167 页）

④ 海禅师“元和三年二月九日没”，则碑当作于此后；而《送巽上人赴中丞叔父召序》作于柳公绰出任湖南观察使在元和六年之后，是故《碑》当在《序》前。

解;在某种程度上,这与儒家宗经观念也是一脉相通的。柳宗元之推重琛上人,一个原因,就是他"观经""读论":"观经得《般若》之义,读论悦'三观'之理。昼夜服习而身行之。有来求者,则为讲说。"另外在《南岳云峰寺和尚碑》及《塔铭》中也可以看出柳宗元对于持律、读经的重视。此碑及塔铭,旧注以为:"和尚死于贞元十七年九月,葬以十月。其年秋,公方调蓝田尉。此碑及塔铭皆同时作。"(163 页《碑》题下引韩醇注)然据《塔铭》"余既与大乘师重巽游,巽其徒也,亟为余言,故为其铭"(166 页),则当成于贬永州与重巽交后,所以体现的是这一时期的观念。他所称扬于这位南岳衡山云峰寺法证和尚的即是他身为律僧,宣讲律义,又"每岁会其类,读群经,俾圣言毕出,有以见其大"(164 页),"广阅群经,则理得其深"(166 页)。柳宗元记述无姓和尚时,也特别提到他"读《法华经》《金刚般若经》,数逾千万"(156 页《岳州圣安寺无姓和尚碑》)。这样对经典的重视,与前文提及的柳宗元对当时"脱略方便"的风气的批评,恰是相应的。

四、宗派意识之背景

唐代文人接受佛教的影响,基本由于特定的家世、交游、环境等影响。这在很大程度上是随缘的,那么不同的机缘之下,他们承受不同宗派的影响,而表现出对各宗派的相容,也就是可以理解的。

(一) 佛教关涉之若干途径

首先,在柳宗元的具体例子中,就是他家庭的佛教背景。如前所述,柳宗元在十岁左右就浸润在家庭佛教气氛之中。

其次,交游的氛围也是很重要的一个方面。比如在长安时期与文畅、浚上人、灵彻①的交往,有文士群体活动的背景;贬谪时期与刘禹锡之间共同的僧人

① 柳宗元在柳州有《韩漳州书报彻上人亡因寄二绝》之一有"早岁京华听越吟"句,是在京时有交往也。

朋友如元暠、文约、方及等,也都是明显的例子。

再次,柳宗元佛教意识成长,受到所处的周边环境的影响。前文提及他之重视佛教戒律,与他所撰僧人碑文中多持律谨严、登坛度众者,或许有关。如果稍细考察柳宗元有关佛教的文字,似乎更可以加强这样的认识。

(二)佛教文字之撰作时间

柳宗元关涉佛教的文字,大部分是在永州时撰作的。

首先,看碑。

除《曹溪大鉴禅师碑》明确作于元和十年之后的柳州外,其余诸篇说明如下:

《南岳弥陀和尚碑》。韩醇注以为贞元十八年七月承远和尚卒后作;但很可能亦为永州时期作品,前文注语之中已有说明。

《南岳般舟和尚第二碑》。日悟“贞元二十年正月十七日化”,而据题下注,碑为“元和三年十月二十九日僧景秀立”,碑文提及“有弟子曰景秀,嗣居法会,欲广其师之德,延于罔极,故申明陈辞,俾刊之兹碑”,则撰碑时当不远于立碑时,故当是柳宗元在元和初年永州时期之作。

《龙安海禅师碑》。海禅师“元和三年二月九日而没”,其弟子“浩初等状其师之行,谒余为碑”,而《送僧浩初序》作于元和四年李础东都省父归来后,则此碑或即作于此两年间。

《岳州圣安寺无姓和尚碑》及《碑阴记》。据《碑阴记》“弘农公自余杭命以行状来,怀远师自长沙以传来,使余为碑”,而据注杨凭为杭州长史在元和四年之后,则碑之撰年在此后无疑。

《南岳大明寺律和尚碑》及《碑阴》。《碑》云:“元和九年正月,其弟子怀信、道嵩、尼无染等,命高道僧灵屿为行状,列其形事,愿刊之兹碑。”则碑当作于此时。

《南岳云峰寺和尚碑》及《塔铭》。《塔铭》曰:“余既与大乘师重巽游,巽,其徒也,亟为余言,故为其铭。”则准确时间虽不能定,但作于永州时无疑。

《衡山中院大律师塔铭》。希操乃衡山重要的律师，但塔铭中没有准确记载他的生卒年代，也没有透露有关撰写时间的消息。《塔铭》有关希操生平但言："没年五十七。既没二十七年，弟子诚盈奉公之遗事，愿铭塔石。公咎姓，凡去儒为释者三十一祀，掌律度众者二十六会。"(173 页)[①]希操登坛之年，检《宋高僧传》卷十一《唐南阳丹霞天然传》："少入法门……谒见石头禅师……后于岳寺希律师受其戒法……长庆四年(824 年)六月……卒，春秋八十六。"[②]据此，天然之生年在开元二十七年(739)；因其"少入法门"，则受具足戒当在二十左右，即乾元元年(758)前后。因此，至少此时希操已为律师度众。以希操没年五十七，僧腊三十一计，则该年必已足二十七岁[③]，逆推其生年至迟在玄宗开元二十年(732 年)，此距柳宗元撰塔铭八十三年，如是撰时下限为宪宗元和十年(815)，因而此《塔铭》极大可能亦撰于永州。

其次，看序。

《送文畅上人登五台遂游河朔序》。此文约作于贞元十七年，参本文前注。

《送浚上人归淮南觐省序》。《序》曰："右司员外郎刘公，深明世典，通达释教，与上人为方外游。始荣其至，今惜其去，于是合郎署之友，诗以贶之。"刘禹锡贞元二十一年四月至八月间任屯田员外郎，则此文当作于此时。

《送僧浩初序》。文中言及李础东都省父事，在元和四年，则此文之撰在此后之永州。

《送巽上人赴中丞叔父召序》。据《旧唐书》本传，柳公绰为湖南观察使在元

---

① "掌律度众者二十六会"，当指希操登坛二十六年，参下例可知：《南岳般舟和尚第二碑》文中先后言及日悟"登坛莅事，度比丘众，凡岁千人者三十有七"、"和尚生十三年而始出家，又九年而受具戒，又十年而处坛场，又三十七年而当贞元二十年正月十七日，化于兹室"，《南岳大明寺律和尚碑》记惠开"大历十一年(776 年)始登坛为大律师，贞元十三年(797)十一月十一日卒"而《碑阴》谓"师凡主戒事二十二年"。

② 赞宁《宋高僧传》，第 250—251 页。

③ 《塔铭》曰："李丞相泌"，"睹公而稽首，尊之不名"(173 页)。据《旧唐书》卷一三零，李泌曾于肃宗时"隐衡岳"，推拟之，当在 758—762 年之间；李既礼敬希操，则其为僧时日必定非浅，因此其生年更当前溯。

和六年，则此文之作当在此后之永州。

《送元暠师序》。元暠至柳宗元处之前“居武陵有年数矣，与刘游久且昵，持其诗与引而来”，而刘禹锡有《送元暠师南游诗》，其《引》有“予策名二十年”语，则其赴永州在元和七年之后。

《送琛上人南游序》。文中有“自京师而来，又南出乎桂林，未知其极也”，则当亦是永州时作。

《送文郁师序》。题下韩醇注曰：“公时在永州而师来也。”

《送方及师序》。文曰：“薛道州、刘连州，文儒之择也，馆焉而备其敬，歌焉而致其辞。”则是元和十年刘禹锡出为连州刺史后事，又刘禹锡有《送僧方及南谒柳员外诗》，序曰：“予为连州，居无何而方及至”，“留一岁”；则方及之至柳州当在元和十一、十二年间。

再次，柳宗元涉及佛教之“记”，以篇题即可了然，除《柳州复大云寺记》外，其余诸篇皆关系永州龙兴寺及法华寺，毋庸赘言。

最后，柳诗中涉及佛教僧人及佛教生活者，除《韩漳州书报彻上人亡因寄二绝》《闻彻上人亡因寄侍郎杨文》三首伤悼早年在京城结识的诗僧灵彻①，以及因僧浩初来省而作有《与浩上人同看山寄京华亲故》《浩初上人见贻绝句欲登仙人山因以酬之》两首乃柳州时作，与其文章的情况一样，多数诗作亦皆永州之作。②

（三）禅宗批判与永州经验

大致考察柳宗元涉及佛教文字之撰作时间，说明其与佛教之关涉，永州时期最为频密。由此可以推想，柳宗元之反对当时狂诞的禅学风尚，与其所处的地域佛学氛围乃至接触的僧侣，应有关联。大概可以做如下的分类观察：

首先，以巽上人为代表的天台僧人。前文已及，正是因为巽上人的关系，柳宗元被后世列入天台法嗣之中，其影响不言而喻。《巽公院五咏》中《曲讲堂》和

① 《宋高僧传》卷十五“明律篇”有传，作“灵澈”。

② 参王国安《柳宗元诗笺释》对诸诗作年之排定，上海古籍出版社 1993 年版。

《禅堂》两首，都涉及了天台义旨，尤其前者表现更为明显："寂灭本非断，文字安可离！曲堂何为设？高士方在斯。圣默寄言宣，分别乃无知。趣中即空假，名相谁与期？愿言绝闻得，忘意聊思惟。"(1235 页)其中"圣默寄言宣""文字安可离"云云，突出的正是经典的重要性。而在柳宗元永州时期所撰碑文中有两位是天台中人，而他们都是钻研经典的：岳州圣安寺无姓和尚法剑，"佛道逾远，异端竞起，唯天台大师为得其说，和尚绍承本统，以顺中道"，他"读《法华经》《金刚般若经》，数逾千万"(156 页《岳州圣安寺无姓和尚碑》)；南岳云峰寺法证和尚是巽上人之师，"读群经，俾圣言毕出"(164 页《南岳云峰寺和尚碑》)，"广阅群经，则理得其深"(166 页《南岳云峰和尚塔铭》)。

其次，持律谨严的律师，前文论说柳宗元强调持律时，已给出不少例证，此不赘述。

再次，刻苦的净土修行者。柳宗元《南岳弥陀和尚碑》，为净土僧人承远而撰，而承远之师乃慧日，慧日曾因慕义净之游天竺，海去陆还，历时十八年(《宋高僧传》卷二十九)。慧日所著《净土慈悲集》对禅宗的住空门而不断恶修善、忽视守律斋戒之类作风有明确的批评；[①]他曾追随的另一位惠真[②]，于律学也是很熟悉的，他曾"往天竺求梵本"，于海上遇印度还来的义净，后者"悉授所赍律集"[③]；至于承远，在南岳创般舟道场，也是力行苦修的一路。又据《南岳般舟和尚第二碑》，般舟和尚日悟乃是在衡山"始修起律教"的津大师的"大弟子"，登坛度僧三十七年，同时，他"以为去凡即圣，必以三昧为之轨道，遂服勤于紫霄远大师"，"凡南方颛念佛三昧者，必由于是，命曰般舟台"，是律与净土兼修的僧人，所谓"无得而修，故念为实相；不取于法，故律为大乘"(167—168 页)。

最后，柳宗元时代，湖南的新禅风并不如后来那样鼎盛。虽然当时"江西主

---

① 参陈扬炯《中国净土宗通史》，江苏古籍出版社 2000 年版，第 393—395 页。

② 《南岳弥陀和尚碑》："至荆州，进学玉泉真公。"(153 页)

③ 李华《荆州南泉大云寺故兰若和尚碑》，《文苑英华》卷八六〇，中华书局 1966 年版，第 4541 页。

大寂，湖南主石头，往来憧憧，不见二大士为无知矣”[①]，但石头希迁的影响，其实并未如是之强。印顺援引韦处厚《兴福寺内供奉大德大义禅师碑铭》(《全唐文》卷七一五)、贾竦《扬州华林寺大悲禅师碑铭并序》(《全唐文》卷七三一)、白居易《西京兴善寺传法堂碑并序》(《全唐文》卷六七八)、宗密《圆觉经大疏钞》卷三之下及《禅源诸诠集都序》卷上之二等材料，以为“在会昌法难(845)以前，石头一系的兴盛，是比不上菏泽与洪州的；石头一系的思想，也没有被认为曹溪的正宗”，“到会昌法难止，菏泽与洪州，互相承认为曹溪门下的二大流”。[②]

此类情况结合起来，对柳宗元形成其自己的佛教宗派观念，表现出对新禅风的激烈排斥姿态，显然是有影响的。因而，柳宗元在中唐文人中所表现的特殊性，或许也可以得到部分的理解。

原载《金波涌处晓云开：庆祝顾易生先生八十五华诞文集》，复旦大学出版社2010年版，题为《柳宗元佛教宗教取向及背景分析》。此据陈引驰《文学传统与中古道家佛教》，复旦大学出版社2015年版。

① 赞宁《宋高僧传》卷九《希迁传》，第209页。

② 《中国禅宗史》第八章《曹溪禅之开展》第一节《曹溪流派》，上海书店出版社1992年版，第322—325页。

柳宗元寓言的佛经影响及《黔之驴》故事的渊源和由来

陈允吉

柳宗元生活着的唐代中叶，正值社会文艺思潮发生急遽变迁的时期。这一代人的意识形态充满着矛盾和不调和，恍惚的感性追求与沉重的理性思索同时并存，演为当时文学创作中表露出来的两个极端。浪漫情调消退导致了部分作家对现实人生的关切，与标榜艺术至上相对立着的是儒家功利文艺观的抬头。此时美刺比兴已经跳出了一般抒情诗的界限，正在进入那些叙事性很强的作品，而讽刺文学的发展又进一步激起人们结构故事的热情。

历史真是天才的能工巧匠，它可以把好多极有意思的文学现象交织在一起。自魏晋以来久已沉寂的寓言，亦至此勃然获得复兴，大历、贞元、元和间寓言作者人才辈出，众多优秀作品璀璨夺目。这一势态包融了现实、传统和外来事物多方面的刺激，又同当时正在开展的古文运动关系非常密切。近人林纾《韩柳文研究法》尝指出柳宗元文集中"率多寓言"，刘大杰先生《中国文学发展史》也把柳氏的寓言列在其散文作品的首位。这说明在柳宗元整个文学创作中，寓言是极其重要的一部分。对这些作品进行认真考察研究，探寻其中各种思想艺术特征的生成由来，可以帮助我们把握到这类特殊文学样式在中唐时代的发展动向，以及其间诸种因素交互作用的复杂关连。

一

“寓言是比喻的高级形态”，又寓教育于形象化的故事之中，它兼备叙事和说理两者之长。根据陈蒲清同志《中国古代寓言史》的区划，载录于《柳河东集》中的寓言作品，最主要的有《三戒》《罴说》《鹘说》《鞭贾》《蝜蝂传》《哀溺文》《谪龙说》《东海若》《憎王孙文》《骂尸虫文》《宥蝮蛇文》等。上述这些篇章故事精炼，艺术性很高，极能给人以道理上的启悟，是典型的讽刺寓言。其余如《种树郭橐驼传》《梓人传》《永州铁炉步志》《设渔者对智伯》《李赤传》《河间传》《刘叟传》《辨伏神文》诸作，其文体近乎传记和一般杂文，但放宽一些也可纳入寓言的范围。这两部分作品的共同特点，都是“幻设为文”，在虚构的故事中寓托着一定的喻意，程度不一地体现了讽刺性和哲理性的结合。例如《三戒》之一的《黔之驴》，就讲了一个意味深长的故事，千百年来盛传不衰，直到今天还保持着它很强的艺术生命力。

文学艺术贵在创造，文学史上出现过的一切有价值的作品，总是因为它们曾经提供了一些在这以前所没有具备的东西。《黔之驴》产生于中唐元和年间，同样反映了柳宗元在艺术上的追求和创新。这篇讽刺小品除了具有一个首尾连贯的故事情节外，尚有两处显著特征宜加注意：第一，《黔之驴》为纯粹的动物寓言，以一条驴和一只老虎担任寓言里的角色，它的想象新奇出俗，多少带有一点荒幻的原始色彩；第二，这一作品有自己的题名，正文前面大部分用来叙说故事，说完故事之后则有一段话点明寓意。自寓言形式结构的完整性上看，《黔之驴》一文达到了“题名”“喻体”“喻意”三者的配合。像这种结构完备的动物寓言出现在叙事文学大放光彩的中唐时代，有它深广的文化背景和不寻常的历史意义。

众所周知，我国是世界上寓言创作极为发达的国家之一。中国寓言早在先秦时代就结出丰满的硕果，并由此经秦汉魏晋绵延起伏而至唐世，又从唐代经宋元而延续到明清，蔚为人类精神文明宝库中的一宗珍品。张志岳先生《先秦文学简史》指出，先秦时代的寓言故事，“是构成先秦散文丰富多彩的一种时代特色”。就其总体而言，我国早期寓言是散文的有机组成部分，也是伦理判断和逻辑推理诉诸于形象的辅助手段。先秦两汉的寓言没有自己的题名，而且几乎无一例外地都是依附于历史、政治、哲学著作之中。即使像《庄子》《韩非子》里出现的一些寓言故事群，往往把许多譬喻故事连缀在一起，但其目的一样也是服从于论辩说理的需要，它们本身并无独立成篇的价值。而贯穿在这些作品里面的一条思想主线，是对于经世致用的强调和现实效益的追求，不管它们寄托的理致何等深刻，被注入的感情和气势多么充沛，在根本上还是极充分地显示出一种华夏民族早熟的理性气质。与这种崇实早熟的思想特征相通一致的是，中国寓言自古以来一直是以写人物为主，采择动物题材的作品却为数不多。就譬如“狐假虎威”“涸泽之蛇”“鹬蚌相争”等动物故事，在我国寓言史上未尝不负盛名，但与大量人物故事相比较，它们终究是很小的一部分。然而这种情况迁延到安史乱后的中唐，却突然发生了令人瞩目的变化。

差不多是在古文运动风起云涌的同时，中国寓言亦进入了独立拟名阶段。它们虽然还是散文的一部分，但已摆脱了说理著作的附庸地位，过渡成为具备自己题名而独立完整的文学篇章，寓言创作一时又趋向繁荣。表现为人类早期文化某些幼拙特点的复归，动物题材在这一阶段的寓言中的比重亦显著增加。寓言的源泉首先是民间生活，这种变革也许存在着众多不易觉察的潜流，但是从书面材料上看，则主要是由当时一批古文家来完成的。例如元结的《丐论》《恶圆》《化虎论》，显示了一种新的“比兴体制”，可称这个时期寓言创作获得的第一批成果。另一位古文家李华写的《材之大小》，则是中唐出现较早的一篇动物寓言。韩愈《杂说》四篇实质上也是寓言作品，其中《龙说》《马说》两文采用的是动物题材。刘禹锡文集中《因论》七篇，深受佛家因果缘起说的影响，意在通过叙事阐明人生祸福之理，看来亦应列入寓言体裁，涉及到动物题材的则有《叹牛》《说骥》两篇。更有甚者，如韩愈的名篇《毛颖传》，就干脆择取无生命的毛笔来做作品主角，这种毫无忌惮的游戏笔墨曾招致世俗舆论的讥弹，却得到李肇和柳宗元的高度评价。在这段时间内，韩愈和柳宗元对于这类“俳谐”之文的提倡，反映了由于寓言创作的兴盛而在审美问题上获得的一种新认识。

中唐寓言复兴运动的杰出代表，当然要首推柳宗元。比较起来，柳宗元在寓言创作方面所注的心力最多，不独其结构故事的能力远胜于韩愈、刘禹锡诸人，而且他的思想特别尖锐，实际成就亦最可观。莱辛有一句名言说得好：“简短是寓言的灵魂。”柳宗元寓言最醒目的特色就是简短，在极小篇幅中蕴藏着丰富的内涵。他有不少短小警策的作品，表现了一位思想家对现实人生深挚的思考，在冷峻的叙述语言里透射出睿智的光辉。我们还找不出另一个同时代的寓言作家的作品能与柳宗元的寓言相媲美。郑振铎先生在《寓言的复兴》一文中说，柳宗元的寓言，出现于这类文体经过长时间的荒寂之后，就好像“翠柳绿竹临风摇摆”，给人以至可珍异的新鲜事物感。诸如《三戒》《鞭贾》《罴说》《哀溺文》《蝜蝂传》等杰作，都以很强的表现力度去触及社会生活的本质和人类灵魂深处，深刻的思想内容和精美的艺术形式融合无间。它们不但是这一阶段寓言的最上乘之作，也足以树立于世界优秀寓言之林而毫不逊色。

在谈到柳宗元寓言的渊源继承关系时，当然毋庸怀疑他是一位民族文化的发扬光大者。一个必须肯定的基本事实是，他的寓言能达到如此精美纯熟的境地，首先离不开他对先秦以来本国寓言创作经验的运用和吸收。正如他的古文曾极大地受益于先秦、两汉散文一样，他的寓言同样也是顺随着先秦两汉寓言这一传统发展而来的。特别是先秦寓言，在题材、思想、语言、风格等方面，都给以他的作品最显著的影响。我们从柳宗元一系列触及时事的讽刺文里，尚能依稀见到先秦诸子和汉代政治家那种机智的论辩风采，此中显露作者的犀利见识和成熟思想，在明显程度上还保留着我国古代许多锐意进取的杰出人物所共有的气派。他还有一部分寓言如《憎王孙文》《宥蝮蛇文》《哀溺文》中呈现出来的幽深奇谲特点，则主要是来源于以《离骚》为代表的南方楚文化系统。柳宗元在永贞革新失败后，窜斥荒厉长达十五年之久，深受南方自然环境和文化气氛的润益，幽郁的心情使他尤其向往屈原、贾谊作品中的境界。有这些历史文化积淀对他的哺育，使作者有可能糅合中国南、北两大文化体系的优点，经过他本人的融会和独特创造，建立起一种为我国读者乐于接受的文学寓言风范。但在此同时，我们还不能丝毫忽略，在唐人所处的文化环境中又有另外一些情况，即当时已经翻译入中国的大量佛经寓言，也正在日益深入地干预着士大夫和下层群众的精神生活。这些新鲜别致的外来寓言，在许多读者中间畅通无阻地流传，事实上也对柳宗元的寓言产生过不可磨灭的影响。

由于地理位置接近和佛教传播等原因，中国文学从魏晋开始，就不断受到印度文化艺术的浸益，其被覆之广遍及于诗歌、小说、民间讲唱和其他一些文学体裁。与中国的情况有些相似，印度亦是世界寓言的一大发轫地，远在岁月悠邈的印度文学破晓时代，就有数不清的民间故事在这块土地上滋生和衍传。它们经过了极其漫长的口传阶段，在一代又一代的说故事人筛选、加工中成长，到后来方始在书面文献当中得到记载。印度有很多收集、记录古代寓言的专书，其中最著名的有《五卷书》《故事海》《大故事花簇》《益世嘉言集》等。这些专书的结集是一件复杂的工作，其中最早的传本可以追溯到公元二、三世纪，在这以后则有一个很长的丰富和订正的过程。于此亟应指出的是，比这些寓言故事集成书更早的一部分佛教典籍，在保存、汇集印度民间故事方面，所起的作用尤可称道。例如著名的巴利文《佛本生经》(Jātaka)，就收录、加工了五百四十七个古印度寓言故事，久已成为印度和东南亚地区一种极受欢迎的文学读本。其他如在我国已有译本的《生经》《出曜经》《大庄严论经》《六度集经》《贤愚经》《撰集百缘经》《杂宝藏经》《百喻经》《杂譬喻经》《旧杂譬喻经》《十诵律》《根本说一切有部毗奈耶》等等，寓言故事均极繁富。这些故事宛如恒河无数的闪光沙粒，诸天撒播的缤纷花雨，跟着印度与境外的文化往还传到波斯和欧洲，亦以佛经传译为媒介进入震旦大地。整个魏晋南北朝及初盛唐时期，卷帙浩繁的佛经源源不断地译入中土，那些经过华语转译的佛典寓言，也与此方人士频繁地接触，随时都有可能对本地的文学创作产生潜移默化的影响。鲁迅先生《〈痴华鬘〉题记》

谈到这种情形时说:“尝闻天竺寓言之富,如大林深泉,他国艺文,往往蒙其影响。即翻为华言之佛经中,亦随在可见。”它们对于这个时期中国寓言的演变发展,诚然是一股不可小视的助力。

佛教在我国流播的时间极长,而与之相关的各种宗教文化艺术,也需经过较长时间的熏习感染后,才能为本土文化慢慢地消化吸收。要而言之,自魏晋南北朝迄于初盛唐,中国寓言演变进程殊为缓慢,总的来说尚不脱先秦两汉寓言的固定格局,只有极少数作品呈现出某些过渡性的迹象。况且在这几百年中,寓言创作本身并不怎么景气,故外来文化因素的催化刺激,也很难充分显示出其效力。但到公元八世纪“安史之乱”后,唐王朝由极盛转向骤衰,知识分子的灵魂经受了一场巨大震荡,悯时伤乱的情绪弥漫朝野,关注社会现实使他们更易接受儒家的文艺主张。像寓言这样把叙事和说理结合起来,就被古文家们认为是一种“文以明道”的方式,佛教的高度发展又造成大量融合异民族文化的契机。中唐寓言创作能够获得复兴,关键在于印度佛经寓言的影响与中国文学崇尚讽喻这一传统成功的结合。此时佛典寓言从内容到形式已为此方士人所习见,讽刺文学具有的诙谐幽默感已受到韩、柳等人的肯定,人们叙说故事往往自觉不自觉地同因果说挂上关系,有的作家则巧妙地把佛理移植在自己作品里面。这些现象在各个作家身上重叠复出而互有关连,确乎反映了一种时代创作风气的转移。而柳宗元,作为这一时期社会审美理想迁异的敏锐感受者,其寓言创作多侧面地映现了时风的动荡。他站在民族文化本位上积极吸收外来文化的滋养,使中国寓言发展到他手里,真正成为具有独立价值的文学作品,在广大读者面前呈现出一种新生态。他的创作实践至少在两个重要方面,为中国寓言吸收、融合佛经寓言的长处提供了卓越的范例。

第一,题材内容方面。

柳宗元的寓言是对社会病态尖锐的揭露,饱蕴着作者愤世嫉俗的激情,然而其笔调却十分深沉含蓄。今检《柳河东集》中寓言的一些代表作,约有半数以上写的是动物题材。例如《临江之麋》《黔之驴》《永某氏之鼠》《罴说》《鹘说》《蝜蝜传》等篇，在体现动物寓言特征方面均极典型。作者通过他一支灵巧的笔，让鹿、猴、虎、牛、犬、驴、蛇、鼠、鸟、小虫子纷纷出场，它们个性各异而且善恶分明，演出了一出出感动人心的喜剧与悲剧，其艺术魅力真能使读者为之倾倒。我们不能说动物寓言一定比人物寓言好，人物寓言同样也有自己的优越之处，动物寓言则在更多意义上是对人类早年生活的反顾，总难免有些幼稚粗拙的缺憾。不过借助于动物寓言来触及现实问题，就能较好地实现寓言艺术形象与生活原型的隔离。柳宗元介入了中唐政治斗争的漩涡，遭贬后处境更为恶劣，利用动物寓言来达到刺世的目的，无疑是一种很明智的选择。但这种选择有赖于客观条件提供可能性，并非完全取决于个人意愿。否则就难以解释，中国寓言自古而来一向都以写人物为主，缘何至中唐柳宗元、刘禹锡、韩愈等人的作品里，竟有这么多的动物角色不约而同地一齐出现？诸如此类问题放到中唐特定文化氛围中来审视，恐怕还得要从佛经寓言的影响这方面去寻找答案。

古印度寓言同中国早期寓言相比，虽然思想不如中国先秦两汉寓言那样老到深刻，但想象力却出奇的丰富，普遍地具有一种童话意味。也许是热带森林赐给了这里众多无名文学家特殊的恩惠，印度寓言中以动物担任角色的故事数量甚多。这一点恰恰有别于中国寓言，而与希腊的《伊索寓言》显得比较一致。如在《五卷书》里，就记载着大量的动物寓言故事。另外巴利文《佛本生经》五百四十七个故事中，则有四分之一以上描述的是动物题材。古印度寓言所具的这一征候，在大史诗《摩诃婆罗多》演述的譬喻故事中已见端倪，又同样鲜明地体现在收入各种佛经的文学故事里。如《六度集经》《出曜经》《大庄严论经》《生经》《佛本行集经》《撰集百缘经》《杂宝藏经》《百喻经》《杂譬喻经》等，其中动物故事之多，真使读者感到眼花缭乱而不暇应接。这些故事集和佛经记述的寓言传说，刻画的动物多种多样，如鹿、猴、象、牛、狮、虎、豹、狼、马、驴、犬、羊、猫、兔、鼠、鸡、鸟、鱼、鳖、苍蝇、蚊子等应有尽有。它们在故事里被描绘得活灵活现，并具有明确的人类性格特征，每个动物角色都代表着一定的人物类型。而由寓言作者虚构出来的种种有趣的故事情节，亦颇能餍切人们欣赏心理而具有特殊的吸引力。

这许多天竺产生的动物寓言，伴随着佛教的弘扬在中国到处传播，于盛唐时代促成了敦煌卷子中《燕子赋》这样的作品生成，及至安史乱后则有《西凉伎》这一著名讽刺戏剧问世。处在中唐华梵文化交合收获季节的柳宗元，一定也从佛典记载的动物寓言中得到过启迪。柳宗元的诗好用禽鸟自况，如《跂乌词》《笼鹰词》《放鹧鸪词》等，似乎就是受到这种风气浸习感染后的产物。至于他对开拓寓言题材所作的贡献，意义又更胜于前者。外来文化影响经过他的消化，使柳宗元创作出众多优秀动物寓言来揭示当时的人间世相。整整八、九两个世纪，中国讽刺文学描写动物题材的势头持续了很长时间。如果说柳宗元在他贬谪的荒野向这些大自然的骄子发出了有力的召唤，那末人们从晚唐五代皮日休、陆龟蒙、罗隐再现的“泥塘”里仍然可以听到清醒的回音。他们和其他几位古文家在这方面的不懈努力，从很大程度上改变了中国寓言创作题材的倾向。

综观柳宗元写的动物寓言，题材内容深受印度佛经寓言的沾溉，其中形迹昭著宛然者亦不乏其例。柳氏在他作品里写到过一连串动物，其中大多数就是印度寓言时常刻画的角色形象。例如《临江之麋》《罴说》《憎王孙文》三篇中描写的鹿与猴，即是跳踉出没于佛经寓言中最活跃的生灵。凡是对于佛典稍有涉猎的人，只要接触到这两个熟悉的角色，就会马上联想起《睒子》《鹿母》《九色鹿》《猴王》《虬与猕猴》等一些著名的佛经故事。与这种情况相类似的还有《黔之驴》中的驴，它在古天竺寓言中亦是频频出现的主顾，而且印度大陆本来就是世界各地驴的故乡。这种寓言内容题材的辗转影响，最主要的还表现在作品的具体情节上面。孙昌武同志《唐代佛教与文学》一书曾经指出，柳宗元所演绎的《蝜蝂传》这个无声悲剧，与《旧杂譬喻经》第二十一则故事，“见蛾缘壁相逢，诤斗共堕地”之命意极相近似。另外如《罴说》这一讽刺短篇，其所演述的故事亦带有浓重的印度色彩。因为述说热带森林中猎师与各种动物之间的关系，原是南亚大陆寓言屡见不鲜的题材。出于佛教徒和当地一般修行者奉持的道德观念，这些故事对猎师的残杀生灵和贪得无厌总抱着憎恶的态度，演述到故事终了，不外乎是像《罴说》中的猎人那样得到自食恶果的结局。至于这一篇动物寓言当中提到的“罴”，亦称人熊，即能够直立行走而体格特大之熊类，求其语源当然是出在中国本土的典籍里。但细心去翻检一下汉译大藏经就能知道，它确确实实是此中常说的“虎豹熊罴”等几种最凶猛的恶兽之一。

第二，形式结构方面。

作品外在形式的日臻完善，是中唐叙事文学演变进步之大势所趋，如传奇、变文、戏弄、新乐府之类莫不如此。而我国的寓言发展到这一阶段，亦经过变革改创确立起自己形式结构上的新特点。这个过程概括起来说，是由于柳宗元等一批古文家的大力尝试实践，使我国的寓言从简单的说理譬喻、或多个小故事串连一起的“丛残小语”，一跃而演为故事有头有尾、形式上独立完整的文学篇章。随着文体结构的成熟，寓言创作的地位亦随之提高。这一体制改革之所以能获成功，其中一个很重要的原因，是同这些作家有意识地借鉴佛经寓言的结构章法，借此努力从事本土寓言形式上的增益完善分不开的。

古印度寓言叙说故事讲求首尾连贯，每一个故事大体都能独自成篇，与我国早期寓言完全从属于说理著作颇不相同。但根据《五卷书》的编辑体例来推考，这些民间故事在早先口头流传的阶段，大概也未必每个故事都有自己确定的题名。说故事人有时要一连说好几个故事，前一个故事与后一个故事中间的界限亦不甚严格。印度寓言在形式结构上抵达完善，尤应归功于佛经结集者们的整理加工。大批民间故事为佛教典籍所吸收集录，不啻在语言文字上经过细致的润色，并且还按照佛书通行的品目体例进行统一的安排。这种整理过程使它们以规范的书面形式保存下来，而佛经寓言的标准体制亦随之约定俗成。现在我们所见到的巴利文《佛本生经》，以及汉译大藏经《本缘部》中的一些经典，其间记载之每个结构较为完整的寓言，一般都由以下三部分组成：一题名，有一个标明故事内容的题目；二喻体，正文前面大部用来叙述故事；三喻意，说完故事后点明寓意。佛经寓言这一格局的雏形，形成的时间大约不会迟于公元一世纪，此后则逐益趋向划一均整。在唐世中叶以前翻译入中华的众多释典中，配有这类形式结构的寓言数量甚夥，它们与本地一般说理著作中的譬喻故事相比，无疑显得更加醒目可爱。例如由古天竺僧伽斯那辑录、南齐永明间梵僧求那毗地翻译的《百喻经》，就是一部精美绝伦的寓言故事集。《百喻经》中的寓言不但饶有情趣，篇幅亦不算长，其行文结构最可注意的地方，是每个故事都做到了上述三个方面的完好的结合，形式上亦堪称佛经寓言的典范。这些外来寓言带来一股新鲜气息，足以兴发感动此方许多士人，其精巧完整的章法结构亦成为他们心目中的理想型范。我国寓言自中唐进入独立拟名阶段，根本职志乃是在每篇作品里达成题名、喻体、喻意三者的组合。这一形式结构的改造，以佛经寓言为主要参照对象，目的是为了更好地发挥寓言叙事与说理兼备的功能，在数十年的时间里有一个逐步靠拢的过程，至柳宗元则成功地加以定型化。柳氏创作的寓言体制整一，形式结构上同样具有典范意义。他的每一篇讽刺作品，三个部分非常分明，其内在联系则紧凑严密，真可与《百喻经》的故事并肩比美。我们只要把《三戒》《罴说》《蝜蝂传》的结构略作分析，就不难体会到，作者对佛经寓言形式的借鉴运用，是显得多么的自觉和娴熟了。

如果以柳宗元寓言里后面的说理文字，与佛经寓言喻意部分作一比较，两方面影合仿同的迹象就愈加明显。譬如在《百喻经》辑录的九十八个寓言故事中，每至一个故事敷演完毕，接下去必有一段议论讥斥世间凡夫的愚妄行为。这一段话顺随着前面叙述的故事情节而发，扼要阐明寓言的儆戒意义，而在作品喻体和喻意两个部分相接的地方，一般都是由“世间愚人，亦复如是”“凡夫之人，亦复如是”这一类话来做转折。我们看到柳宗元的寓言写到最后申述教训意义，所采用的方法与此极相类似。如《蝜蝂传》这个故事，叙说一个小虫子不自量力，喜欢负重爬高卒至坠地而死，作者在讲完故事后发了一段议论，其中有云：“今世之嗜取者，遇货不避，以厚其室，不知为己累也。”又如在《罴说》一文的故事后面，亦有两句说理的话为全篇作结：“今夫不善内而恃外者，未有不为罴之食也。”这两处结尾之语画龙点睛，具有警动人心的力量。寓言作品是人类生活的哈哈镜，让世人从虚拟和夸张的故事中得到实际的教益，其喻意部分通过作者直接说理，有助于加深作品的感染效果。上面所引的这两段话，不单是使用的语句与佛典寓言多有重合，而且在表达思想的逻辑顺序上也颇相一致。显而易见，柳氏这两篇寓言所谓的“今世之嗜取者”和“今夫不善内而恃外者”云云，其于作品整体结构中的地位、作用，与佛经寓言喻意开头宣说的“世间愚人”之类殆亦大体相当。它们指斥和针砭的锋芒，无疑也是指向现实生活里的那些贪求愚妄之辈。林纾《韩柳文研究法》论及《蝜蝂传》云：“然柳州每于一篇文之中，必有一句最有力量、最透辟者镇之。”章士钊《柳文指要》评述至《罴说》时亦云：“子厚善为小文，每一文必提数字结穴，使人知儆，《三戒》其著例也，而《罴说》则重在‘不善内而恃外’一语。”这两位学者俱深于柳文，他们的体察未尝不为细致精到。但欲知其中之实奥所在，还必须补充说明一下，柳宗元寓言这一重要特色，正是他积极参照、效法佛经寓言形式结构的产物。

从整体上看，柳宗元寓言所受到的佛经影响，归纳起来主要表现在上述两大方面。这里既有题材内容的感触相通，又有作品形式体制上的摹仿借取，由此还牵涉到寓言角色的性格描绘，作品的美学特征、语言运用及构思方式等一系列问题。我们在这里仅能指出一个轮廓，许多现象可以列为专题继续研究。文学艺术演进过程中呈现的各种态势，离不开上述这几项因素的交互作用。内容的递变一般先于形式，一定的形式又反过来制约作品的内容。哪怕是其中任何一个细小因素发生了变化，都有可能引出一连串持续的连琐反应，这样便在文学史上展现出层澜迭起的奇观。大量佛经故事在唐世赢得人们审美心理的认同，对促进中国寓言成长发展及重趋繁荣关系至巨。柳宗元生世适逢其时，他顺应中印文化交融这一热烈潮流，学习佛经寓言的经验应用于自己的创作，取得圆满具足的成就，在中国寓言史上开创了一个新纪元。可以毫不夸张地说，柳宗元文集中那些为我们熟悉的讽刺小品，都曾受到过佛经寓言传播的某些波及影响。特别有意思的是，就连本文最先提到的《三戒·黔之驴》，关于它的题材来源问题即应作如是观。虽然这个故事在中国家喻户晓，久已与本土民众士子之精神生活融为一体，但要是彻查一下这个寓言的祖宗谱牒，其实它就是从古印度寓言传说中脱胎演化而来的。

二

涉及到《黔之驴》故事的渊源由来，这个论题首先是由我国著名学者季羡林先生提出并加以研究的。早在一九四八年，季先生就在当时的《文艺复兴》杂志《中国文学研究号》上，发表了一篇题为《柳宗元〈黔之驴〉取材来源考》的论文，明确地指出，柳宗元在此篇寓言中演绎的这个“黔驴技穷”的故事，是来源于一个在古印度广为传播的关于驴的物语。季先生的论文告诉读者，这一个印度传说最初流行于民间，其衍播到达的地域范围甚广，后来记载入《五卷书》《故事海》《益世嘉言集》及巴利文《佛本生经》等故事集。这些故事记载呈现的具体形态，则显得大同小异。而且这个传说又很早输入欧洲大陆，以致在希腊《伊索寓言》里也留下它传播的足迹，其影响之深远还波及十七世纪法国的《拉・封丹寓言》。基于唐世中印文化艺术频繁地交感融合，柳宗元可能在某种场合接触到这个外来传说，因受到它题材内容与故事情节的启发，于是乃有《黔之驴》这篇著名寓言的再创作。

按季羡林先生所说的这一印度传说，《五卷书》辑为第四卷第七个故事。这个故事的大意是讲：某城市有个洗衣匠名叫叔陀钵吒，他养了一头驴，由于缺少食物而瘦得不成样子。有一天，当洗衣匠到树林子里去闲荡的时候，碰巧见到一只死老虎，他就把死老虎的皮剥下来，拿回家去蒙在自己那头驴的身上，夜晚将它牵到农田里去吃大麦。看守田地的人以为它是真的老虎，吓得不敢把它赶走。就这样，驴每天晚上照例都在田里尽兴地吃麦，身体也渐渐变得胖起来，得费很大的劲才能牵着它回到圈里。某日晚上，刚好驴在吃麦时，远处传来了母驴的叫声，它高兴得自己也跟着叫起来。这些看地人才知道，它不过是一头伪装起来的驴，就用棍子、石头、弓箭把它打死了。

见诸《益世嘉言集》里的这个传说，则是该书第三卷第三个故事。故事叙说在诃悉底那补罗城中，有个洗衣人名叫波罗毗腊隆，他养着一头驴子，因驮物过重而显得瘦弱不堪。洗衣人就给它蒙上一张老虎皮，然后牵它到地里去吃庄稼。有个看庄稼的人见到了它，以为来了一只真老虎，就穿上灰色的衣服，携带了弓箭，弯着腰隐藏在一旁。驴从远处望见，误认为这是一头母驴，便大声叫唤，冲着他奔跑过去。看庄稼的人识破了它的伪装，就把驴杀死了。在《故事海》中所记载的这一传说，则谓洗衣人给驴蒙上一张豹皮(季羡林先生在论文中注明，豹的梵文 dvipin，也含有“虎”的意思)，将它放到邻人的地里去吃庄稼。一个手拿弓箭的农民看见了它，以为是一只真的豹子，急忙弯着腰在地上爬行。这头蠢货以为他也是一头驴，便自鸣得意地大叫起来。那个农民知道它是驴，就张弓一箭把它射死。

除了上面所说的三处记载，另在巴利文《佛本生经》中，这个传说还被附会成释迦牟尼的本生故事，其题名曰《狮子皮本生》。这一本生故事，与《五卷书》《故事海》《益世嘉言集》的记载表现出较多的不同，其中最显著的地方是把“洗衣匠”改为“商人”，驴子身上所披的东西不是“老虎皮”而是“狮子皮”。《佛本生经》演述的故事谓：某个商人有一头驴，让它驮着货物到各地去做买卖。商人每到一处，就从驴背上卸掉货，给驴蒙上一张狮子皮，然后放它到农田里去吃庄稼。有天这商人在某个村口住下，又给驴蒙上了狮子皮放到麦田里去。看守麦田的人以为它是狮子，谁也不敢走近它，赶紧回家去报告，于是全村居民手拿武器、吹起螺号，敲锣打鼓闹嚷嚷地来到田边。驴害怕得要死，慌乱中发出一声驴叫。村民们一下子识破了它的伪装，就打断了它的脊梁骨，连那张狮子皮也被他们取走了。

这个关于驴的传说非常风趣，分别记载于多本印度文学故事集中。虽然它们在细节描摹上有若干歧异，从驴子身上所披的伪装来区分，亦有“老虎皮”和“狮子皮”两个系统。但论及构成这个传说的一些最基本的情节，这几方面的记载却并无多大出入，可确定它们是共属于一个故事母源。古代印度寓言故事的传播，在极长的时间里完全是依靠群众的交口授受。这么多的民间口头创作，从一个地方转移到另一个地方，由年长的一辈传授给年青一辈，出于各种不同的具体情况，说故事人经常会对它们的内容进行修改加工，这些故事的情节构成本身就不是固定不变的。像这样从某一个物语中繁衍出很多种讲法的事实，正好说明这个传说的生命力很强，流传的地域至为广大。尤其令人感到惊讶的，在于这个故事还跨越中亚、西亚大陆而抵达欧洲，给当地的讽刺文学施加过有力的影响。在希腊《伊索寓言》中就有一个故事，是说驴蒙上了一张狮子皮，在树林子里跑来跑去，许多蠢笨的野兽都被它吓走了，它自己也很高兴。最后，一只狐狸碰到了它，它又想把狐狸吓跑。但狐狸听到了它的叫声，就立刻对它说："我也会让你吓跑的，倘若我没有听到你的叫声。"《拉·封丹寓言》里亦有一则《驴蒙狮皮》的故事，讲一条驴蒙上了狮子皮，所到之处都引起恐怖，纵然它本来是个胆怯的畜生，却让全世界受到震动。《拉·封丹寓言》叙述的这一物语，其故事主体取材于上面所说的印度传说，关于驴耳朵的细节则是欧洲观念的产物，这样的描写较早见于奥维德的《变形记》，以后则一直影响到克雷洛夫的寓言和海涅的诗歌。以上两处欧洲的寓言记载，具有特殊的轻松幽默感，驴没有像印度故事中讲的那样被活活打死，它所受到的惩罚只是一通嘲谑而已。但其题材之成立，则明显地受影响于上述古印度寓言。这些现象引人入胜，为研究印度文学和世界文学的感通交流提供了重要线索。实际情况诚如季羡林先生的论文中所说，上述这一关于驴的古老传说，它最初一定是产生在印度某地，而后就由这个地方逐渐传播扩散开来，终至成为一个具有世界性的文学寓言。

了然于上述古印度寓言传播之广，我们再回过头来考察一下《黔之驴》所述的故事，光凭直观印象就能发现，它和这个印度传说确实非常相像。它们均由一头蠢驴担任寓言主角，贯串在故事中间的情节主线又大致吻合：生性怯懦软弱的驴，居然冒充庞然大物，凭其假象一度使得对方信以为真，但由于偶然的不慎而露了本相，终于引致一场毁灭自己的灾祸。至于寄托在这两个故事里的教训意义，亦显得旨趣相同而可供那些喜好作伪和虚张声势者引为戒鉴。当然世界上的寓言多如繁星，有时难免会出现一些故事情节上的巧合，但如以上所述的那种多方面的影似雷同，就不能认为是什么偶然现象。这两个产生在毗邻国家的动物寓言，贯注着一种彼此相通的创作思想，不管是从题材、主角、情节、儆戒意义哪一方面看，《黔之驴》均明晰地保留着上述印度传说对它濡染灼烙的印记。因此在它的生成创作过程中，曾受到这一印度寓言传说的影响是毋庸置疑的。季羡林先生正是基于他对中印文学的透彻了解，敏锐地体察到了存在于这两个不同国家寓言之间的亲缘关系，在经过他的研究论证后指出：印度《五卷书》《益世嘉言集》《故事海》《佛本生经》记载的这一驴的传说，即为柳宗元写作《黔之驴》时吸取素材的原型。"黔驴技穷"这个著名的中国故事，并非完全属于柳宗元的创造，它的最早渊源是在遥远的南亚次大陆。

季羡林先生在这个问题上所作的探索，是中印文学比较研究的一项重要突破，其意义诚不限于为一篇本土寓言找到它的境外渊源，而且亦在历时悠久的中印文化交流史上填补了一块空白。此项旨在沟通中国和印度双方文学关系的专题研究，建立在两国文学系统异同与历史演变整体把握的基础之上，十分重视客观材料的辨析和文学影响实际轨迹的考求。论文作者并没有以专事发现规律自居，相反在具体作品的钻研上甚花功夫，其方法做到了融通观照和切实论证的结合。而通过实事求是的分析比较后得出的结论，也显得确凿可信而能给人以启益。与近世曾流行的那种以屈原比荷马、以孔子比歌德等等牵强附会的攀比不同，季先生显然是把注意力放在解决实际问题上面，从立论到推导都体现着一种科学态度。正由于此，季先生这篇论文自发表至现在四十余年来，得到过不少学者的肯定，其结论为许多著作所援引，并一直在激发着研究者们进一步探讨的兴趣，其学术价值之高是无待烦言的。

然而，就《黔之驴》故事接受印度寓言影响的源流、过程看，季羡林先生在他文章里所作的这些论述，还不能说已经把所有的问题都谈到了。因为，揭示出一个本国寓言的域外渊源，并不等于探明了它和这个域外故事原型之间多重复杂的纠葛。中外文学艺术交流互融的大量事实证明，某一个在国外传播很广的故事对本土文学发生的影响，往往需经多次的转递传送才能达成，这里面翻译所起的作用是至关紧要的。没有翻译把作品从一国文字转变为另一国的文字，那末作品之传入对接受国家的读者来说就缺乏实际意义，更不用说它会对当地的文学创作产生什么影响了。柳宗元生在九世纪的中国，本人又未习梵字音义之学，他断然无法直接去掌握《五卷书》《故事海》《益世嘉言集》和巴利文《佛本生经》等天竺原典，除去已经翻译入此方的佛教典籍，没有其他途径可以帮助他接触到这个古印度的寓言传说。

另外，我们从《黔之驴》故事的具体表现形态看，虽与天竺原典有种种承合相似，但两者细加比较，所见的差别仍很明显。这首先表现在，《黔之驴》系一纯粹动物寓言，故事中两个角色均为动物。驴最后是被老虎吃掉的，不像印度文学故事集中叙述的那样，死于看地人的棍棒、石头、弓箭之下。其次，《五卷书》《益世嘉言集》等故事集中讲驴子披上兽皮虚张声势，完全是由它主人策划摆布，驴在寓言里始终处于被动的地位。柳宗元笔下刻画的黔驴则不然，它之招来祸殃主要不是因为叫了一声，而是由其不胜忿怒而踢了老虎一脚，让老虎摸到了它的底细，它的倒霉就多少有点自取其咎的性质。就像林纾在《韩柳文研究法》中所说的："驴果安其为驴，尚无死法，惟其妄怒而蹄，去死始近。"这些寓言故事内容上的距离和差别，放到这两个产生于不同国家的文学作品转递影响流程中来考察，也颇能说明柳宗元氏在撰作构思《黔之驴》一文时，所依据的蓝本未必就是《五卷书》《益世嘉言集》《故事海》《佛本生经》等天竺原典叙述的故事形态，更有可能他掌握到的是一个经过了翻译的本子。这个本子似宜见存于汉译藏经之中，论其故事情节之构成，则要比天竺原典的记载愈加接近于《黔之驴》的样子。它在上述古印度传说与柳宗元之间，起着中介和传导的作用，使柳宗元有可能利用它提供的素材，去进行重新构思和再创作。

历史上的实际情况表明，我国古代翻译的天竺文书主要是梵文佛典，这种传译是两国文化交流的一条畅通渠道。诸多本来风行于南亚大陆的寓言故事，基本上都是借助于佛经翻译进入中国而为此方人士所熟稔的。包括《五卷书》《益世嘉言集》等演述的这个驴的传说，在汉译佛典之中亦未尝没有涉及到它的记载。例如张友鸾先生选注的《古译佛经寓言选》，专门选编汉魏两晋南北朝初唐时期译入中土的寓言故事，其中就有两条材料与这一古印度传说直接有关。其一，是据明人徐太元撰述之《喻林》引《大集地藏十轮经》云："有驴被师子皮，而便自谓，以为师子。有人遥见，谓真师子，及至鸣已，皆识是驴。"其二，又引《众经撰杂譬喻》云："师子皮被驴，形虽似师子，而心是驴。"按《众经撰杂譬喻》为天竺沙门道略所集、十六国时代姚秦鸠摩罗什翻译；《大集地藏十轮经》则出译于初唐玄奘法师，其异译《方广十轮经》则早见于北凉经录。从翻译的时间来看，都在张友鸾先生这个选本划定的范围以内。这两条古译佛经的寓言记载都很简单，第二条仅摭取片言只语，算不上完整的故事，但其中所涉及之物语显与印度故事集记叙的传说同属一个故事，且演述之情节与巴利文《佛本生经·狮子皮本生》重合较多。用它们来证明上述古天竺寓言在柳宗元之前早已进入华夏，这是决无问题的。而有唐一代士大夫酷好内典，众多经本畅行于士庶社会，柳宗元完全有可能在当时已经转译的佛典中，读到另外一种有关这个古印度寓言的记载。这一记载不啻故事内容较为详备，同时与其本人所撰作之《黔之驴》在具体故事形态上，也应该是有更多的共同点而显得最为接近、相像的。

寻找这一故事记载，是很具体的材料考索工作，但中外文学的比较研究一样离不开客观材料。事实恰好证明，这个我们需要寻觅的寓言故事记载，在中唐以前译入我国的佛经当中确实是有。今《大藏经》所存之西晋沙门法炬翻译的《佛说群牛譬经》一篇，其中就叙述了一个有关驴的故事传说，这个故事十分风趣，并且在情节上极能够引起我们的联想。《佛说群牛譬经》也很简短，同样被选入张友鸾先生《古译佛经寓言选》，其原经译文云：

> 譬如群牛，志性调良，所至到处，择软草食，饮清凉水。时有一驴，便作是念：此诸群牛，志性调良，所至到处，择软草食，饮清凉水。我今亦可效彼，择软草食，饮清凉水。时彼驴，入群牛中，前脚跑土，触娆彼群牛，亦效群牛鸣吼，然不能改其声："我亦是牛，我亦是牛！"然彼群牛，以角觝杀，而舍之去。

此经名曰"群牛譬经"，但牛在里面仅起陪衬作用，驴无疑是故事的主角。这头驴也非常愚蠢，但自我感觉极为良好。它明明是猥琐阘茸的家伙，偏要装模作样去攀附高亲，似乎这样一来它的身份就比同辈高出一等。不过这个佛经故事叙述驴冒充强者，并非因为它披上了一张老虎皮和狮子皮，而是闯入牛群之中去“干其非类”，并且还用自己的脚去触惹那些牛。它为了表白自己的高贵身份，还装腔作势地声称自己也是一头牛，但发出的还是驴的声音，冒牌货终于露了馅，卒为群牛以角牴杀。

几乎不必细加辨认，我们一读到这个故事，就感觉到它和《五卷书》《益世嘉言集》等记载的传说，一定有着某种亲缘关系，只是具体故事情节已经作了不少的改易。这种情节上的改动可以举出多处，但从民间故事的特征来考察是很容易理解的。世界上许多著名的寓言传说，惟因其流播之炽盛广泛，其故事形态亦常在随着传播时世与地域之迁徙不断地变演，就好像从一棵树干上长出好多枝桠，它们的讲述方法越到后来越加纷繁。季羡林先生曾在《〈五卷书〉译本序》中说：“这些寓言和童话大概都是口头创作，长期流传在人民中间。人民喜爱这些东西，辗转讲述，难免有一些增减，因而产生了分化。”陈寅恪先生《〈西游记〉玄奘弟子故事之演变》谈到佛经故事之变演情形，亦云：“夫说经多引故事，而故事一经演讲，不得不随其说者听者本身之程度及环境，而生变易。”《佛说群牛譬经》演绎的这一个故事，应当就是《五卷书》等故事集共同记载的蠢驴物语分化出来的一种变演形态。这一故事形态业已与其原型的内容发生了较多偏离，但是在取材、主题以及主要情节等方面，还相当清晰地保留着它承受自其母胎的痕记。

《群牛譬经》唐代以前早已翻译入中土，它在故事情节上与其母体存在的差别亦毋庸讳言。但耐人寻味的是，如果拿这些差别来和柳宗元写的《黔之驴》故事相对照，则恰好就转变成为《黔之驴》和它之间的相似共同点。第一，《佛说群牛譬经》和《黔之驴》一样，均属纯粹的动物寓言，主角驴的对方分别为牛和虎，两篇作品中均无人物形象出现，驴最后都是被动物角色结果了性命。第二，这两篇动物寓言中描述的驴，与天竺原典的记载颇有不同，它们扮演庞然大物，主要病根在缺乏自知之明，而不是因为被人加上了一张老虎皮或者狮子皮。这种变化很重要，正因为《佛说群牛譬经》甩开了那张兽皮，它就在寓言故事情节上向《黔之驴》的形态靠近了一大步。第三，《佛说群牛譬经》故事交代驴致死的原因，不止说它因为“效群牛鸣吼”而露了馅，还讲到它用自己的脚去“触娆彼群牛”。这种让人发笑的喜剧动作，无疑是在主动惹恼对方，与彼黔驴之怒向老虎奋蹄一踢有相似之处，即柳宗元《三戒序》中所谓的“出技以怒强”是也。第四，《佛说群牛譬经》演述故事将毕，即以如下数语了结：“然彼群牛，以角觝杀，而舍之去。”意思是说，群牛用角将驴子触撞致死，便丢下它径自走开了。一个可嗤的角色就此完蛋，虽然死得很惨，但对大家来说显得无足轻重。无独有偶，《黔之驴》故事演至末尾，亦是写老虎置黔驴于死地后，即饱食一餐扬长而去。“断其喉，尽其肉，乃去。”观其事状情态之描摹，与《佛说群牛譬经》的结尾如出一辙。

综合以上数点研究，可知《佛说群牛譬经》这一汉译佛典寓言，不但由于经过翻译消除了语言障碍而易为柳宗元所阅读，就从具体的故事情节上来推考，其多数地方与《黔之驴》的相似重合也比天竺原典的记载要更进一步。这个佛经寓言故事自古天竺的民间传说演变而来，其文本借沙门法炬之翻译而在中华得到流传，越数百年后终于促成了一篇中国寓言杰作的诞生。要是我们以《五卷书》《益世嘉言集》《故事海》《佛本生经》记载的民间传说为上源，经由《佛说群牛譬经》这个中介层次，进而下贯至柳宗元的《黔之驴》故事，就能大致清理出一条它们之间逐次影响递变的轨迹。《佛说群牛譬经》在这条时空跨度都很大的传送带上，无疑具有承上启下的关捩意义。柳宗元撰作《黔之驴》这个寓言故事，与其说是对天竺原典传说之遥远仿袭，还不如说是受了《佛说群牛譬经》译文直接的启发影响。

一般地讲，考虑到唐代士子奉佛风习及柳氏本人的遭遇经历，推想他曾读到过《群牛譬经》这一释典寓言是合理的。在唐代许多杰出作家中间，柳宗元亦以与佛教关系密切著称。他早岁即受内典熏陶，及至中年谪贬永州后，则益发嗜好浮屠之言。经过一场政治命运的剧变，柳宗元的思想十分苦闷，遂有意到佛教中去寻找精神寄托。他撰于永州的《送琛上人南游序》，就是一篇讨论如何研习佛经的述作。其《永州龙兴寺西轩记》又云:“因悟夫佛之道,可以转惑见为真智,即群迷为正觉,舍大暗为光明。”另在《送巽上人赴中丞叔父召序》一篇中,作者明白声称:“吾自幼好佛,求其道积三十年,世之言者罕能通其说,于零陵(即永州)吾独有得焉!”这些都证明作者窜居永荒十年之间,阅读、研习的佛经数量一定甚多。在他接触的佛书中,当然有《般若》《法华》《涅槃》诸部阐发佛教哲学义理的典籍。此外如《百喻经》《杂譬喻经》《佛说群牛譬经》等一些寓言短篇,对他这样一位重视叙事讽刺文学的散文家来说,思想感情上自然极易与之投合,能够将它们的故事情节留下深刻印象是不奇怪的。而且,柳宗元倾心沉溺佛典的这一段时间,恰好又是他寓言创作最丰盛的阶段。包括《三戒》《哀溺文》《谪龙说》《骂尸虫文》《宥蝮蛇文》等在内的不少讽刺精品,均可确定创作于他斥逐永州之际。《旧唐书》本传谓宗元“既罹窜逐,涉履蛮瘴”,“写情叙事,动必以文”。遭贬的柳宗元精神上承受着巨大痛苦,无论其寄感慨于讽刺寓言,或者借佛典以排解忧愤,都是他不满现实但又无力改变现状的表现,他只能如此不断地用理智的探索来寻找安慰。仅从这层关系,即透露出了他的寓言作品与佛经内容互相交涉的一些消息,如《黔之驴》亦不能例外。

特殊地说,柳宗元在这段时间内,确实看到过《佛说群牛譬经》这个汉译佛典寓言,这从他自己的文集里就能找到有力的证据。今检《柳河东集》中,即有一篇《牛赋》。此赋写作年代与《黔之驴》大略相当,亦是柳宗元贬斥永州精神压抑下的产物,其间叙事状物皆有所托,何焯《义门读书记》即称其为“讥切当世用事者”之作。这篇作品最引人注目的地方,是赋中描述的两个角色,同《佛说群牛譬经》一样是驴和牛。作者首先赞美了一通牛的勤劳和善良,但又感叹它到最后不免成为牺牲品。接着就满怀憎厌之情,备写驴的种种丑态:

> 不如羸驴,服逐驽马,曲意随势,不择处所。不耕不驾,藿菽自与,腾踏康庄,出入轻举。喜则齐鼻,怒则奋踯,当道长鸣,闻者惊辟。

柳宗元似乎对驴有一种特殊的反感,不管是《黔之驴》或《牛赋》写到这类动物,总贯注着作者极度鄙夷的感情。这些不愉快的经验也许部分地植因于他生活中的某些事件，但与《佛说群牛譬经》对他的熏习亦有很大关系。这不仅因为《牛赋》和《群牛譬经》的角色配置相同，而且两者对于牛和驴所持爱憎褒贬，也有着前后的影响承继关系。可以说《牛赋》是完全秉承了《群牛譬经》的审美感情态度，并以佛经寓言的判别标准赋予角色以特定品格，在作品中形成真善美和假恶丑的对比。我们无妨注意一下，《佛说群牛譬经》称赞牛时有谓"所至到处，择软草食，饮清凉水"，而在《牛赋》中贬斥驴则谓其"曲意随势，不择处所"，这一迹象本身就说明了两篇作品在赋物造语方面的关连。《佛说群牛譬经》这种伦理与审美观念的感触相通，不啻波及《牛赋》，同时也影响到了《黔之驴》。《黔之驴》与《牛赋》，状驴之妙直可颉颃比肩。其实《牛赋》中所谓的"怒则奋踯"，即《黔之驴》写的"驴不胜怒，蹄之"；而《黔之驴》有关"驴一鸣，虎大骇远遁"的描述，与《牛赋》"当道长鸣，闻者惊辟"事状殊相仿佛。至此我们就有充分的理由肯定，《牛赋》和《黔之驴》这两篇同出于作者遭斥永州时期的作品，应即属于柳宗元接触到了《佛说群牛譬经》以后而撰作的姊妹篇。

与《佛说群牛譬经》显著不同的一点，《黔之驴》主角驴的对方是虎而不是牛。这种寓言角色的变更，反映了两篇作品故事内涵的不尽一致，说到底是取决于《黔之驴》本身所概括的社会生活内容。在季羡林先生的论文里，曾以为《黔之驴》的老虎形象，就是来源于《五卷书》《益世嘉言集》里讲到的那张老虎皮。这作为一种推想未尝不可，但细究其实情恐怕未必如此。因为出现在寓言作品中的动物角色，毕竟是人类生活的某些力量和性格类型的再现，作者选择什么样的动物来担任角色，必须根据作品反映的社会生活内容而确定。至于《五卷书》《益世嘉言集》中提到的那一张老虎皮，不过是洗衣匠蒙在驴身上的一件弄虚作假的标志而已，很难说它与吃掉黔驴的老虎有什么必然联系。柳宗元的讽刺寓言，绝大多数写成于他身负沉重压力之际，他深感现实社会的黑暗与善恶是非的颠倒，对人世间种种暴虐不仁的现象充满着反感。《黔之驴》中所刻画的那只老虎，准确地讲是代表着当时社会上一股强大而暴戾的邪恶势力。这一势力具有的品格，在中国人的观念里，本来就很容易同老虎联系在一起的。

柳宗元敢于直面惨淡的人生，在《黔之驴》里塑造了老虎这一形象，并深含着愤恨对它进行严峻的鞭挞。尽管驴是这篇作品讽刺的主要对象，但作者对于老虎的揭露却并无半点宽贷，相反他对驴的鄙薄嘲诮，到最后还多少流露出一些“哀其不幸”的意味。如这种角色感情评价上显示出来的差别，乃是导源于作者对现实生活里各类不同人物的不同态度。清人钦善―《吉堂黔驴说》谈到这两个角色，至谓柳子厚“不敢怒虎，乃诮黔驴”，这显然是对本篇寓言思想面貌的绝大歪曲，也不符合柳宗元在他生活和创作中表现出来的一贯精神。

通过以上论证，我们对柳宗元《黔之驴》故事的取材来源问题，业已获得了更明确具体的认识。季羡林先生指出的《五卷书》等记载的古印度传说是为《黔之驴》之取材渊源，这一点已有充分的论据加以证实。但是，这种关涉到两个不同国家之间的文学故事之传递影响所以能够实现，离不开佛经翻译这一媒介，事实说明在上述这个古印度寓言众多的记载中间，与柳宗元发生接触的并不是那些天竺原典的故事记述，而恰恰是经过了汉语翻译的《佛说群牛譬经》。《佛说群牛譬经》作为这个古印度传说的变演形态之一，自天竺越过崇山峻岭译入中国，在这一传播递送过程当中充当了积极的传导者。以上这篇汉译佛典寓言，把一个古印度著名传说的创作经验，带给了柳宗元这位中国讽刺文学家，同时又以它自己的特殊面貌施加给《黔之驴》最深刻的影响。正是从这个意义上说，《佛说群牛譬经》即是《黔之驴》创作的主要蓝本，柳宗元构思结撰“黔驴技穷”故事取得成功，确实在很大程度上直接得益于它的感染和启发。

然而，谈到现在为止，我们在《黔之驴》取材来源问题上得到的认识，还不能说已经包括了本篇作品与印度寓言故事之间多重的关系。历史上中印两国文学的交感影响，呈现出错综复杂的情况，有时某一外来物语能同时或连续影响好几个本土故事，也有在一篇中国作品里包融着多个印度传说的成分。我们说《佛说群牛譬经》是《黔之驴》创作的蓝本，这主要是指影响到《黔之驴》故事主体部分的构成而言的，并不意味着由此就可以断认，这篇中国寓言仅仅只是受到一个天竺传说的沾溉。从“黔驴技穷”这一故事所展现的具体形态看，固然和

《佛说群牛譬经》最为相像，但它开头部分描述之老虎因不识驴而产生的误会和疑惧，则与《群牛譬经》尚有明显距离反而较接近于印度传说原型。这种局部性的问题，向我们表明柳宗元在创作《黔之驴》时，也许还曾接触过《大集地藏十轮经》《众经撰杂譬喻》等汉译佛典的故事记载，更有可能他从另一个佛经故事当中吸取了素材。要是我们能对译入中国的佛教譬喻经典多做些熟悉了解，那就未尝不可在季羡林先生既有论述的基础上进一步发现，《黔之驴》这个故事开头一部分的情节配置，显然又受到了另一个关于驴的古印度传说的交叉影响。

这个关于驴的古印度寓言，同样存在于汉译大藏经中，即《百喻经》第七十七个故事《搆驴乳喻》。寓言开头部分的译文是这样说的：

> 昔边国人不识于驴，闻他说言驴乳甚美，都无识者。尔时诸人得一父驴，欲搆其乳，诤共捉之。其中有捉头者，有捉耳者，有捉尾者，有捉脚者……

《搆驴乳喻》载入当时极流行的《百喻经》中，有更多机会引起柳宗元的注意。故事叙述偏远的边地本来没有驴，这里的人对驴亦无所知识，只听说驴的乳汁鲜美无比。有一次，他们自外地得到一条公驴，居然就把它当做母驴来挤乳汁。大家乱哄哄地瞎忙一阵，结果“徒自劳苦”而“空无所获”。这个寓言主旨讽刺见识仄陋者的可笑，教训意义与《黔之驴》并不一样。但我们注意到，如《搆驴乳喻》这样利用角色的误会来钩贯结撰情节的构思方式，实则也很明晰地贯穿在《黔之驴》开头一部分的故事架构之中。试观《黔之驴》里那只老虎，它的愚昧与孤陋寡闻，也简直活像个从未见过世面的乡巴佬。因为黔这个地方原来无驴，故它连驴之为何物亦属罔然，以至碰到一条从外面进来的驴，竟对它疑畏万分，“蔽林间窥之，稍出近之，慭慭然莫相知”，“他日，驴一鸣，虎大骇远遁，以为且噬己也”，在一段时间内出尽了洋相。尽管《黔之驴》故事的后半部分，极写老虎搏食驴时的凶猛，但这仍未掩盖掉它从佛经寓言角色那里承袭而来的气质上的弱点。我们细读作品可以发现，这两个寓言故事的有关情节，均围绕着一条驴来展开，而驴的对方在这过程中对它产生的一切误会，亦都是因为角色生长在穷乡僻壤而“不识于驴”。相似的行为出于相同的原委，故事的笑料总离不开一条外来的驴，要说其间传递影响之痕迹，那是最清楚不过的了。而且，在这里头最引人注目的地方，为《黔之驴》全文发端“黔无驴”这句话，即明明白白地是从《搆驴乳喻》首句“昔边国人不识于驴”一语套用转变过来的。

按我国古代所谓的“黔”，其地即指今贵州省及湖南西部一带，柳氏谪居的永州就在这个范围之内。这里唐代尚属蛮荒之区，而且与长安、洛阳相距甚远，在柳宗元看来当然是名副其实的边地，凭这一点就很容易和《搆驴乳喻》里所说的“边国”发生联想。柳宗元本人博学高才，精神境界超脱凡俗，革新失败后放逐到这里做一个小官，生活中找不到趣味投合的知音，心情常受压抑感和失落感的支配，与当地一班乡愿俗士格格不入。他在这段时间里创作的另一篇寓言《谪龙说》，就是作者这种精神状态的自我写照。闭塞的环境是滋生愚昧最佳的土壤，平庸的生活会养成可怕的惰性，如果有什么陌生的事物进入这块狭小的天地，很可能就会闹出许多笑话。不管是《搆驴乳喻》中边国人那种盲目的轻信，还是《黔之驴》里老虎的莫名疑畏，都能在这一地区士人的病态心理中找到类似的表现。柳宗元在永州生活了十年，对此间人士之偏执狭隘深有体验，《黔之驴》这个寓言主要是讽刺上层统治者，但也融合着作者在贬地观察风土人情得来的若干体验。鉴于柳氏的这一特殊心境，当他一旦接触到《百喻经·搆驴乳喻》的讽刺内容，就很自然地在他的情智活动中引起共鸣和反响。而有关这方面的感触，的确亦在显著程度上影响到了《黔之驴》的故事形态。

1989年5月

附注：关于《佛说群牛譬经》的故事，在汉译藏经中亦见于《增一阿含经》卷二十，并为梁僧旻、宝唱撰集之《经律异相》所载录。

原载《中华文史论丛》第四十六辑，此据陈允吉《佛教与中国文学论稿》，上海古籍出版社2010年版。

目连故事的演变

赵景深

一

目连救母的故事差不多是妇孺皆知的，其来源当为释典。这故事“见于佛经《经律异相》《撰集百缘经》及《杂譬喻经》中者，不止一端。关于目连的经典有：《佛说目连所问佛》一卷，宋法天译（《大藏经》本）；《佛说目连五百问经略解》二卷，明性祇述（《续藏经》本）；《佛说目连五百问戒律中轻重事经释》二卷，明永海述（《续藏经》本）。其他，《大庄严论经》里，有《目连教二弟子缘》（卷七），《阿毗达摩识身足论》亦有《目乾连蕴》（卷一）。他在佛经里是一位常见的人物。目连救母故事的缘起，在于《经律异相》”①。

但普通易得的目连故事的经典却是《佛说盂兰盆经》②。此书据说是西晋三藏竺法护所译，可见时代是很早的。不过我们所知的法护只有两个，一个是梁朝的，善草隶书；一个是唐朝的，著有《摄论指归》等二十余篇。对于这位较早的竺法护却不甚知道。③这故事说：

---

① 引自郑振铎《中国俗文学史》页二三四，商务版。

② 《佛说盂兰盆经》，佛学书局本。

③ 参看梁廷灿《历代高僧生卒年表》。

> 大目犍连始得六通，欲度父母，报乳哺之恩。即以道眼观世间，见其亡母生饿鬼中，不见饮食，皮骨连立。目连悲哀，即以钵盛饭往饷其母。母得钵饭，便以左手障钵，右手搏食；食未入口，化成灰炭，遂不得食。目连大叫，悲号涕泣，驰还白佛，具陈如此。佛言："汝母罪根深结，非汝一人所能奈何。……吾今当说救济之法，令一切难皆离忧苦。"佛告目连："十万众僧，七月十五日僧自恣时，当为七世父母及现在父母厄难中者，具饭百味五果，汲灌盆器，香油锭烛，床敷卧具，尽世甘美以著盆中，供养十方大德众僧……其有供养此等自恣僧者，现世父母六亲眷属，得出三涂之苦，应时解脱，衣食自然。"……初受食时，先安在佛前，众僧咒愿竟，便自受食。时目连比丘及大菩萨众，皆大欢喜。目连悲啼泣声，释然除灭。时目连母即于是日得脱一切饿鬼之苦。

这故事的意思很好，竭力避去个人主义的思想；为了救自己的母亲，应该想念到一切世人的母亲，务使"皆大欢喜"，所谓推己及人，博施济众，这正是佛教和一切正常的宗教的伟大之处。

这故事曾被皮特曼的《中国童话集》①所引用，惟已大加删改，题作《小孩与羹汤》，大意云：方孝子名工夫，因母亲吃鸡入地狱，便拿了羹汤，"舍生要想到地狱去寻母亲。后得知有一庙宇后面通地府，便冒险入内，第一次走到中途，倦极而卧，羹汤为饿鬼所劫；第二次遇狂风烈焰，羹汤又为饿鬼所劫；第三次故意将羹汤弄得很脏，鬼被欺，就不抢他的，方得见母，献上羹汤"②。

《大方便佛报恩经》③中也常提到目连。如《论义品第五》云："大目犍连，神力第一。"《优波罗品第八》记"大目犍连以弟子有病，上忉利天以问耆婆"，对答颇详，不及备录。

---

① Norman H. Pitman: *Chinese Fairy Stories*.

② 引自拙著《童话论集》页八〇，开明版。

③ 《大方便佛报恩经》，清同治十一年，昭庆慧空经房流通，失译人名，出《历代三宝记》卷四《后汉录》。

二

从佛经再看到变文吧。“今所见的《目连变文》不止一本。除伦敦、巴黎所藏的二本外，巴黎国家图书馆又有《大目连缘起》一卷（P.2193），惜未得见。北平图书馆所藏，又有三卷：

（一）《大目犍连变文》（霜字八十九号）

（二）《大目犍连变文》（丽字八十五号）

（三）《大目连变文》（成字九十六号）

一、二种全同伦敦及巴黎本。伦敦本最为首尾完全。”伦敦本藏伦敦不列颠博物院（S.2614），振铎曾录副在《世界文库》[①]刊布，题作《大目犍连冥间救母变文》，并附北平图书馆的丽字八十五号和成字九十六号二本于后；霜字八十九号则因“大约相同”，不录。

《大目连缘起》虽不能见到全文，幸而在一篇论文[②]里可以窥见一斑。冒头云：

> 昔有目连慈母，号曰青提夫人。住在西方。家中甚富：钱物无数，牛马成群，在世悭贪，多饶煞害。自后夫主亡后，而乃穷居；唯有一儿，小名罗卜。慈母虽然不善，儿子非常道心。……一日欲往经营，先至堂前，白于慈母，“儿拟外州经营求财，侍奉尊亲”。……娘闻此语，深惬本情；许往外州，经营求利。一自儿子去后，家内恣情。朝朝宰煞，日日烹炰，无念子心；——岂知善恶。……不经旬日之间，罗卜经营却返；欲见慈母，先遣使报来。慈母闻道儿归，火急铺设；花幡辽绕；院庭纵横，草秽狼藉。一两日间，儿子便到，跪拜起君（居。）……儿于一日行到邻家，见说慈母日不曾修

① 《世界文库》第一集，生活书店版。

② 青木正儿《关于敦煌遗书〈目连缘起〉〈大目乾连冥间救母变文〉及〈降魔变神押座文〉》，译文收入《中国文学研究译丛》，北新版。

善……问母来由，要知虚(实)，母闻说已，怒色向儿："我是汝母，汝是我儿，母子之情，重如山岳——出语不信，纳他人之困词，将为是实。汝若今朝不信，我设咒誓愿：我七日之内病终，死堕阿鼻地狱。"……慈母作咒，冥道早知；七日之间，母身将死，堕阿鼻地狱，受无间之余殃。……慈父已生于天上，终朝快乐逍遥；母身堕在阿鼻，日日唯知受苦。

"目连为要救母亲出家，修行得神通，到地狱中去，看见母亲受苦，不能忍，几次向佛请求，但终不见允。终于，母亲做了狗再生。目连依从佛的教导，设盂兰供养，使母亲得升天上。"这缘起大约也是唐五代的写本，目连的故事到唐朝差不多已经齐备；后来的增改极少。但这缘起也许可以将时代从晚唐五代推早到中唐。唐孟棨《本事诗》①云：

诗人张祜，未尝识白公。白公刺苏州，祜始来谒。才见白，白曰："久钦藉，尝记得君款头诗。"祜愕然曰："舍人何所谓？"白曰："鸳鸯钿带抛何处？孔雀罗衫付阿谁？非款头何耶？"张顿首微笑，仰而答曰："祜亦尝记得舍人目连变。"白曰："何也？"祜曰："上穷碧落下黄泉，两处茫茫皆不见；非目连变何耶？"遂与欢宴竟日。

白公就是白居易。王定保《摭言》卷十三也记过这件事，说明张祜诗为《忆柘枝》，款头作问题。（王世贞《艺苑卮言》亦作款头，疑从《本事诗》出。）②《大目连缘起》唱句云："自从一旦身亡后，何期慈母落黄泉。"此与"上穷碧落下黄泉"尤为近似。大约现存的几种变文中总有一种是中唐张祜所指《目连变》吧？

《大目犍连冥间救母变文》的情节，郑振铎的《中国文学史·中世卷》③已有述略。我先节录开端的序：

目连在俗未出家时，名曰罗卜……欲往他国兴易，遂即支分财宝，令母

---

① 《本事诗》收入《历代诗话续编》第一册，丁福保辑，医学书局本。

② 仓石武四郎《写在目连变文介绍之后》引王定保《摭言》原文。郑振铎《中国俗文学史》则转引《太平广记》卷二百五十一的引文。陈子展《最近三十年中国文学史》（太平洋书店版）指出《本事诗》也有类似的记载。

③ 见第三章《敦煌的俗文学》，商务版。

在后设斋供佛。……及其罗卜去后，母生悭吝之心，所嘱付资财，并私隐匿。儿子不经旬月，事了还家，母语子言，依汝口斋作福。因兹欺诳凡圣，命终遂堕阿鼻地狱中，受诸苦。罗卜三周礼毕，遂即投佛出家。……即以道眼访觅慈亲。六道生死，都不见母。目连从……悲，咨白世尊，慈母何方，受于快乐，尔时世尊报目连曰："汝母已落阿鼻，现受诸苦。汝虽位登圣果，知欲何为？若非十方僧众解脱之日，已众力乃救之。"故佛慈悲，闻此方便，用建盂兰盆，即其事也。

现在再节录一些有关的话：

频道慈母号清提，阿爷名辅相，一生多福造田园。

清提、辅相的名字，后来一直遵守着的，只是辅相改为富襄、傅相罢了。

纵得美食香飡，便即化为猛火。

食来入口，变为猛火。

七月十五日，广造盂兰盆，始得饭吃。……一切饿鬼总得普同饱满。

上引的话都可以看出这变文受了《佛说盂兰盆经》的影响。这变文叙目连经过地狱诸景，有：奈河、铁轮、刀山、剑树地狱、铜柱铁床地狱、阿鼻地狱等。此等描绘，后世增饰更多。

北平图书馆成字九十六号的《大目连变文》虽与"各本俱不甚同"，却并非一无倚傍的创作。试比较下列二节，可见因袭的痕迹：

伦敦本（P.2193）	北平本（成 96）
诸人答言启和尚，	诸人见和尚问着，
	共白情怀，启言和尚。
只为同名复同姓，	同名同姓有千媄，
名字交错被追来。	煞鬼交错枉追来。
勘当恰经三五日，	勘点已经三五日，
无事得放却归回。	无事得放却回。
早被妻儿送坟墓，	早被妻儿送坟冢，
独自抛我在荒郊。	独卧荒郊孤土捶。
四边更无亲伴侣，	四边为是无亲眷，
孤狼鸦鹊竞分张。	狼鸦□□□□□。

伦敦本末有“贞明七年辛巳岁四月十六日，净土寺学郎薛安俊写”一行。贞明七年即龙德元年，是五代梁末帝的年号，西历为九二一年。

三

孟元老的《东京梦华录》云：“构肆乐人，自过七夕，便搬《目连救母》杂剧，直至十五日止。”①这是很重要的记载。我们只知道北宋末年才有完全的戏剧。宋代的戏文我们所知道的，只不过《王焕》《王魁》等几种，不料连七天的《目连救母》杂剧，在北宋就已经有了。

大约目连戏从宋朝起，便演唱甚盛；直到明代，便有郑之珍编成《目连救母行孝戏文》②行世。此剧不称传奇，独称宋元所常用的“戏文”，且篇幅特长，有一百出；说不定这是自宋已有的东西，郑之珍不过略加删润罢了。

此剧是预备三天演完的，比宋代还少演四五天。上卷第一折云：“（末）且问今宵搬演谁家故事？（内）搬演《目连行孝救母劝善戏文》，上中下三回，今宵先演上回。”又下卷最末云：“诗曰：目连戏愿三宵毕，忠孝节义四字全。”演目连戏是了还愿，可说是自古已然的。

此剧的情节与佛经和变文并无冲突，只是略加增饰。例如，目连有妻曹氏，父母逼改嫁，不从，乃为尼，亦成正果。《西游记》中的猴精、黑松林、火焰山、沙和尚之类也都搬了进来。③曲文也不尽是牌子，也有很多像变文七字唱之类的东西，例如第七十八折《三殿寻母》的七言词：“日日抱儿在怀内，难开肉锁重千斤。日间苦楚熬过了，夜间苦楚对谁论？儿睡熟时娘不睡，心心又怕我儿醒。”像这样的句子，约有五十余句，一气呵成。接着又是一百多句。

变文的结局，青提夫人变狗后，终因目连的法力，得复人形而升天；但戏文

① 《东京梦华录》页三《中元节》条，董康刻本。

② 《目连救母戏文》，有富春堂本及马启新书局石印本。

③ 庄一拂曾比较戏文与《西游记》杂剧，撰有一文。

的结局，刘青提始终是狗；这是二者最大的歧异之处。

戏文第十四折《尼姑下山》为后来的昆曲《思凡》《下山》①所本，曾为青木正儿、郑振铎等所注意。周贻白亦有短文论到。②其实《思凡》并未引用戏文，仅开端诵子提到目连救母罢了。《下山》才有袭用戏文之处。例如：《下山》的《玉天仙》就是戏文里的《步步娇》；接着《一江风》也是大同小异的；《下山》的《菩提》也就是戏文里的《尾声》。

戏文第十七折《拐子相邀》和第十八折《行路施金》，到了清代曾改为皮黄《定计化缘》单独演出。③

戏文第六十一折《过黑松林》也可以单独演唱，名为《四面观音》，曩年王琴依工演此剧。④现在也改编为皮黄，名为《戏目连》⑤一作《后本目连救母》，其实应该称作《前本目连救母》，因为这时目连还不曾下地狱呢。

《目连救母行孝戏文》到了清代既可以单演昆曲《下山》和《四面观音》，又可以改演皮黄《定计化缘》和《戏目连》，可见它是富于吸收各种小戏的能力的。这现象直到后来还是如此，下面便要叙到。

戏文第五十九折《挑经挑母》我最喜欢。所谓"母向前时背了经，经向前时又背了母"，这种 dilemma 的心理最深刻，结果只好等量齐观，"似这等，横挑着，往前走"。戏文又曾改头换面，变为《龙华会传奇》。

四

清初康熙年间北京也演过目连戏。徐珂《清稗类钞》云："康熙癸亥，圣祖以

---

① 《思凡》是昆曲旦角有名的戏，《下山》则是昆曲副角五毒戏之一。这两出常被题作《孽海记》，收入《缀白裘》《遏云阁曲谱》《集成曲谱》《与众曲谱》等。

② 周贻白曾用笔名剑庐，作有《双下山》，刊《中国艺坛画报》第二十九号。

③ 《定计化缘》剧本，见《剧学月刊》。

④ 《四面观音》剧本，亦见《剧学月刊》。附有工尺，乃曹心泉所藏。并附有王琴依的演出照片四幅。此剧今能唱者极罕见。又咸同间伶工陈金爵亦有曲谱，傅惜华藏。

⑤ 《戏目连》见《戏考》第三十七册，大东版。

海宇荡平，宜与臣民共为宴乐，特发帑金一千两，在后载门架高台，命梨园子弟，演《目连传奇》，用活虎活象活马。”①大约这一段话是从董含的《等乡赘笔》(《古今笔记精华录》引)上钞下来的。推想起来，当时所演的大约就是郑之珍的《目连救母行孝戏文》了。

清乾隆间，内庭编演《劝善金科》，乃张照作。“剧凡十本，每本各由二十四出而成，共二百四十出。”②据嘉庆二十四年的恩赏档，知道这年十二月十一日到二十日曾在重华宫演过《劝善金科》，每日一本，共计十本，十日演完。首本名《忠良议事》，二本名《遣子经商》，三本以下，惜无名称。③孔德图书馆曾藏有《劝善金科》十册二百三十七出，为精钞本，似缺三出。④

民间流行的目连戏，其由来似甚久。山阴张岱云：

> 余蕴叔演武场搭一大台，选徽州旌阳戏子，剽轻精悍，能相扑跌打者三四十人，搬演《目莲》，凡三日三夜。四围女台百十座。戏子献技台上，如度索、舞絙、翻桌、翻梯、筋斗、蜻蜓、蹬坛、蹬臼、跳索、跳圈、窜火、窜剑之类，大非情理。凡天神地祇、牛头、马面、鬼母、丧门、夜叉、罗刹、锯磨、鼎镬、刀山、寒冰、剑树、森罗、铁城、血澥，一似吴道子地狱变相，为之费纸扎者万钱，人心惴惴，灯下面皆鬼色。戏中套数，如招五方恶鬼、刘氏逃棚等剧，万余人齐声呐喊，熊太守谓是海寇卒至，惊起，差衙官侦问，余叔自往复之乃安。(下略)⑤

这情形与现代的记载并无二致。

现代的记载，最著名的自然是鲁迅的《无常》和《女吊》。⑥钟敬文主持浙江民

---

① 任讷《曲海扬波》引，收入《新曲苑》，中华版。

② 引见青木正儿《中国近世戏曲史》。青木又云：“篇幅太长，未遑通读。规模宏大，行头丰富，信为王者之乐也。但曲辞平实无味，而少精彩。”《劝善金科》凡例云：“其源出于《目莲记》，旧本所存不过十之二三耳。”

③ 周明泰《清升平署存档事例漫钞》卷六页一。

④ 见《国立北平图书馆戏曲音乐展览会目录》。

⑤ 《陶庵梦忆》卷六。

⑥ 《无常》见《朝花夕拾》，《女吊》见《鲁迅全集》。

众教育实验学校所编的《民众教育》时，曾在五卷四、五、八期上调查浙江各县的民间戏剧。从那上面，可知绍兴六月多演《目莲戏》是为了追悼和超度横死的人而演的。做《目莲戏》时吹特制的乐器，名叫虾须。“虾须即长管喇叭，铜制，管长，有伸缩性。吹之其声都都。”[①]又知遂安常演《目莲戏》以防止瘟疫，驱除鬼魔。“只是一个剧本，表演十夜，每夜在表演前，必有‘弃五常’之举，由五个演员扮着五个恶鬼，后面一个红面孔的菩萨驱逐五个鬼，逐到一个有树林的郊外，作一次法术，再偷偷地回来。这个弃五常的行为，大概是‘驱瘟鬼’的意思。”[②]

最近《目莲戏》的讨论忽然热闹起来，先有适夷写了一篇《记越剧目莲救母》[③]，后来又有柯灵写了一篇《从目莲记说起》[④]，差不多我这篇文章就是被这两篇文章引起兴趣，才追踪的写了现在这篇文章的。后者只是一个杂感，主要点并非客观的记录，但柯灵改正了适夷的记录。适夷说傅员外是“驾坐白云，冉冉升天”；柯灵却说是白鹤。柯灵的话是对的，我曾问过钱济民君，他是绍兴人，他说：“富相在病中为白鹤架走，刘氏睹此，始痛失夫丧，继怨神灵不佑善人；其实那白鹤为天神仙骑，已接引富相登极乐了。”

由此可见切磋的益处，即如仓石云：“安徽泾县附近各村，有每五年或十年雇南陵的伶人来演《目莲戏》的习惯，这叫作‘平安神戏’。大抵是在冬季夜里，从太阳落山到第二天早上太阳出来，或者一夜，或者三夜七夜，普通是三夜完结，第一夜，是演目莲的父亲富相救济贫民的一段；第二夜是，演东方亮的妻子缢死的一段；第三夜，是演目莲的母亲刘氏游十殿的一段。[⑤]这三夜的搬演，正和戏文的上中下三卷的组织一样。只是所谓第二夜东方亮的妻子的事，我所藏的剧本中全然没有，大概是由什么通行的戏曲补入的吧。”仓石所不知道的东方亮

① 谢德耀《绍兴的戏剧》，见《民众教育民间艺术专号》。

② 汪士汉《遂安的三角戏》，见《民众教育》五卷八期。

③ 《文艺界》创刊号《丽芒湖上》。

④ 《奔流文艺丛刊》第一辑。

⑤ 《中华全国风俗志》下篇卷五。

妻子的故事，只要一看朱今的《我乡的目莲戏》一文[1]，就可以迎刃而解。朱今的故乡，是江苏溧阳，邻近安徽郎溪县，所以《目莲戏》也是安徽系统的，与泾县的相近，也有东方亮妻子的故事云："东方亮是一位肯做善事的有钱人。他的老婆也是和他一样和善的，时常做些斋僧礼佛救苦济贫的事。有一次，东方亮出了门，一名名字叫做大拐小骗的坏蛋特地扮了和尚来捉弄她，向她化缘；终于指定了把她头上戴着的金针化了去。东方亮回来了，大拐小骗却又拿了金针向她丈夫捣鬼，因而东方亮对于自己妻子的贞操发生了怀疑。等到他盘查了妻子的首饰，证实失掉那支金针时，他那愤怒是再也不能让那无罪的妻子分解的。后来那可怜的女人便只有牺牲生命来做她的保证了，她就私私地决定了自杀的路。"

这故事大约取材于《西游记》"刘全进瓜"的一节，可见《目莲戏》是能够吸收很多的故事的。朱今所记的既是安徽系统，当可与张岱的文章略作比较。如云："演唱三天的，还有一幕上旗杆的重要戏。旗杆搭在离台左近的一丈的地方内，特定的演员从台上跳上旗杆后，一直爬到旗杆顶，在顶上表演如像竖蜻蜓、翻绳索之类的工夫。"时日与武技均与张岱所说的相合。

绍兴演《目莲戏》也常夹有武技，如盛焕明的《目连》[2]云："最使人着急的例如：'九连环'，在台下直叠了二十九张桌子，由表演的武生一张桌一张桌子爬上去；由最高的桌上一连翻九个'跟斗'临空到地。这种表现到来时，就是戏将完了。"我个人在宁波城隍庙第三殿前也曾亲自看到《目莲戏》中如张岱所说的"蹬坛"的表演。

张岱所说的"刘氏逃棚"，绍兴戏里也有。盛焕明云："《目莲》这戏是以《捉目莲娘》为收场。那穿白衣白裙的目莲娘由戏台上直跳下台，就到处乱奔；后面追赶的是一个黑面，和一个花脸，手中锵锵的响着钢叉，这三个人可以在台下任意抓东西吃，且吃且追。被吃到的以为运气好，没有被吃的反而颓颓不快。目

① 见《太白》半月刊一卷八期。

② 盛焕明《目莲》，见复旦大学《摇篮》第二册。

莲娘可跑到一里路外去躲起来，或是在人堆里藏起来，直至追到以后，于是这十二年一次的《目莲》，就在人们的嚣嗤哭叫中散场了。”

张岱所说的“招五方恶鬼”，前记遂安目莲戏时曾经叙到。又，朱今紧接东方亮妻子上吊时说：“黄（应作王）灵官菩萨不能不因他们的善良而施行拯救了，结果是东方亮的妻子没有死。另外几个扮了五昌神角色从后台里赶出，吊杀鬼便从台面上一下子跳到地下逃走了，五昌神接着也就跳下来，观众之间又来一阵口哨和拍掌（大约这就是张岱所谓‘万余人齐声呐喊’），于是吊杀鬼尽往前面逃，五昌神紧跟在后面追，直到荒僻的三岔路口，吊杀鬼把面上的化装除了去，换了衣服，悄悄的回到戏台上。这一来，大家都认为凶煞赶走了，从此人口太平，目连戏的主要目的也就完成了。”据适夷所记则上吊的是赵（应作曹）小姐，她本已订婚与目莲，赵员外逼她改嫁，“女儿誓死不从，被老父痛打一顿，气愤上吊”。

《目莲救母行孝戏文》吸收了很多的戏，我已说过，地方戏也是如此，据适夷所云，连有名的“王婆骂鸡”也吸收了进去；甚至《笑林广记》中“飞到天上去了”也被引用。柯灵归纳适夷所叙的零段云：“《王婆骂鸡》《张蛮（适夷作张晚，似以蛮字为确）打爹》《哑子背疯婆》《阿宣逛妓院》，大家早就在生活里熟习的了。”朱今也说起溧阳“正剧之外的节目，大致有《一身二体》《搭观》《赵雀打老子》《小尼姑下山》等”。《小尼姑下山》与戏文同。《一身二体》大约就是《哑子背疯婆》，《赵雀打老子》当亦《张蛮打爹》之类，不过《赵雀打老子》更有风趣：“赵雀打老子，雷公菩萨来打他，可是赵雀没有死；因为赵雀的父亲一样也是打他的父亲的。”《搭观》所演的是一对乞丐夫妇，“丈夫是秃头，妻子是瞎子，互相嘲讽，互相谅解，科诨很多”。还有《白马驼金》，“前一世曾经穿过他一双草鞋，今生替他驼了十里路的金银”。这意思正与“一口棺材就是一个儿子”（适夷）相同。

《目莲戏》既是神怪戏，随带着发生了很多的习俗和信仰，略举如次：

一、禁忌“据云每次《目莲》上演，观众中定须死一个或是生一个，以至身弱或怀孕者都裹足不敢前去。即身子颇好而面孔略现晦气色者亦将被家中人阻止。以为正气不够，不足使妖魔却步。怀孕即只二三月者，亦往往不敢去赶热闹，原因是怕会遭小产”。(盛焕明)“看的是鬼戏，必须到天亮才归家，否则说不定会把鬼带回家里”。(适夷)

二、熨脸“跳吊的戏子跳得满头大汗，台上有人常常用粗纸请他烫脸。这种烫过脸、留下脸谱痕迹的粗纸，人们拿去可以治疟”。

三、寻宅“寻宅就是演员中饰文太师的一个人，赴酬神人家的供桌前念咒驱鬼出宅。这一天，酬神的人家必须素食，不得赌博同房及为不端之事，否则将有灾祸来临。文太师作法时，若口讷不能流利说话，则此家本年必将有祸事发生，此时阖家大小必须环跪于其左右，以求减轻祸害。文太师脸上的金粉，下妆后可卖三四元钱”。(鹤)①

四、瘫五猖“唱《目莲戏》时，台下供五处五猖神的神座，在演的当时，设若有一处倒了下来，则必有人昏迷瘫痪，不能言语，这时就须请老师父来施法，方可痊愈。痊愈后须给老师一二十元的酬金，作为谢仪”。(鹤)

据说这种《目莲戏》是刘伯温编的，恐不可靠。除上述绍兴、遂安、南陵、泾县、溧阳等地外，安徽的宣城、太平，江苏的宜兴，也都有《目莲戏》。

演戏的时日各地不同。例如：据上所说，北宋是七月初八到十五，共七天；明朝的戏文是三夜。清朝的《劝善金科》是十天。明末的徽州旌阳班子是“三日三夜”。泾县则一夜、三夜、五夜、七夜无定。大约是以穿插故事的多少为伸缩的。此外，如盛焕明所记，绍兴的是“六天六晚”；朱今所记，溧阳的是分“连三天的和只演一天的两种”，时间是“废历中秋节，十五日傍晚开始，十六日清晨完结，大家称为‘两头红’，取衔接落日和晨曦，作为象征吉兆的意思”。鹤却说是“七大本，三十余出，要七天七夜才能演完”。华也说：“《目莲戏》的出演必在夜间，自太阳落山起直到红日东升，方才收锣歇戏，所谓‘两头见日头’。……能演

① 鹤《目莲戏》，见《申报星期增刊》。

三夜，第一夜出神，第二夜出人，第三夜出鬼。”[①]据钱济民未刊的文章说：“绍属山阴县治的西面，每年逢到旧历三月十六日，我乡必演《目莲戏》。演员并不是专门人材充任，而是一般普通的商人，他们演此戏的技术据说是父死子继地世袭的。会演该剧的人，就只这么一班。每年三月初，他就暂时弃去职务而组成班底，往各地巡回演出。因为《目莲戏》是各乡的例戏，所以各乡的演期，也是排定年年不变的，他们要到四月底，才解散班底，复行经商。”大约每处是只演一天的吧？福建晋江县却是六月十三日观音生日演“目莲傀儡”(据陈植佩未刊的文章)。一唱就是七天。安徽也有，称为“小戏”，“这类似傀儡戏，不过这里所用的是菩萨的偶像，而不是傀儡。演出法是由演者将菩萨偶像持于手中演之，自作自唱”。

平剧方面，有《滑油山》，相当《戏文》第五十一折《过滑油山》；又有《游六殿》和《目莲救母》，相当于《戏文》第八十七折《六殿见母》；又有已经叙过的《戏目莲》，相当于第六十一折《过黑松林》。[②]平剧大约是由《劝善金科》改编的。

变文的直接系统该是宝卷却名为《目莲三世宝卷》。[③]这情节为前述各种所无；即云目莲以锡杖顿开地狱后，八百万孤魂尽都逃生，目莲二世便投生为黄巢，杀人八百万，以符其数。目莲三世又投生为屠夫贺因，“生平屠杀猪羊无数，到了功行满时，却改行向善”。最后目莲方救得母亲出来，同登天堂。这种三世传说，普通的唱本里也有的，标题八条，末一条云：“二世转黄巢，杀人八十万；三世转贺屠，杀猪成正果。”[④]民间故事也流传着三世传说，见于谢麟生和周健的记录。[⑤]京音大鼓和梅花大鼓都有《目莲僧救母》，不及详叙。综上所述，可列简表于下：

---

① 华《目莲戏》，见《上海晨报》。

② 《滑油山》见《戏考》第三册，《目莲救母》见《戏考》第二册。大东版。

③ 《目莲三世宝卷》，有翼化堂本。郑振铎《佛曲叙录》(收入《中国文学论集》)云：“此本格式很古，似其出现乃在《目莲救母》之前。”

④ 《目莲救母三世得道全本》，槐荫山房版开端有云：“开经卷：焚香念真经，诸佛世光听。”凡五言八句，此后才是七字唱和写白，似为宝卷之另一种。

⑤ 谢麟生的《目莲三世的传说》见一九三七年二月的《徽州日报》副刊。周健的记录见《朱洪武故事》。北新版。又，王显恩《中国民间文艺》页二四四引。

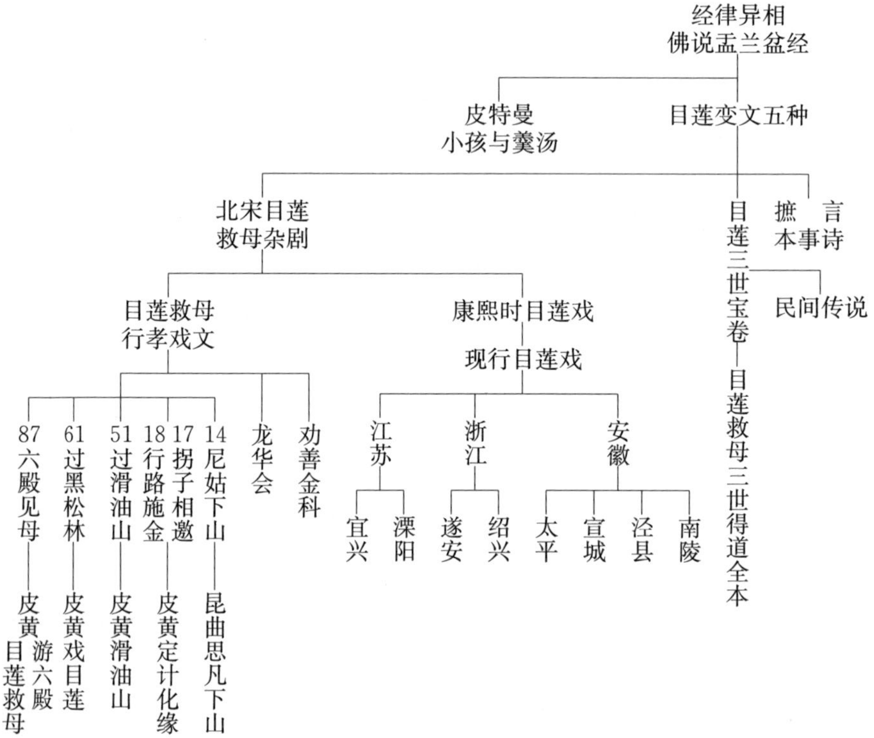

原载赵景深《银字集》,上海永祥印书馆铅印本,1946年。此据周绍良、白化文编《敦煌变文论文集》,上海古籍出版社1982年版。

《目连变》故事基型的素材结构与生成时代之推考

——以小名“罗卜”问题为中心

陈允吉

近世有关目连救母传说的戏文、宝卷和其他讲唱材料，凡演及故事主人公目连的身世，异口同声都说他早年未出家时有一小名“罗卜”，而“目连”则是其随佛出家后另外取的名字。鉴于目连传说紧贴着民间生活，内容通俗易懂，所宣扬主人公的孝行又至感人心，在中国被覆弥广而影响极其深远，其中许多情节常熟谈于耕夫文士及市民商贾、妇孺老幼之口，不胫而走在闾巷村墅及驿舍旅途之间，故“罗卜”这个小名能为我国各地民众所熟习知闻，几乎可与目连之本名相埒。我们自书面记载上推溯该小名之由来，实于敦煌出土的唐五代《目连变文》写卷中早已有之。

一

敦煌变文写卷之目连冥间救母变文，是我们目前所能见到该传说故事最早的书面记载，也是唐五代后繁多纷众续出目连作品的共同祖本。目连传说之兴起有赖于佛教的弘传，是华夏文化吸收外来养分酝酿出的一大硕果，而质其最初之生就，实由本土僧俗群众以《佛说盂兰盆经》为依托，并杂取《撰集百缘经》

《经律异相》等多种佛典记载糅合敷衍而成。虽素材大多从外来，但传说的创成却全在中国，因此它本质上已不算印度故事而是一个中国故事。该物语经众口授受不断发育成长，演变至唐代羽翼日趋丰满，体制愈益恢张，情节跌宕起伏，为当世最通行的俗讲题材之一。在本世纪初敦煌莫高窟发现的变文资料里，牵涉到《目连变》的写卷即有十六件之多。有些学者根据孟棨《本事诗》、王定保《唐摭言》中关于白居易和张祜相互调诮对方诗作的那条记载，认定至迟在中唐时期，上述传说已炽盛畅行于世俗社会。

出于探涉本文论题需要，我们翻检王重民、向达等编《敦煌变文集》收入之三种不同《目连变》写卷，即具知其间皆不乏目连早岁尝取小名“罗卜”的叙说。如 S.2614《大目乾连冥间救母变文并图一卷并序》云：

> 昔佛在世时，弟〔子厥号〕目连，在俗未出家时，名曰罗卜。①

P.2193《目连缘起》云：

> 昔有目连慈母，号曰青提夫人，住在西方，家中甚富，钱物无数，牛马成群。在世悭贪，多饶杀害。自从夫主亡后，而乃霜居，唯有一儿，小名罗卜。②

北京所藏成字 96 号《目连变文》残卷中，还保存了一段目连自述身世口吻的文字，其谓：

> 贫道生自下界，长自阎浮，母是靖提夫人，父名拘离长者。贫道少生，名字号曰罗卜。③

这几个卷子叙事取舍详略差异甚大，分别代表了目连传说在唐五代一些不同的演播形态。讲僧们搬演故事尽可各显神通，但及于小名“罗卜”则一概没有遗漏。而作为一个重要旁证，在《敦煌变文集》所辑 P.2418《父母恩重经讲经文》

---

① S.2614《大目乾连冥间救母变文》，《敦煌变文集》下集，人民文学出版社 1984 年版，第 714 页。
② P.2193《目连缘起》，《敦煌变文集》下集，第 701 页。
③ 成字 96 号《目连变文》残卷，《敦煌变文集》下集，第 758 页。

里，又明明白白有着“书内曾参人尽说，经中罗卜广弘宣”[①]两句唱词，索性将罗卜与曾参放在一起加以褒扬。一位天竺佛子救度母亲的事迹，居然可与本土孔门哲嗣曾参的卓行相提并论，真是夷夏同尊，声被四表，让普天下男女老少一并受到潜移默化，足见唐代人对目连的这个小名多么熟稔于心了。

如我们所晓知，目连是古印度佛教创立时代一位真实人物。他全称拘律陀·大目犍连，其中“拘律陀”是其原名，“大目犍连”为彼所属之姓氏。据有关佛教史料称，目连出身豪族，父为辅相，家道煊赫，资财无量。在宗教信仰上，他起先奉持六师外道，旋与舍利弗一起于王舍城从佛出家，成为积极追随释迦的忠实弟子，为弘扬佛法、摈斥异教不遗余力，并以通达神足著称于世，这一点也许就成了从他身上产生诸多奇异传闻的种因。后在激烈宗教冲突之中，他被婆罗门教众梵志围困杖死，故其入般涅槃要早于佛世尊。现今所见佛经中与他相关的诸多记载，大量的是虚荒诞幻的夸饰之辞，但亦包含着不少事实成分，用心剔去那些黏附在上面的神秘传说，方能大致了解其本来面目。约一百多年前，英国殖民者关宁汉氏在今南印度山奇大塔东北，发掘到了刻有他名字的骨灰石函，该石函为阿育王时代所镌，内中存放的确实是大目犍连本人的舍利骨。[②]斯人之历史存在无可怀疑，不过问题凑巧出在，所谓小名一说却是茫然难能稽考。我们翻阅记及目连比丘事状的汉译天竺佛典，发现里面只是说到他加入佛教僧团之后，世尊认为“拘律陀”一名属“高世之号，花而不实”，敕其“还字大目犍连”[③]，他即遵奉佛旨不再使用原名，改以“大目犍连”这一族姓作为名字行世，而从未提起过他曾别有一个叫做什么“罗卜”的小名。

《目连变》是个通俗讲唱作品，决非旨在为大目犍连尊者树碑立传，当然允许跳越生活中的具体事实进行虚构。为了求得取悦听众的效果，给主人公添上

① P.2418《父母恩重经讲经文》，《敦煌变文集》下集，第676页。

② 参见法舫《舍利子及大目犍连的舍利发现考》，《佛教文史杂考》，大乘文化出版社1979年版，第132—134页。杨曾文主编：《当代佛教》第二章第二节，东方出版社1993年版，第61页。

③ 《中本起经》卷上，《大正藏》第4册，第154页。

个小名本不足怪。我们看待这处细节，大可不必从是否符合历史真实的角度去衡量其利弊得失，需加深思的倒在这一称谓本身的来历。有位俗文学研究工作者说得好："民间故事固然都是虚构的艺术创造，但是其形象和情节的构成却不是无源之水。"①传说创作仍有其自身的规律要遵循，照样不给事出无因的东西留下任何地盘。"罗卜"这个小名作为《目连变》故事整体内容的一分子得以成立，总应该先具备某种在当时人看来可供挪借、附会的由头，其特点在于多少能从哪个方面同目连这位故事人物挂得上钩，而后才会有好事者将它拿来翻个花样与其他素材一起加以编织。诸如此类情形，往往没有很多大道理好讲，其手法之幼拙可笑亦尽堪指摘，但放到俗文学演进流程中去考察，那就显得一点也不稀罕。极有可能，这种导致故事结撰者依傍撮合的诱发性因素，就潜藏在参与了目连救母传说生成的那些原始材料中间。

基于如上思路，多年前台湾罗宗涛先生便对这个问题付诸研究，他以检讨《目连变》故事形成之缘由为立论背景，将勘合作品人物的翻译名义做着眼点，认为目连传说之所以能凭借《佛说盂兰盆经》衍生出一个形制完整的故事来，颇得力于《撰集百缘经》卷五《饿鬼品》内一些缘起的附益和沾溉。此经很早由东吴支谦译出，《饿鬼品》内共收入十则饿鬼故事，详参其第六则《优多罗母堕饿鬼缘》的情节构成，与目连救母故事对照"实极接近"，宜其曾对后者基本形态的确定起过显著影响。而梵语音译人名"优多罗"一词，按照它的意思来翻译应作"上"。据此罗先生即怀疑，《目连变》里"罗卜"这个小名，乃由"罗""上"二字的连文讹变而来："罗"是《优缘》中人名"优多罗"的最后一个字，"卜"为该人名意译之"上"字由形体相近而发生的讹夺，此二者上下相连配合，就演成了变文里采用的"罗卜"一名。②

---

① 张紫晨《孟姜女和秦始皇》，《孟姜女故事论文集》，中国民间文艺出版社1983年版，第129页。

② 罗宗涛《敦煌讲经变文研究》，第一章第九节，文史哲出版社1972年版，第239页。另台湾静宜学院《中国古典小说研究专集》第4辑所刊陈芳英《目连救母故事的基型及其演进》一文，对罗宗涛先生这方面的观点亦有介绍。

在近期敦煌变文研究领域中，罗宗涛先生所从事的工作自为一家之学，具有较强的系统性。爰及“罗卜”是名成因之推考，罗氏注意到了作品人物翻译名称的音义互连，力图从与变文故事生成相关的佛典资料中去寻找它的来源。这些考虑把握到了变文故事情节产生的源流因果关系，本应说大方向不谬，沿着这条思路去认真摸索，当有希望将问题解决得很好。但遗憾的是，结果仍然产生了偏差。试就罗先生对该小名由来提出的解释作些审度，可察知其中之主观臆断尚不能免。例如，他自“优多罗”这个音译名里，单独挑出一个字来与该词之意译作搭配，实在叫人参不透采取此项举措的理由及可行性究竟何在；更何况从他所说的“罗上”二字蜕变至变文内的“罗卜”，还必须借助于可能发生的讹变。这一通考释全部建筑在假定之上，而罗先生又把假定当作了现实，其任意处置的弊病至为明显，对事情去来脉络的交代也显得弯弯绕绕，很难讲具有多大的说服力。在俗文学现象的探治方面，举凡论证甲事物和乙事物之间的传递影响关系，应以明确了达的说明为第一义谛，如果在这两者中介环节上兜的圈子越多，对主观设想的前提和可能性执持得越牢固，所作出结论的可信性就必然越加薄弱。故罗先生关于上述问题的探溯，并没有指出一个正确而合理的答案。

既然罗先生原先想法大致对路，何以到后来又偏偏走错了门户呢？求其症结所在，恐即植因于他在观察《目连变》故事的钩结生成时，对参合其间各种因素取舍委纳状况的判断尚不明晰，有意无意地将《撰集百缘经·优多罗母堕饿鬼缘》一篇起到的作用估计得太高了些。《优缘》无疑曾给目连传说施加了难以磨灭的影响，它介入此传说故事的形成过程，能在《盂兰盆经》这块衬底的布料上穿针度线、扩其规模，对于《目连变》演成一个人情味很浓的家庭故事格局颇关紧要。但《优缘》叙述的物语与大目犍连其人原不相干，它所塑造的一位男青年角色优多罗，也根本说不上是变文里目连的原型。目连传说自该缘起中移挪过来的若干情节，较多还是被嫁接在青提夫人这个人物形象上面，波及到目连的只是少数事例。而真正被变文演绎者用来着力表现主人公禀赋品质和行为活动的那一连串情事，则大部分是融摄、提炼了佛经中间与大目犍连直接相关的记载。这些佛典原始材料分布面广，移植递转亦较方便，与《目连变》关系之密切理应比《优缘》更进一层，哪怕具体到如“罗卜”这个小名，诱致其生起之由头最大可能即或出自此间。罗先生因过分看重《优缘》而忽略了这部分材料的价值，这不能不说是一种认识上的偏颇，其运用于研究实践后果如何就可想而知。

认真研析一下构成《目连变》故事梗概的诸多素材，有充分证据表明它确实主要是在佛典目连记载的底架上搭建起来的。《佛说盂兰盆经》早见著录于梁僧祐《出三藏记集》卷四及隋费长房《历代三宝记》卷一四，又为僧祐同时代人宝唱等辑入《经律异相》卷一四，唐初道宣《大唐内典录》卷二将它置于“西晋朝传译佛经录”内，至盛唐智升《开元释教录》卷二始谓其为竺法护所译。大抵此经乃西晋时代佚名者翻出，智升把它系于竺法护名下显属误会。有些研究者抓住这部经典宣扬了“孝亲文化”而断言它是中国人写的伪经，则未免失诸轻率，因为类似这样的思想，实际上在印度早期佛典中表现非常普遍。按是经演绎的目连设盂兰盆解救其母倒悬之苦一事，包括他以“道眼”见其亡母在饿鬼中不得饮食，“即盛钵饭往饷其母”，“食未入口，化为火炭”，以及他“驰还白佛”，佛告以“汝母罪根深结”，并为说“救济之法”等，乃变文全部内容之核心，整个讲唱故事即由此胚胎转变、衍生而成，其于作品中间占据的主导地位自然不容稍加移易。

其次谈到《撰集百缘经》卷五《饿鬼品》，此中自第一至第五则缘起，依次为《富那奇堕饿鬼缘》《贤善长者妇堕饿鬼缘》《恶见不施水堕饿鬼缘》《槃陀罗堕饿鬼身体臭缘》和《目连入城见五百饿鬼缘》，悉皆以目连尊者与饿鬼答问为贯穿物语首尾之线索。它们演示各色人物堕入饿鬼道受苦，述其原因则无非都是“心生悭贪”“不施沙门及辟支佛故也”，由此业缘招来无量罪报。此类显示因果报应明验有征的物语结构，对目连传说形成所起的作用亦甚显著。至如变文中目连上天入地寻访慈母一节，铺叙形容益极精彩，主人公精诚感人至深如是，辄令听众们为之含悲欷歔。兹考其参照摹袭之蓝本，实即该品第五则《目连入城见五百饿鬼缘》如下一段摹述：

> 时大目连，即便入定，观诸饿鬼为在何处。于十六大国，遍观不见。次

阎浮提，至四天下，及千世界，乃至三千大千世界，都观不见。①

这段文字扼要简短，但一到《目连变》里，就敷衍出长长大篇的情节。所谓“上穷碧落下黄泉，两处茫茫皆不见”，以上文学作品感触相通所引起的连锁反应，还辗转传送给了白居易《长恨歌》和陈鸿的《长恨歌传》，成为中印两国文化交流史上一桩绝妙佳话，其始作俑者便是这个古老的目连记载。

其他佛典同类题材对《目连变》故事熏染较显著者，尚有《目连弟布施望即报经》、《佛五百弟子自说本起经》第三《摩诃目犍连品》和《贤愚经》卷四《出家功德尸利苾提品》等。《目连弟布施望即报经》可见于《经律异相》卷一四，它“不仅是目连劝母施善情节的素材，还是目连父因施善而进入天堂享乐的原体内容”。②又传说关于目连是个孝子的说法，盖出自《佛五百弟子自说本起经》第三《摩诃目犍连品》以下四句偈赞：“是故当悦心，至孝事父母，用欢悦心故，人得胜天上。”③而《贤愚经》卷四《出家功德尸利苾提品》，讲到目连凭神足带尸利苾提飞行诣彼地狱，目睹铜镬、刀山、毒箭、白骨等众多厉怖丑恶事物，也为变文有关这方面的描写开启了先例。

佛典目连记载在《目连变》故事中体现的素材优势既如上述，而变文主人公目连之所以成为我国俗文学史上一个著名人物形象，同样离不开这些原型材料的举托和铺垫。于此联系到他小名“罗卜”来源的考溯，若然要找个合适的突破口，与其像罗宗涛先生那样在“优多罗”一词上打主意，毋宁直截了当去稽考一下目犍连本人译名的音义问题，这或许能帮助我们找到某些解开疑问的蛛丝马迹。

二

按“大目犍连”一词，梵文为 Maha-maudgalyāyana，如纯用梵音对译则称

① 《撰集百缘经》卷五《饿鬼品·目连入城见五百饿鬼缘》，《大正藏》第 4 册，第 224 页。

② 朱恒夫《目连戏研究》第一章第三节，南京大学出版社 1993 年版，第 26 页。

③ 《佛五百弟子自说本起经》第三《摩诃目犍连品》，《大正藏》第 4 册，第 191 页。

“摩诃目犍连”。其他省去了词头 maha 的音译名，尚有“目乾连”“目揵兰”“目伽连”“目伽略”“目犍连延”“毛驮迦罗”“没特伽罗”等。“目犍连”一称出自鸠摩罗什所译《法华》《维摩》《弥陀》等中土流播极广的大乘经里，虽因对音讹略而为唐代的译经家们诟病，但仍在历史上最为通行。复论其意义之翻译，maha（摩诃）应译作“大”无任何异义，而欲探明小名“罗卜”一词来历所必须弄清楚的关键问题，正是 maudgalyāyana（目犍连）这个名号所指的实际意义。洵如上文叙及，“目犍连”起初是个姓氏，嗣后被人们当做名字来称呼这位比丘，故未尝不可与“罗卜”置于对等地位上来作些研究。考虑到目前学术界的看法，犹普遍认为《目连变》故事兴盛的时间是在唐代，我们的调查也就先从唐代的佛典翻译资料做起。

李唐之世，佛教在中国的流布达于鼎盛，翻经事业取得长足进步，所著译的内典亦浩如烟海。然而说到对经书事类名相翻译音义的解释，则搜罗之广莫过于唐初玄应《大唐众经音义》及中唐慧琳《一切经音义》。慧琳《音义》成书居后，其纂集过程之中尝广收玄应、慧苑诸家成果，博引佛典及外书注疏，勒成洋洋百卷，尤称丰赡详备。按该书之卷六、卷八、卷一二、卷二七、卷八六，均有与“目犍连”音义问题相关的述解，兹迻录其卷六、卷一二两条略见其例：

> 采菽氏，古译梵语云大目乾连，讹略不正。正梵语云摩诃没特伽罗，唐云大采菽氏，俗云绿/菉豆子，古仙人号也，目乾连是此仙种。[①]
>
> 目犍连，梵语讹略也，正梵音云没熊奴得蘖啰（转舌）。唐云采菽氏，此大阿罗汉上祖是采菽、菉豆仙之种裔，曰以为氏也。[②]

而玄应之《音义》卷六，则尝于厘析“目犍连”新译“没特伽罗”一语时曰：

> 没特伽，此云绿豆；罗，此云执取，或云挽取。[③]

唐人涉及佛经翻译名称，讲究正音和精确转述原义，这是当时译事趋向成

---

① 慧琳《一切经音义》卷六，《佛藏要籍选刊》第 3 册，上海古籍出版社 1994 年版，第 30 页。

② 慧琳《一切经音义》卷一二，《佛藏要籍选刊》第 3 册，第 71 页。

③ 玄应《大唐众经音义》卷六，转引自罗宗涛《敦煌讲经变文研究》，第 235 页。

熟的表征之一。上面所引三条资料，咸以“采菽”或“菉/绿豆”充当“目犍连”(没特伽罗)的意译名；若再加仔细区别，“采菽”应属比较雅训的正译，“菉/绿豆”便是一个摄意不很全面的通俗称呼。反正“菽”者即“豆”是也，两方面指的都是豆类植物，涵义差别不大，无妨在社会上一并流通。爰论及该姓氏为传说中远古菉/绿豆仙人种裔云云，那就像说释迦牟尼所属氏族为甘蔗王种一样，自不乏文献和古德授受的依据，非常切合古印度人的传统观念。而考以同时期佛僧另外一些著述，所说亦大要不出上述樊篱。如唐释宗密《佛说盂兰盆经疏》卷下云：“此人姓大目犍连，唐言采菽氏，彼国上古有仙，常食菉/绿豆，尊者是彼之种族也。”[①]敦煌写本 P.2188 唐中京资圣寺沙门道液《净名经集解关中疏》卷上云：“目连，此云采菽性也，辅相之族。”[②]总而言之，与李唐王朝三百年兴衰的历史相始终，当时人们所认可的“目犍连”意译，应该是“采菽”或者“菉/绿豆”。

以上初步的调查结果，似并未为本文需解决的问题提供什么启示和证据。目连的小名叫“罗卜”，而其佛经原型人物“目犍连”这个名号的意译却是“菉/绿豆”，它们明指两种不同的事物，殊难相互递嬗或合二而一。倘然说“菉/绿豆”与“罗卜”在均可供给人类食用这一点上相同的话，言物种则判然有异，“菉/绿豆”显系豆类，“罗卜”当属菜类，只要稍具生活常识的人，即不至于会把这两样东西混淆起来。所以无论“目犍连”的意译名叫“采菽”还是“菉/绿豆”，都不大可能成为引发起《目连变文》内“罗卜”这个小名的潜在因素。

但面对着此重隔阂，我们全无必要认为事情到这里已彻底碰壁了。就以“罗卜”“菉/绿豆”两种类别不同的事物论，它们在通常情况下固然不致混淆；问题是到了转梵为华的佛典翻译中，就说不定会发生阴差阳错。诚如历史上许多译师们感叹的，将印度佛典传译到中国，委实是一件烦难的工作。且不说佛理的深奥难懂，即便是原经中提到的一样极平常的东西，也常苦于“华梵所分，致

① 宗密《佛说盂兰盆经疏》卷下，《大正藏》第 39 册，第 507 页。

② P.2188 道掖《净名经集解关中疏》卷上，《大正藏》第 85 册，第 455 页。

形扞格”，竟然在很长一段时间内未能准确传达出它的本意，乃至误译若“指鹿为马”者亦未尝少见。需经好几代译人的反复斟酌，厥后甫能获得一个与原经所指事物如实相应的翻译名号。关于maudgalyāyana一语的译义问题，固然反映出“定文若斯之难”，它一路上过来费尽翻译者的脑汁，译名亦不断在翻新，“采菽”和“菉/绿豆”无非是到很晚才形成的确定译法。而在此前出现的多个旧译名内，确有将它同“罗卜”不加分辨地牵扯在一起的。

关于“目犍连”的意译旧名，多散见于佛藏部分译经的附注及疏解之中，片羽碎金，查找起来很不容易。宋代姑苏景德寺僧法云《翻译名义集》卷一《十大弟子篇》，则有一长段文字用以介绍“目犍连”译名之由来及沿革，兹引录其全文如下：

> 大目犍连。（鸠摩罗）什曰：目连，婆罗门姓也，名拘律陀。拘利（律）陀，树名，祷树神得子，因以为名。《垂裕记》：问：《大经》云，目犍连即姓也，因姓立名目连，何故名拘律陀耶？答：本自有名，但时人多召其姓，故《大经》云耳。《净名疏》云：《文殊问经》翻莱茯根，父母好食，以标子名。真谛三藏云：勿伽罗，此翻胡豆，绿色豆也，上古仙人，好食于此，仍以为姓。正云摩诃没特伽罗，新翻采菽氏，菽亦豆也。《西域记》云：没特伽罗，旧曰目犍连，讹略也。①

这条材料诠次旧说，不无参考价值。当然其间叙述“目犍连”译义的沿革尚不完整，诸如湛然《法华文句》道及之又尝译为“赞诵”等皆付阙如，唯于本文所亟需查明的问题上看，却已经透露了一些确凿消息。据此我们再作些考核，可了解到唐代以前出译的佛典中，最先使用豆类植物名称来翻配maudgalyāyana这个词的，实为南北朝末陈代真谛（499—569）翻译的《部异执论》。若时间更向前推一些，即有《文殊问经》曾将它翻成“莱茯根”。道是一种显著不同于“胡豆”“菉

① 法云《翻译名义集》卷一《十大弟子篇》，《佛藏要籍选刊》第3册，上海古籍出版社1994年版，第633页。

豆”“采菽”的异译，反过来倒可以与“罗卜”搭上些关系，不能不引起我们的高度注意。

按《翻译名义集》称《净名疏》提到的《文殊问经》，原属大乘律藏中一部典籍，计有二卷，其全名为《文殊师利问经》。梁武帝天监十七年(518)，敕扶南国沙门僧伽婆罗于扬都(即建康)占云馆译出，袁昙允任笔受，光宅寺沙门法云参与详定。此经《历代三宝记》卷一一、《开元释教录》卷六俱有著录，并收入宋《碛砂藏》第二十函第193册及日本《大正藏》第14册《经集部》。今检《碛砂藏》本该经卷上之《序品》“大目犍连”名下，附有一行简短注文，谓：

此言罗茯根，其父好啖此物，因以为名。①

如是寥寥数语，看上去一点也不显眼，却是中古译经师曾用“罗卜”一类事物抵当“目犍连”译义的原始记载。校以其他刊本文字，《大正藏》及《乾隆版大藏经》与之完全相同。而寓目所见后世征引过这条材料的佛教著述，除宋代法云《翻译名义集》外，尚有唐天台宗荆溪大师湛然《法华文句》卷一、敦煌P.2049佚名《维摩经疏》卷三。我们的查考迄止于此，总算触摸到了《目连变文》中主人公小名“罗卜”来源的边缘，相信它的出现肯定与《文殊问经》“罗茯根”这个译名颇有瓜葛。殊令笔者感到欣喜者，是近年出版的朱恒夫先生《目连戏研究》一书，似对于个中干系早已有所察觉。该书之第一章第三节在解释目连出家前何以定名为“罗卜”时说：“大概是汉译佛经中把目连名字翻译成‘大莱茯根’，而‘莱茯’和‘罗卜’谐音，民间就把‘莱茯’喊成‘罗卜’了。”②其说庶几近之。

不过朱先生这一看法，主要是通过直觉得来的，故还略嫌未能尽其了义。按所谓“罗茯”“莱茯”之与“罗卜”，非特谐音相关，实则共为一物。“罗茯”《尔雅》作“芦萉”，有些中古的史料则称之为“芦菔”或者“萝菔”。如《后汉书》卷一一《刘盆子列传》云：“时掖庭中宫女犹有数百千人，自更始败后，幽闭殿内，掘庭

① 《文殊师利问经》卷上《序品》，宋《碛砂藏》第20函第193册，第30页。

② 朱恒夫《目连戏研究》第一章第三节，南京大学出版社1993年版，第23页。

中芦菔根，捕池鱼而食之，死者因相埋于宫中。”[①]《北史》卷七三《张威传》云：“在青州颇事产业，遣家奴于人间鬻芦菔根，其奴缘此侵扰百姓。”[②]《太平御览》卷九八〇引《正论》云：“理世不真贤，犹治病无真药，当用人参，反得萝菔根。”[③]按照魏晋南北朝时人们的用语习惯，凡涉及到“萝茯”“萝菔”“芦葩”“芦菔”，所指的事物皆是“萝卜”，其读音亦与“罗卜”大致相同。《尔雅注疏》卷八《释草》一三“芦葩”一条郭璞注云：“芦音罗，葩薄北切。”[④]由此可知是时“芦”“罗”“萝”三者的发音相仿，而“茯”“菔”“葩”则均应读作入声促唇音 buk。《尔雅注疏》卷八同条邢昺疏云：“紫花菘也，俗呼温菘，似芜菁大根。一名葖，俗呼雹葖。一名芦菔，今谓之萝卜是也。”[⑤]又郝懿行《尔雅义疏》卷四《释草十三》“芦葩”条曰：“芦菔又为萝蔔，又为莱菔，并音转字通也。”[⑥]郝氏所云的“莱菔”一词，多见于唐宋时代典籍，估计它的出现当与“罗”“萝”在隋唐音里需读成 la 有关。故《法华文句》《翻译名义集》征引《文殊问经》这条材料时改“罗茯”为“莱茯”，大略就是考虑到了上述读音的变化。而“罗卜”这一草本植物被人们拿来食用的，主要是它根的部分，所以在一般人的观念中，“罗茯根”与“罗卜”实无多大区别，甚至干脆将它的根部叫做“罗卜”。例如《本草纲目》卷二六《菜部》“莱菔”条李时珍《集解》即云：“菘乃菜名，因其耐冬如松、柏也，莱菔乃根名。”[⑦]这样说到最后，无非证明了“罗茯根”也可以称作“罗卜”。

章炳麟的《初步梵文典序》一文，尝发言纵论我国佛经翻译演进大势，其云：“佛典自东汉初有译录，自晋、宋渐彰，犹多皮傅。留支、真谛，术语渐密。及唐玄奘、义净诸师，所述始严栗，合其本书。”[⑧]非常有意思的是，如果我们比较一下

---

① 《后汉书》卷一一《刘盆子列传》，中华书局点校本，1965 年版，第 482 页。

② 《北史》卷七三《张威传》，中华书局点校本，1974 年版，第 2533 页。

③ 《太平御览》卷九八〇，中华书局影印本，1960 年版，第 4340 页。

④⑤ 《尔雅注疏》卷八，中华书局影印《十三经注疏》下册，1980 年版，第 2626 页。

⑥ 郝懿行《尔雅义疏》卷四《释草十三》，国学基本丛书简编，商务印书馆，第 31 页。

⑦ 李时珍《本草纲目》卷二六《菜部》“莱菔”条，人民卫生出版社 1978 年版，第 1615 页。

⑧ 章炳麟《初步梵文典序》，《章太炎全集》第 4 册《太炎文录初编》，上海人民出版社 1985 年版，第 488 页。

"罗茯根""胡豆""采菽"这三个不同时代译出的名称,其间呈现之状况实与章氏论述的趋势大致相当。这里面"采菽"这一动宾结构的译名,可确认是合于梵文原经本意的正译;陈代真谛翻的"胡豆"纠正了前译的疏失,但并没有把原文"执取""挽取"的意思体现在内,只能说是给 maudgalyāyana 的意译确定一个较具体的范围。爰论及梁武帝时僧伽婆罗《文殊师利问经》译本注出的"罗茯根",则连梵经原文指的是什么东西都没有搞清楚,就只好归入"犹多皮傅"的误译一类了。该条附注言及"大目犍连"一姓来历,还将"上古仙人,好食于此"错解作"其父好啖此物",这位外来沙门的翻译水准如何由兹可见一斑。尽管"罗茯根"这一译法并不可取,流行的时间总共不过数十年,但要寻找变文内目连小名"罗卜"的渊源所自则非其莫属。它终究是历史上的客观存在,加上《文殊问经》系奉梁武帝诏旨所译,而参与详定该经译文的光宅寺僧法云,又号称"学徒海凑,四众盈堂"①,在一段时间里照样能散布其社会影响。反之,从演绎目连传说的讲唱僧这方面看,"罗茯根"(罗卜)之译名本身即为故事原型人物大目犍连所有,自然不妨信手挪动一下,将它附会成一个小名连带套在变文主人公目连的头上。无论"小名"一说怎样出自他们的杜撰,像这么捕风捉影、拆东补西地穿插情节,正好就是俗文学故事创造者的惯用伎俩。对于面向平民大众的变文讲唱来说,要激起听讲对象的兴趣,决不能缺少此类迁想牵合的敏感和叙事能力。

《目连变文》给目连添置这个小名,显然是根据我国僧伽制度和出家人的实际情况加以敷衍的,目的在于使整篇讲唱更利于对本土群众进行化俗宣传。变文里的目连性行至孝,柔顺温和,极受世间人的器重爱怜,不用分说已染上了浓厚的本土情调。他以一位良家子弟身份皈依佛门,必须像许多普普通通的中国僧人那样,在出家时另取一僧名代替原有的俗名。僧、俗名字之更换是中国佛教长期坚持的一项制度,于此置若罔闻便得不到听众的首肯。为在说故事时满足上述需求,"目连"一名就被讲唱者安插于僧名的位置上,而小名"罗卜"之施

① 道宣《续高僧传》卷五《法云传》,《高僧传合集》,上海古籍出版社 1991 年版,第 144 页。

设，则多半是要用它来填补俗名的空缺，不过这一处置也迎合了此方人士喜欢用动植物名叫唤孩子的好尚。虽然“罗卜”仅仅是 maudgalyāyana 的意译，与其音译“目连”同出一个梵文词语，但有变文这番分拆和就近的编派，殊能让人体验到一种宛然如真的感受。在广大群众心目中，罗卜真是个善良诚朴的好小子，青提夫人身上则有较多缺点，这样平凡而关系简单的家庭，在中国的城市、乡村几乎到处都有。故事说到母子俩因施舍沙门而产生意见分歧，在平静家庭生活中掀起了无形的波澜。罗卜外出经商前叮嘱母亲，要她设斋供养佛、法、僧三宝，青提却阳奉阴违、隐匿财物，及至儿子归家又说谎搪塞，罗卜便信以为真。这些琐碎细事的叙述，均弥漫着真实的人间气息，仿佛事情就发生在每一位听众的近旁，由此非常有效地强化了作品的特定氛围。而随着故事矛盾冲突的越加激化，目连的一言一行又时时引发起他们心灵强烈的回应。如此亲切的艺术感染力，不会出自那些原封不动的异域之谈。《目连变》故事之所以能千数百年来在震旦大地上持久繁衍、长盛不衰，根本原因是由于它相当彻底的实现了本土化，泄导出了成千上万普通百姓的感伤悲喜之情，与此地民众的生活意识、伦理观念和审美趣味达成忻合无间。小名问题纵然细微，同样是古代讲唱者力求适应中国现实生活的一处心眼所在。

三

“罗卜”一名来源既如上述，随着此宗疑案的开晓，又触发起我们对《目连变》故事生成时代的思索。信如前文所论列，盖“罗卜”小名之设本服膺于敷演故事的需要，而敷演出基本成型的故事又少不了一个小名。那就理所当然，它的形成亦必然为后人鉴别目连救母传说分娩出世的时间留下一瓣清晰的痕记。

自南北朝迄于唐代，关于“目犍连”一词的本义存在着多种异译，至有唐之世基本上将“采菽”及与其相关之“菉/绿豆”定为正译。但是我们从敦煌三种卷子一皆以“罗卜”作为目连小名的情形看，好像全然未顾及到当时大家公认的翻译习惯，硬是掏出了数百年前梁代的一种陈旧译法来作张本。细参个中之缘由，诚然不能归诸于唐五代讲僧们的“信而好古”，也不见得是“罗卜”一定比“胡豆”“‘菉’或‘绿’豆”更适合担当物语主人公的小名。如是态势反映在晚唐五代时抄录的《目连变》写卷中，刚好证明该传说并非是晚及此际方始形成，它的诞生时间应上推至几百年前的南北朝时代。因为此类通俗物语之兴起，一样要受到时代整体文化环境的制约，并为它周围的各种关联所左右，唯能凭借当时实际提供的条件去从事措思经营。《目连变》故事移用“罗卜”这一译称来做主人公的小名，乃无异是在向后人暗示，它起初生成的年代，即在《文殊师利问经》注出的上述译名尚犹行世，而还没有被其他新译名所替代的那段时间之内。只是由于小名较快为群众熟悉认可，才获得一股稳定的力量，即使后来“目犍连”的译义名号几度翻换，也无法再改变这个约定俗成的事实，于是便成为一份历史积淀被唐五代人沿袭并保留了下来。

现存敦煌变文卷子大多抄成于晚唐五季，绝不意味着这就是其间所记作品产生的时间断限。我国的佛教讲唱发端于佛法东传之初，经东晋高僧庐山慧远(334—416)“躬为导首”、鼎力提倡，兹后僧人“唱导”作为一门有规定法式的佛事，在南北朝之世蔚然兴荣，而又说又唱地演绎佛经事缘正是它时常具备的特色。早在本世纪六十年代，程毅中先生即尝怀疑变文在六朝时就已流行了。①最近，姜伯勤先生又从隋代三论宗大师吉藏《中观论疏》里找出“变文易体”一语②，这是变文研究在文献资料上的重大发现，其积极意义在于可以帮助我们澄清好些至今悬而未决的问题，同时也证实变文讲唱之滥觞确要早于唐代。参据近年在饶宗颐先生主持下，项楚、荣新江教授等攻治敦煌晚唐邈真赞所见“唱导法将”这一名衔进而论之，譬如我们过去习惯上把“唱导”当做“变文”前身的看法，恐即属强生分别之断见。第按其实，所谓的“唱导”和“变文”，不外乎是针对着

① 程毅中《关于变文的几点探索》，《敦煌变文论文录》上册，上海古籍出版社 1982 年版，第380 页。

② 姜伯勤《变文的南方源头与敦煌的唱导法匠》，《华学》第 1 期，中山大学出版社 1995 年版，第 150 页。

同一事物的两种不同说法。“变文”主要从文体上言，乃指其体；“唱导”则着眼在其演播方式及功用，乃言其用。二者一体一用，相即而不相离。这种与佛教传播相关的口头文艺，自南北朝到唐五代从未间断过，其间虽有仪轨之损益、语言的通俗化及讲唱地点场合之转换，但基本体制并无明显改创，也不存在分什么两个发展阶段的问题。它一以贯之地活跃于这漫长历史时期，日益扩大其影响被覆之范围，受到不同阶层人士祖辈相承的欢迎。而俗文学蕴蓄着的巨大惯性，也会造成某些故事题材被讲唱者当做拿手的节目来“控引”，径由他们回环反复地宣讲，给好多世代听众带来了慰安与悲辛。故目前我们见到的敦煌变文作品，了无可能悉数萌生、长成于这些卷子写出前较短时间之内，其中自有相当一部分在隋唐以前就得到流播。

《目连变》传说能够生起于南北朝时代，从它的故事结构上看，是由于类似于此宣扬诸行无常和因果报应的物语，在当时佛教化俗讲唱中早已占据显赫地位。粤自唱导这一宣传形式始兴，即对于“杂序因缘”“傍引譬喻”寄予充分的重视。梁慧皎《高僧传》卷一三《道照传》，述及释道照于宋武帝内殿斋初夜导引，“略叙百年迅速，迁灭俄顷，苦乐参差，必由因果”。[①]可见这位唱导师为了向斋会信众开示缘起因果法理，的确是借助了人生苦乐变迁具体情节的演叙。该书同卷《唱导传论》，则另有一段文字与我们讨论的问题关系更为密切，其云：

> 至如八关初夕，旋绕周行，烟盖停氛，灯帷靖耀，四众专心，叉指缄默。尔时导师，则擎炉慷慨，含吐抑扬，辩出不穷，言应无尽。谈无常则令心形战栗，语地狱则使怖泪交零，征昔因则如见往业，核当果则已示来报，谈怡乐则情抱畅悦，叙哀感则洒泣含酸。于是阖众倾心，举堂恻怆，五体输席，碎首陈哀。各各弹指，人人唱佛。[②]

① 慧皎《高僧传》卷一三《道照传》，广文书局影印海山仙馆丛书本，1971年版，第26页。
② 慧皎《高僧传》卷一三《唱导传论》，第33—34页。

此条记载屡为变文研究者所征引，然大略均被用来考证、描述南朝唱导的程式及周围气氛，鲜少从故事本身具呈的形态上去作些推敲研究。今细揣引文内所说的“谈无常”“语地狱”“征昔因”“核当果”“谈怡乐”“叙哀感”等六句话，显而易见是指“尔时导师”在斋会上演绎物语的若干内容成分。它们共同组合在一个故事体内，相辅相成，紧密衔连，着力展现出作品人物遭逢经遇的“苦乐参差”，以明示一切困顿与不幸皆为业感招致，唯赖如来慈悲指点救法，祈福积聚功德，到最后才演出一个“消灾除患”的大团圆结局。此类讲唱作品的内容结构，总是那么固定的几个部分，颇易流于公式化，但照例不乏世态人情的切近描摹，散发着极其浓烈的悲剧气息，善于引导听者在“碎首陈哀”的艺术感受中，怀着敬虔之心去体会故事寓托的儆戒意味。

返顾《目连变》绎述的事缘，实则就是这一类型的物语。它从题材、思想到故事的具体表现形态，均与之有着惊人的一致性。试对《目连变》故事的主体结构作些擘析，盖亦一似《高僧传·唱导传论》这条材料所记载的那样，完整无缺地包括着“谈无常”“语地狱”“征昔因”“核当果”“谈怡乐”“叙哀感”等方方面面的内容成分，其情况略如下表所示。

谈无常——青提夫人欺诳凡圣，不久即告命终。

语地狱——目连往地狱寻母，备见种种畏恶惨状。

征昔因——青提不施沙门，谎称已依罗卜嘱咐行事。

核当果——青提堕饿鬼及阿鼻地狱，受无间之余殃。

谈怡乐——目连救母，青提生天，母子皆大欢喜。

叙哀感——目连狱中见娘，切骨伤心，哽噎声嘶。

这些情节成分经过巧妙编结，给听众设置了一重重的悬念，而讲唱者贯彻劝善惩恶的意图则始终不懈。即论它的艺术感染效果，亦极能以哀伤惨恻的主调叩动人心，令举座听众跟着法师“含吐抑扬”的演述而“洒泣含酸”或至“怖泪交零”。敦煌变文中的《欢喜国王缘》，同样也是一个带有悲剧性的“消灾除患”故事，但《欢喜国王缘》只有天上的描写，并无“语地狱”的内容。因此像《目连变》

呈现的这种影似雷同，真可说与《高僧传》所言者如出一辙了。在这里我们纵然不宜遽然认定慧皎提到的物语即为《目连变》，但至少说明在他生世的梁代，产生出如目连救母这样一个情节不太单纯的口头传说，完全符合我国中古时期通俗叙事文学的发展趋向。

探涉《目连变》故事生成所必须顾及的另一要素，是它在南北朝后期，还得天独厚地承受了一股特殊的驱动力。佛教倡行的“盂兰盆会”风靡梁代朝野，这在《荆楚岁时记》《佛祖统纪》诸书中均有明确记载，“七月十五日，僧尼道俗，悉营盆供诸佛”，“乃至刻木割竹，饴蜡剪彩，模花叶之形，极工妙之巧”。[①]大同四年(538)，梁武帝又亲临同泰寺设盂兰盆斋。此风很快延及北方，连颜之推亦在《家训》卷七《终制》中叮咛后辈：“有时斋供，及七月半盂兰盆，望于汝也。”[②]“盂兰盆会”直接导源于《佛说盂兰盆经》，营盆设斋之动机，乃是效仿经中目连所为以超度历代宗亲亡灵。这一仪式出现于大力揄扬孝道及宗法思想的中古社会，竟演成一项重要习俗标志而纳入了本土人的精神生活范畴，作为其带动俗文学创作的一面，也有力促成《目连变》故事的诞生问世。目连传说与“盂兰盆会”同出一个经典渊源，其兴起之缘由又显然是为了帮助“盂兰盆会”仪式的推行。正如仓石武四郎先生所说：“目连救母的传说，就是讲盂兰盆底由来的。”[③]传说本因配合法会而作，法会则给传说提供了题材和传播的条件；而传说之能够创成并较快获得传播，又是“盂兰盆会”方兴未艾、拥有推广力度的征兆之一。既然如此，故两者在生起时间上相隔不会太远。笔者以为这个物语应最初酝酿、萌生于梁代，到南北朝末已具备很广泛的流传基础，小名“罗卜”是其与生俱来的产物，而包括着“谈无常”“语地狱”“征昔因”“核当果”“谈怡乐”“叙哀感”等一些主要情节成分的故事基型，也就在这一过程中随之结撰完成了。目连救母传说

---

① 宗懔《荆楚岁时记》，台湾商务印书馆影印《文渊阁四库全书》第589册，第24页。

② 颜之推《颜氏家训》卷七《终制》，王利器《颜氏家训集解》(增补本)，中华书局1993年版，第602页。

③ 仓石武四郎《目莲行孝戏文研究》，转引自罗宗涛《敦煌讲经变文研究》，第229页。按，该文原刊时题名为《写在目连变文介绍之后》，《支那学》4卷3号，1927年，第130—138页。

的生起及顺利达成粗具完形，曾极大受益于本时期特定社会宗教伦理风气的鼓扇。

殊可引起我们注意的，是唐初道宣在《续高僧传》卷三〇《兴福传论》中，尝以"业令自受""无有自作他人受果"的观点来谈论"目连饭母事"。[①]其实他表述的这层意思，已经明显超出了《佛说盂兰盆经》的固有内涵，而恰恰是《目连变》故事一再强调的旨趣所在，证明此时早有关于目连救母的传说在社会上流播。所谓"目连饭母事"的"事"，亦应当作"故事"的意思解。唐初社会流传的日连故事，诚然只是该传说初创阶段的成品，不可能像敦煌写卷呈现的物语形态那样丰富赡详。唯因它直接从佛教讲唱实践中来，一开始即负有向听众叙述缘起、宣示因果的使命，需将故事人物命运苦乐变迁的原委交代得一清二楚，"征昔因则如见往业，核当果则已示来报"，所以非得有个首尾连贯、内部结构合理的传说机体不可。纵因文本之缺失，今人无法逐一钩稽出其全貌，却能料断它为了要在故事情节中贯穿因果报应思想，一定罄竭了众多讲僧和佛教信士的心血。在这个故事基型里面，目连母亲青提的形象无疑已经确立，她所担受的罪报，亦宜当于《盂兰盆经》的堕为饿鬼进一步坠落地狱深渊；倘究其"罪根深结"的宿因，则不外乎是同《撰集百缘经・饿鬼品》内那些饿鬼一样"不肯施舍沙门"。自造的恶业终须自己吞咽苦果，她唯有系縶囹圄沉沦长夜，备尝各种骇人听闻的阴刑折磨，欲求超度难上加难。目连传说正是在主人公如何克服重重障碍、拯济救拔其母的演述中，变得日益的丰满和曲折腾挪起来。所有这些新生情节的演成，都可以说是当时人在《佛说盂兰盆经》内容的基础上，博采、兼融其他佛经故事记载，并注入大量改造制作功夫的结果。

经变故事的衍生发展，总以佛典之传译为其先导。我国的佛经翻译迄于梁世，殆迭更数百寒暑，其时大乘、小乘各种要籍翻出的数量与日俱增，而《本缘》《经集》等部经典物语之译述则愈臻齐备。梁代既有的译经成果，已能够提供充

① 道宣《续高僧传》卷三〇《兴福传论》，《高僧传合集》，第 374 页。

足素材满足结撰目连传说的需要，这就从根本上为《目连变》故事基型的生成解决了前提条件。关于《佛说盂兰盆经》《撰集百缘经》《文殊问经》的情况，前文论列颇详，于兹不再复述。及至《佛五百弟子自说本起经》和《贤愚经》，其译出时间分别是西晋太安二年(303)与北魏太平真君六年(445)。姑以译出稍后的《贤愚经》论，也要比南朝萧梁王朝的建立(502)早五十多年。另《目连弟布施望即报经》，则为僧祐《出三藏记集》卷四所著录，并辑入《经律异相》卷一四。按宝唱等僧纂集之《经律异相》五〇卷，与目连救母传说形成的关系亦甚密切。该书于梁武帝天监十五年(516)奉诏辑成，其宗旨在“博综经籍，搜采秘要，上询宸虑，取则成规”①，书中编录的佛经事缘多达六百六十九则。它既是现存中国历史上第一部类书，又是沟通当时佛教讲唱与经典原型材料的津梁，自然成为众多讲僧参阅利用之常备文本，其于《目连变》故事萌生过程中能起重要的传媒作用确凿无疑。《经律异相》除在卷一四联袂收入《盂兰盆经》与《目连弟布施望即报经》甚招人眼目外，爰及卷四九、卷五〇《地狱部》，又盈篇累牍迻录佛典有关地狱可怕景象的演述，所涉及的原典即有《长阿含经》《楼炭经》《净度三昧经》《问地狱经》《观佛三昧经》和《大智度论》等。以上几个经文段落，俱以夸示泥犁铁城的阴怪厉怖著称，对后代出现的地狱变画影响很大，晚近学者推求《目连变》传说中大量地狱描写的渊薮，大抵也都要循踪追溯到这些经典里面。

在探讨《目连变》故事的创作生成时，旧说将《地藏菩萨本愿经·忉利天宫神通品》及唐代宗密《佛说盂兰盆经疏》亦置于其原型材料的范围内，认为目连救母传说最初创撰之际，同样自个中移借过某些情节。如果单从演示之内容上去勘核比照，那么《目连变》故事确与这两宗材料多有相似迎合之处，以故此说为海内外不少学人所执持，在大家印象中仿佛已成定论。然而认真反思一下，便不难明白，上述观点之所以能在学术界通行无阻，实同长期以来人们对目连传说生成时代问题认识上的模糊有关，总觉得该传说必定是产生在《地藏本愿

① 宝唱等《经律异相》卷一，上海古籍出版社影印《碛砂藏》本，1988年版，第1页。

经》和《盂兰盆经疏》的后面。现在当我们对《目连变》故事基型形成的时间有了明晰判断，旧话重提，就发现这种看法实际上与事情的本来样子大相径庭。它们两造之间具体情节上的印同毋庸置疑，问题的要害在于究底是谁影响了谁？

对萌生于梁世的《目连变》传说而言，不管是《地藏本愿经》或宗密《盂兰盆经疏》，无疑都只能算爰居其后的迟来者，谈不上在传说的创撰阶段提供和输送过什么原始材料。宗密（780—841）其人处值中唐，一生历德、顺、宪、穆、敬、文六朝，他撰述《佛说盂兰盆经疏》时，《目连变》故事早已大行天下，这一点从前文提到的《本事诗》《唐摭言》那条材料里就能见出某些端倪。又《地藏菩萨本愿经》二卷，虽题为唐初实叉难陀译，却不见于自唐至元诸家旧录，一直要到明代才被编入藏经，吕澂先生《新编汉文大藏经目录》即将其列为"明初新得"的"疑伪之经"①，它对《目连变》故事的影响更无从说起。倘论这两者有关事缘与《目连变》之印合，主要是因为彼等在不同程度上均受到过目连故事熏习濡染的缘故。例如《地藏菩萨本愿经·忉利天宫神通品》所演婆罗门圣女入地狱探寻其母一事，实即汲取了目连救母传说与《贤愚经·出家功德尸利苾提品》的若干情节素材捏合而成，这正是辨明《地藏菩萨本愿经》确系伪经的有力证据之一。

《佛说盂兰盆经疏》与《目连变》内容上的相重，则主要反映在该经疏以下一段文字中间：

> 有经中说：定光佛时，目连名罗卜，母字青提。罗卜欲行，嘱其母曰："若有客来，娘当具膳。"去后客至，母乃不供，仍更诈为设食之筵。儿归问曰："昨日客来，若为备拟？"母曰："汝岂不见设食处耶？"从尔已来，五百生中，悭悭相续。②

此段引文系宗密为疏解《盂兰盆经》"佛言汝母罪根深结"一语而撰，兹考其间记叙之具体事状，包括"罗卜"这个名字在内，几乎全部从《目连变文》中来。如《佛

① 吕澂《新编汉文大藏经目录》，齐鲁书社1980年版，第92页。

② 宗密《佛说盂兰盆经疏》卷下，《大正藏》第39册，第509页。

说盂兰盆经疏》一类材料，其撰作之目的当然是为了向群众进行普及宣传，与变文差不多处于同一个文化层面上，两者之间非常容易达成贯通。基于目连救母故事本因配合“盂兰盆会”仪式而兴起，故宗密在该传说已深广流播的背景下替《盂兰盆经》作疏解，反过来摭取吸收它的内容供其所用，就显得十分顺理成章。大略是出于强调“汝母罪根深结”这一题旨，他居然把罗卜说成目连在定光佛时的前身，如是悠谬无根之谈，意在由此带出下面青提夫人“从尔已来，五百生中，悭悭相续”等一些事情的演叙。而所谓的“有经中说”云云，只不过是随便开张空头支票而已。这些阐解虽与所见敦煌变文的物语形态稍有出入，但他使用的那套附会牵合的手法，似仍不脱变文家熟习的路数。宗密利用《目连变》的材料来解释《盂兰盆经》的经文，显示了他对佛教通俗文艺的关心和重视。入矢义高教授所撰之《变文二则》一文，即指出在宗密《圆觉经大疏钞》中曾有“变家”一词出现[①]，证明这位义学大德和变文讲唱还是很能投缘的。

1996 年 4 月

附记：本文撰作过程中，承江巨荣、雷应行、朱恒夫、荒见泰史诸先生给予材料上的支持，一并致谢。

原载《唐研究》第二卷，此据陈允吉《佛教与中国文学论稿》，上海古籍出版社 2010 年版。

① 入矢义高《变文二则》，《鸟居久靖先生华甲纪念论集》，鸟居久靖教授华甲纪念会，1972 年，第 146 页。

“赵倚楼”“一笛风”与禅宗语言

——由杜牧等人对语言艺术的追求看经典语汇的形成

查屏球

《唐摭言》卷七记：

> 杜紫微览赵渭南卷《蚤秋》诗云：“残星几点雁横塞，长笛一声人倚楼。”吟味不已，因目嘏为“赵倚楼”，复有赠嘏诗曰：“今代风骚将，谁登李杜坛。灞陵鲸海动，翰苑鹤天寒。今日访君还有意，三条冰雪借予看。”紫微更寄张祜略曰：“睫在眼前长不见，道非身外更何求。谁人得似张公子，千首诗轻万户侯。”

晚唐诗坛这段佳话，流传甚广。宋书志《郡斋读书志》《直斋书录解题》，类书《绀珠集》《类说》《白孔六帖》《锦绣万花谷》，诗话《诗话总龟》《韵语阳秋》《唐诗纪事》《诗人玉屑》以及多家诗集中也有转述。如胡震亨《唐音癸签》卷八曰：“赵渭南嘏才笔欲横，故五字即窘，而七字能拓。蘸毫浓揭响满，为稳于牧之，厚于用晦，若加以清英，砭其肥痴，取冠晚调，不难矣。为惜倚楼只句摘赏，掩其平生。”他认为后人只赏玩赵嘏这两句诗，反而掩没了赵氏诗才。这里透露出晚唐诗坛中一个重要信息：杜牧等人所认同的诗风就是像赵嘏与张祜这一类诗人所体现出的创作倾向，以“长笛一声人倚楼”为代表的这一类语言艺术在当时具有极大的接受效应。以下即以考察此事为基础来说明相关问题。

一

我们先对这段材料的本事作一考察，这涉及到杜牧与赵嘏交往的历史。借助今人考证成果可知他们至少有过四次交往，第一次，约在大和六年至七年(833—834)时，杜牧三十岁，为宣歙节度使沈传师巡官，试大理评事，赵嘏二十六岁左右，尚未有功名，寓居宣州，有游幕活动，曾向沈传师献诗《宛陵寓居上沈大夫二首》《西峰即事献沈大夫》[①]，两人可能因此而始有交往。[②]赵嘏由宣城荐赴进士试，结果失败，作有《下第寄宣城幕中诸公》，这“诸公”之中应包括杜牧。第二次是杜牧再到扬州与宣州时。开成二年(837)春夏，杜牧赴扬州探视生病的弟弟，后又赴宣州崔郸幕，为团练判官、殿中侍御史，次年冬赴京任职，在扬州、宣州活动了一年多时间。这一年杜牧与赵嘏交往较多，这可由两人一些同题诗中见出。如在扬州，杜牧有《题扬州禅智寺》，赵嘏有《和杜侍御题禅智寺南楼》；在宣州，杜牧有《题宣州开元寺》《题宣州开元寺水阁阁下宛溪夹溪居人》《宣州开元寺南楼》，赵嘏有《题开元寺水阁》。第三次，可能在会昌二年(842)，即杜牧刺黄州的第二年秋，赵嘏再次进京赴进士试，途经黄州，可能又有与杜牧酬唱联吟之事。如杜牧有《齐安郡晚秋》《郡楼晚眺感事怀古(自注：齐安郡)》，赵嘏亦有《齐安早秋》一诗。第四次，可能在大中年间(847—860)，他们于长安相会，具体考证下文将展开，此处从略。杜牧与赵嘏相交有十多年之久，其交往活动又是以诗歌酬唱与交流为主要内容的。赵嘏《杜陵题杜侍御别业》一诗称“青云何路觅知音”，赵视杜牧为知音，杜牧对赵评价也甚高，如在文首所引的《雪晴访赵嘏街西所居三韵》一诗中，他表示在赵嘏诗中感受到了李、杜诗中那种气势与力量。可见，他们不仅相交甚深，在诗学上，也有很多共同语言。

---

① 傅璇琮主编《唐五代文学编年史・晚唐卷》，辽海出版社 1998 年版，第 60 页。

② 谭优学《唐诗人行年考・赵嘏行年考》，四川人民出版社 1981 年版，第 293 页；缪钺《杜牧年谱》，人民文学出版社 1980 年版，第 25 页。

其次，需要考察赵嘏这一首诗的写作时间，这涉及对本诗的理解，原诗曰：

《长安秋望》：云物凄清拂曙流，汉家宫阙动高秋。残星几点雁横塞，长笛一声人倚楼。紫艳半开篱菊静，红衣落尽渚莲愁。鲈鱼正美不归去，空戴南冠学楚囚。

《唐摭言》言本诗诗题是《早秋》，而在其他各种传本的诗题中都有“长安”二字。赵嘏在长安活动至少有三次，其中前两次是为赴进士试，一次是在大和六年(832)，一次是在会昌三年(843)。最后一次应是他任渭南县尉时，其时约在大中三年(849)后。对照诗意，三次中唯最后一次与诗意相合。本诗后一联抒发了失意怀乡之情，其中用了西晋张翰见秋风而弃官归乡的典故。笔者认为完整理解这一典故是确定这首诗写作时间的关键。原典出自《世说新语·识鉴》：

张季鹰(翰)辟齐王东曹掾，在洛见秋风起，因思吴中菰菜羹、鲈鱼脍。曰：“人生贵得适意尔，何能羁宦数千里以要名爵。”遂命驾便归，俄而齐王败，时人皆谓其见机。

后人用这一典故主要是取其不慕虚荣弃官归乡之意。显然，如果赵嘏没有官职，与此典是难以完全吻合的。故本诗写作应是在赵嘏得了渭南县尉官职之后的事。赵嘏于会昌四年(844)三十九岁时中进士，久未得官，至宣宗即位后，牛党得势，政坛换班，赵嘏才得机获此一职。据谭优学、陶敏先生考证其得渭南县尉一职，可能是大中三年后的事。其时，他已四十四五岁了。这个年纪才进入官场的最低层，自然是不得意了。这种失望情绪，在其他诗中也有表现，如其《别牛郎中门馆》诗云：

整襟收泪别朱门，自料难酬顾念恩。招得片魂骑匹马，西风斜日上秋原。

赵嘏对此结果是很伤感的，《长安秋望》中的情感无此消沉，但是失意之调是相似的。据此可基本推断《长安秋望》是赵嘏任渭南县尉后的作品。赵嘏终于渭南县尉一职，而杜牧卒于大中六年(852)，故本诗形成的时间应是在大中三年与大中六年之间。本诗颇有厌官之心，大中三年，赵嘏初得渭南尉一职，似不应有此感受。本诗当作于任职一段时间之后了。

关于此事，还可由高丽《十抄诗》收有的赵嘏佚诗《早春渭津东望》得到佐证：

烟水悠悠霁景开，俯流东望思难裁。乡连岛树潮应满，月在钓船人未回。带雪鸟声先曙动，度关春色犯寒来。相逢尽说长安乐，夜夜梦归江上台。①

本诗应是赵嘏在渭南职上所作。诗言“早春”，并言“夜夜梦归”，这表明他任渭南一职时间不短。将《别牛郎中门馆》《早春渭津东望》《长安秋望》三诗综合起来考察，可以看出他在渭南任上至少经历了秋—春—秋这几个阶段。故又可将本诗写作时间缩小到大中四年秋至大中六年秋这一范围内。

最后，我们再看杜牧评赏本诗的时间。杜牧在这段时间里有二次在长安任职，一是大中三年，杜牧由睦州刺史调司勋员外郎并兼史馆修撰，但到了次年秋天即出京任湖州刺史了。此次任京职仅一年多时间，经历了大中三年与四年两个秋季。杜牧《上周相第三启》曰：“今年七月，湖州月满，敢辄重书血诚，再干尊重，伏希怜悯，特赐比拟。”他要求于大中四年七月湖州刺史任满后接任此职，其《新转南曹未叙朝散出守吴兴书此篇以自见志》言：“越浦黄甘嫩，吴溪紫蟹肥。”《将赴湖州题菊亭》言：“遥知渡江日，正是撷芳时。”江南秋果尚嫩，京城菊芳未盛，这应正是初秋之时，故大中四年秋，他基本不在京城。后一次是杜牧大中五年秋入长安拜考功郎中、知制诰，次年迁中书舍人，在这一年九月杜牧病归樊川山庄，十一月即逝世。依上考述，大中三年，赵诗尚未写成，当无此事。大中四年时间过短，也不太可能，所以，他激赏赵诗一事很可能发生在大中五年秋至大中六年十一月前之间。又杜牧有《秋晚与沈十七舍人期游樊川不至》一诗，缪钺先生考证，本诗作于大中六年秋。赵嘏可能也在这一年写诗给沈询，此即《访沈舍人不遇》，诗云：“溪翁强访紫微郎，晚鼓声中满鬓霜。知在禁闱人不见，好风

① 查屏球整理《夹注名贤十抄诗》，上海古籍出版社2005年版，第76页。

飘下九天香。"由第二句看也似作于秋天，据此可推断大中六年秋赵嘏亦到了长安。沈询是沈传师之子，杜、赵、沈都是二十年前宣州幕的故交。大中六年，赵嘏渭南县尉已秩满，转求故交，寻找出路，也属常情。裴延翰《杜樊川文集序》言："上五年冬，仲舅自吴兴守拜考功郎中、知制诰，尽吴兴俸钱，创治其墅。出中书直，亟召昵密，往游其地。"可以想象，当时杜牧之樊川别业已成为长安文学沙龙。如温庭筠亦曾参与其中，其《华清宫和杜舍人》，即是一例。赵嘏于此处得一佳评，也能马上传播开去。赵诗之名后为宣宗所知，可能即与杜牧的赏评有关。因此，将"赵倚楼"之事定在大中六年秋是比较合理的。

明确这一问题，其意义就在于我们据此可以确定以下问题：赵嘏此诗是他晚年的成熟之作，是他多年艺术探索的结晶。杜牧的赞赏也是在他对赵嘏创作充分了解的基础上作出的，不是一时随意之语，其中凝聚了积累多年的艺术体悟，这一赞语也是他诗学观念的一种体现。

二

杜牧最赏赵嘏"长笛一声人倚楼"一句，固然是这一句中"倚楼闻笛"意象具有独到的艺术魅力，如明陆时雍《唐诗镜》卷五十评此曰："景色历寂，意象自成。"另外，还在于杜牧对其艺术用心有着独到的体会，在创作中也作过多次尝试，曾追求过类似的诗境。以下利用缪钺《杜牧年谱》与笔者的辨析，将相关诗句编年摘抄如下：

大和七年(833)

1.《润州》之一：月明更想桓伊在，一笛闻吹出塞愁。

2.《寄题甘露寺北轩》：孤高堪弄桓伊笛，缥缈宜闻子晋笙。

3.《为人题赠》之一：谁家楼上笛，何处月明砧。

开成三年(838)

4.《题宣州开元寺水阁阁下宛溪夹溪居人》：深秋帘幕千家雨，落日楼台一笛风。

5.《题元处士高亭》：何人教我吹长笛，与倚春风弄月明。

会昌元年(841)

6.《重到襄阳哭亡友韦寿朋》：重到笙歌分散地，隔江吹笛月明中。

会昌四年(844)

7.《登九峰楼》：晴江滟滟含浅沙，高低绕郭滞秋花。牛歌鱼笛山月上，鹭渚鹜梁溪日斜。为郡异乡徒泥酒，杜陵芳草岂无家。白头搔杀倚柱遍，归棹何时闻轧鸦。

8.《秋夜与友人宿》：寒城欲晓闻吹笛，犹卧东轩月满床。

虽然，以上的排序是不能确定的，但是，我们仍可看出杜牧在创造这一意象上艺术追求的过程：第一、二首诗中都写了“桓伊笛”，重在典故中的用意，笛声在诗中只是道具，并无具体的描写。第三首类似乐府艳歌，属于代言体，以“楼上笛”与“月明砧”对应，写出闺中少妇内心的孤寂。诗中意象由笛声、楼台、明月、砧声这些要素构成。明月、砧声，是一种传统的怨妇意象背景，杜牧在其中加上“楼上笛”这一元素，拓宽了意象组合空间，颇有创意，但是，笛声与砧声两者是不协和的，人为牵合的痕迹很明显。在其他诗中，笛声意象是独立的，并不与其他声音相混，并渐渐形成了相对稳定的组合要素，这就是夜笛、明月、楼台或江水以及若隐若现的孤独的闻笛者。值得注意的是第四与第五首。在这两首诗里，又增添了风这个景物要素，通过写风，将笛声的悠扬写得更加传神，富有动感。第七首中有“牛歌鱼笛山月上”“白头搔杀倚柱遍”，其“倚柱听笛”的意象，与赵嘏“人倚楼”一句已很接近了。足见，在杜牧的艺术思维中，一直在追求富有新意的语汇组合，已经捕捉到“闻笛”这一意象的要妙之处，并已接近了赵诗中的艺术要素。

我们再从赵嘏这方面看，在赵嘏现存的二百多首诗里，写笛声的句子也不少，如：

《遣兴二首》：读彻残书弄水回，暮天何处笛声哀。

《忆山阳》：芰荷香绕垂鞭袖，杨柳风横弄笛船。

《送剡客》：扁舟几处逢溪雪，长笛何人怨柳花。

这些诗都是写远处笛声，其意象要素也没有超出“江月笛声”的传统模式，远不及“人倚楼”一句。由两人交往时间看，我们有理由相信赵嘏可能看过杜牧“一笛风”那首诗。其《长安秋望》一诗写于大中三年（849）后，距杜牧“一笛风”一诗写作时间（838）有十年多。在这段时间里，赵嘏历经科场磨练，其律诗技巧当然也有了发展。“人倚楼”一诗，虽然有刻意求对的凿痕，不及杜诗浑融。但两者在结构上极类似，不能排除赵诗受到了杜诗影响的可能性。杜牧独赏此联，既是取其诗中之精华所在，也是缘于两者艺术用心的相通。杜牧也写过一首《长安秋望》绝句，曰：

楼倚霜树外，镜天无一毫。南山与秋色，气势两相高。

诗中表达了对天高气爽的独特感受，写出了天爽气清之中的动感。赵诗全篇并未超出习见的咏秋模式，而“人倚楼”一联以新颖的意象组合于空寥之秋景中传达出孤寂之人心。现已难确认杜、赵两诗孰先孰后，但是，仍可见出两者的相通之处及两人艺术追求的一致性。与杜牧的“深秋帘幕千家雨，落日楼台一笛风”相比，两者相似处是上下句都以壮阔之景象与清寂之场景形成鲜明的对比。以壮大之景衬孤独之人，这原是杜甫诗中常见的意象，如“江汉思归客，乾坤一腐儒”“万里悲秋常作客，百年多病独登台”之类就是如此。这种大象与悲情的组合，易形成一种冲击力，强化了诗人的感受；而景物大小的对比，能形成一种空间感，可充分调动读者的艺术想象。杜牧、赵嘏等人可能都曾得到杜诗的艺术滋养。两者不同之处在于赵嘏这一联写到了人的活动，勾勒出一个极具传情功能的戏剧场面。可以说，“人倚楼”一联的成功，是赵嘏多年来对语言艺术不断追求的结果，也是他们相互切磋与相互影响的结果。

对赵诗，后人也多肯定这一句，而少提及全诗。如清人纪昀所说：“三、四佳，余亦平平。”[①]杜牧对本诗的评价也应与他们近似。十年前，他曾充分调动艺

---

① 李庆甲集评校点《瀛奎律髓汇评》，上海古籍出版社 1986 年版，第 455 页。

术思维创作出“落日楼台一笛风”一联，对描写笛声的句子应该比较敏感，对其中的创新之处感受最切。在“闻笛”这一意象的创造上，杜、赵显示出了一种相通的艺术追求，细言之，这包括了以下几个方面：一、寻求新的景物要素，通过新的景象组合，改变传统意象模式；二、注重对当下景象的点化，选取印象最深而最有代表性的景物作具体描写，尽可能调动读者的想象；三、不用僻字生词，尽可能采取最常见的普通词语，以最简明的语言构造丰富形象的语象。总之，增加新元素，寻求新组合，是他们主要的手法。以鲜明的意象将读者带入具体的情景中，是他们一致的艺术追求。这种思维不再是寻求物、意、词之间的直接单线联系，而是更注重语象之间的联系，设法引导读者进入特定的情境之中，从而能超越语词形态而回归到语意本体。

对以上结论我们还可在杜牧对张祜的评价中得到印证。杜牧与张祜在诗歌艺术上也很投缘，张祜诗中也有不少吟笛的内容，如：

《笛》：雁起雪云夕，龙吟烟水空。

《塞上闻笛》：一夜梅花笛里飞，冷沙晴槛月光辉。北风吹尽向何处，高入塞云燕雁稀。

《华清宫四首》：天阙沉沉夜未央，碧云仙曲舞霓裳。一声玉笛向空尽，月满骊山宫漏长。

《长安感怀》：更闻玉笛吹明月，一曲风前泪满巾。

首句是笛声音乐形象，后面写由笛声引起的联想，意象结构与表现方法与传统模式区别不大。值得关注的是第二首，诗中表现了笛声的音乐形象。《梅花弄》，原是笛曲名，诗人写由笛声联想到梅花四处飘落的景象。这对前人“怨杨柳”的构思作了一个改变。第二首中笛、月、风三种景物组合，也显示与杜、赵相似的思维与艺术触觉。又如张祜在当时影响最大也最为杜牧赞叹的是《宫词》一诗，诗曰：

故国三千里，深宫二十年。一声何满子，双泪落君前。自倚能歌日，先皇掌上怜。新声何处唱，肠断李延年。

杜牧有《酬张祜处士见寄长句四韵》赞曰：“可怜故国三千里，虚唱歌词满六宫。”唐人写宫女悲剧的作品甚多，本诗在立意上也未见有特别深刻的地方，但是前二句却极成功。数字的反差，概括出了宫女悲剧的命运及内心的感伤，以后李后主词“四十年来家国，三千里地山河”颇借其意。杜牧对这一联的肯定也得到当时另一位诗人许浑的赞同，其《高蟾先辈以诗笔相示抒成寄酬》曰：“张生故国三千里，知者唯应杜紫微。”①杜牧有发现的眼力，能够从看似寻常的诗句中发现精彩之处，是因为他与对方的艺术思维是相通的。与评赵嘏诗一样，杜牧对这一创作情境也有过切身体验，如杜牧的《题桃花夫人庙》所写的息夫人情感形态与张祜诗中的老宫女是相近的，其曰：

> 细腰宫里露桃新，脉脉无言几度春？至竟息亡缘底事，可怜金谷堕楼人。

后人对本诗评价也颇高，宋人许彦周以为二十八字，可作史论。②杜牧以绿珠之事作衬，突出息国夫人的亡国悲情，有伤感也有翻案，立意之奇是其成功的关键，但是语言上急缓起伏，问答交错也是一重要因素。第三句在探寻历史答案中体现了一种感叹思索的神韵。上下问答式的结构与章法，又是其创新处。张祜此诗比杜牧绝句更有传播效应，这固然是与张祜精通音乐有关，而其中创造性的语言艺术也是其成功的主要原因，其中“三千里”“二十年”与杜牧“千家雨”“一笛风”一样，都是借数字对比增强了艺术效果，对这一妙语，杜牧当然深有体会。

杜牧的时代，元和新变诗风仍在继续，这一新变总的趋向是追求诗风的个性化，并表现为尚俗与尚奇这两个极端化的倾向：李贺的奇诡怪丽之风与元、白的浅俗浮艳之风。杜牧既受到这股新变潮流的推动，力求变化，同时，又对这两种极端化倾向有所不满。他在《献诗启》中自言：“某苦心为诗，本求高绝，不务

---

① 张祜此句也化用前人成句，大历诗人耿沣有《渭上送李藏器移家东都》：“求名虽有据，学稼又无田。故国三千里，新春五十年。移家还作客，避地莫知贤。洛浦今何处，风帆去渺然。”

② 许颉《彦周诗话》：“杜牧之《题桃花夫人庙诗》……仆谓此诗为二十八字史论。”

奇丽，不涉习俗，不今不古，处于中间。”如缪钺先生所说：“所谓‘奇丽’，可能是指李贺的诗风，而所谓‘习俗’，大概是指元稹、白居易等‘杯酒光景间小碎篇章’的‘元和体。’”①对此，我们仅取几句涉及笛声的诗句作一比较即可看出。如李贺《昌谷诗》中有曰：“风桐瑶匣瑟，萤星锦城使。柳缀长缥带，篁掉短笛吹。”又其《平城下》中云：“塞长连白空，遥见汉旗红。青帐吹短笛，烟雾湿画龙。”竹枝自然成笛，笛声与烟雾、龙旗相伴，其以丽辞写怪象的创作特点同样也在不经意处表现出来了。又如《白氏长庆集》卷十四《江上笛》曰：“江上何人夜吹笛，声声似忆故园春。此时闻者堪头白，况是多愁少睡人。”如《元氏长庆集》卷十七《汉江笛》言：“小年为写游梁赋，最说汉江闻笛愁。今夜听时在何处，月明西县驿南楼。”两诗先写明笛声的主题，再写闻笛思乡的情感，语意明朗，情思清晰，不作晕染与烘托，这与元、白尚俗求易的风格也是一致的。

通过这样的简单比较，我们可以看出：杜牧所肯定的正是他自己所追求的艺术境界。其得意之句“深秋帘幕千家雨，落日楼台一笛风”，与他赞赏的“寒星几点雁横塞，长笛一声人倚楼”“故国三千里，深宫二十年”，都体现一致的艺术倾向，即以简明的语词构造出鲜明的艺术意象，这一种语言意象，一方面含有新颖独到的艺术技巧，如“千家雨”与“一笛风”“三千里”与“二十年”“残星几点”与“长笛一声”的数字对比，“深秋帘幕”与“落日楼台”、“雁横塞”与“人倚楼”的景象暗明与大小对比，都体现出了独到的艺术创造力；另一方面，这种语言意象既无怪异的夸张，又不是平淡的叙述，它是对寻常景象作了独特的取舍与组合，这是诗人长期观察与体验的结果，故形成一种强烈的表现力与概括力。简言之，这就是注重对常见景物、日常词汇独到的组合，既不怪又不凡，富有新意，这可能就是他强调的“高绝”吧。清人吴汝纶在评杜牧一诗时曰：“起四句极奇，小杜最喜琢制奇语也。”②其奇不在造象之怪与语词之异，而在语汇新颖的组合中产

① 缪钺《樊川诗集注》序，《樊川诗集注》，上海古籍出版社 1978 年版，第 7 页。

② 高步瀛《唐宋诗举要》，上海古籍出版社 1978 年版，第 617 页。

生出人意料的美感效果。

三

我们之所以要对这几句诗作如此详细的考辨与阐述，是因为这些事关涉到中国古典诗歌发展的一个重要问题：诗语的经典化。由中国古典诗歌语言艺术发展看，杜牧等人的这种追求也是古典诗歌在格律化后的发展趋势。近体律诗是一种在字数与结构上都有严格限制的诗体，诗人必须对有限的文本空间作最大限度的开发。故在其发展之初，多借用赋体骈文句法，语象与典故的密集化是其主要特征，但又因过于滞重而少了歌吟的流利。所以，中唐之后，律诗语言的口语化也成了诗人努力的方向。其成功者如刘长卿、许浑、郑谷即属如此。然而，日常语汇数量有限，频繁使用后，难免重复，以至形成科场流俗之调。因此，寻求常用语汇组合的变化，则成了律诗创新与突破的路数。唯因如此，每当出现了成功的组合之后，则形成极大的接受效应，以至成为一种经典语汇。这一点，我们从后人对杜牧“一笛风”一联的接受效应中可以看出。此句的成功，在于他一反传统的夜笛意象，而写秋雨中夕阳下由楼上随风飘落的笛声。明月换成夕阳，静夜换成雨天，整个情景的格调与色彩完全改变，于都市的繁华之中写出了作者落寞的心境。当然，“千家雨”对“一笛风”，这一绝妙的对仗也体现了诗人练字置词的语言功力。传统意象是江、月、楼、笛四要素，杜牧此联不仅有改换，而且还有增加，改换的是将月改成日，增加的是雨与风。同时，这一联又与上联“鸟去鸟来山色里，人歌人哭水声中”相应，在写景之中，表达了对历史兴替演变的感慨与思考。这种思考并不是一种明确的结论，而是一种无尽的感慨，它无法以明确的结论性的语言来表达，在他的眼里历史有时就像千门万户，阵阵秋雨，热烈之中而带有一种迷蒙，有时又像落日时分由楼台上传来的一声笛音，绚丽而又哀婉悲凉。前文已指出，诗人的这一联是在他经过多次创作尝试后才得到的一种新的意象组合。这既是诗人的巧思所致，也是由特别场景激发而成的。诗人既言深秋，又言见到“草连空”“云淡风闲”，显然不像是深秋的凄清萧杀之状，应是仲秋之时。另外，“千家雨”与“落日”同时出现，应是气象学上所说的“太阳雨”，这是一种少见的气象现象。特殊的景物激发了诗人的创造力，同时着意求变的艺术思维也使之能捕捉到这一妙景，此联可谓自然与人力的合成。后人或不解此。《冷斋夜话》卷一记了一则苏轼的评论：

东坡尝曰：“大率才高意远，则所寓得其妙，造语精到之至，遂能如此，似大匠运斤不见斧凿之痕。不知者困疲精力至死不之悟，而俗人亦谓之佳。如曰：‘一千里色中秋月，十万军声半夜潮。’又曰：‘蝴蝶梦中家万里，子规枝上月三更。’又曰：‘深秋帘幕千家雨，落日楼台一笛风。’皆如寒乞相，一览便尽。初如秀整，熟视无神气，以其字露也。”

苏轼崇陶，他认为此句与陶诗相比，因露出字词加工的痕迹，所以无神气。且不说其结论正确与否，此处有明显的艺术加工成分显然是不争的事实。苏轼引此诗作为陶诗反面的例子，也可证明本句在当时影响之大。

关于这种创新性的语汇被经典化的过程，可由其他相关引用材料中见出。如宋元流传颇广的类书祝穆《古今事文类聚》续集卷二十三“笛”目下将“落日楼台一笛风”与“长笛一声人倚楼”都列入其中。又如，“落日楼台”“一笛风”作为一种新鲜的词语组合，也不断为后人所袭用，以下仅列举宋时的几例：

王安石《松江》：五更缥缈千山月，万里凄凉一笛风。（《王荆公诗注》卷三十七）

惠洪《残梅》：残香和雪隔帘栊，只待江头一笛风。（《石门文字禅》卷十六）

李纲《上饶道中杂咏三首》：漠漠烟村一笛风，溪山都在夕阳中。（《梁溪集》卷六）

文同《房公湖》：高秋林木形容老，落日楼台彩绘明。（《丹渊集》卷九）

范成大《寄蜀吴庭珍太守》：春风城郭千家柳，落日楼台四面山。（《范太史集》卷二）

陆游《重九会饮万景楼》：落日楼台频徙倚，西风鼓笛倍凄悲。（《剑南

诗稿》卷四）

杨万里《宿张家店》：督邮不敌客愁浓，那更愁宵一笛风。（《诚斋集》卷二）

《墨庄漫录》卷五引王安石姑诗曰：絮如柳陌三春雨，花落梨园一笛风。

《鹤林玉露》卷三：“近时胡仲方《落梅诗》云：‘自孤花底三更月，却怨楼头一笛风。’”

《类说》卷十八：“僧仲殊润州北顾楼赋诗曰：‘北顾楼前一笛风，碧云飞尽建康宫。’”

这种新鲜的语言意象是富有生命力的，它的审美价值为人认可后就能嵌入到诗人的艺术思维中，从而孳乳与生发出各种相关的意象，成为一种习用的抒情语汇。这是古典诗歌语言发展中的一个重要现象：当一种新颖意象为人接受之后，又成为一种固定的词组与结构而为后人沿用，以至形成特定的抒情模式，即物象的组合与情意的表达形成了一种特定的对应关系，这些意象模式已构成了中国古典诗歌特有的象征形式与经典化的艺术语汇。如此后的“鸡声茅店月”“杨柳岸，晓风残月”“枯藤老树昏鸦”等等都是如此。这些经典语汇是对特定生活场景的提炼，浓缩了人们在特定生活场景中的情绪与心理，它们既是特定时期艺术倾向的反映，又是其中最具艺术效应的成功者。细研这些意象模式的形成过程，对于解读它们的文化象征意蕴也是非常必要的。

关于这类经典语汇的影响，我们还可以从禅宗文献中看出。杜牧“一笛风”一联，在禅宗文献中反复出现，如：

（浮山法远禅师）上堂：“诸佛出世，建立化门，不离三身智眼，亦如摩醯首罗三目。何故？一只水泄不通，缁素难辨。一只大地全开，十方通畅。一只高低一顾，万类齐瞻。虽然若是，本分衲僧陌路相逢，别具通天正眼始得。所以道，三世诸佛不知有，狸奴白牯却知有。且道狸奴白牯知有个什么事？要会么？深秋帘幕千家雨，落日楼台一笛风。”①

① 《五灯会元》卷十二，中华书局1984年版，第716页。

禅家的思维方式多是以反逻辑、非常理的方式破坏人们的定势，引导人们体悟“空”“无”之本性，如此处前一句问：为什么无性之物有佛心？他引用这一联诗，并没有直接回答这一问题，目的是要引导人们跳出执着于最终答案的思维定势，让人们在品味这一联诗境时对佛心有所体悟。法远是北宋人，与欧阳修有交往，当解诗道，此后的禅师可能多受他的影响。

（秀州崇德智澄禅师）上堂：“觌面相呈，更无余事。若也如此，岂不俊哉！山僧盖不得已曲为诸人，若向衲僧面前，一点也着不得。诸禅德，且道衲僧面前说个什么即得？”良久曰：“深秋帘幕千家雨，落日楼台一笛风。”①

《续传灯录》卷十：（福州白鹿山仲豫禅师）开堂日问答罢，师乃曰：“设使言中辨的句里藏机，意思交驰并同流浪，何故吾祖之道岂其然乎？若是上根作者，独步丹霄临机大用，把住涓滴不漏，放行乃浪涌千江，踞地全威壁立千仞，得不英灵自己荷负宗门，直饶恁么未称衲僧，且道衲僧有什么奇特。”良久曰：“深秋帘幕千家雨，落日楼台一笛风。”

《嘉泰普灯录》卷十：（舒州真乘灵峰慧古禅师）上堂：“瞻仰尊颜巾子峰，寂然不动证圆通。善财别后无消息，落日楼台一笛风。”

《联灯会要》卷十七：（福州龟山弥光禅师）示众云：“月生一，一言勘破维摩诘。月生二，百草头边恣游戏。月生三，白牯狸奴解放憨。放行则锦上添花，把住则真金失色。敢问大众：把住好，放行好。”良久云：“深秋帘幕千家雨，落日楼台一笛风。”

《续刊古尊宿语要》②第一集：（沩潭英禅师语）且道：“不落笑具一句，作么生道。”良久云：“深秋帘幕千家雨，落日楼台一笛风。”

（或庵体禅师语）师云：“古人大似钉桩摇橹，把缆放船，觉报裂转面皮，终不向半生半灭处。与诸人相见，会么。童顶云衣野兴浓，清斋淡话有何

① 《五灯会元》卷十六，第1046页。

② 〔宋〕晦堂师明编，全书六卷，收入《续藏经》第二编甲第二十三套。

穷。春归檐幕千家雨，月满楼台一笛风。涂灰抹土添光彩，社舞村歌笑已躬。堪笑当年呆得好，百无一解诉心空。众星拱北水朝东，月落千江体一同。……”

以上有两句稍作改编，意思大致相近，禅门看重本联中明暗、静动、多少这类对比鲜明的语象，以及那种可意会不可言传的语境。这种语汇能产生出一种出人意料的艺术效果，与禅家思维是相通的，所以，它成了禅家常用语汇。引唐诗说禅，是禅门常用的方法，他们所选择的诗句，既是与禅理相通的，又是流行的成功之作，故这一事例既可说明杜牧这一联诗构思的独特，亦可证明杜牧这类诗句具有很大的传播与接受效应。

中唐之后，以常用词汇描写当下景象，是律诗科场化与大众化的主要倾向，稳定的节奏与对仗的程式，限制了语言的变化，因此，语词组合的新颖性则成了诗歌发展的一个重要创新点。以新颖的组合表现出日常场景的艺术美感，是多数诗人用心之所在；以简明的语词剪取具有典型意义的生活片断，也成为一种主要的表现方式，其中如“人倚楼”“一笛风”之类描写，因极具表现力而为人认可并接受，从而成为古典时代一种经典性的语言符号。古典诗词的发展就是由这种符号系统的繁衍构成的。因此，一个个解剖这些符号形成的过程与原因，对于认识古典诗词的艺术构成是极有意义的。

原载《文学遗产》2007 年第 4 期

齐己佚文《龙牙和尚偈颂序》考述

陈尚君

唐末五代间诗僧齐己，存诗多达 815 首，在唐代 2000 多位诗人中，存诗数居第 6 位（仅次于白居易、杜甫、李白、贯休、元稹），可谓洋洋大观，但存文则甚少，《全唐文》卷 921 则仅 2 篇，颇不相称。笔者近检日本藏经书院刊《续藏经》第 2 编第 21 函第 5 册收南宋五老峰僧子昇、如祐辑录的《禅门诸祖师偈颂》4 卷，于该书卷上之上中有幸辑到齐己的一篇佚文——《龙牙和尚偈颂序》，对齐己的生平、交游及诗学、佛学思想研究，皆有一定的参考价值。先录全文如次：

龙牙和尚偈颂并序

南岳齐己序

禅门所传偈颂，自二十八祖，止于六祖，已降则亡。厥后诸方老宿，亦多为之，盖以吟畅玄旨也，非格外之学，莫将以名句拟议矣。洎咸通初，有新丰、白崖二大师所作，多流散于禅林，虽体同于诗，厥旨非诗也。迷者见之，而为抚掌乎？近有升龙牙之门者，编集师偈，乞余序之。龙牙之嗣新丰也，凡托像寄妙，必含大意，犹夫骊颔蚌胎，炟耀波底，试捧玩味，但觉神虑澄荡，如游寥廓，皆不若文字之状矣。且曰：鲁仲尼与温伯雪子扬眉瞬目，示其道而何妨言语哉：乃为之序云耳。偈颂凡九十五首。

其后即录龙牙和尚之偈颂 95 首。

《禅门诸祖师偈颂》一书，国内所传诸释藏不收，仅见于日本《续藏经》，所据底本不详，当为日本或朝鲜所传本。该书前后无序跋。前两卷署“五老峰释子昇录”，后两卷署“五峰释如祐录”。“五峰”即五老峰，为庐山著名山峰。两僧生平不详。从所收作品看，前两卷以唐五代为主，兼收北宋人之作，最迟为无尽居士（即张商英）于宋哲宗元祐中所作《永安僧堂记》；后两卷则兼收唐宋人之作，时间最迟者为陈提刑贵谦《答真侍郎德秀书》，约当南宋宁宗时。据此判断，该书当为两僧相继编成，前两卷可能成于南北宋之际，后两卷则已近南宋末了。该书所收偈颂，一部分来自《景德传灯录》等禅门灯录僧传，相当一部分已不详所自，仅赖本书收录以传。如同安常察《搜玄吟》、法灯泰钦《拟寒山》、禅月禅师《训童行》等，即仅见于本书。高城法藏之弘法长歌，如非《祖堂集》之发见，除本书外，仅永明延寿《宗镜录》引有残文。同安常察《十玄谈》，宋本《景德传灯录》卷29仅存8首，明本存10首，但无序及总题。本书则完整无缺。举这些例子，足见本书所存资料之珍贵和可靠。由于该书在国内长期不传，日本于本世纪初入藏印行后，流传尚少，故长期不为学界所注意。

龙牙和尚名居遁，生平见于五代至宋初的几部僧传中，摘引如次：

龙牙和尚，嗣洞山，在潭州妙济。师讳居遁，俗姓郭，抚州南城人也。年十四，于吉州蒲田寺出家，依年具戒于嵩岳。初参翠微、香严、德山、白马，虽请益已劳，而机缘未契。后闻洞山言玄格外，语峻时机，遂乃策筇而造其席。……师于言下顿承玄旨，隐众栖息，七八年间，日研精微。楚王殿下请赴妙济禅林，玄徒五百余人，爰奏章服，师号证空大师。……师出世近四十年，凡歌行偈颂，并广行于世，此不尽彰。至龙德三年癸未岁九月十三日归寂矣。（南唐静、筠二德《祖堂集》卷8）

次龙牙山释居遁，姓郭氏，临川南城人也。年始十四，警世无常而守恬淡，白亲往求出家于庐陵满田寺。于嵩山受具戒，已思其择木。乃参翠微禅会，迷复未归，莫知投诣。闻洞上（疑当作山）言玄格峻，而躬造之。遁少进问曰：“何谓祖意？”答曰：“若洞水逆流，即当为说。”而于言下体解玄微。隐众栖息，七八年间孜孜戢曜，时不我知，久则通矣。天策府楚王马氏素藉芳音，奉之若孝悌之门禀昆长矣。乃请居龙牙山妙济禅院，侁侁陡侣，常聚半千。爰奏举，诏赐紫袈裟并师号证空焉，则梁贞明初也。方岳之下，号为禅窟，窥其室得其门者亦相继矣。至龙德三年癸未岁八月遭疾弥留，九月十三日归寂。遁出世之四十余龄，语详别录。（宋释赞宁《宋高僧传》卷13）

湖南龙牙山居遁禅师，抚州南城人也。姓郭氏。年十四，于吉州满田寺出家，后往嵩岳受戒。乃杖锡游诸禅会，因参翠微……又谒德山……从此始悟厥旨。复抠衣八稔，受湖南马氏请，住龙牙山妙济禅苑，号证空大师，有徒五百余众，法无虚席。……龙德三年癸未八月示有微疾，九月十三日夜半，大星陨于方丈前，诘旦端坐而逝，寿八十有九。（宋释道原《景德传灯录》卷17）

三书均据僧录作传，故虽详略有异，而内容则大致相同。综合三书记载，居遁生平可归纳如次：俗姓郭，抚州南城人。生于唐文宗大和九年(835)。宣宗大中三年(848)年十四，于吉州出家。于嵩山受戒后，历游丛林，先后参谒了翠微无学、香严智闲、德山圆鉴、白马遁儒诸禅师，皆未契禅机。终谒洞山良价而得契法印。良价为曹洞宗之开创者，卒于唐懿宗咸通十年(896)。居遁谒良价，当在大中、咸通间。其后30年左右，居遁事迹不详。三书均云隐息七八年，其说不确。马殷自昭宗乾宁三年(869)始奄有潭州，梁太祖开平元年(907)封楚王，居遁约于唐末梁初间，为马殷请住龙牙山，赐紫及师号。梁末帝龙德三年(923)卒，年89。龙牙山在潭州当近长沙，确址俟考。

《祖堂集》云居遁"凡歌行偈颂，并广行于世"。并非虚语。在《禅门诸祖师偈颂》以前，已有多种著作引及其作。如《祖堂集》卷8引录6首，《景德传灯录》卷29引18首，吴越僧延芳著《宋镜录》也引录多次。连远在西陲的敦煌，也有流传，敦煌遗书斯2165卷即有《龙牙祖偈》2首。拙著《全唐诗续拾》卷48据诸书所引，详加校勘，共得96首。

在现存的齐己诗歌中，没有与居遁交往的线索。但从齐己的生平经历来说，应该说是有可能的。齐己为潭州益阳人，生于懿宗咸通初，7岁即于长沙大沩同庆寺牧牛，其年辈较居遁为迟。而当居遁住持龙牙山时，齐己曾住于长沙道林寺。其时湖南潭、衡之间，诗僧禅客，来往甚频，二僧所住相邻，当是有可能的。《龙牙和尚偈颂序》作年不详。文云："近有升龙牙之门者，编集师偈，乞余序之。"可知为居遁门人编次其偈。推其时间，应有几种可能。一种是在龙德三年居遁卒后。人死而结集虽较合一般情理，但序中并未述及龙牙之逝及哀伤之意，且据《宋高僧传》卷30所载，齐己于龙德元年已受荆南高氏之请，住江陵龙兴寺，龙牙门人未必远赴荆州求序。另一种可能即为居遁生前之事。序署"南岳齐己"，似即透露了其间消息，应为齐己居湘期间所作，其时应早于居庐山东林寺，更早于受荆南之留。此外，齐己曾居庐山甚久，而《龙牙和尚偈颂》至宋代始由庐山僧人录出全帙，此间是否有某种联系，还很难作出判断。

其次，应释及序中所及之有关典实。序首云二十八祖至六祖"所传偈颂"，今存于《祖堂集》首2卷及《景德传灯录》前5卷，《禅门诸祖师偈颂》卷上之上也收，自菩提达摩以上，大致均出后世禅僧依托。"新丰、白崖二大师"，"新丰"即指洞山良价。《景德传灯录》卷15云良价"大中末于新丰山接诱学徒"，另良价作有《新丰吟》，见《筠州洞山悟本禅师语录》，可证。良价偈传世亦颇多，拙辑《全唐诗续拾》卷31据群书辑得36首，可证齐己序云"多流散于禅林"之为实录。白崖之名，禅籍中不习见，俟续考。"温伯雪子"事见《庄子·田子方》，温伯雪子为楚贤人，迁齐鲁，仲尼见而不见。子路问其故，仲尼曰："若夫人者，目击而道存矣，亦不可以容声矣。"齐己引此以称誉居遁为有道之高僧，故其偈颂能妙传禅旨，意在言外。

值得注意的是序中所述对禅宗偈颂之态度。梵文Gatha，意译为颂，音译为偈，指颂佛陀之美辞。自汉末以来译经中，多存偈颂，虽句式整齐，而并无押韵之规则，自唐初以来，这一情况发生了变化，尤其是禅宗僧人，多喜作偈颂以阐释佛理，宏扬禅法。这类作品，自中唐后日趋诗律化，在称指时常与诗混同，如拾得诗云："我诗也是诗，有人唤作偈，诗偈总一般，读者须仔细。"(影宋本《寒山诗集》附)正可见一般人之态度。齐己对诗偈判体的论述，在唐人中应该说是最明确的了，他认为诸祥师所作，以“吟畅玄旨”为目的，即以诗来表现佛理。这些作品“体同于诗”，即在体式上，与诗相同，“厥旨非诗”，即以弘法为目的，与诗人之吟咏性情有别。他认为居遁之作，“托像寄妙，必含大意”，读后“神虚澄荡，如游寥廓”，概括了这类禅理诗的美学特征。在唐代诗坛上，禅僧偈颂是十分值得注意的一种特殊诗体，其内容虽多言佛理，但体式、格律常与诗无别，又多用村言俚语，十分值得重视。明末胡震亨编《唐音统签》时，曾于《唐签》中编此类作品为 20 余卷，至清编《全唐诗》时，于《凡例》中斥偈颂“本非歌诗之流”，全部删刈（连王梵志诗也全删），胡长期不为世人注意。齐己的论述，为此类作品的判体提供了强有力的依据，据笔者所知，唐五代禅僧中，如居遁、良价、义存、文益、文偃等，存世偈颂均达数 10 首之多，庞蕴则存 200 余首，十分值得研究者注意。

原载《益阳师专学报》1994 年第 4 期

《沧浪诗话》以前之诗禅说

郭绍虞

一

以禅喻诗，人皆谓始于严羽，实则严羽以前亦早已有人论之，不过零星琐屑，不成系统，直至严氏《沧浪诗话》，始专从这方面发挥，于是论旨始畅耳。王渔洋跻王维于李杜诗仙诗圣之称而拟之为诗佛，此论极允。吾以为后世以禅喻诗之见解，也正是代表这一方面所谓诗佛之诗论。李白论诗谓“圣代复元古，垂衣贵清真”（《古风》首章），谓“一曲斐然子，雕虫丧天真”（《古风》三十五章），标榜自然，正是诗仙之诗论。杜甫论诗谓“转益多师是汝师”（《戏为六绝句》），谓“后贤兼旧制，历代各清规”（《偶题》），意欲集其大成。此又是诗圣之诗论。惟有推为“诗佛”之王维独不见其论诗之主张，这好似奇特的现象，而不知正是当然的结果。盖诗佛之诗羚羊挂角，无迹可求，非有妙悟，难以领略，故亦不能举以示人。诗佛之诗，只须在作的方面别具会心，以深契此境界。而不用在评的方面，多所阐发，以拥护其作风。诗佛与诗仙诗圣之分别，本应如此，所以诗佛之诗论只须待于后人之说明，不用自己去标榜。而后人说明之者可以说得深中肯綮，妙契玄微，但又不必做到诗佛的境地。明李东阳《怀麓堂诗话》致疑于“沧浪所论超尘绝俗，真若有所自得……顾其所自为作，徒得唐人体面，亦少超拔警策之处”。不知他本只是见得到，并非是做得到也。后来只有王渔洋之揭櫫神韵，庶几合作者评者而为一，但须知这又是后世诗话极盛后的关系。实则在于诗佛一派之诗论，本不用风光狼藉，和盘托出者。现在略将摩诘以后、沧浪以前关于诗禅之说依次论之。

二、寒山与皎然

以禅喻诗，显然的是受佛教之影响，所以现在先就诗僧之诗论言之。唐代诗僧与此较有关系者，即为寒山与皎然。寒山的时代，旧说谓在贞观初，则在王维以前，但此说不甚可靠，胡适之先生已辨正之。他的为人，道士称为修道之士、为神仙，和尚称为贫子、为菩萨，待到宋代又称为谈禅机说话头的禅师，所以他与禅本不有关系。又其论诗，如：

有个王秀才，笑我诗多失，云不识蜂腰，仍不会鹤膝；平侧不解压，凡言取次出。——我笑你作诗，如盲徒咏日。

有人笑我诗。我诗合典雅，不烦郑氏笺，岂用毛公解？不恨会人稀，只为知音寡。若遣趁宫商，余病莫能罢。忽遇明眼人，即自流天下。

亦不过说除声病，尚浅易，与诗禅之说不尽相同（至多有一首《拾得诗》“我诗也是诗，有人唤作偈。诗偈揔一般，读时须仔细，缓缓细披寻，不得生容易，依此学修行，大有可笑事”云云，差与诗禅有关）。不过《太平广记》五十五称其“隐居天台翠屏山……好为诗，每得一篇一句，辄题于树间石上，有好事者随而录之，凡三百余首，多述山林幽隐之兴，或讥讽时态，能警励流俗”云云。则其作诗的态度实合于神韵派之所谓伫兴。所谓“平侧不解压，凡言取次出”，亦未尝不可说是诗禅说之基本观念。而后人所以附会谓为禅师者要亦未尝无因了。所以后人依仿而作的《拾得诗》便有“我诗也是诗，有人唤作偈，诗偈总一般，读者须仔细”云云了。

寒山生当盛唐（据胡氏《白话文学史》），稍后皎然《诗式》，始说明诗与禅之关系，如云：

康乐公早岁能文，性颖神澈，及通内典，心地更精，故所作诗发皆造极，得非空王之道助耶！

取境之时，须至难至险，始见奇句，成篇之后，观其气貌，有似等闲，不思而得，此高手也。有时意静神王，佳句纵横，若不可遏；宛若神助。不然，盖由先积精思，因神王而得乎。

重意已上，皆文外之旨。若遇高手，如康乐公，览而察之，但见情性，不睹文字，盖诗（一作诣）道之极也。

这些话都见今本《诗式》中。《四库提要》以《诗式》参差可疑，列于存目，实则皎然之《诗式》《评论》《诗议》虽经后人之掇拾窜乱，而词句则尚仍其旧。故根据于此数节，亦正可看出禅理诗理最早沟通之端。

三、司　空　图

司空图的论诗，其重要之点，在于提出一个“味”字。以味论诗，始自锺嵘，但至司空图始畅发厥旨。盖论诗而求味外之旨，则重在妙悟，始启沧浪羚羊挂角之论，才于诗国批评上别开一种风气。其《与李生论诗书》云：

文之难而诗尤难。古今之喻多矣，愚以为辨于味而后可以言诗也。江岭之南，凡足资于适口者，若醯，非不酸也，止于酸而已；若鹾，非不咸也，止于咸而已。中华之人所以充饥而遽辍者，知其咸酸之外，醇美者有所乏耳。

故其于诗以为必“近而不浮，远而不尽，然后可以言韵外之致”。又《与极浦书谈诗书》云：

戴容州云：“诗家之景，如蓝田日暖，良玉生烟，可望而不可置于眉睫之前也。”象外之象，景外之景，岂容易可谈哉！然题纪之作，目击可图，体势自别，不可废也。

此即羚羊挂角无迹可求之说。即其《二十四诗品》虽是泛论雄浑、冲淡、纤秾、沉着诸种风格，然而以其用韵语体貌，颇能不即不离，摄其精神。而且于论雄浑则谓“超以象外，得其环中”，论冲淡则谓“遇之匪深，即之愈稀”，论纤秾则谓“乘之愈往，识之愈真”，论沉着则谓“所思不远，若为平生”，论高古则谓“虚伫神素，脱然畦封”，论典雅则谓“落花无言，人淡如菊”，则知处处逗露其味外之旨的主张；固不仅是论含蓄所论“不着一字，尽得风流”，论超诣所谓“远引若至，临之已非”诸语，为足窥其论诗宗旨也。《四库提要》以为表圣《诗品》，诸体毕备，不主一格，而讥王渔洋之节取数语，谓为非图原意，殆亦非真知表圣论诗宗旨者。

四、魏泰与叶梦得

宋诗自欧阳、苏、黄以后最鲜韵味。《沧浪诗话》所谓以文字为诗，以才学为诗，以议论为诗云云，正是针对此种作风而言。故凡论诗主张不主苏、黄作风者，往往偏主韵味而为诗禅说之先声，魏泰为曾布妇弟，故《四库提要》称其所撰《临汉隐居诗话》亦党熙宁而抑元祐，讥其坚执门户之私，甘与公议相左，实则魏氏所论亦颇为中肯。宋诗流弊确是如此，即使魏氏诚持门户之见，要亦足为当时针砭，成其一家之言。如云：

> 诗者述事以寄情，事贵详，情贵隐，及乎感会于心，则情见于词，此所以入人深也。如将盛气直述，更无余味，则感人也浅。乌能使其不知手舞足蹈，又况厚人伦，美教化，足动天地，感鬼神乎？“桑之落矣，其黄而陨”，“瞻乌爰止，于谁之屋”，其言止于乌与桑尔！及缘事以审情，则不知涕之无从也。“采薜荔兮江中，搴芙蓉兮木末”，“沅有芷兮澧有兰，思公子兮未敢言”，“我所思兮在桂林，欲往从之湘水深”之类，皆得诗人之意。至于魏、晋、南北朝乐府，虽未极淳，而亦能隐约意思，有足吟味之者。唐人亦多为乐府，若张籍、王建、元稹、白居易以此得名，其述情叙怨，委曲周详，言尽意尽，更无余味。及其末也，或是诙谐，便使人发笑，此曾不足以宣讽。愬之情况，欲使闻者感动而自戒乎。甚者或谲怪，或俚俗，所谓恶诗也，亦何足道哉。
>
> 凡为诗当使挹之而源不穷，咀之而味愈长。至如永叔之诗，才力敏迈，句亦清健，但恨其少余味尔。诗主优柔感讽，不在逞豪放而致怒张也。老

杜最善评诗。观其爱李白深矣，至称白则曰，“李侯有佳句，往往似阴铿”。又曰，“清新庾开府，俊逸鲍参军”。信斯言也，而观阴铿鲍照之诗，则知予所谓主优柔而不在豪放者，为不虚矣。

此处所谓味，其义出于古诗，与诗禅之说犹不尽同。然其后叶梦得撰《石林诗话》，其论诗宗旨，殆即本于魏泰，而意旨所归，遂最与沧浪为近。《四库提要》以其推重王安石者不一而足，以为“梦得出蔡京之门，而其婿章冲，则章惇之孙，本为绍述余党，故于公论大明之后，尚阴抑元祐诸人”，实则此全由于诗的作风与论诗主张之互异，不必牵涉到党争门户方面。如云：

欧阳文忠公诗，始矫昆体，专以气格为主，故其言多平易疏畅，律诗意所到处，虽语有不伦亦不复问。而学之者往往遂失真，倾囷倒廪无复余地。

长篇最难，晋魏以前，诗无过十韵者。盖常使人以意逆志，初不以叙事倾尽为工。

此即魏泰不主豪放之旨，也即沧浪所讥以才学为诗之意。又云：

七言难于气象雄浑，句中有力，而纡徐不失言外之意。自老杜“锦江春色来天地，玉叠浮云变古今”，与“五更鼓角声悲壮，三峡星河影动摇”等句之后，尝恨无复继者。韩退之笔力最为杰出，然每苦意与语俱尽。《和裴晋公破蔡州回诗》所谓“将军旧压三司贵，相国新兼五等崇”，非不壮也，然意亦尽于此矣。不若刘禹锡《贺晋公留守东都》云，“天子旌旗分一半。八方风雨会中州”。语远而体大也。

此节亦近魏泰之旨，但与沧浪所谓“坡谷诸公之诗如米元章之字，虽笔力劲健，终有子路未事夫子时气象，盛唐诸公之诗，如颜鲁公书，既笔力雄壮，又气象浑厚”云云更相类似。明得此意则知石林论诗所以推重安石而讥议欧、苏者亦自有因，固不仅门户之见了。

且石林之于安石亦非一味推重者。如云：“王荆公少以意气自许，故诗语惟其所向，不复更为涵蓄。……后从宋次道尽假唐人诗集，博观而约取，晚年始尽深婉不迫之趣。”则知其所以推重安石者，正在其深婉不迫之趣，与其论诗宗旨有合耳。至如所谓：

“池塘生春草，园柳变鸣禽”，世多不解此语为工，盖欲以奇求之耳。此语之工，正在无所用意，猝然与景相遇，借以成章，不假绳削，故非常情所能到。诗家妙处，当须以此为根本，而思苦言难者，往往不悟。……自唐以后，既变以律体，固不能无拘窘，然苟大手笔，亦自不妨削鐻于神志之间，斲轮于甘苦之外也。

古今论诗者多矣，吾独爱汤惠休称谢灵运为“初日芙蕖”，沈约称王筠为“弹丸脱手”两语，最当人意。“初日芙蕖”，非人力所能为，而精彩华妙之意，自然见于造化之妙，灵运诸诗，可以当此者亦无几。“弹丸脱手”，虽是输写便利，动无留碍，然其精圆快速，发之在手，筠亦未能尽也。然作诗审到此地，岂复更有余事。韩退之《赠张籍》云：“君诗多态度，霭霭春空云。”司空图记戴叔伦语云：“诗人之词，如蓝田日暖，良玉生烟。”亦是形似之微妙者。但学者不能味其言耳。

是则且较魏泰更进一步，而与沧浪所谓“不涉理路，不落言诠”及“透彻玲珑不可凑拍”者同一意旨。而且如下文所引一节：

禅宗论云间有三种语：其一为随波逐浪句，谓随物应机不主故常；其二为截断众流句，谓超出言外非情识所到；其三为函盖乾坤句，谓泯然皆契，无间可伺。其深浅以是为序。余尝戏为学子言，老杜诗亦有此三种语，但先后不同。“波漂菰米沉云黑，露冷莲房坠粉红”，为函盖乾坤句。以“落花游丝白日静，鸣鸠乳燕青春深”，为随波逐浪句，以“百年地僻柴门迥，五月江深草阁寒”，为截断众流句。若有解此当与渠同参。

是则更为沧浪以禅喻诗之所本了。

五、苏　　轼

《沧浪诗话》对于苏、黄之诗颇多微辞，如谓“至东坡、山谷始自出己意以为诗，唐人之风变矣”，如谓“坡、谷诸公之诗……终有子路事夫子气象”。正中苏、黄流弊。即其所谓“近代诸公作奇特解会，以文字为诗，以才学为诗，以议论为诗”者，亦是指苏、黄而言。然则对于苏、黄之诗持反对之论者，如魏泰、叶梦得诸人，其论诗见解自易与沧浪为近，而苏、黄之诗论，当然与沧浪诗禅之说为绝无关系了。但是不然。苏、黄论诗亦正有足为沧浪之先声者。兹先就东坡言之。

东坡是个绝顶聪明人。其在文的方面所以能“行乎其不得不行，止乎其所不得不止”，全是从天生妙悟得来。此意，我已在《中国文学批评史》上《文与道的问题》一文中说过。即在诗的方面，也是如此。《冷斋夜话》有一节云：

> 东坡游庐山，至东林，作二偈曰：“溪声便是广长舌，山色岂非清净身。夜来八万四千偈，他日如何举似人。”“横看成岭侧成峰，远近高低各不同，不识庐山真面目，只缘身在此山中。”鲁直曰：“此老于般若，横说竖说了无剩语，非其笔端能吐此不传之妙哉。”

刘熙载《艺概》亦云：

> 东坡诗，善于空诸所有，又善于无中生有，机括实自禅悟中来，以辨三昧而为韵言，固宜其舌底澜翻如是。

这是就其诗的方面出自禅悟者而言。即就其诗论言之，亦颇与沧浪为近，似与其以议论为诗的风格不尽相同。我旧作《诗话丛话》中有一节云：

> 以禅喻诗，人皆知始于严羽《沧浪诗话》。实则由诗话言，固似此义发自严羽，由论诗韵语言，则司空图《二十四诗品》已发其义。至东坡诗中则益畅厥旨，如云“若言弦上有琴声，放在匣中何不鸣；若言声在指头上，何不于君指上听”（《琴诗》），妙语解颐已近禅悟，又云“冲口出常言，法度去前轨，人言非妙处，妙处在于是”（《诗颂》），亦已透露此意，至如《送参寥师》诗云：“欲令诗语妙，无厌空且静。静故了群动，空故纳万境。阅世走人间，观身卧云岭，咸酸杂众好，中有至味永，诗法不相妨，此语当更清。”《跋李端叔诗卷》云“暂借好诗销永夜，每逢佳处辄参禅”，则更和盘托出，无余蕴矣，所以东坡“作诗必此诗，定知非诗人”之语，即沧浪“不必太着题”之说也。东坡

“新诗如弹丸”，及“中有清圆句，铜丸飞柘弹”之语，即沧浪“造语贵圆”之说也。东坡“读破万卷诗愈美”，即沧浪“然非多读书多穷理则不能极其至”之说也，东坡《读孟郊》诗“何苦将两耳，听此寒虫号”，即沧浪所谓“孟郊之诗刻苦，读之使人不欢”之义也。人皆知沧浪论诗，反对苏、黄之以文字为诗，以才学为诗，以议论为诗，而孰知其论诗主张正出东坡也哉，尽苏诗作风与其论诗宗旨正相反背。东坡诗云“乐天长短三千首，却爱韦郎五字诗”，论坡诗者亦当作如是观。坡诗豪迈，所以不脱子路未侍夫子时气象者，则皆由其才气累之，至其生平笃嗜，固别有归，其《答王定民》诗云“五言今复拟苏州”，《次韵叶致远见赠》云“一伎文章何足道，要言(一作知)摩诘是文殊”，微旨所在，盖亦可以窥见矣。明得斯义，则知东坡论诗所以亦拈出司空图“味在酸咸之外”之语(见《书黄子思诗集后》)，而渡海以后复有和陶之作了，沧浪论诗，所以不满东坡者，以其“于一唱三叹之音有所歉焉”，实则此就坡诗言耳，东坡论诗，固已说过：“大木百围生远籁，朱弦三叹有遗音。”(《答仲屯田次韵》)

宋人诗话之说明此意者，只有吴可《藏海诗话》有一则云：

东坡豪，山谷奇。二者有余，而于渊明则为不足，所以皆慕之。

则知，东坡论诗主张，所以与其诗的作风背驰之故了。

六、黄　庭　坚

山谷论诗，消极方面重在识“病”(《次韵奉酬荆南签判向和卿六言》：“更能识诗家病，方是我眼中人。”)，积极方面重在“法”(《奉答谢公定》诗：“无人知句法，秋月自澄江。”)，重在“律”(《送顾子敦赴河东》诗：“秋来入诗律，陶谢不枝梧。”)，重在“眼”(《赠高子勉》诗：“拾遗句中有眼。”)，似与沧浪论诗之虚无缥缈如在五城十二楼者不尽相同。但其所谓夺胎换骨点铁成金之法，即是化朽腐为神奇。观其《再次韵(杨明叔诗)序》云：

盖以俗为雅，以故为新，百战百胜，为孙吴之兵，棘端可以破镞，如甘蝇飞卫之射，此诗人之奇也。

所以他的论诗始于法而终于神。其《赠高子勉四首》之一云：

妙在和光同尘，事须钩深入神。听它下虎口著，我不为牛后人。

其《次韵奉酬荆南签判向和卿六言》有云：

覆却万方无准，安排一字有神。（任渊注：言不为物役，思乃凝于神也。）

所以他的论诗始于惊人而终于自得。其《避暑李氏园》诗云“题诗未有惊人句，会唤谪仙苏二来”。求其惊人是他“下虎口著”的本领。至其《和德孺五丈“之”字诗韵》所谓：

且然聊尔耳，得也自知之。（任注：诗意谓唱酬之作聊且遣兴，不必甚工，至其自得之妙，盖未易与俗人言也。）

则又是因难以见工，由艰深以造自然了。《彦周诗话》引黄颠到了鲁直讥郭功父语谓“公做诗费许多气力做甚”，实则鲁直做诗也是费过气力者，不过最后始归于自得耳。其《赠陈师道》诗云“陈侯学诗如学道”，正是此意。朱弁《风月堂诗话》谓“黄庭坚用昆体工夫，而造老杜浑成之地”，可谓窥见深际。

所以他的学诗又始于杜甫而终于陶潜。其《赠高子勉》诗所谓：

拾遗句中有眼，彭泽意在无弦。顾我今六十老，付公以二百年。

即已透露此意。任渊注谓“老杜之诗眼在句中，如彭泽之琴意在弦外”，此说非是。彼即指出此二人，以使之有所宗主，此则所谓“付公以二百年”也。故其《宿旧彭泽怀陶令》诗有云：

空余诗语工，落笔九天上。向来非无人，此友独可尚。

亦可知其蕲向之所在了。

七、陈　师　道

明得苏、黄论诗也开沧浪风气，则知凡闻苏、黄绪论或名在江西诗社中的其论诗主张也均如此。曾季狸《艇斋诗话》有一节云：

> 后山论诗说换骨，东湖论诗说中的，东莱论诗说活法，子苍论诗说饱参，入处虽不同，其实皆一关捩，要知非悟不可。

这些都是江西诗社中人，所以同一论调，同一关捩。盖自山谷《奉答谢公定》诗有云“自往见谢公，论诗得濠梁”，任渊注“言有所悟入”，则知传江西衣钵者，其论诗当然也重在“悟”字了。昔人称后山作诗重在苦吟，每偕及门登临得句，即急归卧一榻，以被蒙首，甚至其家婴儿稚子，亦抱寄邻家，其精思苦吟如此。所以黄山谷有“闭门觅句陈无己”，又其《赠陈师道》诗有“陈侯学诗如学道，又似秋虫噫寒草。日晏肠鸣不俛眉，得意古人便忘老”诸语，而《自咏》绝句亦谓“此生精力画于诗，末岁心存力且疲”了。

以他这样苦吟，故其《答秦少章》诗有“学诗如学仙，时至骨自换”之句，工夫深时自能换骨，最后蕲向亦归于陶、谢，如其《绝句》所谓“不共卢王争出手，却思陶谢与同时”。

今所传本《后山诗话》，陆游已疑其伪作，《提要》且疑为南渡后旧弃散佚，“好事者以意补之”。考《后山集》二十卷为其门人彭城魏衍所编。魏衍《记》云：“诗话谈丛各自为集”，则后山原有诗话，为无可疑，不过不以入集，而今本皆入集中，则知不是魏氏手录之旧罢了。大抵《后山诗话》初未写定，而后人编次遂不免增益窜乱。考胡仔《苕溪渔隐丛话》云：“无己《后山诗话》论‘黄独无苗山雪盛’，及‘过时如发口，君侧有谗人’，‘韦苏州书后欲题三百颗’，‘评李白诗如黄帝张乐于洞庭之野’，此四事皆见鲁直《豫章集》中。今《后山诗话》亦有之，不差一字，疑后人误编入也。”今案此数节在鲁直与方蒙书、与洪朋书及与潘邠老诗诸条之间，则知此前后数节本全是杂录山谷语而未加阐说者。使其书果尽出好事者以意为之，恐不会有这般笨伯去直录《豫章集》者，又是书见称于《王直方诗话》《优古堂诗话》《苕溪渔隐丛话》诸书，则亦未必南渡后曾经散佚。故我以为昔人增益窜乱则有之，若谓全非后山所作，恐亦未然。因此，在此诗话中亦未尝不可节取数语以窥后山论诗宗旨，如所谓“宁拙毋巧，宁朴毋华，宁粗毋弱，宁僻无俗"云云，正是西江派论诗主张与其诗所谓"近世无高学，举俗爱许浑"者，正是同一意思。又案王若虚《滹南诗话》引《后山诗话》云："黄诗韩文有意故有工，左杜则无工矣。然学者必先黄韩。不由黄韩而为左杜，则失之拙易。"此数语不见今本诗话中。疑今本《后山诗话》更有窜易之处。

八、徐 俯

《艇斋诗话》称其论诗说中的，今以未见《东湖居士集》，不知其说若何，但曾敏行《独醒杂志》有一节云：

> 汪彦章为豫章幕官，一日会徐师川于南楼，问师川曰："作诗法门当如何入。"师川答曰："即此席间杯拌果蔬，使令，以至目力所及皆诗也。君但以意翦财之，驰骤约束触类而长，皆当如人意，切不可闭门合目，作镌空妄实之想也。"彦章领之，逾月复见师川曰："自受教后，准此程度，一字亦道不成。"师川喜谓之曰："君此后当能诗矣。"故彦章每谓人曰，某作诗句法，得之师川。

此节说得迷离恍惚，真如《怀麓堂诗话》所谓"宋人论诗高者如捕风捉影"之类，显是禅门习气。又《艇斋诗话》有一节云：

> 东湖尝与予言，近世人学诗，止于苏、黄，又其上则有及老杜者，至六朝诗人，皆无人窥见。若学诗而不知有选诗，是大车无輗，小车无軏。

意此亦即沧浪所谓取法乎上的意思。盖他虽为山谷之物，且也是江西派的诗，但他磊落不群之气，不肯屈居人下。所以晚年有人称其源自山谷者，他不以为然，答以小启云："涪翁之妙天下，君其问之水滨，斯道之大域中，我独知之濠上。"其于山谷犹且如此，固莫怪其好为高论堕于禅机了。

九、韩驹与吴可

韩驹诗，苏轼兄弟均比之储光羲。其学原出苏氏，故吕本中以列江西派中，驹殊不乐。吴可少亦以诗为苏轼、刘安世诸人鉴赏，故亦为苏学。吴可所著《藏海诗话》中，颇多与韩驹论诗之语。故二人论诗宗旨最相近似。韩驹有《陵阳集》，其《赠赵伯鱼》诗云：

学诗当如初学禅，未悟且遍参诸方。一朝悟罢正法眼，信手拈出皆成章。

正与吴可《学诗诗》同一宗旨，吴诗云：

学诗浑似学参禅，竹榻蒲团不计年。直待自家都了得，等闲拈出便超然。

学诗浑似学参禅，头上安头不足传。跳出少陵窠臼外，丈夫志气本冲天。

学诗浑似学参禅，自古圆成有几联。春草池塘一句子，惊天动地至今传。

当时龚相亦均有《学诗诗》，其诗云：

学诗浑似学参禅，悟了方知岁是年。点铁成金犹是妄，高山流水自依然。

学诗浑似学参禅，语可安排意莫传。会意即超声律界，不须炼石补青天。

学诗浑似学参禅，几许搜肠觅句联。欲讥少陵奇绝处，初无言句与人传。

都是同样意思。所以吴可《藏海诗话》云“凡作诗如参禅须有悟门”。《四库提要》称其诗话每作不了了语，似乎禅家机锋颇不免于习气，亦以其论诗宗旨本与沧浪为近也。

十、吕本中

吕氏所著论诗之著凡有三种：一为《江西诗社宗派图》，以选集而兼论评可作为江西诗人的总集。一为《紫薇诗话》，则论诗而及事者为多，可为江西诗人的小传，或遗闻轶事。其又一则为吕氏《童蒙训》，其论诗主张，大率在是，是又可作为江西诗人之诗论观。

不过因于是书本为家塾训课之本，故一方面论为诗文之法，一方面又论为人之法，而且本中本是北宋故家，及见元祐遗老，师友传授，具有渊源，故言理学则折衷二程，论诗文则取法苏、黄。他在政和、宣和之间，只与王氏之学立异，而于元祐程、苏之学则不复分别。所以是书虽多论诗主张，而不尽论诗。而且今传各本《童蒙训》，均没有论诗文之语，盖又是朱学盛行以后严洛、蜀之辨而加以汰除者。明叶盛《菉竹堂书目》卷四，有《童蒙诗训》一册，又杨士奇等所编之《文渊阁书目》卷十八有之，注云阙。均以列入宋人诗话中间，当即为《童蒙训》中之论诗者，不知此果宋人分编之本，抑为后人掇拾之本，已不可考。现在只就《苕溪渔隐丛话》所引者考之，以见其一斑。

吕氏论诗重在悟入。《童蒙训》云：

> 作文必要悟入处，悟入必自工夫中来，非侥幸可得也。如老苏之于文，鲁直之于诗，盖尽此理也。

又其《与曾吉甫论诗第一帖》云：

> 《楚辞》、杜、黄，固法度所在，然不若遍考精取，悉为吾用，则姿态横出，不窘一律矣。如东坡、太白诗，虽规摹广大，学者难依，然读之使人敢道，澡雪滞思，无穷苦艰难之状，亦一助也。要之，此事须令有所悟入，则自然越度诸子。悟入之理，正在工夫勤惰间耳。如张长史见公孙大娘舞剑，顿悟笔法。如张者，专意此事，未尝少忘胸中，故能遇事有得，遂造神妙，使他人观舞剑，有何干涉。

以及其《序诗社宗派图》亦谓“诗有活法，若灵均自得，忽然有入，然后惟意所出，万变不穷”，都近禅门话头。盖江西派论诗虽好论诗法，但不能泥于法。吕氏《与曾吉甫论诗第二帖》云：

> 欲波澜之阔去，须于规摹令大，涵养吾气而后可。规摹既大，波澜自

阔，少加治择，功已倍于古矣。试取东坡黄州以后诗，如《种松》《医眼》之类，及杜子美歌行及长韵近体诗看，便可见。若未如此，而事治择，恐易就而难远也，退之云："气，水也，言，浮物也，水大，则物之浮者，大小毕浮。气之与言，犹是也。气盛，则言之长短，与声之高下皆宜。"如此，则知所以为文矣。曹子建《七哀诗》之类，宏大深远，非复作诗者所能及，此盖未始有意于言语之间也。近世江西之学者，虽左规右矩，不遗余力，而往往不知出此，故百尺竿头，不能更进一步，亦失山谷之旨也。

百尺竿头再进一步，便能有所悟。悟入之法，或自工夫中来，此即陈师道所谓"时至骨自换"之说。或自遍考中来，如《童蒙训》云：

前人文章，各自一种句法，如老杜"今君起柂春江流，予亦江边具小舟"，"同心不减骨肉亲，每语见许文章伯"，如此之类，老杜句法也。东坡"秋水今几竿"之类，自是东坡句法。鲁直"夏扇日在摇，行乐亦云聊"，此鲁直句法也。学者若能遍考前作，自然度越流辈。（《苕溪渔隐丛话》前集八引，按陈鹄《西塘集·耆旧续闻》二称吕居仁云"学诗须熟看老杜、苏、黄，亦先见体式，然后遍考他诗，自然工夫度越过人。"盖即此节而易其语。）

此又即韩驹所谓"未悟且遍参诸方"之意。吕氏诗学本是折衷苏、黄，所以由夺胎换骨之说，一变而为悟入之论。

十一、曾几与赵蕃

魏庆之《诗人玉屑》谓曾几之学出于韩驹，今观其《读吕居仁旧诗有怀诗》云：

学诗如参禅，慎勿参死句。纵横无不可，乃在欢喜处。又如学仙子，辛苦终不遇，忽然毛骨换，政用口诀故。居仁说活法，大意欲人悟，常言古作者，一一从此路。岂惟如是说，实亦造佳处，其圆如金弹，所向若脱兔。风脱春空云，顷刻多态度。锵然奏琴筑，间以八珍具。人谁无口耳，宁不起欣慕。……

正与紫薇同旨。其后赵蕃论诗专祖曾、吕，尝檃括吕氏《与曾吉甫论诗第二帖》中语，为诗云：

若欲波澜阔，规模须放弘。端由吾气养，匪自历阶升。勿漫工夫觅，况于治择能。斯言谁语汝，吕昔告于曾。

更有《诗法诗》云：

问诗端合如何作？待欲学耶无用学。今一秃翁曾总角，学竟无力作无略。欲从鄙律恐坐缚，力若不足还病弱。眼前草树聊渠若，子结成阴花自落。

又曾和吴可《学诗诗》云：

学诗浑似学参禅，识取初年与暮年。巧匠曷能雕朽木，燎原宁复死灰燃。

学诗浑似学参禅，要保心传与耳传。秋菊春兰宁易地，清风明月本同天。

学诗浑似学参禅，束缚宁论句与联。四海九州何历历，千秋万岁孰传传。

均不脱曾、吕绪论。

十二、陆　　游

陆游传为几之学，即赵庚夫《题茶山集》所谓"咄咄逼人门弟子，剑南已见一灯传"者，而其所作《吕居仁集序》又谓童子时学其诗文，而曾几亦称其源出居仲。故其诗的作风虽已渐变，而论诗宗旨，却仍同曾、吕。

其《示子遹》一诗自述学诗历程云：

我初学诗日，但欲工藻绘。中年始少悟，渐若窥宏大。怪奇亦间出，如石湫湍濑。数仞李、杜墙，常恨欠领会。元、白才倚门，温、李真自郐。正令笔扛鼎，亦未造三昧。诗为六艺一，岂用资狡狯。汝果欲学诗，工夫在诗外。（原注：晋人谓戏为狡狯，今闽人语尚尔。）

此诗最为重要，颇足见其论诗主张。其所谓“正令笔扛鼎，亦未造三昧”，即《题庐陵萧彦毓秀才诗卷后》所谓“诗句雄豪易取名，尔来闲澹独萧卿，苏州死后风流绝，几许工夫学得成”之意。故其学诗则归于自得，诗则重在自然。其《颐庵居士集叙》云：

文章之妙在有自得处，而诗其尤者也。（案此文不见《渭南文集》。）

正是说明自得之旨。怎样才能自得？一半在于工夫，一半在于妙悟，而妙悟亦即从工夫中来。其《杨梦锡集句杜诗序》云：

文章要法，在得古作者之意。意既深远，非用力精到，则不能造也。

即是说工夫。其《示儿》诗云：

文能换骨余无法，学但穷源自不疑。齿豁头童方悟此，乃翁见事可怜迟。

即是说妙悟，至如下列二诗：

我昔学诗未有得，残余未免从人乞。力孱气馁心自知，妄取虚名有惭色。四十从戎驻南郑，酣宴军中夜连日。打球筑场一千步，阅马列厩三万匹。华灯纵博声满楼，宝钗艳舞光照席。琵琶弦急冰雹乱，羯鼓手匀风雨疾。诗家三昧忽见前，屈贾在眼元历历。天机云锦用在我，剪裁妙处非刀尺。世间才杰固不乏，秋毫未合天地隔。放翁老死何足论，《广陵散》绝还堪惜。（《九月一日夜读诗稿有感走笔作歌》）

六十余年妄学诗，工夫深处独心知。夜来一笑寒灯下，始是金丹换骨时。（《夜吟》）

则又言由工夫以至妙悟。而“诗家三昧忽见前”“夜来一笑寒灯下”云云，正与禅家言悟相同。所以他学诗最后之所诣，是归于自得。他曾说过“诗到无人爱处工”（《明日复理梦中意作》），于此亦可知其不随流俗为转移了。

至其《追怀曾文清公呈赵教授》诗云：

律令合时方帖妥，工夫深处却平夷。

《读近人诗》云：

琢雕自是文章病，奇险尤伤气骨多。君看太羹玄酒味，蟹螯蛤柱岂同科。

又《文章》一首云：

文章本天成，妙手偶得之。粹然无疵瑕，岂复须人为。君看古彝器，巧拙两无施。汉最近先秦，固已殊淳漓。胡部何为者，豪竹杂哀丝。后夔不复作，千载谁与期。

则均重在自然。所以对于陶诗特有深嗜，如云"莫谓陶诗恨枯槁，细看字字可铭膺"(《杭湖夜归》)，如云"我诗慕渊明，恨不造其微"(《读陶诗》)，如云"学诗当学陶，学书当学颜，正复不能到，趣乡已可观"(《自勉》)，都是这些意思。盖自吕本中后以诗人而兼道学家，故其论诗主张颇受道学影响，如《和陈鲁山十诗》有云：

万物备于我，本来无欠余。窭儒可怜生，西抹复东途。斯文如大厦，倾壤要力扶。犬子真鼠辈，辛苦卖子虚。

此即自得之旨之受道学影响者。如《感兴》诗云：

文章天所秘，赋予均功名。吾尝考在昔，颇见造物情。离堆太史公，青莲老先生。悲鸣伏枥骥，蹭蹬失水鲸。饱以五车读，劳以万里行。险艱外备尝，愤郁中不平。山川与风俗，杂错而交并。邦家志忠孝，人鬼参幽明。感慨发奇节，涵养出正声。故其所述作，浩浩河流倾。岂惟配诗书，自足齐韺諲。我衰敢议此，长歌涕纵横。

此又"自然"之旨之受学道影响者，与其《次韵和杨伯子主簿见赠》诗所谓"谁能养气塞天地，吐出自足成虹蜺"，同一意思。

所以放翁论诗宗旨，其于诗中和盘托出者，即为《夜坐示桑甥十韵》一首：

好诗如灵丹，不杂膻荤肠，子诚欲得之，洁斋祓不祥。食饮屑白玉，沐浴春兰芳。蛟龙起久蛰，鸿鹄参高翔。纵横开武库，浩荡发太仓。大巧谢雕琢，至刚反摧藏。一技均道妙，佻心讵能当。结缨与易箦，至死犹自强。东山七月篇，万古真文章。天下有精识，吾言岂荒唐。

十三、杨 万 里

诚斋诗也从江西派入，而不从江西派出。故重在味，而不泥于形。其《习斋论语讲义序》云：

> 读书必知味外之味，不知味外之味而曰我能读书者，否也。《国风》之诗曰“谁谓荼苦，其甘如荠”，吾取以为读书之法也。夫食天下之至苦而得天下之至甘，其食者同乎人，其得者不同乎人矣。同乎人者味也，不同乎人者非味也。

其论学然，其论诗亦然。其《江西宗派诗序》云：

> 江西宗派诗者，诗江西也，人非皆江西也。人非皆江西，而诗曰江西者何？系之也。系之者何？以味不以形也。东坡云：“江瑶柱似荔枝。”又云：“杜诗似《太史公书》。”不惟当时闻者呒然，阳应曰诺而已，今犹呒然也。非呒然者之罪也，舍风味而论形似，故应呒然也，形焉而已矣。高子勉不似二谢，二谢不似三洪，三洪不似徐师川，师川不似陈后山，而况似山谷乎？味焉而已矣，酸咸异和，山海异珍，而调胹之妙，出乎一手也，似与不似，求之可也，遗之亦可也。
>
> 大抵公侯之家有阀阅，岂惟公侯哉，诗家亦然。窭人子崛起委巷，而一旦纡以银黄，缨以端委，视之，言公侯也，貌公侯也。公侯则公侯乎尔，遇王、谢弟子，公侯乎！江西之诗，世俗之作，知味者当能别之矣。

故其论诗中禅味最足。如《书王右丞诗后》云：

> 晚因子厚识渊明，早学苏州得右丞。忽梦少陵谈句法，劝参庾信谒阴铿。

《读唐人及半山诗》云：

不分唐人与半山，无端横欲割诗坛。半山便遣能参透，犹有唐人是一关。

《和李天麟》二首云：

学诗须透脱，信手自孤高。衣钵无千古，丘山只一毛。句中池有草，字外目俱蒿。可口端何似，霜螯略带糟。

句法天难秘，工夫子但加。参时且柏树，悟罢岂桃花。要共东西玉，其如南北涯。肯来谈个事，分坐白鸥沙。

又《徐子材谈绝句》云：

受业初考且半山，终须投换晚唐间。国风此去无多子，关捩挑来只等闲。

均不免于禅家习气者。

十四、姜　　夔

姜夔有《白石道人诗说》。其论诗亦主诗法。如云：

不知诗病，何由能诗，不观诗法，何由知病。

波澜开阖，如在江湖中，一波未平，一波已作。如兵家之阵，方以为正，又复是奇，方以为奇，忽复是正。出入变化，不可纪极，而法度不可乱。

所以论篇法则重在布置，论句法则欲其响。但其论诗又不止于法。其言：

诗有四种高妙，一曰理高妙，二曰意高妙，三曰想高妙，四曰自然高妙。碍而实通，曰理高妙，出自意外，曰意高妙，写出幽微，如清潭见底，曰想高妙，非奇怪，剥落文采，知其妙而不知其所以妙，曰自然高妙。

于四种中似尤重在自然高妙，而法度不与焉。盖他以法为诗之初步，而不是诗之极诣。《诗说》云：

文以文而工，不以文而妙，然舍文无妙，胜处要自悟。

即是此旨。他所谓"以文而工"云者，即是指法而言。法能做到工的地步，但不可以为妙，所以说不以文而妙。然舍法则妙不可见，所以他虽不废法而不止于法。此则沧浪所谓神化也。故其论诗，拈出二字，一曰味，一曰韵，如云：

> 语贵含蓄。东坡云“言有尽而意无穷”者，天下之至言也。山谷尤谨于此，清庙之瑟，一唱三叹，远矣哉；后之学诗者，可不务乎？若句中无余字，篇中无长语，非善之善者也。句中有余味，篇中有余意，善之善者也。
>
> 学有余，而约以用之，善用事者也。意有余，而约以尽之，善措辞者也。乍叙事，而间以理言，得活法者也。
>
> 喜词锐，怒词戾，哀词伤，乐词荒，爱词怨，恶词绝，欲词屑。乐而不淫，哀而不伤，其惟《关雎》乎？

此味之说也。如云：

> 大凡诗自有气象、体面、血脉、韵度，气象欲其浑厚，其失也俗；体面欲其宏大，其失也狂；血脉欲其贯穿，其失也露；韵度欲其飘逸，其失也轻。
>
> 陶渊明天资既高，趣旨又远，故其诗韵而庄，澹而腴，断不容作邯郸步也。
>
> 一家之语，自有一家之风味，如乐之二十四调，各有韵声，乃是归宿处。模仿者语虽似之，韵亦无矣，鸡林其可欺哉？

此韵之说也。而其要则均归之于一“悟”。故与沧浪论诗最为相近。王渔洋引《诗说》中下述一节：

> 一篇全在尾句，如截犇马。词意俱尽，如临水送将归是已。意尽词不尽，如抟扶摇是已。词尽意不尽，剡溪归棹是已。词意俱不尽，温伯雪子是已。

以为白石论诗未到，严沧浪颇亦足参微言，洵为笃论。钱泰吉《曝书杂记》乃以《诗说》有“思有窒碍涵养未至也，当益以学”之语，因谓“读此知诗有别材非关学之说，不足为定论”，殊不知沧浪论诗亦非废学，世人断章取义于是有此误会，实则本非沧浪之旨也。

（一九三五年《文艺月报》）

此据郭绍虞《照隅室古典文学论丛》上编，上海古籍出版社1983年版

苏轼庐山之行及其"悟"

朱　刚

一、题　　解

依诗、禅关系研究的一般思路，把苏轼看作一个思想上深受禅宗影响的诗人，其实低估了他的禅悟境界，从而也低估了他在诗、禅高度融合方面所具有的象征意义。在禅门用来构建自身历史的"灯录"类书籍中，记载的除历代高僧外，也包括一部分像苏轼那样称为"居士"的士大夫，他们被排列到不同禅师的"法嗣"之中，厕身于所谓"传灯"的宗教谱系。毫无疑问，并非所有信奉禅宗或与之关系密切的士大夫都能进入这一谱系，即便是专以历代"居士"为记载对象的《居士分灯录》，也只收入"妙臻圣解，默契禅宗"者七十二人。①应该承认，编者在挑选收录对象时多少考虑了他们在俗世的成就、声望或者政治地位，但这毕竟不是首要的标准。一位士大夫作为某禅师的"法嗣"而进入"灯录"，其最直接的意味是：他已被承认为"妙臻圣解"，也就是对禅有所"悟"，其境界已与高僧相当；而且，因为禅林具有相当浓重的宗派观念，故该士大夫还应与其所嗣法禅师的其他法嗣一起，共同构成某一宗派，体现出此宗派在思想、行事上的风格特征，即所谓"宗风"。换句话说，他不是简单地受禅宗思想影响而已，还进一步以

① 王元瑞《居士分灯录叙》，朱时恩《居士分灯录》卷首，《续藏经》本。

包含诗歌创作在内的诸多表达活动，参与了某一种“宗风”的构造，由此也很可能直接介入宗教事务。苏轼正属于这一类士大夫。

自南宋雷庵正受编《嘉泰普灯录》始，苏轼被列入灯录，作为临济宗黄龙派东林常总禅师(1025—1091)的法嗣[①]，此后的灯录也一概如此处理。其实，苏轼生前跟云门宗禅僧的交往更为频繁密切[②]，而与常总只有一面之缘。但禅门确定“嗣法”关系时，主要不看交往密切与否，而关注当事人的某一次具有决定意义的恍然大“悟”之经验，如果这一次经验是由某位禅师启发而致，或者当事人的某种表达获得禅师之印可，则他便成为该禅师的“法嗣”。苏轼的这次大“悟”经验，被认为是在常总禅师的启发下，发生于庐山东林寺。所以即便身为云门宗禅僧的雷庵正受，也承认苏轼的“嗣法”之师是临济宗的东林常总。[③]从这个角度说，苏轼的庐山之“悟”应该成为我们探寻其思想中的禅宗乃至佛学因素时最须重视的内容。然而，思想家研究的通常模式，是搜集其遗留的文字，对这些文字明确地表达出来的思想加以总结分析，而苏轼本人对他的庐山之“悟”并未留下多少文字表达，故这一次大“悟”的经验并未引起苏轼研究者的足够重视。实际上，在与禅宗相关的研究领域，类似的情形屡见不鲜：即便在禅宗思想史一类的书籍中，被禅家视为关键的那种不可言说的瞬间“顿悟”，也经常只在叙述禅师生平的部分被提及，而对其思想的解析，则根据其他文字资料来进行。这也就是说，禅师生平中具有决定性的那一次大“悟”，只对他本人具有意义，对今天的研究者而言几乎没有意义。当然，因为资料方面的限制，很多情况下我们也确实难以了解他究竟“悟”到了什么，但苏轼的庐山之“悟”则稍有不同，只要我们加以重视，毕竟还有一些相关的资料可供探求，利用文学研究中的文本细读之法，我们有可能透视到他所“悟”的内容。本文即为此而作。

---

① 雷庵正受《嘉泰普灯录·总目录》卷上，《续藏经》本。

② 参考笔者《苏轼与云门宗禅僧尺牍考辨》，中国人民大学《国学学刊》2012 年第二期。

③ 可以顺便提及的是，雷庵正受把苏轼之弟苏辙编在云门宗禅僧的“法嗣”之中，但后来《五灯会元》(卷十八，中华书局 1984 年版)等书不予认同，苏辙也被改编到临济宗黄龙派门下。

关于苏轼元丰七年(1084)庐山之行的经过,除了孔凡礼《苏轼年谱》简要梳理其行程外[①],日本学者内山精也亦有专文论及。[②]不过,孔凡礼不重视这一行程中涉及的禅僧,所述略有纰漏,本文首先要补正这些纰漏。内山精也的论文对笔者颇有启发,他全面清理了苏轼在庐山的诗歌作品,加以贯穿解释,其中最重要的,就是“不识庐山真面目,只缘身在此山中”这一名句。[③]通常,我们哲理性地阐说此句,句中的“庐山”可以被置换为别的山,乃至所有事物。如此轻视“庐山”的特殊性,引起了内心精也的不满,也确实脱离了苏轼在庐山所作全部诗歌整体上显示的思想脉络(详见下文)。他指出庐山对于苏轼的两种意义:一是禅宗之山,一是诗人陶渊明之山。就苏轼研究来说,这一论述堪称卓见。但他显然更重视庐山作为诗人陶渊明之山的方面,对“庐山真面目”的禅宗含义相对轻视。本文则专从探析苏轼禅“悟”的角度,重新处理相关的资料,以为补充。

二、苏轼庐山之行所涉禅僧

自宋神宗元丰三年(1080)起,苏轼因“乌台诗案”而贬居黄州。同年,神宗下诏将庐山东林寺改为禅宗寺院,聘请常总禅师为开山住持。到元丰七年初,神宗亲出御批,让苏轼离开黄州,改居汝州,这才有了苏轼的庐山之行,而在此之前,即元丰六年(1083),发生了常总禅师与神宗皇帝间的一次强烈对抗。为了将越来越发展迅猛的禅宗丛林收纳到朝廷所能控制的范围,神宗亲自策划,调整了东京大相国寺的结构,开辟出慧林、智海两个禅院,诏令禅宗高僧住持。慧林院请到了云门宗的宗本禅师(1020—1099),智海院请的就是临济宗的常总禅师。很显然,这等于由朝廷来敕封宗教领袖,是禅宗发展史上的一件大事。原来兴盛于南方的云门宗,以宗本应诏晋京为标志,全面向北发展,以东京为传

① 孔凡礼《苏轼年谱》中册,中华书局1998年版,第617—629页。

② 内山精也《苏轼“庐山真面目”考》,早稻田大学《中国诗文论丛》第十五辑,1996年。

③ 苏轼《题西林壁》,《苏轼诗集》卷二十三,中华书局1982年版。

播中心，盛况达至极点，宗本也成为禅宗史上“法嗣”最多的禅僧。[①]但其后果是，云门一宗几乎成为北宋政权的殉葬品，南渡后法脉断绝。与此相反的是，起源于北方的临济宗，此时却大半南下，而常总禅师也选择了颇具危险性的拒诏之路，以情愿一死的态度坚却智海之聘，留居庐山东林寺。与北宋朝廷保持较远的距离，以大江南北为主要传播区域，现在看来极具先见之明，临济宗能够成为南宋最大的佛教宗派，实赖于此。当宗本在京师忙忙碌碌，为宫廷和显贵之家大做法事的时候，常总则在庐山接待了并世最大的诗人，使庐山拥有了最具意义的一个时刻：第一诗人与“僧中之龙”[②]的会面。我们不难看出，使会面可能的这些前因，为两人的精神契合提供了基础，而其后果则是诗人成为禅师的法嗣。世间一切皆有缘，前因后果总灿然。

按北宋的行政区划，庐山的北麓属江南东路的江州（今九江市），而南麓属江南西路的南康军（今星子县）。据《苏轼年谱》所叙，他于元丰七年四月离开黄州，沿江东下，二十四日夜宿庐山北麓的圆通寺。《苏轼诗集》卷二十三有一诗，题云《圆通禅院，先君旧游也。四月二十四日晚，至，宿焉。明日，先君忌日也。乃手写宝积献盖颂佛一偈，以赠长老仙公。仙公抚掌笑曰：“昨夜梦宝盖飞下，着处辄出火，岂此祥乎！”乃作是诗。院有蜀僧宣，逮事讷长老，识先君云》，这一长题记述了当时的人事。检《建中靖国续灯录》卷十九有“庐山圆通可仙禅师”，当即苏轼所云“长老仙公”，而可仙正是东林常总的法嗣。

苏轼并未就此登览庐山，他转道南下，先去筠州（今高安县）探访苏辙。《苏轼年谱》引证他此时写给佛印了元禅师（1032—1098）的尺牍，正好交代了这一行踪：“见约游山，固所愿也，方迫往筠州，未即走见，还日如约。”[③]由于了元曾

① 《建中靖国续灯录》和《续传灯录》（俱见《续藏经》）目录，都列出慧林宗本的法嗣达二百人。

② 苏轼《东林第一代广慧禅师真赞》称常总“堂堂总公，僧中之龙”，《苏轼文集》卷二十二，中华书局1986年版。释惠洪：《妙高仁禅师赞》称常总法孙华光仲仁为“岳顶凤之真子，僧中龙之的孙”，《石门文字禅》卷十九，文渊阁四库全书本。按，“岳顶凤”指常总法嗣福严惟凤，参考周裕锴：《宋僧惠洪行履著述编年总案》，高等教育出版社2010年版，第91页。

③ 苏轼《与佛印十二首》之三，《苏轼文集》卷六十一。

任庐山归宗寺住持，这里的“游山”被孔凡礼先生理解为游览庐山。这一点其实不能确定，据禅林笔记《云卧纪谈》载：“佛印禅师元丰五年九月，自庐山归宗赴金山之命。”①可见了元已于两年前改任金山寺住持。上引的苏轼尺牍，在《重编东坡先生外集》中也题为《与金山佛印禅师》。②那么，了元约苏轼“游山”，指的应该是金山。当然指庐山的可能性也不是没有，但了元本人已不在庐山，是可以肯定的，《苏轼年谱》谓了元先向苏轼发出邀约，此后又陪同游山，是错误的。

因为“乌台诗案”的连累，苏辙贬官监筠州盐酒税，至此已过四年。苏轼到筠州后，有诗云《端午游真如，迟、适、远从，子由在酒局》③，可见他五月上旬在筠州。《苏轼年谱》叙及二苏在筠州交往的禅僧中有真净克文（1025—1102）和圣寿省聪（1042—1096），后者属云门宗，是慧林宗本的法嗣，而前者与东林常总同为临济宗黄龙派创始者黄龙慧南（1003—1069）的传人。据说，他们还确认了苏轼的前世是云门宗的五祖师戒禅师。当然，他们可能知道苏轼与师戒的法孙大觉怀琏禅师（1009—1091）关系密切。④

从筠州返程的苏轼大约在五月中旬自南麓登上了庐山，陪同他游山的并非佛印了元⑤，而是另一个云门宗禅僧参寥子道潜（1043—?）。道潜正是大觉怀琏的弟子，也是苏轼生平最重要的诗友之一。我们现在可以确认，六月九日苏轼已在江州东北的湖口，写了著名的《石钟山记》⑥，那么，估计他有半个月左右的时间，尽情探访庐山的名胜。不过，他为这些名胜题诗并不多，据其自述：“余游

① 释晓莹《感山云卧纪谈》卷下“佛印谒王荆公”条，《续藏经》本。

② 《重编东坡先生外集》卷六十九，《四库全书存目丛书》影印本。

③ 《苏轼诗集》卷二十三。

④ 苏轼与大觉怀琏及其门下弟子的密切交往，参考拙作《苏轼与云门宗禅僧尺牍考辨》。

⑤ 《苏轼年谱》据《苏轼文集》卷六十一《与佛印十二首》之七，谓了元与苏轼同在庐山，其实，苏轼这一首尺牍是写给东林常总的，误收入《与佛印十二首》，参考拙作《苏轼与云门宗禅僧尺牍考辨》。

⑥ 《苏轼文集》卷十一《石钟山记》：“元丰七年六月丁丑，余自齐安舟行适临汝，而长子迈将赴饶之德兴尉，送之至湖口，因得观所谓石钟者。”

庐山南北，得十五六奇胜，殆不可胜纪，而懒不作诗。独择其尤佳者，作二首。”[1]这二首是《开先漱玉亭》和《栖贤三峡桥》，虽说是为了风景而作，想必也与开先寺、栖贤寺的主僧请求有关。按苏辙《闲禅师碑》有云：“元丰七年，过庐山开先，见瑛禅师。”[2]检《五灯会元》卷十七有开先行瑛禅师，乃东林常总法嗣，当即苏辙所见的“瑛禅师”。苏轼游庐山仅比苏辙略早数月，可推断其时的开先寺住持就是行瑛。这样，在见到常总本人前，苏轼已见过他的两位法嗣了（圆通可仙、开先行瑛）。苏辙元丰四年所作《庐山栖贤寺新修僧堂记》提到了“长老智迁”[3]，而《五灯会元》卷十六有栖贤智迁，乃云门宗天衣义怀（993—1064）之法嗣，应该就是此时的栖贤寺住持了。

在会见常总之前，苏轼还与另一位云门宗禅僧发生交涉，《苏轼诗集》卷二十三有诗题云《余过温泉，壁上有诗云：“直待众生总无垢，我方清冷混常流。”问人，云长老可遵作。遵已退居圆通。亦作一绝》。检《五灯会元》卷十六有中际可遵禅师，乃雪窦重显（980—1052）之法孙，是一个略有诗名的禅僧。[4]

综上所述，兹将苏轼庐山之行所涉云门宗禅僧的法系图示于下：

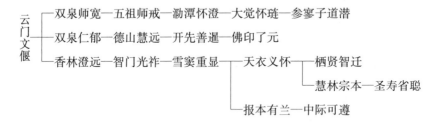

- 云门文偃
  - 双泉师宽—五祖师戒—泐潭怀澄—大觉怀琏—参寥子道潜
  - 双泉仁郁—德山慧远—开先善暹—佛印了元
  - 香林澄远—智门光祚—雪窦重显
    - 天衣义怀
      - 栖贤智迁
      - 慧林宗本—圣寿省聪
    - 报本有兰—中际可遵

当然，本文主旨是要阐明苏轼与临济宗黄龙派禅师之关系，而据《五灯会元》所载，苏辙、黄庭坚亦为黄龙派法嗣，故与上文涉及的该派禅僧一并图示于下：

---

① 苏轼《庐山二胜》诗叙，《苏轼诗集》卷二十三。

② 苏辙《闲禅师碑》，《栾城集》卷二十五，上海古籍出版社 1987 年版。

③ 苏辙《庐山栖贤寺新修僧堂记》，《栾城集》卷二十三。

④ 释可遵诗，详拙著《宋代禅僧诗辑考》，复旦大学出版社 2012 年版，第 92 页。

- 石霜楚圆
  - 黄龙慧南
    - 东林常总
      - 东坡苏轼
      - 圆通可仙
      - 开先行瑛
    - 上蓝　顺
      - 颍滨苏辙
    - 黄龙祖心
      - 山谷黄庭坚
    - 真净克文
      - 清凉惠洪
  - 杨岐方会

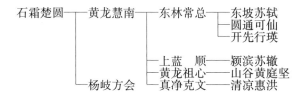

表中的黄龙慧南是黄龙派开创者，他的同门杨岐方会开创了杨岐派，乃南宋以后禅宗之主流，本文下面会谈及杨岐派对苏轼的批评。至于黄龙、杨岐的师尊石霜楚圆(986—1039)，则与前辈文人杨亿(974—1020)相知。

三、苏轼庐山所作诗偈

对于元丰七年庐山之行所作诗歌，苏轼本人有一段自述，内山精也的论文已经引述，为了说明方便，仍抄录于下：

> 仆初入庐山，山谷奇秀，平生所未见，殆应接不暇，遂发意不欲作诗。已而山中僧俗，皆言"苏子瞻来矣"，不觉作一绝云："芒鞋青竹杖，自挂百钱游。可怪深山里，人人识故侯。"既自哂前言之谬，复作两绝句云："青山若无素，偃蹇不相亲。要识庐山面，他年是故人。"又云："自昔怀清赏，神游杳霭间。而今不是梦，真个在庐山。"是日有以陈令举《庐山记》见寄者，且行且读，见其中有云徐凝、李白之诗，不觉失笑。旋入开元寺，主僧求诗，因为作一绝云："帝遣银河一派垂，古来惟有谪仙词。飞流溅沫知多少，不与徐凝洗恶诗。"往来山南北十余日，以为胜绝，不可胜谈，择其尤者，莫如漱玉亭、三峡桥，故作二诗。最后与总老同游西林，又作一绝云："横看成岭侧成峰，远近高低各不同。不识庐山真面目，只缘身在此山中。"仆庐山之诗，尽于此矣。①

比照《苏轼诗集》卷二十三，可知这段自述实未收入苏轼在庐山的全部作品，但

① 胡仔《苕溪渔隐丛话》前集卷三十九，人民文学出版社1962年版。

它可以帮助我们确认两点：第一，与常总禅师会面，被表述成苏轼此行的终点；第二，最初的三首五言绝句在《苏轼诗集》卷二十三被题为《初入庐山三首》，且“青山若无素”被改置第一首，而此首恰恰提到“要识庐山面”的问题，与最后《题西林壁》的“不识庐山真面目”宛成呼应，那么，正如内山精也指出的那样，对“庐山面”或“庐山真面目”的思考，伴随了苏轼此行的始终。“庐山”在这里确是特指，不可被置换。

如果相信苏轼的自述，“芒鞋青竹杖”乃是第一首。此首的大意是：我现在并无值得尊仰的身份，自费来游庐山，为什么山中的人都知道我？这当然显露了作者因自己的名声而自鸣得意之情，所以马上“自哂前言之谬”。接下来的两首中，“自昔怀清赏”一首表达了他对庐山的长久向往之意，好像起到了纠正“前言之谬”的作用。不过现在看来，诗人之向往名山，与名山之有待于诗人，也正好互相呼应。“真个在庐山”表明了他们的相遇。

然而，这一次相遇的情形并不令人满意，诗人与名山之间，或者具体地说苏轼与庐山之间，并非一见如故。“青山若无素，偃蹇不相亲”，苏轼觉得庐山跟他没有交情，不相亲近。“偃蹇”是倨傲不随之意，同样的词语曾出现在苏轼以前的诗句中。熙宁六年(1073)担任杭州通判的他为宝严院垂云亭题诗云：“江山虽有余，亭榭苦难稳。登临不得要，万象各偃蹇。”①意谓自然景象虽然丰富多彩，但若筑亭不得其处，登临者便无适当的观赏视角，各种景象便不会显示出符合审美期待的秩序，“美”就无法实现。作为诗人和画家的苏轼，显然不愿无条件地接受自然山水的任何形态，他希望对象随从自己的审美习惯，但初见庐山，对象所呈现的面貌却不合他的心愿。——这才是他初入庐山时，在审美方面的第一感受。此种感受想必令他苦恼，因为庐山之“美”古今盛传，是个不可怀疑的前提，那么，问题便在观赏者这一边，或者说，还是一个观赏视角的问题。《题

① 苏轼《僧清顺新作垂云亭》，《苏轼诗集》卷九。山本和义对此诗有精彩的分析，见《诗人与造物——苏轼论考》，研文出版2002年版，第39—41页。

西林壁》表明了苏轼在获取适当的视角方面付出的努力：横看竖看，远看近看。但是，结果也并不理想。

庐山突破了苏轼所习惯的审美秩序，在他面前显出倨傲的形态，不肯随从他的期待。换句话说，苏轼看不出庐山好在哪里，这个意思被他表述成对“庐山面”或“庐山真面目”的“不识”。大概这才是他在庐山不想作诗的原因。如果你看不出对象的美，怎么为它作诗呢？当然，事实上他还是为某些景观题了诗，但他也声明“余游庐山南北，得十五六奇胜”，就是说他题诗的这些景观都是局部性的。也许，有一些局部的景观符合他的审美要求，而“庐山面”或“庐山真面目”乃是就庐山的整体而言。对其整体的“不识”，是一种具有象征意义的表述，除了风景外，也可以令人联想到其他方面的含义。但在字面上，首先还是指风景。怎样才能使庐山在自己眼里呈现为美的风景？苏轼设想了两条出路。

第一条诉诸时间。“要识庐山面，他年是故人”，如果以后能多次造访，那就会跟老朋友重逢一般亲切了吧。第二条诉诸空间。“不识庐山真面目，只缘身在此山中”，由于在山中横看竖看、远看近看都没有理想的效果，那自然就会归因于视界的局限性，设想跳出这一空间，从更大的视野去看。毫无疑问，人们对任何事物的认识，都不能缺乏适当的时间和空间条件，所以，联系《初入庐山》绝句来解读《题西林壁》，不但并不损害后者的象征意义，反而使这种意义丰满起来。更为重要的是，这些作品所具有的思想脉络，显示了与苏轼庐山之行始终伴随的一种思考，即对于“庐山真面目”的追问，以及由此引发的疑虑。他带着这样的疑虑，走到了此行的终点，步入了东林常总的门庭。可以期待的是，“僧中之龙”会帮助他解决疑虑。

据《嘉泰普灯录》卷二十三载（《五灯会元》卷十七所述略同）：

> 内翰苏轼居士，字子瞻，号东坡。宿东林日，与照觉常总禅师论无情话，有省，黎明献偈曰：“溪声便是广长舌，山色岂非清净身。夜来八万四千偈，他日如何举似人。”

这里记载的一偈，在《苏轼诗集》卷二十三题为《赠东林总长老》。作为东坡的悟道之偈，其真实性从未遭受质疑，但上引的苏轼自述中却没有提到。同样未提及的，还有他对可遵禅师一绝的唱和。大概他觉得这类作品是“偈”，与一般的“诗”有所区别。

灯录已经提示了解读苏轼悟道偈的背景资料，就是他与常总禅师谈论的“无情话”，即唐代南阳慧忠国师的“无情说法”公案。《五灯会元》卷二将慧忠编在六祖慧能的法嗣，但对这个公案记载简略，倒是洞山良价的语录中有详尽的转述：

> 师参沩山，问曰：“顷闻南阳忠国师有无情说法话，某甲未究其微。”沩曰：“阇黎莫记得么？”师曰：“记得。”沩曰：“子试举一遍看。”师遂举：僧问：“如何是古佛心？”国师曰：“墙壁瓦砾是。”僧云：“墙壁瓦砾岂不是无情？”国师曰：“是。”僧云：“还解说法否？”国师曰：“常说炽然，说无间歇。”僧云：“某甲为什么不闻？”国师曰：“汝自不闻，不可妨他闻者也。”僧云：“未审什么人得闻？”国师曰：“诸圣得闻。”僧云：“和尚还闻否？”国师曰：“我不闻。”僧云：“和尚既不闻，争知无情解说法。”国师曰：“赖我不闻，我若闻，即齐于诸圣，汝即不闻我说法也。”僧云：“恁么则众生无分去也。”国师曰：“我为众说，不为诸圣说。”僧云：“众生闻后如何？”国师曰：“即非众生。”僧云：“无情说法据何典教？”国师曰：“灼然，言不该典，非君子之所谈。汝岂不见《华严经》云：刹说，众生说，三世一切说。”师举了，沩山曰：“我这里亦有，只是罕遇其人。”师曰：“某甲未明，乞师指示。”沩山竖起拂子曰：“会么？”师曰：“不会，请和尚说。”沩曰：“父母所生口，终不为子说。”①

洞山良价早年游方时，曾向沩山灵佑请教“无情说法话”的含义，在沩山的要求下，他完整地转述了慧忠国师与某僧的问答内容。“无情”就是无生命之物，如墙壁瓦砾之类，慧忠却认为它们都像古佛一样演说着根本大法，而且从不间息，一直在说，只是一般人听不到而已。与慧忠对话的某僧以及早年的洞山并未由

① 《筠州洞山悟本禅师语录》，《大正新修大藏经》本。

此得悟，但看起来沩山了解慧忠的意思，他不肯为洞山解说，只是竖起拂子，想让洞山自悟，可惜洞山的机缘并不在此。一般情况下，禅师不肯明说而以他物指代的，都是彼岸性的东西，“父母所生口”即此岸性的言语机能是决不能承担其解说任务的。慧忠的话也清晰地区划了两个世界：听到“无情说法”的是诸圣，听不到的是众生。不过，慧忠和沩山似乎可以往来于两个世界之间。

《五灯会元》卷十七记载了东林常总的一段说法，与“无情话”意思相通：

上堂：“乾坤大地，常演圆音；日月星辰，每谈实相。翻忆先黄龙道：‘秋雨淋漓，连宵彻曙，点点无私，不落别处。’复云：‘滴穿汝眼睛，浸烂汝鼻孔。’东林则不然，终归大海作波涛。”击禅床，下座。

在这里，“圆音”和“实相”指彼岸性的真理，“乾坤大地”和“日月星辰”概指一切存在，故此语的意思无异于“无情说法”。黄龙慧南话里的“秋雨”当然也是如此“说法”的“无情”物之一，它如此辛苦地说着，却没人去倾听，只好施展毒手，“滴穿汝眼睛，浸烂汝鼻孔”，无非是要逼人去听。看来慧南把自己也当成了“秋雨”，施展毒手倒体现出他的老婆心肠。常总却不愿如此费事，“终归大海作波涛”，自己流向大海便罢。

再来看苏轼的悟道偈，“溪声”“山色”自是“无情”，“广长舌”和“清净身”都是对佛的形容，指代最高真理，无疑也是“无情说法”的意思。这样，贯穿慧忠、慧南、常总和苏轼的有关言论，我们大致可以推测，这是对体现于一切存在物的最高普遍性的领悟，其哲学含义并不复杂，与所谓“目击道存”“一物一太极”等命题相似，只是用了一种生动的说法来表述而已。不过，禅宗讲究的不是对理论的知解，而是对境界的体验，之所以要用生动的说法来暗示，或者指东道西不肯明言，就是为了避免抽象的理论话语，引导人用全身心去拥抱这样的境界，而不是仅仅在知识层面加以认识。当然，境界方面的事，被认为“如人饮水，冷暖自知”，不可言说，我们这里只能指出其哲学含义而已。

重要的是，通过对“无情话”的参悟，苏轼和常总找到了思想上的契合点。而且，苏轼听到了“无情说法”，一夜之间，“八万四千偈”向他涌来。按慧忠的设定，听到“无情说法”者即“齐于诸圣”，领会了根本大义，换句话说就是“悟”了。禅宗的灯录将苏轼收入常总法嗣之中，等于认可了他的“悟”。夜宿东林以后的苏轼，看到“山色岂非清净身”，那么“庐山真面目”是什么，对他来说应该不再是疑问了。

不过事情好像并不这么圆满，宋代的禅僧对于苏轼的悟道偈，也有不予认可者。

四、杨岐派禅僧对苏轼悟道偈的质疑

禅籍中记载的对于苏轼悟道偈的质疑，笔者看到了两条，且先抄录于下：

临安府上竺圆智证悟法师……乃谒护国此庵元禅师，夜语次，师举东坡宿东林偈，且曰：“也不易到此田地。”庵曰：“尚未见路径，何言到耶？”曰：“只如他道：‘溪声便是广长舌，山色岂非清净身。’若不到此田地，如何有这个消息？”庵曰：“是门外汉耳。”曰：“和尚不吝，可为说破。”庵曰：“却只从这里，猛着精彩觑捕看，若觑捕得他破，则亦知本命元辰落着处。”师通夕不寐，及晓钟鸣，去其秘畜，以前偈别曰：“东坡居士太饶舌，声色关中欲透身。溪若是声山是色，无山无水好愁人。”特以告此庵，庵曰：“向汝道是门外汉。”师礼谢。①

程待制智道、曾侍郎天游，寓三衢最久，而与乌巨行禅师为方外友。曾尝于坐间，举东坡宿东林闻溪声呈照觉总公之偈：“溪声便是广长舌，山色岂非清净身。夜来八万四千偈，他日如何举似人。”程问行曰：“此老见处如何？”行曰：“可惜双脚踏在烂泥里。”曾曰：“师能为料理否？”行即对曰：“溪声广长舌，山色清净身。八万四千偈，明明举似人。”二公相顾叹服。②

① 《五灯会元》卷六。

② 释晓莹《罗湖野录》卷四，《续藏经》本。“程待制智道”当是“致道”之讹，即《北山集》的作者程俱，“曾侍郎天游”是曾开，著名诗人曾幾之兄。

这里的“此庵元禅师”乃护国景元（1094—1146），“乌巨行禅师”乃乌巨道行（1089—1151），都是两宋之际的临济宗杨岐派禅僧，其法系图示于下：

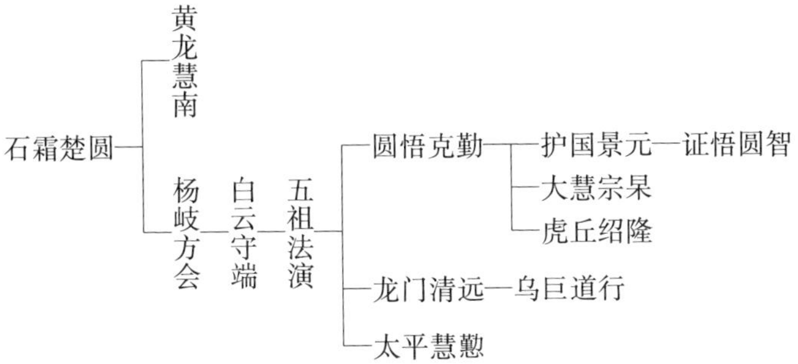

杨岐派与黄龙派初出同门，其始不如黄龙派兴盛，但至北宋末，五祖法演的弟子中有太平慧懃获朝廷赐号“佛鉴”，龙门清远获赐号“佛眼”，圆悟克勤获赐号“佛果”，就是盛传一时的“五祖门下出三佛”，使该派声势渐隆，尤其是克勤门下的大慧宗杲和虎丘绍隆，别开大慧派、虎丘派，先后占据南宋禅林的主流地位，故连带图示于上。南渡禅僧对苏轼悟道偈的质疑都出自杨岐派，看来并非偶然。

护国景元指责苏轼是“门外汉”，但未说明理由。在他的启示下，证悟圆智法师写了一偈来斥破苏轼，似乎得到了景元的首肯。偈中说苏轼的毛病在于“声色关中欲透身”，即企图藉“无情说法”的话头，欲从“溪声”“山色”等此岸性的“声色”向彼岸性超越。后面两句的意思大概是：如果对真理的领悟要从“声色”出发，那么没有“声色”怎么办？这个质疑比较费解，因为只要人有耳目，“声色”总是无所不在的，怎么会“无山无水”呢？

相对来说，乌巨道行对苏轼偈的改写，意图更清楚一些。苏轼的四句偈，始终隐含了主语“我”，前两句有判断词“便是”“岂非”，自是由“我”来判断的，后面两句也是指“我”如何将夜来听到的八万四千偈转告他人。道行禅师的改写，就是把前两句的判断词删去，把后两句的隐含主语变成了真理本身，总体上扫除了“我”这个主体。由此返观上面的“无山无水”之说，恰可与此对照，意在扫除客体。那么，杨岐派对苏轼的质疑，似可归结为一点：就是苏轼的偈语显示出他还停留在主客体对立的境界，而只有消除这种对立，才能“悟”到禅的根本。换句话说，只要还有主客体对立的意识在，便无法达到真正的超越，所谓“双脚踏在烂泥里”，该是此意。

我们确实应该感谢禅师的批评，目光如炬的他们以寸铁杀人的方式指明了苏轼之“悟”与他们所认为的真正禅“悟”的差异。当然，禅宗不同的派别有不同的宗风，其接人的态度也宽严不等，苏轼既被载入灯录，表明他的悟道偈也获得一部分禅师或一定程度的认可，故杨岐派禅师对其“悟”境的质疑，应理解为“悟”有不同的层次。其实苏轼本人也并非不了解禅宗的基本立场，他在熙宁年间就写过《杭州请圆照禅师疏》云：“大道无为，入之必假闻见；一毫顿悟，得之乃离聪明。”[①]这里说“闻见”，与说“声色”无异，因为“声色”就是“闻见”的对象，“闻见”的根器是耳目，而“聪明”就形容这根器之佳，这些说法的前提都是主客体的对立。所以，苏轼的意思很清楚，他知道禅宗的“顿悟”是要“离聪明”，即消除主客体对立的，但他认为，“入之必假闻见”，不靠见闻声色，就没有入门的途径。这等于明确宣称禅“悟”有不同的层次。

苏轼之前，禅宗史上原也不乏从“声色”而悟道的僧人，最著名的要算“香严击竹”“灵云桃花”两个公案，且据《五灯会元》卷九、卷四抄录于下：

> 邓州香严智闲禅师，青州人也。厌俗辞亲，观方慕道。在百丈时，性识聪敏，参禅不得。洎丈迁化，遂参沩山。山问：“我闻汝在百丈先师处，问一答十，问十答百。此是汝聪明灵利，意解识想，生死根本。父母未生时，试道一句看。”师被一问，直得茫然。归寮，将平日看过底文字，从头要寻一句酬对，竟不能得。乃自叹曰：“画饼不可充饥。”屡乞沩山说破，山曰：“我若说似汝，汝已后骂我去。我说底是我底，终不干汝事。”师遂将平昔所看文字烧却，曰：“此生不学佛法也。且作个长行粥饭僧，免役心神。”乃泣辞沩

① 苏轼《杭州请圆照禅师疏》，《苏轼文集》卷六十二。这是苏轼在杭州通判任上时，代表地方官请宗本禅师担任净慈寺住持的请疏。

山，直过南阳，睹忠国师遗迹，遂憩止焉。一日，芟除草木，偶抛瓦砾，击竹作声，忽然省悟。遽归，沐浴焚香，遥礼沩山，赞曰：“和尚大慈，恩逾父母。当时若为我说破，何有今日之事。”……沩山闻得，谓仰山曰：“此子彻也。”

福州灵云志勤禅师，本州长溪人也。初在沩山，因见桃花悟道，有偈曰：“三十年来寻剑客，几回落叶又抽枝。自从一见桃花后，直至如今更不疑。”沩览偈，诘其所悟，与之符契。沩曰：“从缘悟达，永无退失，善自护持。”

香严智闲和灵云志勤分别因瓦砾击竹的“声”和桃花盛开的“色”而悟道，都得到了沩仰宗创始人沩山灵佑的印可。值得注意的是，沩山所谓“父母未生时”，正是形容主客体对立意识产生之前的境界，这种意识一旦产生，便是“生死根本”，任你如何聪明灵利，知解佛法，也无从解脱生死。而且，此事的危险性还在于，主客体分别之下，你越是聪明灵利，知解佛法，你的主体意识便越是强烈，“生死根本”便被培植得越为雄厚，不可自拔地沉沦业海。这确是禅的要旨，含糊不得。但是，沩山却也承认“从缘悟达”的可能性，并不否认他的弟子们从“声色”悟道。

然而，正如苏轼的情形相似，香严智闲和灵云志勤也都曾遭到质疑。据《五灯会元》记载，沩山的大弟子仰山慧寂就不肯轻易许可智闲，要“亲自勘过”，在智闲说出他击竹悟道的故事后，仰山仍然坚持：“此是夙习记持而成。若有正悟，别更说看。”他怀疑智闲的“悟”只在知识层次，未达禅家的“正悟”。灵云志勤因见桃花而悟道的故事，后来被人转告玄沙师备禅师，玄沙即曰：“谛当甚谛当，敢保老兄未彻在。”意思是，理论上是对的，但我敢保证你并未真正“悟”彻。看来，从“声色”悟道的都难免遭到质疑，身为禅僧的尚且如此，像苏轼那样的士大夫居士就更不用说了。

悟道有“彻”有“未彻”，表明“悟”确有不同的层次。《景德传灯录》卷十一仰山慧寂章，也记录了他与香严智闲的一段对话：

师问香严：“师弟近日见处如何？”严曰：“某甲卒说不得。”乃有偈曰：“去年贫，未是贫；今年贫，始是贫。去年无卓锥之地，今年锥也无。”师曰：

“汝只得如来禅，未得祖师禅。”①

好像仰山一直在为难香严，人家击竹悟道，他说不是“正悟”，人家“卒说不得”了，这大师兄还是不满意。从香严的偈语来看，他的“悟”境是有进展过程的，“锥”可以视为对主体能力的一种比拟，“去年无卓锥之地”谓主体能力无所施展，指的是扫除客体，而“今年锥也无”则表明主体也已扫除。如此销尽了对立，一无所有了，当然“卒说不得”，无从言语。这该是到了令仰山满意的“正悟”境界了吧，但仰山却又反过来说，你这是“如来禅”，不是“祖师禅”，意谓虽然完成了向彼岸性的真正超越，但又回不到此岸来为众生说法了。我们知道，合格的禅宗祖师是能够自由地来往于两个世界之间的。

这就是禅宗的难缠之处，你有见闻声色，他说你这是“生死根本”，你没有见闻声色了，他又说你做得了如来做不了祖师。按这个思路，祖师是超越了见闻声色以后再回到见闻声色以接待众生者，这便是禅家所谓“入泥入水”，且举出一例：

鄂州清平山安乐院令遵禅师，东平人也。初参翠微（无学），便问：“如何是西来的意？”微曰：“待无人即向汝说。”师良久曰：“无人也，请和尚说。”微下禅床，引师入竹园。师又曰：“无人也，请和尚说。”微指竹曰：“这竿得恁么长，那竿得恁么短。”师虽领其微言，犹未彻其玄旨。出住大通，上堂，举初见翠微机缘，谓众曰：“先师入泥入水为我，自是我不识好恶。”②

我们看翠微禅师的话，可能还是莫名其妙，但清平令遵后来体会到，这已经是“入泥入水”来指点他了。如此，联系上文所述杨岐派禅师对苏轼的批评，我们大致可以得出以下图式：

如来禅：“卒说不得”——超越“声色”，不可言诠。

祖师禅：“入泥入水”——超越“声色”而重新回到“声色”以指点众生。

---

① 《景德传灯录》卷十一，《大正新修大藏经》本。

② 《五灯会元》卷五。

士大夫禅：“双脚踏在烂泥里”——被认为尚未超越“声色”。

如果这个图式大致正确，那么至少在外观上，“入泥入水”与“双脚踏在烂泥里”如何能表现出区别，就是一个大问题。也许这只好等明眼的禅师来“亲自勘过”，由他说了算。无论如何，我们可以说，祖师禅与士大夫禅的交集，恰恰就在“声色”上，士大夫去参祖师，或祖师来接引士大夫，也就可以通过“声色”以寻求契合。大概这样的契合便发生在苏轼与常总之间了。

五、“声色”与“真面目”

最后，回到前文探讨的“庐山真面目”的问题。在内山精也提供的苏轼庐山作品表中，《题西林壁》是最后一首，《赠东林总长老》稍前。不过后者既然说了“山色岂非清净身”，就等于直接说出了什么是“庐山真面目”，那么从思想脉络上讲，我们更有理由把《赠东林总长老》即苏轼的悟道偈看作他庐山之行的最后作品，也就是他一路思索“庐山真面目”的结果。否则，这一路思索未免令人遗憾地没有结果了。

从字面上说，“真面目”无非“真相”之意，确实是个容易让人联想到哲理含义的词语，虽然内山精也更乐意讨论它跟陶渊明笔下的“真意”的关系，但他也已指出跟“真面目”相近的还有禅宗常用的“本来面目”一语。据《五灯会元》卷二载：

> 袁州蒙山道明禅师……往依五祖法会，极意研寻，初无解悟。及闻五祖密付衣法与卢行者，即率同志数十人，蹑迹追逐。至大庾岭，师最先见，余辈未及。卢见师奔至，即掷衣钵于磐石曰：“此衣表信，可力争邪？任君将去。”师遂举之，如山不动，踟蹰悚栗，乃曰：“我来求法，非为衣也。愿行者开示于我。”卢曰：“不思善，不思恶，正恁么时，阿那个是明上座本来面目？”师当下大悟，遍体汗流。

卢行者就是禅宗的实际创始人六祖慧能，“本来面目”一语出自他的口，故能被禅家所常用。从哲理上说,这无非是“佛性”“最高真理”一类的意思,但禅家不肯用正式的理论术语,而喜欢代之以切近日常生活的表达方式,与前文提及的“无情说法”的情形正相仿佛。不妨说,苏轼通过“无情话”而参悟的“庐山真面目”,与这个“本来面目”,在字面意思和理论含义上都十分接近。不过可以注意的是,所谓“不思善,不思恶”,正是取消主体对客体的价值分别,亦即主客体不分的境界,如果“正恁么时”才是“本来面目”,则与苏轼以“声色”来形容真理的态度,确实也可以勘出境界上的区别。虽然苏轼说的“广长舌”“清净身”已经是指代性的词语,不同于一般的“声色”,但禅师们就从他这样的表达方式中发现了他还有主客体对立的意识在。——这也是禅宗舍弃理论术语而采用日常性表达方式的原因之一,如果大家都用标准化的术语来说,可能就无法勘明这样的区别了。

然而,这样的勘辨毕竟是从禅宗的立场出发去作的,苏轼虽称“居士”,也参得黄龙禅,却终究不是禅僧,我们也无法想象一个对于“声色”毫无感知的诗人。实际上,就在登览庐山之前不久,苏轼在黄州时期的名作《赤壁赋》中,就已明确表达了他对“声色”的看法:

> 天地之间,物各有主,苟非吾之所有,虽一毫而莫取。惟江上之清风,与山间之明月,耳得之而为声,目遇之而成色,取之无禁,用之不竭,是造物者之无尽藏也,而吾与子之所共适。①

在他看来,“声色”乃是造物(自然)对具备感知力的人类的恩赐,像用不完的宝藏那样,源源不断地供我们无偿享用,这种享用并非现实意义上的占有,与功利无关,完全属于审美的领域。可见,他习惯于在审美表象的意义上使用“声”、“色”二字,这当然已经包含了一种超越性。换句话说,他确实是“声色关中欲透身”,因为享用这样的“声色”,意味着不计世间得失祸福而真诚拥抱自然的人生态度。同样在黄州时期,他在写给朋友的信中说道:“江山风月,本无常主,闲者

---

① 苏轼《赤壁赋》,《苏轼文集》卷一。

便是主人。”[1]这样的“主人”无疑也是审美主体。总而言之，他所追求的乃是一种审美的超越。

我们若是在苏轼黄州时期这些思想的延长线上考察他的庐山之行，就能进一步了解，他初入庐山时因青山“偃蹇不相亲”而所感的苦恼，完全是一种审美的苦恼：他准备好了“闲者”的心境，却不能马上成为庐山的“主人”！由此萌生的如何把握“庐山真面目”的问题，实在是审美主体与审美对象的关系问题。他首先想到了时间方面的因素，“要识庐山面，他年是故人”，继而又想到空间方面的因素，“只缘身在此山中”。但是最后，在禅宗“无情话”的启发下，他获得了主体与对象完全契合的心境，圆满解决了令他苦恼的问题。确实，按苏轼的追求审美超越的思路，以类似“自然之美无所不在”的意思去理解“无情话”，也是完全可能的。这才有了他的悟道偈，表示“庐山真面目”已显现在他的眼前。虽然禅宗灯录把苏轼当作常总禅师的法嗣，但有关记载其实并未交代常总对此偈的态度如何。后来杨岐派禅师指责此偈表现出作者尚有主客体对立之意识，固然也不错，但在我们看来，不泯灭此种对立的意识而在审美超越的意义上“悟道”，当然更适合于作为诗人的苏轼。

原载王水照、朱刚主编《新宋学》第三辑，上海人民出版社 2014 年版

① 苏轼《与范子丰八首》之八，黄州所作，《苏轼文集》卷五十。

宋代禅僧诗研究引论

朱　刚

中国历代僧人中，能诗者不少，但传统的诗歌总集常把僧道、妇女、无名氏乃至鬼怪的作品编置末尾，形同附录。这说明，僧人即便能诗，也不能充当诗坛的主角。在中国的诗坛上，士大夫（文官）诗人一直占据了压倒性优势。尽管与公务繁忙的士大夫相比，僧人更有可能成为专业诗人，但这种专业诗人也只有聊备一格的地位，不是主流。然而，若将视野拓展至东亚汉字文化圈，则日本镰仓、室町时代（约13—16世纪）的汉诗作者却都是禅宗的僧人，他们铸造了日本文学史上的“五山文学”时代。在这个时代的日本，禅僧诗不是聊备一格，而是绝对的文学主流。此种情形在中国是不可思议的，但“五山”禅僧诗的来源却在中国。需要特别指出的是，所谓来源，就其最为直接和重要者而言，乃是宋代的禅僧诗。这一点，不妨说是理所当然的，可无论在中国还是日本，研究者对此都显得认识不足。习见的研究方法，是在思想上或者法系上将宋、日禅僧联结起来，而一旦涉及诗歌，则总以陶渊明、杜甫、白居易、苏轼、黄庭坚等最著名的中国诗人为日本“五山”诗僧的艺术渊源。这种方法当然不能被指责为错误，但其结果确实将宋代禅僧诗轻易忽略了。实际上，宋代禅僧文学与日本“五山文学”不但在人事上具有确凿无疑的继承关系，在创作态度、创作体裁、基本风格上也具有相当程度的一致性，故我们可以把“五山文学”看作宋代禅僧文学的海外分流。

明乎此，对于宋代的禅僧诗，就有刮目相看的必要。据说，对“五山文学”的研究是日本文学史研究中最薄弱的环节，但至少已经有基本资料《五山文学全集》和《五山文学新集》的编纂出版。相比之下，中国对宋代禅僧诗的研究，可以说还处在起步阶段。前人编选的《古今禅藻集》之类，只能供人略窥一斑，还算不上文献清理。应该说，第一次以全部宋代禅僧诗为对象的搜集整理工作，是被包含在《全宋诗》的编订之中，绝大部分禅僧诗由此而获得第一个经过整理的文本。当然，因为专题研究成果的积累不足，对必然涉及的大量禅宗文献本身的特点还没有深入的认识，《全宋诗》在禅僧诗的辑录和作者次序排列、小传撰写等方面，存在缺陷较多。有鉴于此，笔者曾根据自己掌握的资料，将现在有诗作留存的宋代禅僧按其所属宗派、法系重新排列，凡《全宋诗》和《全宋诗订补》[①]已收录的作者、作品，仅指出其所在页码，未收录的则予以增补，编成《宋代禅僧诗辑考》十卷。[②]我的目的，是将此书与《全宋诗》相配，以反映出宋代禅僧诗的全貌。毫无疑问，错讹和遗漏仍难以避免，但距离“全貌”也许已经不远。在学术研究中，综合性的概论与专题性的考察理应相辅相成、循环促进，本文是在专题考察还非常缺乏的前提下，根据个人对宋代禅僧诗“全貌”的认识，尝试作一概论，自然极其粗浅，希望能为今后的深入研究开启端绪，故名为“引论”。

一、作为宋诗重要组成部分的禅僧诗

关于宋代禅僧诗在全部宋诗中所占分量，目前已有金程宇先生的统计。据他所云：《全宋诗》收录禅僧诗 164 卷另 2758 首，共约两万首；《金宋诗订补》补出 1010 首；《宋代禅僧诗辑考》（以下称《辑考》）补诗 7800 余首，由此可以大体推算出宋代禅僧诗约三万首之总数。作者方面，《辑考》共收禅僧 1037 人（补

① 陈新、张如安等《全宋诗订补》，大象出版社 2005 年版。

② 朱刚、陈珏《宋代禅僧诗辑考》，复旦大学出版社 2012 年版。

《全宋诗》未收录禅僧 429 人)。这样,若以存诗二十五万首、作者近万人的《全宋诗》为宋诗的总量,则禅僧诗无论在作者数还是作品数上,所占比例都超过了十分之一。正如金先生所说:“禅僧这种特殊群体的创作达到如此规模,显然应当引起重视。”①

确实,从“特殊群体”或者特定作者群的角度讲,这无疑是极其惊人的创作规模,在宋代,我们很难找到另一个与“禅僧”平行的作者群,在诗歌创作的总量上可以与此相抗。近年的宋代文学研究中,流派研究和地域研究是比较多见的,但估算起来,再大的流派、再繁荣的地域(一般以现在的省为范围),也不大可能承担一代诗歌十分之一的创作量。除了“士大夫”外,宋代其他社会身份所构成的群体,如道士、禅宗以外的僧人、江湖谒客、落第举子、闺阁、市民等等,现存的作品也远远达不到这个数量。当然,如以“士大夫”为特定作者群,则禅僧诗就算再翻上一倍,也无法动摇“士大夫”在诗坛的绝对优势地位。但是,禅僧已成为“士大夫”以外的宋诗第一作者群,这个现象依然富有历史意义。我们由此也不难理解,在缺乏由科举制度所产生的“士大夫”阶层的中世日本,从中国传衍而去的禅僧诗为什么能成为文学的主流了。

除非要跟现代文学或外国文学进行比较,一般情况下中国古典文学的研究者是不会把“士大夫”看作特殊作者群的,因为这种身份特征对于传统的作者而言,几乎毫无特殊性。相反,包含禅僧在内的“非士大夫作者”群体的出现和成长,倒是更值得关注的现象,那意味着中国文学的作者开始了身份上的分化。笔者以为,这样的身份分化从北宋起零星出现,而到南宋就变得比较显著,闺阁

① 金程宇《宋代禅僧诗整理与研究的重要收获》,《中华文史论丛》2013 年第 1 期。按,作者方面,1037 名是指《辑考》正文所录现存诗作的禅僧,尚未计入《辑考》附录中考出的宋代禅僧,此外当然还会有所遗漏;作品方面,《辑考》对于某些现存的诗集,如觉庵梦真《籁鸣集》《籁鸣续集》,物初大观《物初剩语》,以及中日禅僧唱和诗卷《一帆风》等,虽被《全宋诗》失收,却也仅予指出,并未抄入。因此,宋代禅僧诗作者、作品的实际数量,应该比金先生统计的还要多。当然,《全宋诗》也没有把禅僧以外的作者作品悉数收录。保守地估计,说禅僧诗在全部宋诗中所占比例超过十分之一,应该不错。《籁鸣集》《续集》和《物初剩语》的整理本,目前已收入许红霞校考的《珍本宋集五种》,北京大学出版社 2013 年版。

作家李清照、朱淑真，著名词人姜夔、吴文英、周密，诗论家严羽，以及一大批无官的“江湖诗人”，都是“士大夫”以外的作者，其写作能力却并不比士大夫逊色。①同时，禅僧诗的发展高峰，应该也在南宋。总体上看，一部南宋的文学史，恐怕已有相当的篇幅须让给“非士大夫作者”了。换句话说，“非士大夫作者”群体的崛起，正是南宋文坛的一个引人注目的特征。禅僧诗的发达，是以这样的时代特征为背景的。

需要略加说明的，是禅僧与“江湖诗人”的关系问题。我们知道，“江湖诗人”或者“江湖派”得名于南宋陈起所编的《江湖集》，而从现存有关资料来看，《江湖集》也收入僧人的作品。②在宋代的语境里，“江湖”一词最常见的用法，就如著名的范仲淹《岳阳楼记》所示，是跟“庙堂”对举的。在这个意义上，非士大夫或者虽是士大夫却远离朝廷，都可以说成身在“江湖”。至于僧人，只要不在朝廷担任“僧统”之类官职，自然就属于“江湖”。禅宗僧人并不担任僧官，他们经常把“江湖”当作“禅林”的代称。宋末禅僧松坡宗憩所编的一部禅林七言绝句集，题名就叫《江湖风月集》。③所以，从名称的含义来说，“江湖诗人”应不限于“《江湖集》作者群”，而可以广指包含禅僧在内的一切非士大夫诗人，乃至不在朝廷担任显要职务的士大夫。对于这个原本应该数量庞大，而存于史料者却相对有限的群体，我们与其视之为诗歌流派，还不如就当作“特殊群体”来处理。④

① 参考笔者《唐宋“古文运动”与士大夫文学》第243—249页所论“文学创作者的身份分化”，复旦大学出版社2013年版。

② 张宏生《江湖诗派成员考》列出的僧人有释绍嵩、释圆悟、释永颐、释斯植，此外葛天民就是释义铦。见张宏生《江湖诗派研究》附录一，中华书局1995年版。

③ 此书中国失传，而流行于日本禅林，详见《宋代禅僧诗辑考》附录二。按，《景德传灯录》卷六有“江西主大寂（马祖道一），湖南主石头（希迁），往来憧憧，不见二大士为无知矣”的记载，日本禅僧注释《江湖风月集》，多以“江湖”为上述记载中江西、湖南之合称，亦即禅宗的马祖、石头两大系统，实际上是把“江湖”视为禅林的专称了，但此说比较牵强，已有学者辨其非是，参考芳泽胜弘《江湖风月集译注》，日本京都禅文化研究所2003年版，第3—4页。

④ 宋史学界对宋代的“特殊群体”也已有所关注，游彪先生曾将他有关宋代宗室、官员子弟、僧人、士兵等的论文集为《宋代特殊群体研究》一书（商务印书馆2006年版）。我以为文学史研究也可采纳类似的方法，没有必要将大小不同的各种“群体”都勉强视为文学上的“流派”。

回到南宋"非士大夫作者"群体崛起的话题，目前学术界的有关论述，主要集中在"江湖诗人"上面，但就我们现在能够掌握的作者、作品数量而言，不是"《江湖集》作者群"，而是禅僧，才构成了宋代"非士大夫作者"的最主干部分。这就说明，禅僧诗作为宋诗的重要组成部分，有着特殊的意义。

二、宋代禅宗和禅僧诗发展概况

《五灯会元》记菩提达摩偈云：

> 吾本来兹土，传法救迷情。一花开五叶，结果自然成。①

这与宋代文献中记载的许多达摩诗偈一样，并不可靠，因为禅宗"一花开五叶"即沩仰、曹洞、临济、云门、法眼五宗并列，是到五代时期才呈现的局面。但以上诗偈被制作并嫁名于达摩，说明宋代禅林已非常自觉地用五宗的模式来梳理禅宗的历史和禅僧的法系。

实际上，五宗并列的局面也并未维持长久。自五代入宋，沩仰宗最早失去传人，可能入宋而有诗偈传世的沩仰宗僧人，《宋代禅僧诗辑考》只辑到芭蕉继辙和承天辞确二位，诗偈只有四首。接下来消亡的是法眼宗，该宗派因为五代时期南方割据政权的大力扶持，一度非常繁荣，能诗者也不少。《辑考》的第一卷所辑多数是法眼宗僧人，他们大抵集中在浙江地区，其中名声最大、存诗也最多的，应数永明延寿(904—975)。他的影响，当时还波及了海外，但《佛祖统纪》对此的叙述是："高丽国王遣三十六僧来受道法，于是法眼一宗盛行海外而中国遂绝。"②延寿的老师天台德韶(890—971)是法眼文益的亲炙弟子，《全宋诗》辑录了他的两首诗偈，其中一首云："通玄峰顶，不是人间。心外无法，满目青山。"③据说法眼

---

① 《五灯会元》卷一，中华书局1984年版，第45页。

② 释志磐《佛祖统纪》卷四三，《续藏经》本。

③ 释德韶《偈》，《全宋诗》卷一，第1册，北京大学出版社1991年版，第6页。按，次句"人间"，《全宋诗》误作"人门"。

对此十分肯定，以为“只消此一颂，自然续得吾宗”，但后来大慧宗杲却判断：“灭却法眼宗，只缘遮一颂。”①我们很难分辨此类言论的是非，但禅僧对诗偈的重视，却可见一斑。反正，盛极一时的法眼宗到北宋只传衍数代，即烟消云散。可以顺便提及的是，诗歌史上所谓“宋初九僧”中的宝华怀古也是法眼宗禅僧。

差一点与沩仰宗、法眼宗一起失传的是曹洞宗。“曹洞”之称缘自唐代禅僧洞山良价和曹山本寂，洞山是师，曹山是弟子，倒过来称“曹洞”，大概只因平声在前、仄声在后比较顺口。实际上传到宋代的曹洞宗跟曹山无涉，是从洞山另一弟子云居道膺延续下来的法脉：道膺传同安道丕，再传同安观志，再传梁山缘观，再传大阳警玄(943—1027)。自道膺以下，直到警玄才有详细的传记资料(如惠洪《禅林僧宝传》卷一三《大阳延禅师传》，“延”是“玄”的避讳字)，我们可以推算其师缘观应该活到了北宋，但缘观和警玄留下的诗偈都不多，而且他们的弟子都没能把法脉再延续下去。警玄去世后，受过他教导的临济宗禅僧浮山法远(991—1067)指派一名弟子投子义青(1032—1083)去继嗣警玄，这才使曹洞宗已绝而复兴。宋代的禅籍记载此事大抵清晰，虽然后世的曹洞宗禅僧有些不愿信服，但从生卒年看，义青不能直接得法于警玄，乃是不争的事实，而后世的曹洞禅，全部从义青传衍而来。所以，这投子义青不妨被视为宋代曹洞宗的再度创始人，他也是诗偈写作方面的大家，有颂古专集《空谷集》传世，《续藏经》所收的两种义青语录中，也包含了大量诗作。其弟子芙蓉道楷(1043—1118)、大洪报恩(1058—1111)，再传弟子丹霞子淳(1064—1117)、枯木法成(1071—1128)、大洪守遂(1072—1147)等，都有诗作传世。迨至南宋，继承芙蓉、丹霞法系的天童正觉(1091—1157)倡导“默照禅”，与临济宗大慧宗杲的“看话禅”相对抗，《全宋诗》辑录正觉诗偈六卷，数量有一千数百首，在所有禅僧中亦可以名列前茅了。“默照禅”的口号是“只管坐禅”，作风内敛，在南宋也传衍不广，但法脉倒也不绝如线。《宋代禅僧诗辑考》专设两卷，分别辑录北宋和南宋的曹洞宗禅

① 大慧宗杲《正法眼藏》卷二之下，《续藏经》本。

僧诗，就其全体来看，大致对禅宗史影响较大的，存诗也就较多，义青和正觉可为代表。

北宋时期最为繁荣的宗派，应数云门宗。云门大师（文偃）于南汉乾和七年（949）入寂，距宋朝建国十一年，其弟子一代应有入宋者，目前可以确认的是洞山守初（910—990），《古尊宿语录》中有他和法侄智门光祚的语录，都包含不少诗偈。光祚的弟子雪窦重显（980—1052）可以算禅僧中的大诗人，他的《祖英集》、《颂古集》历来声名卓著。云门宗禅僧存诗较多的还有法昌倚遇（1005—1081）、明教契嵩（1007—1072）、慧林宗本（1020—1100）、佛印了元（1032—1098）、智海本逸、蒋山法泉、本觉守一、长芦宗赜、慈受怀深（1077—1132）、月堂道昌（1089—1171）等。另外，《建中靖国续灯录》的编者佛国惟白，著名的诗僧参寥子道潜（1043—?），以及“江西诗派”中的饶节，出家后叫作香严如璧（1065—1129），也是云门宗禅僧。这个宗派在北宋后期以开封府为传法中心，盛况达至极点[①]，到南宋后却突然衰熄，据南宋笔记《丛林盛事》所说，原因在于月堂道昌的作风过于严峻：

> 月堂昌和尚，嗣妙湛，孤风严冷，学者罕得其门而入。历董名刹，后终于南山净慈。智门祚禅师法衣传下七世，昌既没，则无人可担荷，遂留担头交割，今现存焉。故瞎堂远为起龛，有“三十载罗龙打凤，劳而无功。佛祖慧命如涂足油，云门正宗如折袜线”之句。呜呼，可不悲哉![②]

所谓“法衣传下七世”，当指：智门光祚—雪窦重显—天衣义怀—慧林宗本—法云善本——妙湛思慧—月堂道昌。其实这道昌并非没有弟子，《嘉泰普灯录》的编者雷庵正受（1146—1209）就是一个，但他似乎没有获得法衣，这是我们目前可以考知的最晚的云门宗禅僧了。值得一提的是，道昌于南宋初期先后住持临

① 《建中靖国续灯录》和《续传灯录》列出慧林宗本的法嗣达二百人，其师弟圆通法秀、弟子法云善本、法侄佛国惟白，亦住京师大寺，法嗣众多。苏轼《请净慈法涌禅师入都疏》（《苏轼文集》卷六二，中华书局1986年版）云：“京师禅学之盛，发于本、秀二公。”即指宗本、法秀，而法涌禅师就是善本。

② 古月道融《丛林盛事》卷上，《续藏经》本。

安府的灵隐寺、净慈寺，这两所寺院后来都属于所谓“五山”，在道昌之后，除个别曹洞宗禅僧外，基本上都由临济宗禅僧担任住持了。为道昌起龛的灵隐寺住持瞎堂慧远(1103—1176)就属临济宗杨岐派，他所谓“云门正宗如折袜线”，就是为云门宗唱的挽歌，这同时也宣告了临济宗独盛时代的到来。

临济宗自唐代以来，原本绵延于北方，入宋的第一代风穴延沼(896—973)，原名“匡沼”，避宋讳而改，弟子有首山省念(926—993)，留下的诗偈都很少。但省念的弟子汾阳善昭(947—1024)，却有大量诗偈传世，在法眼宗永明延寿之后、云门宗雪窦重显之前，可算诗偈写作的大家。善昭的弟子石霜楚圆(986—1039)也能诗，跟西昆体诗人杨亿(974—1020)有密切的交往，而且开始把传法的基地转移到南方，其门下有杨岐方会(992—1049)和黄龙慧南(1003—1069)，分别开启了临济宗的杨岐派和黄龙派，传衍益盛。当然，从风穴、首山传下来的其他临济宗禅僧中，也有值得注意的诗偈作者，比如西余净端(1031—1104)，外号“端师子”，擅作白话诗，与北宋“新党”的章惇、吕惠卿有较多交往，却对“新党”的政策持批判态度。在我看来，此僧可称北宋最好的白话诗人。

黄龙派的根据地主要在江西，黄龙慧南与其弟子东林常总(1025—1091)、黄龙祖心(1025—1100)、真净克文(1025—1102)等都善于写作诗偈，而且与士大夫交往甚多，尤其是被“新法”政府所排斥的“旧党”士大夫，凡是有兴趣参禅的，大多被罗入法门。按《五灯会元》排列的法系，苏轼在东林常总的门下，黄庭坚在黄龙祖心的门下，苏辙在慧南另一弟子景福顺(1009—1093)的门下，真净克文的语录也由苏辙作序，他的弟子清凉惠洪(1071—1128)著有《石门文字禅》，是北宋后期著名的诗僧。另外，“江西诗派”的善权也是黄龙派禅僧。

以云门宗和临济宗黄龙派为代表的北宋禅宗的显著发展，也引起了朝廷的注意。厉行“新法”的宋神宗对开封大相国寺的组织结构也做了一番改革，专门辟出慧林、智海两个禅院，于元丰六年(1083)诏云门宗的慧林宗本和临济宗的东林常总赴京，为第一代住持。这等于由朝廷来赐封宗教领袖，意在掌控禅宗这一越来越显得巨大的文化资源。原本兴起于南方的云门宗，以宗本应诏住持慧林为标志，呈现了向北发展的趋势，这可能也是云门宗极盛于北宋而至南宋急剧衰亡的原因之一。与此相反，东林常总则选择了拒诏，他一直留居庐山。坚持以南方为根据地，显然有利于临济宗在南宋的发展。

确实，南宋禅林基本上是临济宗的天下，但其主流却是杨岐派，而不是东林常总所属的黄龙派。黄龙祖心的法孙东山慧空（1096—1158）有语录传世（收入《续藏经》），日本还保存了他的诗集《雪峰空和尚外集》，《全宋诗》即据以辑录其诗二卷。这是进入南宋的黄龙派禅僧中留下作品最多的了。绍兴二十七年（1157），真净克文的法孙典牛天游给杨岐派的大慧宗杲寄诗云："世上有你何用余。"①这似乎承认了黄龙派衰落而杨岐派兴盛的现实。不过，天游的弟子涂毒智策（1117—1192）在宋孝宗时还担任过"五山"之一径山寺的住持，智策的弟子古月道融则是笔记《丛林盛事》的作者。

杨岐派起初不如黄龙派人手众多，但杨岐方会的弟子白云守端（1025—1072）、保宁仁勇，守端的弟子五祖法演（？—1104），仁勇的弟子上方日益都善于写作，留下许多诗颂。法演的弟子有太平慧懃（1059—1117）号佛鉴、圆悟克勤（1063—1135）号佛果、龙门清远（1067—1120）号佛眼，就是所谓"五祖门下出三佛"，杨岐派从此繁荣起来。"三佛"都留下大量作品，尤其是圆悟克勤，可以视为禅宗和禅僧诗发展在两宋之交承前启后的代表人物，他的两个弟子虎丘绍隆（1077—1136）和大慧宗杲（1089—1163）分别开启了虎丘派和大慧派，成为南宋"五山"禅林的主流。当然，虎丘、大慧两派之外的杨岐派禅僧也有不少勤于写作，北宋如法演的另一弟子开福道宁（1053—1113），两宋之交如清远的弟子龙翔士珪（1083—1146），南宋如克勤弟子瞎堂慧远（1103—1176），克勤法孙或庵师体（1108—1179），以及道宁的四世法孙月林师观（1143—1217），师观弟子无门慧开（1183—1260）等，所作诗偈的数量都甚为可观。

大慧宗杲是南宋初年影响最大的禅僧，秦桧政府对他的迫害，反而增强了

---

① 典牛天游《寄宗杲颂》，《宋代禅僧诗辑考》，第 308 页。

士大夫和普通民众对这位宗教领袖的好感。他所提倡的“看话禅”，可谓风靡一世，理论上虽有曹洞宗天童正觉的“默照禅”与之对峙，但被人信奉的程度远不能与前者相比。秦桧死后，大慧住持临安府径山寺，登高而呼，应者云集，成为南渡禅林的核心。可想而知，在政治、经济、军事等方面都欠缺力量的南渡朝廷，特别需要掌控包含禅林在内的文化资源，来帮助收拢人心。大慧之受重视，实际上是南宋政府逐步使禅宗成为国家化宗教的开始。宋神宗诏命慧林、智海住持的做法被继承下来，临安府的径山、灵隐、净慈等著名寺院的住持由皇帝来钦定，象征了宗教与国家法权的结合。后来，这三个寺院连同庆元府的育王、天童二寺，正式被钦定为禅宗最高寺院，这便是著名的“五山”制度。虽然南宋的史书中缺乏有关这一制度形成的确切记载，但它肯定存在，而且几乎原汁原味地被搬到了日本。不妨说，以浙江“五山”为代表的南宋禅林，也拥有中国的“五山文学”，与日本的“五山文学”直接联结。

不管“五山”制度正式确立于何时，自大慧住持径山起，该寺就已成为南宋禅僧众望所归之地。据学界目前对“五山”历代住持的法系进行考察的结果①，可以发现南宋时期的住持禅僧大半集中于杨岐派。具体来说，南宋前期以大慧宗杲及其弟子佛照德光（1121—1203）的法嗣为多，后期则有越来越多的住持出自大慧师兄虎丘绍隆的法脉。也就是说，南宋禅林经历了以大慧派为主流，到大慧、虎丘二派并盛的过程，至宋元之交，虎丘派颇有后来居上之势。禅僧诗的发展情况，也大抵与此相应。

《全宋诗》录大慧诗五卷，《宋代禅僧诗辑考》又增补五十首以上，数量甚巨。其弟子中，懒庵鼎需（1092—1153）和卍庵道颜（1094—1164）存诗较多，云卧晓莹则是笔记《云卧纪谭》的作者，值得一提的还有一位女弟子无著妙总，《辑考》得其诗近五十首，可称李清照、朱淑真之后的第三名宋代女作家了。佛照德光

① 参考石井修道《中国の五山十刹制度の基础的研究》（一）至（四），《驹泽大学佛教学部论集》13至16，1982至1985年。

是大慧去世后的禅林领袖，他本人诗作不多，但弟子中却有浙翁如琰（1151—1225）、率庵梵琮、北硐居简（1164—1246）等以诗著称，江湖诗人葛天民也曾是德光的法嗣，称朴翁义铦。居简的《北硐集》和弟子物初大观（1201—1268）的《物初剩语》，浙翁弟子淮海元肇（1189—?）的《淮海挐音》，以及大慧四世法孙无文道璨（1213—1271）的《无文印》，都是久负盛名的禅僧诗文别集。此外，浙翁弟子大川普济（1179—1253）、偃溪广闻（1189—1263）、介石智朋都能诗，普济就是《五灯会元》的编者。《全宋诗》还录有德光另一法孙藏叟善珍（1194—1277）诗一卷，善珍的弟子元叟行端（1254—1341）出家后由宋入元，《续藏经》所收《元叟行端禅师语录》亦包含大量诗颂。

至于虎丘派，虎丘绍隆南渡后住世日浅，作诗也不多，但其弟子应庵昙华（1103—1163）和法孙密庵咸杰（1118—1186），在《全宋诗》中都已有诗二卷。密庵出世后连续住持径山、灵隐、天童等“五山”禅寺，从此振兴了虎丘派。其弟子中有松源崇岳（1132—1202）、破庵祖先（1136—1211）和曹源道生，各自传播禅法，被视为虎丘派的三个分枝，他们本人也都写了不少诗颂。此后，《全宋诗》辑录的有曹源弟子痴绝道冲（1169—1250）诗一卷，破庵弟子无准师范（1178—1249）和石田法薰（1171—1245）诗各三卷，松源再传弟子石溪心月（？—1254）诗四卷、虚堂智愚（1185—1269）诗五卷、虚舟普度（1199—1280）诗一卷，这几位禅师都曾住持径山寺。长期以来，一位僧人在“禅”和“诗”两方面的声誉往往难以兼得，“禅”道高深的即便能诗而不以诗名，以“诗”著称的则容易在“禅”的方面受人怀疑。但到了虎丘派的这几位禅师身上，“诗”与“禅”已完全无碍，融合为一了。无准师范的门下，《全宋诗》录诗二卷以上的有西岩了惠（1198—1262）、断桥妙伦（1201—1261）、环溪惟一（1202—1281）和雪岩祖钦（1216—1287），而希叟绍昙（？—1297）诗多至七卷，法系上与他们同代的还有横川如珙（1222—1289），亦有诗二卷，觉庵梦真则有诗集《籁鸣集》《籁鸣续集》存于日本。可以说，宋元之交的虎丘派禅僧诗，正处在其发展的全盛期，除以上所举外，现存数十首诗作的禅僧可谓不胜枚举，其遭遇世变的结果是：一部分绵延入元，一部分分流扶桑。无准师范、石溪心月和虚堂智愚等径山长老都有一些日本弟子，其中国弟子中也有受邀东渡的，他们直接成为日本“五山”禅寺之开山。

以上根据《全宋诗》和《宋代禅僧诗辑考》，对宋代禅僧诗的发展概况作了极为粗略的叙述，从中不难看到，有大量的个案研究值得进行而尚待开展。不过，在深入研究个案之前，对相关文献及其表述特征，禅僧诗的基本类型和风格倾向有所了解，将不无裨益。下文分述这几个方面。

三、相关文献及其表述特征

上文说过，禅僧是现存宋诗除“士大夫”以外最大的作者群。这当然是我们能够搜集到的资料所显示的情形，原本不太合乎情理。因为那个时代具有写作能力的人中，落第举子的数量无疑最大，他们应该是比“士大夫”更大的作者群，其创作量绝不可能低于禅僧这一特殊群体。然而，除了作为“江湖诗人”的部分，以及少量例外，那么多落第举子的作品都没能流传下来。禅僧的情况则与此不同，他们建立了一个特殊的文献系统，在书籍的编纂、出版、保存、传习诸环节，都较少受世俗的影响而相对独立，所以能避开不少导致文献失传的因素，而将业绩传给后人。

当然，佛教文献建立其独立的“大藏经”系统，不自宋代始，但禅家对此也有所增益和变革。比如在僧人传记方面，以“译经”“义解”等“十科”为基本分类的“高僧传”模式虽也延续不断，但就禅宗僧人来说，最重要的却是新兴的“灯录”模式。自《景德传灯录》始，宋代又陆续编纂了《天圣广灯录》《建中靖国续灯录》《联灯会要》《嘉泰普灯录》和《五灯会元》，接下去还有明人编的《续传灯录》《增集续传灯录》《续灯存稿》《继灯录》，清人编的《续灯正统》《五灯全书》等，形成一个庞大的系列。此外还有专门的禅僧传记集，如惠洪的《禅林僧宝传》。一般来说，禅宗僧人并不注释经典、写作专著，但著名的禅僧大致会有弟子编撰的“语录”传世，很多“语录”会附载禅僧的诗偈、法语、书信等，兼具别集的功能。而且，除了单行的语录外，很早就出现了《古尊宿语录》那样的语录总集。有些禅僧撰有笔记，如惠洪的《林间录》，与此相似的还有《人天眼目》那样的杂著。以上这些类型的书籍中，都可能记录禅僧诗作品。

一部分禅僧出版了诗文别集，北宋如参寥子道潜的诗集、蒋山法泉的《证道歌颂》，南宋更有《北磵集》《无文印》等。总集也不在少数，如《禅门诸祖师偈颂》《禅宗颂古联珠通集》《禅宗杂毒海》等，更是禅僧诗的渊薮。

阅读和使用这些与禅宗相关的文献，必须掌握其表述特征。与一般传记不同，"灯录"的记事重点是摘录禅僧的精彩发言，而不是对禅僧行履的纪年式叙述。除了社会影响甚大的人物外，绝大部分传主都没有记其生卒年，甚至只提供名单而已，了无生平记述。但是它有一个突出的优点，就是几乎所有被收录的禅僧，都被编入代代相续的传法谱系之中，依其法系不难判断该僧的活动时期。可以与此印证的还有一类资料，叫"宗派图"，《续藏经》中有明人编的《禅灯世谱》，而日本保存着南宋人绘制的《禅宗传法宗派图》①和《佛祖宗派图》②，后者将菩提达摩以下四千多位禅僧编入了法系，大部分与"灯录"所载一致。这充分说明了禅林对于法系的重视程度，从研究的角度说，我们了解一位禅僧诗作者的法系，大约相当于了解一位世俗作者的家世。

除了法系外，禅宗文献对禅僧的称呼方式，值得特别提出。禅僧有两个字组成的法名，但史料中往往只以下字称呼之，如大慧宗杲省称"径山杲"，黄龙慧南省称"黄龙南"，乃至于"南禅师""南书记""南匾头"之类。于是，有一些禅僧的法名，我们现在只能知其下字，不知上字。与法名连称的还有字号（包括表字、赐号、自号）和所住寺院名，常见的方式有：寺名加法名，如"雪窦重显""慧林宗本"等；赐号加法名，如"真净克文""佛眼清远"等；法名下字加表字，如"洪觉

① 日本东福寺所存《禅宗传法宗派图》，见《大日本古文书・东福寺文书之一》，东京大学出版会1956年版。

② 南宋汝达《佛祖宗派图》，整理本见须山长治：《汝达の〈佛祖宗派总图〉の构成について——资料编》，《驹泽短期大学佛教论集》9，2003年。

范”（惠洪字觉范）、“可正平”（祖可字正平）等。①这对于区别法名（或仅其下字）相同的禅僧，是非常有效的，而在我们辑录禅僧诗作品，或考察某位禅僧的生平、交游时，不了解这种称呼方式，几乎就寸步难行。比如《禅宗颂古联珠通集》，辑录了四十卷禅僧诗，但其所标示的作者名，全是“洞山聪”“泉大道”“野轩遵”“佛印元”这样的简称，须对照“灯录”和“宗派图”，才能确认他们是洞山晓聪、芭蕉谷泉、中际可遵和佛印了元。故《全宋诗》编纂之时，对此书虽已利用，但很不充分。类似的问题在面对所有禅宗文献时，几乎都会碰到，《宋代禅僧诗辑考》在很大程度上就是为此而作的。

宋代禅僧诗作品能获得良好的保存，还有一个不可忽略的原因，就是宋代禅僧不但拥有中国的后继者，还有他们的“东海儿孙”。我们熟知，日本保存了不少中国已经失传的古籍，但总体上说，世俗文献中哪些会失传、哪些被保存，是具有偶然性的，而禅宗文献则是具有系统性地被彼邦所保存，因为日本的禅林需要传习这些文献。大量的书籍由于被收入《大正藏》《续藏经》而变得通行，但考其原本，有许多是仅存于日本的。此外还有南宋人编的《中兴禅林风月集》和宋末元初禅僧所编《江湖风月集》，是很重要的僧诗总集，近年才从日本回传，一起回传的还有《物初剩语》《籁鸣集》等禅僧别集。在宋元易代之际，有不少禅僧作品、禅林资料因东渡日本而幸免于中国的战火焚烧，某些中日禅僧的唱和诗稿，更因日僧的携去而仅存，如近年被介绍到中国学界的《无象照公梦游天台石桥颂轴》和《一帆风》，就是两国禅僧的唱和诗轴，都包含了数十首宋僧作品。值得一提的还有收录在《大日本佛教全书》中的《新撰贞和分类古今尊宿偈颂集》三卷和《重刊贞和类聚祖苑联芳集》十卷，编者是日本“五山”禅僧义堂周信（1325—1388），乃宋末渡日禅师无学祖元的三传弟子。他曾搜集宋元禅僧和一些日本僧人的诗歌，分类编订，前者据说是一个盗印本，后者才是周信晚年重新

① 详细请参考周裕锴《略谈唐宋僧人的法名与表字》，《宋僧惠洪行履著述编年总案》附录，高等教育出版社 2010 年版。

修订的。现在看来,有关南宋禅僧,特别是宋元之交禅僧及其作品的资料,义堂周信所掌握的很大一部分在我们的闻见之外,无疑值得重视。当然,这两部总集标示作者的方式,与其他许多禅籍一样,也以“大慧杲”“投子青”甚或“汾阳”“虚堂”那样的简称为主,但有时候会注明其嗣法何人,给我们确认作者带来方便。可以说,日本禅僧编纂的文献,也完全继承了宋代禅籍的表述特征。

四、禅僧诗的种类

我们所谓的“宋代禅僧诗”,实际上不能简单地定义为“宋代禅僧所写的诗”,因为它们辑自以上所介绍的各类文献,而辑录之时,对于某些作品是不是“诗”,是需要判断的。判断的标准自然宽严有别,所以大体而言,“禅僧诗”包括了以下几个不同的种类。

第一类当然是体制上与世俗文人所作无异的真正的“诗”。这一类无须多加说明,像《参寥子诗集》和《江湖风月集》等别集、总集所收录的,以及禅僧与士大夫的唱和之作、中日禅僧唱和诗轴中的作品,都属此类。与下述其他种类的禅僧诗不同,这种传统意义上的“诗”更容易进入诗歌批评者的视野,被各家诗话所点评,而长于写作者便获得“诗僧”之称。自唐代以来,就有皎然、贯休等著名的“诗僧”,北宋禅僧中大概以参寥子道潜的声誉为最高。

第二类按中国传统的文体分类系统,应该属于“文”而不是“诗”,如题名为“赞”“铭”“颂”之类的韵文。这些韵文既押韵而又多为齐言体(每句字数相同),形式上与诗无别,一般集部书籍虽归入“文”,但自六朝以来,僧人的作品就经常与文体分类系统产生冲突。这可能因为佛教经典所显示的印度的文体分类没有中国那么复杂,一般只分散文体(sutra,修多罗,长行)和诗体(gatha,伽陀,偈颂;geya,衹夜,重颂),也就是说,没有与“诗”相别的“韵文”。那么,僧人就很容易把诗与韵文等量齐观,恰恰诗体的法语又被汉译为“颂”,而中国的“颂”又是韵文的一个类别,这就出现了僧俗差别:俗人写的“颂”是文,而僧人写的“颂”可能是诗。这个情况当然会蔓延到别的韵文类别，可想而知，僧俗之间亦难免相互影响，到了宋代，就显得非常因人而异：有些人严格区别诗与韵文，甚至把诗与偈颂也区别开来，有些人则毫无区别的观念。在这种情况下，现在从事辑录的人，是只好从宽，无法从严的，因为即便被作者的别集编在“文”类的作品，如果用的不是四言而是五、七言，就有可能被他人所编的总集当作“诗”收录。

第三类就是偈颂了。由于禅僧们区别诗与偈颂的观念各不相同，故这一类与第一类在实际区分上是非常困难的。推其源起，偈颂是印度诗体的汉译，译经的人经常是用中国的五、七言诗体去对译的，但不一定用韵，所以佛教徒有时候会模仿翻译文体，作无韵的偈颂。这与我们对“诗”的要求差距甚远，但因为相当少见，姑且可以不论。更多的情况是，虽然用韵，但语言浅俗，以此与诗相别。可想而知，对于形式上完全一致的东西，要根据语言风格去作出区分，几乎是不可操作的，更何况许多作者并无区分的意识。从名称上说，“偈”是音译，“颂”是意译，若题名为“偈”的视为诗，则题名为“颂”的也可视为诗，问题是我们不易判断作者所谓的“颂”是“偈颂”之“颂”，还是中国传统的韵文体之“颂”，实际上他完全有可能不加分别，这就使第二、三类之间，也经常难以区分。

第四类是禅家特有的创作体制，即针对前代某一公案发表见解、体会，撰成一颂，名曰“颂古”。它也许可以被视为“颂”的一种，但语录、灯录中都有此专名，而且还有专门收录“颂古”的总集，如《禅宗颂古联珠通集》四十卷，就是《全宋诗》和《宋代禅僧诗辑考》所用的重要文献。此类“颂古”以七言绝句体最为常见，其特殊性在于，读者须同时阅读相关的公案，才能索解。举个例子，如《禅宗颂古联珠通集》卷一九载以下公案：

> 赵州问一婆子：“甚么处去？”曰：“偷赵州笋去。”师曰：“忽遇赵州，又作么生？”婆便与一掌。师休去。

这是唐末五代禅僧赵州从谂的故事，在这公案下面，《禅宗颂古联珠通集》辑录了宋人的十首“颂古”，较易理解的有“野轩遵”即云门宗中际可遵禅师的一首：

赵州笋，被婆偷，遭掴如何肯便休？合出手时须出手，得抽头处且抽头。

意思相近的还有"佛鉴懃"即临济宗杨岐派太平慧懃禅师的一首：

从来柔弱胜刚强，捉贼分明已见赃。当下被他挥一掌，犹如哑子吃生姜。①

跟许多用语浅俗的偈颂一样，我们可以把这样的"颂古"看作白话诗，但其含义却并不简单。婆子去偷赵州的笋，而被赵州当场捉住，人赃俱获，可谓身陷绝境。没有别的办法了，她只好放手一搏：一掌打去。面对这绝地反击、意在拼命的婆子，赵州岂敢与之争锋，当即"休去"。——这真是意味深长的行为艺术，但与其说赵州与婆子本人出于此意，还不如说可遵和慧懃对此公案的参悟结果如此。比较来说，以上第一、二类禅僧诗，体制上与世俗文人所作无别，第三类也与其他宗派的僧人所作无别，只有这"颂古"一类，则专属禅僧。故就禅僧诗本身而言，研究上似须以这一类为中心。

最后还有第五类，是与严格的"诗歌创作"距离最远的，几乎不能视为"作品"的文本，姑且称为"有韵法语"。语录、灯录中所见禅僧上堂说法，经常包含押韵的语句，后人编纂僧诗总集，有时会把这种押韵的段落当作诗辑出，《全宋诗》和《宋代禅僧诗辑考》也尊重了这一传统，尽量收录"有韵法语"。不过，此类文本的取舍、分割有较大的随意性。如果禅僧的某一次发言全部用韵，那当然可以看作一首诗，但常见的情形是部分用韵，或者基本用韵但夹杂某些散句，这就既可以舍弃不顾，也可以舍弃散句而把押韵的几句分割出来当成"诗"。这样的"诗"在性质上相当于有些诗集中所录的"口号"，可以相信不少禅僧是有意为之的，但也有可能是灯录、语录的编辑者修饰而成，我们现在既无从甄别，又无法保证经过分割而得的一首"诗"在表意上的完整性，所以禅僧诗中虽然有此一类，但基本上不宜视为独立的作品。

① 宋僧法应编、元僧普会续编《禅宗颂古联珠通集》卷一九，《续藏经》本。

五、禅僧诗风浅论

作为一个特殊的社会群体，相同的身份和生活状态使禅僧们的诗歌创作在风格上呈现出相当大的趋同性，这是不难理解的现象。同时，也因为禅僧是现存宋诗除士大夫外的最大作者群，所以他们的趋同风格对宋诗整体的风貌也有不小的影响。

首先，不光是禅僧，所有僧人的诗作，在题材、内容和表达上都颇受限制，不能写爱情，不能写世俗欲望，对美好事物的过度迷恋、激烈的情绪，以及怀才不遇之感，等等，都不合适。虽然不是每首诗都必须谈及佛理，但过于华丽的"绮语"则须克制。《六一诗话》记载的一个故事非常生动地形容出僧人在写作上所面临的这种困境：

> 国朝浮图，以诗名于世者九人，故时有集号《九僧诗》，今不复传矣。余少时闻人多称之。其一曰惠崇，余八人者，忘其名字也。余亦略记其诗，有云"马放降来地，雕盘战后云"，又云"春生桂岭外，人在海门西"，其佳句多类此。其集已亡，今人多不知有所谓九僧者矣，是可叹也。当时有进士许洞者，善为词章，俊逸之士也。因会诸诗僧分题，出一纸，约曰："不得犯此一字。"其字乃山、水、风、云、竹、石、花、草、雪、霜、星、月、禽、鸟之类，于是诸僧皆阁笔。①

除了自然景物，僧人还有什么可写？那么，在仅有的题材上努力推敲，讲究技巧，锻炼佳句，便是唯一的出路。当然从另一方面说，他们面对自然和从事推敲的闲暇肯定比士大夫要多，对超然世外的萧散意态、清苦境况的表现也是其本色，所以虽受限制，仍有特长。我们熟知，欧阳修所提到的"九僧"和某些身份相近的隐士，是宋初"晚唐体"诗歌的代表作家。现在看来，这"晚唐体"虽以时代

---

① 欧阳修《六一诗话》，《历代诗话》，中华书局 1981 年版，第 266 页。

风格命名，到了宋代却已有群体风格的内涵，其作者多为僧人、隐士，他们构成了诗风相近的特殊群体，而同时存在的“白体”，则以士大夫作者为主。这当然不能说成绝对的分野，但诗风与不同作者群的对应关系，大致是可以肯定的。我们若从群体风格的这个角度看待“晚唐体”，则欧阳修对僧诗的另一种批评，即所谓“菜气”，以及苏轼所说的“蔬笋气”，乃至用语更为苛刻的“酸馅气”之类①，就与“晚唐体”有相当重叠的含义。按宋代文学史的通常叙述，“晚唐体”出现在北宋初期和南宋后期两个时段，后一个时段的“晚唐体”也可以称为“江湖体”。上文已提及，“江湖”一名的含义也主要指向作者的非士大夫身份，“江湖诗人”也包含僧人。所以，如果把全部僧诗考虑在内，我们也可以说“晚唐体”一类的诗风在两宋三百年间是从未绝迹的。虽然作为诗风的“晚唐体”可以蔓延到僧人以外的作者身上，甚至也有高级士大夫主张或擅长于此，不能专指僧诗的群体风格，但只要我们承认僧诗群体风格的存在，则其与“晚唐体”的密切关系，就值得充分重视。毫无疑问，宋代僧诗的绝大部分就是禅僧诗。

另一方面，从北宋中期起，优秀的诗僧往往因为对僧诗群体风格的摆脱，而获得士大夫的赞誉。实际上，无论是“菜气”还是“蔬笋气”的说法，在原来的语境里，都是为了称赏某僧的诗句不同凡响，而说他没有此“气”。不过这种赞誉经常也引起反对的意见；如果僧人为了避免“蔬笋气”而努力向世俗文人的作风靠拢，那是否就意味着只有“浪子和尚”才能写出好诗？在此类问题上，禅僧与其他宗派的僧人又有显著的区别。佛教的各宗派中，禅家的作风最为自由、泼辣，富有叛逆精神，敢于挑战成规，禁忌相对较少，故在摆脱“蔬笋气”上具有相当的优势。他们甚至会以禁忌的领域来暗喻佛法，如五祖法演曾诵艳诗“频呼小玉元无事，只要檀郎认得声”，而圆悟克勤就从中悟禅，写出他的体会：“少年一段风流事，只许佳人独自知。”②参禅悟道被比况为“一段风流事”，佛门最大的

① 详见胡仔《苕溪渔隐丛话前集》卷五七“僧诗无蔬笋气”条，人民文学出版社 1993 年版，第 406 页。

② 《五灯会元》卷一九，中华书局 1984 年版，第 1254 页。

禁忌在言语表达上就不复存在。当然，这只是一种言语上的冒险，除了少数破戒狂僧，一般不会转换到实际行为的。然而，言语冒险正不妨说是禅僧诗的突出特征，不只是艳情话语，战争、武器、屠杀类话语，还有呵佛骂祖、对丑陋事物的形容、出人意料的比喻、莫名其妙的跳跃、故意的自我矛盾、逆向思维，以及鄙俚俗语的大量运用等等，禅僧们斗机锋时的表达风格，也全盘被移入诗歌创作，真可谓“语不惊人死不休”。具有此种言语追求的某些禅僧会成为“江西诗派”中人，并不是一件奇怪的事，我们完全可以倒过来认为：构成黄庭坚“诗法”的不少因素原本来自禅家言语冒险的影响。

值得特别提及的是大量运用俗语所造成的诗歌白话化倾向。自唐寒山、王梵志以来，白话诗已自成一种写作传统，而继承这一传统的主要就是禅僧。在上节列举的禅僧诗各种类中，偈颂类、“颂古”类以及从语录、灯录中辑出的“有韵法语”，都包含了一部分可称白话诗的作品。虽然宋代的禅宗不断地走向亲近士大夫的一途，但作为宗教，也必定不能抛弃其世俗面向，禅僧们不但要给士大夫说禅，也须给平民百姓说禅，故禅僧诗的白话化倾向与其作者的身份也是相应的。而且，若论宋代的白话诗，主要的部分怕就是禅僧诗，数量上应远超唐代。这也是我们搜集和研究宋代禅僧诗的一大意义。

当然，更多的禅僧诗作品不是纯粹的白话诗，而是文言、白话并用，有意识地造成一首诗在言语风格上的不一致，比如北宋上方齐岳禅师的一首《颂古》：

云生洞里阴，风动林间响。若明今日事，半斤是八两。①

前面是对仗工整、格律稳妥的“正常”诗句，最后却来一句俗语。还有与此相反的情形，如中际可遵禅师的一颂：

八万四千深法门，门门有路超乾坤。如何个个踏不着，只为蜈蚣太多脚。不唯多脚亦多口，钉嘴铁舌徒增丑。拈椎竖拂泥洗泥，扬眉瞬目笼中

① 《宋代禅僧诗辑考》，第57页。

鸡。要知佛祖不到处，门掩落花春鸟啼。[1]

这大概是说禅僧们的行为都是多余的，把他们比为多脚的蜈蚣，做的事情也仿如以泥洗泥而已。全首基本上使用白话口语，但最后一句却变为"正常"而且很优美的诗句。言语风格上的前后不协，破坏了习见的诗歌格调，所以不少批评家对此表示不满，如明代杨慎云：

至于筋斗样子、打乖个里，如禅家呵佛骂祖之语，殆是《传灯录》偈子，非诗也。[2]

他认为杂入俗语的这类文本，只能叫作偈子，不是诗。然而，这种"筋斗样子"带来的对习见诗歌格调的破坏，却正是禅僧诗作者有意追求的效果，那无疑也是言语上的一种冒险。北宋有一位以"筋斗"著称的禅僧，即西余净端，语录记其事：

师到华亭祇园寺，众请升座，云："本是霅川师子，却来云间哮吼。佛法无可商量，不如打个筋斗。"遂打筋斗，下座。[3]

很显然，"打筋斗"是对升座说法之类禅僧日常行为的破弃。诗歌中突然转变言语风格，也正如打了一个"筋斗"，其破弃之意与此无异。所以，我们恰恰可用"筋斗样子"一语，来概括最大部分禅僧诗的诗风。包含它在内的各种言语冒险所带来的冒险乐趣，在我看来是禅僧们如此勤于写作的最根本原因。

原载肖瑞峰、刘跃进主编《跨界交流与学科对话：宋代文史青年学者论坛》，浙江大学出版社 2015 年版。

① 《宋代禅僧诗辑考》，第 92 页。
② 杨慎《丹铅余录》卷一六，《景印文渊阁四库全书》本。
③ 《湖州吴山端禅师语录》卷上《西余大觉禅寺语录》，《续藏经》本。

《大唐三藏取经诗话》时代性再议：韵文体制的考察为中心

陈引驰

《大唐三藏取经诗话》是“西游”故事演变过程中的重要文本，对其时代性，历来学者从小说史、语言学等立场多有研究。本文简略回顾既往主要观点，着重对该文本中的韵文体制进行疏理，比照敦煌变文类讲唱文学及宋元说话伎艺的特征，结合其所透露的宗教倾向，提示此类文学文本呈现的历史时代的多层性。

一

《大唐三藏取经诗话》，是“西游记”故事演变历史上的一个里程碑。唐代玄奘西行印度求取佛法的历史传述，到这里完全成为了一个文学性的文本，甚至原初的主角玄奘，在《大唐三藏取经诗话》中也让位给了“猴行者”，后者往往先知先觉，指点前世后事，如“入大梵天王宫第三”中，行者告法师：“我年纪小，历过世代万千，知得法师前生两回去西天取经，途中遇害。”且屡屡预告前程之处：“我师前去地名蛇子国”（“入香山寺第四”）、“我师前去即是狮子林”、“我师前去又是树人国”（“过狮子林及树人国第五”）等等；[①]许多场合，玄奘乃至成为猴行

① 《大唐三藏取经诗话》引录文字，依李时人、蔡镜浩《大唐三藏取经诗话校注》，中华书局1997年版。以上引文，分见第10、13页。

者降伏妖魔的旁观者，火类坳猴行者降伏白虎精一节故事可为典型。①

然而这个“西游记”历史上的关键文本，其时代性却从一开始就是一个问题。

《大唐三藏取经诗话》是在 20 世纪初在日本发现的，计有两种版本：其一为分上、中、下卷的《大唐三藏取经诗话》，其二为分一、二、三卷的《新雕大唐三藏法师取经记》。1916 至 1917 年，罗振玉先后将此两本影印。王国维于前者有跋，考订其年代，并就其性质及在“西游记”故事演变中的地位表示了意见：

宋椠《大唐三藏取经诗话》三卷，日本高山寺旧藏，今在三浦将军许。阙卷上第一叶，卷中第二三叶。卷末有“中瓦子张家印”款一行。中瓦子为宋临安府街名，倡优剧场之所在也。吴自牧《梦粱录》卷十九云：“杭之瓦舍，内外合计有十七处：如清冷桥、熙春桥下，谓之南瓦子；市南坊北、三元楼前，谓之中瓦子。”又卷十五：“铺席门、保佑坊前，张官人经史子集文籍铺，其次即为中瓦子前诸铺。”此云“中瓦子张家印”，盖即《梦粱录》之张官人经史子集文籍铺。南宋临安书肆，若太庙前陆家、鞔鼓桥陈家，所刊书籍，世多知之；中瓦子张家，惟此一见而已。

此书与《五代平话》《京本小说》及《宣和遗事》，体例略同。三卷之书，共分十七节，亦后世小说分章回之祖。其称诗话，非唐、宋士夫所谓诗话，以其中有诗有话，故得其名；其有词有话者，则谓之词话。《也是园书目》有宋人词话十六种，《宣和遗事》其一也。词话之名，非遵王所能杜撰，必此十六种中，有题词话者。此有诗无词，故名诗话。皆《梦粱录》《都城纪胜》所谓说话之一种也。

书中载元奘取经，皆出猴行者之力，即《西游演义》所本。又考陶南村《辍耕录》所载院本名目，实金人之作，中有《唐三藏》一本。《录鬼簿》载元

① 猴行者先是预告：“我师曾知此岭有白虎精否？常作妖魅妖怪，以至吃人。”当妖怪现身时，猴行者挺身向前，且说：“我师不用前去，定是妖精。”终于败灭白虎精。见《大唐三藏取经诗话校注》，第 17—18 页。

吴昌龄杂剧有《唐三藏西天取经》,其书至国初尚存。《也是园书目》有吴昌龄《西游记》四卷;《曹楝亭书目》有《西游记》六卷;《无名氏传奇汇考》亦有《北西游记》云。今用北曲,元人作,盖即昌龄所撰杂剧也。今金人院本、元人杂剧皆佚;而南宋人所撰话本尚存,岂非人间希有之秘笈乎!闻日本德富苏峰尚藏一大字本,题"大唐三藏取经记",不知与小字本异同何如也。

乙卯春,海宁王国维。①

王氏对"诗话"的解释,及将之与宋人词话联系,归于同类的设想,长久以来得到普遍认可;②至于时代上推定的南宋之说,他自己后来改变了观点,1922 年序的《两浙古刊本考》将其列入元代,虽然并没有提供理由。鲁迅也早就表示了不同的意见,二十年代前期成书的《中国小说史略》③便提出有元代的可能:

《大唐三藏法师取经记》三卷,旧本在日本,又有一小本曰《大唐三藏取经诗话》,内容悉同,卷尾一行云"中瓦子张家印",张家为宋时临安书铺,世因以为宋刊,然逮于元朝,张家或亦无恙,则此书或为元人撰,未可知矣。……(《中国小说史略·第十三篇宋元之拟话本》)④

此后,他一再表示类似的意见:1926 年 12 月 20 日,鲁迅就日本德富苏峰的批评意见写出《关于三藏取经记等》,发表于 1927 年 1 月 15 日《北新》周刊第二十一期;⑤1931 年 3 月,鲁迅因为郑振铎文章中肯定《大唐三藏取经诗话》为宋

① 李时人、蔡镜浩《大唐三藏取经诗话校注》,第 55—56 页。

② 李时人、蔡镜浩《大唐三藏取经诗话校注·前言》(先前曾以《〈大唐三藏取经诗话〉发微》为题刊于《徐州师范学院学报》1987 年第 2 期,后收入李时人《西游记考论》,浙江古籍出版社 1991 年版)对"诗话"的题名有不同的特别意见:"《取经诗话》题名中的'诗话'并非标明它的体裁。其又一刻本名《大唐三藏法师取经记》,可证'诗话'并非原书题名的固定组成部分。或许原本《取经诗话》同于某些敦煌写卷,并无题名,由于一般宋人不了解唐、五代变文话本的形式,仅注意到书中人物'以诗代话'的特点,于是名之'诗话',同时也以此表示它和当时流行话本的不同。"(第 86 页)他们前此发表的《大唐三藏取经诗话成书时代考辨》也不认同该书是宋代文本的观点,力辨该本是"唐五代'俗讲'的底本,或者说就是一篇变文(采用'转变'形式讲唱的话本)"(《大唐三藏取经诗话校注》,第 66 页)。此说,下文再及。

③ 《中国小说史略》1923 年 12 月出版上卷,含一至十五篇(论及《大唐三藏取经诗话》的第十三篇《宋元之拟话本》在内),下卷 1924 年 6 月印行,1925 年 9 月出版合订本。

④ 本篇引用鲁迅文字,悉依《鲁迅全集》,人民文学出版社 1956 年版。

⑤ 收于《华盖集续编》的"续编"中。

本而旧事再提，在《中学生》杂志上刊登《关于〈唐三藏取经诗话〉的版本》一信①，都是坚持"疑此书为元椠"的，后文且特别提到了王国维《两浙古刊本考》里的观点变化。

在此后的学术史上，学者多以《大唐三藏取经诗话》为南宋时代的文学制作：

郑振铎除前鲁迅文中引及的单篇文字，《插图本中国文学史》在论说《话本的产生》一题时，与"宋人词话"并提，论及《大唐三藏取经诗话》，"二者的结构却是很相同的，当是同一物"②。

胡士莹《话本小说概论》论及此书："此书刻工字体质朴中有圆活之致，证以王氏（案指王国维）跋语，当是南宋晚期的刊本。"③因而列入第七章《现存的宋人话本》。

程毅中《宋元话本》认为"《大唐三藏取经诗话》应该是一本早期的说经性质的话本"④。晚近的《宋元小说研究》仍持此说。⑤

古代文本的传写或刊刻时代，并不直接标识其写成时代。这是一个简单的道理。最近三十年，有关《大唐三藏取经诗话》成书年代的研究颇夥。

1982 年，刘坚进行了细致语言学考察，结论说："从语音、语法、语汇三方面对《取经诗话》和变文所作比较的结果来看，两者之间相似之处是很多的。说《大唐三藏取经诗话》与敦煌所出《庐山远公话》《韩擒虎话本》《唐太宗入冥记》《叶净能诗》一样，其时代早于现今所见宋人话本，这样说大概不能算过于武断。……它的语言确与南宋的话本有所不同。根据我们在前面所作的考察，这

---

① 收入《二心集》。

② 郑振铎《插图本中国文学史》，人民文学出版社 1957 年版，第 559 页。

③ 胡士莹《话本小说概论》，中华书局 1980 年版，第 198 页。

④ 程毅中《宋元话本》，中华书局 1980 年版，第 29 页。

⑤ 程毅中《宋元小说研究》，第十一章《说经与〈大唐三藏取经诗话〉》，江苏古籍出版社 1999 年版。

部话本的时代还有可能往上推到晚唐五代。”①

同年,李时人和蔡镜浩结合了语言学、俗文学和宗教学各方面的证据,力证《大唐三藏取经诗话》成书于唐五代,并明确提出它是当时俗讲的底本,而非之前有学者提议的宋代“说经”之本;②他们基于文本早期的设定,校注该书时运用敦煌变文作为参照,考校该书文本,颇有收获。

然而,正如近二十年后,袁宾所指出的,之前的研究揭示《大唐三藏取经诗话》中早期的语言层面,但对其所包含的迟晚的层面,未必充分虑及。而恰恰是晚近的层面,才能标示现存文本最终的形成时代。袁宾的工作,集中在“被字句”,由其若干句式类型的比例,对照晚唐五代至元代的相关文献,得出《大唐三藏取经诗话》最为接近的是《三国志平话》和《七国春秋平话》等,而与敦煌变文差距甚远,从而确认《诗话》最后的年代在元。③

语言学考察,在显示力量的同时,也并非铁定落实。汪维辉基于日本学者矶部彰的研究,肯定《大唐三藏取经诗话》刻本的年代大致在南宋末数十年间,以语言学之外的文献学证据,否认了更晚的元代说。作为一位语言学家,他坦然提出了语言学论证的有限性:“一旦用语言以外的证据确定了《诗话》的刊刻年代下限,那么书中出现的所有语言现象就都不可能晚于该时间,假如有一些疑似后代的语言现象,我们不应该怀疑其为后代所改,反而应该考虑对这些语言现象的断代本身是否存在问题。”④

其实,语言学考察工作本身,如果足够客观,其结论都无问题。问题在对一个比如《大唐三藏取经诗话》这样的文学文本的研究中,语言学考察的预设前提为何。

---

① 刘坚《〈大唐三藏取经诗话〉写作年代蠡测》,《中国语文》1982年第5期,第379页。

② 李时人、蔡镜浩《大唐三藏取经诗话成书时代考辨》,《徐州师范学院学报》1982年第3期。

③ 袁宾《〈大唐三藏取经诗话〉的成书时代与方言基础》,《中国语文》2000年第6期。

④ 汪维辉《〈大唐三藏取经诗话〉〈新雕大唐三藏法师取经记〉刊刻于南宋的文献学证据及相关问题》,《语言研究》第30卷第4期,2010年10月。

我们可以相信，刘坚、李时人和蔡镜浩，以及袁宾分别进行的语言学考察，都是恰当、合理的。但正是在这样两边都具合理性的情形下，展示出《大唐三藏取经诗话》文本在语言上的多层面性，这是不同历史时代的语言特点在一个文本中层累地留存的表现。

语言学上显示的文本历史时代的多层性，揭露的也正是文本形成的历史层累性。

二

“西游记”故事之源始，追溯最初当然是玄奘西行求法、取经的佛教史事实，这个多少具有传奇性的经历，在玄奘生前身后已然成为平实和神异、史实和文学的结合体。《大慈恩寺三藏法师传》就是这一趋向的最早呈现。在很长的时段内，这个故事因为原初的佛教背景，其基本的宗教倾向是稳定的。

今天的《西游记》，有关其宗教取向有许多不同的理解，从明代以来就成为聚讼的问题。与原初的佛教取向尤其对立的，是所谓道教性。[①]《西游记》中多元宗教的呈现，乃至混合，应该说，是一个客观的事实。如果平情以观，将今本《西游记》视为单纯的佛教或道教小说，都有未能尽恰之处；似乎也不能将其中的佛、道关系视作写定者有意设置的根本性冲突，比如车迟国斗法的生死相搏与最后孙悟空劝勉国王的三教合一之论，即可为例。车迟国悟空与虎力大仙等斗法，是佛、道之间的激烈争斗，但悟空最终对国王的说教还是：

> 望你把三教归一，也敬僧，也敬道，也养育人才，我保你江山永固。（第

① 明世德堂本《西游记》陈元之序已提到旧序“以为孙，狲也，以为心之神。马，马也，以为意之驰。八戒，其所八戒也，以为肝气之木。沙，流沙也，以为肾气之水。三藏，藏神藏声藏气之藏，以为郛郭之主。魔，魔，以为口耳鼻舌身意恐怖颠倒幻想之障”云云（孙楷第：《日本东京所见小说书目》，人民文学出版社1958年，第75—76页）。现代学者如柳存仁著《全真教和小说西游记》（1985年连续刊载于《明报月刊》）则深入考察了《西游记》与全真道教的关系（《和风堂文集》，上海古籍出版社1991年版）。

四十七回《圣僧夜阻通天水　金木垂慈救小童》)①
从文本中难以一律的佛、道偏侧来看，这些都是层累形成的不同观念倾向的自然抵牾。回顾西游记故事的衍变，从一般情理上推拟，这是一个佛教故事经道教冲刷后的结果。或许真如有学者提议的，今本《西游记》的成书，经历过一番全真道教集团的书写。②

回到《大唐三藏取经诗话》，其佛教的指向确凿无疑，显示出它在西游故事衍变过程中的基本位置是较早的。书中涉及道教的部分极少："入王母池之处第十一"法师称猴行者"亦是大罗神仙"③，所谓"大罗"乃道教三十六天之最高天的名号；"过长坑大蛇岭处第六"里"明皇太子换骨"之说，太田辰夫指出与道教有关，并引证王铚的《默记》作为比照。④而佛教的痕迹是更显而易见的：如"过狮子林及树人国第五"中树人国的人驴变化情节，可能受到《出曜经·利养品》的影响；⑤又如"到陕西王长者妻杀儿处第十七"前半部故事，太田辰夫推溯其早期形态到《贤愚经》⑥，而其中王长者后妻孟氏将前妻所生长子痴那置于铁釜煮烧而后者无伤的情节，也是源自佛教的："三日三夜，猛火煮烧。第四日，扛开铁盖，见痴那从钴鏻中起身唱喏。孟氏曰：'子何故在此？'痴那曰：'母安我此，一釜变化莲花座，四伴是冷水池。此中坐卧，甚是安稳。'"⑦《大唐西域记》卷八记阿育王早年故事，是为前例：

> 初，无忧王嗣位之后，举措苛暴，乃立地狱，作害生灵。周垣峻峙，隅楼

① 《西游记》，人民文学出版社1991年版，第571页。

② 陈洪《论〈西游记〉与全真之缘》综合前贤研究，就民间宝卷所呈现的西游故事做了分析，其结论曰："一，从今本《西游记》可以发现大量全真教的痕迹，说明在《西游记》成书的过程中有教门中人物染指颇深；二，百回本成书之前，《西游记》的故事已在多种民间宗教中流传，而其情节及人物都与教义特别是内丹术产生了关联；三，这些民间宗教多受到全真教或深或浅的影响。因此，判断《西游记》在成书的过程中存在一个'全真化'的环节当非牵强。"（《结缘：文学与宗教》，北京师范大学出版社2009年版）

③ 《大唐三藏取经诗话校注》，第31页。

④ 太田辰夫《西游记研究》，研文出版1984年版，第29—30页。

⑤ 同上，第29页。

⑥ 同上，第40—41页。

⑦ 《大唐三藏取经诗话校注》，第47页。

> 特起，猛焰洪炉，銛锋利刃，备诸苦具，拟像幽涂。招募凶人，立为狱主。初以国中犯法罪人，无校轻重，总入涂炭。后以行经狱次，擒以诛戮，至者皆死，遂灭口焉。时有沙门初入法众，巡里乞食，遇至狱门。狱吏凶人擒欲残害。沙门惶怖，请得礼忏。俄见一人缚来入狱，斩截手足，磔裂形骸，俯仰之间，支体糜散。沙门见已，深增悲悼，成无常观，证无学果。狱卒曰："可以死矣。"沙门即证圣果。心夷生死，虽入镬汤，若在清池，有大莲花而为之座。狱主惊骇，驰使白王。王遂躬观，深赞灵佑。①

这一溯源中显示的与佛经情节较为紧密的关系，与后世更多的源自民间佛教传说似有差异。更结合《大唐三藏取经诗话》中大梵天王作为法师取经的主要护卫神所显示的崇高地位，以及大梵天王与毗沙门天王的混合；②乃至与唐代密宗僧人善无畏的可能关联③等，大致都暗示了这个文本在故事形成时间上的早期性。④

---

① 季羡林等《大唐西域记校注》，中华书局 1985 年版，第 629—630 页。此一傅说故事，法显已先玄奘记录：

> 阿育王昔作小儿时，当道戏。遇释迦佛行乞食，小儿欢喜，即以一掬土施佛。……因此果报，作铁轮王，王阎浮提。乘铁轮案行阎浮提，见铁围两山间地狱治罪人。……王自念言："鬼王尚能作地狱治罪人；我是人主，何不作地狱治罪人耶？"臣答言："唯有极恶人能作耳。"王即遣臣遍求恶人。见池水边有一人，长壮、黑色、发黄、眼青，以脚钩兼鱼，口呼禽兽，禽兽来便射杀，无得脱者。得此人已，将来与王。王密敕之："汝作四方高墙，内殖种种华果，作好浴池，庄严校饰，令人渴仰。牢作门户，有人入者辄捉，种种治罪，莫使得出。……"有比丘，次第乞食入其门，狱卒见之，便欲治罪。比丘惶怖，求请须臾，听我中食。俄顷，复有人入，狱卒内置碓臼捣之，赤沫出。比丘见已，思惟此身无常、苦、空，如泡如沫，即得阿罗汉。既而狱卒捉内镬汤中，比丘心颜欢悦，火灭，汤冷，中生莲华，比丘坐上。狱卒即往白王……王即随入。比丘为说法，王得信解，即坏地狱，悔前所作众恶，由是信重三宝，常至贝多树下，悔过自责，受八斋。（章巽：《法显传校注》，上海古籍出版社 1985 年版，第 123 页）

② 李时人、蔡镜浩《大唐三藏取经诗话成书时代考辨》，见《大唐三藏取经诗话校注》，第 72—73 页。

③ 太田辰夫《西游记研究》，第 42—47 页。

④ 《大唐三藏取经诗话》的佛教呈现，甚为复杂。如"入竺国度海之处第十五"记法师"点检经文五千四十八卷"，是《开元释教录》所载的精准数字，而又说"只无《多心经》本"（《校注》，第 40 页），要到"转至香林寺受《心经》处第十六"才由定光佛授予（《校注》，第 44 页）。这与唐代玄奘与《心经》的真实关联相差甚远，《心经》在玄奘取经过程中的重要性，其弟子所撰的《大慈恩寺三藏法师传》及《太平广记》卷九十二"异僧"的"玄奘"条都有记载，甚至与今传的《西游记》记述也大相径庭（第十九回中由浮屠山乌巢禅师传授），太田辰夫且提出定光佛授《心经》或是受到宋代的时代风气之影响（《西游记研究》，第 38—39 页）。此一问题，需做另外的专门考察，本文不赘。

三

回到《大唐三藏取经诗话》的时代问题。故事形成的早期性,并不意谓着文本的早期性;如同其中有早期的语言学特征,并不意谓文本的早期性。恰恰是此类历经衍变而层累构成如今文本的特质,规定了如《大唐三藏取经诗话》之类文本在语言和情节上的复杂性。

这种复杂性体现在文本的各个方面,比如文本的体制。

(一)

以往学者,如前所述,因拟定《大唐三藏取经诗话》为宋代文本,归其于说话家数中的"说经"一类。①所谓"说经",按照《梦粱录》的说法是"演说佛书"。而宋代"说经"的文本,迄今没有共同的认知,程毅中《宋元话本》推测的文本,是《永乐大典》第7542卷所收《金刚感应事迹》的第36篇:

霍参军诵持《金刚经》,忽见厅下地烈(裂),涌出包龙图,称我是速报司。参军问速报司曰:"报恶不报善?善者受饥寒,恶者丰衣饭;清者难度日,浊者多荣变;孝顺多辛苦,五逆人爱见。速报司曰:'唯当灵不灵,唯当现不现。'既灵须昂灵,既现须教现。愿赐一明言,免使阎浮众生怨。"包龙图答曰:"吾掌速报司,非是不报恶,非是不报善。善者暂时贫,恶者权饱暖。浊逆曲恶辈,报案尽抄名。第一抄名姓,二除福禄神,三教绝后代,四遣祸星临,五使狂心计,六被恶人侵,七须寿命短,八报病缠身,九遭水火厄,十被王法刑。如此十苦难,尽是十恶人。参军休问我,照鉴甚分明。一朝天地见,万祸一齐临。"诗曰:

湛湛青天不可欺,未曾举意早先知。

---

① 鲁迅《宋民间之所谓小说及其后来》曾提到"《大唐三藏取经诗话》是极拙的拟话本,并且应属于讲史",该文收入《坟》。

善恶到头终有报，只争来速与来迟。[①]

霍参军和包龙图之间，以五言问答，结以七言诗。就形式观察，《金刚感应事迹》的这一段落，与《大唐三藏取经诗话》“入优钵罗国处第十四”略有相似处：

行次入到优钵罗国，见藤萝绕绕，花萼纷纷，万里之间，都是花木。遂问猴行者曰：“此是何处？”答曰：“是优钵罗国。满国瑞气，尽是优钵罗树菩提花。自生此树，根叶自然，无春无夏，无秋无冬，花枝常旺，花色常香，亦无猛风，更无炎日，雪寒不到，不夜长春。”师曰：“是何无夜？”行者曰：

佛天无四季，红日不沉西。

孩童颜不老，人死也无悲。

寿年千二百，饭长一十围。

有人到此景，百世善缘归。

来时二十岁，归时岁不知。

祖宗数十代，眷属不追随。

桑田变作海，山岳却成溪。

佛天住一日，千日有谁如。

我师诣竺国，前路只些儿。

行者再吟诗[②]曰：

优钵罗天瑞气全，谁知此景近西天。

殷勤到此求经教，竺国分明只在前。[③]

对比两个文本，《大唐三藏取经诗话》末尾的诗，由故事中角色猴行者吟出，而《金刚感应事迹》则是叙述人的第三者立场，显然不同。事实上，涉及篇末的韵语诗歌，说话性文本皆由讲说者的立场发声，而《大唐三藏取经诗话》例皆由故事中人物如法师、猴行者等为之。陈汝衡曾提到《大唐三藏取经诗话》中韵语

① 程毅中《宋元话本》，第 28—29 页。

② 既称“再吟诗”，则前之韵文自当属五言诗矣。

③ 《大唐三藏取经诗话校注》，第 37 页。

的叙述者这一问题:

> 要注意的,乃是书中穿插的诗句和宋人小说话本里诗句不同,因为后者是以说话人立场吟唱出来,而前者是由书中人物自己信口吟唱,成为促进故事发展的一部分。[①]

这是很正确的说法,《大唐三藏取经诗话》与一般的宋元话本确实不同。

按照王国维的看法,《大唐三藏取经诗话》之"诗话",得名自文本中"有诗有话",不妨就此诗歌韵语部分略做分析。

《大唐三藏取经诗话》中的韵语,大多在每节的最后部分,所具功能大致为:作为故事演进的一部分展开,具有情节推动的功能;在每节故事的最后,主要作为形式上的总结。后者较为普遍,如四、六、七、十一、十二、十三、十四[②]、十五、十六、十七[③]等节的韵语诗歌,大抵都是总结情节以示终了;而前者则因关涉到故事情节的展开,与宋代话本中韵语因出诸叙述人口吻而通常不参与情节展开[④],有显著差异,值得特别关注:

> 猴行者乃留诗曰:
>
> 百万程途向那边,今来佐助大师前。
>
> 一心祝愿逢真教,同往西天鸡足山。
>
> 三藏法师诗答曰:
>
> 此日前生有宿缘,今朝果遇大明贤。
>
> 前途若到妖魔处,望显神通镇佛前。(行程遇猴行者处第二)[⑤]

---

① 陈汝衡《说书史话》,作家出版社 1958 年版,第 76 页。

② 见上引"行者再吟诗"的七言,之前的五言,则属对答性的韵语。

③ 该节包含两个故事段落(见下文分析),各自的终了处皆缀有诗歌。

④ 胡士莹曾对话本中之韵文功能做过概述:"韵文主要是静止地描绘品评环境、服饰、容貌等细节,或描写品评一个重要行动的详情,起烘云托月的作用,以补散文叙述的不足,加强艺术形象的感染力,并在表演时起多样化的调剂作用。"(《话本小说概论》,中华书局 1980 年版,第 142—143 页)

⑤ 《大唐三藏取经诗话校注》,第 3 页。以下所引诸节,随文注明页码。

尊者一时送出，咸愿法师取经早回。尊者合掌颂曰：

水晶斋罢早回还，展臂从风去不难。

要识弟兄生五百，昔曾行脚到人间。

法师诗曰：

东土众生少佛因，一心迎请不逡巡。

天宫授赐三般法，前路摧魔作善珍。（入大梵天王宫第三，《校注》第6页）

猴行者曰："我即今有僧行七人，从此经过，不得妄有妖法。如敢故使妖术，须教你一门剗草除根。"主人近前拜谢："岂敢有违。"战战兢兢，乃成诗谢曰：

行者今朝到此时，偶将妖法变驴儿。

从今拱手阿罗汉，免使家门祸及之。

猴行者乃留诗云：

莫将妖法乱施呈，我见黄河九度清。

相次我师经此过，好将诚意至祇迎。（过狮子林及树人国第五，《校注》第14页）

深沙前来解吟诗曰：

一堕深沙五百春，浑家眷属受灾殃。

金桥手托从师过，乞荐幽神化却身。

法师诗曰：

两度曾遭汝吃来，更将枯骨问元才。

而今赦汝残生去，东土专心次第排。

猴行者诗曰：

谢汝回心意不偏，金桥银线步平安。

回归东土修功德，荐拔深沙向佛前。（缺题第八，《校注》第 23 页）

法师七人大生惭愧，临行乃留诗曰：

谁知国是鬼祖母，正当饥困得斋餐。

更蒙珠米充盘费，愿取经回报答恩。

鬼子母赠诗云：

稀疏旅店路蹊跷，借问行人不应招。

西国竺天看便到，身心常把水清浇。

早起晚眠勤念佛，晨昏祷祝备香烧。

取经回日须过此，顶敬祇迎住数朝。（入鬼子母国处第九，《校注》第 25 页）

次入一国，都无一人，只见荒屋漏落，园离破碎。前行渐有数人耕田，布种年谷。法师曰："此中似有州县，又少人民，且得见三五农夫之面。"耕夫一见，个个眉开。法师乃成诗曰：

荒州荒县无人住，僧行朝朝宿野盘。

今日农夫逢见面，师僧方得少开颜。

猴行者诗曰：

休言荒国无人住①，荒县荒州谁肯耕？

人力种田师不识，此君住处是西城。

早来此地权耕作，夜宿天宫歇洞庭。

举步登途休眷恋，免烦东土望回程。（经过女人国处第十，《校注》第 27 页）

① "休言"云云乃针对法师前诗之首句而言，是二诗相关呼应的明证。

法师起身，乃留诗曰：

女王专意朱清斋，盖为砂多不纳怀。

竺国取经归到日，教令东土置生台。

女王见诗，遂诏法师一行入内宫看赏。（经过女人国处第十，《校注》第28页）①

女王遂取夜明珠五颗、白马一匹，赠与和尚前去使用。僧行合掌称谢，乃留诗曰：

愿王存善好修持，幻化浮生得几时？

一念凡心如不悟，千生万劫落阿鼻。

休喏绿鬓枕红脸，莫恋轻盈与翠眉。

大限到来无处避，髑髅何处问因衣。

女王与女众，香花送师行出城，诗曰：

此中别是一家仙，送汝前程往竺天。

要识女王姓名字，便是文殊及普贤。（经过女人国处第十，《校注》第29页）

上引诸例，大抵体现了故事中角色相互之间的问答呼应，因而具有情节性的功能。

反观如今得到较为普遍认同的宋代话本如《碾玉观音》《错斩崔宁》等，考究其韵文部分的功能，清楚地显示出两篇中大抵皆是叙述人之口吻，韵语诗歌之前往往用“正是”作为导引，或对人物形象作出形容，或对事情原委给出评说，而无论哪种情形，基本都不参与情节的推进。②值得留意的是，《碾玉观音》上下分卷处，有韵语结之以为标示：“谁家稚子鸣榔板，惊起鸳鸯两处飞。”之后便是：

① 此处韵文在节中，法师留诗，女王“见诗”而后引入内宫：诗歌乃故事进展之一环节无疑。

② 长篇讲史类话本的情形与此大致相类，比如《全相三国志平话》除了赵云与刘备之间骚体对歌（卷中）具有情节性功能外，皆为外部的说书人立场，往往冠以“有诗为证”，或许具有故事情节段落的标志意义，但其出现和分布并不规律，如卷中的结尾处便没有韵语部分。

“这汉子毕竟是何人？且听下回分解。”[①]如果要举出宋元话本中以韵语诗歌出诸故事主人公之口吻,且在情节进展中有推进性功能的例子,大约最显著的要属《快嘴李翠莲记》[②],该故事的焦点正在李翠莲之伶牙俐齿,而李翠莲之种种说辞,大抵皆以韵语诗歌出之。这是与其他宋元话本非常不同的例外吧。

(二)

《大唐三藏取经诗话》韵语诗歌的形式和功能,与宋元话本的一般情形有显见的差异,但如果推溯至早期佛教讲唱文学的文本比如变文乃至讲经文,《大唐三藏取经诗话》运用韵语的特征,可谓触处皆是。

前引《金刚感应事迹》文中涉及的《庐山成道记》,据程毅中考订,即《庐山远公话》的敷衍。[③]考察《庐山远公话》中人物对话的情况,凡韵语诗歌皆出诸故事中人物之口吻,是代言式的,如:

神鬼造寺,直至天明,造得一寺,非常有异。且见重楼重阁,与忉利而无殊;宝殿宝台,与西方无二。树木丛林拥郁,花开不拣四时;泉水傍流,岂有春冬段(断)绝。更有名花嫩蕊,生于觉路之傍;瑞鸟灵禽,飞向精舍之上。于是远公出庵而望,忽见一寺造成,叹念非常,思惟良久,远公曰:“非我之所能,是他《大涅槃经》之威力。”睹此其希,远公以成偈曰:

修竹萧萧四序春,交横流水净无尘。

缘墙薜荔枝枝渌,覆地莓苔点点新。

疏野免教城市闹,清虚不共俗为邻。

---

① 程毅中《宋元小说家话本集》,齐鲁书社2000年版,第191页。据程校,此处十四字,《京本通俗小说》作“碾玉观音下”。这一表现,与《大唐三藏取经诗话》每节以诗结尾的格式类似,但此处韵语仍是叙述人口吻之辞。

② 程毅中《宋元小说家话本集》,第363—380页。程氏据清平山堂刻本辑录,基于以往的研究,以为该篇“尚合乎宋代习俗”,但“有明显的元明语言特点”,“似以宋人作品为基础,又经元明人修订”(《宋元小说家话本集》,第363页)。一般而言,这样的文本的语言表现会受后代影响,而篇章体制则应大致保持原初的格局。

③ 程毅中《宋元小说研究》,第362—363页。

山神此地修精舍，要请僧人转法轮。[1]

该篇中有的韵文诗语，且具有故事展开的功能：

时有上足弟子云庆在于高峰之上，望见本师在于寺内，奔走下山，直至大师面前，启和尚曰："适来狂寇奔衢，至甚惊怕！且喜贼军抽退，助和尚喜！"远公曰："若夫《涅槃经》义，本无恐怖；若有恐怖，何名为涅槃？汝自今已后，切须精进，善为住持。吾今与汝隔生永别。"云庆问和尚曰："何以发如此之言？"远公曰："我适来于门外设誓，与他将军为奴，永更久住不得。汝在后切须努力！"云庆闻语，举身自仆(扑)，七孔之中，皆流鲜血，良久乃苏。从地起来，乃成偈曰：

我等如翻鸟，和尚如大树。大树今既移，遣众栖何处？

化身何所在，空留涅槃句！愿垂智惠灯，莫忘迷去路。

云庆言讫，转更悲啼。远公曰："恐将军怪迟。"走出寺门，趁他旌旗，随逐他后。[2]

更进而对变文略做观察。作为一种文体，变文与中国传统文艺形式相比较，最大的特点便是韵散的交错，这自然是由于它说唱兼合的演述方式。其韵文的格式，就今天所见的变文写卷，虽有一些是五言、六言及三、七言杂用的，但大抵以七言为主，有些段落还写得相当华美流畅；至于散文，作为面对俗众宣讲的艺术，自然与文士的典雅文体不同，颇见口头白话句式，尤其多借用历来佛典翻译文体行文，但值得注意的是，变文中相当一部分作品的散文叙述采用骈偶文体，上佳段落之文采流丽，更让人赞叹变文作者的文学才能之高超。

变文韵散结合的体式，在具体展开中，除了《前汉刘家太子传》[3]有说无唱以及《舜子变》以六言韵文为主等篇什之外，大抵有三种形式。

---

① 黄征、张涌泉《敦煌变文校注》，中华书局1997年版，第253页。

② 同上，第255—256页。

③ P3645写卷后有"刘家太子变一卷"，是亦当定为变文。

其一，如同佛经的长行与重颂①的结合，以韵文重叙散文的叙述。《降魔变文》里描写舍利弗与须达见到未来精舍的景象，有七言诗：

乘象思忖向前行，忽见一园花果茂。

须达舍利乘白象，往向城南而顾望。

忽见宝树数千株，花开异色无般当。

祥云瑞盖满虚空，白凤青鸾空里飏。②

而在那之前，文中已经以散文形式描写光景，与后来的诗体部分相映衬：

去城不近不远，显望当途，忽见一园，竹木非常蓊蔚，三春九夏，物色芳鲜；冬际秋初，残花蓊郁。草青青而吐绿，花照灼而开红。千种池亭，万般果药。香芬芬而扑鼻，鸟噪聒而和鸣。树动扬三宝之名，神钟震息苦之响。祥鸾瑞凤，争呈锦羽之晖；玉女仙童，竞奏长生之乐。③

此类情形之中，诗体部分往往出诸叙述者的立场。

其二，变文的散韵部分交互配合，构成叙述进行中互相钩连、不可或缺的环节；而往往韵文的铺陈与散文的叙述存在着表现上的差异：韵文往往放慢了脚步，作细致的渲染和刻画。《大目乾连冥间救母变文》所说的故事在民间极为流行，耳熟能详，其中写到大目乾连到地狱之中寻找自己母亲时的见闻，以下是在奈河边所见的情形：

行经数步，即至奈河之上，见无数罪人，脱衣挂在树上，大哭数声，欲过不过，回回惶惶，五五三三，抱头啼哭。目连问其事由之处：

奈河之水西流急，碎石巉岩行路涩。

衣裳脱挂树枝傍，被趁不教时向立。

河畔问他点名字，胸前不觉沾衣湿。

今日方知身死来，双双傍树长悲泣。

---

① 佛经十二分教中有“长行”，又称“契经”，即指经中直说义理的散文；另有“重颂”，又称“应颂”，即重复叙述长行所叙说的韵文诗歌。

② 黄征、张涌泉《敦煌变文校注》，第555页。

③ 同上，第554页。

生时我舍事吾珍，金轩驷马驾珠轮。
为言万古无迁改，谁知早个化为尘。
呜呼哀哉心里痛，徒埋白骨为高冢。
南槽龙马子孙乘，北牖香车妻妾用。
异口咸言不可论，长嘘叹息更何怨。
造罪之人落地狱，作善之者必生天。
如今各自随缘业，定是相逢后回难。
握手丁宁须努力，回头拭泪饱相看。
耳里唯闻唱道急，万众千群驱向前。
牛头把棒河南岸，狱卒擎叉水北边。
水里之人眼盼盼，岸头之者泪涓涓。
早知到没艰辛地，悔不生时作福田。
目连问言奈河树下人曰："天堂地狱乃非虚，
行恶不论天所罪，应是冥零亦共诛。
贫道慈亲不积善，亡魂亦复落三涂。
闻道将来入地狱，但曰知其消息否？"
罪人总见目连师，一切啼哭损双眉：
"弟子死来年月近，和尚慈亲实不知。
我等生时多造罪，今日辛苦方始悔。
纵令妻妾满山川，谁肯死来相替代？
何时更得别泉门，为报家中我子孙：
不须白玉为棺椁，徒劳黄金葬墓坟。
长悲怨叹终无益，鼓乐弦歌我不闻。
欲得亡人没苦难，无过修福救冥魂。"①

---

① 黄征、张涌泉《敦煌变文校注》，第1027—1028页。

此一情形之中诗体部分的叙述者的立场与故事角色的口吻交错出现，二者兼具。

还有一种类型，如《丑女缘起》[①]，颇为别致，情节的进展以散文叙述，而人物的对话往往出之以韵文。故事言金刚因前世布施时心中对罗汉起轻贱之心，转世为波斯匿王之女时便得了面貌极为丑陋的报应，故其国王父母为她的婚事大伤脑筋：

尔时，波斯匿王自念女丑，由不如人，遂遣在深宫，更不令频出。[于是金刚丑女]日来月往，年渐长成。夫人宿夜[忧]愁，恐大王不肯发遣。后因游戏之次，夫人敛容进步，[向前咨白大王云云]：

“贱妾常惭丑质身，虚沾宫宅与王亲。
日日眼前多富贵，朝朝惟是用珠珍。
宫人侍婢常随后，使唤东西是大臣。
惭耻这身无德解，大王宠念赴乾坤。
妾今有事须亲奏，愿王欢喜莫生嗔：
金刚丑女年成长，争忍令教不事人？”

于是，大王[闻奏]，良久沉吟，未容发言，夫人又奏云云：

“姊妹三人总一般，端正丑陋结因缘。
并是大王亲骨肉，愿王一纳赐恩怜。
向今成长深宫内，发遣令教使向前。
十指虽然长与短，个个从头试咬看。”

大王见夫人奏劝再三，不免咨告夫人云云：

“我缘一国帝王身，眷属由来宿业因。
争那就中容貌差，教奴耻见国朝臣。
心知是朕亲生女，丑差都来不似人。
说着尚犹皆惊怕，如何嘱娉向他门。”

① P3048写卷，前题为“丑女缘起”，而卷末有“上来所说丑变”一句，是亦可谓之变文。

夫人又告大王：

“大王若无意发遣，妾也不敢再言。

有心令遣事人，听妾今朝一计。

私地诏一宰相，教觅薄落儿郎。

官职金玉与伊，祝娉充为夫妇。”

于是大王取其夫人之计，即诏一臣，教作良媒，便即私地发遣。①

如此文本，诗体部分完全是故事角色在发声，犹如呈现一出韵文戏剧。

上引《大目乾连冥间救母变文》及《丑女缘起》，都有角色间对答的诗体部分，且直接构成了故事情节的推展：这可谓是《大唐三藏取经诗话》中韵语诗歌之功能特征的表现得更为充分的渊源。而变文的这些特点，大抵皆可向遥远的印度寻其源头：佛经即多是韵散交错的；韵散的交错结合，是印度文化中许多艺术种类的共同特点。而且变文讲唱时与图相相配合的体制，其实是一种源远流长的艺术表现方式，据梅维恒（Victor H. Mair）教授的研究，这是一种发源自印度而广泛流行于中亚、古代欧洲、南亚等地的民间口头艺术形式。变文的韵散交错及与图相的配合演述，很可以看作是这一传统中的中国类型。②

（三）

如果说《大唐三藏取经诗话》与宋人说话在韵语诗歌的运用和功能上有异，而与变文类型的讲唱文学有类似处，那么是否如有学者所提议，《大唐三藏取经诗话》“和敦煌变文无论在体制和表现手法上都非常相似，而和宋话本有明显的区别……是唐、五代‘俗讲’的底本，或者说就是一篇变文（采用‘转变’形式讲唱的话本）”？③

似乎亦不尽然。

---

① 黄征、张涌泉《敦煌变文校注》，第1103—1104页。

② V. H. Mair, *Painting and Performance: Chinese Picture Recitation and its Indian Genesis*, University of Hawaii Press, 1988.《绘画与表演》，王邦维、荣新江、钱文忠译，北京燕山出版社2000年版。

③ 李时人、蔡镜浩《大唐三藏取经诗话成书时代考辨》，《大唐三藏取经诗话校注》，第66页。

如果来考究《大唐三藏取经诗话》的文本体制,则与现存的变文体制,实有显著的不同。变文中的诗体部分,体现了强烈的类佛经性,在许多情况下是故事情节进展不可分割的部分,而《大唐三藏取经诗话》的诗体韵文则往往仅在每节文本的最后出现,更多具有形式性,相形变文而言,功用相当有限。

《大唐三藏取经诗话》与敦煌出土的现存变文类作品,体制上最大的不同,是其分节的形式。全书分为十七节,各有题目,第一节缺佚,第八节前缺,故存题十五节:

行程遇猴行者处第二

入大梵天王宫第三

入香山寺第四

过狮子林及树人国第五

过长坑大蛇岭处第六

入九龙池处第七

入鬼子母国处第九

经过女人国处第十

入王母池之处第十一

入沉香国处第十二

入波罗国处第十三

入优钵罗国处第十四

入竺国度海之处第十五

转至香林寺受心经本第十六

到陕西王长者妻杀儿处第十七

除第三、四、五节,其他十二节的题目中都有一"处"字。①这个引人注目的现象,

① 第三、四、五节无"处",未必就是确然没有,而很可能是原有而刊印时缺漏的。徐朔方先生为《古本小说集成》本《大唐三藏取经诗话》撰写的前言,正确地指出:"本书编印草率,它是较为拙劣的一个幸存版本。"他特别举出第十七节的题目误刻作"十三"的例子。

提示许多学者留意到其与变文的关联。①

“处”在变文叙述中频繁出现，以《李陵变文》②为例：

看李陵共单于火中战处(第129页)

李陵共单于斗战第三阵处(第130页)

且看李陵共兵士别处(第130页)

单于高声呵责李陵降服处(第131页)

诛陵老母妻子处(第132页)

李陵蕃中闻母被诛未知虚实，霸(把)得王朝书，沙场悲哀大哭，乃将侍从出迎处(第133页)

有类似情况的还有《汉将王陵变》《降魔变》《大目乾连冥间救母变文》《伍子胥变文》③《王昭君变文》《张义潮变文》《张淮深变文》等。

“处”的频繁出现，是因为变文的演述，往往与所谓“变相”的图像相配合。其实，变文之类讲唱文学文本采用“处”字，标示与变相的关联，最初的起源，或在图像传统之中。如莫高窟76号窟东壁右部窟顶位置，为描绘佛本行的壁画，分别有题榜如下：

熙连河浴澡处

太子六年苦行处

太子雪山落发处

教化昆季五人处

太子夜半逾城处④

① 如李时人、蔡镜浩《大唐三藏取经诗话成书时代考辨》，《大唐三藏取经诗话校注》，第59—60页。

② 原卷(北图新0866号)无题，此为拟名。以下六例，随文分别注明在黄征、张涌泉《敦煌变文校注》书中的页码。

③ 此篇始以下的几种，原卷没有明确的“变”或者“变文”的题名，皆为拟题。

④ 此为梅维恒教授1981年夏天在敦煌考察时所见，V. Mair, *T'ang Transformation Texts*, Harvard University Press, 1999, p.74.中文本见《唐代变文》(杨继东、陈引驰译)，中西书局2011年版，第91页。

此一特征呈现于文字文本,明确显示出变文演出时有图画的配合,如P2553《王昭君变文》中有"上卷立铺毕,此入下卷",P3627《汉将王陵变》有尾题作"汉八年楚灭汉兴王陵变一铺",而文中有"从此一铺,便是变初"。这里所谓"铺",在唐代是变相图画或塑像的表示单位,唐代文献中这样的用法不胜枚举。[①]尤其上引《李陵变文》第一及第三个含"看"字的例子,显而易见应该是变文的演述者在指示相关图像让听众观看,除此之外,难以有别的解释。另外的例子,见于S2614"大目乾连冥间救母变文并图一卷并序",虽然该卷子今天不见图画的痕迹,且"并图"二字有被划去的痕迹,但不管对此做何解释,这卷变文原是配合着变相图画则无可置疑;其文本约有十七例"某某处"[②],至如"看目连深山坐禅之处""且看与母饭处"两条[③],与《李陵变文》一样含有"看"字,更是有力的佐证。这一配合了图像来讲说故事的形式,一直影响到后来的小说,虽然已是写出供阅读之用了,但仍然保持着对听众口头演述的现场态度,称读者为"看官"就是一例。

"处"在图像传统中意味着一个空间的展示,而在变文之类文字文本中,除了体现出图像的空间性展示,还逐渐具有表示"叙述序列中的一个事件"的意义。[④]《大唐三藏取经诗话》的文本没有体现出与图像关联的切实证据[⑤],其各节标题中的"处",即应当做类似的理解。

问题是,如此"处"的标示,在变文中虽然具有表示"叙述序列中一个事件"的意义,但它们的连缀并不如《大唐三藏取经诗话》那样,构成故事发展的基本结构。不妨就含"处"例颇多的《大目乾连冥间救母变文》来做一考察。大致说来,该写卷中各"处",皆在变文的韵语诗歌之前出现,有时且与变文文本中引导

---

① 参拙著《隋唐佛学与中国文学》,百花洲文艺出版社2002年版,第320页。

② 内中有一例,无韵语诗歌接续其后:"长着见目连非时乞食,盘问逗留之处。"(黄征、张涌泉《敦煌变文校注》,第1035页)

③ 分见黄征、张涌泉《敦煌变文校注》第1025、1036页。

④ V. Mair, *T'ang Transformation Texts*, Harvard University Press, 1999, p.75.中文本见《唐代变文》(杨继东、陈引驰译),第91页。更多的讨论请参英文本pp.75—80,中文本第92—97页。

⑤ 而且宋代的艺人与图像的关系颇渺然,陈汝衡即曾指出:"说唱话本的人随带图像,宋代瓦肆艺人似乎没有过。"(《宋代说书史》,上海文艺出版社1979年版,第15页)

韵文的套语结合:如 P4988 写卷在“看目连深山坐禅之处”后,有“若为”二字,即“若为陈说”之省;[①]而前举《李陵变文》含“处”各例中第二、三、五句后即有“若为陈说”,而第四、六句后是“若为”。[②]此类套语提示了变文讲唱演述时吟唱部分,并且如前提及的,“看……处”样式的表达,暗示或有图画配合。这些“处”字标识的场所、行为等,大致呈现了故事情节的脉络,但并不很清晰,尤其是“某某处”之后的韵文诗歌,通常无法分隔情节段落,聊举一例:

(目连)向冥路之中,寻觅阿孃不见。且见八九个男子女人,闲闲无事,目连向前问其事由之处:

“□□□□□,但且莫礼拜。
贤者是何人,此间都集会。
闲闲无一事,游城郭外来。
贫道今朝至此间,心中只手深相怪。”
诸人答言启和尚:
只为同名复同姓,名字交错被追来。
勘当恰经三五日,无事得放却归回。
早被妻儿送坟墓,独自抛我在荒郊。
四边更无亲伴侣,狐狼鸦鹊竞分张。
宅舍破坏无投处,王边披诉语声哀。
判放作鬼闲无事,受其余报更何哉。
死生路而今已隔,一掩泉门不再开。
冢上纵有千般食,何曾济得腹中饥。
号咷大哭终无益,徒烦搅纸作钱财。

---

① 黄征、张涌泉《敦煌变文校注》,第 1025 页。

② 变文中韵语诗歌之前套语的讨论,参 V. Mair, *T'ang Transformation Texts*, Harvard University Press, 1999, pp.79—80、86—88,中文本见《唐代变文》(杨继东、陈引驰译),第 96、103—104 页。

寄语家中男女道,劝令修福救冥灾。

目连良久而言:“识一青提夫人已否?”诸人答言尽皆不识。目连又问:“阎罗大王住在何处?”诸人答言:“和尚,向北更行数步,遥见三重门楼,有千万个力士皆持刀棒,即是阎罗大王门。”①

目连与冥路诸鬼的诗体对答及其后的问答,是在一个场景之中发生的。如此在诗体之后故事情节紧续进展而非告一段落的情形,变文中常见。显然,《大目乾连冥间救母变文》之类变文非如《大唐三藏取经诗话》那样,韵文诗歌在一个故事情节段落的终了处出现,因而,与韵文相伴的“处”也就自然没能承担分隔叙事过程中各故事的功能。

诗体部分既然未有扮演总结故事情节以间隔各段落的作用,那么它在如《大目乾连冥间救母变文》一类变文中的性质功能,与它在《大唐三藏取经诗话》中显见是很不一样的。或许可以说,《大唐三藏取经诗话》以“处”为题分隔各故事段落,并在每一故事段落之末必以韵语诗歌终结的方式,想必是后来兴起的②,虽然这样含“处”的标示方式,与变文讲唱及其文本中的表现之间应存在前后源流关系。

《大唐三藏取经诗话》以韵语诗歌终结每节的方式,透露了时代较为晚近的消息,它在宋代话本中倒是常见的,“像《西山一窟鬼》可以分做十多回,《错认尸》从每段的起诗与结诗来看,也可分做十回。《陈巡检梅岭失妻记》每逢用‘正是’之处,就是一个段落之处(偶而也用‘未知后事如何’的句子)。每个段落开

---

① 黄征、张涌泉《敦煌变文校注》,第1026页。

② 近世通俗文学中类似的分题方式,不妨看20世纪初发现的《刘知远诸宫调》残本,存题目若干:

知远走慕家庄沙陀村入舍第一

知远别三娘太原投事第二

知远从军三娘剪发生少主第三

知远投三娘与洪义厮打第十一

君臣弟兄子母夫妇团圆第十二

与《大唐三藏取经诗话》分题颇有相似之处。郑振铎《插图本中国文学史》曾经提及,人民文学出版社1957年版,第559页。

头总是有四句诗，每个段落结尾也总是有诗两句”。[1]在这方面，《大唐三藏取经诗话》中韵语诗歌的功能与宋代话本更近。

与结构体制相关，还有一项情形值得提及。

如果细致考察《大唐三藏取经诗话》各节的叙述结构，残损乃至非常简略的章节不计，较为丰赡也或许是较为完整的诸节，其实不少都包含了两个乃至更多的故事段落。比如“入香山寺第四”实包含了香山寺和蛇子国两部分；[2]“过狮子林及树人国第五”是狮子林和树人国；“过长坑大蛇岭处第六”则有大坑、大蛇岭和火类坳等三关；“经过女人国处第十”在女人国之前还经过了一“荒屋漏落，园离破碎”的“少人民”之国，且该段落之后，法师、猴行者分别有诗[3]，与现存文本所分的各节的篇末情形相类，庶几可以分隔独立；“到陕西王长者妻杀儿处第十七”包含了两个故事，题目完全不能体现后半部分法师等回京及最终“乘空上仙”的大结局[4]，而前面王长者家的故事，结尾也缀有长者、法师和众人的三首诗[5]，与“经过女人国处第十”中“少人”国一样，也很可以独立出来。

再看提及各节的两个故事，往往其中之一较短小简略：如第五节狮子林甚略，而树人国则完整而细致；第六节的大坑和大蛇岭近乎一笔带过，火类坳白虎精一段则浓墨重彩；[6]第十节不用说女人国是重头戏，“少人”之国只是过场。而且这些相形较为短小简略的故事，都在较详细的那个之前。似乎不能贸然说短小简略的犹如“头回”[7]，只看一节故事中并置两个情节段落，确与后世的章回小说体制有类似处，或许可算显示了后者初步的体制格式。

---

① 胡士莹《话本小说概论》，第 143 页。

② 该节行文先是“迤逦登程，遇一座山，名号‘香山’……举头见一寺额，号‘香山之寺’”，而后“前行百里，猴行者曰：‘我师前去地名蛇子国。’且见大蛇小蛇，交杂无数，攘乱纷纷”。而终了处，法师留诗则曰：“行过蛇乡数十里，清朝寂寞号香山。”是先经蛇子国，而后再到香山，与前文不合。

③ 《大唐三藏取经诗话校注》，第 27 页。

④ 徐朔方为《古本小说集成》本《大唐三藏取经诗话》所撰前言已指出此一情况。

⑤ 《大唐三藏取经诗话校注》，第 48—49 页。

⑥ 同上，第 17—18 页。

⑦ 胡士莹《话本小说概论》，第 138—141 页。

当然，这些表现绝不是现存任何唐五代变文所具有的。

通合以上种种零碎的观察，最简单地说，如果一定要对《大唐三藏取经诗话》的文本体制做出推拟，从其中的韵文部分及章节结构体制观察，它应该是变文类讲唱文学和宋元说话伎艺的中间物，是早期形成的故事经过宋代说话方式乃至刊刻行为的调整之后的结果。

原载《复旦学报（社会科学版）》2014 年第 5 期，此据陈引驰《文学传统与中古道家佛教》，复旦大学出版社 2015 年版。

于阗的毗沙门信仰及“托塔李天王”名号之成立

朱　刚

托塔天王李靖，是神魔小说《西游记》《封神演义》中的重要角色，在中国民间，可谓家喻户晓。历史上的李靖是唐初名将、杰出军事家，若神化为战神，与小说中天兵天将之统帅的身份倒也相合。不过，《封神演义》说李靖是商代的陈塘关总兵，与唐初名将相去甚远；百回本《西游记》则并不叙述李靖的来历，也毫无唐初名将的影子。而且《西游记》在多数场合称其为“李天王”，只偶尔提及其名为李靖。进一步追索与《西游记》相关的一些早期文献，如朝鲜《朴通事谚解》中所存《西游记平话》残文、杂剧《杨东来批评西游记》“神佛降孙”节，以及《七国春秋平话》卷下等，也都只称“李天王”，而不言何名。如果我们把“李天王”简单地看作“李靖天王”的省称，则上述情形多少有些奇怪。所以，笔者本文想提示另一种可能性，即“李天王”之说的产生要早于“李靖天王”。也就是说，民间传说先让托塔天王姓了李，然后再以唐初名将李靖附会之。那么，托塔天王为什么会姓李，就是这里要研究的问题了。

众所周知，托塔天王的原型是佛教中的北方多闻天王，即毗沙门天王。由于对毗沙门天王的崇拜在唐代非常流行，而“李”又是唐朝的国姓，所以我们也不妨先猜测“李天王”之说起于唐朝。然而，宋代有不少笔记、画跋、像赞，提及毗沙门天王或北方多闻天王，并不说他姓李，则“李天王”之说起于唐朝的猜测恐怕是靠不住的。一般认为产生于南宋的《大唐三藏取经诗话》，是《西游记》的前身，毗沙门天王在这个话本中的地位极其重要（几乎相当于百回本《西游记》里的观音菩萨），但天王也并不姓李。换句话说，这个“李”不能从唐朝的国姓简单地得到解释，它应该还有特殊的来历。

托塔天王的“李”姓是从哪里来的？《西游记》中的一个情节，也许可为这个问题的解决提供一丝线索。该小说里有一妖怪金鼻白毛鼠，是托塔李天王的义女。笔者以为，将这头老鼠精与托塔天王联系在一起追索其来历，上述问题便可迎刃而解。

一、毗沙门天王与“金鼠”

毗沙门，梵文 Vaisravana，于阗文 Vaisramana，俗语才是 Vesamana①，译名当来自俗语。希麟《续一切经音义》卷六释：“毗沙门，梵语也，或云毗舍罗娑拏，或云吠室罗末拏，此译云普闻，或云多闻。”②本来，他只是佛教所谓“四大天王”中的一位，即北方天王，其在中国的造像，至晚从唐代起，便是手托一座小塔。但到了《西游记》等近世戏曲小说中，却是既有“四大天王”，又有独立的托塔李天王，可见其地位之特殊。关于这托塔天王的研究，就笔者所知，近代自俞曲园先生发端，见《曲园杂纂》三十六及《茶香室三钞》卷十七“托塔天王”条，略说“塔”之来由；1944 年王逊先生作《云南北方天王石刻记》一文，对雕像的仪轨及源流略有考释③；1958 年柳存仁先生著《毗沙门天王父子与中国小说之关系》，可许为二十世纪有关该课题的最详细深入之论述④；此后比较重要的文章，有章

① 季羡林等《大唐西域记校注》卷一“缚喝国”条下注，中华书局 1985 年版。

② 希麟《续一切经音义》卷六，《大正藏》第五十四册。

③ 王逊《云南北方天王石刻记》，《文史杂志》第 3 卷 3、4 期合刊。

④ 柳存仁《毗沙门天王父子与中国小说之关系》，《新亚学报》第 3 卷第 2 期，收入作者《和风堂文集》，上海古籍出版社 1991 年版。

伯和先生的《兜跋毗沙门天》①，和张政烺先生《〈封神演义〉漫谈》等②，最近则有邹西礼、夏广兴二位先生的《毗沙门天王信仰与唐五代文学创作》③，引述包括敦煌遗书在内的各种文献，以再现唐代毗沙门天王信仰的流行盛况。以上诸先生的文章为此课题的研究奠定了良好的基础，笔者尚能拾其剩义而予以阐发者，首先便在天王与鼠精的关系。

唐代推行毗沙门天王信仰的一个有力人物，是“开元三大士”之一的不空三藏（704—774），他翻译了五部有关的经典，即《毗沙门天王经》《毗沙门仪轨》《北方毗沙门多闻宝藏天王神妙陀罗尼别行仪轨》《北方毗沙门天王随军护法真言》和《北方毗沙门天王随军护法仪轨》。其中《毗沙门仪轨》记录了一则著名的故事，后来被《大宋僧史略》《佛祖历代通载》等史籍所引述。大意如下：天宝元年（742），西域敌国围攻安西，不空三藏为唐玄宗作法，请北方天王神兵救护。天王于是与次子独健率三五百天兵，身着金甲，打退敌兵。敌军营垒中“并是金鼠咬弓弩弦及器械损断，尽不堪用”，只好解围而去。天王在城门北楼上显身，大放光明。安西地方官于是画下其像，进呈朝廷，皇帝乃下令在全国军营中遍立毗沙门天王祠。④

这个故事当然出于杜撰。虽然唐玄宗倡导毗沙门天王信仰应该是事实⑤，但天王神像之传入长安，却不待天宝元年安西进呈，据《图画见闻志》载：“明皇（即唐玄宗）先敕车道政往于阗国传北方毗沙门天王样来，至开元十三年（725）封东岳时，令道政于此依样画天王像。”⑥传自于阗的这个天王像，就是所谓“兜

---

① 章伯和《兜跋毗沙门天》，《觉世》月刊第 22 期。

② 张政烺《〈封神演义〉漫谈》，《世界宗教研究》1982 年第 4 期。

③ 邹西礼、夏广兴《毗沙门天王信仰与唐五代文学创作》，陈允吉主编《佛经文学研究论集》，复旦大学出版社 2004 年。

④ 不空译《毗沙门仪轨》，《大正藏》第二十一册。

⑤ 《全唐文》卷七三〇卢弘正《兴唐寺毗沙门天王记》云：“毗沙门天王者，佛之臂指也，右扼吴钩，左持宝塔……在开元则玄宗图象于旗章……自时厥后，虽百夫之长必资以指挥，十室之邑亦严其庙宇。”可证唐玄宗参与促成了毗沙门天王崇拜的浓厚气氛。

⑥ 郭若虚《图画见闻志》卷五，文渊阁四库全书本。

跋毗沙门天”像，而不空所译上述经典中描述的天王仪轨，也符合此种造像的特征，后文将会详述。其实，关于毗沙门天王种种神力、灵验与何以值得崇拜的说教，早在《金光明经》中就出现了。此经有大量内容涉及毗沙门天王，是毗沙门崇拜的有力载体，自北凉以来即有译本，最通行的是唐高宗、武后时释义净译的《金光明最胜王经》，它也是唐代最流行的大乘经典之一，在敦煌遗书里，其残卷断片甚多。《金光明经》的传抄之盛，自可印证毗沙门崇拜的流行之盛。不空三藏的努力结果，似乎在于密切了毗沙门天王与军队的关系，使该天王几成战神。这一点对于确立该天王在中国民间传说中的身份，即天兵天将的统帅，还是十分重要的。

再来看天王助阵故事本身。此故事里有一个重要情节，“金鼠咬弓弩弦及器械损断，尽不堪用”。对于战斗的胜利，这金鼠所起的作用几乎是关键性的，而且它应该是听从了天王的指挥。我们有理由认为，此处追随天王的“金鼠”与后来成为天王义女的金鼻白毛鼠不无关系。敦煌遗书 P.4518 为一幅毗沙门天王的纸画，其脚下就带着一位鼠神，可见“金鼠”追随天王也早就不是偶然的了。由于该画幅附有于阗文题记，我们就不免要到有关于阗的史料中去追索天王与金鼠的关系。于是我们不难发现，上述情节并非出于想象虚构，而是直接搬用了民间传说，即于阗的“鼠壤坟”传说。

二、“鼠壤坟”传说与于阗的毗沙门信仰

“鼠壤坟”传说见《大唐西域记》卷十二，大意云：于阗的沙漠中鼠大如猬，其毛金色，有一次匈奴来寇，于阗王不敌，遂焚香请鼠帮忙，后来便有大批的金鼠去咬断了敌营里的马鞍、弓弦、甲链等装备，使敌军失去战斗力，损兵折将而归。很显然，这个传说作为一个情节被搬入了上述天王助阵故事，那也许意味着，“金鼠”最初得以追随天王，就在于阗。因为于阗一地不但产生了“鼠壤坟”传说，而且也是毗沙门天王的“故乡”。唐玄宗命令全国军营塑造的毗沙门天王

像，其形制就是从于阗传来的。

按照佛经的讲法，雪山以北属毗沙门天王镇护地区，西域乃至中国都属这个范围。于阗（今新疆和田一带）作为丝绸之路上的重要据点，正是佛教东传的一个中转站，据玄奘所记，"昔者此国虚旷无人，毗沙门天王于此栖止"①，竟以于阗为毗沙门天王之住所。这自然是毗沙门崇拜在当地兴盛的反映。二十世纪以来，因敦煌藏经洞出土的文献中包含了不少于阗文文书，和牵涉于阗的古藏文文书，故学者们得以据此研究于阗国家及其佛教的历史，较早的成果有日本羽溪了谛的《于阗国之佛教》②，近期则有张广达、荣新江先生的《于阗史丛考》③。他们都或多或少地触及了毗沙门天王在于阗的特殊地位，但没有专门从这个角度展开论述，故笔者虽不通于阗文或古藏文，而尚可据汉文史料作些补充。

在笔者看来，毗沙门信仰在于阗的具体展开方式，是以关于毗沙门天王的传说故事，改编了于阗本土的感生神话与开辟神话。《大唐西域记》卷十二载：

> 瞿萨旦那（即于阗）国……王甚骁武，敬重佛法，自云毗沙门天之祚胤也……（其王）齿耋云暮，未有胤嗣，恐绝宗绪，乃往毗沙门天神所祈祷请嗣。神像额上剖出婴孩，捧以回驾，国人称庆。既不饮乳，恐其不寿，寻诣神祠，重请育养。神前之地忽然隆起，其状如乳。神童饮吮，遂至成立，智勇光前，风教遐被。遂营神祠，宗先祖也。自兹已降，奕世相承。

依此，则于阗王室乃是毗沙门天王的后代了。敦煌藏经洞所出藏文文书中，尚有如下说法：印度 Dharmasoka 王的王妃在莲花池里沐浴，适值毗沙门天王从空中经过，王妃感而怀孕，产下一子，后为于阗国王。二十世纪初斯坦因在新疆和田丹丹乌里克遗址中，曾发现残破的毗沙门天王塑像，其旁有一幅壁画，画着一

① 《大唐西域记校注》卷十二"瞿萨旦那国"（即于阗国）条下。
② ［日］羽溪了谛《西域之佛教》第四章《于阗国之佛教》，贺昌群译，商务印书馆 1999 年版。
③ 张广达、荣新江《于阗史丛考》，上海书店 1993 年版。

位美女沐浴在长着莲花的池上，下方有一小孩。当即表现这一感生故事者。[1]

世界各民族的早期神话，几无一不以本族先祖为天神之子，我国汉族商周先祖如斯，他族亦然。佛教传来后，又在传说中将其血统与印度联系起来，故于阗王室被说成天神与印度王族的后代。但是，作为先祖来源的这个天神，在最初的传说中，应该是于阗本土所信仰之神灵，须待佛教流行甚久以后，才会以佛教神灵如毗沙门天王，来取代该族的原始天神。这一点虽然没有确证，而论理应当如此。所以，天王赐子的故事当是原始感生神话的改编版。

与感生神话情况相似的是开辟神话。敦煌藏文文献《西藏传》中说，于阗国之地本是一片汪洋大海，佛遣弟子舍利弗与毗沙门天王奋神力决海，始有陆地。[2]在莫高窟晚唐至五代宋初的壁画中，多有表现此故事的，如 231、237 窟西壁龛内盝顶北披东下角，及 9、454、39、340、334、401 等窟的甬道顶部，等等，敦煌遗书 P.3352 存此类故事画的榜书底稿十余行，其中亦有“于阗国舍利弗毗沙门天王决海时”一条。此画在敦煌流行，显然是因为归义军政权与于阗国关系友好之故。这故事的原型，必为彼地先民的开辟神话，被佛教徒加以改造，用佛教人神取代了当地的原始神灵。

在佛教传播的历史上，以关于佛教神灵的故事来改造当地固有的神话传说，乃是常见的情形。在中国，也曾有佛教徒想把孔子、老子说成儒童菩萨与迦叶的化身，只因中国的传统文化极为强大，故其说不显，而在于阗，则成功地改编了当地的感生、开辟二种神话，用毗沙门天王替换了其本地的原始天神。不难想象，此天神原来所拥有的一切光彩，及于阗一地原有的许多神奇故事，都会转移附益到毗沙门天王的身上，使有关的故事丰富完整起来。来自于阗“鼠壤坟”传说的“金鼠”，之所以成为天王的追随者，亦不外此故。《全唐文》卷七九一土洮《慧聚寺天王堂记》[3]云：

① ［英］斯坦因《沙埋和阗废墟记》第十八章，殷勤等译，新疆美术摄影出版社 1994 年版。

② 详见羽溪了谛《西域之佛教》第四章。

③ 此文《吴都文粹》卷八作《昆山天王堂记》。

谨按释氏书云，天王生于阗国，作童儿时，犹能血镞射妖，遂去走天竺，遇金仙子，授记护阎浮提，补多闻王……

此文作于大中三年(849)，由文中可知，当时于阗已成传说中的天王故乡，而天王赐子故事，也已演化为天王本人的来历及成长的完整“本起”。我们有理由认为，这完整的“本起”必形成于于阗国，然后传入唐朝内地，而此完整“本起”故事的形成，就标志着毗沙门崇拜的成熟形态。可惜，由于史料的缺乏，我们已无法窥其全豹，但一鳞半爪依然能够捕捉到的，除了上引的一篇记文外，《一切经音义》卷四十著录《佛说毗沙门天王成就经》，此经很可能就是记文中说的“释氏书”，即于阗王西行遇佛授记补多闻王的完备讲述，经文今虽不存，而《音义》条目中尚存有“于阗”词条，却是一个确凿的证据。《一切经音义》卷六十著录的《大唐中兴三藏圣教序》下也有“于阗”词条，其中说：“此国界有二天神。一是毗沙门天王，往来居于阗山顶城中，亦有庙，居七重楼上；一是天鼠神，其毛金色有光，大者如犬，小者如兔，甚有灵，求福皆得，名鼠王神也。”[①]这说明唐人印象中的于阗，就以毗沙门天王与“金鼠”为特色的。

在于阗国成立的完整成熟的毗沙门天王崇拜，也在造像形制上固定了下来，即著名的“兜跋毗沙门天”。于阗人民接过印度传来的素材，把他们的艺术创造凝聚在这一造像形制中，再把它传向西藏、中原，乃至日本。在这一过程中，他们起了最重要最关键的作用。当然，因为于阗本地的史料残缺不全，我们只能参考中原的文献，以及敦煌留下的文字和形象资料，略做推考。

三、兜跋毗沙门天

于阗式的毗沙门天造像，唐玄宗时已经传到了中原，但敦煌莫高窟大量出现独立的毗沙门天像，却要晚至中唐以后，如154窟龛外的塑像、南壁西侧的两

① 慧琳《一切经音义》卷六十，《大正藏》第五十四册。

幅壁画、107 窟西壁帐门南北两侧壁画等。那大概是因为此时的敦煌被吐蕃所占领，而吐蕃同时也占领了于阗，故毗沙门天王随同其与舍利弗决海的故事，在莫高窟一再地被表现。其毗沙门天皆一手托塔，一手执戟，脚下踩一女神。由于决海故事本属于阗的开辟传说，故壁画的形制当然是从于阗传来的。张议潮起义后，敦煌由归义军统治，一直到北宋，跟于阗国保持友好关系，曹议金且将女儿嫁给于阗国王李圣天，双方交往频繁，故于阗的各种传说故事如媲麻城瑞像、坎城瑞像、勃迦夷城瑞像、于阗太子出家等，包括决海故事，遂反复见于敦煌壁画的描绘。[①]另外，尚有 P.4514 中木刻十数印张，榜题“大圣毗沙门天王”，其侍从中有一人手执一个小孩，或许便是表现赐子于阗王的故事。像下有跋记，厶是五代晋开运四年归义军节度使曹元忠刻。此刻像为较早的雕板印刷品，有散张曾为王国维先生所得，写过跋文，王伯敏《中国版画史》亦录入。又 P.4518 有天王像，P.4524 破魔变画卷中也有毗沙门天，大抵都是同一类造型。所以，敦煌的形象资料可以证明托塔执戟、脚踩女神的毗沙门天造像形制来自于阗。

从中国向东，渡海而至日本。据传入唐留学的高僧空海，于西元 806 年携一尊大型木雕自长安归日本，此木雕名为“兜跋毗沙门天像”，当时被安置在平安京（今京都）正门的罗城门楼上，作为此城的守护神。罗城门倒塌后，便搬到东寺（又称教王护国寺），一直保存至今，成为日本的国宝。[②]这“兜跋毗沙门天像”的形制与上述敦煌资料中的造型完全一致，故我们以此名来称呼该造像。

当然，接下来的问题就是：“兜跋”一词是什么意思？此名必唐代已有，然后乃可流传日本。《大正藏》第七十六册《行林》第六十五《毗沙门法》中有“兜跋事”条，引《大梵如意兜跋藏王经》云：

> 彼如意藏王，北方恒河沙国土之中……能变万像，度诸众生，即现十种降魔之身。云何为十身十号？一者无量观世音自在菩萨，二大梵天王，三

① 详细请参考张广达、荣新江《敦煌“瑞像记”、瑞像图及其反映的于阗》，《于阗史丛考》，第 212 页。
② 详见章伯和《兜跋毗沙门天》，《觉世》月刊第 22 期。

者帝释天王，四者大自在天，五者摩醯首罗天，六者毗沙门天王，七者兜跋藏王，其威德亦如毗沙门天王身相貌，忿怒降魔，安祥圆满，有无量福智光明，权现兜跋国大王形象，八多婆天王，九北道尊星，十者牛头天王。

按此经今不存，大意以上述十尊神道，为北方宝生如来之变相。此种密教经典，总是以“变相”“化身”之类说法，为主要的手段，想去综合整理先前的许多各不相属的神话传说。与此经相似的，有《大正藏》第七十九册《秘抄问答》第十四本“毗沙门”条下所引的《秘密藏王经》：

我为未来世一切众生而作大归依所，最显三身名字，一者毗沙门天王护世者云，二者羯咤天王云，三者不思议王云。

同册《薄草子口诀》卷二十“毗沙门天”条下所录经目中，便有《佛说毗沙门天王秘密藏王咒经》，想即此《秘密藏王经》，惜已不存。综上所述，除“不思议王”一名比较抽象外，其余羯咤天王、兜跋藏王、多婆天王、北道尊星、牛头天王数名，我们都可以看作毗沙门天之别名，或采用密教的说法，为其“化身”。

因前引材料中有“权现兜跋国大王形象”的说法，前代学者多释“兜跋”为西域之国名，或径读为“吐蕃”。但我们从造像上可以确信，所谓“兜跋毗沙门天”者，实即于阗国所崇拜之毗沙门天，上述诸名中，“羯咤”一词，中古的发音便当近于 khotan(于阗)，或可为证。至于因何缘故而以“兜跋”称呼该国，则殊不易解。于阗在五代时曾号“大宝于阗国”，见于敦煌石窟壁画之榜题，未知此“大宝”是否与“兜跋”有关？但笔者颇疑心“兜跋”实为梵语 stupa 的对音，而与国名无干，此词有“塔”“塔婆”“兜婆”等好几种译法，都是音译，“兜跋”疑即其一。果然如此，则“兜跋毗沙门天”不过就是“托塔天王”的意思，与造像上的特点也相吻合了。很有可能，“多婆天王”之“多婆”，根本便是“兜跋”的另一种译音。此外，“北道尊星”显从“北方天王”化出，而“牛头天王”，则必与于阗的牛头山有关，因为那里便是毗沙门天的降临之地。①

① 参见《大唐西域记校注》卷十二“瞿萨旦那国”条注文所引证的诸种材料。

总之，以托塔为主要特征的“兜跋毗沙门天”造像形制，是从于阗传出，这一点已可无疑。

四、托塔天王

手托一塔既是于阗式“兜跋毗沙门天”的最主要之特征，则托塔的意味何在，当须追究。在中国史料中，托塔像出现甚早，如《宣和画谱》就载有陆探微《托塔天王图》①，如果属实，则六朝时已有此像（但这一点也许值得怀疑）。以后，有唐代吴道子的《托塔天王图》《请塔天王像》②，周昉的《降塔天王图》《托塔天王像》《授塔天王图》③等见于《宣和画谱》，另外《图画见闻志》和《益州名画录》也载有常重胤的《请塔天王》。④这些作品都没有留存下来，但托塔的形象却一直流传。鉴于以上记载中尚有“请塔”“降塔”“授塔”字样，则可以猜测，关于这塔的来历，必曾有过一个故事。《广川画跋》有《北天王像后题辨》云：“昔余尝得内典，说四天王所执器，皆报应中出。北天，毗沙国王也，尝兵斗不利，三逃于塔侧。方其困时，愿力所全……”⑤这是说，毗沙门天王前生曾以佛塔为避难之所，故后来成了天王，就常托一塔。此说出自“内典”，“内典”即佛经，但没有指出是哪部佛经。唐代曾以于阗国为“毗沙都督府”，故“毗沙国王”可指于阗王，那么这里的“内典”或许跟《慧聚寺天王堂记》说的“释氏书”相同，即很可能是《一切经音义》卷四十著录的《佛说毗沙门天王成就经》，可惜现在已经遗佚了。

所幸的是，敦煌遗书 S.4622《毗沙门缘起》却叙述了关于塔的来历的故事：

> 佛告阿难：汝今谛听，当为汝说。乃往过去无量劫前，我未发菩提心时，有二国王，一名频婆仙那王，一名阿实地西那王，两国怨家，递相伤害。

① 《宣和画谱》卷一“陆探微”条下，文渊阁四库全书本。

② 《宣和画谱》卷二“吴道玄”条下。

③ 《宣和画谱》卷六“周昉”条下。

④ 郭若虚《图画见闻志》卷二、黄休复《益州名画录》卷上“常重胤”条下，文渊阁四库全书本。

⑤ 董逌《广川画跋》卷六《北天王像后题辨》，文渊阁四库全书本。

其频婆仙那王为国富兵强人民炽盛，开战得胜。其阿实地西那王为兵弱国虚，恒常输失，乃发意于国内常祭祀五百夜叉，令食啖频婆仙那王一国人民。其频婆仙那王见是事已，于舍利塔前供养众僧及七个罗汉，便舍王位，发大誓愿："我今身为国王，若救护众生不得，枉受王位。愿我当来之世作大力夜叉王，押伏驱使一切夜叉、罗刹、恶鬼神等，护阎浮提世界一切众生。"便自出家，命终生兜率天上。

时夜摩天有一仙人，名摩末吡摩，自念过去诸仙于香山禅定谷修定，易得神通，"我今当下阎浮，于彼修定"，即从天下。时魔波旬乃发遣五百天女亦随。仙人住处有一莲花池，天女等每日于池中澡浴，露出身体，或（惑）乱仙人。时有转轮王女，未嫁已前，常涂香药，亦随天女，池中洗浴。仙人自恨修定不得，便告诸女："从今已后，勿于此处洗浴，各归本天。"其天女等便归天宫，唯有轮王女不相用语，每日常来。仙人嗔责咒愿："汝既玩嚣，不用我语，愿你生一着钾戴器杖儿。"

天帝释观见此事，语频婆仙那王："汝有誓愿，护阎浮提世界一切众生，莫遗本愿。汝于此女受胎。"其王即从天下，便于女处受胎。十月满已，于母腹中放五色神光，一切夜叉、罗刹、阎罗王、诸恶鬼等皆生恐怖，诸毛皆竖，战悚不安。其母即从领下烈（裂）生毗沙门天王，生已，母便命终，得生天宫。毗沙门天王生经七日，肉身上天宫往看其母，其帝释观见毗沙门天王上天，共功德天母手擎舍利塔，迎毗沙门天王："汝于过去世，于此塔前发大誓愿。汝收此塔，当省前事。"

此叙塔事甚备，而古人图画中所谓"请塔""授塔""托塔"等名，也由此得到确切的解释。不过，这个故事与《广川画跋》所述的有差异，又《大正藏》第二十一册《七佛八菩萨所说大陀罗尼神咒经》卷四，及《陀罗尼杂集》卷七皆云"毗沙门父字婆难陀，母字苏富"，看来也与这篇《缘起》的内容不合，因《缘起》中的天王不能有父。所以，关于毗沙门天王的故事，历史上必曾产生过不少，即就托塔的原由而言，也会有过不同的说法，《缘起》所述盖为其中的一种。然而，以此解释

“兜跋毗沙门天”像仪轨中最突出的托塔一项，似已足够了。

除了托塔外，“兜跋毗沙门天”还有一个显著特征，就是其脚下踩一女神。这女神是坚牢地神，又名欢喜天，曾发愿顶戴天王之足。此据《金光明经》可以简单地得到解释，故不详叙。

五、李　天　王

现在回到本文开头提出的问题，就是托塔天王为什么会姓李？既然天王的“故乡”在于阗，我们便可从于阗去寻求答案。

新旧《五代史》和《宋史》都记载了一个名为“李圣天”的于阗国王，他是敦煌归义军节度使曹议金的女婿，莫高窟第 98 窟东壁有他的画像，榜题为“大朝大宝于阗国大圣大明天子”，按敦煌研究院段文杰先生的描绘，其像“头戴旒冕，上饰北斗七星，头后垂红绢，高鼻，大眼，蝌蚪式的八字胡，身穿衮龙袍，腰束蔽膝，双脚有天女承托。天女托足，大约是摹仿毗沙门天王像的形式，故腊八燃灯节布告中称此像为‘大像天王’，另有称作‘小像天王’的，在第 454 窟东壁同一位置上，造型特点及衣饰均相同”①。按此说至确。李圣天立在繁花地毯上，毯下伸出半身欢喜天，有项光，双手托其足，此为毗沙门天王造像之特征；而冠饰北斗七星，当即含“北方”之意；将此李圣天像称为“大像天王”“小像天王”，则李圣天当然也可称“李天王”。在唐五代，异族的首领常有“天王”之称，如 P.5007 所录诗中即称北庭回鹘首领仆固俊为“仆固天王”，S.6551《佛说阿弥陀经讲经文》也屡称回鹘国主为“天王”。值得注意的是，此讲经文中，还称回鹘国主为“圣天可汗”。可想而知，“圣天可汗”与“天王”是同一词(唐太宗那个颇足自豪的“天可汗”称号，其实也与“天王”不殊，西域各族上此尊号，是依他们称呼自己首领的习惯，并不特别崇高)。因此，于阗王李圣天，即“姓李的圣天可汗”，亦即“李天王”。

---

① 段文杰《晚期的莫高窟艺术》，《敦煌石窟艺术论集》，甘肃人民出版社 1988 年版。

此为历史上真实存在过的"李天王",其时间在五代,远早于"李靖天王"之说的出现。鉴于于阗国王向有毗沙门天王"祚胤"之称,则其名号自也可以加于毗沙门天王的身上。故以"李天王"称呼毗沙门天王,当始于于阗。那么,产生在五代于阗的这个说法何以能传入后世中原的戏曲小说呢?这大概是以西游故事(即玄奘西行时种种神奇遭遇)为其传播之载体的。取经故事的神话化,从唐代就开始了,以后逐渐产生孙悟空等形象。敦煌附近的榆林石窟有西夏时代壁画三幅,画的是西游故事,内容有唐僧、白马与猴行者,可见当时河西、西域一带此故事传衍之盛;而壁画里还没有猪八戒、沙和尚的形象,可见尚属此故事的早期形态。《西游记》的基本情节虽是从中原传向西域,但它在传衍过程中吸收了许多来源不同的小故事,其中也有些故事和妖怪形象的原形在西域,是托附在西游故事的载体上,从西域返传内地的。如上文说到的金鼻白毛鼠为天王义女的情节,就显然是从于阗传入,依笔者的推想,将毗沙门天王称为"李天王",也是从于阗传入的。伟大的古典小说《西游记》的形成,原是汉族与西北各民族共同创造的结果。

不过,于阗王室的姓氏,向来被译为"尉迟",据今人对敦煌出土于阗文文书的研究,李圣天的姓名是 Visa Sambhava(尉迟僧乌波)①,那么这个"李"姓是他与汉族交往时特意使用的了。其原因大概如《宋史》所云,为"自称唐之宗属"②。果然如此,则此"李"姓的来源,仍然间接地关涉到大唐国姓了。无论如何,五代时于阗王的汉字姓氏为"李",乃是确凿的事实。鉴于其为毗沙门天王的后代,那么天王的姓氏当然与之相同,也是"李"。

原载陈允吉主编《佛经文学研究论集续编》,复旦大学出版社 2011 年版

① 关于五代时期于阗王室的问题,详细请参考张广达、荣新江《关于唐末宋初于阗国的国号、年号及其王室世系问题》,《于阗史丛考》,第 32 页。

② 《宋史》卷四九〇《外国传》六,"于阗"条下,中华书局 1977 年版。

中古佛教文学研究:回顾与展望

陈引驰

一、概念的厘析

首先,我想对“佛教文学”这一概念做一厘清,因为关于这一领域的研究,大家可能可以意会,但诸如“佛教文学”“佛经文学”“佛经翻译文学”或“佛教和中国文学”等很多的说法,或许真的需要做一个界定。

(一)“佛教”与“佛学”之差异

关于界定,首先想提一下“佛教”这一概念。

有一些研究著作与论文,包括我以前写过一本书《隋唐佛学和中国文学》,用的是“佛学”这个词不是“佛教”这个词,两词之间还不是完全一致的,是有差别的。“佛学”应该着重讲的是义学、义理,以佛教的义理为主;“佛教”的范围当然要广一些,因为相对来讲,我们的宗教研究还不够开展和丰富,可能有很多理解还不是那么清晰。作为宗教,佛教的范围要广泛得多,它可能包括人物、经典、仪式和信仰等等,当然也包括义理,可以有很多很多的层面。

如果说“佛学和文学”,那大部分工作或许是集中在义理上。而我觉得更合适的是用“佛教”这一概念,因为“佛教”这一概念相对来讲比较宽广一些,如果要考虑“文学与佛教”的关系的话,那么它的研究范围要比“文学与佛学”的研究要广阔。因为有一些问题在佛学的范围里不能包括进去,比如一些信仰的层面。信仰这一层面你当然可以说有义理，但信仰宗教的人，如一个基督教徒不需要是一个神学家，不需要对理论有很深的了解，如一个信仰佛教的人可能会读过一两部佛教经典，但他不需要很系统很完整的了解。如果考虑信仰的层面，比如观音的信仰、文殊的信仰以及西方净土的信仰等等，在文学里面都有表现，这些恐怕也谈不上有很多义理方面的成分。所以，我觉得用“佛教”的概念要比“佛学”的概念更为合适，因为它更为宽广一些。

（二）佛教文学、佛经文学、佛教与中国文学

在明确了“佛教”的概念比“佛学”的概念更恰当之后，我想讲的是“佛教文学”“佛经文学”“佛教与中国文学”等概念的区分。

在这之前，陈允吉老师主持编写过两部书，我也都参与了：一部是 1997 年上海文艺出版社出版的《佛教文学精编》，一部是 1999 年上海古籍出版社出版的《佛经文学粹编》。我们当时的设想是作为教材来编写，展示“佛教文学”或“佛经文学”里面的内容大概是怎样的。在书的前言后语里面，虽然没有非常明确地讲，但通过编目，可以清楚地看出大概的设想。

1. 佛经文学

如果比较明确地说，“佛经文学”的范围要比“佛教文学”的范围小。如 1999 年出版的《佛经文学粹编》基本从佛经里面取材，佛经就是指《大藏经》，即中国历代编纂的佛教《大藏经》，那些佛经中相当的部分是具有文学性的，《粹编》发凡起例，试着选取典型的篇章，汇集一书之中，分为“名篇选释”“短偈拾萃”“释尊本行”“缘起故事”“本生因缘”“文学譬喻”“佛经寓言”“天竺物语”“哲人传记”等几个部分。

2. 佛教文学

而对于“佛教文学”，设想范围更大，分了三部分，一部分是佛经文学的部分，从佛教的经典里面选取的部分；一部分是俗文学的部分，包括传奇传说，敦煌出土的王梵志的诗、敦煌变文等；还有一部分就是文人文学的部分，是文人雅士的文学，包括文章、诗歌等：大致以“佛经文学”（包含“经典名篇”“佛陀本行”

“缘起本生”和“寓言譬喻”)、“通俗文学”(包含“化俗诗歌”“呗赞佛曲”“传说志怪”“变文讲唱”)、“诗文小说”(包含“释子清韵”“文人题咏”“骈散文掇”“传奇小说”)三编共十二部分统摄。

从中可以看出,我们的基本的概念就是“佛教文学”是最大的范畴,“佛经文学”是“佛教文学”的一部分;而“佛教文学”里还有一个部分就是“佛教与中国文学”。

3. 佛教与中国文学

“佛教与中国文学”,简捷地说,就是中国文学传统之中与佛教有关的那部分文学。或者这些并不是为大家都能普遍接受的观点,如今学界似乎对于这些概念还没有形成共识,还没有统一的界说。但就个人来讲,觉得有一个比较清楚的概念后,对自己所从事的工作属于哪一部分,会明了些,或许也可以有一个全局视野在胸中。之所以先谈谈这些,大概就是这样的想法。

4. 基本的学术立场

还有一点就是研究“佛教文学”也好、研究“佛经文学”也好,研究“佛教与中国文学”也好,不管从事哪一部分,就个人来说,不妨采取一个基本的立场,即一个中国文学研究者的立场;每个做研究的人,都是有一个基本立场的。反省之下,最后的立足点还是在文学上,还是在中国文学上。事实上,你不可能在读完全部的佛经、接受了全部的佛学研究训练之后,再来做文学的研究;而且实际上,你计划从事怎样的文学研究,或许就得去熟悉不同的佛教传统:比如你要做王维、白居易、苏轼这些精英诗人、主流文人的研究,那么你读的经典可能就得是《金刚经》《维摩诘经》《楞伽经》等,因为这些经典大约文人都会读,是他们眼熟心谙的;而如果你要研究俗文学,那你大概就要去读《地藏菩萨经》《父母恩重难报经》等等。这两种经典差别是非常大的,你有了自己的立场和角度,明白自己要做的是怎样的文学研究,明白自己关心的文学是与佛教哪一部分相关,然后才能切实而深入地去建立自己对文学乃至佛教的了解范围和知识系统。

(三)为什么是“中古”?

如果要撰著整体的中国佛教文学史,会是一个非常艰巨的工作,因为范围非常之广，时段很久长，处理起来将比较困难。自从佛教传入中国以后，佛教与中国文学之间的关系就始终贯穿，基本上从中古以后一直持续到近代乃至现代，这是一个非常长久的历史时段。从宏观上分析把握，佛教与文学关系历程的定位，需要在整个中外文化交流的历史中定位。晚清有“二西之学”的讲法，一个“西”是指“西天”，即中古时期的天竺；一个“西”是指“西方”，即近世之后的欧洲。回顾中外文化交流的历史，主要有三大时段，以两个文化大交流动向为界石：一个是中古时期佛教的传入，它对中国文化的影响是非常之大；再就是从明清开始陆陆续续发展到20世纪其实现在都还没有完全结束的东西方的接触、冲突和交融。

从这样一个宏观的范围再来看，佛教文学的漫长历程，或许可以大致分为两个时期：

1. 中古融合期

关于佛教何时传入中国，有很多不同的说法，但两汉之交应该是没有疑义的。从佛教传入之后，与中国文化、文学有很多的接触，但它真正进入中国文化主流，其实是在晋室东渡之后。什么是进入文化的主流？就是对当时主流文化精英的士人之精神世界发生影响，对他们的思想、情感世界产生影响。这个情形，大约发生在晋室东渡以后。看《世说新语》的《文学》篇就非常清楚，它体现了当时学术思想的发展脉络，这个过程从经学的郑玄等人到玄学的王弼、何晏等人，再到佛学的支遁等僧人和学佛读经的名士，从经学到玄学到佛学展现的正是魏晋时代学术思想发展的主流。在晋室东渡之前，不仅是《世说新语》中，就是中古时期其他的材料中，僧人跟精英诗人、文人接触的材料很少。东晋之后开始，他们的关系才越来越近，才密切起来，材料才多起来，所以可以认为东晋以后，佛教才进入精英文化的主流，进入精英文士的精神和思想世界。这里讲的“中古”可能不仅是如近代刘师培《中古文学史讲义》所指的今天文学史学者比较认同的“中古”，也就是包括魏晋南北朝的那个“中古”。实际上，从更广阔的历史的视野来看，所谓“中古”应该包括唐代，即魏晋南北朝到唐代。唐代的中后期以后有一个很大的变化,现在越来越清楚,越来越多的学者都认同这一点,而且从各个方面都可以肯定这一点,中唐以后到北宋的变化是非常深刻的。日本内藤湖南所谓"唐宋转型",唐宋转型的关键时刻就是从中唐开始的。中古时期的六朝隋唐在很大程度上是一体的发展过程,那么从文学来讲是不是这样?其实文学来讲也是这样。

就从佛教对文学的影响来讲,我觉得六朝到唐代也是一个一体的过程,也是不能打断的。东晋时期佛教进入中国文学的主流,与精英士人发生直接联系,关系越来越密切。但是有一点,六朝时候有许多文人对于佛学的修养是非常深厚的:比如谢灵运,如今我们知道他是略通梵文的,而且《与诸道人辩宗论》这样的文章本身就是当时佛学的重要文献;比如刘勰,实际上对梵文也是有一定了解的,他的老师僧祐的《出三藏记集》,是非常重要的中古佛教文献,里面就有对比梵语和汉语异同的文字,虽然《出三藏记集》的这些具体文字未必出诸刘勰的手笔,但既然参与了此项工作,老师的著作他肯定是读过的,所以他肯定对梵语有基本的了解,具备基本的知识;再如沈约、萧统、萧纲、萧绎等,他们都撰写有相关的佛学论文,在《弘明集》等佛教文集之中都有所体现,佛教的观念和在他们的诗文中也有体现。我们要说的是,这些体现相对还处于初步的阶段:如谢灵运,有许多学者讨论谢灵运跟佛教的关系,不仅在佛教接触和佛学义理方面,而且说他的诗中有很多佛教的痕迹,这当然是成立的,但其实谢灵运的作品中很难区分出哪些是佛教的影响,哪些是玄学或其他学说的影响,他处于一个比较混杂的状态,不是那么纯粹的;再如沈约的诗,很少能看到佛教的影响,他可以写论文,但在他的诗文作品中佛教的痕迹不是那么清晰。我想,或许在那一时代文人的头脑中,处理佛教的文字和传统意义上的诗文之间,还有着文类的间隔,六朝文学的文体概念非常发达,他们很容易有这样的分别意识;而他们关于佛教的文字也在一个与传统诗赋写作非常之不同的场合、环境中形成。这些观念上和制度性的原因,决定了当时文学诗赋与佛教因素的相对隔膜。佛教和文学的融合得有一个慢慢地逐渐发展的过程。一直到唐代,到王维、到白居易这些人那里，这个过程才基本完成，两者之间才显得融合无间。这个过程不能因为魏晋六朝隋唐在政治上的朝代阻隔就把它们打断，应该把它们看成是一体的。到了唐代，中国文人对于佛教基本上是从不熟悉到熟悉，从虽然熟悉但在文学中的表现不是那么纯熟还比较生硬，到慢慢融洽且融合无间，达到很高的成就并充分表现出来的这样一个过程，到唐代结束，这是一个自然的过程，这个时段可以看成是一个独立而完整的过程。这个过程可以看成是前半段。

2. 近世流衍期

后半段，基本是宋代以后了。如果前面一个时段要加一个标签的话，那可以说是一个融合的时期，佛教和文学的融合时期；那之后可以说是一个流衍时期。流衍时期的发展是如水银泻地，无孔不入的。佛教在文学的各个方面都有非常充分的表现，在文人的笔下多姿多彩，通俗文学中也有丰富表现，在戏曲、小说中俯拾皆是，面非常广，可谓全面铺展开来。随着它的铺展，它有很多时候跟其他中国本土的信仰、其他的宗教如道教完全糅合在一起，虽然早期的中古时代也有多元宗教传统和多个精神传统交错糅合的情形，但近世的状态非常奇妙，似乎更多是出自文学创作者的有意穿插、拼贴和构设，比如大家非常熟悉的《西游记》，太上老君住在兜率天宫炼丹，一个道教的人物却住在一个来源于佛教的宫殿里面。当然这里面许多也是基于那个时代普遍的社会认知和文化想象，佛教与其他传统在近世的发展中是完全打通，完全混合在一起的状态。

我以为，从很多方面来看，如果要把中国佛教文学的整个时段作一个分期的话，唐宋之间就是一个分断，之前是融合时期，之后是流衍时期。当然也不是绝对地讲，有一些情况，比如如果你要研究禅和诗人的关系的话，那当然在很大的程度上，苏轼、黄庭坚这样的诗人和唐代诗人还是有一脉相承的地方，从相关的脉络、相关的线索上，我们可以将他们连续起来考察。但如果我们从很高的角度作一个非常宏观的鸟瞰的话，我认为似乎应该分为中古的融合和近世的流衍这两个时期。

二、历史的回顾

(一) 早期

1. 古代的关注

佛教进入中国后,既对文学曾经发生了深刻的影响,那么对这一现象的关注,很早也就开始了。鲁迅《中国小说史略》里胪列文献,举出了与吴均《续齐谐记》中《阳羡鹅笼》相关的三个文本,即《旧杂譬喻经》《灵鬼志》《续齐谐记》,清楚勾勒了"阳羡鹅笼"故事的源流演变,指出它们的传承关系。其实这个传承关系不是鲁迅首先发现的,唐代的段成式在《酉阳杂俎》中就明确指出了这个传承关系,《续齐谐记》中的阳羡书生的故事是从佛经《旧杂譬喻经》中来的。

唐代是佛教文学发展的一个高峰,那时候对文学中的佛教影响,还是颇有留心者的。除了前面提到的段成式关注叙事性文学的原型和素材的传播,对以往和当下的诗歌,也都有涉及:皎然《诗式》评论其先祖谢灵运时,谈及所谓"得空王之助";刘禹锡与诗僧颇有交往,因而曾经梳理了当时江南诗僧的脉络,并且指出诗僧因信奉佛教,其创作有其优长,《秋日过鸿举法师寺院便送归江陵序》云:"梵言沙门,犹华言去欲也。能离欲,则方寸地虚,虚而万景入,入必有所泄,乃形乎词。词妙而深者,必依于声律。故自近古而降,释子以诗闻于世者相踵焉。因定而得境,故翛然以清;由慧而遣词,故粹然以丽。信禅林之葩萼,而诫河之珠玑耳。"①

有关佛教与文学关联性的此类论说,中古以下,绵延不断,虽乏鸿篇巨制,但如满天星斗,不胜枚举。至于近代,不少犀利的观察、论断更可为后世的研究张本。②沈曾植学问广博,于佛教尤有深解,曾提出许多富于洞见的观察,如指出

---

① 《刘禹锡集》下,中华书局 1990 年版,第 394 页。

② 当然,有些分析议论,虽新奇可喜,也未必能成说,如刘师培 1905 年在《国粹学报》上就发表过《贾生鹏赋多佛家言》(参戴燕《魏晋南北朝文学史研究入门》,复旦大学出版社 2009 年版,第 27—28 页)。

中唐时代的密宗壁画对诗人创作有微妙之影响：他以为韩愈的《陆浑山火》可“作一桢西藏曼荼罗画观”，而韩的另外一首诗《游青龙寺》“竟是《陆浑山火》缩本，吾尝论诗人兴象与画家景象感触相通，密宗神秘于中唐，吴、卢画皆依为蓝本，读昌黎、昌谷诗，皆当以此意会之”。①

但我们也必须承认，真正把佛教与文学作为一个严肃的学术课题来研究，用比较严肃的态度，比较严格的方法来考察这个领域，这项工作基本上是从二十世纪以后才有的，是从“五四”以后才有的。现在常讲“五四新文化运动”，这当然是对的，但“五四”也是新学术的运动。文化包含很多方面，伦理、政治、宗教各个方面，有文学，也有学术，如胡适的一篇《红楼梦考证》，便非常重要，与旧红学就完全不一样。“五四”以后，佛教与中国文学的关系才作为严肃的课题得到研究，这里面有一些人物做出了关键性的贡献，必须提及。

2. 近代的人物

比如梁启超，关于佛教，他写过许多文章，特别是《佛学研究十八篇》有一篇《翻译文学与佛典》(1920)，是用翻译文学这一概念来观察佛教经典里面的文学部分。他的这篇文章，主要考察佛典翻译里面的人物、典籍、文体，因为有的直译，有的意译，有的很有文采，有的质木无文，他对一些不同的翻译做了比较，这是早期非常有意思的工作；特别是文章的最后一部分，梁启超讨论到“翻译文学之影响于一般文学”，举列了“国语实质之扩大”“语法及文体之变化”“文学的情趣之发展”三个方面加以阐说，可以说是发凡体例。

还有胡适的《白话文学史》上卷(新月书店，1928)，专列了两章“佛经翻译文学”，这是非常重要的一步。佛经文学，比较早期以“佛经翻译文学”为名义，更受学人关注。胡适的这部书，基于二十年代授课而逐渐形成，叙述佛经翻译文学的两章，基本是取材于佛经的，讨论的主要是佛经的文学性。应该说，胡适当时已有很清楚的意识，要将佛经中具有文学性的那部分纳入文学史的框架来考

① 沈曾植《海日楼札丛》卷七，中华书局1962年版，第280—281页。

察。我们知道，后来很多重要学者在大学课堂，都开过“佛经翻译文学”或“佛典翻译文学”的课，如陈寅恪、周一良、顾随等：陈寅恪先生开的这门课，根据他留下来的一些资料和后人的记述、回忆，实际上不是以文学为主，而是以佛经的校读为主，多少是他在德国学佛经对勘学的余绪，读的是一些比较重要的经典如《高僧传》，其实不是以文学为重点的；周一良先生在四十年代后期从哈佛回国，开过这门课，但为时甚短，当时撰有《论佛典翻译文学》一文，刊载在《申报》的文史副刊上；顾随先生的课或许稍晚些，今天能看到他编的《佛典翻译文学选——汉三国晋南北朝时期》讲义，前有引言，后有结语，各篇选文有简注和案语，显然其重点在文本上。

鲁迅的《中国小说史略》是对中国传统小说的第一次现代总结，佛教的影响主要是在六朝志怪那部分谈到。鲁迅还有一个学术上的考虑，虽然因为他的《汉文学史纲要》最后没有写下去，所以没有完成，但值得提及，即他设想用四个字来突出六朝文学的特点，即玄、佛、酒、女：玄是玄学，佛是指佛教，酒是饮酒，这在《魏晋风度及文章与药及酒之关系》已经涉及了，女大约就是指宫体诗对女性的表现。以玄、佛、酒、女四个字来把握六朝文学，可见在鲁迅的设想中，佛教是一个非常重要的方面。

还有前面提到的陈寅恪的工作。陈寅恪先生当年开设过佛经翻译文学课程，写了不少这方面的文章。比如《三国志曹冲华佗传与佛教故事》(1930)，他认为曹冲称象的故事是从佛教经典中来的，他举的例子是《杂宝藏经》，是说通过把象牵到船上，然后在船上划线，再把石头放到船中使其下沉到划线的位置，最后用秤石头的方法来得知象的重量。但是，《杂宝藏经》的时代是非常晚的，它是北魏昙曜等人译的，昙曜就是倡议并主持开凿云冈石窟的那个人，时间上无疑晚过《三国志》，这书的作者陈寿原来是蜀国人，对他来说写《三国志》就相当于当代人写当代史。所以，三国人不可能用到北魏时才出现的材料。陈寅恪先生当然不会不意识到这个问题，他说《杂宝藏经》是集很多经典而成的，所以这个材料肯定在其他的经典里是有的，已经译成中文，但散佚掉了，现在只能看到北魏时期的《杂宝藏经》,但在这之前肯定是有的,陈寿他们肯定是能看到的。他用这样一个推理,显出大师的决断眼光,确实可以刺激你的想象,让你能够从完全不同的角度来考虑问题。那时他还写过《西游记玄奘弟子故事之演变》,讨论大闹天宫的来历,以及孙悟空、猪八戒、沙僧等形象是从哪里来的,也都从佛教经典里面寻找渊源。

3. 基本的范式

回顾早期学者们的工作,大致可以分为以下几个方面,一是佛经文学的部分,就是他们所谓佛经翻译文学的部分;二是将佛教对中国文学的影响作总体性的梳理;三是对佛典和中国文学之间的渊源和流衍的关系中的个案做细致的考察。这三部分一是对佛经的部分,一是总体的研究,一是个案的研究,这些研究一直在延续。

佛经翻译文学的部分,前边谈到梁启超、胡适、陈寅恪等已有涉及,接着谈谈整体的疏理和估计。胡适之后在中国文学史的整体视野里,高度突出佛教重要性的学者,当以郑振铎为代表。他的《插图本中国文学史》1932 年在北平由朴社出版①,他将整个中国文学史划分为“古代”“中世”和“近代”三期,而“古代”与“中世”的时界在东晋,“即佛教文学的开始大量输入的时期”。②如此一个划分的理据,显示他将佛教影响视为中国文学发展中一股关键性的力量。书中,郑振铎更有详细的说明:

> 中世纪文学开始于晋的南渡,而终止于明正德的时代,其时间凡一千二百余年(公元三一七——一五二一年)。在中国文学史上,这一段的文学的过程是最为伟大,最为繁赜的。古代文学是单纯的本土文学,于辞赋、四五言诗、散文以外,便别无所有了。这个时代,却是印度文学和中国文学结婚的时代。在这一千二百余年间,几乎没有一个时代曾和印度的一切完全

① 郑振铎《插图本中国文学史》的引据皆依人民文学出版社 1957 年版。

② 郑振铎《插图本中国文学史》,“例言”第四条,第 2 页。

> 绝缘过。因为受了印度文学的影响,我们乃于单纯的诗歌和散文之外,产生出许多伟大的新文体,像变文,像诸宫调等等出来。在思想方面,在题材方面,我们也受到了不少从印度来的恩惠。我们可以说,如果没有中印的结婚,如果佛教文学不输入中国,我们的中世纪文学可能会是完全不相同的一种发展情况的。我们真想不到,在古代期最后的时候所输入的佛教,在我们中世纪的文学史乃会有了那末弘巨的作用!经过了那个弘丽绝伦结婚礼之后,更想不到他们所产生的许多宁馨儿竟个个都是那末伟大的“巨人”!①

郑振铎在他所谓的中世文学的历史里,更加区分,成为三个年代;鸟瞰“第一时代从晋的南渡到唐开元以前”和“第二时代从唐开元、天宝到北宋之末叶”,郑振铎都提到了佛教的影响:前一时代中,虽然“仍是一个诗和散文的时代,但在诗和散文上,其思想题材,乃至辞语,已深印上佛教的影响在上面了”;而后一时代,“印度文学的影响,在这个时候,不仅仅自安于思想、题材或若干辞语的供给了,她们已是直捷的闯入我们文坛的中心了。印度所特有的以韵文和散文合组而成的文体,已在这时代成为‘变文’,而占领了一个重要的地位,产生出很多伟大的作品”。②

在那个时代的文学史撰著中,前此虽然对佛教文学的影响痕迹,有持续的关注③,但似乎还没有如此之强调而突出的,或许可以说,郑振铎对中国文学史上佛教影响的态度,要更甚于稍早些的胡适。但如果我们细致些看,郑振铎在他文学史中的描述,“中世文学”第一个时代的佛教影响,大抵不过是综合常谈,如他提到“沈约受了印度拼音文字输入的影响,方才有四声的发见,八病的披露”,他甚至将“主张着韵律的定格的必要”和“主张着自然的韵律论”的文学争

① 郑振铎《插图本中国文学史》,“例言”第四条,第166—167页。

② 同上,第167—168页。

③ 比如早在1918年谢无量《中国大文学史》(中华书局)就曾专门列出《南北朝佛教之势力及文笔之分途》;谭正璧《中国文学进化史》(光明书局1929年版)主要依据梁启超的意见,谈及佛教经典中如《佛所行经》之类文学性作品、佛经翻译文体对本土文学的刺激以及佛教启发了对声律的认识等等。

议界定为“是受了印度文学洗礼的文人和本土的守旧的文人间的争斗”，他的理解是：“随着译经而同来的，便是梵文的拼音字母的输入。这把中国古来的‘声音’，‘读若某’的不大确切的‘谐’音法，根本打倒了。代之而起的，是拟仿着拼音文字而得的反切法（始于魏孙炎）。后沈约更取之，而倡为四声八病之论。”他也极简略但未必确当地提到了《搜神记》里的印度影响和鲁迅《中国小说史略》已详细列述的《续齐谐记》中“鹅笼书生”故事“来历却是印度”之类。[①]他在书中同样单列了《佛教文学的输入》一章，大致疏理了佛典的翻译传入历程，尤其高度评价了鸠摩罗什译出《维摩诘经》《妙法莲华经》的贡献，还提及昙无谶译《佛所行赞》“尤为佛教文学极重要的事实”。[②]只是，《白话文学史》对这些大致都已有论涉。或许值得一提，郑振铎谈法显，举列了《佛国记》，然而可惜，仅说它“是今日研究中、印交通及印度历史的最重要的著作之一”[③]，而完全没有留意到其文学上的价值。[④]

要说他高度推重中国文学史上佛教影响的关键，实在于对敦煌出土文献中所谓“变文”的重视，“中世文学”第二个时代里，“变文的出现”占了一专章，这也是变文这一文类在文学史上首次拥有如此的地位。郑振铎对变文的高度重视，基于要为后代众多文学类型推溯渊源，“宋、元间所产生的诸宫调、戏文、话本、杂剧等等都是以韵文与散文交杂的组成起来的。我们更有一种弘伟的‘叙事诗’，自宋、元以来，也已流传于民间，即所谓‘宝卷’、‘弹词’之类的体制者是。他们也是以韵、散交组成篇的。究竟我们以韵、散合组成文来叙述、讲唱，或演奏一件故事的风气是如何产生出来的呢？向来只当是一个不可解的谜”。从既往的本土文学传统中，找不到韵散交错结合的文学体式，“在唐以前，我们所见

---

① 郑振铎《插图本中国文学史》，第 203、221、225—226 页。

② 同上，第 192 页。

③ 同上，第 193 页。

④ 对《法显传》等佛教传记的文学价值的认识，要稍后一些，直到郑振铎《插图本中国文学史》之后十年完成的朱东润《八代传叙文学述论》（复旦大学出版社 2006 年版），方对《法显传》及《高僧传》等做了专门的讨论和推重。

的文体,俱是以纯粹的韵文,或纯粹的散文组织起来的(《韩诗外传》一类书之引诗,《列女传》一类书之有‘赞’,那是引用‘韵文’作为说明或结束的,并非韵散合组的新体的起源)。并没有以韵文和散文合组起来的文体。”而目光移向域外,“最可能的解释,是这种新文体是随了佛教文学的翻译而输入的。重要的佛教经典,往往是以韵文散文联合起来组织成功的”。变文作为与佛教文化密切相关的艺术类型,正扮演了沟通佛经文学样式和近世种种韵散交织文类的角色,因此,“变文的发现,在我们的文学史上乃是最大的消息之一”①。这样的意思,在郑振铎稍后出版的《中国俗文学史》的《变文》一章的开头,差不多重述了一番,他说,敦煌出土的那些其他材料固然重要,“不过是为我们的文学史添加些新的资料而已”,“但‘变文’的发现,却不仅是发现了许多伟大的名著,同时,也替近代文学史解决了许多难以解决的问题。这便是近十余年来,我们为什么那样的重视‘变文’的发现的原因”,“如果不把‘变文’这一个重要的已失传的文体弄明白,则对于后来的通俗文学的作品简直有无从下手之感”。②接着,我们就会看到,对敦煌变文等新材料的重视和研究,是二十世纪中叶中国佛教文学研究的非常重要的一个章节,一方面如郑振铎的著作里,这成为高度肯定佛教因素对整体文学史进程具有关键作用的缘由,另一方面也是许许多多具体深入的个案研究的对象。

4. 渐显的趋向

说到个案的深切考察,从最初开始,一直延续着。大略观察那时的一些研究及其年代,小说、戏剧、敦煌俗文学及文学批评等文学史的各层面逐次展开,皆有涉及,这里挂一漏万地列出一些以示例:

谢无量《中国大文学史》(1918)列《南北朝佛教之势力及文笔的分途》、梁启超《翻译文学与佛典》(1920)、胡适《西游记考证》(1921)、梁启超《印度

① 郑振铎《插图本中国文学史》,第448页。

② 郑振铎《中国俗文学史》,商务印书馆1938年版。此据上海书店1984年复印本,第181页。

与中国文化之亲属的关系》(1924)、罗振玉《佛曲三种跋》(1924)、鲁迅《中国小说史略》(上下册分别出版1923—1924,合刊1925)、许地山《中国文学所受印度伊兰文学的影响》(1926)、郑振铎《研究中国文学的新途径》,《小说月报·中国文学研究专号》(1927)、许地山《梵剧体例及其在汉剧上的点点滴滴》(1927)、陈寅恪《童受喻鬘论梵文残本跋》(1927)、陈寅恪《有相夫人生天因缘曲跋》(1927)、胡适《白话诗人王梵志》(1927)、胡适《白话文学史》(上卷,1928)、陈寅恪《忏悔灭罪金光明经冥报传跋》(1928)、陈寅恪《须达起精舍因缘曲跋》(1928)、陈寅恪《敦煌本十诵比丘尼波罗提木叉跋》(1929)、向达《论唐代佛曲》(1929)、郑振铎《敦煌的俗文学》(1929)、陈寅恪《三国志曹冲华佗传与佛教故事》(1930)、陈寅恪《西游记玄奘弟子故事之演变》(1930)、陈寅恪《敦煌本维摩诘经文殊师利问疾品演义跋》(1930)、郑振铎《插图本中国文学史》(1932)、陈寅恪《四声三问》(1934)、罗根泽《中国文学批评史(周秦汉魏晋南北朝部分)》(1934)、霍世休《唐代传奇文与印度故事》(1934)、向达《唐代俗讲考》(1934)、孙楷第《唐代俗讲轨范与其本之体裁》(1937)、傅芸子《〈丑女缘起〉与〈贤愚经·金刚品〉》(1943)、周一良《论佛典翻译文学》(1947)、季羡林《柳宗元〈黔之驴〉取材来源考》(1947)、季羡林《〈列子〉与佛典》(1949)、顾随《佛典翻译文学选》(1954)、季羡林《印度文学在中国》(1958)、季羡林《〈西游记〉里面的印度成分》(1978)、钱仲联《佛教与中国古代文学的关系》(1980),等等。

尤其应当注意到,随着敦煌出土文献的逐渐为人熟悉,二十世纪三十至四十年代,变文研究蔚为大观,延续早期的工作,有些至今还有参考价值,可谓成绩斐然。①这一路向的工作,即使在五十年代之后还是有不少值得注意的学术成果。其背后的思想背景,当是所谓民间文学与中国传统等意识形态的强烈支援;值得省思的是,变文最初如前述郑振铎的理解,是作为佛教等印度文化影响中国

① 参周绍良与白化文编《敦煌变文论文录》上下册,上海古籍出版社1982年版。

文学的重大课题,得到重视和研究的,而五十年代至七十年代的关注,所论辩的主流观点似乎是强调变文的本土性,而排抵乃至隔断印度的与佛教的域外因素。

(二) 重兴

总的来看,五十年代以后,中国佛教文学的研究,因为整个政治形势,学术趣味各方面都有转变,相对沉寂了很长一段时间。

然而在海外的学术界,此类研究仍继续,并产生了不少在学术史上可以回顾的成果,比如柳存仁在澳洲完成《毗沙门天王父子与小说》(1958, 1962德国出版英文之专书),日本有加地哲定《中国佛教文学》(1965, 1990中译)、平野显照《唐代文学与佛教》(1978)等,台湾有台静农《佛教故实与中国小说》(1975)之专文及杜松柏《禅学与唐宋诗学》之专书(1976),香港则有饶宗颐先生《文心雕龙与佛教》(1962)、《马鸣佛所行赞与韩愈南山诗》(1963)、《词与禅悟》(1968)、《从"睒变"论变文与图绘之关系》(1980)等论作……

七十年代末至八十年代初,中国大陆本土的佛教文学研究开始复兴,最近三十多年是佛教与中国文学研究的鼎盛时期,出了很多成果。①这里仅勾勒重要成绩和值得关注的动向,并不取簿录式细大不捐的列举,那是研究书目的任务。

总的来说,八十年代研究的路数基本上还是延续着二十世纪二十年代研究的路向在走,也可以分成这几大块来看。

1. 佛经文学

比如说佛经文学,就是汉文佛典中具有文学性的这部分,就文本的整理和展示来说,东方艺术和文化研究的专家常任侠先生早年编过一种《佛经文学故事选》,主要选的是故事性的作品,韵文的部分不考虑,传记的部分也不考虑,主要就是故事性的,书虽然很小,但影响颇大,八十年代又出过增订本(上海古籍

---

① 台湾的佛教文学研究,可参看丁敏《中国当代佛教文学研究初步评价:以台湾地区为主》,见《中国佛教文学的古典与现代:主题与叙事》,岳麓书社2007年版。

出版社 1987 年版)。陈允吉先生主持编写的《佛经文学萃编》(上海古籍出版社 1999 年版)前文已提过,设想是充分展示佛经文学的丰富类型和典型文本。

至于研究方面,孙昌武教授 1988 年在上海人民出版社的《中国文化史丛书》系列里出版了《佛教和中国文学》(最近又有修订本,上海人民出版社 2007 年版),这部书的第一部分就是《佛经翻译文学》,第二部分是佛教和文人,考察文人和佛教的关系,第三部分文学与佛教,是按文体来的,比如诗、文、小说,文学理论。陈允吉先生主编《佛经文学研究论集》(复旦大学出版社 2004 年版;此后有《续编》,复旦大学出版社 2011 年版),其中论文主要范围集中在佛经本身。此外还有一些专书的研究,如吴海勇《中古汉译佛经文学叙事文学研究》(学苑出版社 2004 年版),疏理了六朝这个时段的佛经文本;侯传文《佛经的文学性解读》(中华书局 2004 年版)是一部综合性研究佛经文学的作品;李小荣《汉译佛典文体及其影响研究》(上海古籍出版社 2010 年版)则是对佛教文学中一个关键课题的探讨;孙尚勇《佛教经典诗学研究》(高等教育出版社 2013 年版)则对汉译佛经的诗偈和戏剧性特征有深入的专题探索。

2. 总体描画

第二部分是对于佛教影响中国文学的总体的描画。首先要提到是起稿于五十年代中期的张中行《佛教与中国文学》(安徽教育出版社 1984 年版),那是最初为海外一部百科全书而写的,篇幅有限,但按照佛经翻译文学、正统文学和通俗文学的分类,叙述了佛教文学的基本内容。接着是提到过的孙昌武教授的《佛教与中国文学》(上海人民出版社 1988 年版),很可以作为入门的参考,因为该书综合地展示了中国佛教文学的面相。关于文章,如要参考,钱仲联先生 1980 年在江苏师范学院(今苏州大学)的学报发表《佛教与中国古代文学的关系》这篇宏文,是一篇全面展现中国文学史中佛教影响的文章。

3. 个案研究

(1) 基本方式

个案的研究非常之多。三十年来,首先应该注意的,我以为是钱锺书的《管锥编》(中华书局1979年版),当然写作的时间无疑更早,书中有很多有关的材料的揭示和细致的考订,指出文学与佛教之间的种种蛛丝马迹,颇有可以继续爬梳、深入研究的余地。此后的研究越来越多,这些个案研究基本上形成一个流常的套式,简单讲就是分别处理古代文人的生活、思想和创作:生活,考察的就是一位诗人、一位文学家与佛教的关系,如他读了什么佛经,与什么僧人有交往等,比较好的文章可以提供较为翔实的资料和信息;第二部分有关思想的研究,着重考察文人思想中受佛教影响的痕迹。这方面似乎非常好的研究不多,泛泛者居多;①第三个就是创作,讨论佛教与文人创作的关联,可以是诗、可以是文、可以是他的整个创作道路。

(2) 深入例说

回顾众多的个案研究,成绩自然可观。就我个人来说,体会和受益最多的是陈允吉先生具有典范意义的工作,他的数十篇论文集中讨论六朝至唐代的佛教文学关键性文人和文学(《唐音佛教辨思录》,上海古籍出版社1988年版;《古典文学佛教溯源十论》,复旦大学出版社2002年版;《佛教与中国文学论稿》,上海古籍出版社2010年版),多有创获。但也不必讳言,流于庸常的怕也不在少数。以个人的浅见,有些问题还是可以继续深入的。比如唐代的柳宗元,是谈到当时的文学与佛教往往要涉及的人物。具实,柳宗元有一点颇为特别,作为士人,他对佛教的基本观点是"统和儒释",就是儒和佛是可以打通的,他并未持根本的批判态度。中唐的文人中间,韩愈是激烈反佛的,而柳宗元主张"统和儒释",所以他和韩愈的态度不一样。但是有意思的是,他认为儒和佛是可以沟通的,但是在佛教内部,他对禅宗的批判非常严厉。他推崇天台宗,推崇净土宗,但非常反对禅宗。都知道他对禅宗有很多批判,但似乎没有仔细考虑其中的原因。如果全面读他的文集,就可以了解,柳宗元大部分有关佛教的文章都是在

① 关于唐代文人与佛教的接触和思想反应,当时有一部综合性的书即郭绍林《唐代士大夫与佛教》(河南大学出版社1987年版,之后有三秦出版社2006年的增订本)。

永州写的，早先的长安和后来的柳州都比较有限。对于禅宗批判得最激烈的文章，多是他在永州时写的，为什么是这样的呢？可以说，柳宗元在永州，受到当地佛教的影响是非常大的。看与他交往的僧人，柳宗元初到永州，没有地方住，就住在一个和尚庙里，庙里的主持巽上人，就是一位天台和尚，柳宗元与他的关系很好，差不多住了四、五年，才自己建了一座房子住，搬离佛寺。再看其他那些与他交往的僧人，包括柳宗元为他们写了碑文的高僧们，多是南岳衡山附近的大德高僧，还有律师，是可以度僧的律师，曾度僧几百甚至上万。可想而知，这些人肯定是要讲律的。他们不"酒肉穿肠过，佛祖心中留"，不可以像禅宗和尚那样不读经不持律，只讲"悟"，只讲我心就是佛心，什么修行都不要。柳宗元与净土宗的和尚也有交往。宋代以后，禅、净合一，但中唐时，实际上净土和禅还很不一样，很多净土的和尚批判禅宗，认为禅宗不持律，净土还是讲修行和持律的，南宗禅慧能以后讲自律，只要识得本心，识得清静本性，随后的一切行住坐卧、吃喝拉撒都可以。但是净土还是要念佛，还是要做善事，因为他是要往生净土的，不管是哪个净土，还是要往生的，还是有追求的。所以柳宗元肯定受当地佛教氛围的深刻影响，所以他才对禅宗持很激烈的批判态度。实际这件事情很简单。我们现在回看古代，容易有一个误区，比如研究一位唐代的诗人或宋代的诗人的思想与佛教的关系，会考虑他是哪一宗的，从他的文字里面找，找出这些文字然后对他跟哪宗思想比较近，就认定是他受哪宗思想的影响或怎样。这样不是完全不对，但也未必尽然。返回到当时的历史场景中看，比如柳宗元，比如白居易，可以讲他们对于当时佛教状况的了解很可能并不如现代的我们。在他们的概念中，或许没有那么多歧那么清晰的宗派意识，面对各位大德高僧和林林总总的佛教学说，我要选择这个而不选择那个，我主张这个而不主张那个。其实，他们的概念是没有那么清楚的。讲起来好像挺奇怪的，但事理其实很简单。我们现在对于李白的了解，对于杜甫的了解一定是超过他们的同时代的人：没有一个同时代的人读到了李白的一千首诗，没有人读到杜甫的全集、白居易的全集，就是最好的朋友比如元稹也没有读到白居易的全部诗作，元稹与白居易之间,经常也就是抄十几首、二三十首,至多上百首送给对方。现在敦煌卷子出来,徐俊先生《敦煌诗集残辑考》(中华书局2000年版)的前言非常好,很有启发性,他提到虽然没那么肯定,但唐代的时候诗歌流传的实际状况可能就像敦煌诗卷那样,抄个几十首,抄个上百首,抄了以后传给大家,因为唐代还没有印刷术,还是手抄的,抄传了以后,我看了他的几首,一百首,我对这位诗人有一个印象,基本上就这个状况,根本上不是全面的了解。所以要考虑当时文学的接受和佛教思想影响的具体的实际状况,这些对文人的影响是最直接的。所以从柳宗元的例子来看,虽然表面看来研究柳宗元的文章和角度已经很多了,但可能还是有深入的余地的,而且这实际上是有一定的方法的意义,就是回到那个具体切近的历史场景去,一些看似矛盾、看似难解的现象就可以得到解释。①

(三)晚近

二十世纪九十年代是当代学术的一个转型时期,近二十年以来学界的佛教文学研究,也有一些新的进展趋向。

第一方面是某一特定时段的综合研究,如普慧《南朝文学与佛教》(中华书局2002年版)、拙著《隋唐佛学与中国佛学》(百花洲文艺出版社2002年版)和张培锋《宋代士大夫佛学与文学》(宗教文化出版社2007年版)等。其他对某一特定文学时代与佛教的专题研究也颇有一些,诸如黄卓越《佛教和晚明文学思潮》(东方出版社1997年版)、胡遂《佛教和晚唐诗》(东方出版社2005年版)、高文强《佛教与永明文学批评》(湖北教育出版社2006年版)、谭洁《南朝佛教与文学:以"竟陵八友"为中心》(宗教文化出版社2009年版)。

第二,是专题的深入研讨。一个例子是禅与文学的研究,论文非常之多,如果就著作来讲,台湾杜松柏教授很早就有《禅学与唐宋诗学》(黎明文化事业公

① 以上所述的具体讨论,参拙稿《中唐文人的佛教宗派意识:以柳宗元为例》,学习院大学东洋文化研究所《东洋文化研究》第十号。

司1976年版)，开风气之先；周裕锴《中国诗歌与禅宗》(上海人民出版社1992年版)为通代，而《文字禅与宋代诗学》(高等教育出版社1998年版)则属断代的深入；张伯伟教授《禅与诗学》(浙江人民出版社1992年版，中华书局2008年修订本)，广涉南朝到宋代的诗歌和文论；孙昌武《禅思与诗情》(中华书局1997年版，2006年修订版)以唐代为主，也兼涵宋代。此外如程亚林《禅与诗》(江西人民出版社1989年版)、张锡坤等《禅与中国文学》(吉林文史出版社1992年版)、皮朝纲《禅宗美学史稿》(电子科技大学出版社1994年版)、张节末《禅宗美学》(浙江人民出版社1999年版)、张海沙《初盛唐佛教禅学与诗歌研究》(中国社会科学出版社2002年版)、张晶《禅与唐宋诗学》(人民文学出版社2003年版)、胡遂《佛教禅宗与唐代诗风之发展演变》(中华书局2007年版)等，也都各有所得。

第三，还有一个新的方向是信仰与文学乃至文化的研究，如孙昌武《中国文学中的维摩和观音》(高等教育出版社1996年版)主要考察了六朝到唐代这一时段；此类研究以前相对较弱，实大有余地，项楚教授所率俗文学研究多涉及此一方面，如刘长东《晋唐弥陀净土信仰研究》(巴蜀书社2000年版)、何剑平《中国中古维摩诘信仰研究》(巴蜀书社2009年版)、尹富《中国地藏信仰研究》(巴蜀书社2009年版)等，大多材料丰富、疏理清楚，大大推进相关的学术认识。

第四，俗文学与佛教的研究，也有显著成绩。项楚教授以敦煌文学为中心，做了不少重要工作，《敦煌变文选注》(巴蜀书社1990年版，中华书局2006年增订版)、《王梵志诗校注》(上海古籍出版社1991年版，2010年修订版)、《寒山诗注》(中华书局2000年版)汇集相当多的资料，注解细致彻底。敦煌文学之中，敦煌变文最为重要，无论论文还是专书都很多，相对来说甚至可以成为一个小小的独立领域；至于文本的校勘写定，早先有王重民等的《敦煌变文集》(人民文学出版社1957年版)，晚近当推黄征和张涌泉的《敦煌变文校注》(中华书局1997年版)。

三、前景的展望

最后,简要谈谈我个人以为可以注意、应当努力的方向,也算是前景的展望。

第一,我们要坚持文学史的纬度和文学史的立场。我们需要做的就是要把佛教与文学相关的因素纳入文学历史发展的进程当中,而不是简单了解个案事实。只有纳入文学史,我们才能看到佛教在整个中国文学发展过程中的重要性。有人说如果没有佛教,中古文学可能是很难想象的,可能会是另外一种不同的面貌。如开始说到的,我们的本位还是中国的文学,站在文学的立场上,就应该着力将佛教文学的研究成果纳入到文学的脉络之中。

第二,是文化史的视野,要放宽眼界。在佛教文学的研究里面,陈允吉先生有一篇文章《论唐代寺庙壁画对韩愈诗歌的影响》专门研究韩愈诗歌与壁画的关系。我们知道韩愈是激烈反佛的,但是韩诗里面有很多佛教的痕迹,比如那些很狞病的、很有张力的、很恐怖的场景,那么这些是从哪里来的?这篇文章指出韩诗是游寺之作,再经由考察寺院壁画图景,追溯诗歌意象的现实源头。这就很有启发性。我们读《历代名画记》和《酉阳杂俎》的《寺塔记》等,可以在相当程度上复原中唐那个年代寺院壁画的概貌,像画圣吴道子在长安和洛阳,画了数以百计的壁画,但中国的土木建筑不像西方的建筑能够保存很久,所以都毁掉了。中古时期,唐代的寺庙不仅是宗教的中心,而且也是社会文化的中心,很多人都会去,不仅善男信女会去,一般人会去凑热闹,诗人也会去游寺,绝大部分唐代诗人的诗作中都有游寺的作品,而这种游寺的经验自然会渗入到创作之中。在反佛的诗人如韩愈那里,在观念上对佛教的义理可能会很排斥,会严厉批判,如其《谏佛骨表》《原道》等,但如果放宽眼界,从诗人整个的生活环境和文化氛围来考察,那佛教文化的因素对文人的作品创作还是有影响的,这就是当时物质文化的具体环境对诗人的影响。

第三个方面就是雅俗兼合的视角。限于个体的精力和能力，在佛教文学的研究过程中，有的偏重于主流文人方面，有的偏重于俗文学方面，有的专注于一种文类比如变文，有的仅聚焦于某一诗人比如王维或者白居易。这当然有合理性，不过有时会造成认识上的偏差，产生对于所研究对象的放大和过度阐释。其实以一种整体的眼光来观照，比如唐代的佛教文学，要注意到精英文人的文学与俗文学的不同，我们不能以文人文学的观念来看待民间通俗文学的作者身份、作品主旨和影响形态①，比较和区别，可以说也是一种兼合视野的表现；同时，也不能完全割裂雅俗文学，两种传统之间也存在相互的交错和影响，比如张祜就指白居易的《长恨歌》如"目连变"，以今天的学术分析，这或许不是没有道理的戏论②，那么更不宜见其一不识其二了。

第四，就是要有多元宗教的观念，这与前一点有相关性，一个宗教比如佛教在精英士人和民间的表现形态，并不完全一样，要注意两者之间的区别，也要认识到两者之间的关联。那么扩大到不同的宗教传统之间，大抵也是如此，不能因为研究佛教文学，就把看到的所有皆属佛教影响，研究道教和文学，就把看到的所有都是道教痕迹。实际上，整个中古时代，佛与道的错综是常态：如沈约不仅对佛教同时对道教也有很深刻的了解；像萧衍，后来极度信佛，几次舍身同泰寺，完全是一个佛教皇帝，但他早期道教的信仰是很深刻的。看待当时文人与佛、道的关系，要有一个平衡的观照。中古的文人终究不是一个纯粹的道教徒，不是一个纯粹的佛教徒，对于不同的宗教，他不会是完全的排他性的认同，对佛教很有感情，不是排他性地说我就不要道教了；或者我是道教徒，我就排斥其他的一切宗教。李白是一个道教徒，早先李长之写过《道教徒的诗人李白及其痛苦》（商务印书馆 1940 年初版），大家都承认李白与道教的关系很深，但是李白与佛教的关系也非常明显。还有如白居易，儒家、道教、佛教完全打通融合在一

---

① 参拙著《隋唐佛学与中国文学》第五章《唐民间宗教诗歌传统》，百花洲文艺出版社 2002 年版。

② 参陈允吉《从〈欢喜国王缘〉变文看〈长恨歌〉故事的构成》对白居易《长恨歌》与变文关系的分析，见《复旦学报》1985 年第 3 期。

起,堪称典型。了解佛教和文学的关系已很难,再来了解道教和文学的关系更难。但虽然难,这是需要考虑的重要方面,只有这样才能获得平衡而近真的认识。①

还有比如佛教与儒家的关系,虽然目前对"儒"到底成不成"教"有许多争议,但两者之间在历史上错综复杂的关系是毋庸讳言的,比如在唐代古文运动之间的纠结就是,其实并不如一般认为的那些古文家都是反佛的,恰恰相反,大多数的古文家与佛教的关系都挺密切的,韩愈的反佛是一个激烈的个案。举一个我个人关心的问题,即《文心雕龙》的《论说》篇里刘勰关于"论"的阐释。这部分特别受到学者的关注,就因为这里面明确涉及了佛教的概念范畴如"般若""圆通"等。刘勰解释"论"是"述经叙理"的,"叙理"这点,中古文论里面是常谈,《典论论文》《文赋》直到《文选序》都说了,特别的是"述经",范文澜先生就认为这个观念是从佛典以"论"释"经"来的。我以为不是那么简单,我们都知道刘勰虽然熟悉佛学,但他写《文心雕龙》是特别"宗经"的,他最后的《序志》篇不是说梦见孔子么?其实当时儒家经学的传统里面,以"论"释"经"的情况已屡屡可见了,比如阐说《周易》的论文就不少,《论说》篇里就提及王弼的"二例",虽然解释不同,有以为指王弼《周易略例》的上下篇,有以为分别指《周易略例》和《老子略例》,但与经书有关是没有疑问的。况且刘勰还特别提出《白虎通》是"论家之正体",这书自然是与经学紧密相关的一部书了。但这个说法很奇怪,学者注意的却很少,大概周振甫提到了,但他的解说我以为不够深透。刘勰举称《白虎通》或许有这书在六朝的时候被人称作《白虎通德论》的缘故,但更值得探究的是,这书的体制是诠说性的,比如先设问何以谓天子,而后解释,再引些文献来证明。这样诠说性方式,固然是传统的经学著作比如《公羊传》已采取的,但在当时的佛教典籍里更是普遍,比如当时流行的翻译过来的论部典籍里就是,在本

① 参拙著《隋唐佛学与中国文学》第二章《唐诗人的佛教抉择:佛道关系角度的观察》对李白、白居易和李商隐的疏释,百花洲文艺出版社 2002 年版。

土产生的一些佛教文献比如《牟子理惑论》里也是。总之，我们可以看到在对“论”乃“述经”这一特征的把握上，交织着儒家经学和佛教经典的复杂背景，如何理解是很微妙的。[①]

最后，我们要注意吸取域外的学术成果，现在学术上的研究根本不是仅仅中国本土的了，很多学问都是世界性的学问，世界性的学问只有吸取海外的成果才会真正在学术上有提高，有推进。接着前面提到的《文心雕龙》举例来说，刘勰与佛教的研究、《文心雕龙》与佛教的研究，争论很多，八十年代马宏山教授甚至倡议《文心雕龙》中心主旨是佛教的，当然很多人不同意，认为传统来讲还是属于儒学的范畴，范文澜先生就认为属古文经学。但佛教影响是否存在呢？不说下一个断然定论，这里面我以为非常重要的一篇论文，是原来京都大学的兴膳宏教授写的《〈文心雕龙〉与〈出三藏记集〉》[②]，文章很长，非常仔细地对比《出三藏记集》和《文心雕龙》的思想上、用词、用句、句法、论证方式上的关系，这位日本学者做得非常细致。他的结论认为《出三藏记集》有好些文章出于刘勰的手笔，是刘勰写的，是刘勰帮他的老师僧祐写的。或许我们可能不完全接受他的看法，但有一点，既然是他的老师僧祐编的，刘勰肯定知道这本书，起码那些主要的内容和学术观点刘勰是了解的，或者说其大部分刘勰是认同的。如果要研究刘勰《文心雕龙》与佛教的关系问题，这样的文章不能不读，必须了解。

还有一个例子是近体诗格律形成的问题，这是一个大问题。大家都知道，陈寅恪先生最先写出《四声三问》的论文，指出中古时代分辨四声是受到了古代印度婆罗门教读诵《吠陀经》三声的影响，这个吠陀三声传入中国之后，中国人依据它定了三声即平、上、去，然后加上中国独特的入声，才确定为四声；有了四声以后，齐梁时代的人如沈约，开始运用四声的知识来作诗。这样一个思路和解释，引起很多人的兴趣，也受到后来很多学者的挑战。西方学术界也有学者

① 参拙文《〈文心雕龙〉“论”之儒宗佛影》，刊于《古代文学理论研究》第三十一辑，华东师范大学出版社 2010 年版。

② 该文有彭恩华中译本，载《兴膳宏〈文心雕龙〉论文集》，齐鲁书社 1984 年版。

继续做这个问题的研究，梅祖麟和梅维恒（Victor H.Mair）两位教授1991年在《哈佛亚洲研究》上发表了一篇很长的论文，很大程度上把这个问题的研究推进了一步。我们知道，永明声律说最关键的地方不在定四声，最关键的在定了四声之后在诗行之中交错地运用，用当时的话来说，就是"一简之内，音韵尽殊；两句之中，轻重悉异"。就是说，要有四声的交错，平上去入四声交错，这是关键。所以永明声律的关键所在是以四声为基础的声调的错落变化，并不是四声本身，这点最重要。但是这点是哪里来的？这点在中国本土过去似乎是没有自觉意识的，因为过去的诗主要讲究的是韵。两位梅教授认为新的观念其实是从印度来的，是经由佛教传来的。他们相信当时的文人如果对佛教的梵文有一定的了解，对佛经翻译有一定的了解的话，是能因而得到启发的。我们了解，佛经之中部分是韵文部分是散文，韵散交错，乃是佛经的很基本的格式。这个基本格式里边它的韵文部分很多原来的诗体，是梵文所谓"首卢迦"体。首卢迦体是什么呢？它基本上是四句一节，一句八个音，四句一节共三十二个音；一行是八个音节，它们有长音、短音之别，这八个音节里对个别的音节是有要求的：单行的句式，就是一、三的句式，它要求什么呢？就是八个音节中头四个音节可以是随意的，长短皆可，但后面四个音节中第五个音节和最后一个音节就是第八个音节必须是短音，第六、第七个是长音，即头四个音节自由，然后短音长音长音短音交错；偶数的二、四行怎样呢？头四个音节也是随意的，但是第五个音节是短音，第六个音节是长音，第七个音节短音，最后一个音节是随意的。综而言之，两句诗行上下十六个音节里面，有七个音节是规定的，这七个音节必须使用长音或短音。这样一个诗行声音的要求传入中国，对中国的诗人很有启发，促使他们在本土四声区别的基础上考虑如何拟构交错变化的诗歌格律。这样一个解释，有没有道理呢？我觉得很有意思，《高僧传》的《经师》篇后面有一节论，很可以作为一个佐证："东国之歌也，结韵以成咏。西方之赞也，作偈以和声。"东国就是指中国，偈就是指诗偈，这里面一个是"结韵"，一个是"和声"，一个是讲"韵"，以"韵"为中心，一个是讲"和"，以"和"为中心。"韵"就很简单了，指押尾韵。“和”是什么意思？“和”实际上就是指不同的音节应互相有呼应，要有应和。这是《高僧传》里面的记载，是齐梁之际的慧皎写的，看来是拿中国的诗和印度的偈做对比之后产生的认识，就是说中国的特色是在“韵”，西方是在“和”。“和”是音调的应和，《文心雕龙》的《声律篇》讲得非常清楚：“异音相从谓之和，同声相应谓之韵。”接着下面，刘勰讲得很精妙：“韵气一定，故余声难遣；和体抑扬，故遗响难契。”就是你押什么韵一定，底下就很容易，接着来就可以，跟着这个韵押下去；而一讲到“和”，得讲究抑扬，就是抑扬轻重，契就是契合，刘勰这里是说“和”要比“韵”难得多，“和”是要不断调的，五个字之间要有错落变化，“一简之内，音韵尽殊；两句之中，轻重悉异”，这个就麻烦了。所以从《文心雕龙·声律篇》和《高僧传》来看，“韵”和“和”是两个不同的要求，这个不同是从哪里来的？从《高僧传》可以看出来，这实际是中西对比的结果，是拿中国的作诗的“韵”和西方的也就是印度的作偈的“和”的要求对比之后产生的这样一种意识。然后他们就有意把四声应用到诗歌创作当中，要求一句之中五个字，一联之中十个字有错落变化。这样看，可以清楚地了解中古诗律的进程之中，绝对有佛教影响的痕迹在里面。这样综合了语言学、诗学、文化交流史等多重知识的工作，我们不能不了解。

部分内容以《中古佛教文学研究：回顾与前瞻》之题刊于《经典与理论——上海大学中文系学术演讲录（Ⅱ）》，复旦大学出版社 2009 年版。此为全文，据陈引驰《文学传统与中古道家佛教》，复旦大学出版社 2015 年版。

编　后　记

佛教与中国文学的关联，虽然很早就受到人们的关注，但作为一个严肃的学术研究领域，却是二十世纪之后才形成的（本集的附录《中古佛教文学研究：回顾与展望》有所论涉，敬请参阅）。

复旦中文的几代学人在不同时段，对此一领域的学术课题，曾给予过各种关注；而这一类关注和研讨，多是与各自的学术兴趣和方向紧密结合的，前辈大师如郭绍虞先生梳理"诗禅"说即是其研撰文学批评史的重要部分，朱东润先生研究古典传记文学时对于一系列僧传做了深入的剖析，赵景深先生作为俗文学一代大家讨论目连故事也是非常自然的。

二十世纪七八十年代以来，是佛教与中国文学研究领域经多年沉寂之后的复兴和昌盛时期。陈允吉先生是这一时期学术潮流的领先者，也是做出了典范性工作的学人，他立足六朝唐代文学，针对佛教与中古文学演进的关节问题，以深入的个案研究，深切精微地揭示了文人的想象和精神世界、艺术体式的发展和演变、文学体裁的渊源和构成等诸方面之中佛教文化的影响踪迹。

作为学生，我本人与朱刚教授在六朝隋唐及宋代文学范围之内，对佛教与文学关联的各色论题如佛教文学的口传入华、中古文学包括佛教在内的多元宗教呈现、佛教文学文本传承的复杂性、宋代诗人的禅悟、宋代的禅僧诗歌等，继续有所探索。复旦中文的同仁如陈尚君教授在相关文献的考索、戴燕教授在学术史的回顾分析、查屏球教授在诗歌语言的禅宗渊源等方面，都有很好的成果。

今据丛书之例，择取中古文学与佛教研究的相关论文，都为一集，借以展示前贤同仁的成绩和特色，并祈望未来之进境。

编选者

2016 年 12 月